PROCHY
BABILONU

6 EXPANSE

JAMES S.A. COREY

PROCHY BABILONU

PRZEŁOŻYŁ MAREK PAWELEC

WYDAWNICTWO MAG
WARSZAWA 2019

Tytuł oryginału: *Babylon's Ashes: Book 6 of the Expanse*

Redakcja: Iwona Sośnicka
Korekta: Elwira Wyszyńska
Ilustracja na okładce: Dark Crayon
Opracowanie graficzne okładki: Piotr Cieśliński
Projekt typograficzny, skład i łamanie: Tomek Laisar Fruń

Wydanie I
ISBN 978-83-7480-623-7

Wydawca: Wydawnictwo MAG
ul. Krypska 21 m. 63, 04-082 Warszawa
tel./fax 228 134 743
www.mag.com.pl

Wyłączny dystrybutor: Dressler Dublin sp. z o. o.
ul. Poznańska 91, 05-850 Ożarów Maz.
tel. 22 733 50 10
www.dressler.com.pl

Druk i oprawa: opolgraf DRUKARNIA

Dla Matta, Hallie i Kenn,
którym nikt nie przypisuje zasług,
choć bez nich nic nie byłoby możliwe

PROLOG

NAMONO

Kamienie spadły trzy miesiące temu, a Namono wreszcie zobaczyła trochę błękitnego nieba. Uderzenie w Laghouat – pierwsze z trzech, które zniszczyły świat – wyrzuciło w powietrze tyle Sahary, że przez całe tygodnie nie widziała gwiazd ani księżyca. Przez brudne chmury nawet czerwonawy dysk słońca prawie się nie przebijał. Popiół i pył spadały na Większą Abuję, zbierając się w zaspy, nadając miastu takie same szarożółte barwy, jak kolor nieba. Pomagając grupom ochotników sprzątać gruz i opiekować się rannymi, wiedziała, że wstrząsający nią kaszel i wypluwana czarna flegma są wynikiem wdychania prochów zabitych.

Krater w miejscu byłego Laghouat dzieliło od Abuji trzy i pół tysiąca kilometrów, ale fala uderzeniowa i tak wybiła okna i powaliła budynki. Według reporterów w mieście zginęło dwieście osób, a rannych było około czterech tysięcy. Szpitale były przepełnione. Jeśli obrażenia nie groziły utratą życia, zalecano pozostanie w domu.

Szybko pojawiły się problemy z zasilaniem: brakowało światła słonecznego do zasilania paneli słonecznych, a zapylone powietrze niszczyło farmy wiatrowe szybciej, niż ekipy techniczne mogły je czyścić. Do czasu, gdy na północ dowieziono reaktor fuzyjny ze stoczni w Kinszasie, połowa miasta przez piętnaście dni czekała pogrążona w mroku. Ponieważ pierwszeństwo dostaw prądu przypadało szklarniom, szpitalom i budynkom rządowym, wciąż bardzo często zdarzały się wyłączenia zasilania. Ręczne terminale miały trudności w łączeniu się z siecią i często nie działały, bywało, że byli odcięci od świata nawet po kilka dni. Powtarzała sobie, że należało tego oczekiwać, jakby którąś z tych rzeczy dało się przewidzieć.

A jednak po trzech miesiącach pojawiła się przerwa w olbrzymiej zasłonie na niebie. Gdy czerwone słońce zbliżało się do zachodu, na wschodzie rozjarzyły się światła miast na Księżycu, jak klejnoty na niebieskim polu. Owszem, brudnym, skażonym i niepełnym, ale niebieskim. Nono ten widok bardzo podniósł na duchu.

Dzielnica międzynarodowa była, historycznie rzecz biorąc, bardzo młoda. Tylko nieliczne budynki miały więcej niż sto lat. Królowały tu typowe dla poprzedniego pokolenia szerokie aleje rozdzielające labirynty wąskich uliczek między powykrzywianymi, pseudoorganicznymi budynkami. Nad wszystkim wznosiła się Zuma Rock, wysoki charakterystyczny element miasta. Pył i popiół mogły pobrudzić kamień, ale nie zdołały go zmienić. Rodzinne miasto Nono, miejsce, w którym dorastała i gdzie sprowadziła swą niewielką rodzinę po zakończeniu przygód. Jej dom spokojnej starości.

Roześmiała się gorzko, ze śmiechem przechodzącym w kaszel.

Ośrodkiem pomocy była furgonetka zaparkowana na skraju parku. Na boku miała wymalowaną koniczynę, logo farmy hydroponicznej. Nie ONZ, nawet nie lokalnej administracji. Potrzeba szybkiego działania w zaistniałej sytuacji sprawiła, że zatarły się granice pomiędzy poszczególnymi warstwami biurokracji. Wiedziała, że powinna czuć wdzięczność, bo były takie miejsca, gdzie furgonetki nie docierały.

Popiół zbity z pyłem pokrywał skorupą łagodne pagórki, na których wcześniej rosła trawa. Miejscami widać było nierówne pęknięcia i rowy podobne do śladów olbrzymich węży w miejscach, gdzie dzieci mimo wszystko próbowały się bawić, ale teraz nikt po nich nie zjeżdżał. Tworzyła się tylko kolejka. Zajęła w niej swoje miejsce. Pozostali czekający mieli takie same, puste spojrzenia. Szok, wyczerpanie i głód. Oraz pragnienie. W dzielnicy międzynarodowej znajdowały się duże enklawy Norwegów i Wietnamczyków, ale niezależnie od koloru skóry i włosów, pył i katastrofa uczyniły z nich jedno plemię.

Z boku furgonetki otworzyły się drzwi i kolejka poruszyła się w oczekiwaniu. Racje na kolejny tydzień, choćby mizerne. Gdy zbliżała się jej kolej, Nono poczuła ukłucie wstydu. Całe życie, aż do tego momentu, przeszła bez potrzeby korzystania z podstawowego utrzymania. Była jedną z osób, które pomagały innym, nie kimś, kto potrzebował wsparcia. Tyle że teraz go potrzebowała.

Dotarła na czoło kolejki. Widziała już wcześniej mężczyznę wydającego paczki. Miał szeroką twarz, brązową z czarnymi piegami. Zapytał ją o adres, odpowiedziała. Chwilę później, grzebiąc w stosie pudełek, wyćwiczonym gestem podał jej białe plastikowe opakowanie, które od niego przyjęła. Wydawało się niesamowicie lekkie. Spojrzał jej w oczy dopiero, gdy nie odeszła.

– Mam żonę – powiedziała Namono. – I córkę.

W jego oczach pojawił się błysk złości, twardy jak uderzenie.

– Jeśli zdołają przyśpieszyć wzrost zboża albo przywołać ryż z powietrza, to nam je przyślą. A na razie zatrzymujesz kolejkę.

Poczuła, jak w oczach zbierają jej się piekące łzy.

– Jeden na rodzinę – warknął mężczyzna. – Odejdź.

– Ale...

– Odejdź! – krzyknął, strzelając jej palcami przed nosem. – Za tobą czekają inni.

Odeszła, słysząc, jak mamrocze pod nosem coś obelżywego. Łez nie było dużo, ledwie tyle, by zdążyła szybko je wycierać, za to bardzo piekły.

Wcisnęła sobie pudełko pod pachę i gdy tylko jej wzrok odzyskał ostrość na tyle, by mogła widzieć, opuściła głowę i ruszyła do domu. Nie mogła tu zostać, bo byli ludzie bardziej zdesperowani lub o słabszych zasadach moralnych, czekali na rogach i w drzwiach na okazję, by ukraść nieostrożnym filtry do wody i żywność. Jeśli nie będzie szła energicznie, mogą ją uznać za ofiarę. Przez kilka przecznic jej wygłodzony i wyczerpany umysł zabawiał się fantazjami walki ze złodziejami. Jakby oczyszczenie w przemocy mogło w jakiś sposób zapewnić jej spokój.

Wychodząc z mieszkania, obiecała Annie, że w drodze do domu wstąpi do starego Gina i upewni się, że staruszek wybrał się do furgonetki z pomocą, ale gdy dotarła do właściwego zakrętu, poszła dalej prosto. Zmęczenie wżarło się już głęboko w jej kości i wizja podpierania staruszka i czekania z nim w kolejce zdecydowanie przerastała jej możliwości. Powie, że zapomniała, co będzie prawie prawdą.

Na łuku prowadzącym z szerokiej alei do ślepej uliczki, przy której stał ich dom, odkryła, że pełne przemocy fantazje w jej głowie uległy zmianie. Ludzie, których bicie sobie wyobrażała, aż przeproszą i będą błagać o wybaczenie, nie byli złodziejami, a piegowatym mężczyzną z furgonetki. *Jeśli zdołają przyśpieszyć wzrost zboża.* Co to w ogóle miało znaczyć? Żartował sobie o używaniu ich ciał jako nawozu? Ośmielił się grozić jej rodzinie? Za kogo on się, u diabła, uważał?

Nie, głos w jej głowie zabrzmiał tak wyraźnie, jakby Anna zrobiła to osobiście. *Nie, był zły, ponieważ chciał pomóc, zrobić coś więcej, ale nie mógł. Świadomość, że to, co dajesz, nie wystarcza, też jest ciężarem. To wszystko. Wybacz mu.*

Namono wiedziała, że powinna, ale nie potrafiła.

Ich dom był mały: sześć pokoi ściśniętych razem jak mokry piach zgnieciony dłonią dziecka. Nic tu nie było równe, żaden kąt nie był prosty. Nadawało to przestrzeni wrażenie czegoś naturalnego, bardziej jaskini lub groty niż budynku wzniesionego przez ludzi. Zatrzymała się na chwilę przed otwarciem drzwi, próbując oczyścić myśli. Zachodzące słońce schowało się za Zuma Rock, a pył i dym w powietrzu zdradzały, gdzie przebijały się przez nie szerokie promienie. Wyglądało to tak, jakby kamień otaczała aureola. A na ciemniejącym niebie pojawiła się jasna iskra. Wenus. Dziś w nocy może będzie widać gwiazdy. Chwyciła się tej myśli jak szalupy na morzu. Mogą być gwiazdy.

W środku dom był czysty. Dywany wytrzepano, ceglane podłogi zamieciono. Powietrze pachniało bzem dzięki małej świeczce zapachowej – prezent od jednego z parafian Anny. Namono starła resztki łez. Mogła udawać, że zaczerwienienie oczu to efekt powietrza na zewnątrz. Nawet jeśli jej nie uwierzą, to mogą udawać, że uwierzyły.

– Halo? – zawołała. – Jest ktoś w domu?

Z sypialni na tyłach wybiegła z piskiem Nami, plaskając bosymi stopami po cegłach. Jej mała dziewczynka nie była już taka mała, sięgała jej prawie pod pachę. I do ramienia Anny. Zniknęła łagodna pulchność dziecka i zaczynała się przez nią przebijać niezręczna uroda nastolatki. Skórę miała niewiele jaśniejszą niż Nono, a włosy gęste i skręcone, ale uśmiechała się jak Rosjanka.

– Wróciłaś!

– Oczywiście, że tak – potwierdziła Nono.

– Co mamy?

Namono wyjęła spod pachy białe opakowanie i wcisnęła je w dłonie córki. Nachyliła się do niej z uśmiechem sprawiającym wrażenie współudziału.

– Może sama sprawdzisz, a potem mi powiesz?

Nami odpowiedziała szerokim uśmiechem i popędziła do kuchni, jakby filtry do wody i szybko rosnący owies były najlepszym możliwym prezentem. Dziewczyna miała w sobie olbrzymie pokłady szczerego entuzjazmu, ale jej zachowanie po części wynikało też z chęci dowiedzenia matkom, że nic jej nie jest, że nie muszą się o nią martwić. Tak wiele ich siły – wspólnej dla całej rodziny – brało się z prób zapewnienia sobie wzajemnie ochrony. Nie wiedziała, czy tak jest lepiej, czy gorzej.

Anna leżała na łóżku w sypialni, z rozłożonym obok grubym tomem zniekształconym od wielokrotnego czytania. *Wojna i pokój*. Miała szarawą, wymizerowaną skórę. Nono usiadła przy niej ostrożnie, kładąc dłoń na odsłoniętej skórze uda żony tuż nad zmiażdżonym kolanem. Skóra nie była już gorąca ani naciągnięta jak na bębnie. To musiał być dobry znak.

– Dzisiaj widziałam błękitne niebo – odezwała się Nono. – W nocy mogą się pojawić gwiazdy.

Anna posłała jej swój rosyjski uśmiech, taki sam, jaki jej geny przekazały Nami.

– To bardzo dobrze. Jest jakaś poprawa.

– Bóg wie, że mamy mnóstwo miejsca na poprawę – odpowiedziała Namono, od razu żałując negatywnego nastawienia w głosie. Spróbowała je złagodzić, ujmując dłoń Anny. – Ty też lepiej wyglądasz.

– Dzisiaj nie miałam gorączki – potwierdziła Anna.

– W ogóle?

– No, tylko niewielką.

– Wielu miałaś gości? – spytała, starając się utrzymać lekki ton. Parafianie Anny bardzo przejęli się jej wypadkiem, zapewniali różnego rodzaju pomoc i oferowali wsparcie tak często, że Anna nie miała szansy na odpoczynek. Namono w końcu tupnęła i ich odesłała. Anna przeważnie pozwalała im na wizyty, ponieważ powstrzymywało to też jej trzódkę przed oddawaniem zaopatrzenia, bez którego by sobie nie poradzili.

– Wstąpił Amiri – przyznała Anna.

– Doprawdy? I czego chciał mój kuzyn?

– Organizujemy jutro krąg modlitewny, tylko kilkanaście osób. Nami pomogła przygotować frontowy pokój. Wiem, że powinnam była cię najpierw zapytać, ale...

Anna kiwnęła głową w stronę nabrzmiałej, opuchniętej nogi, jakby jej niezdolność do stanięcia za kazalnicą była najgorszym, co jej się przytrafiło. I może tak było.

– Jeśli masz dość sił – powiedziała Namono.

– Przepraszam.

– Wybaczam ci. Znowu. Zawsze.

– Jesteś dla mnie dobra, Nono. – A potem cicho, żeby nie usłyszała jej Nami. – Kiedy cię nie było, ogłoszono alarm.

Namono zamarło serce.

– Gdzie uderzy?

– Nigdzie. Przechwycili go, ale...

Cisza niosła całe znaczenie. Ale był kolejny. Kolejny kamień rzucony w dół studni grawitacyjnej, w stronę delikatnych pozostałości Ziemi.

– Nie mówiłam Nami – wyznała Anna, jakby ochrona ich dziecka przed strachem była kolejnym grzechem wymagającym wybaczenia.

– Nic nie szkodzi – odparła Namono. – Ja to zrobię, jeśli będzie trzeba.

– Jak radzi sobie Gino?

Zapomniałam wylądowało już na końcu języka Namono, ale nie potrafiła skłamać. Może mogła to zrobić sobie, ale nie pozwalały na to czyste oczy Anny.

– Za chwilę do niego pójdę.

– To ważne – przypomniała Anna.

– Wiem, po prostu jestem taka zmęczona...

– Dlatego właśnie to takie ważne – potwierdziła Anna. – W czasach kryzysu naturalnie się do siebie zbliżamy. Wtedy to łatwe. Dopiero gdy wszystko się przeciąga, musimy się wysilić. Musimy dopilnować, żeby wszyscy widzieli, że jesteśmy w tym razem.

Chyba że nadleci kolejny kamień, którego flota nie złapie na czas. Chyba że farmy hydroponiczne przestaną działać pod aktualnym obciążeniem i wszyscy zostaną bez jedzenia. Chyba że zawiodą recyklery wody. Chyba że stanie się jedna z tysiąca rzeczy, z których każda oznaczała śmierć.

Dla Anny nawet to nie byłoby porażką. Przynajmniej tak długo, jak długo byliby wszyscy dla siebie dobrzy i mili. Jeśli z życzliwością pomagaliby sobie wzajemnie wejść do grobów, Anna uznałaby, że postępuje zgodnie z powołaniem. Może miała rację.

– Oczywiście – zapewniła Namono. – Chciałam po prostu najpierw przynieść tu zapasy.

Chwilę później do pokoju wpadła Nami, z recyklerem wody w ręce.

– Patrzcie! Kolejny cudowny tydzień picia oczyszczonych sików i brudnej deszczówki! – oznajmiła z uśmiechem, a Namono po raz milionowy uderzyło, jak idealnym połączeniem swoich matek jest ta dziewczynka.

Resztę pakietu stanowiły gotowe do gotowania brykiety owsiane, paczuszki czegoś, co według napisów po chińsku i w hindi było gulaszem z kurczaka, oraz garść tabletek. Witaminy dla całej rodziny, środki przeciwbólowe dla Anny. Przynajmniej coś.

Namono siedziała z żoną, trzymając ją za rękę, aż powieki Anny zaczęły opadać, a jej policzki przybrały miękki wygląd świadczący o nadchodzącym śnie. Za oknem szarzały resztki czerwieni zachodu. Ciało Anny się rozluźniło, ustąpiło napięcie ramion. Wygładziły się zmarszczki na czole. Anna nie narzekała, ale ból rany i obciążenie nagłego okaleczenia łączyły się z dzielonym przez nie obie strachem. Miło było zobaczyć, jak to wszystko ustępuje, choćby na chwilę. Anna zawsze była ładną kobietą, ale podczas snu robiła się piękna.

Nono wstała od łóżka dopiero, gdy oddech jej żony zrobił się równy i głęboki. Była już prawie przy drzwiach, gdy zabrzmiał rozespany głos Anny.

– Nie zapomnij o Gino.

– Właśnie tam idę – zapewniła cicho Nono, a oddech Anny wrócił do rytmu snu.

– Mogę iść z tobą? – zapytała Nami, gdy Nono podchodziła do drzwi mieszkania. – Terminale znowu nie działają i nie mam tu nic do zrobienia.

Przez głowę Nono przemknęło *tam jest zbyt niebezpiecznie* oraz *mama może cię potrzebować*, ale w oczach córki kryło się tyle nadziei.

– Tak, ale załóż buty.

Marsz do Gina był jak taniec w cieniach. Panele słoneczne oświetlenia awaryjnego złapały dość światła, by połowa mijanych domów jarzyła się słabo od środka. Niewiele bardziej niż od światła świecy, ale i tak było lepiej niż wcześniej. Samo miasto wciąż było czarne. Żadnych ulicznych latarni, blasku wieżowców, tylko kilka jaśniejszych punktów wzdłuż organicznej krzywizny arkologii na południu.

Namono dopadło żywe wspomnienie z czasów, gdy była młodsza od swojej córki teraz i po raz pierwszy leciała na Lunę. Jaskrawość gwiazd i urzekająca uroda Drogi Mlecznej. Nawet z pyłem wciąż unoszącym się w powietrzu nad nimi, teraz widać było w górze więcej gwiazd niż w czasach, gdy ukrywał je blask miejskich świateł. Błyszczał też srebrny półksiężyc Luny z rozciągniętymi w czerni pajęczynami świateł. Ujęła dłoń córki.

Palce dziewczyny wydawały się takie grube i solidne w porównaniu z tym, jakie były kiedyś. Dorastała. Nie była już ich małą dziewczynką. Miały tak wiele planów wspólnego podróżowania i nauki na uniwersytecie. Teraz wszystkie przepadły. Zniknął świat, dla którego spodziewały się ją wychować. Poczuła ukłucie winy, jakby mogła coś zrobić, żeby nie dopuścić do tego wszystkiego. Jakby to w jakiś sposób było jej winą.

W pogłębiającym się mroku rozbrzmiewały głosy, choć nie było ich tak wiele jak wcześniej. Wcześniej ta okolica tętniła bogatym życiem nocnym. Puby, uliczni artyści i ostra, modna ostatnio grzechotliwa muzyka, wylewająca się strumieniami na ulice. Teraz ludzie spali w ciemności i wstawali wraz ze słońcem. Poczuła woń gotowanego jedzenia. Dziwne było to, że nawet gotowany owies mógł się kojarzyć z komfortem. Miała nadzieję, że stary Gino poszedł do furgonetki albo że zrobił to za niego jeden z parafian Anny, bo inaczej Anna będzie nalegać, żeby oddać mu część ich żywności, a Namono jej na to pozwoli.

Ale jeszcze do tego nie doszło, nie trzeba się źle nastawiać. I tak miała za dużo na swoich barkach. Kiedy dotarły do skrzyżowania z uliczką starego Gina, zgasły ostatnie resztki światła słońca. Jedynym śladem dalszego istnienia Zuma Rock był ciemniejszy mrok, który unosił się na tysiące metrów nad miastem. Sama ziemia wyzywająco wznosząca pięść ku niebu.

– Och – odezwała się Nami. Nawet nie było to słowo, a wciągnięcie powietrza. – Widziałaś to?

– Co takiego? – zapytała Namono.

– Spadająca gwiazda. Tam jest następna. Patrz!

Faktycznie, pośród migających gwiazd pojawiła się na chwilę smuga światła. A potem następna. Kiedy tak stały, trzymając się za ręce, zobaczyły jeszcze kilka. Potrzebowała całej siły woli i opanowania, by nie wepchnąć córki pod osłonę najbliższych drzwi i nie próbować jej zasłonić. Ogłoszono alarm, ale pozostałości floty ONZ przechwyciły ten głaz. Smugi mknące przez górną atmosferę mogły nawet nie być jego pozostałościami. Ale nie można było wykluczyć takiej możliwości.

Tak czy siak, spadające gwiazdy kiedyś były czymś pięknym, niewinnym. Nie teraz. Nie dla niej, nie dla nikogo na Ziemi. Każda jaskrawa smuga była szeptem śmierci. Sykiem pocisku. Przypomnieniem głośnym jak głos. *To wszystko może przepaść i nie zdołacie tego powstrzymać.*

Kolejna smuga, jasna jak promień latarki, zakończona cichą kulą ognia wielkości jej paznokcia.

– Ten był duży – skomentowała Nami.

Nie, pomyślała Namono. *Wcale nie był.*

ROZDZIAŁ PIERWSZY

PA

– Nie macie do tego pieprzonego prawa! – wykrzyknął nie po raz pierwszy właściciel *Hornblowera*. – Pracowaliśmy na to, co mamy. Jest *nasze*.

– Już to przerabialiśmy, proszę pana – odpowiedziała Michio Pa, kapitan *Connaughta*. – Pański statek i jego ładunek zostają przejęte z rozkazu Wolnej Floty.

– Te wasze bzdury o pomocy? Jeśli Pasiarze potrzebują zaopatrzenia, to niech je sobie kupią. Moje jest moje.

– To wszystko jest potrzebne. Gdyby pan postąpił zgodnie z rozkazami...

– Strzeliliście do nas! Zniszczyliście nam dyszę silnika!

– Próbował pan przed nami uciekać. Pańscy pasażerowie i załoga...

– Wolna Flota, do chuja pana! Jesteście złodziejami. *Piratami*.

Siedzący z jej lewej strony Evans – pierwszy oficer i najnowszy członek rodziny – sapnął, jakby został uderzony. Michio zerknęła na niego i napotkała spojrzenie jego błękitnych oczu. Uśmiechnął się: białe zęby i zbyt przystojna twarz. Był ładny i dobrze o tym wiedział. Michio wyciszyła mikrofon, pozwalając, by strumień obelg wylewał się z *Hornblowera* bez jej udziału i kiwnęła do niego głową. *O co chodzi?*

Evans wskazał konsolę kciukiem.

– Tyle złości – rzucił. – Rzuca się, jakbyśmy zranili uczucia biednego coyo.

– Bądź poważny – odpowiedziała Michio, choć z uśmiechem.

– Jestem poważny. Fragé bist.

– Ty? Wrażliwy?

– W głębi serca – zapewnił Evans, przyciskając dłoń do umięśnionej piersi. – Mały chłopiec, ja.

W głośnikach właściciel *Hornblowera* nadal pieklił się, rzucając wyzwiskami. Według niego Pa była złodziejką, kurwą i osobą, której nie obchodziło, czyje dzieci zginą, byle tylko dostała swoją wypłatę. Gdyby był jej ojcem, prędzej by ją zabił, niż pozwolił tak zbezcześcić rodowe nazwisko. Evans zachichotał.

Wbrew sobie Michio też się roześmiała.

– Wiesz, że twój akcent przybiera na sile, gdy flirtujesz?

– Owszem – potwierdził Evans. – Stanowię złożone połączenie uczuć i występków. Ale udało mi się odciągnąć twoją uwagę od niego. Zaczynałaś tracić panowanie.

– Jeszcze go nie straciłam – rzuciła, a potem z powrotem włączyła mikrofon. – Proszę pana. *Proszę pana!* Czy możemy się przynajmniej zgodzić, że jestem piratką, która oferuje zamknięcie pana w pańskiej kabinie na czas podróży do Kalisto, chociaż mogłabym wyrzucić pana w kosmos? Może być?

W odbiorniku na chwilę zapanowała pełna oburzenia cisza, a potem z głośnika dobiegł ryk furii, z którego wyłoniły się zwroty w rodzaju *wypiję twoją pieprzoną pasiarską krew* oraz *zabiję cię, jeśli spróbujesz.* Michio uniosła trzy palce. Z drugiej strony mostka Oksana Busch machnęła ręką w potwierdzeniu i stuknęła przyciski sterowania uzbrojeniem.

Connaught nie był pasiarskim okrętem. Przynajmniej pierwotnie. Został zbudowany przez flotę Marsjańskiej Republiki Kongresowej i wyposażono go w różnorodne eksperckie systemy bojowe i techniczne. Przebywali na jego pokładzie już prawie rok, z początku szkoląc się w tajemnicy, a potem nadszedł dzień, gdy poprowadzili go do boju. Teraz Michio przyglądała się na monitorze, jak *Connaught* identyfikuje sześć punktów na unoszącym się frachtowcu; w namierzonych miejscach strumień pocisków z działek obrony punktowej przebije kadłub. Włączyły się lasery celownicze, oświetlając *Hornblowera.* Michio czekała. Uśmiech Evansa zrobił się mniej pewny siebie. Wyraźnie nie miał ochoty na zabijanie cywili. Szczerze mówiąc, Michio też wolałaby tego uniknąć, ale *Hornblower* nie miał szans na odbycie swojej podróży przez wrota i do obcych planet, które jego pasażerowie zamierzali skolonizować. Teraz negocjacje sprowadzały się już tylko do warunków kapitulacji.

– Mam wystrzelić, bossmang? – zapytała Busch.

– Jeszcze nie – odparła Michio. – Ale uważaj na silnik. Jeśli spróbują go włączyć, strzelaj.

– Jeśli spróbują go odpalić z tą uszkodzoną dyszą, równie dobrze możemy sobie oszczędzić amunicję – skomentowała szyderczo Busch.

– Ludzie liczą na ten ładunek.

– Ja savvy – potwierdziła Busch. – Wciąż nie aktywują – dodała po chwili.

Z trzaskiem obudziło się radio, potem dobiegło z niego coś jeszcze. Na drugim statku ktoś krzyczał, ale nie do niej. Potem zabrzmiał inny głos, cały chór wzajemnie przekrzykujących się osób. Głośny wystrzał z pistoletu, dźwięki ataku spłaszczone i unieszkodliwione przez głośniki.

Rozległ się nowy głos.

– *Connaught*? Jesteście tam?

– Czekamy – potwierdziła Michio. – Z kim rozmawiam?

– Nazywam się Sergio Plant – przedstawił się człowiek po drugiej stronie. – Pełnię obowiązki kapitana *Hornblowera*. Oferuję poddanie się, tylko niech nikomu nie stanie się krzywda, dobra?

Evans wyszczerzył się do niej z radością i ulgą.

– Besse pana słyszeć, kapitanie Plant – odpowiedziała Michio. – Przyjmuję pańskie warunki. Proszę się przygotować do abordażu.

Rozłączyła się.

***

Zdaniem Michio historia była długą serią niespodzianek, które z perspektywy czasu wydawały się nieuniknione. A to, co było prawdą dla narodów, planet i potężnych organizmów korporacyjno-państwowych, dotyczyło też pomniejszych losów kobiet i mężczyzn. Jak w górze, tak na dole. Co dotyczyło SPZ, Ziemi i Marsjańskiej Republiki Kongresowej, było też prawdą dla

Oksany Busch, Evansa Garnera-Choi i Michio Pa. Właściwie to wszystkich żyjących i pracujących na *Connaughcie* i jego bliźniaczych jednostkach. Drobne osobiste historie załogi *Connaughta* wydawały się mieć większe znaczenie wyłącznie z powodu tego, gdzie siedziała, czym dowodziła i za sprawą obciążenia, jakim było zapewnienie bezpieczeństwa kobietom i mężczyznom jej załogi oraz dopilnowanie, by znaleźli się po właściwej stronie historii.

Dla niej pierwszą niespodzianką z wielu było stanie się elementem zbrojnego ramienia Pasa. Jako młoda kobieta spodziewała się zostać inżynierką lub administratorką na jednej z dużych stacji. I może tak by się stało, gdyby okazywała trochę większe zamiłowanie do matematyki. Przebijała się przez uniwersytet, bo sądziła, że tak powinna zrobić, i zawiodła, ponieważ mogła zrobić to z honorem. Poczuła wstrząs po odebraniu wiadomości, że została skreślona z listy studentów. Z perspektywy czasu było to oczywiste. Szkło powiększające historii.

Lepiej pasowała do SPZ, a przynajmniej do tego odłamu, do którego przystąpiła. W ciągu pierwszego miesiąca stało się jasne, że Sojusz Planet Zewnętrznych jest nie tyle zjednoczoną biurokracją rewolucji, co swego rodzaju franczyzową marką przyjmowaną przez obywateli Pasa, którzy uważali, że coś takiego powinno istnieć. Kolektyw Voltaire uważał się za SPZ, ale to samo dotyczyło grupy Freda Johnsona z bazą na stacji Tycho. Anderson Dawes pełnił funkcję gubernatora Ceres pod znakiem rozerwanego kręgu, a Zig Ochoa zwalczała go pod tą samą flagą.

Michio przez lata wyrabiała sobie opinię kobiety z karierą wojskową, choć w głębi duszy doskonale zdawała sobie sprawę, że struktura dowodzenia była bardzo płynna. Z tego też powodu zdarzało się jej, że odruchowo broniła władzy – jej władzy nad podwładnymi oraz władzy przełożonych nad nią. Dzięki temu właśnie wylądowała na fotelu pierwszej oficer *Behemota*, co z kolei zaprowadziło ją do powolnej strefy, gdy ludzkość po raz pierwszy przekroczyła wrota, dostając się do przestrzeni kontrolującej odziedziczone przez nich imperium tysiąca trzystu układów gwiezdnych. To właśnie zabiło jej ukochaną, Sam Rosenberg. Po tamtych wydarzeniach jej wiara w struktury dowodzenia znacząco osłabła.

Co z perspektywy czasu znowu wydało się oczywiste.

Jeśli chodzi o drugie zaskoczenie, nie potrafiła go precyzyjnie określić. Zbiorowe małżeństwo, rekrutacja przez Marco Inarosa, a może przejęcie dowodzenia nad nowym statkiem i jego rewolucyjną misją w Wolnej Flocie. Punktów zwrotnych w życiu człowieka było więcej niż ziaren piasku na pustyni i nie każdy był oczywisty, nawet w retrospektywie.

***

– Oddział abordażowy gotowy – oznajmił Carmondy głosem spłaszczonym przez mikrofon skafandra. – Mamy dokonać przebicia?

Jako dowódca oddziału szturmowego technicznie Carmondy nie podlegał bezpośrednio Michio, ale uznał jej autorytet zaraz po wejściu na pokład ze swoimi ludźmi. Przez kilka lat mieszkał na Marsie, nie był członkiem grupowego małżeństwa tworzącego rdzeń załogi *Connaughta* i miał w sobie dość profesjonalizmu, by zaakceptować własny status outsidera. Lubiła go przynajmniej za to.

– Pozwólmy im być mili – odpowiedziała Michio. – Jeśli zaczną do nas strzelać, zrób, co będzie trzeba.

– Savvy – potwierdził Carmondy, a potem przełączył kanały.

Oba statki unosiły się teraz w nieważkości, więc nie mogła się rozsiąść w swojej pryczy przeciążeniowej. A zrobiłaby to, gdyby tylko się dało.

Kiedy nadeszła wiadomość, że Wolna Flota przejmuje kontrolę nad Układem, a pierścień wrót zostaje zamknięty dla ruchu, statki kolonizacyjne lecące w stronę nowych planet po drugiej stronie stanęły przed wyborem. Poddać się i przekazać swoje zasoby do rozprowadzenia na stacje i statki, które ich najbardziej potrzebowały, dzięki czemu mogli zachować swoje jednostki, albo uciekać, a wtedy je stracą.

Hornblower – jak Bóg wie ile innych jednostek – dokonał kalkulacji i zdecydował, że ryzyko jest warte nagrody. Wyłączyli transponder, obrócili statki i ruszyli pełnym ciągiem, krótko. Potem znowu obrót, ciąg, obrót, ciąg. Nazywali to Hotaru. Strategia świecenia dyszą z silnika tylko przez chwilę, a potem lot bez żadnych emisji w nadziei, że bezmiar przestrzeni ukryje ich do czasu zmiany sytuacji politycznej. Statki miały dość żywności i zapasów, by utrzymać kolonistów przez wiele lat. Układ był tak wielki, że jeśli uda im się uniknąć wykrycia na samym początku, znalezienie ich później mogło potrwać całe dziesięciolecia.

Niestety, gazy wylotowe z silnika *Hornblowera* zostały wykryte przez teleskopy Wolnej Floty na Ganimedesie i Tytanie. Najbardziej nie podobało jej się to, że pościg zabrał ich poza płaszczyznę ekliptyki. Zdecydowana większość heliosfery rozciągała się powyżej i poniżej cienkiego dysku, w którego obrębie mieściły się orbity planet i pasa asteroid. Michio żywiła przesądną niechęć do tych otchłani, olbrzymiej pustki, która, w jej umyśle, unosiła się nad i pod ludzką cywilizacją.

Pierścień wrót i nierzeczywista przestrzeń po jego drugiej stronie mogły być dziwniejsze – *były* dziwniejsze – ale jej niepokój dotyczący lotów poza ekliptyką narodził się, gdy była jeszcze dzieckiem. Był elementem jej osobistej mitologii, zwiastunem nieszczęścia.

Ustawiła monitor na wyświetlanie obrazów z kamer oddziału abordażowego i włączyła łagodną muzykę. *Hornblower* oglądany równocześnie z dwudziestu perspektyw przy akompaniamencie kojących harf i bębenków. W śluzie stał ciemnoskóry Ziemianin z szeroko rozstawionymi rękami. Patrzyło na niego sześć kamer z widocznymi lufami broni. Pozostali się przesunęli, rozglądając się za ruchem na obrzeżach lub nadchodzącym spoza statku. Mężczyzna sięgnął do góry i użył uchwytu do odwrócenia się, wyciągając ręce za plecy do nałożenia kajdanek. Jego ruchy świadczyły o tym, że kapitan Plant – czy ktokolwiek to był – bywał już zatrzymywany przez policję.

Oddział abordażowy ruszył w głąb statku, ostrożnie przemieszczając się grupami przez korytarze. Ruch na ekranie powiązany z postacią widoczną na innym obrazie. Załogę *Hornblowera* zastali czekającą karnie rzędami w kambuzie, z rękami wyciągniętymi w gotowości na los przygotowany im przez *Connaughta*. Nawet w bardzo małych okienkach kamer widziała lśniącą powłokę łez rozchodzących się po twarzach poszczególnych pojmanych. Maski żalu z soli fizjologicznej i napięcia powierzchniowego.

– Nic im nie będzie – odezwał się Evans. – Esá? To twoje zadanie, prawda?

– Wiem – rzuciła Michio ze spojrzeniem utkwionym w ekranie.

Oddział abordażowy przemieszczał się przez pokłady, blokując sterowanie jednostki. Ich koordynacja nadawała im pozór jednego organizmu z dwudziestoma parami oczu. Grupowa, wyćwiczona świadomość profesjonalizmu. Mostek wyglądał na źle utrzymany. Przy kratce wyciągu powietrza tkwił ręczny terminal i bańka do picia, wyraźnie zostawione w powietrzu. Bez ciążenia ciągu do skoordynowania ustawień prycze przeciążeniowe sterczały pod różnymi kątami. Widok skojarzył się jej ze starymi nagraniami z wraków statków na starej Ziemi. Statek kolonizacyjny tonący w nieskończonej próżni.

Wiedziała, że Carmondy wezwie ją, jeszcze zanim to zrobił, i przygotowała się, ściszając muzykę. Prośba o połączenie zabrzmiała uprzejmym sygnałem dźwiękowym.

– Przejęliśmy kontrolę nad statkiem, kapitanie – oznajmił. Dwóch jego ludzi przyglądało mu się, gdy to mówił, więc zobaczyła ruchy jego warg i szczęki formujące słowa z dwóch kątów. – Żadnego oporu, żadnych problemów.

– Oficer Busch? – rzuciła Michio.

– Ich zapory ogniowe są już wyłączone – zgłosiła Oksana. – Toda y alles.

Michio kiwnęła głową, bardziej do siebie niż do Carmondy'ego.

– *Connaught* przejął kontrolę nad systemami wrogiego statku.

– Ustanawiamy perymetr i zabezpieczamy więźniów. Ustawiliśmy automatyczne zgłaszanie.

– Zrozumiano – potwierdziła Michio. Następnie zwróciła się do Evansa. – Odsuńmy się na tyle, żeby znaleźć się poza zasięgiem wybuchu, gdyby się okazało, że ukryli atomówkę w zbożu.

– Tak jest – odpowiedział Evans.

Silniki manewrowe przesunęły ją na pasy bezpieczeństwa, nawet nie z siłą jednej dziesiątej g, a i to zaledwie przez kilka sekund. Odbieranie rzeczy, które inni ludzie uważali za należące się im, było niebezpiecznym zadaniem. *Connaught* oczywiście będzie czuwał nad oddziałem abordażowym, delikatnie trzymając rękę na pulsie zdarzeń. A dodatkowo Carmondy będzie się zgłaszał co pół godziny za pomocą jednorazowych protokołów łączności. Jeśli się nie zgłosi, Michio zmieni *Hornblowera* w rozszerzającą się chmurę gorącego gazu jako ostrzeżenie dla następnej jednostki. A kilka tysięcy osób na Kalisto, Io i Europie będzie musiało mieć nadzieję, że uda się zrealizować inne misje rekwizycyjne Wolnej Floty.

Pas zrzucił wreszcie jarzmo planet wewnętrznych. Mieli stację Medyna w sercu pierścieni wrót, mieli jedyną sprawną flotę w Układzie Słonecznym i wdzięczność milionów Pasiarzy. Na dłuższą metę było to największe oświadczenie niezależności i wolności, jakiego kiedykolwiek dokonała rasa ludzka. Na krótką metę jej zadaniem było dopilnować, by zwycięstwo nie doprowadziło ich do śmierci głodowej.

Przez następne dwa dni Carmondy i jego ludzie dopilnują, by potencjalni koloniści zostali bezpiecznie zamknięci na wydzielonych pokładach, gdzie przeczekają lot na stabilną orbitę wokół Jowisza. Potem dokonają pełnej inwentaryzacji wszystkiego, co zdobyli, przejmując *Hornblowera*. Gdy skończą, i tak upłynie jeszcze tydzień, zanim uda się uruchomić odzyskane silniki. W tym czasie *Connaught* będzie z nimi jako strażnik i porywacz, a Michio nie będzie miała do zrobienia nic poza skanowaniem czerni w poszukiwaniu innych uciekinierów.

Wcale nie miała na to ochoty i była pewna, że inni członkowie zbiorowego małżeństwa także dzielili jej odczucia. Mimo wszystko, kiedy Oksana się odezwała, w jej głosie brzmiało coś więcej.

– Bossmang. Mamy potwierdzenie z Ceres.

– Dobrze – rzuciła Michio, ale tonem głosu zasugerowała, że usłyszała to, czego Oksana nie powiedziała.

Oksana Busch była jej żoną niemal tak długo, jak cała grupa pozostawała razem. Doskonale znały nawzajem swoje nastroje.

– Mam coś jeszcze. Wiadomość od niego.

– Czego chce Dawes? – zapytała Michio.

– Nie Dawes, sam Najwyższy we własnej osobie.

– Inaros? – zdziwiła się Michio. – Odtwórz.

– Zaszyfrowane kluczem kapitańskim – wyjaśniła Oksana. – Mogę to przesłać do twojej kabiny albo terminala, jeśli...

– Odtwórz, Oksana.

Na ekranie pojawił się Marco Inaros. Sądząc po tym, jak układały się jego włosy, był na Ceres albo leciał z ciągiem. W tle nie było widać dość, żeby stwierdzić, czy znajduje się na statku, czy w biurze. Jego czarujący uśmiech sięgał ciepłych, ciemnych oczu. Michio poczuła, jak lekko przyśpiesza jej puls i powiedziała sobie, że to niepokój, a nie jego atrakcyjność. Co w większości było prawdą. Choć musiała przyznać, że drań miał charyzmę.

– Kapitan Pa – odezwał się Marco. – Miło mi słyszeć, że czysto przejęła pani *Hornblowera*, co stanowi kolejny dowód pani umiejętności. Mieliśmy rację, przydzielając pani dowodzenie nad akcjami rekwizycyjnymi. Sytuacja rozwija się na tyle dobrze, że jesteśmy gotowi przejść do następnego etapu naszego planu.

Michio zerknęła na Evansa i Oksanę. Mężczyzna skubał brodę i próbował nie oglądać się na Michio.

– Chcemy, żeby skierowała pani *Hornblowera* bezpośrednio na Ceres – oznajmił Marco. – Ale wcześniej organizuję spotkanie. Wyłącznie wewnętrzny krąg. Pani, ja, Dawes, Rosenfeld, Sanjrani. Na stacji Ceres. – Uśmiechnął się szerzej. – Teraz, gdy kontrolujemy Układ, powinniśmy wprowadzić pewne zmiany, prawda? *Pella* twierdzi, że może tam pani dotrzeć za dwa tygodnie. Dobrze będzie zobaczyć panią osobiście.

Wykonał energiczny salut Wolnej Floty, ten wymyślony przez niego. Ekran zgasł. Niełatwo było jej się połapać w ogarniającym ją zmieszaniu, niepokoju i uldze. Tak niespodziewana, raptowna i podana praktycznie bez wyjaśnienia zmiana jej misji sprawiła, że poczuła się niepewnie. Z kolei wybranie się na spotkanie wewnętrznego kręgu wciąż wiązało się z poczuciem zagrożenia, które towarzyszyło im, zanim Wolna Flota ujawniła się światu. Lata poruszania się w cieniach wyrobiły pewne nawyki i odczucia, które trudno było zignorować nawet po wygranej. Choć przynajmniej wrócą do płaszczyzny ekliptyki i nie będą dłużej tkwić w czerni, gdzie działy się złe rzeczy. Bardzo złe.

Takie, odezwał się cichy głos w głębi głowy, *jak wezwanie na niespodziewane spotkanie.*

– Dwa tygodnie? – zapytała Michio.

– Możliwe. – Busch odpowiedziała, prawie zanim przebrzmiało pytanie. Już zdążyła przeanalizować kurs. – Ale to oznacza ostry ciąg i ani chwili czekania na *Hornblowera*.

– Carmondy'emu się to nie spodoba – skomentowała Pa.

– Ale co ma powiedzieć? – stwierdziła Oksana. – To rozkaz z samej góry.

– To prawda – zgodziła się Michio.

Evans odchrząknął.

– Czyli lecimy?

Michio uniosła pięść. *Tak*.

– To Inaros – powiedziała, ucinając nadchodzący protest jego nazwiskiem.

– Cóż. Bien – ustąpił Evans, choć ton jego głosu sugerował coś innego.

– Masz coś do powiedzenia? – zapytała Pa.

– Po prostu to nie pierwszy raz, gdy zmieniają się plany – rzucił Evans z twarzą pomarszczoną niepokojem. W ten sposób nie wyglądał ładnie, ale był jej najnowszym mężem, więc tego nie skomentowała. Ładni mężczyźni bywali tacy delikatni.

– Mów dalej – powiedziała zamiast tego.

– No cóż, była ta sprawa z pieniędzmi i Sanjranim. I premier Marsa w końcu bezpiecznie dotarł do Luny, choć starała się go załatwić połowa Wolnej Floty. A słyszałem też, że próbował zabić Freda Johnsona i Jamesa Holdena, ale obaj ciągle cieszą się dobrym zdrowiem. Zaczynam się zastanawiać.

– Że może Marco nie jest tak nieomylny, za jakiego się podaje? – zasugerowała Michio.

Przez chwilę nie odpowiadał. Pomyślała, że może tego nie zrobić.

– Coś w tym stylu – przyznał w końcu Evans. – Ale nawet takie myślenie sprawia wrażenie, jakby mogło się zrobić nieprzyjemnie, nie?

– Coś w tym stylu – zgodziła się Michio.

ROZDZIAŁ DRUGI

FILIP

Nie istniał nikt, kogo nienawidziłby bardziej niż Jamesa Holdena. Holden, rozjemca, który nigdy nie doprowadzał do pokoju. Holden, czempion sprawiedliwości, który nigdy dla niej niczego nie poświęcił. James Holden, który latał z Marsjanami i Pasiarzami – z *jedną* Pasiarką – i przemieszczał się przez Układ, jakby był lepszy od wszystkich innych. Neutralnie i ponad zawieruchą, podczas gdy planety wewnętrzne rzucały zasoby ludzkości na tysiąc trzysta nowych planet, pozostawiając Pasiarzy na śmierć. Który, wbrew wszystkiemu, nie zginął wraz z *Chetzemoką*.

Fred Johnson, Ziemianin, który znaturalizował się w Pasie i zaczął przemawiać w jego imieniu, był tuż za nim, na drugim miejscu. Rzeźnik stacji Anderson, który zrobił karierę na mordowaniu niewinnych Pasiarzy i kontynuował ją przez protekcjonalne traktowanie ich wszystkich w sposób prowadzący do śmierci kultury i ludzi. Zasługiwał z tego powodu na nienawiść i pogardę. A jednak matka Filipa nie zginęła bezpośrednio z powodu Johnsona, więc to Holden – James *pinché* Holden – zdobył pierwszą nagrodę.

Minęły miesiące, odkąd Filip obił sobie ręce do krwi o wewnętrzne drzwi śluzy, gdy jego matka, z umysłem wykrzywionym przez zbyt dużo czasu spędzonego przy Holdenie, wystrzeliła się w próżnię wraz z Cynem. Głupie śmierci. Niepotrzebne. Powtarzał sobie, że właśnie dlatego tak bolały. Że nie musiała zginąć, ale i tak postanowiła to zrobić. Złamał sobie rękę, próbując ją powstrzymać, ale to nic nie dało. Naomi Nagata wolała złą śmierć w próżni od życia z jej prawdziwym ludem. Co było dowodem na władzę, jaką miał nad nią Holden. Jak głębokie pranie mózgu przeszła i jak słaby od początku miała umysł.

Nikomu na *Pelli* nie powiedział, że wciąż śni o tym każdej nocy: zamknięte drzwi, pewność, że po ich drugiej stronie znajduje się coś cennego – coś *ważnego* – i poczucie olbrzymiej straty przez to, że nie potrafił otworzyć drzwi. Gdyby wiedzieli, jak bardzo go to dręczy, uznaliby go za słabego, a jego ojciec nie miał miejsca dla ludzi, którzy nie potrafili robić tego, co do nich należało. Nawet, jeśli był to jego własny syn. Filip zajmie swoje miejsce jako Pasiarz i członek Wolnej Floty albo mógł znaleźć sobie miejsce na stacji i zostać tam jako chłopiec. Miał już prawie siedemnaście lat i pomógł zniszczyć ciemiężycieli z Ziemi. Jego dzieciństwo należało do przeszłości.

***

Stacja Pallas była jedną z najstarszych w Pasie. Tam znajdowały się pierwsze kopalnie, a po nich pierwsze rafinerie. Po nich powstały nowe obiekty, ponieważ tutaj znajdowała się baza przemysłowa. A także dlatego, że łatwo było użyć starych, ciągle jeszcze działających urządzeń do mielenia i wirówek w charakterze zapasowego sprzętu. Oraz z przyzwyczajenia. Pallas nigdy nie nadano ruchu wirowego. Istniejące tam ciążenie było naturalną mikrograwitacją jego masy i wynosiło dwa procent pełnego ciążenia Ziemi. W zasadzie był to jedynie stały kierunek dryfowania. Stacja wznosiła się powyżej i opadała poniżej płaszczyzny ekliptyki, jakby próbowała się wyrwać z Układu Słonecznego. Ceres i Vesta były większe i bardziej zaludnione, ale to stąd pochodził metal na poszycia i reaktory, pokłady stacji i kontenery transportowe, na działa osadzane na zdobycznych okrętach Wolnej Floty oraz wystrzeliwane przez nie pociski. Jeśli Ganimedes był spichlerzem Pasa, to Pallas była jego kuźnią.

Oczywiście, miało sens, żeby w nieustannej podróży przez uwolniony Układ Wolna Flota wstępowała tu i pilnowała, żeby na stacji nie zostały żadne zapomniane zasoby.

– S'yahaminda, que? – powiedział kapitan portu, unosząc się w szerszym końcu sali konferencyjnej.

Było to typowe pomieszczenie Pasiarzy: żadnych stołów ani krzeseł, niewiele odniesień do góry i dołu. Po tak długim czasie spędzonym na statku zbudowanym z uwzględnieniem ciążenia ciągu Filip czuł się tu jak w domu, autentycznie, w sposób, w jaki nigdy nie mógł się poczuć w przestrzeniach zaprojektowanych przez Marsjan.

Taki też był sam kapitan portu. Ciało miał dłuższe niż u kogoś, kto spędził dzieciństwo nawet w niewielkim, stałym ciążeniu. Jego głowa była większa w stosunku do ciała niż u Filipa, Marco czy Karala. Lewe oko miał białe i ślepe, ponieważ nawet mieszanka farmaceutyków, które umożliwiały ludziom życie w nieważkości, nie wystarczyła, by utrzymać przy życiu kapilary. Był jednym z ludzi, którzy nigdy nie zdołaliby przeżyć na powierzchni planety, nawet przez krótki czas. Najbardziej ekstremalny koniec zakresu fizjologicznego Pasiarzy. Wolna Flota powstała właśnie po to, by chronić i reprezentować takich ludzi.

I prawdopodobnie dlatego wydawał się teraz tak zmieszany i zdradzony.

– Czy to problem? – zapytał Marco, wzruszając dłońmi.

Powiedział to w sposób sugerujący, że wyrzucenie zawartości magazynów w próżnię było czymś najzupełniej normalnym. Filip uniósł brwi, naśladując wyraz niedowierzania na twarzy ojca. Karal tylko patrzył ponuro i trzymał dłoń opartą o kaburę.

– Per es esá mindan hoy – powiedział.

– Wiem, że to wszystko – potwierdził Marco. – Właśnie o to chodzi. Jak długo to wszystko tu będzie, Pallas będzie celem dla wewnętrznych, a jeśli wsadzisz wszystko, co macie, do kontenerów i je wystrzelisz, tylko my będziemy znać ich wektory. Wyśledzimy ich lokalizację i zbierzemy wszystko, czego potrzebujemy, gdy będzie to potrzebne. Nie chodzi tylko o to, żeby to nie wpadło w ich ręce, chodzi o pokazanie, że magazyny stacji są puste, jeszcze zanim spróbują po nie sięgnąć, nie?

– Per mindan... – stwierdził kapitan portu, mrugając nerwowo.

– Zapłacimy za to wszystko – zapewnił Filip. – Dobra waluta Wolnej Floty.

– Dobra, owszem – rzucił kapitan. – Aber...

Jego mruganie się nasiliło i odwrócił wzrok od Marco, jakby admirał pierwszych prawdziwych sił zbrojnych Pasa unosił się pół metra w lewo od faktycznej lokalizacji. Oblizał wargi.

– Aber? – podsunął Marco, naśladując jego akcent.

– Klasyfikatory wirówek v'reist neue ganga, nie?

– Jeśli potrzebujesz nowych części, to je kup – oświadczył Marco, przybierając groźny ton głosu.

– Aber... – Kapitan portu przełknął ślinę.

– Ale do tej pory kupowałeś od Ziemi – dokończył Marco. – A oni nie przyjmą naszych pieniędzy.

Kapitan portu uniósł pięść w potwierdzeniu.

Uśmiech Marco był łagodny i otwarty. Współczujący.

– Nikt tam już nie będzie nic kupował. Już nie. Teraz będziesz kupował w Pasie. Tylko.

– Pas nie robi dobrych części – zaprotestował płaczliwie kapitan portu.

– Robimy najlepsze dostępne – rzucił Marco. – Wiele się zmieniło, przyjacielu, spróbuj za tymi zmianami nadążyć. I zapakuj wszystko do wypchnięcia, sa sa?

Kapitan portu spojrzał w oczy Marco i ponownie uniósł pięść w potwierdzeniu. W sumie i tak nie miał wyboru. Zaletą posiadania wszystkich dział był fakt, że niezależnie od tego, jak uprzejmie się o coś poprosiło, i tak był to rozkaz. Marco pchnął się lekko, z nieznacznym ciążeniem Pallas zakrzywiającym tor jego lotu. Zatrzymał ruch, łapiąc uchwyt obok kapitana portu, a potem go objął. Mężczyzna nie odpowiedział tym samym. Wyglądał jak człowiek wstrzymujący oddech w nadziei, że nie zostanie zauważony przez coś bardzo niebezpiecznego przechodzącego obok.

Korytarze i przejścia prowadzące z biura kapitana portu do doków stanowiły mieszaninę starych powłok ceramicznych i nowych koronek węglowo-krzemowych. Mijane płyty koronkowe, będące jednym z pierwszych nowych materiałów wprowadzonych do produkcji po tym, jak pojawienie się protomolekuły pchnęło chemię fizyczną o kilka pokoleń do przodu, miały dziwny, tęczowy poblask. Jak warstewka oleju na powierzchni wody. Podobno były wytrzymalsze od ceramiki i tytanu, twardsze, a równocześnie bardziej elastyczne. Nikt nie wiedział, jak będą się starzeć, choć jeśli wierzyć raportom z innych planet, prawdopodobnie przetrwają przynajmniej o rząd wielkości dłużej niż tworzący je ludzie. Przy założeniu, że robili je prawidłowo. Trudno powiedzieć.

Prom Pallas już czekał, gdy dotarli do niego z Bastienem przypiętym do fotela pilota.

– Bist bien? – zapytał, gdy Marco zamknął za nimi właz śluzy powietrznej.

– Na ile można było mieć nadzieję – odpowiedział Marco, rozglądając się po małym pojeździe.

Sześć prycz plus zajmowane przez Bastiena stanowisko pilota. Karal przypinał się do jednej z prycz, Filip zajął inną, ale Marco powoli przedryfował do podłogi promu, z włosami opadającymi na ramiona. Pytająco uniósł podbródek.

– Rosenfeld już przyleciał – zgłosił Bastien. – Jest na *Pelli* od trzech godzin.

– No proszę – rzucił Marco tonem, w którym chyba tylko Filip usłyszał lekką nerwowość. Wsunął się na swoją pryczę i zapiął taśmy. – To dobrze. Dołączmy.

Bardziej z przyzwyczajenia niż z potrzeby Bastien przeszedł procedurę uzyskania zgody na wyjście z doku. Marco był kapitanem *Pelli*, admirałem Wolnej Floty i jego prom miał pierwszeństwo nad całym pozostałym ruchem. Jednak Bastien i tak poprosił o zgodę, a potem ponownie przeprowadził kontrolę uszczelnień i środowiska, zapewne już po raz dziesiąty. Dla wszystkich urodzonych w Pasie sprawdzanie powietrza i uszczelek statków i skafandrów było jak oddychanie. Nie trzeba było o tym nawet myśleć, po prostu się to robiło. Ludzie, którzy nie żyli w ten sposób, zwykle wcześnie opuszczali pulę genową.

W chwili startu promu zrobili się odrobinę cięższi, a potem wszystkie zawieszenia prycz równocześnie syknęły, gdy Bastien odpalił silniki manewrowe. Ciąg nie sięgał nawet jednej czwartej g, a i tak dotarli do *Pelli* po kilku minutach. Przeszli przez śluzę – tę samą, którą Naomi wybrała na miejsce śmierci – a potem znaleźli się w znajomym powietrzu *Pelli*.

Rosenfeld Guoliang już na nich czekał.

Przez całe życie Filipa, od najwcześniejszych wspomnień, Pas oznaczał Sojusz Planet Zewnętrznych, a SPZ oznaczało ludzi, którzy znaczyli najwięcej. Jego ludzi. Dopiero gdy dorósł i pozwolono mu przysłuchiwać się rozmowom ojca z innymi dorosłymi, zaczął lepiej rozumieć SPZ, jego niuanse, a słowem, które na nowo zdefiniowało jego ludzi, stało się *sojusz*. Nie *republika*, nie *zjednoczony rząd*, nie *naród*. Sojusz. SPZ było niepoliczalną zbieraniną różnorodnych grup nieustannie powstających, rozpadających się i tworzonych na nowo, z których wszystkie po cichu zgadzały się, że niezależnie od dzielących je różnic, jednoczą się przeciw opresji planet wewnętrznych. Pod flagą SPZ istniało kilka większych ugrupowań – stacja Tycho kierowana przez Freda Johnsona i stacja Ceres pod rządami Andersona Dawesa (każdy ze swoją milicją), prowokatorzy ideologiczni Kolektywu Voltaire, otwarcie przestępcza Złota Gałąź, wyrzekający się przemocy, prawie kolaboratorzy Maruttuva Kulu. Dla każdej z tych grup istniały dziesiątki – może nawet setki – mniejszych organizacji i stowarzyszeń, klik i grup wzajemnych interesów. Łączyło je w zasadzie jedynie nieustanne ciemiężenie ekonomiczne i wojskowe ze strony Ziemi i Marsa.

Wolna Flota nie była SPZ i nigdy nie miała nią być. Wolną Flotę tworzyli najsilniejsi ze starego porządku, zebrani w potęgę, która nie potrzebowała wroga, by się zdefiniować. Stanowiła obietnicę przyszłości, w której jarzmo przeszłości nie tylko zostanie zrzucone, lecz także zniszczone.

Co nie znaczyło, że była *wolna* od przeszłości.

Rosenfeld był szczupłym człowiekiem, który garbił się nawet w nieważkości. Jego skóra była ciemna i dziwnie pobrużdżona, oczy głęboko zapadnięte w oczodoły. Miał tatuaże rozerwanego kręgu SPZ i podobną do noża literę V Kolektywu Voltaire, uśmiechał się promiennie i emanował wrażeniem ledwie kontrolowanej przemocy. Był też powodem, dla którego ojciec Filipa przybył na Pallas.

– Marco Inaros – odezwał się Rosenfeld, rozkładając ręce. – Zobacz, co zrobiłeś, coyo mis!

Marco pchnął się w objęcia mężczyzny, wirując z nim, gdy się objęli i zwalniając po odsunięciu się. Zniknął cały brak zaufania Marco względem Rosenfelda. A raczej nie tyle zniknął, co został przeniesiony na Filipa i Karala, żeby on mógł odczuwać czystą radość ze spotkania.

– Dobrze wyglądasz, stary przyjacielu – stwierdził Marco.

– Wcale nie – odparł Rosenfeld – ale doceniam kłamstwo.

– Mamy tu przenieść twoich ludzi?

– Już załatwione – powiedział Rosenfeld, a Filip zerknął na Karala i zauważył lekkie wykrzywienie kącików jego ust.

Rosenfeld był przyjacielem i sojusznikiem, jednym z wewnętrznego kręgu Wolnej Floty, ale nie powinien był móc sprowadzić na okręt swojej prywatnej gwardii pod nieobecność Marco. W końcu *Pella* była jednostką flagową Wolnej Floty, a pokusa to pokusa. Marco i Rosenfeld razem wyciągnęli ręce, zwalniając obroty zbliżonych ciał, a potem zatrzymali je całkowicie dzięki uchwytom przy szafkach i skierowali się korytarzem w głąb okrętu. Filip i Karal ruszyli za nimi.

– Będziemy musieli lecieć z dużym ciągiem, żeby zdążyć na spotkanie na Ceres – odezwał się Marco.

– To twoja wina. Mogłem polecieć własnym statkiem.

– Nie masz okrętu.

– Całe życie spędziłem w skoczkach...

Nawet widząc tylko tył głowy ojca, Filip i tak usłyszał uśmiech w jego głosie.

– To było całe twoje życie do tej pory. Zmieniliśmy zasady gry. Nie możemy pozwolić, żeby najwyżsi rangą dowódcy poruszali się bez ochrony. Nawet tutaj nie wszyscy są z nami. Jeszcze nie.

Dotarli do windy biegnącej wzdłuż całego okrętu, obrócili się przy niej i poszybowali głowami do przodu w stronę pokładów załogi. Karal obejrzał się do tyłu, w stronę pokładów mostka i sterówki, jakby chciał się upewnić, że nie mają za plecami ochrony Rosenfelda.

– I dlatego czekałem – odpowiedział Rosenfeld. – Jak dobry żołnierzyk. Choć szkoda, że Johnson i Smith dotarli bezpiecznie na Lunę. Załatwiłeś tylko jeden cel z trzech?

– Tak naprawdę liczyła się tylko Ziemia – rzucił Marco. Przed nimi pojawiła się Sárta, leciała w stronę mostka. Mijając ich, kiwnęła głową na powitanie. – Ziemia zawsze była głównym celem.

– No cóż, sekretarz generalna Gao dołączyła do swoich bogów i mam nadzieję, że zginęła z wrzaskiem – mówiąc to, Rosenfeld udał splunięcie – ale ta Avasarala, która zajęła jej miejsce...

– To biurokratka – stwierdził Marco, gdy zatrzymali się w wejściu i wypchnęli z szybu windy do mesy.

Stoły i ławy przynitowano tam do podłogi, w powietrzu unosił się zapach wojskowych racji marsjańskich, a kolory wnętrza były typowe dla wroga. Wszystko to stanowiło wyraźny kontrast do wypełniających przestrzeń ludzi. Choć wszyscy byli Pasiarzami, Filip i tak bez problemu potrafił odróżnić Wolną Flotę od gwardzistów Rosenfelda. Swoich od nie swoich. Mogli udawać, że podział nie istnieje, ale wszyscy zdawali sobie z niego sprawę. Razem około dwunastu osób, jak w porze zmiany wachty. Jeden członek załogi *Pelli* na każdego z ludzi Rosenfelda, czyli nie tylko Karal uważał, że należy zachować czujność w obecności przyjaciół.

Jeden ze strażników rzucił Rosenfeldowi bańkę. Kawa, herbata, whisky – nie mieli jak sprawdzić. Rosenfeld złapał ją, nawet na chwilę nie tracąc wątku rozmowy.

– Wydaje się biurokratką z dużą dozą nienawiści. Myślisz, że sobie z nią poradzisz? To nic osobistego, coyo, ale wydaje się, że masz skłonność do niedoceniania kobiet.

Marco znieruchomiał. Widząc to, Filip poczuł miedziany smak w ustach. Karal sapnął cicho, a gdy Filip odwrócił się w jego stronę, zobaczył wysuniętą do przodu szczękę i dłonie zaciśnięte w pięści.

Rosenfeld zajął miejsce pomiędzy swoimi ludźmi przy ścianie, na jego twarzy malował się wyraz współczucia i przeprosin.

– Ale to chyba nie jest miejsce na takie teksty. Przepraszam za deptanie po odciskach.

– Nic się nie stało – rzucił Marco. – Będziemy się wszyscy przez to przegryzać na Ceres.

– Zebranie plemion – skomentował Rosenfeld. – Nie mogę się doczekać. Następna faza powinna być ciekawa.

– Będzie – zapewnił Marco. – Karal może wam pokazać wasze kajuty. Powinniście się ich trzymać, będziemy lecieć z dużym ciągiem.

– Zrobi się, admirale.

Marco wyciągnął się z pomieszczenia i opadł w stronę warsztatu i maszynowni, nawet na moment nie spoglądając w oczy Filipa.

Chłopak poczekał chwilę niepewny, czy powinien iść za nim, czy też zostać tutaj – czy został zwolniony ze służby, czy wciąż znajdował się na stanowisku. Rosenfeld uśmiechnął się i mrugnął do niego, a potem odwrócił się do swoich ludzi. Coś się tu stało, czuł to w powietrzu i w sposobie, w jaki zachowywał się Karal. Coś ważnego. A sądząc po sposobie zachowania ojca, prawdopodobnie miało to związek z nim.

Dotknął palcami nadgarstka Karala.

– O co chodzi?

– O nic – skłamał Karal niezbyt wiarygodnie. – Nie masz się czym przejmować.

– Karal?

Starszy mężczyzna zacisnął wargi i kręcił głową, unikając spoglądania na Filipa.

– Karal. Mam *ich* zapytać?

Karal powoli pokręcił głową. Nie powinien pytać. Karal nerwowo oblizał wargi, znowu pokręcił głową, westchnął i odezwał się cicho i spokojnie.

– Jakiś czas temu dostaliśmy raport. Dane obserwacji z... uch... z *Chetzemoki*. W związku z tym, że statki z Johnsonem i Smithem nie zostały zniszczone...

– I?

– I – powiedział Karal, a słowo zabrzmiało, jakby zrobiono je z ołowiu.

A potem wyjaśnił resztę, dzięki czemu Filip Inaros w obecności Rosenfelda i sześciu jego uśmiechających się złośliwie ochroniarzy dowiedział się, że jego mama wciąż żyje. Włącznie z tym, że wiedzieli o tym wszyscy na *Pelli* oprócz niego.

***

Podczas lotu śnił.

Stał przed tymi samymi drzwiami, co wcześniej. Pomimo tego, że zmieniały wygląd, zawsze były to te same drzwi. Krzyczał i walił w nie rękami, próbując dostać się do środka. Wcześniej czuł strach, bezkresny smutek nadchodzącej straty, żal. Teraz było tylko upokorzenie. Wściekłość wybuchała w nim jak ogień i napierał, by przedostać się przez drzwi, do pomieszczenia za nimi – nie po to, by ocalić coś cennego, ale by to zniszczyć.

I budził się, krzycząc. W żel wciskał go ciężar pełnego g. *Pella* pomrukiwała wokół niego, z wibracją silnika i szumem wymienników powietrza składającymi się na głos szepczący coś zbyt cicho, by go zrozumieć. Wytarcie łez wymagało dużego wysiłku. To nie były łzy żalu. Do tego musiałby czuć smutek. Odczuwał tylko pewność.

Jednak był ktoś, kogo nienawidził bardziej niż Jamesa Holdena.

ROZDZIAŁ TRZECI

HOLDEN

Trzeba przyznać, że życie bez długich przesłuchań miało swoje uroki. Przynajmniej według tego standardu Holden nie przeżył swojego zbyt dobrze. Kiedy wraz z resztą załogi *Rosynanta* zgodził się na udział w odprawie, spodziewał się, że będzie ona dotyczyć czegoś więcej niż tylko wydarzeń związanych z atakiem na Ziemię przeprowadzonym przez Wolną Flotę. W końcu zdecydowanie było o czym rozmawiać. Główny inżynier stacji Tycho, który okazał się agentem Marco Inarosa, porwanie i uratowanie Moniki Stuart, utrata próbki protomolekuły, atak, który prawie zabił Freda Johnsona. A to tylko jeśli chodzi o niego. Naomi i Aleks, a nawet Amos, musieli mieć całe mnóstwo własnych historii.

Nie spodziewał się jednak, że pytania rozejdą się od tego wszystkiego jak gaz, wypełniając całą dostępną przestrzeń. Już od kilku tygodni wszystkie jego dni wypełniały trwające od dwunastu do szesnastu godzin rozmowy, które dotyczyły wszystkich i wszystkiego w jego życiu. Imiona, nazwiska i historie każdego z ośmiorga rodziców. Szkolne oceny. Gwałtownie przerwana kariera we flocie. Co wiedział na temat Naomi, Aleksa, Freda Johnsona. Jego związki z SPZ, Dimitrim Havelockiem, detektywem Millerem. Nawet po wielu godzinach przesłuchań nie był pewien co do tego ostatniego. Siedząc w małym pokoju naprzeciw śledczych z ONZ, Holden robił, co mógł, by rozmontować swoje życie do tego punktu i rozłożyć je przed nimi.

Ten proces go irytował. Pytania wracały do wcześniejszych zdarzeń i skakały z tematu na temat, jakby próbowali go złapać na kłamstwie. Zagłębiali się w dziwne zakamarki: jak nazywali się ludzie, z którymi służył we flocie? Co wiedział o każdym z nich? A potem pytali o te sprawy znacznie dłużej, niż wydawało się uzasadnione. Jego przesłuchania prowadziła przede wszystkim jasnoskóra kobieta z długą, poważną twarzą; nazywała się Markov, i niski, pulchny mężczyzna, Glennding, o tak samo brązowej skórze i włosach. Na zmianę dociskali go i starali się nawiązać nić sympatii, subtelnie go skubiąc, by sprawdzić, czy się zezłości i co wtedy powie, a potem robili się niemal nieprzyjemnie życzliwi.

Przynosili mu do jedzenia miękkie, tłuste kanapki lub świeże ciastka z jedną z najlepszych kaw, jakie pijał w życiu. Światła skręcali prawie do całkowitej ciemności albo rozjaśniali je tak, że niemal oślepiały. Maszerowali podskakującym księżycowym szuraniem przez korytarze prowadzące do doków albo trzymali go w ciasnym stalowym pokoju. Holden miał wrażenie, jakby historia jego życia była wyciskana na suchą masę, jak cytryna w bardzo tanim barze. Jeśli została w nim jeszcze choćby kropelka soku, znajdą sposób, by ją wydusić. Łatwo było zapomnieć, że to sojusznicy, że sam się na to zgodził. Nieraz zwijał się na pryczy po długim dniu, unosząc się na skraju snu, i stwierdzał, że jego umysł snuje plany wyrwania się na statek i ucieczki z tego więzienia.

W niczym nie pomagał fakt, że w tym samym czasie na ciemnym niebie nad nimi Ziemia umierała po kawałku. Działające jeszcze kanały informacyjne przeważnie przeniosły się do stacji w punktach Lagrange'a i na Lunę, ale kilka pozostało na powierzchni planety. Między sesjami przesłuchań i snem Holden nie miał wiele czasu na ich oglądanie, ale wystarczyły mu wyłapywane w przelocie fragmenty. Przeciążona infrastruktura, zniszczenia ekosystemu, zmiany chemiczne w oceanach i atmosferze. Na przeludnionej Ziemi mieszkało trzydzieści miliardów ludzi, polegając na olbrzymiej sieci maszyn zapewniających im żywność, wodę i usuwających odpady. Według tych bardziej pesymistycznych ocen zginęła już jedna trzecia z tej liczby. Holden złapał kilka sekund raportu omawiającego sposób oceny liczby zgonów w Europie Zachodniej na podstawie pomiarów zmian w atmosferze. Poziom metanu i kadaweryny w powietrzu pozwalał oszacować liczbę ludzi gnijących na zniszczonych ulicach zrujnowanych miast. Tak wielka była skala katastrofy.

Poczuł się winny, wyłączając raport. Mógł przynajmniej oglądać. Obserwować, jak zapada się ekosfera, która wykarmiła jego, rodzinę i wszystkich innych wiele pokoleń wstecz. Ziemia zasługiwała na świadków. Jednak był zmęczony i przestraszony. Nie potrafił usnąć nawet po wyłączeniu programu.

Choć nie wszystkie informacje były złe. Mama Elise przesłała mu wiadomość, że farma w Montanie, choć została mocno zniszczona, okazała się dostatecznie samowystarczalna, by utrzymać jego rodziców przy życiu. Mieli nawet wystarczająco dużo zapasów, by uczestniczyć w pomocy dla Bozeman. A w miarę jak błotniste chmury pyłu i popiołu opadały, zatruwając oceany, coraz więcej lotów docierało w dół studni grawitacyjnej i wracało na górę z uchodźcami.

Z drugiej strony baza Luna zaczynała osiągać granice swoich możliwości przetrwania. Wymienniki powietrza pracowały na granicy wydajności, więc każdy oddech Holdena w korytarzach i salach stacji sprawiał wrażenie, jakby właśnie został wypuszczony z ust kogoś innego. W kafeteriach i przestrzeniach publicznych stało mnóstwo prycz i namiotów. Załoga *Rosynanta* zrezygnowała ze swoich kwater na stacji i przeniosła się z powrotem na statek, żeby zwolnić trochę przestrzeni. Oraz żyć we własnej bańce czystego powietrza i dobrze przefiltrowanej wody. Trochę nieszczere byłoby udawanie, że zrobili to z altruistycznych pobudek. Statek był cichy, pusty i znajomy. Jedyne, co nie pozwalało Holdenowi czuć się tam całkiem komfortowo, to cisza związana z wyłączonym reaktorem oraz obecność zachowującej się trochę jak duch Clarissy Mao.

– Dlaczego ona ci tak bardzo przeszkadza? – zapytała Naomi.

Byli w swojej wspólnej kabinie, przytrzymywani na pryczy przez niewielkie ciążenie Księżyca i własne wyczerpanie.

– Zabiła mnóstwo ludzi – odpowiedział Holden, przez senność niezdolny do jasnego myślenia. – To nie wystarczy? Wydaje mi się, że powinno wystarczyć.

Kabina była słabo oświetlona. Prycza przeciążeniowa obejmowała ich przytulone ciała. Czuł na skórze oddech Naomi, znajomy, ciepły i bliski. Jej głos był równie rozespany, co jego. Oboje byli prawie zbyt zmęczeni, by spać.

– Była wtedy inną osobą.

– Wszyscy wydają się być tego pewni, choć nie wiem, skąd się to wzięło.

– Hm, wydaje mi się, że Aleks też ciągle nie jest przekonany.

– Ale Amos jest. I ty.

Naomi wydała niezobowiązujący dźwięk z głębi gardła. Miała zamknięte oczy. Nawet w półmroku widział głębszą czerń jej powiek. Przez chwilę sądził, że udało jej się usnąć, ale potem się odezwała.

– Wierzę, że ona może się zmienić. Że ludzie mogą.

– Ty nie byłaś taka jak ona – zauważył Holden. – Nawet gdy... nawet, gdy zginęli ludzie, ty nie byłaś taka. Nie jesteś kimś, kto zabija z zimną krwią.

– Ale Amos jest.

– Prawda. Ale Amos to Amos. Dla mnie to coś innego.

– Ponieważ?

– Ponieważ to Amos. On jest jak pitbull. Wiesz, że może ci rozszarpać gardło, ale jest bezgranicznie lojalny i po prostu masz ochotę go przytulać. – Na jej ustach z wolna pojawił się uśmiech.

Potrafiła to robić. Powolne naciągnięcie mięśni twarzy, a Holdena napełniała nadzieja, ciepło i nawet coś w rodzaju ponurego optymizmu głoszącego, że wszechświat nie mógł być całkiem zły, skoro była w nim taka kobieta. Położył dłoń na jej biodrze.

– Nie zakochałaś się we mnie z powodu spójności moich przekonań etycznych, prawda?

– Pomimo jej – zaśmiała się, a po chwili powiedziała: – miałeś fajny tyłek.

– Miałem? Czas przeszły?

– Muszę się z powrotem dostać do systemu – powiedziała, zmieniając temat. – Nie pozwól mi zasnąć, dopóki nie sprawdzę aktualizacji.

– Zaginione statki? – zapytał, a ona potwierdziła skinięciem.

Choć jego przesłuchania były ciężkie, te Naomi były jeszcze gorsze. Nigdy nie mówiła o swojej przeszłości, o tym, jak stała się obecną kobietą. Teraz oddała swoją prywatność w zamian za amnestię dla załogi i siebie samej. Jej wersje Markov i Glenndinga nie pytały tylko o nieudaną karierę we flocie i zlecenia dla Freda Johnsona. Była ich oknem prosto na Marco Inarosa. Była jego kochanką, matką jego dziecka. Holden wciąż próbował się przyzwyczaić do tej myśli. Była przetrzymywana na jego okręcie flagowym przed i po tym, jak młot uderzył w Ziemię. Wiedział, jak bardzo wyczerpujący był dla niego maraton przesłuchań, który dla niej musiał być tysiąc razy gorszy.

I zakładał, że dlatego właśnie rzuciła całą pozostałą jej energię na rozwiązywanie zagadki zaginionych statków. To ona jako pierwsza zauważyła, że zbiór statków, które zniknęły podczas przelotu przez pierścienie wrót i skradzione okręty marsjańskie, które stały się podstawą Wolnej Floty, w żaden sposób się nie pokrywają. Niektóre jednostki zostały skradzione przez Marco i jego ludzi, inne po prostu zniknęły bez śladu. Działy się tu dwie kompletnie niezależne rzeczy i nie potrafił mieć do niej pretensji, że spędza wolny czas na rozwiązywaniu tej zagadki.

Ale musiała spać. Jeśli nie z żadnego innego powodu, to choćby dla jego wiary, że jeśli ona uśnie, uda się to i jemu.

– Niczego nie obiecuję – odpowiedział.

– Dobrze – rzuciła. – W takim razie obudź mnie wcześniej, żebym miała czas to sprawdzić przed sesją.

– Obiecuję.

Leżał przy niej w półmroku, aż jej oddech zwolnił, pogłębił się i przeszedł w regularny, głęboki rytm snu. Kiedy wciąż nie usnął po pięciu minutach wsłuchiwania się w jej oddech, zrozumiał, że jego odpoczynek nie nadchodzi. Wstał i na chwilę Naomi ucichła, prawie się budząc, ale po chwili głęboki oddech powrócił. Wyszedł.

Korytarze *Rosynanta* też były ciemne, ustawione na tryb nocy. Holden doszedł do windy. Z kambuza dobiegły go głosy: życzliwy bas Amosa i cichszy, piskliwy głos Clarissy. Znieruchomiał, przez chwilę nasłuchiwał, a potem wspiął się po drabinie na mostek. Ciążenie Luny było na tyle małe, że uruchamianie windy wydało się bez sensu, więc po prostu użył szczebli i podciągał się ręka za ręką, aż dotarł na miejsce. Światła były zgaszone, więc Aleksa oświetlał tylko blask ekranu.

– Cześć – rzucił z ciężkim akcentem Aleks, gdy Holden opadł na pryczę. – Nie możesz spać?

– Najwyraźniej. – Holden westchnął. – A ty?

– Nie znoszę tutejszego ciążenia. Ciągle mam wrażenie, jakbyśmy lecieli za wolno i mam ochotę podkręcić silniki. Ale tu nie ma żadnych silników i nigdzie nie lecimy. Powinien mnie trzymać silnik, a to tylko cholernie wielki kawał skały. – Aleks wskazał w stronę wiadomości odtwarzanych na ekranie przed nim. Do kamery z emocją przemawiała kobieta w jaskrawoczerwonym hidżabie. Holden rozpoznał w niej szanowaną marsjańską dziennikarkę, ale nie pamiętał jej nazwiska. – Ciągle o tym mówią. Nazywają to buntem. Nieustannie gadają o zaniedbaniu obowiązków, porzuceniu stanowisk i sprzedaży sprzętu na czarnym rynku.

– To nie brzmi najlepiej.

– Właściwie to lepiej niż to, co faktycznie się stało – skomentował Aleks. – To był przewrót. Wojna domowa, tylko że zamiast walczyć, jedna piąta wojska po prostu spakowała się i odleciała przez pierścienie wrót z całym swoim sprzętem. A przynajmniej całym sprzętem, którego nie sprzedali tym dupkom z Wolnej Floty.

– Wiemy coś o tym, gdzie polecieli?

– Nie – rzucił Aleks. – A przynajmniej niczego o tym nie mówią.

Kobieta w hidżabie – Fatim Wilson, *tak* się nazywała – zniknęła, zastąpiły ją ujęcia pustych doków na Marsie, a potem grupy ludzi demonstrujących przed nimi i wykrzykujących do kamery. Nie potrafił nawet stwierdzić, za czym lub przeciwko czemu demonstrowali. W obecnej sytuacji właściwie nie był pewien, czy sami umieliby to określić.

– Jeśli kiedyś wrócą, wszyscy zostaną osądzeni za zdradę – odezwał się Aleks. – W związku z czym nasuwa się myśl, że nie planują tego zbyt szybko.

– No dobrze – odezwał się Holden. – Zamach stanu na Marsie. Wolna Flota kopie Ziemię w jaja. Piraci ograbiają wszystkie wylatujące stąd statki kolonizacyjne. Stacja Medyna nie odpowiada.

Oraz nie-wiadomo-co zjada część statków przelatujących przez wrota.

Aleks otworzył usta do odpowiedzi, ale jego ekran zamigotał i wyemitował sygnał dźwiękowy. Priorytetowe żądanie połączenia.

– Jedna cholerna rzecz za drugą – rzucił Aleks i odebrał połączenie – kiedy i tak już mamy całe mnóstwo kłopotów.

Na ekranie pojawiła się Chrisjen Avasarala. Miała idealnie ułożone włosy, a sari świeciło blaskiem migotliwej zieleni. Tylko oczy i wykrzywienie kącików ust zdradzały stopień jej zmęczenia.

– Kapitanie Holden – odezwała się. – Muszę się spotkać z panem i pańską załogą. Natychmiast.

– Naomi śpi – odpowiedział Holden bez chwili namysłu. Avasarala się uśmiechnęła. Nie był to przyjemny widok. – Tak, pójdę ją obudzić. Zaraz tam będziemy.

– Dziękuję, kapitanie – odpowiedziała kobieta rządząca Ziemią, po czym się rozłączyła.

Na pokładzie zapadła cisza.

– Zauważyłeś, że nie powiedziała niczego obelżywego ani nieprzyjemnego? – zapytał Holden.

– Owszem, zauważyłem.

Holden głęboko wciągnął powietrze.

– To nie może wróżyć nic dobrego.

***

Salka konferencyjna mieściła się blisko powierzchni Księżyca i zbudowano ją jak salę w szkole albo kościół: podium z przodu i rzędy krzeseł przed nim, ale podium było teraz puste i kilkanaście krzeseł ustawiono mniej więcej w kręgu. Avasarala siedziała z Fredem Johnsonem – szefem stacji Tycho i kiedyś rzecznikiem SPZ – oraz marsjańskim premierem Smithem z prawej i Bobbie Draper z lewej strony. Smith i Johnson byli w koszulach i wszyscy wyglądali na zmęczonych. Holden, Naomi, Aleks i Amos usiedli razem w grupie naprzeciw nich, oddzieleni z obu stron kilkoma pustymi krzesłami. Dopiero gdy usiedli, do Holdena dotarło, że nie przyszła z nimi Clarissa. Nawet nie pomyślał o zabraniu jej. W końcu było to zebranie załogi *Rosynanta*, a ona była...

Avasarala stuknęła w swój terminal. W przestrzeni wewnątrz kręgu krzeseł pojawił się schemat. Ziemia, Luna i stacje w punktach Lagrange'a jarzyły się na złoto. Okręty floty, które tworzyły blokadę przechwytującą i niszczącą kamienie wysyłane przez Wolną Flotę, oznaczono na zielono. Osobny model pokazywał wewnętrzną część Układu Słonecznego – Słońce, Merkurego, Wenus, Ziemię, Marsa i główne stacje Pasa, takie jak Ceres i Pallas – z rozproszonymi czerwonymi kropkami kojarzącymi się z wysypką.

– Czerwone to Wolna Flota – wyjaśniła Avasarala. Na żywo jej głos brzmiał chrapliwie, jakby kaszlała. Holden nie potrafił stwierdzić, czy po prostu za dużo mówiła, czy też był to wynik przebywania na Księżycu i wdychania pyłu o zapachu prochu, zbyt drobnego, by poradziły sobie z nim nawet najlepsze filtry. – Śledziliśmy ich ruchy. Pojawiła się anomalia. Ta.

Stuknęła w coś na terminalu i dwa obrazy połączyły się: jeden się powiększył, drugi skurczył, aż pokazywały ten sam obszar przestrzeni. Czerwona kropka wyróżniała się, unosząc się ponad stacjami i planetami w olbrzymiej pustce przestrzeni, gdzie mechanika orbitalna nie zapewniała jej towarzystwa. Naomi nachyliła się, starając się skupić wzrok. Była na to zbyt zmęczona.

– Co oni tam robią? – zapytała dostatecznie wyraźnym głosem.

– Wypatrują – wyjaśnił Fred. – Mają wyłączony transponder, ale wydaje się, że to statek zwiadowczy. *Lazurowy smok* z Ceres. Należy do radykalnej frakcji SPZ.

– Czyli teraz może być z Wolną Flotą. Rzucają kamieniami...? – zapytał Holden.

– Koordynuje to ten mały skurwiel – stwierdziła Avasarala. A potem, z pełnym zmęczenia wzruszeniem ramion: – Tak sądzimy. Natomiast wiemy jedno: jak długo ci kozojebcy będą w nas rzucać kamieniami, będziemy unieruchomieni. Nasze okręty nie odważą się ruszyć z miejsca, a Marco Inaros może zajmować, co tylko zechce w planetach zewnętrznych.

Smith nachylił się do przodu, odzywając się spokojnym, prawie przepraszającym głosem.

– Jeśli wywiad Chrisjen ma rację i ten statek faktycznie kieruje atakami, stanowi kluczowy cel w walce z Wolną Flotą. Wiecie, że pułkownik Johnson, sekretarz generalna Avasarala i ja tworzymy wspólną grupę bojową? To będzie ich pierwsza akcja bojowa. Przechwycenie lub zniszczenie *Lazurowego smoka* i ograniczenie możliwości wroga do wyprowadzania ataków przeciwko Ziemi. Zapewnienie odrobiny swobody połączonej flocie.

Holden pierwszy raz słyszał określenie *połączona flota* i spodobało mu się brzmienie tych słów.

Nie tylko jemu.

– Cholera – skomentował Amos. – A ja tu sobie siedziałem z palcem w dupie i cieszyłem się z bycia bezużytecznym.

– Grzeb sobie, gdzie chcesz, to twoja sprawa – odpowiedziała Avasarala. – Ale możesz to robić na pryczy przeciążeniowej. *Rosynant* nie stanowi części floty, więc utrata statku nie zrobi wyłomu w naszej obronie. Rozumiem, że zainstalowaliście trochę dodatkowego wyposażenia...

– Stępkowe działo szynowe – potwierdził Aleks z szerokim uśmiechem.

– ...które sugeruje rekompensowanie sobie malutkich fiutków, ale może okazać się przydatne. Dowódca misji poprosił o was i wasz statek, a szczerze mówiąc, ponieważ w tej chwili i tak poza panną Nagatą żadne z was nie jest nic warte...

– Chwileczkę – wtrącił się Holden. – *Dowódca misji?* Nie.

Avasarala popatrzyła mu w oczy i przybrała kamienny wyraz twarzy.

– Nie?

Holden nie drgnął.

– *Rosynant* nie lata pod niczyimi rozkazami oprócz naszych. Rozumiem, że to duże, połączone siły i siedzimy w tym wszystkim razem, ale *Ros* to nie tylko statek, to nasz dom. Jeśli chcesz nas wynająć, proszę bardzo. Przyjmiemy zlecenie i wykonamy je. Ale jeśli chcesz nam wcisnąć dowódcę i oczekujesz, że będziemy wykonywać jego rozkazy, to odpowiedź brzmi nie.

– Kapitanie Holden... – zaczęła Avasarala.

– To nie są negocjacje. Po prostu mówię, jak jest – oświadczył Holden.

Troje najpotężniejszych ludzi w Układzie Słonecznym, głowy najważniejszych frakcji zmagających się ze sobą przez pokolenia, popatrzyły po sobie. Brwi Smitha powędrowały wysoko na czoło i rozejrzał się nerwowo po sali. Fred nachylił się do przodu, patrząc na Holdena, jakby był nim rozczarowany. Tylko w oczach Avasarali pojawił się błysk rozbawienia. Holden zerknął na swoją załogę. Naomi siedziała ze skrzyżowanymi rękami. Aleks uniósł głowę i wysunął do przodu podbródek. Amos uśmiechał się dokładnie tak, jak zawsze. Zjednoczony front.

Bobbie odchrząknęła.

– To ja.

– Co teraz? – zapytał Holden.

– To ja – powtórzyła Bobbie. – Ja jestem dowódcą misji. Ale jeśli naprawdę nie chcesz...

– Och – rzucił Holden. – Nie. Nie, to co innego.

– O tak! – rzucił Aleks, a Naomi rozłożyła splecione ręce.

Bobbie się rozluźniła.

– Należało to od razu powiedzieć, Chrissy – skomentował Amos.

– Pieprz się, Burton. Dochodziłam do tego.

– No dobrze, Bobbie – odezwał się Holden. – Jak chcesz to zrobić?

ROZDZIAŁ CZWARTY

SALIS

– Czekaj, czekaj, czekaj! – Salis krzyczał do radia.

Podstawa działa szynowego miała dziesięć metrów szerokości na planie sześciokąta, a masę nie mniejszą niż mały statek. Na jego słowa odpaliło kilka silniczków konstrukcyjnych wzdłuż boku bestii, wypuszczając w przestrzeń masę reakcyjną. Miernik kalibracyjny na mechu Salisa wyświetlił zero: minimalny ruch olbrzyma ustał. Unosili się razem – nieludzko wielka broń, łagodnie jarząca się stacja obcych i Salis w podobnym do pająka mechu konstrukcyjnym w żółte pasy.

– A que, coyo? – w jego uszach zabrzmiało pytanie Jakulskiego, kierownika zmiany.

– Odczytałem dryf – wyjaśnił Salis, oświetlając laserem dalmierza działo szynowe i gniazdo montażowe, w którym miało zostać osadzone.

Oplecenie stacji obcych trzema szerokimi pasami ceramiki, koronki węglowo-krzemowej i stali było ciężką pracą. Teraz to wszystko wyglądało jak olbrzymia niebieska piłka, objęta gumkami recepturkami, każda pod kątem prostym do pozostałych dwóch. A na przecięciach linii przysiadły stanowiska dział szynowych. Przekonali się, że nie da się nawiercić stacji obcych. Spawanie też nie działało, bo powierzchnia się nie topiła. Owinięcie całości okazało się jedynym realnym sposobem na zamocowanie na niej czegoś.

– Que mas que? – zapytał Jakulski.

– Przesunięcie jedna minuta dziesięć sekund względem z, minus osiem sekund względem y.

– Savvy – potwierdził Jakulski.

Silniczki konstrukcyjne wzdłuż działa szynowego zamigotały, emitując impulsy i kontrimpulsy. Wszędzie wokół nich niebo upstrzone było wrotami z nieco ponad tysiącem trzystoma jasnych plamek, poza tym puste, nagie i niebezpiecznie regularne. Jedynym innym obiektem była stacja Medyna, ale znajdowała się na tyle daleko, że Salis mógł zasłonić całą jej strukturę – z cylindrem, silnikiem i modułem dowodzenia – wyciągniętym kciukiem. Wciąż nazywali to powolną strefą. Choć ograniczenie prędkości zostało usunięte, nazwa była nazwą, a przy tym niosła ze sobą poczucie obcości i groźby. Większość pracy wykonywał wewnątrz Medyny. Wyjścia w próżnię były rzadkie, a teraz, gdy to zrobił, wcale mu się nie podobało. Ciągle odrywał wzrok od pracy i oglądał się na czerń. Minął prawie tydzień, zanim dotarło do niego, że rozglądał się za Drogą Mleczną i wciąż patrzył, bo jej tam nie było.

– Bist bien? – zapytał Jakulski.

– Chwila – odpowiedział Salis, ponownie sprawdzając odczyty lasera.

Zerknął na wielką lufę, czekając, aż mech zdoła dokonać precyzyjnego odczytu z gniazda i powłoki obiektu. Nieliczne widziane przez niego wcześniej działa szynowe zrobiono z tytanu i ceramiki, ale nowe materiały przysyłane przez Duarte z wrót Lakonii były supernowoczesne. I nie chodziło tylko o lśnienie płyt z koronki węglowo-krzemowej. Rdzenie zasilające działa oraz ich beztarciowe podajniki amunicji były... dziwne.

Wyglądały niewątpliwie elegancko, ale w zasadzie były tylko szynami magnetycznymi zasilanymi przez reaktory fuzyjne, jak na każdym statku. I robiły to, co do nich należało, tylko że było coś dziwnego w tym, jak wyglądały i jak się łączyły, jakby nie tyle je produkowano, co hodowano. Miały w sobie swoistą niezgrabność i urodę, która Salisowi bardziej niż z maszynami kojarzyła się z roślinami. Nie chodziło też wyłącznie o nowe materiały, z których je stworzono. Od kiedy tylko pierścień wrót uniósł się z Wenus, co chwila pojawiały się jakieś udoskonalenia. To była raczej kwestia skali. I może jeszcze czegoś.

Wreszcie pojawił się odczyt dalmierza.

– Bien – rzucił Salis. – Zaprowadźcie drania do domu.

Jakulski nie odpowiedział, ale włączyły się silniczki. Salis wciąż mierzył z lasera w działo i gniazdo, co chwila dokonując kolejnych ręcznych odczytów. Coś takiego zwykle zostawiał systemom mecha, ale nowe materiały czasami sprawiały, że laser zgłaszał dziwne błędy, a lepiej było mieć pewność. Przez lata, które minęły od czasu otwarcia wrót, stacja pozostawała nieruchoma jak kamień, ale to nie znaczyło, że wbicie w nią cholernie wielkiej maszyny nie mogło sprowokować reakcji.

Wprowadzenie wielkiego działa na stanowisko zajęło większą część zmiany, ale w końcu lufa osiadła na miejscu. Wieżyczka rozpłaszczyła się, pochłaniając niewielki moment pędu lufy, a potem gniazdo zamknęło się wokół niej, wywołując w Salisie nieprzyjemny obraz olbrzymich ust zaciskających się wokół gigantycznej słomki.

– Wycofuję się – oznajmił Salis.

– Clar à test, ty?

– Moment – rzucił Salis, odpychając się od stacji.

Podleciał powoli przez pustkę do miejsca, gdzie czekali Roberts i Vandercaust, przypięci do własnych mechów. Silniczek manewrowy maszyny zatrzymał go przy nich i odwrócił, pozwalając mu przyjrzeć się wynikowi pracy. Na kanale grupowym rozległo się parsknięcie Roberts.

– Víse ca báchter – rzuciła.

Co było prawdą. Z działami przymocowanymi u góry i u dołu we wszystkich trzech osiach stacja *faktycznie* wyglądała jak coś oglądanego przez mikroskop. Może jakiś wirus. Albo minimalistyczny paciorkowiec.

– Zamontowane – stwierdził Salis. – Clar à test.

– Trzy – zabrzmiał głos Jakulskiego – dwa, *jeden*.

Działo szynowe pod nimi poruszyło się w gnieździe jak coś budzącego się ze snu. Przez chwilę wydawało się dryfować jak wodorost porwany prądem eteru, ale potem zesztywniało, przesuwając się z pozycji na pozycję za szybko, by Salis nadążył śledzić ruch między nimi, szybciej niż drgania nogi owada. Lufa poruszała się, mierząc kolejno do wszystkich wrót w jej polu widzenia. Przy obecnym układzie przynajmniej dwa działa mogły celować w każde wrota, a większość znajdowała się w polu widzenia trzech. Salis widział kiedyś zdjęcia starych fortyfikacji nadmorskich na Ziemi. Nigdy wcześniej nie miały dla niego sensu – były zbyt płaskie, by pasowały do jego doświadczeń – ale to było coś bardzo podobnego. Działa na zawsze chroniące stację Medyna przed atakiem. Poczuł, jak budzą się w nim jakieś emocje i nie wiedział, czy to duma, czy obawa.

– Bien – rzucił Jakulski.

Wydawał się prawie zaskoczony, jakby spodziewał się, że działo wyrwie się z obsady i odleci w puste niebo. – Odsunąć się przed strzałem.

– Wycofujemy się, my – odpowiedział Vandercaust. – Nie puszczaj w nas pocisku, sa sa?

– Daj znać, jeśli to zrobię, co? – zaśmiał się Jakulski.

Jemu było łatwo się śmiać, przecież nie było go tu z nimi. Choć z drugiej strony te działa mogły z łatwością podziurawić i Medynę. Salis i pozostali cofnęli się o pięćdziesiąt kilometrów, dokonali zwrotu i hamowali przez kolejne pięćdziesiąt. Ciemność była niepokojąca. Po drugiej stronie wrót nigdy nie było tak ciemno, zawsze było słońce i gwiazdy.

– Nieruchomi i stabilni – zgłosiła Roberts. – Hast du dui oznaczył nas jako przyjaciół.

– Jasne. Jeśli do was strzeli, to będzie znaczyć, że coś jest nie tak. Ustawiam cel – powiedział Jakulski, a Salis podciągnął powiększenie w swoim mechu.

Na sztucznie podkolorowanym wyświetlaczu zobaczył stację obcych. Jak na razie widział trzy z sześciu dział.

– Zestawy czujników bist bien. Strzelam za trzy, dwa, jeden...

Z czubka działa wystrzeliła chmurka pary – naładowane gazy rozszerzyły się w lufie, nadając pociskowi odrobinę większą prędkość. Kontrolki w mechu Salisa zamigotały, nawet z tej odległości reagując na pole magnetyczne wytworzone przez działo. Nie zobaczył pocisków wystrzelonych przez broń. W czasie, którego impuls elektromagnetyczny potrzebował na przedostanie się z radia do głośniczka przy uchu, wolframowy pocisk zdążył wylecieć przez docelowe wrota. Albo w dziwną nie-przestrzeń między nimi. Na sztucznie podkolorowanym wyświetlaczu zobaczył falę przechodzącą przez stację obcych, jak to, co działo się po dotknięciu unoszącej się w nieważkości kuli wody. Fala zgasła, jeszcze zanim całkiem okrążyła stację.

– La que vist? – zapytał Jakulski.

– Nic – rzucił Salis. – Wygląda dobrze. Tu?

– Był tylko blask stacji – potwierdził Jakulski.

Podczas wszystkich ich testów jedyną reakcją stacji na popychanie przez wystrzały z dział szynowych była emisja fotonów.

– Nic więcej?

– Nie.

– Dryf?

– Bez dryfu.

To właśnie chcieli zobaczyć. Działa szynowe były dostatecznie duże i na tyle potężne, że nawet przy zamontowaniu ich w osi okrętu strzelanie byłoby trudne. Zamontowane na wieżyczkach powinny być w równym stopniu napędem, co bronią, odsuwając się od ostrzeliwanego celu na tyle szybko, że trudno byłoby je dogonić.

Ale nie dotyczyło to stacji.

Cokolwiek obcy zrobili, żeby zignorować identyczną reakcję o przeciwnym zwrocie, generowało to tylko tyle energii, by wyemitować trochę światła i zdawało się nie aktywować żadnych innych systemów. Mimo wszystko Salis nie do końca cieszył się na powrót i kontrolę gniazd i podstaw.

– Słyszeliście, co mówił Casil? – zapytał Vandercaust. – O tym, dlaczego się nie porusza, gdy ją popychamy?

– Nie – odpowiedziała Roberts.

– Powiedział, że się porusza, ale razem z nią przesuwa się cała przestrzeń wrót pierścieni, więc nie widzimy tego.

– Casil świruje.

– Sí ai.

– Wysyłasz nas tam z powrotem? – zapytał Salis przez radio.

– Moment – rzucił Jakulski, a po chwili: – Bien. Możecie lecieć. Ale trzymajcie tus augen z daleka, jeśli coś będzie nie tak.

Nie tak oznaczało pęknięcia na obudowach, wyciek płynu ze zbiorników, uszkodzenia reaktorów lub podajników amunicji.

Oznaczało patrzące na nich oczy starożytnego boga. Albo coś jeszcze gorszego.

– Savvy – rzucił Salis, sprawdzając silniczki. – Lecimy.

Trójka operatorów mechów zmieniła pozycje i ruszyła z powrotem w stronę stacji. Medyna unosiła się po prawej: nieruchomy stożek dyszy, obracający się cylinder. Salis popatrzył dalej, jakby szukał znajomej twarzy, ale nie zobaczył gwiazd.

***

Wnętrze obrotowego cylindra Medyny zawierało liniowe słońce płonące w osi obrotu, od centrum dowodzenia aż do pokładów maszynowni. Emitowane przez nie pełnozakresowe światło padało na zakrzywione farmy i szerokie, wygięte jezioro, które kiedyś miały nieść miasto wiernych Mormonów do gwiazd. Salis siedział w barze na wolnym powietrzu z Vandercaustem i Roberts, pijąc piwo i jedząc białe kibble smakujące sproszkowanym serem i grzybami. Z tyłu i przed nim krajobraz wykrzywiał się w górę, gubiąc się w jaskrawej kresce słońca. Po prawej i lewej rozciągał się cylinder, wirując z ciążeniem mniej więcej równym temu na Lunie. Łagodna bryza pieszcząca go po karku wiała z kierunku obrotu, jak zawsze.

Jeszcze jako dziecko Salis widział jaskinie Wielkiego Pokoju na Japecie. Chodził pod fałszywym niebem Ceres. Cylinder Medyny był najbliższy temu, jak jego zdaniem mogło wyglądać siedzenie na Ziemi, zanim spadły na nią kamienie: nieregulowana atmosfera w górze i cienka warstwa płaszcza, utrzymująca go nad rdzeniem ze stopionych skał. Niezależnie od tego, ile razy tu przychodził, zawsze czuł pewien rodzaj egzotyki.

– Lotnicy znowu w górze – rzuciła Roberts, patrząc w słońce.

Salis spojrzał do góry. W powietrzu unosiło się pięć obrysowanych blaskiem sylwetek z rozciągniętymi rękami i nogami. Wydawali się lecieć zza Salisa, po trajektorii zakrzywionej jak pola soi i kukurydzy, choć tak naprawdę tkwili bez ruchu. Jakieś pięć miesięcy temu pewien niedojrzały idiota wymyślił sposób na ułożenie tymczasowych szyn, które mogły wystrzelić ludzi w stronę przeciwną do kierunku obrotu, z prędkością równą rotacji cylindra, i wybić ich w górę, nieważkich w powietrzu. Miała to być świetna zabawa, o ile tylko nikt nie podleci za blisko do sztucznego słońca i zdoła dopasować prędkość do obrotów cylindra przed lądowaniem.

Z pokładu maszynowni wystrzeliły w ich stronę dwie smużki pary, a Salis wskazał na nich.

– Ochrona ich złapie.

Vandercaust pokręcił siwą, kudłatą głową.

– Ton muertas.

– Młodzi i głupi. Ale tak jak powiedział Roman: Fihi m'fihi – skomentowała Roberts. W jej głosie brzmiało więcej sympatii, ale też wiekiem było jej bliżej do nielegalnych lotników. – Urodziłeś się poważny i ponury, que?

– Urodziłem się z szacunkiem – odpowiedział Vandercaust. – *Moja* głupota zabije tylko *mnie*.

Wzruszenie ramion Roberts było poddaniem się. Na statkach – prawdziwych statkach – po właściwej stronie wrót, zapewnienie bezpieczeństwa środowiska zawsze stanowiło najwyższy priorytet. Robiło się dodatkowe kontrole tego, co zostało już dodatkowo skontrolowane i czyściło to, co było już wyczyszczone. Niedbałość i pośpiech były sposobem na szybką śmierć, i rodziny, i załogi. W dużych stacjach – takich jak Ceres, Hygeia, Ganimedes, a teraz i Medyna – było coś, co pozwalało dzieciakom na głupie zachowania. Na lekkomyślność.

Salis pomyślał, że to stabilność. Posiadanie przestrzeni tak wielkiej jak cylinder robiło coś z ludzkimi głowami. On też to czuł, cylinder wydawał się zbyt olbrzymi, by się popsuć. Nie miało znaczenia, że tak naprawdę nic nie było tak duże. Wszystko można było zepsuć. Przecież zepsuli *Ziemię*. Zachowywanie się, jakby ryzyko nie było zagrożeniem, narażało wszystkich na niebezpieczeństwo.

Mimo wszystko jakiejś jego części było przykro na widok ochrony aresztującej lotników. W końcu to tylko dzieciaki. Gdzieś powinno istnieć miejsce na takie rzeczy. Mieli je na Marsie, mieli je na Ziemi. Tylko Pasiarze, którzy spędzili zbyt wiele pokoleń, umierając z powodu pierwszego błędu, nie pozwalali swoim dzieciom na okazjonalne wygłupy.

Zmrużył oczy, patrząc w blask. Ochrona z lotnikami kierowała się już ku powierzchni, mgliste smugi silniczków skafandrów zostawiały szerokie, powolne spirale wyśrodkowane na jasnej kresce słońca.

– Szkoda – rzucił.

Vandercaust wyszczerzył zęby.

– Słyszałeś o prysznicach w sekcji F? – odezwała się Roberts. – *Znowu* zatkane.

– Alles zaprojektowane con pełne g – skomentował Vandercaust. – To samo z farmami. Woda z pól nie schodzi tak, jak powinna. Zadziałałoby, gdyby rozkręcić cylinder tak, jak chcieli tego los Mormons.

Roberts się roześmiała.

– Sprzęt by działał, my nie. Wszystkich nas by rozgniotło.

– Lepiej to zmienić – powiedział Vandercaust z ustami pełnymi kibble.

– Jeśli zrobimy dość, będzie działać – odpowiedział Salis. – Jeśli nie zdołamy dostroić statku z taką redundancją, to na niego nie zasługujemy.

Dopił piwo i wstał, unosząc rękę, żeby zapytać, czy jego towarzysze chcą jeszcze jedną kolejkę. Vandercaust chciał, Roberts nie. Salis przeszedł po ubitej ziemi do baru. Uznał, że to jeden z elementów tego, co ich otaczało. Rośliny i fałszywe słońce oraz wiatr pachnący liśćmi, zbutwiałymi resztkami i świeżym wzrostem. Cylinder Medyny był jedynym miejscem, jakie odwiedził, gdzie mógł chodzić po glebie. Nie tylko po pyle i piachu – to było wszędzie – a po *glebie*. Salis nie wiedział, dlaczego to robiło różnicę, ale tak było.

Barman zgarnął bańkę Salisa i dał mu pełną, a potem drugą, dla Vandercausta. Kiedy wrócił do stołu, rozmowa zmieniła temat z lotników na kolonie. Co w sumie nie było wielką zmianą. Z ludzi podejmujących głupie ryzyko na ludzi podejmujących głupie ryzyko.

– Aldo mówi, że z wrót Jerozolimy znowu przesłali całą litanię pogróżek – mówiła Roberts. – Albo im wyślemy ich reaktor, albo tu po niego przylecą.

– Trochę się zdziwią, jeśli tego spróbują – skomentował Vandercaust, przyjmując od Salisa świeżą bańkę. – Działa już sprawne i minął czas na alles la.

– Może – zgodziła się Roberts, a potem zakaszlała. – Może powinnyśmy im go oddać, nie?

Vandercaust zmarszczył brwi.

– Po co?

– Oni go potrzebują, a my go mamy, to wszystko – wyjaśniła Roberts.

Vandercaust niedbale machnął ręką. *Kogo obchodzi, czego potrzebują?* Ale coś w głosie Roberts przyciągnęło uwagę Salisa. Jakby powiedziała więcej, niż wyraziły słowa. Spojrzał w jej ciemne oczy i pytająco uniósł podbródek. Słowa, które próbowała wypowiedzieć, pchnęły jej głowę do przodu jak przytaknięcie.

– Możemy pomóc, jeśli zechcemy. Więc dlaczego nie, sí no? Nie ma powodu, żeby odmawiać, skoro nie jesteśmy już tym, kim byliśmy – stwierdziła. Vandercaust zmarszczył brwi, ale Roberts mówiła dalej. – Zrobiliśmy to. My. Dzisiaj.

– Que zrobiliśmy que, my? – zapytał Vandercaust.

Jego głos brzmiał ostro, ale nawet jeśli Roberts to usłyszała, nie przestała mówić. Jej oczy błyszczały, jakby miała się rozpłakać. Kiedy się odezwała, jej głos przypominał wodę lejącą się z pękniętej rury. Tryskał, pulsował i znowu tryskał.

– Zawsze mówiliśmy, że kiedyś znajdziemy swoje miejsce. Ceres o Pallas i te duże stacje Lagrange'a, których nigdy nie zbudowano. Mi tía mówiła o zbudowaniu stacji dla wszystkich Pasiarzy alles. Stolica à te void. To tutaj. Zbudowana przez Pasiarzy. Żyją w niej Pasiarze. Pasiarze dali jej potęgę. Y z powodu dział, które *my* zamontowaliśmy, jest nasza na zawsze. Dzisiaj zrobiliśmy z tego miejsca nasz dom. Nie tylko nasz nasz. Nas *wszystkich*. Teraz esá es *ojczyzna*. Dzięki nam trojgu.

Po jej policzkach spływały łzy, powolne w jednej szóstej g. Radość rozświetlała ją od wewnątrz jak ogień i Salis poczuł zawstydzenie. Oglądanie Roberts w takim stanie przypominało trafienie na kogoś sikającego – było intymne i złe. Ale kiedy odwrócił wzrok, wokół nich rozciągał się cylinder. Rośliny, gleba, ziemia nad nim patrząca z góry jak niebo.

Był na Medynie już od piętnastu miesięcy. Dłużej niż na jakiejkolwiek innej stacji w całym życiu. Przybył dlatego, że Marco Inaros i Wolna Flota potrzebowali tu ludzi. Nie myślał o tym, co to znaczy, choć w głębi ducha wiedział, że jest bardziej SPZ niż SPZ, a to właśnie znaczyła Wolna Flota. Teraz może zobaczył przebłysk tego, co się za tym kryło. Nie wieczna wojna, a miejsce.

– Ojczyzna – powiedział ostrożnie. Jakby to słowo było ze szkła i mógł się poranić, gdyby wypowiedział je za ostro. – Dzięki działom szynowym.

– Dzięki czemuś naszemu – stwierdziła Roberts. – I ponieważ teraz nie mogą nam tego zabrać.

Salis poczuł coś w piersi i pozwolił sobie to zbadać. Zdecydował, że to duma. Czuł dumę. Zaryzykował uśmiech i skierował go do Roberts, która szczerzyła się do niego. Miała rację. To było to miejsce. Ich miejsce. Cokolwiek się stanie, będą mieli Medynę.

Vandercaust wzruszył raminami, pociągnął sporą porcję z bańki i beknął.

– Besse dla nas – rzucił. – Ale wiecie co? Jeśli kiedyś zdołają nam to odebrać, to pewne jak *cholera*, że nigdy więcej go nie dostaniemy.

ROZDZIAŁ PIĄTY

PA

– Nic mi się w tym nie podoba – oznajmiła Michio Pa.

Josep ziewnął i dźwignął się na łokciu, patrząc na nią z góry. Był pięknym mężczyzną w nieco zepsuty sposób. Włosy nosił dłuższe niż reszta załogi, prawie do ramion. Pasma szarości we włosach wciąż były tylko rozjaśnieniem czerni. Dziesięciolecia pobruździły mu skórę, a historię jego życia można było wyczytać z tuszu: na szyi tatuaż rozerwanego kręgu SPZ, przysłonięty później wzniesioną pięścią radykalnego kolektywu, który rozpadł się dawno temu. Wyszukany krzyż na ramieniu wydziergany w chwili religijnego zapału i zachowany długo po tym, gdy wiara wygasła. Frazy wypisane wzdłuż nadgarstków i boku – *Skończyła się woda, następnym razem ogień* oraz *Kochać kogoś, to widzieć go takim, jakiego zaplanował Bóg* i *Ölüm y chuma pas pas fóvos* – świadczyły o różnych ludziach, którymi był w ciągu życia. Jego wcieleniach. Było to w części powodem, dla którego Pa czuła z nim taką bliskość. Była od niego młodsza o prawie dziesięć lat, ale też przeszła przez wiele wcieleń.

– W czym? – spytał. – Jest wiele rzeczy, które się nie podobają.

– Mówię o zwołaniu klanów przez Inarosa – wyjaśniła, obracając się i owijając przy tym kocem.

Nie chodziło o to, że czuła się niekomfortowo naga, po prostu gdy przestali się kochać, była gotowa wrócić do bardziej formalnych ról. A przynajmniej czegoś zbliżonego do nich. Josep to zauważył i bez komentarza przeszedł z bycia mężem do roli głównego inżyniera. Złożył ręce na piersi i oparł się o ścianę.

– Chodzi o spotkanie czy o człowieka? – zapytał.

– O wszystko. Coś tu nie gra.

– Skoro tak mówisz, to ci wierzę.

– Wiem. To ta część, kiedy zawsze to robię. Dowodzący coyo zmienia plan, a ja zaczynam się w nim doszukiwać następnego

Ashforda. Następnego Freda-pieprzonego-Johnsona. To mój wzór postępowania.

– Prawda, ale to nie znaczy, że nie ma w nim sensu. Co ci siedzi w głowie?

Pa nachyliła się, zagryzając wargę. Czuła myśli obijające się w jej głowie jak ślepe ryby, szukające słów, które nadałyby im postać. Josep czekał.

Zgodnie z warunkami ich ketubah, grupa małżeńska liczyła siedem osób: ona, Josep, Nadia, Bertold, Alura, Evans i Oksana. Wszyscy zachowali swoje nazwiska i stanowili trwałą załogę *Connaughta*. Pozostali służący pod jej rozkazami przychodzi i odchodzili, szanowali fakt, że jest kapitan, że wydawała sprawiedliwe rozkazy i nie wykazywała jawnego faworyzowania małżonków, ale zawsze wszyscy rozumieli, że podstawą statku jest jej rodzina i żadne zagrożenia nie będą tolerowane. Idea rozdzielenia rodziny i załogi była czymś pochodzącym z planet wewnętrznych, kolejnym przykładem podświadomych uprzedzeń, przez które Ziemianie i Marsjanie traktowali życie na pokładzie statku jako coś odrębnego od prawdziwego życia.

Dla nich z chwilą zamknięcia śluzy zasady się zmieniały, nawet jeśli nie znali siebie na tyle, żeby to zrozumieć. Dla Pasiarzy nie istniały podziały. Słyszała, że nazywają to Doktryną jednego statku. Że istnieje tylko jeden statek składający się z niezliczonych części, tak jak ciało składało się z niezliczonych komórek. *Connaught* był jedną częścią, tak jak wszystkie pozostałe, podlegające jej jednostki: *Panshin*, *Solano*, *Wiedźma z Endoru*, *Serrio Mal* i kilkanaście innych. Z kolei jej flota była tylko częścią Wolnej Floty: olbrzymiego organizmu przekazującego informacje między komórkami wiązkami kierunkowymi i radiem, pochłaniającego jedzenie i paliwo, pracującego nad własnym powolnym przeznaczeniem pośród planet jak olbrzymia ryba w jeszcze większym oceanie nieba.

Według niektórych interpretacji nawet statki Ziemian i Marsjan stanowiły część tego samego jednego statku, ale dla niej to zawsze prowadziło do rozmów o nowotworach i chorobach autoimmunologicznych i metafora zawodziła.

Mimo wszystko istniał powód, dla którego przyszło jej to teraz do głowy.

– Nie jesteśmy skoordynowani – powiedziała, próbując słów w miarę ich wypowiadania. – Gdy wysuwasz stopę, sięgasz też ręką. Jednym ruchem. My tak nie działamy. Inaros i wojsko. Sanjrani i finanse. Rosenfeld i jego produkcja i projekty. My. Nie jesteśmy jeszcze jednym.

– Jesteśmy w tym nowi – przypomniał Josep.

Jego słowa mogły być protestem, sposobem na wyjaśnienie jej niepokoju. Ale z jego strony była to ofiara. Coś, na co mogła zareagować, co pomogłoby jej zebrać myśli.

– Może – przyznała. – Trudno powiedzieć. Może powinniśmy być marionetkami, których wszystkie nitki biegną do *Pelli*. Jeśli Najwyższy zmieni zdanie, wszyscy skaczemy.

Josep wzruszył ramionami i zmrużył oczy.

– Zrobił to, co obiecał. Statki, paliwo, amunicja, silniki. Wolność. Zrobił to, co powiedział, że zrobi.

Wyczuwała w jego słowach łagodną prowokację i tego właśnie było jej potrzeba.

– Zrobił to, co twierdzi, że powiedział. Jego prawdziwe osiągnięcia nie są wcale tak dobre. Johnson żyje, tak samo jak Smith. Ganimedes zrobił się ledwie neutralny. Wciąż rzucamy kamieniami w Ziemię, ale nie wygląda na to, żeby mieli się poddać. Przyjrzyj się wszystkiemu, co obiecał, to sam zobaczysz, że wcale nie tak wiele mu wyszło.

– Politycy od immer i zawsze, tacy. To i tak więcej, niż ktokolwiek zrobił dla Pasa. Wewnętrzni są teraz na kolanach. A z *Hornblowerem* i podobnymi statkami mamy zapasy na całe lata. To nasza część. Zapewnić wszystkim żywność i zaopatrzenie. Dać nam szansę stworzenia Pasa bez buta na karkach.

Pa westchnęła i podrapała się po kolanie, szurając paznokciami po skórze z dźwiękiem cichym i suchym jak piach. Wymiennik powietrza kliknął i zaszumiał. Przyciskający ich do pokładu silnik pulsował.

– Jasne – powiedziała.

– Ale?

– Ale – stwierdziła i na tym ucięła.

Jej niepokój nie znalazł żadnych bardziej pasujących słów. Może przyjdą z czasem, a może znajdzie wewnętrzny spokój bez konieczności ich wypowiadania.

Josep przesunął się i kiwnął głową w stronę pryczy przeciążeniowej.

– Mam zostać? – Pa zastanawiała się przez chwilę. Zgoda mogła być przejawem bliskości, ale tak naprawdę, niezależnie od tego, z kim dzieliła ciało, lepiej spało jej się samej. Uśmiech Josepa oznaczał, że i tak usłyszał jej odpowiedź. Była to jedna z rzeczy, które w nim kochała. Wstał, podszedł do niej, pocałował w czoło na granicy włosów i zaczął zakładać kombinezon. – Może herbaty?

– Raczej nie – odpowiedziała.

– Powinnaś – zasugerował Josep.

Zwykle nie próbował ingerować tak bardzo.

– No dobrze.

Zrzuciła z siebie koc, obmyła się i też się ubrała. Kiedy weszli do kambuza marsjańskiego okrętu, oparła się o niego. W końcu nie było tam nikogo z innych członków załogi, tylko Oksana i Laura dojadające porcje grzybów w sosie. Tylko rodzina. Josep ruszył w stronę innej ławki, a ona pozwoliła mu się usadowić trochę dalej od ich żon. Oksana zaśmiała się z czegoś. Laura powiedziała coś ostrego i jadowitego, ale bez wkładania w to serca. Pa nie usłyszała słów.

Josep wyciągnął dla nich bańki z herbatą, a potem usiedli w przyjaznej ciszy. Popijała napar, a lekka cierpkość herbaty w połączeniu z wciąż odczuwalnym odurzeniem po seksie wreszcie ją uspokoiła, choć dotąd nawet nie zdawała sobie sprawy z niepokoju. Josep uniósł brwi, gdy westchnęła.

– Tak – odezwała się. – Jesteś mądry. Właśnie tego było mi potrzeba.

Ukłonił się lekko, a potem spoważniał.

– Pomyślisz o tym, co powiedziałem? O koordynacji?

– Nie martw się – rzuciła, ale mówił dalej.

– Zostałaś zdradzona przez ludzi, którzy powinni byli być twoimi przywódcami. Przez Johnsona, gdy byliśmy SPZ. Ashforda na *Behemocie*. Okulskiego w związku. Właśnie *dlatego* wybraliśmy niezależność, nie? Tylko że teraz znowu nie jesteśmy niezależni. Teraz jesteśmy Wolną Flotą, bo przekonał nas do tego Inaros. Nie tylko ciebie. *Nas*.

– Masz rację – odpowiedziała Pa. – Zapewne po prostu reaguję na to, co już się stało. Powinnam sobie odpuścić.

– Nie powinnaś sobie odpuszczać wyuczonych lekcji – stwierdził. – Wszechświat spędził sporo czasu, mówiąc ci coś, a teraz zaczynasz mieć co do tego wątpliwości. Może te wszystkie inne lekcje miały cię na to przygotować.

Coś trochę mocniej ścisnęło Pa w piersi.

– Ty też mu nie ufasz.

– Ja? Raczej nie chcesz nikogo oceniać według moich standardów. Ja nie ufam nawet Bogu.

– Jesteś absolutnie najgorszym mistykiem świata – skomentowała Pa ze śmiechem.

– Wiem – potwierdził Josep, kręcąc głową. – Smętny nieudany prorok, ja. Ale – uniósł palec – znam ciebie. I wiem, że jesteś rodzajem człowieka lubiącego udawać, że nie wie rzeczy, które wie, żeby uniknąć tarć. Jeśli więc myślisz, że może się mylisz, że może wszystko jest w porządku, lepiej sprawdź jeszcze raz i upewnij się, że faktycznie tak jest. Jeśli wszechświat potrzebuje noża, tworzy go sobie. A nikt nie jest ostrzejszy od ciebie.

– A jeśli okaże się, że wszechświat to tylko mnóstwo atomów i energii zderzających się ze sobą aż do wyczerpania światła?

– To i tak dopasowanie wzorców jest niezłym sposobem na to, żeby nie dać się zderzyć. Powiedz mi, czy Najwyższy pasuje do wzorca. Widziałaś więcej ode mnie.

– Wątpię – skomentowała, ale ujęła jego dłoń.

Uścisnął jej rękę. Po chwili Laura podeszła i usiadła z nimi, potem Oksana. Rozmowa przeniosła się na mniej niebezpieczne tematy – wszystkie sposoby, na które marsjańskie projekty były gorsze od pasiarskich, najnowsze wieści o przechwyceniu przez *Wiedźmę z Endoru* kolejnego statku kolonizacyjnego, raport Carmondy'ego z przeróbek *Hornblowera*. Sprawy związane z zarządzaniem *Connaughtem*. Jednak za jej żebrami wciąż czaił się niewielki splot, przypominając, że coś jest nie tak.

Do kabiny wróciła sama. Opadła na pryczę przeciążeniową, naciągnęła sobie koc na głowę i śniła o wielkim, delikatnym stworzeniu płynącym przez prądy głębokiego oceanu, tylko że ocean składał się z gwiazd, a zwierzę było zbudowane ze statków, a jeden z nich należał do niej.

***

Nic tak wielkiego jak rewolucja nie mogło przetrwać z tylko jedną wersją jej historii. Rozkwit stacji Ceres – lub jej upadek, w wersji mieszkańców planet wewnętrznych – był początkiem Marco Inarosa i Wolnej Floty. Z perspektywy czasu zniszczenie jednego lodowcowca wydawało się zbyt żałośnie drobnym zdarzeniem, by pchnąć Ziemię i Marsa przeciw sobie, nawet choćby na chwilę, a jednak to wystarczyło. Gdy zwykli ciemiężyciele Pasa dla odmiany kierowali broń przeciw sobie, do akcji wkroczyło SPZ, przejmując kontrolę nad miastem portowym pasa asteroid.

Nikt się wtedy nie spodziewał, że tak zostanie. Prędzej czy później Mars i Ziemia odzyskają równowagę, staną na nogi, a Ceres upadnie. Anderson Dawes, faktyczny gubernator stacji, straci przejętą władzę i zajmie się realizacją jakichś nowych planów albo będzie żył przeszłością jako męczennik sprawy. Każda autonomiczna przestrzeń była tymczasowa.

Tylko że ten upadek nie nastąpił.

Uwagę potęg przykuł upadek Ganimedesa i ujawnienie programu protomolekuły, kierowanego przez Mao-Kwikowski. Na Wenus wykluły się olbrzymie i tajemnicze struktury, z których powstały pierwsze wrota. Do czasu, gdy *Behemot* poleciał wraz z połączonymi siłami Ziemi i Marsa zbadać wrota i rozważać niezwykłe i złożone implikacje ich istnienia, Anderson Dawes wypracował kompleksową siatkę powiązań. Korporacje z Luny i Marsa, stacje w punktach Lagrange'a, Pas, księżyce Jowisza – żadne z nich nie mogły dopuścić do zatrzymania handlu na całe lata, których potrzeba by na odbicie portu. W sposób typowy dla ludzkości od czasu, gdy w sumeryjskiej glinie odciśnięto pierwszy kontrakt, tymczasowe rozwiązania okazały się na tyle trwałe, by stać się niewidoczne.

A kiedy otworzyły się wrota *po drugiej stronie* i ludzkość masowo rzuciła się ku nowym planetom i słońcom, pojawiły się potęgi i pieniądze, którym zależało na zachowaniu bieżącego statusu Ceres. Z kolei Anderson Dawes wiedział, komu posmarować i kiedy iść na kompromis, by dopilnować nieprzerwanego ruchu w porcie.

Dzięki starannemu i ostrożnemu zarządzaniu wielki negocjator wykroczył poza swój status buntownika i stał się politykiem. Dawes stał się szanowany, a stacja Ceres okazała się pierwszym miastem Pasiarzy akurat na czas, by nie miało to znaczenia.

A potem nadeszła Wolna Flota i kopniakiem posłała w morskie fale starannie zbudowany zamek z piasku. Dawes zaś, jak każdy polityk, dokonał analizy graczy, sił, szans i pewników. Historia rozkwitu stacji Ceres, zamiast triumfu oportunizmu i sprawności politycznej, stała się prekursorem Wolnej Floty. Dawes przyjął tę nową wersję siebie i swojej stacji. Wybrał stronę, tak samo jak ona.

Stał teraz w doku, czekając, aż zejdzie z pokładu *Connaughta*. Ciążenie wirowe stacji zablokowało jej statek w wielkich klamrach. Nawet jeśli zawiedzie zasilanie, ruch obrotowy nie pozwoliłby statkom wypaść w czerń. Pa wciąż nie miała ochoty opuszczać swojego statku. Miała wrażenie, że to niepotrzebne ryzyko.

– Michio – odezwał się Dawes z promiennym uśmiechem i ścisnął jej dłoń. – Dobrze zobaczyć cię na żywo.

– Ciebie też – odpowiedziała.

Co nie było prawdą. Dawes spędził zbyt wiele lat, zbyt blisko współpracując z Fredem Johnsonem, by zdołał się pozbyć jego smrodu. Był jednak złem koniecznym i w starych dobrych czasach prawdopodobnie zrobił więcej, by pomóc Pasowi, niż by mu zaszkodzić. Gestem zaprosił ją do wózka elektrycznego z dwoma policjantami w lekkich pancerzach.

– Jestem aresztowana? – zapytała Pa lekkim i rozbawionym głosem.

Dawes roześmiał się, idąc.

– Od kiedy spadły kamienie, stosujemy ściślejszą ochronę – wyjaśnił. Jego pobrużdżone trądzikiem policzki napięły się, a na twarzy pojawił się mrok. – Na Ceres mieszkają miliony ludzi, nie wszystkim podoba się to, co zaszło.

– Miałeś tu jakieś problemy? – spytała Pa, gdy doszli do wózka.

– Zawsze są jakieś problemy – skomentował Dawes, a potem, po chwili wahania dodał: – ale było ich więcej.

Wózek szarpnął i ruszył w stronę szerokiej rampy, która prowadziła do wnętrza stacji. Toczące się po podłożu lekko przylepne koła wydawały dźwięk gdzieś pomiędzy sykiem i trzaskaniem. Pa obejrzała się w stronę zacumowanego *Connaughta*. Może powinna zabrać ze sobą własną straż. Ludzie Carmondy'ego wciąż byli jeszcze na *Hornblowerze*, ale Bertold i Nadia mieli szkolenie bojowe. Teraz już za późno.

Poziomy administracyjne znajdowały się najbliżej powłoki stacji, gdzie najmniej dawała się we znaki siła Coriolisa. Stare tunele i korytarze zostały wyremontowane po przejęciu stacji przez SPZ, ale i tak czuło się ich wiek. Dawes prowadził lekką, niezobowiązującą rozmowę, która miała ją rozluźnić, a był na tyle sprawny, że to działało. Skoro naprawdę rozmawiali o tym, które restauracje robiły najlepszą kiełbasę z czarnym sosem i co się działo, gdy synod kościelny zarezerwuje te same sale, co festiwal muzyki raï, sytuacja nie mogła być aż tak groźna. Zdawała sobie sprawę, że to złudzenie, ale i tak doceniała jego wysiłki. Żadne z nich nie wspomniało o tym, jaki był powód jej przylotu. Nazwisko Inarosa nie padło w rozmowie.

Samo spotkanie odbywało się w ogrodzie na poziomie administracyjnym. Szerokie, łukowate sklepienie jarzyło się pełnozakresowym światłem. Po ścianach i kolumnach wspinał się bluszcz, a rozległe paprocie rozkładały wielkie liście jak szykujące się do walki czaple. Powietrze pachniało winem i jedzeniem z upraw hydroponicznych. Usłyszała wysoki, piskliwy głos Sanjraniego, jeszcze zanim skręciła za róg. *Bez solidnego zapasu podstawowego nawozu na każdej stacji waluta na bazie azotu zostanie zdewaluowana przez nielegalne wprowadzenia.* Kolejna wariacja na jego stały temat. Prawie dobrze było znów to usłyszeć. Dawes dotknął jej łokcia i gestem wskazał ścieżkę między małą fontanną a spiralną paprocią i po chwili znaleźli się na miejscu. Pięcioro przywódców Wolnej Floty. Nico Sanjrani, wyglądający bardziej na sklepikarza w średnim wieku niż na głównego ekonomistę powstającego imperium. Rosenfeld Guoliang, z ciemną, piegowatą skórą i zbyt szerokim uśmiechem, generał drugiej floty i przemysłowiec. A na środku, na krześle z plecionej wikliny, Marco Inaros, człowiek stojący za tym wszystkim.

Zwycięstwo mu służyło. Włosy spływały mu na ramiona; mężczyzna ze zwierzęcą swobodą kontrolował swoje ciało. Kiedy wstał, by powitać ją i Dawesa, poczuła w sercu echo jego przyjemności. Kimkolwiek jeszcze był ten człowiek, miał dość wdzięku, by pozbawić węże jadu. Zakładała, że dzięki temu darowi znalazł się na pozycji umożliwiającej handel z Marsjanami i otrzymanie od nich okrętów, amunicji i wszystkich materiałów, które pozwoliły im przygotować rewolucję. Jedyną dodatkową osobą był Filip, chudy syn Inarosa o nieco szalonym spojrzeniu. Pa uważała, żeby nie przyglądać się chłopcu zbyt uważnie. Było w nim coś, co ją niepokoiło, i łatwiej było trzymać się z daleka, niż analizować.

– Błyskotliwa Michio Pa! – przywitał ją Marco. – Doskonale! Jesteśmy już wszyscy. Założyciele naszego narodu.

– Masz dane najnowszych zdobyczy? – zapytał Sanjrani, nieświadomy wciskania się w chwilę Marco. Albo po prostu zupełnie się tym nie przejmował. – Muszę dostać pełny wykaz.

– Pracuje nad tym Carmondy – odpowiedziała Pa. – Niedługo go wyśle.

– Nico, chłopcze – odezwał się Rosenfeld. – Nie bądź dupkiem. Przywitaj się najpierw z kapitan Pa.

Sanjrani skrzywił się w stronę Rosenfelda, potem zerknął na Inarosa, ale w końcu obrócił się z powrotem do niej i ukłonił uprzejmie.

– Witaj.

– Teraz, gdy jest tu cały wewnętrzny krąg – powiedział Dawes – może moglibyśmy usłyszeć, co nas tu zebrało? Nie, żeby przebywanie w tym samym pomieszczeniu nie było przyjemnością samą w sobie, ale...

Marco uśmiechnął się, a jego syn nerwowo poruszył palcami przy kaburze pistoletu.

– Złamaliśmy Ziemię i pokonaliśmy Marsa. SPZ Johnsona pokazała swą prawdziwą twarz kolaborantów. Osiągnęliśmy wszystko, co zaplanowaliśmy. Czas rozpocząć trzecią fazę.

Wszystko, co zaplanowaliśmy, poza zabiciem Smitha i Freda Johnsona, pomyślała Pa, ale nie powiedziała tego na głos. Choć milczenie pozostałych nie dotyczyło tego.

Kiedy Dawes się odezwał, zrobił to starannie lekkim i konwersacyjnym tonem.

– Nie wiedzieliśmy, że zaplanowałeś jakąś trzecią fazę.

Uśmiech Marco mógł być oznaką złości lub przyjemności, furii lub satysfakcji.

– Teraz już wiecie – powiedział.

ROZDZIAŁ SZÓSTY

HOLDEN

– Mam wrażenie, że powinienem szeptać – stwierdził Holden. – Chodzić na paluszkach.

– Lecimy w nieważkości – zauważyła Naomi.

– Na metaforycznych paluszkach.

Mostek był ciemny, jedynym światłem był blask padający z monitorów. Aleks spał w swojej kabinie, zostawił monitorowanie Holdenowi i Naomi. Kiedy ich ostatnio widział, Bobbie i Amos wędrowali przez statek, testując wszystko, oprócz łączności – działka obrony punktowej, silniki, stępkowe działo szynowe i układy środowiskowe. Od czasu rozpoczęcia misji Bobbie bardzo uważała, by nie wywołać w Holdenie poczucia, że przejmuje statek, ale jej uprzejmość nie sięgała tak daleko, by nie zaznajomić się na nowo z każdym centymetrem *Rosynanta* przed rozpoczęciem walki. Nawet jeśli chodziło tylko o sprawdzenie, w jaki sposób Amos przekierował doprowadzenie wody do kambuza, przyglądanie się tej dwójce zawsze przypominało słuchanie rozmowy dotyczącej broni. Poważna, profesjonalna rozmowa między ludźmi rozumiejącymi, że pracują ze sprzętem, który może zabijać ludzi. Z tego też powodu zaczął mieć wrażenie, że dotąd trochę zbyt lekko podchodził do statku.

Clarissa... właściwie nie wiedział, gdzie jest Clarissa. Od czasu ostatniego lotu z ostrym ciągiem widywał ją tylko kątem oka, jakby była nawiedzającym statek duchem, którego nie dało się zobaczyć wprost. Większość tego, co o niej słyszał – że odzyskiwała siły, że czarnorynkowe implanty sprawiały, że rzadziej miewa mdłości, o wykryciu przez nią wadliwego sprzęgu prowadzącego do problemów z oświetleniem warsztatu – pochodziła od innych członków załogi. Nie podobało mu się to, ale przynajmniej nie musiał z nią rozmawiać.

Plan był prosty. *Lazurowy smok* nie był okrętem bojowym, a badawczą jednostką geologiczną. Ochronę zapewniał mu bezmiar przestrzeni, małe wymiary i orbita na tyle daleko od Ziemi i Luny, że mógł próbować ucieczki w stronę Pasa lub księżyców Jowisza, gdyby ktoś ruszył w jego stronę. Wyłączono wszystkie jego aktywne systemy – transponder, radar, lidar, radio – żeby utrudnić wykrycie statku. Oczywiście nie mógł powstrzymać światła przed odbijaniem się od kadłuba i nie mógł ukryć emitowanego ciepła, ale starał się działać najciszej, jak to możliwe. Co ograniczało go do systemów pasywnych i wiązek kierunkowych. Co wystarczało do koordynacji rzucania kamieniami w Ziemię, ale ograniczało możliwości detekcji innych jednostek.

I właśnie na to liczyła Bobbie.

Wykreślili kurs, który zabierze ich blisko *Lazurowego smoka*, a potem zorganizowali skoordynowane przemieszczenie floty, które ukryje blask ich silnika. Wszystko sprowadzało się do równowagi między szybkim zbliżeniem się do wroga przy niemożliwości wykonania klasycznego lotu z przyśpieszeniem i hamowaniem od połowy drogi. Mogli osiągnąć tylko taką prędkość, którą zdołają wyhamować po zbliżeniu się, a do tego czasu *Ros* leciał bez emisji i napędu. Bez aktywnych czujników *Lazurowy smok* będzie musiał ich wykryć wizualnie – drobny punkt w bezmiarze – i rozpoznać w nich zagrożenie bez radaru i lidaru.

I oczywiście w końcu to zrobi, ale do tego czasu, jeśli wszystko pójdzie zgodnie z planem Bobbie, to nie będzie miało większego znaczenia.

W związku z tym lecieli wolniej, niż Holden pamiętał od czasu, gdy przejęli *Rosa*, przez co czuł się poddenerwowany i zniecierpliwiony.

Od strony windy dobiegły głosy: Bobbie, poważna, rzeczowa i profesjonalna, i Amos, radosny i na luzie. Wlecieli na pokład, najpierw Bobbie, potem Amos. Marine chwyciła uchwyt i zatrzymała ruch. Amos zahaczył kostką mijany pokład i wygasił pęd, opierając się o sufit stopami i pochłaniając energię ugięciem kolan. Unosił się głową w dół. *Ros* zwykle latał z przyśpieszeniem mniejszym niż pełne g, aby oszczędzać masę reakcyjną i ze względu na Naomi, ale zawsze przestrzegali tego samego kierunku w dół. Lot w całkowitej nieważkości był dziwny.

– Jak idzie? – zapytała Bobbie.

– Nic nowego. – Holden wskazał na ekran. – Na razie nie wygląda na to, żeby nas zauważyli.

– Nadal mają wyłączone reaktory?

– Zgodnie z sygnaturą termiczną po prostu tam siedzą.

Bobbie zacisnęła wargi i kiwnęła głową.

– To już nie potrwa długo.

– Moglibyśmy do nich strzelić – zasugerował Amos. – To nie moja decyzja, ale z mojego doświadczenia wynika, że gość, który pierwszy wyprowadzi cios, zwykle wygrywa.

– Pokaż szacunkowy zasięg – poprosiła Bobbie.

Holden wywołał obraz z czujników pasywnych. Znajdujący się z grubsza w odległości pięciu milionów kilometrów *Lazurowy smok* był mniej więcej dziesięć razy dalej od nich niż Luna od Ziemi. Jego załoga zapewne liczyła nie więcej niż dwanaście osób. Pośród nieskończonych gwiazd był niewidoczny dla nieuzbrojonego oka. Nawet gdyby przeciwnik leciał z pełnym ciągiem, blask z dyszy wylotowej byłby tylko jednym punkcikiem pośród miliardów.

– Na ile to dokładne?

– Nie jestem pewien – przyznał Holden. – Zwykle używalibyśmy lidaru.

– Możemy przyjąć plus minus dziesięć procent – odezwała się Naomi. – Przy tym zasięgu i skali błędy pasywnego próbkowania dodają się bardzo szybko.

– A z lidarem? – zapytała Bobbie.

– Z dokładnością do metra – wyjaśniła Naomi.

– Myślicie czasem o tym, ile tu lata amunicji? – odezwał się Amos, sięgając do podłogi czubkami palcami, by się przesunąć. W efekcie zaczął bardzo powoli dryfować w stronę sufitu, a równocześnie obracać się zgodnie z przyjętym przez pozostałych kierunkiem góry. – Te wszystkie pociski z działek obrony punktowej, które w nic nie trafiły, większość pocisków z dział szynowych, niezależnie od tego, czy trafiły w okręt, czy nie. Wszystko to ciągle tu jest, lecąc z tą samą prędkością, z jaką opuściło lufę.

– Jeśli w nich strzelimy, zaczną szukać tego, kto to zrobił – zauważyła Naomi.

– Może nie – rzucił Amos.

Naomi spojrzała na Bobbie.

– Wkrótce będziemy musieli zacząć hamowanie, bo inaczej przelecimy obok nich.

– Ile mamy czasu? – zapytała Bobbie.

– Trzy godziny – opowiedziała Naomi. – Jeśli poczekamy dłużej, będziemy musieli się nafaszerować koktajlem lub zaryzykować hamowanie z przyśpieszeniem grożącym uszkodzeniem naczyń krwionośnych, które wolelibyśmy zachować w całości.

Bobbie zaczęła szybko stukać czubkami kciuka i palca wskazującego. Kiedy kiwnęła głową, zrobiła to bardziej do siebie niż do nich.

– Pieprzyć, mam już dość czekania. Pójdę obudzić Aleksa. Miejmy to za sobą.

***

– No dobrze, panie i panowie – oznajmił Aleks. – Wszyscy przypięci i przygotowani?

– Potwierdzam – rzucił Holden na otwartym kanale, a potem słuchał potwierdzeń pozostałych.

Włącznie z Clarissą Mao. Oczywiście, było to złudzeniem wynikającym z oczekiwania, ale Holden miał wrażenie, że światła zrobiły się trochę jaśniejsze, jakby po tygodniach spędzonych w doku sam *Ros* cieszył się, że będzie robił coś ważnego.

– Reaktor w porządku – Amos zgłosił z maszynowni.

Aleks odchrząknął.

– No dobrze. Ruszamy za dziesięć... dziewięć...

– Zobaczyli nas – oznajmiła Naomi. – Mam aktywne silniki manewrowe.

– Niech będzie. Trzy-dwa-jeden – rzucił Aleks, a potem Holden został mocno wgnieciony w pryczę przeciążeniową.

Żel napierał na niego ze wszystkich stron, a statek grzmiał głębokim basem silnika zmniejszającego ich prędkość. Dla

Lazurowego smoka musiało to wyglądać tak, jakby pojawiła się nowa jasna gwiazda. Supernowa lata świetlne stąd albo coś nie mniej groźnego, ale dużo, dużo bliżej.

– Lidar aktywny – zgłosiła Naomi. – I... mam namiar.

– Włączyli reaktor? – spytał Holden, równocześnie Bobbie powiedziała:

– Daj mi sterowanie ogniem.

Naomi odpowiedziała obojgu.

– Ich napęd się aktywuje, mamy pewnie jakieś pół minuty. Masz kontrolę, Bobbie.

– Holden – warknęła Bobbie – naciśnij dzwonek. Aleks, przekaż sterowanie pod kontrolę ognia.

– Zrobione – rzucił Aleks.

Holden włączył wiązkę kierunkową. *Ros* natychmiast namierzył cel.

– *Lazurowy smok*, mówi *Rosynant*. Mogliście o nas słyszeć. Nadlatujemy. Poddajcie się...

Ciążenie ciągu ustało i ich prycze przeciążeniowe zasyczały, kompensując obrót okrętu w dwóch osiach.

– Poddajcie się natychmiast albo przygotujcie się na abordaż.

Głos Naomi był spokojny i skupiony.

– Włącza się reaktor przeciwnika.

Wydawało się, że statek się potknął, rzucając Holdena i Naomi na pasy bezpieczeństwa. Stępkowe działo szynowe pchnęło cały statek do tyłu zgodnie z matematycznym wzorem wiążącym masę dwukilogramowego pocisku z wolframu poruszającego się z zauważalnym ułamkiem prędkości światła. Trzecia zasada dynamiki Newtona wyrażona w przemocy.

Holden poczuł kamień w żołądku i spróbował wychylić się do przodu. Sekundy przeciągały się w nieskończoność.

Naomi wydała cichy, zadowolony dźwięk z głębi gardła.

– Dobrze, ich reaktor się wyłącza. Zrzucili rdzeń. Nie widzę azotu w chmurze, więc chyba nie stracili powietrza.

– Niezły strzał – pochwalił Amos na otwartym kanale.

– O żesz – rzuciła Bobbie, a *Ros* przesunął się z powrotem. – Cholernie mi tego brakowało.

Wróciło ciążenie ciągu, napierając na plecy Holdena w miarę zwalniania do dryfującego statku. Teraz hamowanie było ostrzejsze – pełne dwa g, które czuł w szczęce i podstawie czaszki.

– *Lazurowy smok*, odpowiedz albo będziemy dalej strzelać – powiedział.

– To nie wydaje się w porządku – rzuciła Naomi.

– To oni zaczęli – odpowiedział Aleks ze sterówki w górze. – Maczali palce w zrzuceniu każdego kamienia, który spadł na Ziemię.

Holden nie był pewien, co Naomi miała na myśli, ale nie kontynuowała tematu, więc może nie chodziło o nic więcej.

– Nie odbieram żadnych odpowiedzi, Bobbie – powiedział. – Jak chcesz to rozegrać?

W odpowiedzi była marine zeszła na dół ze stanowiska działonowego, ręka za ręką w wysokim ciążeniu. Mięśnie jej rąk były niczym sploty drutu, a grymas na twarzy świadczył równocześnie o bólu związanym z wysiłkiem i fakcie, że czerpała z tego satysfakcję.

– Powiedz im, że jeśli spróbują do nas strzelać, nie dostaną prycz przeciążeniowych w drodze do więzienia – odpowiedziała, schodząc niżej w stronę śluzy. – Przebiorę się w coś wygodniejszego.

Prycze przeciążeniowe przesunęły się nieco, gdy Aleks zmienił ich trajektorię tak, żeby nie stopili *Lazurowego smoka* plazmą z dyszy silnika. Bobbie stęknęła i poprawiła chwyt na drabinie.

– Wiesz, że mamy windę, prawda? – zapytał Holden.

– W ten sposób jest zabawniej – rzuciła Bobbie, schodząc poziom niżej.

Naomi poruszyła się w wysokim ciążeniu, żeby zobaczył jej twarz. Rysujący się na niej uśmiech był złożony – dyskomfort, przyjemność i coś, co wyglądało na złe przeczucia.

– Czyli tak wygląda, kiedy pozwala sobie na spuszczenie ze smyczy.

Pozbycie się resztek prędkości i dopasowanie orbity wymagało czasu. Holden słuchał jednym uchem, jak Aleks, Amos i Naomi koordynują systemu *Rosa*, by doprowadzić ich do względnego zera. Co jakiś czas odzywała się Bobbie, gdy nie była zajęta składaniem swojego pancerza wspomaganego i prowadzeniem kontroli jego układów. Większość uwagi skupiał na wrogu. *Lazurowy smok* unosił się w ciszy. Rozszerzająca się chmura radioaktywnego gazu wypełniającego jego rdzeń fuzyjny powoli się rozpraszała, stając się niewiele gęstsza od otaczającej ich próżni. Żadnego sygnału ratunkowego, żadnego poddania się ani obelg. Kompletny brak odpowiedzi na jego sygnały i zapytania. Cisza była upiorna.

– Nie sądzę, żebyśmy ich zabili – rzucił Holden. – Chyba ich nie zabiliśmy, prawda?

– To nie wydaje się prawdopodobne – odpowiedziała Naomi – ale pewnie niedługo się przekonamy. W najgorszym razie to zrobiliśmy, co i tak ułatwi zatrzymywanie kamieni rzucanych na Ziemię.

Coś w tonie jej głosu zwróciło jego uwagę. Patrzyła na monitor, ale nie wyglądała na skupioną. Myślami była gdzieś bardzo daleko.

– Wszystko w porządku?

Naomi zamrugała, pokręciła głową, jakby próbowała oczyścić myśli, i uśmiechnęła się w tylko trochę wymuszony sposób.

– Po prostu dziwnie jest znowu tu być. I nie mogę przestać myśleć o tym, czy znam kogoś na tym statku. Wcześniej nie myślałam wiele o takich rzeczach.

– Sytuacja się zmieniła – powiedział Holden.

– Tak, kiedyś to ty byłeś tym znanym – odparła i jej uśmiech zrobił się odrobinę bardziej naturalny. – A teraz to ja dostaję najlepszych śledczych do rozmów.

Aleks ogłosił, że uzyskał blokadę na śluzie *Lazurowego smoka*. Uruchamiał obejście blokady. Bobbie potwierdziła i powiedziała, że przygotowuje się do wejścia na pokład. Wróci, gdy upora się z przeciwnikiem. Wszystko to brzmiało bardzo po wojskowemu, bardzo po marsjańsku. W ich głosach pobrzmiewało podniecenie. Część wynikała ze strachu przed akcją, ale nie wszystko. Holden stwierdził, że po raz pierwszy, od kiedy sięgał pamięcią, zastanawia się, jak to wszystko wygląda dla Naomi. Jej przyjaciele przygotowujący się do ataku i być może zabijania ludzi, którzy dorastali tak jak ona. W sposób, którego nikt inny na *Rosynancie* nigdy tak do końca nie zrozumie.

Pracowali dla wszystkich stron poplątanego bajzlu, jaki ludzkość uczyniła z Pasa i rozproszonych poza nim kolonii. Walczyli z piratami dla SPZ. Przyjmowali kontrakty od Ziemi, Marsa i prywatnych koncernów kierujących się własnymi celami. Teraz, gdy zaczął myśleć o Naomi, nie tylko jako o niej samej, ale też o wyniku prowadzonego przez nią życia – życia, które wciąż przed nim odsłaniała – zmienił sposób patrzenia na wszystko. Nawet na siebie.

– Musieliśmy ich powstrzymać – powiedział.

Obróciła się do niego z niezrozumieniem w spojrzeniu.

– Kogo? Tych dupków? Oczywiście, że tak. – Przez statek rozbrzmiał głęboki metaliczny dźwięk połączenia śluz. Na ekranie Holdena pojawiło się ostrzeżenie, ale je zignorował. Naomi przekrzywiła głowę, jakby Holden był zagadką, którą nie do końca rozwiązała. – Myślałeś, że *ich* żałowałam?

– Nie – odpowiedział Holden. – A właściwie tak, ale nie do końca. Wszyscy na tamtym statku też uważają, że robią coś właściwego. Dla nich rzucanie kamieniami w Ziemię jest... sposobem ochrony dzieci na statkach, które musiały latać ze zbyt małą ilością powietrza lub ze złymi filtrami. Albo ludzi, którzy stracili swoje statki, bo ONZ zmieniło przepisy celne.

– Albo dlatego, że zabijanie ludzi sprawia im przyjemność – odpowiedziała Naomi. – Nie idealizuj ich tylko dlatego, że *niektóre* ze stosowanych przez nich usprawiedliwień są...

Rozległ się drugi trzask, tym razem głębszy od poprzedniego. Oczy Naomi otworzyły się szerzej w tej samej chwili, gdy coś ścisnęło żołądek Holdena. To nie był dobry dźwięk.

– Aleks? Co to było?

– Chyba mamy drobny problem.

– Ze mną w porządku – zgłosiła Bobbie, choć sposób, w jaki to powiedziała, sugerował, że sytuacja może się jeszcze zmienić.

Naomi obróciła się do monitora, zaciskając wargi.

– Co mamy, Aleks?

– Pułapka – odpowiedział pilot. – Wygląda na jakąś blokadę magnetyczną z ich strony. Zablokowała działanie. I Bobbie...

– Utknęłam między ich a naszą śluzą zewnętrzną – poinformowała marine. – Nic mi nie jest. Przebiję się przez to i...

– Nie – zaprotestowała Naomi, a uwaga Holdena wreszcie skupiła się na ostrzeżeniu wciąż błyskającym na jego monitorze. – Jeśli to solidne połączenie, możesz zniszczyć oba zamki. Poczekaj tam trochę i daj mi zobaczyć, co możemy zrobić, żeby cię stamtąd wyciągnąć.

– Hej – odezwał się Holden. – Ktoś wie, dlaczego właśnie straciliśmy zestaw czujników? – Na ekranie rozbłysło kolejne ostrzeżenie. W jego głowie włączyła się syrena alarmowa. – Albo to działko?

Pozostali na chwilę zamilkli, a potem – choć zapewne trwało to tylko kilka sekund – subiektywnie przez całe godziny słyszał tylko stukanie palców o panele sterowania i świergot *Rosynanta* w odpowiedzi na zapytania. Odpowiedzi był pewien jeszcze przed uzyskaniem potwierdzenia. Zewnętrzna kamera pokazała obraz powierzchni *Rosa*. Unoszący się tuż obok *Lazurowy smok* wyglądał bardziej jak pasożyt niż więzień. A potem zobaczył rozbłyski iskier i żółte światło. Holden przesunął kamerę. Na wysokości śródokręcia *Rosa* przysiadły trzy mechy konstrukcyjne z zapalonymi palnikami, wgryzając się w pancerz statku.

– Rozbierają nas – rzucił Holden.

Fałszywa uprzejmość, z jaką odezwał się Aleks, nie ukrywała jego furii.

– Jeśli chcesz, mogę włączyć silnik. Zrzucimy na ich smugę z silnika i załatwimy...

– Złożysz tak śluzy – uciął mu Holden. – I zmiażdżysz Bobbie na śmierć.

– No tak – mruknął Aleks. – W porządku. Czyli to nie jest dobry pomysł.

Holden przejął kontrolę nad jednym z działek obrony punktowej i spróbował obrócić je na tyle nisko, by objąć ogniem mechy, ale były za blisko. Pojawiło się nowe ostrzeżenie. Błędy ze wzmacnianego przewodu zasilania. Wgryzali się głębiej w pancerz. Już niedługo zaczną wyrządzać prawdziwe szkody. A jeśli zdołają się przebić między kadłuby...

– Co się stanie, jeśli Bobbie rozerwie kołnierz dokowy? – warknął Holden.

– W najlepszym razie nie będziemy mogli go używać do czasu naprawienia – odpowiedziała Naomi. – W najgorszym wyposażyli swój sprzęg w dodatkową pułapkę, która zabije Bobbie i wypuści nam powietrze.

– Wszystko w porządku – odezwała się Bobbie. – Mogę zaryzykować. Dajcie mi tylko chwilę na ustawienie...

– Nie – rzucił Holden. – Nie. Czekaj. Znajdziemy jakieś wyjście. Nikt nie zginie. Jeszcze mamy czas.

Ale nie mieli go wiele. Znowu rozbłysk palnika spawalniczego. Kiedy odezwał się Amos, jego głos brzmiał dziwnie. Był zbyt stłumiony, za ciasny.

– Wiesz, kapitanie, mamy jeszcze jedną śluzę. Ładownia jest tuż przy warsztacie.

Zrozumiał. Amos brzmiał inaczej, bo już miał na sobie skafander próżniowy. Mówił przez mikrofon w hełmie.

– Jaki masz plan, Amos?

– Nic wyszukanego. Wyskoczymy na zewnątrz, zabijemy kilku dupków, którzy muszą zginąć, a potem naprawimy, co trzeba będzie naprawić.

Naomi posłała mu spojrzenie i kiwnęła głową. Spędzone wspólnie lata i przetrwane niezliczone kryzysy składały się na coś, co czasem działało prawie jak telepatia. Naomi zostanie i bezpiecznie wyciągnie Bobbie z pułapki, Holden wyjdzie z Amosem i będzie trzymał wroga na dystans.

– W porządku – rzucił Holden, sięgając do pasów bezpieczeństwa. – Przygotuj skafander, już idę na dół.

– Zostawię ci jeden – odpowiedział Amos – ale chyba nie będziemy na ciebie czekać.

– Chwila – rzucił Holden. – My?

– Właśnie siedzimy w śluzie – odpowiedziała Clarissa Mao. – Życz nam szczęścia.

ROZDZIAŁ SIÓDMY

CLARISSA

Podczas drugiego roku w więzieniu Clarissa zgodziła się wziąć udział w kursie poetyckim, zorganizowanym przez więziennego kapelana. Nie liczyła zbytnio na jakieś efekty programu, ale było to pół godziny co tydzień, które mogła przesiedzieć w szaro--zielonym pokoju ze stalowymi krzesłami przynitowanymi do podłogi i kilkoma współwięźniami, robiąc coś, co nie było oglądaniem ocenzurowanych kanałów rozrywkowych.

Kurs od początku okazał się katastrofą.

Z przychodzących tam co tydzień kobiet i mężczyzn tylko ona i kapelan mieli wyższe wykształcenie. Dwie z kobiet były tak nafaszerowane środkami przeciwpsychotycznymi, że były właściwie wciąż nieobecne duchem. Jeden z mężczyzn – seryjny gwałciciel, który zabił swoje pasierbice przez torturowanie ich chemicznym środkiem ogłuszającym, aż przestały oddychać – tak bardzo zafascynował się fragmentem *Wiersza o człowieku* Pope'a, że tworzył godzinne eposy z niekoniecznie udanymi rymami. Jego ulubionymi tematami była niesprawiedliwość systemu prawnego, która nie uwzględniała ludzkiego charakteru, oraz własna sprawność seksualna. W grupie był też chłopak o czerwonej twarzy – wydawał się zbyt młody na zrobienie czegoś zasługującego na umieszczenie w Dole – który tworzył sonety o ogrodach i świetle słońca boleśniejsze niż pozostali, choć z innych powodów.

Clarissa z początku nie udzielała się wiele. Spróbowała trochę wolnego wiersza o możliwości odkupienia, ale nauczyciel literatury nalegał, żeby przeczytała utwory Carlosa Pinnaniego, Anneke Swinehart i HD i od tego momentu wiedziała, że jej dzieła nie są dobre. Co gorsza, zdawała sobie sprawę z powodu takiego stanu rzeczy: tak naprawdę nie wierzyła we własne tezy. Kilka razy rozważała zmianę tematu – ojcowie, żal, żałoba – ale wówczas jej twórczość w mniejszym stopniu była oczyszczeniem, a bardziej reportażem. Zmarnowała swoje życie i nie miało większego znaczenia, czy ogłosi to pentametrem, czy nie.

Zrezygnowała z powodu koszmarów. Z nikim o nich nie rozmawiała, ale lekarze i tak wiedzieli. Mogła zachować dla siebie szczegóły dotyczące treści snów, jednak monitor medyczny rejestrował jej tętno i aktywność różnych części mózgu. Poezja sprawiała, że koszmary przychodziły częściej i były wyraźniejsze. Zwykle obejmowały konieczność grzebania w czymś odrażającym – gównie, gnijącym mięsie czy czymś podobnym – w poszukiwaniu kogoś, kto był w tym zakopany i trzeba go było uwolnić, zanim skończy mu się powietrze. Kiedy zrezygnowała z kursu, koszmary stopniowo ustąpiły. Czyli pojawiały się mniej więcej raz na tydzień, a nie co noc.

Choć nie można powiedzieć, że kurs nie miał też pozytywnych stron. Trzy tygodnie po tym, jak powiedziała kapelanowi, że nie chce już uczestniczyć w jego projekcie, obudziła się w środku nocy całkowicie wypoczęta, czujna i spokojna, mając w głowie zdanie tak wyraźne, jakby właśnie je usłyszała. *Zabiłam, ale nie jestem mordercą, bo morderca to potwór, a potwory się nie boją.* Nigdy nie wypowiedziała tych słów na głos. Nigdy ich nie zapisała. Stały się jej słowami mocy, prywatną modlitwą – zbyt świętą, by ją zdradzać. Wracała do nich, gdy ich potrzebowała.

Zabiłam, ale nie jestem mordercą...

– Właśnie siedzimy w śluzie – powiedziała suchymi i lepkimi ustami, czując szybkie bicie serca.

...bo morderca to potwór...

– Życz nam szczęścia.

...a potwory się nie boją. Wyłączyła nadajnik, zważyła w dłoniach karabin bezodrzutowy i kiwnęła Amosowi. Rysujący się na jego ustach uśmiech, częściowo ukryty przez hełm, był chłopięcy i spokojny. Bezdźwięcznie otworzyły się zewnętrzne drzwi śluzy, odsłaniając otchłań pełną gwiazd. Amos chwycił krawędź śluzy, podciągnął się na zewnątrz i zaraz schował na wypadek, gdyby ktoś tam czekał, by strzelić. Gdy nic takiego się nie stało, złapał uchwyt i wysunął się cały na zewnątrz, obracając się tak,

by magnetyczne buty wylądowały na pancerzu statku. Poszła za nim zdecydowanie mniej wdzięcznie. I mniej pewna siebie.

Miała pod stopami kadłub *Rosynanta*, a przed sobą stożek dyszy silnika. Kadłub statku był gładki i twardy, upstrzony tu i ówdzie masywnymi wypukłościami działek, paszczami silników manewrowych oraz czarnymi, wielookimi zestawami czujników. Trzymała karabin w gotowości, z palcem przy spuście, ale nie na nim, tak jak pokazała jej marsjańska marine. Nazywała to poszanowaniem spustu. Clarissa pomyślała, że dużo lepiej byłoby, gdyby to ona została uwięziona w śluzie, a Bobbie Draper byłaby tutaj.

– Idę do przodu, Złotko. Ty pilnuj naszych pleców.

– Zrozumiano – odpowiedziała i zaczęła powoli iść do tyłu, buty chwytały statek, a potem puszczały, by po chwili chwycić go znowu. Miała wrażenie, że statek próbuje ją powstrzymać przed odlotem między gwiazdy. Podczas marszu przez krzywiznę statku nie pojawili się żadni wrogowie, ale z prawej zaczął się pokazywać *Lazurowy smok*, jak wieloryb wyłaniający się z głębin. Był tak blisko *Rosa*, że mogłaby wyłączyć buty i bez trudu na niego przeskoczyć. Docierające z dołu światło słońca rzucało ostre cienie na kadłub pobrużdżony i pofalowany w miejscach, gdzie zbyt wiele lat twardego promieniowania zmieniło powłokę w białe, kruche szkliwo. W porównaniu z nim *Ros* wydawał się niezwykle porządny i nowy. Coś zamigotało za nią, rzucając przed nią cień jej i Amosa. Powoli wciągnęła drżący oddech. Nic ich jeszcze nie zaatakowało.

To oni byli atakującymi.

– O cholera – rzucił Amos i niemal natychmiast w radiu zabrzmiał głos Naomi.

– Co tam widzisz, Amos?

W rogu wyświetlacza przeziernego hełmu Clarissy pojawiło się małe okno, pokazując kawałek kadłuba za jej plecami. Pośród chmury iskier stały tam trzy jaskrawożółte pająki. Dwa zaparły się o kadłub, gotowe do odciągnięcia sekcji ceramiki i stali, podczas gdy trzeci ją odcinał.

– Faktycznie – stwierdziła Naomi. – Zamierzają się dostać między kadłuby.

– Nie, jeśli będziemy ze Złotko mieć coś do powiedzenia. Zgadza się, Złotko?

– Zgadza się – potwierdziła Clarissa i odwróciła się, by zobaczyć wrogów na własne oczy. Blask palnika spawalniczego sprawił, że jej hełm automatycznie przyciemnił się, by chronić oczy Clarissy. Wyglądało to tak, jakby trzy mechy zostały bez zmian, ale zgasły otaczające ich gwiazdy. Nie zostało nic poza ciemnością oraz ludźmi, którzy chcieli skrzywdzić ją i Amosa.

– Jesteś gotowa? – zapytał Amos.

– Czy to ma znaczenie?

– Nie bardzo. Zobaczmy, co zdołamy zrobić, zanim nas zauważą.

Clarissa przykucnęła blisko kadłuba, uniosła karabin i spojrzała w celownik. Dzięki włączonemu powiększeniu widziała ludzką postać osadzoną w mechu – ręce, nogi, głowa w skafandrze nie tak bardzo innym od tego, który miała na sobie. Umieściła na hełmie jaskrawoczerwoną kropkę celownika, położyła palec na spuście i nacisnęła. Hełmem szarpnęło do tyłu, jakby jego właściciel został zaskoczony, a pozostałe dwa mechy odwróciły się i skierowały w ich stronę żółte stalowe nogi.

– Ruszaj się! – krzyknął Amos, odskakując w czarne niebo.

Clarissa wyłączyła buty magnetyczne i skoczyła za nim, prawie za późno. W miejscu, gdzie stała jeszcze przed chwilą, na kadłubie pojawiła się biała kreska i pocisk poleciał w dal, jeszcze zanim skafander zdołał ją przed nim ostrzec. Włączyły się silniczki skafandra, napędzając ją i szarpiąc w nieprzewidywalny sposób, w ten sposób system starał się uniknąć serii pocisków, których nie widziała inaczej niż jak kreski na wyświetlaczu.

– Daj im zajęcie, złotko – rzucił Amos. – Zaraz wracam.

Odbił w bok, kierując się do przodu i wokół kadłuba *Lazurowego smoka*. Clarissa skręciła, pozwoliła skafandrowi pchnąć się w przeciwną stronę i umieścić horyzont *Rosynanta* między sobą a mechami. Bicie własnego serca brzmiało w jej uszach jak tykanie, a całe ciało drżało. Czerwona kropka trafiła na mecha spawalniczego, więc pociągnęła za spust, pudłując pierwszym strzałem. Drugi trafił i mech zachwiał się pod nieoczekiwanym ciągiem uciekającego gazu. Jej skafander wyświetlił alarm i pomyślała, że ma awarię, ale spojrzała na swoją nogę i zobaczyła tam krew. Postrzelono ją. Było to intelektualnie ciekawe.

– Raport! – krzyknęła Naomi.

Clarissa chciała coś powiedzieć, ale mechy sunęły po *Rosie* w jej stronę i potrzebowała całej uwagi, by uciekać i odpowiadać ogniem.

– Mam tu całą grupę abordażową czekającą do ataku – zgłosił Amos.

– Ilu? – szczeknęła Naomi.

– Pięciu – odpowiedział Amos. – Już tylko czterech. Teraz trzech.

Gwiazdy zaczynały wracać, ale nie wydawały się równie jasne jak wcześniej. Kadłub jarzył się w świetle słońca, które teraz znajdowało się niemal bezpośrednio nad jej głową. Mechy szybciej pełzły w jej stronę, wyglądały jak coś z koszmarnego snu. Jeden przemknął przed lufą działka obrony punktowej i zniknął.

– Dostałem drania – rzucił Aleks, a Clarissa się roześmiała.

Ale straciła koncentrację. Odsunęła się za daleko od kadłuba, musiała z powrotem znaleźć się za osłoną. Zanurkowała w stronę *Rosa*, ale za szybko. Uderzyła stopami, próbując się przeturlać z uderzeniem, jak nauczyła się jako dziewczynka podczas zajęć samoobrony. Jej poczucie góry i dołu odpłynęło i przez chwilę spadała pomiędzy gwiazdy.

– Jak sobie radzisz, Złotko? – zapytał Amos, ale była w ruchu.

Uciekała przed mechem. Nieoczekiwana śmierć kolegi zmieconego przez działko wyraźnie go spowolniła, zmusiła do większej ostrożności. Oddaliła się bardziej wokół *Rosa*, zatrzymała się, by wycelować i czekała na pojawienie się przeciwnika. Nie było łatwo. Słońce świeciło jej teraz w oczy i nawet hełm miał problemy z powstrzymaniem go przed oślepieniem jej. Noga ćmiła, ale nie *bolała*. Zastanawiała się, czy to normalne. Mech gwałtownie pojawił się w polu widzenia, więc strzeliła, przeganiając go. Ile wystrzeliła pocisków? Miała to gdzieś na wyświetlaczu, ale nie pamiętała gdzie. Wystrzeliła ponownie i zobaczyła, że mała zielona szóstka zamienia się w piątkę. Więc to tak... Zostało jej pięć naboi. Czekała jak myśliwy w zasadzce. Da radę. Czerwona kropka drżała, potem się przesunęła. Spróbowała skierować ją z powrotem na miejsce. Da radę...

– Złotko! – wrzasnął Amos. – Za tobą!

Clarissa się odwróciła. Za plecami miała *Lazurowego smoka*, wysoko w górze widziała Słońce. Wycofała się tak bardzo, że obeszła statek. A nad jednostką przeciwnika po łuku sunęły dwa jasne, ruchome kształty. Załoga *Lazurowego smoka* nie będzie w stanie przedostać się do *Rosynanta*, ale mogli przynajmniej zrealizować swój plan zemsty. Nie miała gdzie się schować, mogła tylko stać i zmierzyć się z pozostałością opadającej ku niej grupy abordażowej lub ruszyć na karabiny ostatniego mecha.

– Amos – odezwała się.

– Uciekaj do śluzy! Wracaj do środka!

Uniosła karabin i wymierzyła w jedną z postaci. Kiedy wystrzeliła, obaj napastnicy odsunęli się z toru lotu pocisku. Jej wyświetlacz zgłosił szybko poruszające się obiekty. Czas uciekać. Zwróciła się w stronę dyszy silnika. Była dalej, niż się spodziewała. Włączyły się silniczki skafandra i pomknęła wzdłuż kadłuba, metr nad jego powierzchnią, jak ptak lecący tuż nad taflą jeziora. Coś eksplodowało w jej ręce, obracając ją. Wyświetlacz poinformował ją o tym, co już wiedziała. Kolejna rana. Skafander ściskał jej ramię, aby zatrzymać tyle krwi, ile tylko mógł. Błysk żółci z lewej. Mech, sunąc na obłoczkach własnych silniczków, był coraz bliżej. Puściła karabin, który został za nią. Jedną ręką i tak nie mogła mierzyć, a trochę mniejsza masa oznaczała odrobinę większą prędkość.

To było to. Tak właśnie zginie. Ta myśl była dziwnie pocieszająca. Skończy życie tutaj, pod miliardem gwiazd, w niekończącym się, nieekranowanym świetle słońca, walcząc za przyjaciół. Wydawało się to radosne jak śmierć bohaterki. Nie zimne gaśnięcie na twardej, szarej pryczy w więziennym szpitalu, którego się spodziewała. Jakie to dziwne, że odczuwała to jak zwycięstwo. Czas wydawał się zwalniać i zaczęła się zastanawiać, czy przez pomyłkę nie aktywowała implantów. To byłoby głupie. Wzmocnienie działania układu nerwowego kompletnie na nic by się jej nie przydało, gdy całą prędkość zawdzięczała dyszy silniczka. Ale nie, to był tylko efekt strachu i pewności, że sunie na śmierć.

Ze słuchawek dobiegały krzyki Naomi i Aleksa. Amosa też. Nic z tego nie rozumiała. W pewnej chwili dotarło do niej jak z oddali, że Amosowi może być przykro, gdy umrze. Powinna była mu powiedzieć, jak bardzo jest wdzięczna za każdy dzień, który ofiarował jej poza dziurą. Alarm w hełmie. Będzie musiała zacząć hamować albo przestrzeli statek. Wyłączyła silniczki i zrobiła zwrot, bardziej z poczucia obowiązku niż z nadziei na życie. Jeden z dwóch napastników, wirując, oddalał się w stronę Słońca, machając kończynami, wyraźnie bez kontroli. Drugi był nad nią, zwrócony plecami do niej i przodem do szybko nadlatującego skafandra, w którym musiał siedzieć Amos. Mech zbliżał się coraz bardziej. Kiedy zaczęła hamować, wydawało się, że skoczył ku niej, co było złudzeniem względnych prędkości, choć miało w sobie dość prawdy, by z nią skończyć.

A potem nieoczekiwanie operator mecha zawisł bezwładnie w uprzęży. Kończyny maszyny zamachały, gwałtownie i bez koordynacji. Jedna opadła w dół, rysując pancerz, nadając wielkiej żółtej maszynie ruch wirowy i oddalając ją od *Rosynanta*, w stronę gwiazd. Patrzyła na to, nie rozumiejąc, aż czyjaś dłoń chwyciła jej zranioną rękę i czyjeś ramię objęło ją przez plecy. W jasnym świetle słońca wizjer hełmu był nieprzezroczysty. Nie rozumiała, co się dzieje, do chwili, aż usłyszała w radiu głos.

– Wszystko w porządku – powiedział Holden. – Mam cię.

***

Obudził ją Amos. Jego szeroka twarz i łysa głowa wyglądały jak we śnie, ale to prawdopodobnie efekt leków, które zniekształcały jej percepcję.

Mieszanka przyśpieszająca regenerację dziwnie wpływała na jej umysł, choć zwykle nie robiły tego leki przeciwbólowe. Mając do wyboru czucie drętwoty i ogłupienia lub przytomność z bólem, wolała ból. Szerokie elastyczne taśmy unieruchamiały ją na łóżku w ambulatorium. Automatyczny lekarz podawał jej ciału to, czego potrzebowała, i tylko czasami wyświetlał komunikaty o błędach, mając problem z wyciekami z jej zmodyfikowanego układu hormonalnego. Miała strzaskaną kość ramieniową, ale ta już się zrastała. Pierwszy pocisk wyrzeźbił dziesięciocentymetrowej długości bruzdę w mięśniach lewego uda i naruszył kość, choć jej nie złamał.

– Dobrze się czujesz, Złotko? Przyniosłem trochę jedzenia i miałem ci je zostawić, ale byłaś... wyglądałaś... – Machnął ręką.

– W porządku – odpowiedziała. – To znaczy, podziurawiona, ale w porządku.

Usiadł na brzegu jej łóżka i dotarło do niej, że lecą z ciągiem. Zapach ciasta ze sztucznymi brzoskwiniami był równocześnie apetyczny i mdlący. Rozpięła taśmy i dźwignęła się na zdrowym łokciu.

– Wygraliśmy?

– Cholera, tak. Mamy dwóch więźniów i rdzeń danych *Lazurowego smoka*. Próbowali go wykasować, ale Naomi z pomocą *Rosa* zdołała go odzyskać. Tylko Bobbie jest cholernie wkurzona, że ominęła ją cała zabawa.

– Może następnym razem – rzuciła.

Do pokoju wszedł Holden. Kiwnęli sobie głowami z Amosem. Wielkolud wyszedł.

– Pewnie powinniśmy odbyć tę rozmowę już wcześniej – odezwał się Holden.

Kapitan *Rosa* stał przy jej łóżku. Wyglądał, jakby nie był pewien, czy powinien usiąść. Nie potrafiła stwierdzić, czy to efekt obrażeń, czy leków, ale zdziwiła się, odkrywając, że wcale nie wyglądał zgodnie z jej wewnętrznym obrazem. W jej myślach miał wyższe policzki i szerszą szczękę, bardziej lodowy błękit oczu. Ten człowiek wyglądał... nie starzej, po prostu inaczej. Włosy miał w nieładzie, w kącikach oczu i ust wyraźnie zaczynały się tworzyć zmarszczki. Jeszcze ich nie było, ale już niedługo. Włosy na skroniach zaczynały siwieć. Jednak nie to sprawiało, że wyglądał inaczej. James Holden będący królem jej osobistej mitologii był pewny siebie, a ten mężczyzna zdecydowanie czuł się nieswojo.

– Dobrze – odpowiedziała, niepewna, bo co innego mogłaby powiedzieć.

Holden złożył ręce na piersiach.

– Ja... uch. No tak, właściwie to nie spodziewałem się, że trafisz na nasz statek. Nie czuję się z tym komfortowo.

– Wiem – odpowiedziała. – Przepraszam.

Machnięciem zbył jej słowa.

– Przez to pominąłem tę część, a nie powinienem był. To moja wina, rozumiesz? Wiem, że razem z Amosem przebrnęliście przez wielki kawał Ameryki Północnej po tym, jak spadły kamienie, i wiem, że zachowywałaś się wtedy bardzo dobrze. I masz doświadczenie na statkach.

Doświadczenie jako terrorystka i morderczyni, choć tego nie powiedział.

– Rzecz w tym – kontynuował – że nie przeszłaś szkolenia do tego rodzaju działań. Wyjście w nieważkość z karabinem w dłoni jest bardzo różne od walki na ziemi. Albo od bycia techniczką wewnątrz statku. Masz te wszystkie implanty, ale gdybyś ich tam użyła, doznałabyś potem zapaści i zadławiłabyś się na śmierć własnymi wymiocinami, prawda?

– Pewnie tak – potwierdziła.

– Czyli nie powinnaś więcej wychodzić w taki sposób. Amos zabrał cię, bo... bo chce, żebyś wiedziała, że tu jest twoje miejsce.

– Ale nie jest – powiedziała. – To chcesz powiedzieć.

– Tak, nie wszędzie tam, gdzie chodzi Amos – potwierdził Holden. Pierwszy raz spojrzał jej w oczy. Wyglądał prawie smutno, choć nie rozumiała powodu. – Ale jak długo jesteś na moim statku, jesteś załogą. Moim obowiązkiem jest cię chronić. Spieprzyłem to. Nie będziesz już więcej wychodzić i walczyć w skafandrze próżniowym, przynajmniej do czasu, aż uznam, że jesteś przeszkolona. To rozkaz. Zrozumiano?

– Zrozumiano – potwierdziła. A potem, próbując tego słowa, by sprawdzić, jak zabrzmi w jej ustach, dodała: – Zrozumiano, sir.

Był jej zaprzysiężonym wrogiem. Symbolem jej porażki. W jakiś sposób stał się nawet symbolem życia, które mogłaby mieć, gdyby dokonała innych wyborów. Był tylko mężczyzną w średnim wieku, którego ledwie znała, choć mieli wspólnych znajomych. Spróbował się uśmiechnąć, a ona odpowiedziała tym samym. To było tak niewiele. To było coś.

Po jego wyjściu zjadła ciasto i zamknęła oczy, żeby dać im odpocząć, a potem usnęła, nie zdając sobie z tego sprawy, aż do chwili, gdy przyszedł sen.

Grzebała w oślizłym, czarnym i lepkim gównie, próbując dostać się do kogoś, kogo w nim zakopano. Musiała się śpieszyć, bo kończyło mu się powietrze. We śnie czuła mokre zimno na palcach i obrzydzenie wzbierające w głębi gardła. Oraz strach. I dogłębne poczucie straty wynikające ze świadomości, że nie zdąży na czas.

ROZDZIAŁ ÓSMY

DAWES

Pierwsza sesja zwołanego przez Marco spotkania na szczycie rozpoczęła się zaraz po przybiciu Michio Pa, która wyglądała równocześnie uprzejmie i nieprzejednanie. Jej okręt zadokował w połowie cyklu dnia, więc Marco trzymał ich tylko przez kilka godzin. Kolejne trzy dni były dużo bardziej męczące, ze spotkaniami trwającymi codziennie ponad trzynaście godzin, nawet bez przerw na posiłki. Jedli przy stołach rozmów, podczas gdy Marco prezentował swoją wizję wielkiej, obejmującej cały Układ sieci cywilizacji Pasiarzy.

Stacje na wolnych orbitach, automatyczne fabryki i farmy, elektrownie orbitujące blisko Słońca i przesyłające energię do ludzkich osiedli, wielkoskalowe zgarnianie zasobów biologicznych z okaleczonych pozostałości Ziemi. Wizja była wielka i cudowna, o zakresie i głębi, przy której gasł nawet projekt terraformacji Marsa. A Marco Inaros prezentował to wszystko z bezwzględnością i przekonaniem, przy których zastrzeżenia podnoszone przez pozostałych wydawały się nieistotne i małostkowe.

Sanjrani chciał wiedzieć, jak zostaną przeszkoleni robotnicy potrzebni do zbudowania olbrzymich, podobnych do płatków śniegu miast w próżni. Marco zbył go machnięciem ręki. Pasiarze wiedzieli już, jak żyć i budować w przestrzeni. Ta wiedza była ich dziedzictwem, rodzili się z nią i mieli ją we krwi. Pa podniosła problem zapewnienia dostaw żywności i wyposażenia medycznego do wszystkich tych stacji i statków w sytuacji, gdy już odczuwali braki wynikające z odcięcia dostaw z Ziemi. Marco zgodził się, że nastąpią chude czasy, ale zapewnił Pa, że jej obawy zdecydowanie przerastają faktyczny problem. Jego przekonaniem nie zachwiały żadne przedstawione zastrzeżenia. Miał jasne spojrzenie, głęboki głos i nieograniczone zasoby energii. Po skończeniu spotkań Dawes wracał do swojego mieszkania kompletnie wyczerpany, a Marco ruszał do barów, pubów i sal związkowych, rozmawiając bezpośrednio z obywatelami Ceres. Dawes zastanawiał się, czy on w ogóle sypiał.

Piątego dnia zrobili sobie przerwę – uczucie ulgi przypominało padnięcie na ziemię po długim biegu.

Interpretacja Rosenfelda nie pomogła.

– Coyo to szaleniec. Przejdzie mu.

– I co wtedy? – zapytał Dawes.

Piegowaty mężczyzna wzruszył ramionami. Jego uśmiech nie miał nic wspólnego z radością.

– Wtedy zobaczymy, gdzie jesteśmy. Inaros to wielki człowiek, dla naszych potrzeb jest *tym* wielkim człowiekiem. To nie jest rola, którą łatwo pełnić całkowicie zdrowej psychicznie osobie.

Siedzieli w ogrodach pałacu gubernatora. Zapach roślin i gleby mieszał się z wonią teksturowanych protein i grillowanej papryki, którą Rosenfeld lubił jeść na śniadanie. Dawes odchylił się na oparcie krzesła i popijał z bańki gorącą herbatę z mlekiem. Znał Rosenfelda Guolianga od prawie trzech dziesięcioleci i ufał mu na tyle, na ile potrafił ufać komukolwiek. Ale nie do końca.

– Jeśli mówisz, że oszalał – powiedział Dawes – to mamy problem.

– To nie problem, to wymaganie przy tym typie pracy – odpowiedział Rosenfeld, machnięciem zbywając troskę jak muchę. – Wymordował miliardy ludzi i przekształcił ludzką cywilizację. Nikt nie może zrobić czegoś na taką skalę i dalej widzieć w sobie zwykłego człowieka. Może być bogiem albo diabłem, ale nie zniesie idei bycia po prostu niezwykle ładnym człowiekiem, któremu trafiło się właściwe połączenie charyzmy i okazji. Ta gorączka minie. Przestanie mówić tak, jakbyśmy mieli zacząć spawać w przyszłym tygodniu, i zacznie opowiadać o tym, jak dzieła dokończą wnuki naszych wnuków. Nikt nigdy nie był tak dobry w zmianie słów pod melodię, jak nasz dobry Marco. Nie martw się.

– Trudno mi się nie martwić.

– Cóż. To martw się tylko trochę. – Rosenfeld ugryzł porcję protein w papryce, a jego powieki opadły tak, że wydawał się pogrążony w półśnie. – Jesteśmy tu, bo nas potrzebuje. Poza Fredem

Johnsonem miałem jedyną grupę zbrojną dość dużą, by mogła mu sprawić problemy. Sanjrani to palant, ale na tyle dobrze pokierował sztuczną ekonomią Europy, że teraz wszyscy mają go za geniusza. I kto wie? Może faktycznie nim jest. Ty kontrolujesz portowy port Pasa, a Pa jest wzorcowym przykładem oderwania się od SPZ z powodów moralnych, więc jest świetna jako Mikołaj rozdający bogactwo zwykłym ludziom, z jednoczesnym przeciąganiem na naszą stronę starych lojalistów. Nikt nie znalazł się na tym spotkaniu przez przypadek. Marco zbiera swój zespół. Jak długo będziemy trzymać zjednoczony front, możemy powstrzymać go przed odlotem na skrzydłach jego własnej wielkości.

– Mam nadzieję, że się nie mylisz.

Rosenfeld ugryzł kolejną porcję dania i się uśmiechnął.

– Ja też.

Anderson Dawes był częścią SPZ, jeszcze zanim się urodził. Próbując zaskarbić sobie przychylność korporacyjnych władców, jego rodzice nazwali go na cześć firmy wydobywczej. Później rzeźnicki akt Freda Johnsona zmienił to samo imię w jedną z największych zbrodni Ziemi przeciwko Pasowi. Został wychowany tak, by widział w Pasie swój dom, a w żyjących w nim ludziach – niezależnie od tego, jak bardzo różnych i podzielonych – swoich braci. Jego ojciec był organizatorem, matka prawniczką pracującą dla związków. Tego, że cała ludzkość to negocjacje, dowiedział się, jeszcze zanim nauczył się czytać. Od tamtej pory wszystko w jego życiu było rozwijaniem tego samego prostego schematu: napierać na tyle mocno, by nigdy nie stracić gruntu, i nigdy nie pomijać okazji.

Jego zamiarem zawsze było ustawienie Pasa na właściwym miejscu i zakończenie wyzysku jego ludzi i bogactw. Pozwalał wszechświatowi decydować, jak miało do tego dojść. Współpracował ze Strefą Współpracy Zatoki Perskiej w odbudowie stacji w L-4 i dorobił się kontaktów w tamtejszej społeczności przesiedleńców. Stał się głosem SPZ na Ceres dzięki wczesnemu przychodzeniu na każde spotkanie, uważnemu słuchaniu przed zabraniem głosu i pilnowaniu, by jego nazwisko znane było właściwym osobom.

Przemoc zawsze stanowiła jeden z elementów środowiska. Kiedy musiał zabić ludzi, ginęli. Kiedy trafił na obiecującego młodego technika, potrafił go zrekrutować. To samo dotyczyło starego wroga, który dojrzał do zmiany stron. Przeciągnął na swoją stronę Freda Johnsona, Rzeźnika stacji Anderson, choć wszyscy uważali, że oszalał, a potem przyjmował ich pochwały, gdy robiąc to, boleśnie zagrał na nosie Organizacji Narodów Zjednoczonych. Później, kiedy stało się jasne, że Johnson nie będzie chciał współpracować z nowym reżimem, zgodził się go pozbyć. Jeśli obserwowanie, jak stacja jego imienia zmienia się z umiarkowanie prosperującej placówki górniczej w symbol rewolucji Pasiarzy, czegoś go nauczyło, to tego, że sytuacja się zmienia i zbyt mocne trzymanie się tego, co było kiedyś, może doprowadzić do śmierci.

Kiedy więc Marco Inaros zawarł umowę z najczarniejszym czarnym rynkiem na Marsie w celu utworzenia następcy Sojuszu Planet Zewnętrznych, Dawes widział przed sobą tylko dwie opcje: odnaleźć się w nowej rzeczywistości albo zginąć z przeszłością. Wybrał to, co zawsze, i dzięki temu znowu siedział przy stole. Czasami przez trzynaście godzin, gdy Inaros wygłaszał swe utopijne wizje, ale mimo wszystko przy stole.

A jednak była w nim jakaś część, która żałowała, że Winston Duarte nie wybrał do swojej piekielnej umowy na broń kogoś innego.

Ugryzł kolejną porcję swojego śniadania, ale papryka wystygła i zrobiła się miękka, a białko zaczęło twardnieć. Odłożył widelec.

– Jakieś wieści z Medyny? – zapytał.

Rosenfeld wzruszył ramionami.

– Masz na myśli stację czy to, co za nią?

– Szczerze mówiąc cokolwiek.

– Stacja ma się dobrze – powiedział Rosenfeld. – System obronny został zainstalowany, więc jest, jak być powinno. Dalej... cóż, nikt nie wie, sa sa? Duarte wywiązał się ze swojej części umowy, wysyłając z Lakonii dostawy broni i wyposażenia. Pozostałe kolonie...

– Problemy – rzucił Dawes.

Nie zrobił z tego pytania.

Rosenfeld skrzywił się nad talerzem, po raz pierwszy od rozpoczęcia nieoficjalnego spotkania unikając jego wzroku.

– Pogranicza są niebezpieczne. Zdarzają się tam rzeczy, których nie byłoby w bardziej cywilizowanych miejscach. Wakefield zamilkło. Niektórzy twierdzą, że coś tam obudzili, ale nikogo nie wysłano, żeby sprawdzić. Kto ma na to czas, nie? Musimy dokończyć wojnę, wtedy będziemy mogli się temu przyglądać.

– A *Barkeith*?

Wzrok Rosenfelda pozostał skupiony na paprykach.

– Ludzie Duartego mówią, że badają sprawę. Mamy się nie przejmować, nie obwiniają nas.

Wszystko w mowie ciała rozmówcy sugerowało Dawesowi, żeby nie kontynuował tematu, i prawie był gotów odpuścić. Ale mógł spróbować jeszcze jednego kąta.

– Jak to jest, że wszystkie pozostałe kolonie walczą, żeby choćby wyhodować dość żywności, a ich hydroponika nie rozwaliła się jak na Welkerze, a Lakonia już posiada bazę przemysłową?

– To tylko znaczy, że lepiej to zaplanowali. Mieli większe fundusze. To, czego nie rozumiesz, jeśli chodzi o tego pinché Marsjanina Duartego, to...

Terminal Dawesa wyemitował sygnał dźwiękowy. Priorytetowe żądanie połączenia. Na kanale używanym w sprawie zagrożeń stacji. Kapitan Shaddid. Uniósł palec, prosząc Rosenfelda o cierpliwość, i przyjął połączenie.

– Co się dzieje? – zapytał bez witania się.

Shaddid siedziała za swoim biurkiem, rozpoznał ścianę za jej plecami.

– Potrzebuję tu pana. Jeden z moich ludzi wylądował w szpitalu, lekarz mówi, że może nie przeżyć. Aresztowałam człowieka, który go postrzelił.

– To dobrze, że go pani złapała.

– Nazywa się Filip Inaros.

Dawes poczuł kamień w żołądku.

– Zaraz tam będę.

***

Shaddid przydzieliła chłopakowi osobną celę. I bardzo słusznie. Od chwili, gdy tylko wszedł na komisariat, Dawes poczuł unoszące się w powietrzu szok i furię. Zastrzelenie oficera ochrony na Ceres było szybkim sposobem na wylot przez śluzę. A przynajmniej tak stałoby się z większością ludzi.

– Podłączyłam go do automatycznego monitoringu – poinformowała Shaddid. – Podpięłam do mojego systemu. Nikt inny nie może go włączyć ani wyłączyć.

– Ponieważ? – zapytał Dawes.

Siedział za jej biurkiem. Mogła być szefową ochrony, ale on był gubernatorem Ceres.

– Inaczej by go wyłączyli – wyjaśniła Shaddid. – I nigdy więcej nie zobaczyłby pan tego gnojka żywego. Zresztą tak między nami mówiąc, wyświadczyliby tym światu przysługę.

Widoczny na ekranie Filip Inaros siedział pod ścianą celi z głową odchyloną do tyłu i zamkniętymi oczami. Młody mężczyzna. Albo duże dziecko. Obserwowany przez Dawesa chłopak przeciągnął się, objął się rękami i znowu znieruchomiał, ani razu się nie rozglądając. Nie potrafił stwierdzić, czy są to ruchy kogoś pewnego, że jest nietykalny, czy też przestraszonego, że może tak nie być. Dawes dostrzegał w nim podobieństwo do Marco, choć tam, gdzie ojciec zdawał się promieniować wdziękiem i pewnością siebie, z syna emanowała furia i wrażliwość, które kojarzyły się Dawesowi z otarciami i otwartymi ranami. W innych okolicznościach mogłoby mu nawet być go żal.

– Jak to się stało? – zapytał Dawes.

Shaddid stuknęła w swój ręczny terminal i rzuciła dane na ekran. Korytarz przed nocnym klubem wyżej, bliżej osi obrotu. Otworzyły się drzwi i na zewnątrz wyszli ludzie, sami Pasiarze. Mężczyzna i kobieta, obejmujący się i pieszczący, jakby już byli gdzieś na osobności, i jeszcze jeden młodzieniec. Chwilę później znowu otworzyły się drzwi i na korytarz wyszedł Filip Inaros. Nie było dźwięku, więc Dawes nie wiedział, co Filip krzyknął do oddalających się postaci, tylko że to zrobił. Młodzieniec odwrócił się do niego, a para zatrzymała się, by patrzeć. Filip trzymał odchyloną do tyłu głowę i wysuniętą pierś. Ludzkość uwolniła się ze studni grawitacyjnych planet wewnętrznych już wiele pokoleń temu, ale postawy młodych mężczyzn szykujących się do walki nie uległy zmianie.

Na obrazie pojawiła się nowa postać. Mężczyzna w mundurze ochrony z rękami uniesionymi w poleceniu. Filip odwrócił się do niego, krzycząc. Ochroniarz odkrzyknął coś i wskazał na ścianę, rozkazując Filipowi stanąć pod nią. Para odwróciła się, udając, że nie bierze udziału w tej scenie. Młodzieniec, który wracał do walki, powoli cofnął się, nie odwracając się, wyraźnie był gotów, by jego wrogowie zużyli siły na wzajemne starcie. Filip raptownie znieruchomiał. Dawes zmusił się, by nie odwracać wzroku.

Ochroniarz sięgnął po broń, a w dłoni Filipa pojawił się pistolet, był to błyskawiczny ruch wymagający setek godzin ćwiczenia szybkiego wyciągania broni. A potem w kontynuacji tego samego ruchu pojawił się błysk wystrzału.

– Cholerny świat – rzucił Dawes.

– To nie było delikatne – skomentowała Shaddid. – Usłyszał bezpośredni rozkaz wydany przez ochroniarza. Odmówił wykonania go i strzelił do oficera. Gdyby był kimkolwiek innym, już rosłyby na nim grzyby.

Dawes przycisnął dłoń do ust i pocierał, aż miał wrażenie, że spuchły mu wargi. Musiało być jakieś rozwiązanie. Jakiś sposób naprostowania tego.

– Co z twoim człowiekiem?

Shaddid odpowiedziała po krótkiej ciszy. Wiedziała, o co tak naprawdę pyta.

– Ustabilizowany.

– Nie umrze?

– To jeszcze nie jest pewne – stwierdziła.– Nie mogę wykonywać swojej pracy, jeśli ludziom będzie uchodzić na sucho strzelanie do ochrony. Rozumiem, że trzeba uwzględnić kwestie dyplomacji, ale z całym szacunkiem, to pańskie zadanie. Moim jest powstrzymanie każdego dnia sześciu milionów ludzi od pozabijania zbyt wielu innych.

Moje zadanie wcale nie jest tak bardzo różne, pomyślał. Ale to nie była dobra chwila na mówienie tego.

– Proszę się skontaktować z Marco Inarosem. Będzie na *Pelli*, dok 65-C – polecił Dawes. – Proszę mu powiedzieć, żeby się tu ze mną spotkał.

***

Na zakończenie wyjątkowo trudnych dni Dawes czasami nalewał sobie szklaneczkę whiskey i siedział przez chwilę ze swoim najcenniejszym przedmiotem: drukowanym tomem Marka Aureliusza, który należał do jego babki. *Rozmyślania* były zapisem prywatnych rozważań osoby o niezwykłej władzy – cesarza, który mógł skazać na śmierć, kogo tylko zechciał, stworzyć prawo, wymawiając je, i nakazać każdej kobiecie, aby weszła do jego łoża. Albo każdemu mężczyźnie, gdyby naszła go ochota. Cienkie strony były zapełnione prywatnymi zmaganiami Aureliusza o bycie dobrym człowiekiem pomimo odczuwanej frustracji światem. Czytanie ich zapewniało Dawesowi nie tyle spokój, co pocieszenie. Przez całą historię ludzkości bycie człowiekiem moralnym i niepozwolenie sobie na wciągnięcie się w dramatyzm i złe zachowania innych było dla inteligentnych ludzi źródłem cierpienia.

Dawes spędził dziesięciolecia, mając to u podstaw swojej osobistej filozofii. Wszędzie byli źli ludzie, z powszechną głupotą, chciwością, pychą i dumą, on zaś musiał poruszać się w tym wszystkim, jeśli chciał mieć nadzieję na stworzenie lepszego miejsca dla Pasiarzy. Nie chodziło o to, że obecna sytuacja była gorsza niż w przeszłości, po prostu nie była lepsza.

Podejrzewał, że dzisiejszy wieczór będzie bardzo dobry na czytanie Aureliusza.

Marco wkroczył do komisariatu, jakby nim rządził. Uśmiechy, śmiech i czysta zwierzęca obecność, która natychmiast wypełniła całą przestrzeń. Pracujący wewnątrz ochroniarze podświadomie odsunęli się na brzegi pomieszczenia i nie patrzyli mu w oczy. Dawes wyszedł mu na spotkanie, by zaprowadzić go do biura

Shaddid i stwierdził, że przed wszystkimi ściska mu dłoń na powitanie. Nie zamierzał tego robić.

– To zawstydzające – powiedział Marco tak, jakby zgadzał się z czymś, co już zostało powiedziane. – Dopilnuję, żeby więcej się to nie powtórzyło.

– Twój syn mógł zabić jednego z moich ludzi – rzucił Dawes.

Marco rozparł się na swoim krześle i rozłożył ręce w szerokim geście, który prawdopodobnie miał pomniejszyć wszystko, co powiedzą inni.

– Doszło do przepychanek, sytuacja wymknęła się spod kontroli. Dawes, powiedz mi, że nigdy nie zdarzyło ci się nic takiego.

– Nigdy nie zdarzyło mi się nic takiego – powiedział Dawes.

Jego głos brzmiał spokojnie i twardo i po raz pierwszy jowialny wyraz twarzy Marco uległ zmianie.

– Nie zrobisz z tego problemu, prawda? – spytał niższym głosem Marco. – Mamy przed sobą mnóstwo pracy. Prawdziwej pracy. Dostaliśmy wiadomość, że Ziemia zdjęła *Lazurowego smoka*. Musimy dokonać ponownej oceny naszej strategii od strony Słońca.

Dawes usłyszał o tym dopiero teraz i odniósł wrażenie, że Marco trzymał tę informację dla siebie, gotów zagrać nią, gdy będzie chciał zmiany tematu. No cóż, przekona się, że nie jest tak łatwo zbyć Dawesa.

– I zrobimy to. Ale nie dlatego cię tu wezwałem.

Shaddid odkaszlnęła, a Marco odwrócił się i posłał jej gniewne spojrzenie. Kiedy z powrotem popatrzył na Dawesa, wyraz jego twarzy uległ zmianie. Uśmiechał się szeroko, z otwartą i radosną twarzą, ale coś w jego spojrzeniu sprawiło, że Dawesowi ścisnęło żołądek.

– W porządku – odezwał się Marco. – Bien, coyo mis. Dlaczego mnie tu wezwałeś?

– Twój syn nie może zostać na mojej stacji – oznajmił Dawes. – Jeśli zostanie, będę musiał postawić go przed sądem. I ochronić go przed każdym, kto może się zniecierpliwić czekaniem. – Urwał. – Oraz wykonywać wyrok, jeśli zostanie wydany.

Marco znieruchomiał, dokładnie jak jego syn na nagraniu z ataku. Dawes z wysiłkiem powstrzymał się od przełknięcia śliny.

– To brzmi jak groźba, Anderson.

– To wyjaśnienie. Dlatego właśnie musisz zabrać swojego chłopaka z mojej stacji i nigdy więcej go tu nie sprowadzać. Robię to ze względu na ciebie. W przypadku kogokolwiek innego sprawy potoczyłyby się własnym biegiem.

Marco powoli, głęboko wciągnął powietrze, a potem wypuścił je przez zęby.

– Rozumiem.

– Strzelił do policjanta. Możliwe, że go zabił.

– Zabiliśmy planetę – rzucił Marco, gestem odrzucając słowa. Potem jednak jakby sobie coś przypomniał, kiwając głową bardziej do siebie niż do Dawesa lub Shaddid. – Ale doceniam, że naginasz dla mnie zasady. I dla niego. Nie zapomnę o tym. I odbędziemy z synem poważną rozmowę.

– Dobrze – stwierdził Dawes. – Kapitan Shaddid ci go wyda. Jeśli chcesz przedtem ściągnąć tu trochę swoich ludzi...

– To nie będzie konieczne – zapewnił Marco. Żadna ochrona nie była potrzebna. Nikt z pracujących w ochronie stacji policjantów nie odważy się zaatakować Marco Inarosa z Wolnej Floty. A co gorsza, Dawes wierzył, że Marco ma rację. – Jutro spotkanie, porozmawiamy na temat *Lazurowego smoka* i Ziemi. Dalszych kroków.

– Dalszych kroków – zgodził się Dawes i wstał. – Wiesz, że to nie jest coś tymczasowego. Filip nigdy więcej nie może postawić nogi na Ceres.

Uśmiech Marco był niespodziewany i głęboki. Błysnęły jego ciemne oczy.

– Nie martw się, stary przyjacielu. Jeśli go tu nie chcesz, nie pojawi się. Obiecuję.

ROZDZIAŁ DZIEWIĄTY

HOLDEN

Dźwięk docierał całą drogę aż do kambuza: głębokie uderzenie, przerwa, kolejne. Za każdym razem Holden lekko się wzdragał. Naomi i Aleks siedzieli z nim, próbując to ignorować, ale niezależnie od tego, na jaki temat próbowali rozmawiać – stanu statku, sukcesu ich misji, kwestii, czy poddać się losowi i zmienić część kwater załogi na areszt – wszystko wygasało w powolnym, niekończącym się rytmie uderzeń.

– Może powinienem iść z nią porozmawiać – odezwał się w końcu Holden. – Chyba powinienem.

– Nie wiem, dlaczego tak uważasz – odpowiedział Aleks.

Naomi wzruszyła ramionami, wstrzymując się od głosu. Holden zjadł ostatni kęs sztucznej baraniny, wytarł usta serwetką i wrzucił wszystko do recyklera. Jakaś jego część miała nadzieję, że ktoś go zatrzyma. Nie zrobili tego.

Siłownia *Rosynanta* zdradzała swój wiek. Wszystkie taśmy oporowe miały unikalne kolory, na szaro-zielonych matach widać było białe kreski w miejscach wytarcia tkaniny, a powietrze zmiękczała przenikająca wszystko woń starego potu. Bobbie powiesiła na linie między sufitem a podłogą ciężki worek. Jej strój do ćwiczeń był obcisły, szary i przepocony. Włosy ściągnęła do tyłu, a spojrzenie utkwiła w worku, zmieniając ustawienie na stopach. Gdy Holden wchodził do sali, obróciła się w lewo i wyprowadziła kopniak z półobrotu, wkładając w niego całą energię. Z tej odległości uderzenie brzmiało, jakby upadło coś bardzo ciężkiego. System zgłosił siłę uderzenia w okolicy dziewięćdziesięciu pięciu kilogramów na centymetr kwadratowy. Bobbie odskoczyła tanecznym krokiem, całą uwagę skupiając na worku. Przesunęła się w prawo i kopnęła drugą nogą. Uderzenie było trochę cichsze, ale odczyt wzrósł o trzy kilogramy. Odskoczyła i zresetowała wyświetlacz. Golenie miała czerwone i poobcierane.

– Hej – odezwała się, nie patrząc na niego.

Uderzenie. Reset.

– Hej – odpowiedział Holden. – Jak leci?

– Dobrze.

Uderzenie. Reset.

– Chciałabyś o czymś porozmawiać?

Uderzenie. Reset.

– Nie.

– W porządku. Cóż. Gdybyś, ach... – Uderzenie. Reset. – ...zmieniła zdanie.

– Znajdę cię.

Uderzenie. Reset. Uderzenie.

– Świetnie – rzucił Holden i wyszedł z sali.

Bobbie ani razu na niego nie spojrzała.

W kambuzie Naomi czekała na niego z bańką świeżej kawy. Usiadł naprzeciw niej, a Aleks wrzucił resztkę swojego jedzenia do recyklera. Napił się kawy. Systemy zajmujące się przygotowaniem żywności były kalibrowane co tydzień i przed opuszczeniem Luny zabrali świeże zapasy, więc bardziej gorzki niż zwykle smak kawy musiał być tylko skutkiem jego wyobraźni. I tak dosypał do niej szczyptę soli, kręcąc bańką, by ją wymieszać.

– Wiedziałaś, że to nie zadziała – odezwał się.

– Spodziewałam się tego – przyznała Naomi. – Nie wiedziałam.

– Ale podejrzewałaś.

– Silnie podejrzewałam – potwierdziła. Co było prawie przeprosinami. – Mogłam zostać zaskoczona.

– Musisz dać Bobbie trochę luzu, kapitanie – skomentował Aleks. – W końcu z tego wyjdzie.

– Po prostu... chciałbym zrozumieć, co tak bardzo ją męczy.

Aleks zamrugał.

– Od czasu Io świerzbią ją ręce, żeby wreszcie wziąć udział w walce z czarnymi charakterami. A teraz, gdy wreszcie miała okazję, utknęła w skrzynce, podczas gdy pozostali zajmowali się strzelaniem.

– Ale wygraliśmy.

– Owszem – potwierdziła Naomi. – A ona przyglądała się, jak to robimy, podczas gdy kombinowaliśmy, jak uwolnić ją z pułapki. Zanim wreszcie się wydostała, było po wszystkim.

Holden napił się kawy. Była lekko gorzka, co nie pomagało.

– No dobrze, ale chodziło mi o to, że chciałbym zrozumieć, co ją tak męczy, w nadziei, że będę mógł coś z tym zrobić.

– Wiemy – zapewniła Naomi. – Ta trudność nam nie umknęła.

Z okrętowego interkomu zabrzmiał głos Amosa.

– Jest tam ktoś? Od dziesięciu minut próbuję wywołać mostek.

Aleks wcisnął przycisk aktywacji.

– Już wchodzę.

– Dobra. Chyba udało mi się odszukać ostatni wyciek. Daj znać, jak to wygląda z twojej strony.

– Zrobi się – rzucił Aleks, kiwnął im głową i ruszył w stronę mostka, gdzie trwały działania naprawcze.

Załoga *Lazurowego smoka* nie miała wiele czasu podczas próby przejęcia statku, ale też nie zależało im na tym, aby niczego nie uszkodzić, a jeśli człowiek nie przejmował się tym, co może zepsuć, rozcinanie kadłuba można było zrobić naprawdę szybko. Świadomość, że jeszcze nie wszystko ze statkiem jest w porządku, była jak swędzenie w miejscu, którego nie można sięgnąć. Poza tym wiedzieli, że stocznie na Lunie będą bardzo obłożone, i to też nie pomagało uspokoić myśli. Minęły już zapewne czasy, gdy mogli polecieć na Tycho i poprosić Freda Johnsona, by jego ludzie naprawili statek, a na Lunie pierszeństwo przed Holdenem i jego załogą będą miały jednostki ziemskiej floty.

Ale nie chodziło tylko o to. Było jeszcze coś, co wzbudzało w nim potrzebę rozmowy z Bobbie, a wcześniej z Clarissą Mao. Chciał, żeby wszystko było dobrze, a jednak narastało w nim poczucie, że tak nie jest. Że nigdy już nie będzie.

– A co z tobą? – odezwała się Naomi, patrząc na niego spod grzywy ciemnych, lekko skręconych włosów. – Chcesz porozmawiać?

Zaśmiał się.

– Chcę, ale nie wiem, co powiedzieć. Oto my, zwycięscy bohaterowie z więźniami i zdobytym rdzeniem danych, choć nie wydaje się, żeby to wystarczyło.

– Nie wystarczy.

– Zawsze można na ciebie liczyć.

– Chodzi mi o to, że się nie mylisz. Nie czujesz niepokoju w związku z tym wszystkim dlatego, że coś jest nie tak z tobą. To wszystko jest niepokojące. Nie ty spieprzyłeś, to sytuacja jest spieprzona.

– To nie... wiesz, właściwie to od tego naprawdę poczułem się trochę lepiej.

– To dobrze – skomentowała. – Bo muszę wiedzieć, że tu nie chodzi o Marco i Filipa. Że... że to wszystko nie sprawia, że nie możesz znieść mojej obecności.

– Nie – rzucił Holden. – Już to omawialiśmy.

– I nie wątpię, że jeszcze będziemy to robić, ale czy możesz powtórzyć to jeszcze raz?

– Mógłbym wyrzucić przez śluzę wszystkich innych ludzi, byle tylko ciebie zatrzymać przy sobie. Nie chodzi o to. Jedyny problem, jaki mam z Marco Inarosem, to fakt, że znowu spróbuje cię skrzywdzić.

– Miło to słyszeć.

– Wciąż cię kocham. Zawsze będę cię kochał.

Odpowiadał na pytanie, które – jak sądził – zadała, ale jej spojrzenie uciekło w bok. Uśmiech na jej ustach był smutny, ale szczery.

– *Zawsze* to bardzo długo.

– Jestem kapitanem tego statku, technicznie rzecz biorąc, mogę nam od ręki udzielić ślubu.

Teraz się roześmiała.

– Chciałbyś?

– Jestem prosty, a ślub to coś ponad to. Mąż i żona wydaje się być mniej ciekawym i angażującym związkiem niż Holden i Naomi – powiedział. – Wiesz, on nie może wygrać.

– Ależ oczywiście, że może. To Marco decyduje o tym, kiedy wygrywać.

– Nie do końca, myślałem trochę o tym. Wolna Flota jest... nie do utrzymania. Dokonali bardzo dużych zniszczeń, zabili mnóstwo ludzi, ale tak naprawdę to wszystko sprowadza się do wrót. Gdyby nie ci wszyscy ludzie lecący, żeby założyć nowe kolonie, Mars by się nie zapadał. Pasiarze nie martwiliby się, że zostaną zmarginalizowani i wymrą. Nie zdarzyłaby się żadna z rzeczy, które dały Marco punkt zaczepienia. Ale wrota nigdzie nie odejdą, więc te wszystkie siły, przeciw którym walczy, przetrwają go. Ludzie wciąż będą chcieli dostać się do nowych układów i znajdą sposoby, żeby to zrobić. A już założone kolonie będą chciały utrzymać z nami kontakt i prowadzić handel. Przynajmniej do czasu, aż naprawdę staną na nogi, a to może zająć całe pokolenia.

– Uważasz, że stoi po niewłaściwej stronie historii.

– Dokładnie tak – potwierdził Holden.

– W takim razie, co to mówi o ludziach takich jak ja? Dorastałam w Pasie, nie chciałabym żyć w studni grawitacyjnej. Wrota nigdzie nie odejdą, ale to samo dotyczy Pasiarzy. Chyba że tak będzie.

– Co masz na myśli?

Wzruszyła ramionami.

– Historia ludzkości zna mnóstwo ludobójstw. Jeśli masz rację, to na dłuższą metę albo będziemy mieć wrota, albo Pasiarzy. A Pasiarze... jesteśmy ludźmi. Mamy słabości. Umieramy. Wrota? Nawet gdybyśmy potrafili je zniszczyć, nie zrobilibyśmy tego. Czeka za nimi za dużo terenów do zagarnięcia.

Holden spuścił wzrok.

– W porządku. To była moja kwestia.

Naomi pytająco uniosła brew.

– To było mniej pocieszające, niż miało być – wyjaśnił. – Przepraszam.

– Nie szkodzi. W każdym razie nie o to mi chodziło, gdy mówiłam, że to Marco decyduje, kiedy zwycięża. Nie rozumiesz, jaki potrafi być śliski. Cokolwiek się stanie, tak to zinterpretuje, żeby wszyscy myśleli, że to zawsze było częścią jego planu. Jeśli zostanie ostatnim żywym człowiekiem, powie, że potrzebował apokalipsy i ogłosi zwycięstwo. Taki już jest.

***

Choć byli agentami wykonującymi rozkazy Chrisjen Avasarali, zdobycie stanowiska dokowego na Lunie dla *Rosynanta* i *Lazurowego smoka* zajęło siedem godzin. Kiedy to w końcu nastąpiło, znaleźli się w wojskowej stoczni przy kompleksie Patasev, gdzie lądowały cywilne jednostki z pomocą humanitarną. Doki były zatłoczone, tłumy ludzi stały w grupach i kolejkach, niektórzy patrzyli tępo przed siebie jak ofiary gorączki, inni płakali z ulgi, wyczerpania lub z obu powodów jednocześnie. Powietrze śmierdziało potem i sprawiało wrażenie stęchłego, choć wywietrzniki pracowały bardzo energicznie.

Kompleks stacji Luna – stocznie i ośrodki konferencyjne, hotele i osiedla mieszkalne, szkoły, biura i magazyny – był dość duży, by pomieścić milion osób, ale infrastruktura środowiskowa uległaby przeciążeniu przy połowie tej liczby, nawet przy masie Księżyca mogącej pochłonąć nadmiarowe ciepło. Stacje w punktach Largrange'a miały mniejsze możliwości. Holden spróbował dokonać obliczeń w głowie, gdy przeciskali się przez tłumy. Według jego szacunków połowa mieszkańców Ziemi już nie żyła. Piętnaście miliardów nie żyło lub umierało tak szybko, że nie istniał sposób na ich uratowanie. Z pozostałych przy życiu dwie trzecie żyło w warunkach, które w wiadomościach określano jako „bardzo trudne". Dziesięć miliardów ludzi potrzebowało wody, żywności lub schronienia. Poza studnią grawitacyjną istniało miejsce może na ćwierć miliona. Najwyżej. Czyli dla dwóch i pół tysięcznej procenta potrzebujących. Nie potrafił uwierzyć, że wynik jest poprawny, więc policzył jeszcze raz. Uzyskał tę samą liczbę.

W przestrzeni było ponad tysiąc planet, tuż po drugiej stronie wrót. Większość była wroga, ale nie bardziej niż Ziemia. W obecnym stanie. Gdyby jednak istniał sposób na przeteleportowanie ich z Bostonu, Lizbony i Bangkoku, może zostaliby uratowani. Może wybudują coś nowego i pięknego na ruinach Ziemi, a jeśli w tym układzie się to nie uda, będzie tysiąc nowych szans.

Tylko że wcale tak nie będzie, bo transport był zbyt trudny, więc zginą tam, gdzie stoją, bo nie było sposobu na przewiezienie ich gdzieś w lepsze miejsce na tyle szybko, by miało to znaczenie.

– Wszystko w porządku, kapitanie? – zapytał Amos.

– Tak. Dlaczego pytasz?

– Wyglądasz, jakbyś się szykował, żeby komuś przyłożyć.

– Nie – odparł Holden. – To nie pomoże.

– Tutaj – zawołała Bobbie.

Wartownicy przed biurami administracji trzymali niedużą broń automatyczną i mieli na sobie pancerze. Odsunęli się na boki i pozwolili Bobbie przejść przez szerokie, szare drzwi, a za nią wszystkim pozostałym, idącym gęsiego. Biura mogłyby mieścić się na innej planecie. Pełnozakresowe światła jarzyły się jak wspomnienia Holdena o letnim popołudniu. W podmuchach z wymienników powietrza łagodnie falowały paprocie i bluszcze. Przejścia były o pół metra szersze od korytarzy na *Rosynancie* i sprawiały wrażenie luksusowych. O pobycie na Lunie świadczyła tylko delikatna woń prochu i stałe ciążenie jednej dziesiątej g. Wszystko inne wyglądało jak biura ONZ w Hadze.

Bobbie poprowadziła ich, jakby wiedziała, gdzie idzie, w głąb korytarza, obok kolejnej pary uzbrojonych wartowników i przez drzwi z matowego szkła. Pomieszczenie urządzono jak hol, z fotelami i sofami rozstawionymi wokół niskich stolików. Osiem do dziesięciu osób siedziało rozproszonych w parach i małych grupach i przez kilka sekund Holden nie rozumiał, kim są.

Na jakimś etapie wszystko tu było czarne lub białe, ale używanie zostawiło po sobie barwne ślady. Brązowy krąg plamy z kubka po kawie na poduszce, zielone otarcie z boku fotela. Avasarala stała w dalszej części pomieszczenia, miała na sobie pomarańczowe sari świecące jak pochodnia. Rozmawiała z siwowłosą kobietą o ciemnej skórze i wąskich biodrach. Gdy Avasarala podniosła wzrok i uśmiechnęła się do niego, kobieta odwróciła się, a Holden się zachwiał.

– Mama Sophie? – powiedział, a potem jak soczewki ustawione wreszcie w ostrości, zobaczył, kim naprawdę są pozostali.

Lata zmieniły wszystkich, a widzenie ich przez obiektywy kamer i ekrany nie było tym samym. Ojciec Tom przybrał na wadze, a ojciec Cesar schudł, ale obaj tam byli, idąc ku niemu ramię w ramię. Ojciec Anton wyłysiał, a mama Elise wydawała się starsza i delikatniejsza niż osoba, którą była na ekranie. Oraz niższa. Wszyscy wydawali się niżsi, bo system na farmie miał kamery na wysokości biurka. Przez całe lata patrzył na nich do góry z tego biurka i aż do teraz nie zdawał sobie z tego sprawy.

Cała ósemka rodziców zebrała się teraz wokół niego, przyciskając się do niego łagodnie, obejmując się ramionami, jak robili to, gdy był jeszcze dzieckiem. Holden stwierdził, że łka, ogarnięty wspomnieniami bycia małym chłopcem, otoczonym i chronionym przez kochające ciała ośmiorga silnych dorosłych. Stał teraz między nimi, najsilniejszy, poruszony do granic możliwości miłością, radością i okrutnym przeświadczeniem, że chłopiec, którym kiedyś był, oraz kobiety i mężczyźni, którymi byli oni – odeszli i nigdy już nie wrócą. Oni też płakali. Ojciec Dimitri, mama Tamara, ojciec Joseph. Także jego nowa rodzina.

Naomi przycisnęła dłoń do ust, jakby próbowała zatrzymać w sobie słowa lub emocje. Aleks szczerzył się szeroko jak wszyscy w jego rodzinie, oczy mu błyszczały. Avasarala i Bobbie zdawały się zadowolone jak ktoś, komu udało się zorganizować miłą niespodziankę. Co dziwne Clarissa, stojąca samotnie z usztywnieniem na zranionej ręce, trzęsła się od ledwie kontrolowanego łkania. Amos przyglądał im się, jakby przyszedł na ostatnie zdanie długiego dowcipu, a potem wzruszył ramionami i pozwolił im zająć się tym niezrozumiałym czymś, któremu się oddawali. Holden poczuł falę uczuć do niego.

– Czekajcie – powiedział. – Chwila. Wszyscy, musicie poznać... wszystkich pozostałych. Chyba. Słuchajcie, to jest Naomi.

Jego rodzice odwrócili się do niej. Naomi odrobinę szerzej otwarła oczy. Drobne, paniczne poruszenie jej nozdrzy było czymś, co prawdopodobnie zauważył tylko on. Nastąpiła niespodziewana przerwa, zawahanie, podczas którego zobaczył ją ich oczami. Oto pasiarska dziewczyna, z którą sypia ich syn. Oto była kochanka człowieka, który zniszczył świat, reprezentantka wszystkiego, co się stało. Jedna z *nich*. Trwało to jedno bicie serca, potem drugie. Było potężne jak przestrzeń między planetami.

– Tyle o tobie słyszałam, moja droga – odezwała się mama Elise, podchodząc do Naomi i obejmując ją w uścisku.

Pozostali poszli za jej przykładem, ustawiając się w kolejce, by powitać ją w rodzinie. Ale to nie było złudzenie, ta chwila naprawdę nastąpiła. Nawet gdy jego dwie rodziny rozproszyły się między sobą – ojcowie Dimitri i Anton rozmawiali z Aleksem o statku, mama Tamara i Amos przyglądali się sobie z lekko rozbawionym zdumieniem – Holden wyczuwał wahanie. Będą ją kochać, jeśli tak powie, ale nie była jedną z nich.

Prawie nie zauważył stojącej obok Bobbie, dopóki się nie odezwała.

– Tak właśnie to robi. Znajduje sposób, żeby ci się odwdzięczyć.

Kiwnęła głową w stronę głębi pokoju. Avasarala stała tam sama, przyglądając się wszystkiemu z uśmiechem, który nie do końca docierał do oczu. Holden podszedł do niej.

– Mówili mi, że nic im nie jest – powiedział. – Kiedy z nimi rozmawiałem, twierdzili, że nie grozi im niebezpieczeństwo.

– Co było prawdą, o tyle o ile – zgodziła się Avasarala. – Reaktory tam jeszcze nie zawiodły i mieli więcej zapasów jedzenia niż większość. Mogli wytrzymać jeszcze... kolejny miesiąc? Skąd mam wiedzieć? Puszkowanie. Kto jeszcze, do cholery, sam sobie puszkuje jedzenie?

– Ale ich ewakuowałaś.

– Kolejny tydzień, kolejny miesiąc. Nie rok. Nie byliby tam bezpieczni na zawsze, a gdy wreszcie by do nich dotarło, że mają przesrane, wszystkie miejsca byłyby już zajęte. Oznaczyłam ich do priorytetowej ewakuacji. Mogę robić takie rzeczy, jestem szefową.

– Gdzie...

Wzruszyła ramionami.

– Dostaną kwatery tutaj albo na L-4. Nie takie duże, jak w Montanie, ale razem. Tyle mogę dla nich zrobić. Może nawet kiedyś wrócą na swoją farmę, kiedy będzie już po wszystkim. Zdarzały się dziwniejsze rzeczy.

Holden ujął jej dłoń. Była chłodna, twarda i silniejsza, niż się spodziewał. Obróciła się, by spojrzeć mu w oczy po raz pierwszy, od kiedy wszedł do sali. Uśmiech dotarł do jej oczu.

– Dziękuję – powiedział. – Jestem twoim dłużnikiem.

Jej uśmiech się zmienił, tracąc formalność, chłód i dystans, ukryte pod powierzchnią. Roześmiała się z głębi gardła.

– Wiem – odpowiedziała.

ROZDZIAŁ DZIESIĄTY

AVASARALA

Przestała sypiać, a przynajmniej sen w niczym nie pomagał. Łóżko w jej apartamencie było gąbczaste, ale nie zapadała się w nim tak, jak oczekiwało ciało po całym życiu w normalnym ciążeniu, więc zdawało się równocześnie za miękkie i za twarde. A sen miał przynosić odpoczynek. Nie zaznawała już odpoczynku. Zamykała oczy, a jej umysł potykał się, jakby spadał ze schodów. Wskaźniki śmiertelności, okna dostaw i odprawy bezpieczeństwa – wszystkie sprawy, które zapełniały jej tak zwane godziny czuwania, wypełniały też jej noce. Sen oznaczał tylko utratę choćby tej niewielkiej spójności. Wcale nie miała wrażenia, że śpi. Czuła się, jakby na kilka godzin równocześnie pogrążała się w szaleństwie i katatonii, a potem odzyskiwała przytomność, by przebrnąć przez kolejne osiemnaście albo dwadzieścia godzin, zanim znowu opadła z sił. To wszystko było gówno warte, ale musiała to robić, więc robiła.

Przynajmniej miała prysznic.

– Wygląda na to, że Bobbie Draper zdołała powstrzymać Holdena przed spieprzeniem misji – powiedziała, susząc włosy. Apartament jarzył się łagodnym błękitem, jak obietnica świtu. Nie, żeby świt na Ziemi wyglądał teraz w ten sposób. Ale kiedyś tak było. – Lubię tę dziewczynę. I martwię się o nią. Za długo siedziała za biurkiem, to jej nie pasuje.

Przejrzała sari w swojej garderobie, przesuwając palcami po tkaninach i wsłuchując się w dźwięk skóry na materiale. Wybrała zielone, migotliwe jak pancerzyk chrząszcza. Złoty haft na brzegach materiału, błyskający w fałszywym świetle słońca, nadawał mu wygląd równocześnie radosny i potężny. Wybrała do tego bursztynowy naszyjnik z jadeitem, który dobrze pasował do stroju. Moda. Cała ludzkość tonie w gównie, a ona wciąż, idąc na spotkania, musiała się przejmować swoim wyglądem. Żałosne.

– Gies i Basrat przysłali wiadomości – odezwała się na głos. – Wszyscy sądzili, że nie żyją, ale ukryli się pod górą w Alpach Julijskich. Pewnie nie planowali wystawiać głowy nad ziemię, zanim wszystko się uspokoi, ale wiesz, jaka jest Amanda. Dla niej nic nie jest prawdziwe, jeśli ktoś nie będzie wiedział, że ona ma lepiej. Nie mam pojęcia, za co ich lubiłeś.

Za późno zauważyła swój błąd i w jej sercu poruszyło się coś wielkiego i groźnego. Odetchnęła głęboko, zagryzła wargę i wróciła do owijania się sari.

– Gdy tylko uda nam się opanować sytuację z Wolną Flotą, będziemy musieli zrobić coś z emigracją. Nikt nie będzie chciał zostać na Ziemi. I jeśli się to tak dalej potoczy, to może też gdzieś polecę. Przejdę na emeryturę nad jakimś obcym oceanem, gdzie nie będę musiała się czuć odpowiedzialna za wywoływanie fal. Mars nigdy nie dojdzie z sobą do porządku. Smith? Robi dobrą minę do złej gry, ale wcale nie jest premierem. Tak naprawdę jest pielęgniarzem w hospicjum dla republiki. Za każdym razem, gdy pomyślę, że mam fatalną robotę, wystarczy, że pójdę się z nim napić.

Wszystko to mówiła już wcześniej, z drobnymi zmianami. Codziennie pojawiały się nowe sprawy – raporty z powierzchni planety, z dronów monitoringu wokół Wenus, od jej tajnych agentów na Japecie, Ceres i Pallas. Przy Wolnej Flocie, która robiła wszystko, by SPZ wyglądało na umiarkowane i racjonalne, Fred Johnson wciąż mógł się przydać, nawiązując kontakty z częściami Pasa rozumiejącymi, jak bardzo niebezpieczny jest Marco Inaros i jak jego zniszczenia mogą rozwinąć się w coś jeszcze gorszego. Bóg wiedział, że nigdy nie przynosił dobrych wieści. A jednak dla każdej nowości, dla każdego nieodwracalnego tyknięcia zegara, były też rzeczy, do których mogła wrócić. Takie, które przywoływała wciąż na nowo, jak czytanie ulubionej książki. Albo wiersza. Rzeczy, które mówiła, *ponieważ* powiedziała je już wcześniej.

– Było takie coś, co kiedyś mi przeczytałeś. O sosnach Banksa – powiedziała, grzebiąc w pudełku z biżuterią w poszukiwaniu naszyjnika i złotych bransoletek pasujących do haftu. – Pamiętasz go? Zostało mi w głowie tylko „tam-*tam*, tam-*tam*, tam-*tam*, tam--*tam*, do raju On właśnie otworzył nam drogę". To było o tym, że nasiona potrzebują ognia, żeby mogły się rozwinąć. Powiedziałam ci, że brzmi to tak, jakby jakaś studentka starała się nadać głębię próbie zerwania z agresywnym chłopakiem. Ten wiersz. Teraz nie mogę się go pozbyć z głowy ani przypomnieć sobie całości. To bardzo irytujące.

Bransoletki wsunęły się na nadgarstki. Naszyjnik zbyt delikatnie opierał się na jej obojczykach. Usiadła przy stole, obrysowując oczy kredką i kładąc na policzki prawie homeopatyczne ilości różu. Tylko tyle, żeby wyglądała na trochę żywszą, niż się czuła, ale nie dość, żeby wydawało się, że ma na sobie makijaż. Zapach różu przypomniał jej o mieszkaniu w Danii, które zajmowała podczas studiów. Boże, nie potrafiła zebrać myśli, wszędzie uciekały. Po skończeniu zwróciła się do terminala ręcznego. Kontrolka wskazywała, że wciąż nagrywa. Uśmiechnęła się do kamery.

– Założyłam maskę, muszę znowu w to wszystko wkroczyć. Wciąż cię nie znaleźli, ale powtarzam sobie, że znajdą. Że wiedziałabym, gdybyś zginął. Nie wiem tego, więc to nieprawda. Ale robi się coraz trudniej, ukochany. A jeśli nie wrócisz wkrótce, będę miała tyle tych zapisanych wiadomości, że spędzisz pół semestru, próbując je wszystkie odsłuchać.

Tylko że, pomyślała, teraz już nie będzie semestrów. Ani kursów poezji. Ani też żadnych innych rzeczy, dzięki którym jej życie należało do niej przed zrzuceniem kamieni. A potem, jakby tam był, w jej głowie zabrzmiał cichy głos Arjuna. *Poezja będzie zawsze.*

– Kocham cię – powiedziała do terminala. – Zawsze będę cię kochać. Nawet... – wcześniej tego nie mówiła. Nie pozwalała sobie o tym myśleć. Wszystko miało swój pierwszy raz. I ostatni. – Nawet jeśli cię tu nie ma.

Zatrzymała nagranie, poprawiła makijaż rozmazany przez łzy i opuściła głowę jak aktorka przygotowująca się do wyjścia na scenę. Kiedy znowu podniosła wzrok, był twardszy. Wywołała połączenie z Saidem, który natychmiast odpowiedział. Czekał.

– Dzień dobry, pani sekretarz – przywitał ją.

– Odpuść bzdury. Jakie świeże koszmary nas dzisiaj czekają?

– Za pół godziny ma pani spotkanie z Gormanem Le ze służby naukowej. Potem śniadanie z premierem Smithem. Wywiad z Karolem Stepanovem ze *Strategicznego raportu ekonomii wschodu*, a później spotkanie z Komitetem ds. Strategii i Reagowania. To potrwa do lunchu, proszę pani.

– Stepanov. To on dostał nagrodę Cigdema Tokera trzy lata temu za kawałek o Dashiell Moraga?

– Ja... mogę to sprawdzić, proszę pani.

– Do kurwy nędzy, Said. Spróbuj nadążyć. To on, jestem tego pewna. Przed spotkaniem z nim powinnam porozmawiać z jego żoną. Czy da się to przełożyć na popołudnie?

– Mogę zrobić miejsce, proszę pani.

– Zrób to. I dopilnuj, żeby spotkanie ze Smithem było prywatne. Mam już dość analizowania na dziesiątą stronę wszystkiego, co powiem. Jeśli wyrośnie mi wrzód na dupie, dowiem się o nim z *Le Monde*.

– Jeśli tak pani mówi.

– Tak mówię. Przyślij wózek, miejmy to za sobą.

***

Gorman Le był chudy, miał kasztanowe włosy przyprószone siwizną i uderzająco zielone oczy, które zdaniem Avasarali były dziełem chirurgii kosmetycznej. Nie znała go przed przylotem na Lunę. Po uderzeniach kamieni został awansowany powyżej poziomu, do którego był przygotowany, i było to widać w jego przesadnie poważnym zachowaniu oraz sposobie odchrząkiwania przed zabraniem głosu.

– Statki, które... nie zdołały ukończyć przejścia, zwykle miały większą masę – powiedział. – Do tego wzoru pasują *Oleander-Swift*, *Barbatana de Tubarão* i *Harmonia,* choć już nie *Casa Azul.*

Służba naukowa zawsze była szeroko reprezentowana na Lunie. Tu właśnie zbudowano pierwszy teleskop szerokozakresowy, wolny od zakłóceń wprowadzanych przez atmosferę. Pierwszą trwałą bazę księżycową podzielono po połowie między wojskowych i naukowców, jednak pokolenia, które rodziły się i wymierały od tamtych czasów, zostawiły naukę na Lunie w tyle, uciekając do miejsc, gdzie działy się ciekawe rzeczy: na Ganimedesa, Tytana i Japeta. Oraz, niech Bóg ma ich w opiece, na Febe. Przez to wszystko na Lunie nie zostało wiele więcej poza biurami administracyjnymi i projektami festiwali naukowych dla dzieci. Salę seminaryjną, w której rozmawiali, urządzono na szaro-zielono, z fotelami ze sztucznej skóry i ekranami ściennymi matowymi od wieloletniego działania pyłu.

– Z pańskich słów wynika, że nie ma żadnego spójnego wzoru – stwierdziła Avasarala.

Gorman Le mocno zacisnął szczęki i z frustracją machnął rękami.

– Są wzory. Jest ich całe mnóstwo. Wszystkie miały silniki zbudowane w ciągu dwudziestu miesięcy. Wszystkie korzystały z masy reakcyjnej zebranej z Saturna. Wszystkie zniknęły w okresach dużego ruchu. Wszystkie miały w długich kodach rejestracyjnych sekwencje cyfr „4-5-2-1". Mając tak mało danych, mogę znaleźć tyle wzorów, ile pani tylko zechce, i wszystkie będą pasować do zaginionych statków. Ale które mają znaczenie? Tego nie potrafię powiedzieć.

– Czy jakieś statki z sekwencją „4-5-2-1" w rejestrze przeleciały przez wrota?

Gorman Le sapnął gniewnie, jak rozzłoszczony chomik, a potem spuścił wzrok i się zaczerwienił.

– *Jaquenetta*, zarejestrowany na Ganimedesie. Przeleciał między *Oleanderem-Swiftem* i *Harmonią*. Zgłosił się z Walton bez żadnych problemów.

– No cóż – rzuciła Avasarala rozbawiona faktem, że faktycznie to sprawdził – czyli możemy przynajmniej uznać, że to nie wydaje się wysoce prawdopodobnym czynnikiem.

– Tak jest, proszę pani – zgodził się Gorman Le. – Gdybyśmy mogli otrzymać więcej danych... jestem pewien, że stacja Medyna ma rejestry lotów dla nich wszystkich. Może i innych. *Oraz* dla tych, które nie miały problemów. Gdybyśmy tylko mogli...

– Gdybyśmy kontrolowali stację Medyna – odpowiedziała Avasarala – mnóstwo spraw wyglądałoby inaczej. Czy dostaliśmy coś od naszych marsjańskich przyjaciół na temat powodów, dla których ich zbuntowana flota była tak zainteresowana bramą Lakonii?

– Nie mamy nawet potwierdzenia faktu, że tam właśnie udały się te okręty.

Avasarala zmarszczyła brwi.

– Trzymają ściśnięte uda nawet po tym, jak zostali już wyruchani. Typowe. Porozmawiam ze Smithem. Nie możemy dostać Medyny, ale powinniśmy przynajmniej, do cholery, dobrze zarządzać dostępem do tych danych, które *posiadamy*.

– Dziękuję pani – odpowiedział Gorman Le, ale zrobił to już do jej pleców. Ruszyła dalej.

Ruch pomagał. Poczucie robienia czegoś, postępu, precyzowania problemów i rozwiązań – jeśli jakieś istniały – znajdujących się bliżej, pozwalało odsuwać uczucie desperacji. Dla Smitha było to trudniejsze. Był bardzo daleko od swojego domu i personelu. Na Lunie nie było tak wiele marsjańskiej infrastruktury. Kiedy nie uczestniczył w spotkaniach ani nie wymieniał wiadomości przez dwanaście minut opóźnienia, siedział w swoim apartamencie i oglądał wiadomości nazywające go idiotą, bufonem i człowiekiem, którego nieuwaga pozwoliła flocie Marsjańskiej Republiki Kongresowej sprzedać się terrorystom i piratom. Nie zarządzał również najgorszą katastrofą w dziejach ludzkości, co mogłoby go powstrzymać przed użalaniem się nad sobą.

Wyszedł jej na spotkanie do drzwi. W prostych spodniach w kolorze piasku i białej koszuli bez kołnierzyka, z podwiniętymi rękawami, mógłby być sprzedawcą albo pomniejszym kapłanem. Uśmiechał się profesjonalnie szczerze i ciepło, tak jak zawsze. Weszła do jego apartamentu i rozejrzała się wokół. Nikogo. Nawet ochrony. Faktycznie prywatne spotkanie. Punkt dla Saida.

Ich śniadanie czekało w jadalni – jajka sadzone i grube tosty na maśle. Rodzaj prostego, eleganckiego jedzenia, którym, jej zdaniem, cieszyli się królowie, gdy umierali rządzeni przez nich ludzie. Na podłodze przy sofie zobaczyła do połowy opróżnioną butelkę wina, a ekran ścienny ustawiono na kanał wyświetlający nieco wyzywającą komedię sprzed trzech lat. Shannon Poe i Lakash Hedyat byli nadzy i próbowali się osłonić tym samym ręcznikiem plażowym, nie patrząc przy tym na siebie ani wzajemnie się nie dotykając. W kontekście mogło to być zabawne. Smith podążył za jej spojrzeniem i wyłączył ekran.

– Śmiech – powiedział. – Balsam na trudne czasy.

– Będę musiała spróbować – skomentowała. Wysunął dla niej krzesło, a ona zajęła miejsce. – Chciałam z tobą omówić kilka spraw, ale wcześniej... Rozumiem, dlaczego twój wywiad ukrywa informacje dotyczące Duartego, ale dlaczego, do cholery, trzymacie dla siebie dane dotyczące statków pochłoniętych przez wrota? Chcecie je na coś wymienić? Bo jeśli nie chodzi o usługi seksualne, to nie mamy absolutnie nic.

– Jajka są dobre – rzucił Smith.

– Chcesz jajek? Karzę im je wydusić z kur. Chcę danych na temat zaginionych statków.

Smith uśmiechnął się i kiwnął głową, jakby powiedziała coś uprzejmego. Białe jajko, które właśnie podnosił do ust, ociekało złotem. Żółtko pobrudziło mu koszulę, ale chyba tego nie zauważył.

– O co chodzi? – zapytała.

– Ja... będę musiał poruszyć ten temat z moim następcą. Dzisiaj dostałem wiadomość. Opozycja wzywa do głosowania nad wotum zaufania. Do wieczora stracę stanowisko.

Avasarala głęboko wciągnęła powietrze i wypuściła je przez zęby. Cisza między nimi zrobiła się ciężka, aż w końcu ją zerwała.

– Kurwa.

– Są źli i przestraszeni, potrzebują kozła ofiarnego. Jestem oczywistym wyborem.

– Kogo chcą na twoje miejsce?

– Padły nazwiska Olivii Liu i Chahayi Nelsona. Ale to będzie Emily Richards.

Avasarala zjadła kawałek jajka, ale nie poczuła jego smaku. Richards nie była zła. Przynajmniej była poważna. Liu i Nelson za bardzo siedzieli pogrążeni w tym, czym Mars był kiedyś, nie będą gotowi na to, czym się staje. Zresztą kobiety dobrze radziły sobie w polityce. Zawsze tak było.

– Przykro mi – powiedziała. – To musi być dla ciebie trudne.

– Politycy to hazardziści – odpowiedział. – Robimy, co możemy, żeby nagiąć szanse, ale wszechświat robi, co chce.

Bzdura, pomyślała. Politycy są płatami czołowymi polityki. *Wszechświat robi, co chce.* Lepiej im będzie bez niego. Tylko że jeszcze nie teraz.

– Masz dzień – stwierdziła. – Daj mi te dane, zanim będzie za późno.

– Chrisjen...

– Co ci zrobią? Wyrzucą cię? Pieprz ich – daj mi te dane, żebym mogła rozwiązać problemy. Jeśli będą ci robić za dużo trudności, zaoferuję azyl.

Roześmiał się i odchylił się na krześle. Jego spojrzenie przeniosło się na wyłączony ekran ścienny, potem z powrotem na nią. Zaczęła się zastanawiać, czy wino przy sofie było jego pierwszą butelką.

– Obiecujesz? – zapytał, jakby był to żart.

Uśmiechnęła się.

***

Komitet ds. Strategii i Reagowania. Admirałowie Pycior i Souther. Parris Kanter z Rozwoju Człowieka, jeszcze z Hagi. Michael Harrow z Gospodarki Wodnej. Barry Li i Simon Gutierrez z Transportu i Ceł. Nie był to idealny zespół, który sama by wybrała, ale najlepsi z tych, którzy jej zostali. Siedząc wokół stołu z ciemnego szkła, wszyscy wyglądali na równie zmęczonych, co ona. I dobrze. Powinni być zmęczeni.

– Mars – rozpoczęła Avasarala. – Smith wylatuje na zbity pysk, jego miejsce zajmuje Emily Richards. Już się próbuję z nią skontaktować. Nie wiem, czy będzie bardziej otwarta, ale wolę tego nie zakładać. Co macie?

Pierwszy odezwał się Li. Wyczerpanie nasiliło jego seplenienie, ale bystrość inteligencji zdołała rozjaśnić spojrzenie.

– Utrzymujemy drogi dostarczania pomocy w Afryce i Europie. Teraz będziemy się skupiać na Azji Wschodniej.

– Tam nie było żadnych uderzeń – zauważyła Avasarala.

– Ale tam spadło najwięcej pyłów – wyjaśnił Li. – Moi ludzie pracują nad trasami i prawdopodobnymi potrzebami. Informacje stamtąd nie są zbyt pewne.

– Pas? – rzuciła.

– Pas to Pas – odpowiedział Pycior. – Mamy szeroki zakres reakcji. Ganimedes nadal utrzymuje neutralność, ale znajduje się głęboko w sferze kontrolowanej przez Wolną Flotę. Gdybyśmy mogli zaoferować ochronę, prawdopodobnie opowiedziałby się po naszej stronie. SPZ jest podzielone. Stacje Tycho, Kelso i Rea to jedyne, które potępiły Wolną Flotę. Stacje Trojana i Japetus niczego nie deklarowały. Większość pozostałego Pasa... Stoją po stronie Wolnej Floty. Jak długo będą obiecywać żywność, zaopatrzenie i ochronę, trudno będzie zorganizować się umiarkowanym Pasiarzom, nawet przy założeniu, że będą tego chcieli.

Souther odchrząknął. Odezwał się wysokim głosem, który kojarzył się jej ze śpiewem.

– Przeanalizowaliśmy rejestry łączności *Lazurowego smoka*. Wskazują, że właśnie teraz na Ceres odbywa się spotkanie na najwyższym szczeblu Wolnej Floty. Inaros i czworo jego kapitanów.

– Czego dotyczy to zebranie? – warknęła Avasarala.

– Wygląda na to, że nikt tego nie wie – wyznał Souther. – Ale nie mamy dowodów na istnienie drugiej jednostki kierującej atakami. Zidentyfikowaliśmy siedem kolejnych kamieni wystrzelonych w stronę Ziemi. Śledzimy je i jesteśmy gotowi do ich zniszczenia.

A to znaczyło, że zostali uwolnieni. Avasarala nachyliła się nad stołem, przyciskając palce do ust. Jej myśli zatańczyły po Układzie Słonecznym. Stacja Medyna. Rea, zdeklarowana przeciwko Wolnej Flocie. Żywność i zasoby Ganimedesa. Głód i śmierć na Ziemi. Marsjańska flota podzielona między tajemniczego Duartego z jego czarnorynkową Wolną Flotą a Smitha. Teraz Richards. Utracone kolonie. SPZ Freda Johnsona i wszystkie frakcje, na które nie mógł wpłynąć lub nimi kierować. Statki kolonizacyjne, które padały ofiarą piratów Wolnej Floty, i stacje oraz asteroidy zyskujące na tym piractwie. Oraz zaginione statki. I skradziona próbka protomolekuły.

Przez jej głowę przemknęło kilkanaście opcji – przeniesienie sił na stację Tycho i wzmocnienie Ganimedesa albo blokada Pallas w próbie odcięcia możliwości zaopatrzenia Wolnej Floty lub zorganizowanie chronionej strefy dla statków kolonizacyjnych, które próbowały ukryć się przed piratami. Istniało tysiąc możliwych ścieżek, a ona nie miała pewności, gdzie ją zaprowadzą. Jeśli źle zgadnie, będzie to oznaczało upadek wszystkiego, co pozostało.

Ale Marco Inaros i jego kapitanowie byli razem w jednym miejscu, a jej okręty nie były już unieruchomione.

– Los sprzyja śmiałym, prawda? – rzuciła. – Pieprzyć. Odbijmy Ceres.

ROZDZIAŁ JEDENASTY

PA

Siedemdziesiąt lat przed narodzeniem Michio Pa Ziemia i Mars zmieniły przepisy dotyczące ceł na surową rudę z Pasa. Oficjalnym powodem było zachęcenie do tworzenia i rozbudowy rafinerii w Pasie i wokół Jowisza oraz Saturna. Co nawet mogło zadziałać, jednak na krótką metę oznaczało, że całe mnóstwo poszukiwaczy minerałów z Pasa i górników asteroid, utrzymujących się na granicy przetrwania, znalazło się poza tą granicą. Statki konfiskowano lub latały na czarno bądź ulegały awariom, bo nie było dość pieniędzy na konserwacje i naprawy. W tamtych czasach Ziemia i Mars kroczyły ramię w ramię i jedyną opcją, jaka zdawała się oferować choć cień szansy na sprawiedliwość, było stworzenie przez Pas własnych sił wojskowych.

Nigdy nie było to nic oficjalnego. Od tamtych czasów Sojusz Planet Zewnętrznych przetrwał dzięki byciu rozproszonym i możliwości wypierania się różnych rzeczy. Ale tam właśnie tkwiły początki. Wybierz frakcję, znajdź sobie miejsce w strukturze dowodzenia, zbuduj płytką, ale wytrzymałą strukturę, która pewnego dnia nabierze sił. Która w końcu stanie się odpowiedzią na ekspansję władzy planet wewnętrznych w rejony, gdzie Słońce było czymś niewiele więcej niż najjaśniejszą gwiazdą.

Gdy Michio skończyła dwadzieścia jeden lat, Fred Johnson – Rzeźnik stacji Anderson – wydawał się jej największą nadzieją. Był Ziemianinem walczącym dla Pasa. Walczącym przeciw swoim naturalnym interesom. Dało mu to poczucie autentyczności w oczach kogoś dostatecznie młodego i wciąż łatwo ulegającego wpływom. Przyjęła pracę na stacji Tycho, nawiązała kontakty, a potem zgłosiła posłuszeństwo. Szkoliła się w siłach paramilitarnych tworzonych przez Johnsona. Zyskała wieloletnie doświadczenie.

Wtedy była prawdziwą wierzącą. Naiwną idiotką. Ale to było przed *Behemotem*.

Otrzymanie przydziału na pierwszą oficer pierwszego autentycznego okrętu bojowego Pasa było dla niej spełnieniem marzeń. Statku pokoleniowego nie zaprojektowano do wojny, ale do niej szykowała się cała jej załoga. Przynajmniej tak sobie powtarzała. Dowodzenie otrzymał kapitan Ashford, ona została jego zastępczynią. A tuż pod nimi, jako szefa ochrony, obsadzono osobistego przyjaciela Freda Johnsona. Carlosa C de Bacę. Byka. Jej niańkę i człowieka ustawionego tak, by wkroczył i przejął obowiązki na wypadek popełnienia przez nią błędu. Nienawidziła go szczerze i głęboko. Korzystała z każdej szansy, by go deprecjonować. Eksponowała i rozdmuchiwała każdy popełniony przez niego błąd. *Behemot* poleciał do pierścienia, by zmierzyć się z Ziemią i Marsem, by pokazać, że Pas jest siłą, z którą trzeba się liczyć. Jak w górze, tak na dole. Realizowała swoją osobistą misją – dowiedzenie Bykowi, że była od niego lepsza.

Dlatego tak bardzo zabolało ją, gdy Sam opowiedziała się po jego stronie.

Rozmawiały o tym, ona i Sam. Jak ważne jest utrzymanie ich romansu w tajemnicy. Niepozwolenie nikomu – zwłaszcza nikomu w dowództwie – na domyślenie się, że są w związku. Sam się zgodziła, może dlatego, że choć raz faktycznie tak myślała. A może po prostu chciała załagodzić niepewność Michio. A potem Byk i Sam zaczęli naciągać przydziały budżetowe. Odebrała to wtedy jak najgorszy rodzaj zdrady. Sam – *jej* Sam – stanęła po stronie Ziemianina. Ziemianina, który został wysłany przez Freda Johnsona do pilnowania niegodnych zaufania Pasiarzy.

To była tylko pierwsza z jej wielu pomyłek. Michio pozwoliła, by emocje przesłoniły jej mądrość i doświadczenie oferowane przez Byka aż do chwili, gdy sytuacja zdecydowanie wymknęła się spod kontroli. Pomimo wszystkich ofiar po katastrofie nie rozpoznała w przemocy i niepewności Ashforda objawów uszkodzenia mózgu. Nie odłożyła na bok wiary w strukturę dowodzenia.

Nie pogodziła się też z Sam, zanim Ashford ją zabił.

Fred Johnson rzucił ją w wir akcji, ponieważ była Pasiarką, a potrzebował kogoś z Pasa jako figuranta. Nie była gotowa, ale była wygodna. A przez to zginęło mnóstwo ludzi.

Behemot nigdy nie przeleciał z powrotem przez wrota. Ogołocili go, rozkręcili cylinder i przechrzcili ponownie na stację Medyna. Michio Pa wysłali z powrotem na Tycho na pokładzie marsjańskiego okrętu. Po usunięciu trupów mieli na nim mnóstwo wolnego miejsca. Gdy tylko dotarła z powrotem na miejsce, złożyła rezygnację. Nawet nie poszła najpierw pod prysznic. Zrezygnowała z oficjalnego stanowiska w Tycho, stopnia w milicji SPZ, wszystkiego. Fred Johnson wysyłał jej osobiste wiadomości. Nie wiedziała, co w nich było, usuwała je bez otwierania.

A potem zniknęła, przyjmując kolejno różne prace. Próbując zachować dla siebie koszmary i ataki płaczu. Kierowała statkiem dla firmy zajmującej się odzyskiem, jej działania czasem ocierały się o piractwo. Nadzorowała spółdzielnię handlową, która nie zgłosiła się władzom celnym, co – technicznie rzecz biorąc – oznaczało przemyt. Kiedy znaleźli ją Nadia z Bertoldem, kierowała kompleksem magazynów na Rei dla na wpół przestępczego związku zawodowego z bazą na Tytanie. Minęło sześć miesięcy, zanim zrozumiała, że się w nich zakochała, i kolejne cztery, zanim dotarło do niej, co to znaczy, że oni też ją kochają. Dzień, w którym zamieszkali razem w małej, taniej dziurze pół kilometra pod powierzchnią Księżyca, był jednym z najlepszych w całym jej życiu.

Inni dołączyli na swoje sposoby. Laura i Oksana razem. Potem Josep. Evans. Przystąpienie do małżeństwa każdej kolejnej osoby było jak rozszerzenie jej plemienia. Jej ludzi. Nie polityków, nie dowódców, nie ludzi kochających tylko władzę. Istniała różnica między, z jednej strony, Pasem i jego walką o przetrwanie w świecie z wrotami, które pomogła otworzyć, a głosami i ciałami jej rodziny z drugiej.

Ale marzenie nie zgasło. Gdzieś w głębi jej umysłu idea floty Pasa, która mogłaby zmierzyć się jak równy z równym z Ziemią i Marsem, żądając szacunku, leżała uśpiona, ale wciąż żywa.

Kiedy więc Marco Inaros zgłosił się do niej z propozycją, wysłuchała go. W kręgach Pasiarzy wciąż pamiętano ją jako kapitan, która opanowała sytuację w powolnej strefie. Ludzie ją szanowali. Kiedy nadejdzie czas, będzie potrzebował kogoś, kto mógłby koordynować przechwytywanie statków kolonizacyjnych, których nie będzie wpuszczał do powolnej strefy, i kto dopilnuje, żeby zaopatrzenie docierało do Pasiarzy w potrzebie. Zabierał bogatym wewnętrzniakom i oddawał biednym Pasiarzom do czasu wyrównania niesprawiedliwości. Aż osiągną utopię przestrzeni.

Ale jeszcze nie teraz. Na razie potrzebował tylko drobnych przysług. Dostarczenie kontrabandy na Ganimedesa. Nadzorowanie przenoszonego więźnia. Pomoc w rozstawieniu grupy ukrytych przekaźników poza orbitą Jowisza. Nieustannie podsycał jej zaangażowanie swoją wielką wizją i drobnymi kroczkami.

Choć właściwie zamiast *podsycał* powinna powiedzieć *uwodził*.

– Ile mamy statków lecących na Ceres? – zapytał, idąc obok niej.

Poziomy administracyjne stacji pachniały żywymi roślinami, polerowanymi podłogami i ścianami, które miały świadczyć o bogactwie. Michio czuła się tu trochę nie na miejscu, ale za to Marco pasował doskonale. Potrafił sprawić, że każde miejsce, w którym się znajdował, wydawało się jego naturalnym środowiskiem.

– Siedem – odpowiedziała. – Najbliższy jest *Alastair Rauch*, hamuje już od jakiegoś czasu. Powinien zadokować za trzy dni. *Hornblower* jest najdalej, ale w razie potrzeby Carmondy może zwiększyć ciąg. Na razie pilnuję, żeby flota oszczędzała masę reakcyjną.

– To dobrze. Bardzo dobrze – odpowiedział Marco, kładąc dłoń na jej ramieniu. Jego ochroniarze zostali przy drzwiach do sali konferencyjnej i Michio ruszyła, żeby między nimi przejść, ale Marco ją zatrzymał. – Będziemy musieli je przekierować.

– Przekierować?

– Skierować do innych portów. Albo nakazać im przez jakiś czas lot w ciemno.

Michio pokręciła głową. Nie było to zaprzeczenie, a fizyczny objaw niezrozumienia sytuacji. W jej głowie pojawiło się mnóstwo różnych odpowiedzi: *wszystkie będą musiały gdzieś pobrać paliwo* oraz *mamy stacje, którym brakuje żywności i nawozów i które wysłały tu już po nie statki* oraz *żartujesz?*

– Dlaczego? – zapytała.

Uśmiech Marco był ciepły i uroczy. Podniecony i promienny. Stwierdziła, że uśmiecha się wraz z nim, choć nie znała powodu.

– Sytuacja się zmieniła – odpowiedział, a potem wszedł przed nią do sali konferencyjnej.

Jego ochroniarze kiwnęli jej głowami, gdy przechodziła między nimi i przez chwilę zastanawiała się, gdzie się podział syn Marco.

Pozostali siedzieli już wokół stołu konferencyjnego. Ściana, pod którą Marco spędził całe dnie, prezentując swoją wizję przyszłości Pasa, została oczyszczona i prezentowała teraz zdjęcie starożytnego wojownika. Mężczyzna był ciemnoskóry, z wyszukaną brodą i wąsami, w turbanie, długiej, obfitej szacie, z karmazynową szarfą z trzema upchniętymi za nią mieczami. W zgięciu ręki trzymał antyczną strzelbę.

– Spóźniłeś się – Dawes łagodnie rzucił do Marco, gdy Michio zajmowała miejsce.

Marco zignorował ich oboje.

– Przyjrzyjcie się Afganom – powiedział. – Władcom cmentarzyska imperiów. Tych ludzi nie zdołał podbić nawet Aleksander Wielki. Każda potęga, która tego próbowała, wyczerpała swe siły i zawiodła.

– Ale oni praktycznie nie mieli działającej ekonomii – odezwał się Sanjrani.

Rosenfeld dotknął jego ręki i przystawił palec do warg.

Marco zaczął chodzić przed zdjęciem.

– Jak im się to udało? Jak prymitywny technologicznie, rozproszony lud zdołał się, stulecie po stuleciu, przeciwstawiać wielkim potęgom świata? – Obrócił się do pozostałych. – Wiecie?

Nikt mu nie odpowiedział. Wcale nie mieli tego robić. To był jego występ. Marco uśmiechnął się szerzej. Uniósł dłoń.

– Interesowały ich inne sprawy – oświadczył. – Dla przeciwnika wojna oznaczała zdobycie terenu. Posiadanie. Okupację. Tym geniuszom chodziło o okupowanie miejsc, których wcześniej nie okupowali. Kiedy Anglicy przychodzili do afgańskiego miasta gotowi na walną bitwę, znajdowali tam... nic. Wróg rozpływał się, chowając się między wzgórzami, żyjąc w miejscach, których wróg nie brał pod uwagę. Dla Anglików miasto było czymś, co należało posiadać. Dla Afgana nie było bardziej święte od wzgórz, pustyń i pól.

– To nieco *romantyczne*, nie sądzisz? – odezwał się Rosenfeld, ale Marco go zignorował.

– Ci dzielni ludzie byli Pasiarzami swoich czasów i miejsca. Naszymi duchowymi ojcami. I przyszedł czas, byśmy oddali im cześć. Przyjaciele, *Lazurowy smok* padł, co jak wiedzieliśmy, kiedyś musiało nastąpić. W swym bólu i ignorancji Ziemia przygotowuje się do ataku.

– Coś słyszałeś? – zapytał Dawes. Zbladł.

– Nic nowego – powiedział Marco. – Zawsze wiedzieliśmy, że Ceres będzie dla nich celem. Czekali od czasu przejęcia stacji przez SPZ, ale nasz kuzyn Anderson zawsze pilnował, by równoważyć swoją władzę ustępstwami. Stacja nigdy nie była ich największym problemem. Aż do teraz. Flota ONZ ruszyła z Ziemi, kierują się na Ceres. Ale kiedy tu dotrą...?

Marco uniósł dwie zaciśnięte pięści do ust, dmuchnął na nie i rozłożył palce. To było złudzenie, ale Michio miała wrażenie, że prawie widzi wylatujące z jego dłoni popioły.

– Nie możesz myśleć... – zadławił się Dawes.

– Rozpocząłem już ewakuację – odpowiedział Marco. – Zanim tu dotrą, wszyscy nasi żołnierze i materiały znajdą się poza stacją.

– Tutaj mieszka sześć milionów ludzi – zauważył Rosenfeld. – Nie sądzę, żebyśmy zdołali wszystkich zabrać.

– Oczywiście, że nie – zgodził się Marco. – To akcja wojskowa. Zabierzemy okręty bojowe i potrzebne nam zaopatrzenie, a teren oddamy Ziemi. Nie pozwolą, żeby Ceres umarła z głodu. Ich jedyna karta to szansa na odgrywanie ofiary i wymuszanie współczucia prostaczków. Jeśli nie zaopiekują się Ceres, stracą nawet to. A my? Będziemy w pustce będącej naszym naturalnym domem. Niezdobyci.

– Ale – odezwał się Sanjrani. Prawie jęknął. – Baza *ekonomiczna*.

– Nie martw się – odparł Marco. – Nadejdzie wszystko, o czym mówiliśmy. Tylko najpierw musimy pozwolić przeciwnikowi nadmiernie się wytężyć i paść. To zawsze było częścią planu.

Dawes wstał. Twarz miał szarą jak popiół, poza dwoma jaskrawoczerwonymi smugami na policzkach. Trzęsły mu się ręce.

– Tu chodzi o Filipa. Mścisz się na mnie?

– Tu nie chodzi o Filipa Inarosa – odpowiedział Marco, ale z jego głosu zniknęła euforia i podniecenie. – Tu chodzi o Filipa Macedońskiego. O lekcje z historii. – Milczał przez długą, straszną chwilę. Dawes opadł z powrotem na fotel. – No dobrze. Rozmawialiśmy już z Michio o przekierowaniu nadlatujących statków. Porozmawiajmy o logistyce opróżniania stacji, dobrze?

***

Sposób, w jaki wewnętrzni uciekali z własnych statków po dotarciu na stację, zrodził pewien typ dowcipów Pasiarzy. Jak Pasiarz może wybrać menu na pokładzie statku? Zadokować. Skąd wiadomo, że wewnętrzny za długo przebywał poza portem? Wychodzi na zewnątrz walnąć kupę. Jeśli dasz Ziemianinowi do wyboru zostanie na pokładzie statku i uratowanie życia ukochanej lub wyjście do doków i niekochanie nigdy więcej, to jak pozbyć się ciała? Chodziło o sposób, w jaki patrzyli na wszystko: statek nie był prawdziwy, tylko planeta. Albo księżyc. Lub asteroida. Nie potrafili zrezygnować z myśli, że życie obejmuje skałę i glebę. To czyniło ich mniejszymi.

Nie wszyscy ludzie Michio byli na pokładzie *Connaughta*, gdy przeszła przez kołnierz dokowy do śluzy, ale była tam większość z nich. Pozostali prawdopodobnie wrócą na statek, żeby spędzić noc we własnych pryczach. Nikt nawet nie uznałby za dziwne, że była tam cała grupa małżeńska. A nawet jeśli było to odrobinę dziwne, to nie wyjątkowe.

Zeszła w dół szybu windy z dziwnym wrażeniem, że widzi statek po raz pierwszy. Dostrzegała wszystkie szczegóły, jakby wchodziła do nowej stacji. Nieznane. Zielone i czerwone ikony obsługi windy. Cienkie białe litery tekstu na każdym panelu z informacją o tym, co się za nim mieści i kiedy zostało zainstalowane. Zarys logo FMRK, wciąż widoczny na podłodze pomimo wszelkich wysiłków usunięcia go. Z kambuza dotarł do niej zapach makaronu w ciemnym sosie, ale się nie zatrzymała. Gdyby spróbowała teraz jeść, na pewno by zwróciła.

Byli w kabinach wydzielonych dla rodziny. Jedną z pierwszych rzeczy, które zrobił Bertold po otrzymaniu *Connaughta*, było zdemontowanie ścian z trzech kabin i utworzenie większej przestrzeni z pryczami przeciążeniowymi na tyle blisko, by wszyscy mogli usiąść razem. Marsjańscy projektanci przygotowali statek w taki sposób, żeby ludzie mogli być sami lub razem. Potrzeba było Pasiarza, żeby być samym w grupie. Oksana i Laura siedziały na pokładzie, niemal dotykając się harfami. Grały jakąś starą celtycką melodię. Bladość Oksany i ciemna skóra Laury nadawały im wygląd postaci z bajki. Josep siedział na jednej z prycz z terminalem ręcznym wyświetlającym jakiś tekst, czytał i ruszał stopą w rytm muzyki. Evans siedział obok niego i próbował nie wyglądać nerwowo. Nadia, która wyglądała jak bardzo odległa wnuczka afgańskiego żołnierza wspomnianego przez Marco, stała za jedną z pozostałych prycz, delikatnie masując rzednące, czarne włosy Bertolda.

Michio usiadła na pryczy i słuchała, aż melodia skończyła się w serii dwuznacznych kwart i kwint. Harfy i terminale zostały odłożone. Bertold otworzył sprawne oko.

– Dziękuję, że przyszliście – odezwała się Michio.

– Zawsze – rzuciła Laura.

– Pozwól, że zapytam – dodał Josep. – Jesteś teraz naszą kapitan czy żoną.

– Jestem żoną. Chyba... myślę, że ja...

A potem się rozpłakała. Pochyliła się i zasłoniła oczy dłońmi. Gardło blokował jej ściśnięty węzeł, w jaki zmieniło się jej serce. Próbowała oczyścić je kaszlem, ale brzmiało to bardziej na łkanie. Laura dotknęła jej stopy. A potem poczuła na plecach ramię Bertolda, który przytulił ją do siebie.

– Wszystko będzie dobrze, skarbie – powiedziała Oksana. – Wszystko będzie dobrze.

Z oddali, jakby pół świata stąd. Tego było za wiele. Tego wszystkiego było za wiele.

– Zrobiłam to – zdołała w końcu wydusić Michio. – Znowu to zrobiłam. Oddałam nas pod kontrolę Marco, a on jest... to kolejny Ashford. Następny Fred, pieprzony, Johnson. Tak bardzo się starałam nie zrobić tego znowu, a jednak. I wciągnęłam w to jeszcze was. I tak bardzo... tak bardzo *żałuję*.

Rodzina przytuliła się do niej łagodnie, oferując pocieszenie. Bez słowa przekazując, że wszyscy jej członkowie są razem z nią. Evans płakał, choć nawet nie znał powodu. Przez chwilę łzy się nasiliły, a potem stały się bardziej przejrzyste. Najgorsze minęło. A kiedy znowu była sobą, odezwał się Josep.

– Opowiedz nam historię. Wtedy będzie miała mniejszą moc.

– Porzuca Ceres. Wyprowadza stąd całą Wolną Flotę i zostawia ludzi dla wewnętrznych. Te zajęte przez nas statki kolonizacyjne chce skierować na czarno poza ekliptykę jako magazyny, zamiast dostarczyć ich zasoby.

– Ach – odezwała się Nadia. – Czyli to jeden z tych?

– Zmiana jest trudna – powiedział Josep. – Jeśli dość długo będziesz sobie mówić, że jesteś wojowniczką, zaczniesz w to wierzyć. Wtedy pokój wygląda jak śmierć. Zniszczenie siebie.

– To trochę abstrakcyjne, skarbie – skomentowała Nadia.

Josep zamrugał, a potem uśmiechnął się smutno.

– Bardziej konkretnie. Masz rację. Jak zawsze.

– Tak mi przykro – powiedziała Michio. – Znowu popełniłam błąd. Zaufałam komuś. Poddałam się jego rozkazom i... jestem głupia. Po prostu jestem głupia.

– Wszyscy się na to zgodziliśmy – przypomniała Oksana z cierpkim wyrazem twarzy. – Wszyscy wierzyliśmy.

– Uwierzyliście, bo was o to poprosiłam – rzuciła Michio. – To moja wina.

– Hej – wtrąciła się Laura. – Michi? Jak brzmi magiczne słowo?

Michio roześmiała się wbrew sobie. To był stary żart, część tego, co tworzyło ich rodzinę.

– Magiczne słowo to *ups* – odpowiedziała. A po chwili: – Ups.

Bertold poświęcił chwilę na głośne wydmuchanie nosa i starcie z oczu resztek łez.

– No dobrze. To co robimy?

– Nie możemy dalej pracować z tym draniem – oświadczyła Oksana.

Nadia przytaknęła dłonią.

– I nie możemy zostać tutaj, czekając na Ziemian.

Wszyscy razem odruchowo popatrzyli na nią. Na Michio, ich żonę, ale także na ich kapitan. Głęboko, drżąco wciągnęła powietrze.

– To, o co nas poprosił – zbieranie statków kolonizacyjnych i rozprowadzanie żywności i towarów dla Pasiarzy – to nadal wymaga realizacji i nadal mamy okręt bojowy, dzięki któremu możemy się tym zajmować. Niektóre z pozostałych statków mogą popatrzeć na to tak, jak my. Więc albo będziemy się trzymać naszej misji, albo spróbujemy znaleźć jakieś spokojne miejsce i zaszyć się tam, zanim Inaros zorientuje się, że zniknęliśmy.

Miała wrażenie, że jej rodzina bardzo długo milczy, choć zapewne nie trwało to dłużej niż kilka oddechów. Bertold podrapał się po niewidzącym oku. Nadia i Oksana wymieniły spojrzenie, które zdawało się coś znaczyć. Laura odchrząknęła.

– Bycie małym nie oznacza bezpieczeństwa. Nie teraz.

– Vrai – rzucił Bertold. – Jestem za robieniem tego, czego się podjęliśmy, pieprzyć całą resztę. Już zmienialiśmy strony i od tego nie zginęliśmy.

– Zmienialiśmy? – zapytał Josep. – Czy teraz zmienilibyśmy strony?

– Owszem – odpowiedział Evans. – Zmienilibyśmy.

Josep odwrócił się, żeby spojrzeć Michio w oczy. Humor i miłość na jego twarzy były jak ciepło promieniujące z grzejnika.

– Walczyłaś już z ciemiężycielami. Teraz wciąż z nimi walczysz. Wtedy podążałaś za głosem serca i teraz wciąż to robisz. Sytuacja się zmienia, ale to nie znaczy, że ty też.

– To urocze – powiedziała Michio, ujmując jego dłoń.

– Choć abstrakcyjne – rzuciła Nadia, choć w jej głosie też usłyszała miłość.

– Wszystko, co zrobiłaś – kontynuował Josep – każdy błąd, każda strata, każda blizna. Wszystkie doprowadziły cię tutaj, więc gdy tylko zobaczyłaś w Inarosie, kim jest naprawdę, jesteś gotowa działać. Jesteś wręcz niezdolna do *nie*działania. Wszystko wtedy było przygotowaniem do teraz.

– To bzdury – rzuciła Michio. – Ale dziękuję.

– Jeśli wszechświat potrzebuje noża, tworzy go – stwierdził Josep, wzruszając ramionami. – Jeśli potrzebuje królowej piratów, tworzy Michio Pa.

ROZDZIAŁ DWUNASTY

HOLDEN

Ekran ścienny w publicznym holu doku ustawiono na kanał rozrywkowy. Ktoś spoza ekranu prowadził wywiad z uderzająco piękną, młodą kobieta z jedną powieką pomalowaną albo wytatuowaną na czerwono. Według tekstu przewijającego się u dołu ekranu była to Zedina Rael. Holden nie był pewien, kto to taki. Głos włączono, ale nie dało się nic zrozumieć przez dźwięki ludzi przechodzących przez hol do i z doków. Na ekranie zamieszczono podpisy w hindi. Rael pokręciła głową i po jej policzku spłynęła gęsta czerwona łza, gdy wyświetlono obrazy zrujnowanego miasta pod brudnobrązowym niebem. Czyli coś na temat sytuacji na Ziemi.

Łatwo był zapomnieć, że kanały rozrywkowe – z muzykami, aktorami i celebrytami żyjącymi ze swej sławy – zostały dotknięte przez katastrofę w równym stopniu, co wszystko inne. Miał wrażenie, że ten wycinek rzeczywistości powinien był pozostać odrębny. Nietknięty. Zarazy, wojny i katastrofy nie powinny wpływać na sztuczny świat rozrywki, choć oczywiście, że tak było. Zedina Rael, czymkolwiek zasłużyła na swoje miejsce na ekranie, też była istotą ludzką. I prawdopodobnie gdy spadły kamienie, straciła kogoś kochanego. I pewnie straci jeszcze więcej.

– Kapitanie Holden? – Mężczyzna miał szerokie ramiona, ciemne włosy i ostrą kozią bródkę. W ręku trzymał ręczny terminal, emanował aurą wyczerpania i dobrego humoru. Mundur zdradzał, że pracuje dla portu, a według plakietki nazywał się Bates. – Przepraszam. Długo pan czeka?

– Nie – odpowiedział Holden, przyjmując oferowany terminal. – Tylko kilka minut.

– Jesteśmy tu dość obłożeni – skomentował Bates.

– Nie ma problemu – stwierdził Holden, podpisał i przycisnął kciuk do ekranu urządzenia. Terminal zadźwięczał cichym radosnym tonem. Jakby ucieszył się, że Holden autoryzował dostawę.

– Siedzi pan w hangarze H-15? – zapytał Bates. – Zaraz to dla pana wyładujemy. Kto jest pańskim koordynatorem napraw?

– Mamy własnego – wyjaśnił Holden. – Naomi Nagata.

– No tak. Oczywiście – odpowiedział mężczyzna, kiwnął głową i odszedł.

Na ekranie miejsce Zediny Rael zajęła Ifrah McCoy o grubych rysach twarzy. Przynajmniej w tym przypadku Holden wiedział, kim jest. Niewidoczna osoba, która prowadziła wywiad, coś powiedziała, a chwilowa cisza wokół pozwoliła mu usłyszeć odpowiedź: *Musi być jakaś reakcja. Musimy powstać.* Zaniepokoiły go frustracja i ból w głosie McCoy i nie wiedział, czy to dlatego, że się z nią zgadza, czy też obawiał się, do czego ta reakcja może doprowadzić. Ruszył z powrotem w stronę właściwych doków i czekającej go pracy.

Na wirujących stacjach, w rodzaju Tycho albo tych w punktach Lagrange'a, statek zostałby zaparkowany w próżni, ale na Lunie wyglądało to inaczej. Stocznia miała olbrzymie, wypełnione powietrzem hangary wkopane głęboko pod powierzchnią, jednostki wprowadzano do nich za pomocą holowników przez wielkie śluzy. *Rosynant* stał wyprostowany z dyszą silnika skierowaną w stronę środka Księżyca i klinowym dziobem w stronę gwiazd, obstawiony pajęczynami rusztowań. Przestrzeni było dość, by zmieścić tam trzy razy większy statek, a całą wypełniało powietrze nadające się do oddychania.

Pod ścianą stały rzędy mechów konstrukcyjnych, poza czterema zajmującymi się *Rosynantem*, które pełzały ostrożnie po jego powierzchni jak pająki na wronie. W jednym z nich siedziała Naomi, w drugim Amos. Trzeci zajmowała Sandra Ip, jedna z dwóch inżynierów, których Fred Johnson zabrał w załodze *Rosa* na lot na Lunę, gdy prawdziwa załoga – poza Holdenem – rozproszyła się w Układzie.

Aleks i Bobbie stali na podwyższeniu, przyglądając się kadłubowi statku. Uszkodzenia zadane mu przez Wolną Flotę widoczne były w postaci jasnej, brzydkiej blizny. W górę rusztowania otaczającego statek wznosiły się szerokie panele – nowo dostarczone sekcje kadłuba – prowadzone przez olbrzymie manipulatory. Aleks wyciągnął rękę z zestawem słuchawkowym, a Holden podłączył go do swojego terminala, przełączając się na kanał całej załogi.

– Jak to wygląda? – zapytał.

– Nieźle nas urządzili – odparła Naomi. – Jestem pod wrażeniem.

– Zawsze łatwiej coś zepsuć, niż potem naprawić – skomentował Holden.

– Mamy na to kolejne dowody – Naomi zgodziła się, przytakując pięścią. – A te sekcje zamienne...

– Jakiś problem?

Odpowiedziała mu Sandra Ip. Trochę zaskoczyło go usłyszenie głosu, którego się nie spodziewał.

– To koronka węglowo-krzemowa. Najnowsza technologia. Są lżejsze i wytrzymalsze. Potrafią odbić pocisk z PDC, jeśli nie uderza na wprost. – Wyczuwany tuż pod powierzchnią ton obronny sugerował Holdenowi, że to nie pierwsza jej rozmowa na ten temat.

– Na razie mogą – skomentowała Naomi.

Holden przełączył mikrofon na kanał wyłącznie *Rosynanta*, ale dalej słuchał na ogólnym.

– No dobrze, to tak wyłącznie w rodzinie. Na czym polega problem z tymi nowymi płytami?

– Nie ma problemu – odpowiedziała Naomi. – Są świetne, dokładnie takie, jak na reklamie. Ale za pięć lat? Dziesięć?

– Nie starzeją się dobrze?

– W tym rzecz – wtrącił się Aleks. – Nic z tego nie ma jeszcze dziesięciu lat. Goście od nowych materiałów dostali kopa w tyłek od protomolekuły, więc teraz sypią mnóstwem nowych zabawek. Pancerze koronkowe to tylko jedna z nich. W teorii powinny się starzeć jak te tradycyjne, ale w praktyce to my jesteśmy praktyką. I cholernie trudno było mi przekonać *Rosa*, że nie wprowadzam dla nich błędnej masy. To zmieni sposób jego prowadzenia.

Holden złożył ręce na piersiach. Manipulatory w górze przesunęły nową sekcję pancerza, układając go na boku *Rosa.*

– Jesteśmy pewni, że tego chcemy? Możemy znaleźć te standardowe.

– Nie, jeśli chcemy w wyznaczonym czasie polecieć na Tycho – zaprzeczyła Naomi. – Trwa wojna.

– Możemy odrzucić kontrakt – stwierdził Holden. – Fred może sobie znaleźć inny środek transportu.

– Nie wiem, kapitanie – odpowiedział Amos. – W obecnej sytuacji chyba jestem zadowolony, że mamy pracę. To znaczy, jak długo będą działać pieniądze. – Urwał. – Hej, pieniądze wciąż działają, prawda?

– Będą, jeśli wygramy – odparła Naomi. – Porty Wolnej Floty i tak nie będą chciały zaoferować nam napraw ani paliwa.

– Racja – zgodził się Amos. – Także w zasadzie podoba mi się, że mamy robotę.

Do brzegów nowej płyty pancerza zbliżyły się dwa mechy. Do życia obudziły się palniki spawalnicze jak małe słońca, łącząc w jedno starą i nową technologię. Było w tym coś, co się Holdenowi nie podobało i czemu nie ufał. Ale było też coś fantastycznego. Materiał, z którego wykonano pancerz koronkowy, nie istniał jeszcze kilkanaście lat temu, a teraz już tak.

Niezwykłe inteligencje zaprojektowały protomolekułę, pierścienie oraz dziwne i nieokreślone ruiny znajdujące się na wszystkich nowych planetach. Mogły wymrzeć, ale ich dzieła były też włączane do wiedzy ludzkości, do jej umiejętności i tego, jak się definiowała. Dziecko urodzone obecnie dorośnie w świecie, w którym koronka węglowo-krzemowa będzie czymś równie powszechnym jak tytan lub szkło. Zupełnie nie zwróci przy tym uwagi na fakt, że było to dzieło współpracy ludzkości i duchów potężnej, obcej inteligencji. Holden należał do wyjątkowo szczęśliwego pokolenia, które obejmowało ten punkt zwrotny, spojenie między *wcześniej* i *potem*, które Naomi, Amos i Ip tworzyli właśnie w tej chwili, dzięki czemu mogło go zdumiewać jego istnienie. Upiorne, ale świetne.

– To przyszłość – rzucił. – Równie dobrze możemy zacząć się do niej przyzwyczajać.

Reszta tymczasowej załogi Freda Johnsona była już na pokładzie *Rosynanta* z Clarissą włącznie, albo w drodze ze swoich kwater na Lunie. Wyczuwało się podniecenie przed zbliżającą się akcją. Był to pierwszy raz, gdy Ziemia, Mars, a nawet mniej radykalne odłamy SPZ, będą działać razem, podejmując bezpośrednie działania przeciwko Wolnej Flocie. Największy udział przypadnie Ziemi i Marsowi, ale *Rosynant* też tam będzie. Okręt obserwacyjny z Fredem Johnsonem na pokładzie. Być może niedoskonałym, ale przedstawicielem Pasa. Byli gotowi.

Poza Holdenem.

Zwłaszcza teraz, gdy z ziemskiej studni przybyli jego rodzice, zaskoczyło go pragnienie pozostania z nimi. Większość dorosłego życia spędził poza planetą. Gdyby ktoś go zapytał, powiedziałby, że nie tęskni za Ziemią. Owszem, za niektórymi ludźmi, może za pewnymi miejscami z dzieciństwa. Jednak nie odczuwał żadnej tęsknoty za samą planetą. Dopiero teraz, gdy została zaatakowana, pragnął ją ochronić. Może zawsze tak było. Wyrósł ze swojego dziecinnego domu, ale w głębi duszy wciąż zakładał, że ten dom zawsze tam będzie. Może zmieniony, może trochę się zestarzeje, ale na miejscu. A jednak teraz już go nie było. Pragnienie pozostania było objawem chęci cofnięcia się do czasów, gdy to jeszcze się nie zdarzyło.

Fred Johnson przysłał mu wiadomość. Kończyli ostatnie spotkanie z technikami uzbrojenia Sun-yi Steinberg i Gor Drogą. Mogą wylatywać, gdy tylko nowy pancerz zostanie przyspawany na miejsce i przejdzie testy ciśnieniowe. Jeśli Holden ma jakieś ostatnie sprawy do załatwienia na Lunie, powinien to zrobić jak najszybciej.

Miał sprawę do załatwienia na Lunie.

Palniki rozbłysły, przygasły i rozbłysły ponownie. *Rosynant* został nieco przerobiony, jak to się zdarzało wielokrotnie przez ostatnie lata. Drobne zmiany nakładające się z czasem, w miarę jak statek przechodził od tego, co było, do tego, co będzie dalej. Jak wiezieni przez niego ludzie.

– Wszystko w porządku? – zapytała Bobbie.
– Co? – odpowiedział Holden.
– Wzdychałeś – wyjaśniła.
– On tak czasem robi – skomentował Aleks.
– Robię? – zdziwił się Holden, uświadamiając sobie równocześnie, że Bobbie wciąż jest zalogowana do kanału przeznaczonego tylko dla załogi. Ucieszył się z tego. – Nie wiedziałem.
– Nie przejmuj się tym – rzuciła Naomi. – To urocze.
– No dobrze – odezwał się. – Kiedy z tym skończymy, Naomi? Fred jest już w drodze.
– Dobra – odpowiedziała i prawdopodobnie tylko sobie wyobraził obawę w jej głosie. – W porządku.

***

Wózek wiozący ich w głąb, w stronę stacji dla uchodźców, poruszał się na szynie elektromagnetycznej, przyciskającej koła do podłoża. Wydawane przez niego dźwięki, ni to warkot, ni to brzęk, były na tyle głośne, że Holden miał wrażenie, że musi podnieść głos, by być słyszanym.
– Gdyby wciąż była opłacana przez ONZ albo Marsa, byłoby inaczej – powiedział. – Jeśli zaoferujemy jej miejsce na statku na stałe, chyba musimy bardzo uważać, w jaki sposób to zrobimy.
– Ona jest dobra – skomentowała Naomi. – I faktycznie szkoliła się do statku takiego jak *Ros*, czym nie może się pochwalić nikt z nas. Dobrze dogaduje się z załogą. Dlaczego nie miałbyś chcieć Bobbie na pokładzie?
Powietrze w głębszych korytarzach było wilgotne i duszne. Systemy środowiskowe pracowały pełną mocą, a nawet trochę bardziej. Ludzie odsuwali się z drogi wózka, niektórzy przyglądali się ich przejazdowi, inni zdawali się nie patrzeć na nic.
Ośrodek dla uchodźców śmierdział stratą i czekaniem. Prawie każda mijana osoba była życiem oderwanym od swoich korzeni. Holden i Naomi byli tu szczęśliwcami: wciąż mieli swój dom, nawet jeśli został zmieniony.

– Nie chodzi o Bobbie – odpowiedział Holden. – Oczywiście, że ją chcę. Ale warunki... mamy jej płacić? Rozłożyć prawa własności do *Rosa* tak, żeby dostała takie same udziały, jak pozostali? Nie jestem pewien, czy to dobry pomysł.

Naomi obejrzała się na niego, unosząc brwi.

– Dlaczego nie?

– Ponieważ cokolwiek zrobimy z Bobbie, ustanowi precedens dla wszystkich dodatkowych członków załogi, jakich przyjmiemy.

– Masz na myśli Clarissę.

– Nie chcę oddawać Clarissie Mao prawa własności do *Rosa* – przyznał Holden. – To po prostu... Ona jest w porządku. Wciąż nie podchodzę do tego z optymizmem, ale mogę przejść nad nią po porządku dziennego. A z drugiej strony naprawdę chcę wprowadzić Bobbie do załogi na stałe, ale... po prostu nie mogę. Nie mogę się zgodzić, żeby Clarissa kiedykolwiek nazwała mój statek swoim domem. Jest różnica między pozwoleniem jej na zostanie z nami a udawaniem, że jest jak Bobbie. Albo ty czy ja.

– Żadnego wybaczenia? – Naomi zapytała w pół drogi między poważnym a żartobliwym tonem.

– Mnóstwo wybaczenia. Całe tony, ale też jakieś granice.

Wózek szarpnął w lewo i zwolnił. Częstotliwość brzęczących dźwięków zmalała, potem całkiem ucichły. Ojciec Anton czekał przy drzwiach, uśmiechając się i kiwając głową, gdy wysiadali i ruszyli w jego stronę. Mieszkanie dla rodziców Holdena było lepsze niż większość pozostałych. Apartament był zbyt ciasny i za mały, ale przynajmniej prywatny. Jego ojcowie i matki nie musieli dzielić go z nikim spoza rodziny. W powietrzu unosił się aromat żółtego curry matki Tamary. Ojcowie Tom i Cesar stali w drzwiach do jednej z sypialni, obejmując się w pasie, ojciec Dimitri opierał się o bok starej sofy, a matki Elise i Tamara wyszły z małej kuchni. Ojciec Joseph i mama Sophie siedzieli na kanapie, mając między sobą małe magnetyczne szachy z pionkami i figurami rozstawionymi po całej planszy. Wszyscy się uśmiechali, włącznie z nim, choć nikt nie robił tego szczerze.

To znowu było pożegnanie. Kiedy odchodził, by rozpocząć nieszczęsną służbę we flocie, też doświadczył chwili takiej, jak ta. Odejście oznaczało coś, czego nie mogli być pewni. Może wróci za kilka tygodni, a może nigdy. Może będą tu, na Lunie, albo zostaną przeniesieni na L-4. Albo zdarzy się coś innego. Bez farmy i dziesięcioleci utrzymującej ich razem społecznej inercji mogą się nawet rozejść. Przez Holdena przetoczyła się nagła fala bezmiernego smutku i zaczął się wysilać, by jej po sobie nie pokazać. Jeszcze raz chronić rodziców przed troską. Tak samo, jak oni chronili jego.

Obejmowali się, pojedynczo i grupami. Mama Elise ścisnęła dłoń Naomi i poprosiła ją, żeby zaopiekowała się jej chłopcem. Naomi poważnie zgodziła się robić wszystko, co w jej mocy. Skoro mógł to być ostatni raz, gdy jego rodzice byli wszyscy razem, to cieszył się, że Naomi też tu była i mogła w tym uczestniczyć, aż do chwili, gdy do pożegnania zabrał się ojciec Cesar.

Skórę miał pomarszczoną jak u żółwia i ciemną jak świeżo przekopana ziemia. Gdy uścisnął rękę Holdena, w jego oczach błyszczały łzy.

– Dobrze się spisałeś, chłopcze. Wszyscy jesteśmy z ciebie dumni.

– Dziękuję – powiedział Holden.

– Idź i zrób piekło tym pieprzonym *chuderlakom*, dobra?

Stojąca tuż za Cesarem Naomi zesztywniała. Jej uśmiech, dotąd łagodny, ciepły i rozbawiony, zrobił się uprzejmy. Holden odebrał to jak uderzenie w brzuch. Ale Cesar zdawał się nawet nie zauważyć, że powiedział coś nieuprzejmego. Holden nagle nie wiedział, czy powinien zażądać od ojca przeprosin, czy próbować zachować tę ostatnią chwilę. Rozmawiająca z matką Tamarą Naomi nawinęła sobie włosy na palec. Przesunęła je na oczy.

Cholera.

– Wiesz – zaczął Holden. – To...

– Dokładnie to zrobi – wtrąciła się Naomi. – Możesz liczyć na Jima.

Spojrzała mu w oczy bardzo mrocznym i twardym spojrzeniem. *Nie rób sytuacji jeszcze bardziej niezręczną, niż już jest*, wyczytał w nich tak jasno, jakby to napisała. Holden uśmiechnął się, ostatni raz objął ojca Cesara i zaczął się cofać do drzwi, wózka i *Rosynanta*. Cała ósemka jego rodziców stłoczyła się przed drzwiami, żeby patrzeć, jak odjeżdża. Czuł na sobie ich spojrzenie nawet, gdy wózek skręcił za róg i zaczął się wspinać po rampie w stronę doków. Naomi siedziała cicho. Holden westchnął.

– No dobrze – odezwał się. – Teraz rozumiem, dlaczego nie chciałaś tego robić. Bardzo przepraszam, że...

– Nie – ucięła mu Naomi. – Nie róbmy tego.

– Uważam, że jestem ci winien przeprosiny.

Obróciła się, żeby popatrzeć wprost na niego.

– To twój ojciec jest mi winien przeprosiny. Jeden z ojców. Ale mu odpuszczę.

– Dobrze – odpowiedział Holden. Wózek szarpnął w prawo. Z ich trasy zszedł mężczyzna z gęstą brodą. – Chciałem cię bronić.

– Wiem.

– Po prostu... zrobiłbym to.

– Wiem. A potem stałabym się powodem, dla którego wszystko zrobiło się dziwne i wszyscy bardzo by się starali powiedzieć mi, jak bardzo szanują Pasiarzy i że wcale nie chodziło mu o *mnie*. I że jesteś ich synem i bardzo cię kochają. I siebie nawzajem. Więc cokolwiek zostałoby powiedziane, wszystko byłoby moją winą.

– No tak – przyznał Holden. – Ale wtedy nie czułbym się z tym tak źle. A teraz tak jakby się czuję.

– To krzyż, który będziesz musiał dźwigać, skarbie – powiedziała zmęczonym głosem.

W doku załoga Freda Johnsona ładowała ostatnie zapasy do śluzy ładowni. Nowe panele pancerza z koronki odcinały się na boku *Rosa* jak blizny. Po wysadzeniu ich wózek odjechał z pobrzękiwaniem. Holden zatrzymał się na chwilę, patrząc na statek. Czuł skomplikowaną mieszankę uczuć.

– Tak? – odezwała się Naomi.

– Nic takiego – powiedział Holden. Ale po chwili dodał: – Był taki czas, kiedy uważałem, że wszystko jest proste. A przynajmniej niektóre sprawy.

– Nie chodziło mu o mnie. Naprawdę. Nie myślał o mnie, bo dla niego jestem osobą, a chuderlaki i Pasiarze... to nie są ludzie. Miałam przyjaciół na *Pelli*. Prawdziwych przyjaciół. Ludzi, z którymi dorastałam, na których mi zależało. Których kochałam. Oni są tacy sami. Nie zabijali *ludzi*, tylko Ziemian. Marsjan. Piaskarzy. Klocki.

– Klocki?

– Tak.

– Tego nie słyszałem.

Wsunęła dłoń w jego dłonie, przysunęła się do niego i oparła podbródek na wierzchu jego głowy.

– Ta nazwa jest uznawana za obraźliwą.

Holdena przywarł do niej na tyle, na ile pozwalało słabe ciążenie. Czuł ciepło jej ciała, wznoszenie i opadanie jej oddechu.

– Nie jesteśmy ludźmi – powiedział. – Jesteśmy historiami, które opowiadają sobie o nas inni ludzie. Pasiarze to szaleni terroryści, Ziemianie to leniwe żarłoki, a Marsjanie to tylko trybiki w wielkiej maszynie.

– Mężczyźni to wojownicy – dorzuciła Naomi, a potem jej głos zrobił się ponury. – Kobiety są słodkie i czułe oraz zostają w domu z dziećmi. Zawsze tak było. Zawsze reagujemy na historie o ludziach, a nie na to, kim naprawdę są.

– I zobacz, gdzie nas to doprowadziło – skomentował Holden.

ROZDZIAŁ TRZYNASTY

PRAKS

Kiedy wszystko się zmieniło, najbardziej zaskoczył go fakt, jak niewiele uległo zmianie. Przynajmniej na początku. Przy pracach związanych z kończeniem odbudowy i rosnącą falą projektów badawczych, Praks czasem nie oglądał wiadomości przez wiele dni albo tygodni. O wszystkim, co ciekawego zdarzyło się w wielkiej sferze ludzkości, dowiadywał się z rozmów z innymi. Kiedy usłyszał, że rada zarządzająca ogłosiła deklarację neutralności, pomyślał, że chodzi o sekwestrację i wymianę gazów. Nawet nie wiedział, że trwa wojna, do chwili, aż powiedziała mu o tym Karvonides.

Ganimedes miał już aż nazbyt bogate doświadczenia z byciem polem bitwy. Zapaść była zbyt niedawna w ich kolektywnej pamięci, blizny zbyt świeże i bolesne. Wciąż istniały zalane lodem korytarze, których nie odkopano po ostatnim wybuchu przemocy, jeszcze przed wrotami pierścienia, przed otwarciem tysiąca trzystu nowych światów. Nikt nie chciał tego powtarzać, więc Ganimedesa nie obchodziło, kto będzie wszystkim kierował, jeśli tylko będą mogli kontynuować swoje badania, opiekować się ludźmi w szpitalach i zajmować się własnym życiem. Skierowane do całego wszechświata *jesteśmy zajęci, sami się dogadajcie.*

A potem... nic. Nikt nie próbował przejmować nad nimi kontroli ani im grozić. Nikt nie posyłał w nich bomb, a jeśli to zrobił, broń nie spadła i nawet nie dotarła do wiadomości. Tak wielka część żywności na Ganimedesie była produkowana lokalnie, że nikt nie martwił się perspektywą głodu. Praks niepokoił się funduszami na prowadzenie badań, ale po pierwszych kilku razach, gdy poruszył ten temat i został on odsunięty na bok, przestał próbować. Sytuacja wyglądała trochę na coś w rodzaju zawieszenia. Nisko trzymali głowy i zajmowali się tym, co zawsze, w nadziei, że nikt nie zwróci na nich uwagi.

Dzięki temu wszystkiemu codzienna trasa Praksa między jego dziurą, szkołą Mei i biurem w ogóle nie uległa zmianie. Wózki z jedzeniem na stacji nadal serwowały to samo puree z pieczonej kukurydzy i gorzką herbatę, spotkania dotyczące zarządzania projektami nadal odbywały się w każdy poniedziałek rano. Pokolenia roślin, grzybów, drożdży i bakterii żyły i umierały, będąc poddawane analizie tak samo, jak działoby się to, gdyby nikt nie okaleczył Ziemi. Albo jej nie zniszczył.

Kiedy na rogach zaczęli się pojawiać Pasiarze w mundurach Wolnej Floty, nikt nic nie powiedział. Kiedy okręty Wolnej Floty zaczęły się domagać uzupełnień zaopatrzenia, ich pieniądz dodano do listy zatwierdzonych walut i podpisano stosowne umowy. Kiedy umilkli lojaliści zapełniający swoje fora i kanały wsparciem dla Ziemi i skierowanymi do rady rządzącej żądaniami podjęcia działań, nikt o tym nie rozmawiał. Było to zrozumiałe. Neutralność Ganimedesa była tolerowana, jak długo Wolna Flota mogła ją wymuszać. Marco Inaros – o którym Praks nigdy nie słyszał przed zrzuceniem kamieni – może i nie kontrolował bazy, ale był chętny do skubania kontrolujących ją ludzi, aż schemat organizacyjny przybrał kształt, który mu odpowiadał. Płaćcie trybut Wolnej Flocie, a będziecie mogli sami się rządzić. Zbuntujcie się, a zginiecie.

Tak więc nic się nie zmieniło, choć wszystko uległo zmianie. Napięcie wyczuwało się każdego dnia, we wszystkich interakcjach, choćby najbardziej przyziemnych. A wszystko to wychodziło w dziwnych chwilach, na przykład podczas przeglądu danych z badania.

– Pieprzyć badania na zwierzętach – rzuciła Karvonides z gniewną i pełną napięcia twarzą. – Zapomnij o nich. To jest już gotowe do produkcji.

Khana złożył ręce na piersiach, patrząc na nią krzywo. Zmieszany Praks mógł się zwrócić tylko do danych, więc tym właśnie się zajął. Szczep drożdży 18, sekwencja 10 wykazywała bardzo dobre wyniki. Wartości produkcyjne – zarówno dla cukrów, jak i białek – były nieco powyżej oczekiwanych. Lipidy mieściły się w słupkach błędów. To był bardzo dobry zbiór, ale...

Jego biuro było skromne i ciasne. Był to ten sam pokój, który zajął po sprowadzeniu Mei z powrotem z Luny. Pierwsze biuro jego etatu w Komitecie Odbudowy. Pozostali członkowie komitetu przenieśli się do większych pomieszczeń z bambusowymi panelami i światłami o rozszerzonym zakresie, ale Praks lubił być tam, gdzie już był. Znajome otoczenie zawsze zapewniało mu większy komfort. Gdyby Khana i Karvonides pracowali w dowolnej innej sekcji, byłaby tam sofa, albo przynajmniej wygodne fotele, na których mogliby siedzieć. Stołki laboratoryjne w biurze Praksa były tymi samymi, które dostał pierwszego dnia po powrocie.

– Ja... – odezwał się, a potem odkaszlnął i spuścił wzrok. – Nie rozumiem, dlaczego mielibyśmy odstępować od procedur. To wydaje się... uch...

– Kompletnie nieodpowiedzialne? – zasugerował Khana. – Myślę, że właściwy termin to *kompletnie nieodpowiedzialne.*

– Nieodpowiedzialne jest siedzenie na tych danych – odcięła się Karvonides. – Dwa dodatki do genomu, pięćdziesiąt pokoleń wzrostu – czyli niecałe trzy dni – i mamy gatunek, który jest wydajniejszy od chloroplastów w produkcji cukrów z promieniowania, które rozciąga się prawie do zakresu gamma. A do tego białka i mikroelementy. Jeśli użyć tego do osłony reaktora, można spokojnie wyłączyć recykler.

– To przesada – rzucił Khana. – A na dodatek to technologia protomolekuły. Jeśli uważasz...

– Wcale nie! W Hy1810 nie ma dosłownie niczego, co pochodzi z próbki obcych. Przyjrzeliśmy się protomolekule, powiedzieliśmy *ona nie może tego robić, a my?* i wymyśliliśmy, jak zrobić coś swojego. Natywne białka, natywne DNA, natywne katalizatory. Nie ma tam niczego, co wywodzi się z Febe, pierścienia ani niczego z Ilusa, Rho czy Nowego Londynu.

– To... uch – odezwał się Praks. – Ale to nie znaczy, że to jest bezpieczne. Procedura badań na zwierzętach...

– Bezpieczne? – rzuciła Karvonides, zwracając się przeciw niemu. – Na całej Ziemi jest teraz mnóstwo ludzi, którzy umierają z głodu. Jak oni są *bezpieczni*?

Och, pomyślał Praks. *To nie jest złość. To cierpienie.* Praks rozumiał cierpienie.

Khana pochylił się do przodu z dłońmi zaciśniętymi w pięści, ale zanim się odezwał, Praks uniósł dłoń. W końcu on tu rządził. Nie szkodziło raz na jakiś czas skorzystać ze swojej władzy.

– Zachowamy procedurę badań na zwierzętach – oznajmił. – To bardziej naukowe podejście.

– Moglibyśmy uratować mnóstwo ludzi – rzuciła Karvonides. Teraz mówiła ciszej. – Jedna wiadomość. Mam koleżankę w kompleksie Guandong. Mogłaby powtórzyć nasze wyniki.

– Nie zamierzam uczestniczyć w tej rozmowie – oświadczył Khana.

Drzwi trzasnęły za nim tak mocno, że zamek nie utrzymał blokady. Otworzyły się powoli z powrotem, jakby na jego miejsce wchodził ktoś niewidzialny.

Karvonides siedziała, opierając się dłońmi na biurku Praksa.

– Doktorze Meng, zanim pan odmówi, chciałabym, żeby poszedł pan ze mną. Dziś wieczorem odbędzie się spotkanie, tylko kilka osób. Proszę nas wysłuchać. Jeśli potem naprawdę nie będzie chciał pan pomóc, nie będę wracać do tego tematu. Przysięgam.

Oczy miała tak ciemne, że trudno było odróżnić tęczówkę od źrenicy. Znowu popatrzył na dane. Na swój sposób zapewne miała rację. Hy1810 nie był pierwszym szczepem drożdży zmodyfikowanym radioplastami, a Hy1808 i większość hodowli Hy17 całymi miesiącami testowano na zwierzętach bez żadnych istotnych statystycznie działań niepożądanych. Przy tak fatalnej obecnie sytuacji na Ziemi ryzyko, że Hy1810 będzie miał szkodliwe działanie, było prawie na pewno mniejsze niż niebezpieczeństwo śmierci głodowej. Czuł ciężkość i napięcie w żołądku. Miał ochotę wyjść.

– To własność firmy – powiedział, sam słysząc w swoim głosie jękliwy ton. – Nawet gdybyśmy mogli opublikować to ze względów etycznych, konsekwencje prawne, nie tylko dla nas, ale w ogóle dla laboratoriów, byłyby...

– Po prostu proszę przyjść nas wysłuchać – poprosiła Karvonides jeszcze raz. – Niczego nie będzie pan musiał mówić. W ogóle nie będzie pan musiał się odzywać.

Praks sapnął. Cichy, niewyraźny dźwięk dobiegający gdzieś zza nosa. Jak odgłos rozgniewanego szczura.

– Mam córkę – przypomniał.

Cisza między nimi utrzymywała się przez długość oddechu. Potem kolejnego.

– Oczywiście, sir – powiedziała w końcu. – Rozumiem.

Wstała. Jej stołek zazgrzytał o podłogę. Brzmiało to bardzo tanio. W jego piersi rozkwitła potrzeba powiedzenia czegoś, ale nie wiedział, co by to miało być, więc wyszła, zanim znalazł właściwe słowa. Zamknęła za sobą drzwi łagodniej niż Khana, ale bardziej ostatecznie. Praks siedział, drapiąc się po ręce, choć go nie swędziała, a potem zamknął raport.

Resztę dnia wypełniła mu praca w laboratoriach hydroponicznych. Jego nowym projektem były zmodyfikowane paprocie, stworzone do oczyszczania powietrza i wody. Stały w długich rzędach, z pędami chwiejącymi się na stałym, kontrolowanym wietrze. Ich liście – tak zielone, że prawie czarne – pachniały znajomo i przyjaźnie. Osadzone w nich czujniki zbierały dane już od wczoraj i przejrzał je, jakby rozmawiał ze starym przyjacielem. Rośliny były dużo prostsze od ludzi.

Kiedy skończył, wstąpił jeszcze do swojego biura, odpisał na kilka wiadomości i przejrzał harmonogram spotkań zaplanowanych na następny dzień. Wszystko to było rutyną. Te same rzeczy, które robił, zanim na Ziemię zrzucono kamienie. Przypominało to rytuał.

Choć dzisiaj zrobił dodatkowy krok polegający na dodaniu blokady administracyjnej na dane Hy1810. Próbował nie myśleć zanadto nad powodami, którymi się kierował. W głębi głowy poruszyło się coś niejasnego na temat możliwości wykazania, że zrobił wszystko, co mógł. Nie był pewien, przed kim miałby się w tej sprawie bronić, ale też naprawdę nie chciał się nad tym zastanawiać.

Idąc do stacji metra, czuł się podenerwowany. Ściany z bladych kafelków, łukowate sklepienie nad peronem. Wszystko to wyglądało tak samo, od kiedy zostało odbudowane. Teraz wydawało się groźne tylko z powodu rzeczy, które tkwiły w jego głowie.

Czekając na metro, kupił papierową tutkę z pastą z pieczonej fasoli z oliwą z oliwek i solą. Sprzedawca był Ziemianinem i Praks zwrócił uwagę, że mężczyzna zapuścił długą brodę i włosy, starając się nadać głowie wygląd podobny do nieco większych głów prawdziwych Pasiarzy. Miał też ciemną skórę, więc tatuaże SPZ na jego rękach i szyi nie rzucały się w oczy tak bardzo, jakby mogły. *Barwy maskujące*, pomyślał Praks, gdy sygnał dźwiękowy oznajmił przybycie metra. *To chyba dobry pomysł*. Ciekawe było obserwowanie, jak ludzkość stosowała strategie obserwowane wszędzie w naturze. W końcu oni też byli jej częścią. Z krwawymi kłami i pazurami.

Kiedy wrócił do domu, Mei już tam była. Jej głos mieszał się z nieco wyższymi tonami Natalii, dochodząc z pokoju zabaw jak muzyka. Praks upewnił się, że zamyka za sobą drzwi, i poszedł do kuchni. Djuna, która równocześnie szykowała sałatę na kolację i czytała coś z ręcznego terminala, przerwała oba te działania i uśmiechnęła się na powitanie. Pocałował ją w ramię, a potem podszedł do małej lodówki i wyciągnął sobie piwo.

– Czy to nie moja kolej na przygotowanie kolacji? – zapytał.

– Zgodziłeś się zająć tym jutro z powodu mojego późnego spotkania... – zaczęła Djuna, a potem urwała, widząc piwo w jego dłoni. – Jeden z tych dni?

– Było w porządku – powiedział, ale nie przekonał nawet siebie.

Jakaś jego część uważała, że powinien jej powiedzieć, ale to byłoby samolubne. Djuna miała własne problemy i własną pracę. A i tak nie byłaby w stanie zrobić nic w sprawie Karvonides albo Hy1810. Skoro nie mogła nic poradzić, nie miało sensu jej obciążać. Zresztą jeśli ktoś zapyta, powie, mówiąc prawdę, że o niczym nie wiedziała.

Przy kolacji rozmawiali o bezpieczniejszych elementach pracy. Jego roślinach, jej biofilmach. Mei i Natalia miały jeden ze swoich dobrych dni, podczas których zachowywały się bardziej jak najlepsze przyjaciółki niż przybrane siostry, na zmianę opowiadając o tym wszystkim, co wydarzyło się w szkole. David Gutmansdottir zachorował od nowych posiłków i musiał iść do pielęgniarki, test z matematyki był spóźniony i dostały z niego dokładnie tyle samo punktów, ale wszystko było w porządku, bo pomyliły się przy różnych pytaniach, więc pan Seth wiedział, że nie oszukiwały, a zresztą jutro będzie dzień czerwonego ubrania i obie musiały przypilnować wybrania właściwych strojów przed pójściem do łóżka i...

Praks słuchał ich opowieści, przeskakującej z tematu na temat, jakby zbiegały ze wzgórza. Natalia miała brązowy kolor skóry Djuny, wysokie kości policzkowe i szeroki nos. Przy niej Mei wyglądała na tak bladą i okrągłą, jak stare zdjęcia Luny. Po kolacji przyszła kolej Mei na sprzątanie i Praks troszkę jej pomógł. Choć tak naprawdę wcale nie było to potrzebne, to lubił jej towarzystwo, a już niedługo dziewczynka dorośnie na tyle, że zacznie się wyobcowywać z ich małej rodziny. Potem przyszedł czas na odrabianie lekcji, kąpiel i pójście do łóżek. Mei i Natalia siedziały na łóżkach i rozmawiały ze sobą ze swoich sypialni, aż Djuna zamknęła łączące je drzwi. Dziewczynki rozmawiały dalej nawet wtedy, tak jakby musiały opróżnić bufory, zanim w końcu ogarnie je sen.

Praks leżał z Djuną, która oparła głowę na jego ramieniu, i zastanawiał się, co dzieje się z Karvonides. Czy jej spotkanie się udało. Czy miał nadzieję, że tak, czy też, że nie. Może powinien był przyjąć jej zaproszenie, choćby tylko po to, żeby dowiedzieć się, co się dzieje...

Nie zauważył, że pogrąża się we śnie, aż obudził go dzwonek do drzwi. Praks usiadł, zdezorientowany. Djuna patrzyła na niego z szeroko otwartymi oczami, wyraźnie przestraszona. Znowu zabrzmiał dzwonek i jego pierwszą prawie przytomną myślą było, że powinien otworzyć, zanim obudzą się dziewczynki.

– Nie idź – poprosiła Djuna, ale on już ruszył przez sypialnię.

Narzucił na siebie szlafrok i zawiązał pasek, idąc po ciemku przez mieszkanie. Według wyświetlacza systemu było krótko po północy. Znowu dzwonek, a potem głębokie, ciche pukanie, jakby jakaś olbrzymia pięść stosowała tylko ułamek swej siły. Usłyszał płacz Mei i z doświadczenia wiedział, że dziewczynka wciąż jeszcze śpi, ale nie potrwa to długo. Na jego rękach pojawiła się gęsia skórka, która miała bardzo niewiele wspólnego z temperaturą w mieszkaniu.

– Kto tam? – Praks zapytał przez drzwi.

– Doktor Praksidike Meng? – zapytał stłumiony męski głos.

– Tak – potwierdził Praks. – Kto tam?

– Ochrona – padła odpowiedź. – Proszę otworzyć drzwi.

Która ochrona? miał ochotę zapytać Praks. Ochrona stacji Ganimedesa czy Wolnej Floty? Ale teraz było już za późno. Jeśli to była stacja, otwarcie drzwi miało sens, a jeśli Wolna Flota, zostawienie ich zamkniętych w niczym nie pomoże. Jego następne czynności i tak będą takie same.

– Oczywiście – odpowiedział i przełknął ślinę.

Dwaj mężczyźni stojący w korytarzu mieli na sobie mundury w kolorze szarym i niebieskim. Ochrona stacji. Przepełniająca go ulga była dowodem na to, jak bardzo był przestraszony. Jak bardzo *zawsze* był teraz przestraszony.

– W czym mogę pomóc? – zapytał.

***

Kostnica pachniała jak laboratorium. Uderzył w niego chemiczny smród mydła fenolowego, pulsujący szum wysoko wydajnych filtrów powietrza, kliniczne oświetlenie. Miejsce przypominało mu lata studiów, podczas których zaliczył kurs patomorfologii. Choć ciało, którego sekcji dokonywał, zostało nasączone środkami konserwującymi. Nie było świeże. I było w lepszym stanie.

– Nie ma wątpliwości odnośnie do identyfikacji – stwierdził jeden z ochroniarzy. – Dane biometryczne i markery się zgadzają, pasują dokumenty. Ale wie pan, jak to jest. Nie ma żadnej rodziny na stacji, a związek ma swoje zasady.

– Doprawdy? – zapytał Praks.

Zadał to pytanie całkiem szczerze, choć kiedy je wypowiedział, słowo to nabrało niuansów, których wcale nie chciał mu nadawać. Czy związek zawodowy może wciąż mieć znaczenie, gdy prawie nie istniał już rząd? Czy nadal obowiązywały zasady? Ochroniarz się skrzywił.

– Tak to zawsze robiliśmy – powiedział, a Praks usłyszał jego obronny ton. Ślad gniewu. Jakby to Praks odpowiadał za wszystkie zmiany, które ich dotykały.

Karvonides leżała na stole, skromnie przysłonięta czarnym arkuszem gumy. Miała spokojny wyraz twarzy. Rany na jej szyi i boku głowy były skomplikowane i paskudne, ale brak świeżej krwi wywoływał wrażenie, że nie są poważne. Postrzelono ją cztery razy. Zastanawiał się, czy inni uczestnicy jej spotkania leżą na stołach w salach obok, czekając na innych świadków.

– Potwierdzam – powiedział.

– Dziękuję – odpowiedział drugi z ochroniarzy i wyciągnął ręczny terminal.

Praks go przyjął i przycisnął dłoń do płytki. Urządzenie wyemitowało dźwięk po zakończeniu rejestracji jego danych, dziwnie radosny w tych okolicznościach. Praks oddał terminal. Popatrzył na twarz martwej kobiety, starając się zrozumieć uczucia, jakie go ogarniały. Miał wrażenie, że powinien płakać, choć wcale nie miał na to ochoty. W jego umyśle stała się dowodem nie tyle na zbrodnię, ile na to, czym stał się świat. Jej śmierć nie stanowiła początku śledztwa, a jego zakończenie. Dane były niejednoznaczne. Co się wydarzy, gdy powstaniesz? Zostaniesz ścięty.

– Czy możemy zadać panu kilka pytań dotyczących zabitej, doktorze Meng?

– Oczywiście.

– Jak długo ją pan znał?

– Dwa i pół roku.

– W jakim charakterze?

– Pracowała jako badaczka w moim laboratorium. Hm. Będę musiał dopilnować, żeby zebrać wszystkie jej wyniki. Czy mogę to sobie zanotować? Czy powinienem poczekać do zakończenia przesłuchania?

– To nie jest przesłuchanie, proszę się nie krępować.

– Dziękuję. – Praks wyciągnął swój ręczny terminal i dodał wpis do listy zadań na rano. Przez chwilę myślał, że coś jest nie tak z wyświetlaczem, ale dotarło do niego, że trzęsie mu się ręka. Wcisnął terminal z powrotem do kieszeni. – Dziękuję – powtórzył.

– Wie pan może, kto mógł jej to zrobić? Albo z jakiego powodu?

Zrobiła jej to Wolna Flota, pomyślał Praks. *Zrobili to, ponieważ próbowała się im sprzeciwić. Robiła to, bo ludzie cierpią i umierają z głodu, a może wcale nie muszą, bo miała możliwość zrobienia czegoś, co być może sprawiłoby różnicę. Dowiedzieli się i ją zabili. Tak jak zabiliby mnie, gdybym zaczął im sprawiać problemy.*

Popatrzył w pytające oczy ochroniarza. *Tak jak zabiliby i ciebie*, pomyślał.

– Ma pan coś do powiedzenia w tym temacie, proszę pana? Pomocny może być każdy drobiazg.

– Nie – odpowiedział Praks. – Nie mam żadnych informacji.

ROZDZIAŁ CZTERNASTY

FILIP

Doki stacji Ceres zajmowały, z grubsza rzecz ujmując, szeroki pas tytanu i ceramiki, biegnący wokół jej równika. Ruch karłowatej planety utrudniał dokowanie, ale gdy zaciski już się zamknęły, statki korzystały z ciążenia wynoszącego 0,3 g nawet po wyłączeniu silników. A przy tak dużym promieniu obrotu siła Coriolisa była praktycznie niezauważalna. *Pella* powinna sprawiać wrażenie, jakby leciała z umiarkowanym ciągiem i nic więcej, ale coś nie dawało Filipowi spokoju. Wrażenie, że coś jest nie tak ze statkiem albo z nim.

Dwa razy przemknął do ambulatorium i przeprowadził na sobie badania diagnostyczne, a potem skasował wyniki po ich odczytaniu. I tak niczego nie pokazały. Ale może był po prostu tak przyzwyczajony do życia w ciągu, że wystarczyła nieznaczna składowa ruchu obrotowego, by wzbudzić jego niepokój. A może chodziło po prostu o to, że poza nim statek był pusty. Niewielka, irytująca część jego umysłu nieustannie sugerowała, że miało to jakiś związek z zastrzelonym przez niego człowiekiem, ale to nie miało żadnego sensu. Wraz z ojcem zabił miliardy. Zastrzelenie jednego człowieka – kogoś, kto nawet nie umarł – było dla niego niczym. Musiało chodzić o siłę Coriolisa.

Ojciec bardzo jednoznacznie wyjaśnił Filipowi, że jego świat kończy się na śluzie. *Pella* i wszystko na pokładzie pozostawało takie same jak zawsze, ale stacja Ceres była gorsza od próżni. Sprawiedliwie czy nie, Filip do końca życia miał zakaz wstępu na stację. Takiego targu Marco dobił z gubernatorem SPZ, Dawesem. Pozostali brali aktywny udział w ewakuacji, ale Filip mógł tylko patrzeć. Chodził więc korytarzami, wspinał się w górę i w dół szybu windy, spał, jadł, ćwiczył i czekał, podczas gdy tuż po drugiej stronie śluzy najlepiej znani mu ludzie ogołacali Ceres do ścian. Gdyby mógł, pomagałby im w tym. Może po prostu o to chodziło. Może doskwierał mu fakt, że zostawiono go na uboczu, pozwalając odpoczywać, podczas gdy inni wykonywali pracę, która mu się nie podobała. To wydawało się bardziej prawdopodobne od Coriolisa. Albo postrzelonego przez niego mężczyzny.

Tak naprawdę nie pamiętał za wiele z tego zdarzenia. Był w towarzystwie kilkunastu osób z Wolnej Floty i miejscowych sympatyków. Według starych praw był wciąż zbyt młody, by odwiedzać bary i burdele, ale był Filipem Inarosem i nikt nie zasugerował, żeby wyszedł. Grała muzyka. Tańczył z miejscową dziewczyną, podziwiał jej tatuaże, kupował drinki. I pił równo z nią, drink do drinka. Widział, że się jej podoba. I nie miało znaczenia, że muzyka była za głośna na rozmowę. Widział.

Tylko że tak naprawdę nie tyle była zainteresowana nim, a historią o tym, kim jest. Syn Marco Inarosa. Ostrzegał go Karl, ostrzegał Marco. Niektórych ludzi będzie przyciągać to, czego się od niego spodziewali. Musiał uważać, by zawsze pamiętać, kim jest jego rodzina, nie pozwolić się uwieść ani naciągnąć. Wolna Flota miała teraz władzę, ale na Ceres wciąż byli ludzie przynajmniej częściowo lojalni wobec starych czasów.

Z naszymi wrogami przynajmniej wiesz, na czym stoisz, powiedział ojciec, gdy przybyli na Ceres. *Nikomu nie możesz ufać mniej niż pół-Pasiarzom.* Marco nie powiedział tego wprost, ale miał na myśli matkę Filipa i podobnych jej ludzi. Pasiarzy, którzy pozwolili się odciągnąć od Pasa i przekabacić protekcjonalnym Ziemianom pokroju Freda Johnsona, udającym, że ich los jest im bliski. *Umiarkowane SPZ* było po prostu innym sposobem powiedzenia *zdrajca*. Tak więc Filip wiedział, że nie może ufać dziewczynie nawet, gdy z nią pił. Pił za dużo. Kiedy wyszła, nic mu nie mówiąc, poczuł się upokorzony i zły. A potem coś się stało, nie potrafił sobie tego przypomnieć, został aresztowany przez ochronę Ceres i zadzwonił jego ojciec. Co znowu było upokarzające.

Nie rozmawiali ze sobą, właściwie nie. Marco rozkazał mu zostać na statku, więc na nim został. Może nigdy więcej nie będą o tym rozmawiać, może ten temat jeszcze wróci. Może to niepewność tego faktu sprawiała, że czuł się tak niewłaściwie. Nie wiedział. Nie znosił tej niewiedzy.

Usiadł na stanowisku działonowego, połączył ekran ze swoim terminalem i zaczął przeglądać kanały. Mężczyzna stojący pod flagą SPZ w starym stylu krzyczał o tym, jak to Wolna Flota stanowi ostatnią, największą nadzieję Pasa na wolność. Coyo o szczupłej twarzy siedzący za blisko kamery mówił w urywanym farsi o skutkach przerwania dostaw materiałów biologicznych z Ziemi. Jakaś wysokiej klasy pornografia z seksem odbywającym się w pomieszczeniach wyglądających na zakład oczyszczania wody i hotelowe lobby. Jeden ze starych filmów Sabbu Re, w którym walczył przeciwko Sanjitowi Sangremu jeszcze w czasach, gdy ten drugi wyglądał groźnie. Szum. To wszystko było tylko szumem i obrazami, a Filip pozwalał im się omywać, nie rejestrując, co przyjmuje. Impresjonistyczne poczucie przemocy i zwycięstwa, z nim i ojcem na czele tego wszystkiego. Podniecenie i złość połączone ze złożonością starego sposobu życia odchodzącego w mrok.

Kiedy wyłączył głośniki, *Pella* zrobiła się cicha w sposób, który nigdy nie był całkiem bezdźwięczny na statkach. Silnik był wyłączony, więc nie wyczuwało się niskiego buczenia lub okazjonalnych sprzężeń, stanowiących tło jego zwykłego życia. Ale złącza pokładów wciąż stukały i szemrały w miarę ogrzewania się i chłodzenia płyt. Wymienniki powietrza syczały, szumiały i znowu syczały. Więc może po części stąd brał się jego niepokój. Odgłosy statku lecącego z ciągiem tak bardzo nie przypominały dźwięków statku w doku, że zmieniła się delikatna muzyka tła jego życia, wzbudzając w nim nerwowość. Napięcie w żołądku, niecierpliwość przypominająca swędzenie duszy, od czego czuł dyskomfort niezależnie od pozycji, w jakiej stał lub siedział. Nieznaczny ból szczęk i ramion. Może były po prostu naturalną reakcją przywykłego do ruchu człowieka w sytuacji, gdy zmuszono go do pasywności. To wszystko. Nic więcej.

Przyjdź do mnie, powiedziała jego matka, *zanim się zabijesz.*

Wstał, gestem wyłączył kanały i ruszył w stronę siłowni. W byciu samym dobre było to, że nikt nie używał znajdującego się tam sprzętu. Odpuścił sobie rozgrzewkę, po prostu ściągnął w dół pasy oporowe, przypiął się i zaczął ciągnąć. Napawał się tym, jak uchwyty wbiły się w jego dłonie, napawał się poczuciem protestu naciąganych i rozdzieranych mięśni, z każdym drobnym urazem zmuszającym je do odrastania silniejszymi. Między powtórzeniami włączył jakąś muzykę – głośną, agresywną dai-bhangra – tylko po to, żeby przerwać w połowie następnej serii i ją wyłączyć.

Wszystko, czego chciał, złościło go, gdy tylko to dostał. Zastanawiał się, czy z dziewczyną poczułby to samo. Gdyby została i gdyby się pieprzyli, czy potem chciałby, żeby zniknęła. Wyłączyła się jak muzyka. Nie wiedział, czego potrzebował, by poczuć się właściwie. Choć nie zaszkodziłoby zabranie się w cholerę z Ceres.

Najpierw usłyszał głosy, głośne, rozbawione i znajome jak zupa chlebowa Tíi Michelle. Karal i Sárta, Skrzydlaty oraz Kennet i Josie. Załoga wracająca na pokład. Zaczął się zastanawiać, czy ojciec już przyszedł i jaką chciałby usłyszeć odpowiedź.

– Bist bien – rzucił Skrzydlaty. – Just trochę dłużej.

Starszy mężczyzna zachwiał się trochę, wchodząc do siłowni. Włosy miał odgarnięte na boki, jak zawsze, ale tym razem były trochę mniej zadbane niż zwykle. Tak naprawdę miał na imię Aleks, ale ktoś zaczął go nazywać Skrzydlatym z powodu fryzury i tak się już przyjęło. Oczy miał różowe, przekrwione, szedł trochę zbyt luźno i niepewnie. Pod pachą niósł fioletową torbę.

– Filipito! – powiedział, podchodząc do niego. – Bila a ti, tak.

– No to mnie znalazłeś – odpowiedział Filip. – Czyli geht gut, nie?

– Tak, jasne, jasne – powiedział Skrzydlaty, nie słysząc jadu w słowach Filipa. Usiadł na pokładzie i przyglądał się zaczerwienionymi oczami, jak Filip napiera na taśmy, drżąc przy tym z wysiłku. – Zrobione. Alles complét. Wszyscy wracają do domu, żeby... żeby przenocować. Albo... nie nocować. Odlecieć, sa sa? Lecimy w wielką, wielką pustkę.

– Świetnie – odpowiedział Filip.

Wykonał ostatnie odciągnięcie z zestawu, utrzymując napięcie długo i ostro, aż jego ręce zadrżały, zapiekły i zawiodły. Taśmy odskoczyły kilka centymetrów, a potem zwisły i się uniosły. Filip ścisnął pięści. Skrzydlaty wyciągnął przed siebie torbę.

– Twoja – powiedział.

Filip popatrzył na torbę, a potem na Skrzydlatego, który potrząsnął nią gestem znaczącym *weź ją*. Wyglądała na plastikową, ale w dłoniach Filipa sprawiała wrażenie papieru i tak też się składała. Cokolwiek było w środku, poruszyło się, bezwładne i ciężkie jak martwe zwierzę.

– Nie ma sensu zostawiania czegoś dla pinché wewnętrznych – rzucił Skrzydlaty. – Konfiskujemy wszystko na stacji. Wszystko, co nie jest przymocowane na stałe, i połowę tego, co jest. Tylko że tu es lá, pomyślałem o tobie. Nie?

Otworzył torbę. Coś ciemnego i nierównego, równocześnie regularnego i nieregularnego. Wyciągnął zawartość z torby i rozłożył ciężki materiał. Nie przypominał niczego, co wcześniej widział. Wyciągnął go przed sobą.

– To... kamizelka? – zapytał.

– Dla ciebie – oświadczył Skrzydlaty. – To skóra. Alligát. I to prawdziwa. Z Ziemi. Zabrałem ją z drogiego sklepu w dzielnicy gubernatora. Bardzo bogaty. Dla ciebie tylko to, co najlepsze, nie?

Filip dał się ponieść pokusie powąchania materiału, przystawiając do nosa łuski martwego zwierzęcia i wciągając powietrze. W skórze było coś subtelnego i bogatego – nie była słodka ani kwaśna, a bogata i głęboka. Założył ją, osadzając masę na wilgotnych od potu ramionach. Skrzydlaty zaklaskał radośnie.

– Wiesz, ile esá kosztuje? – zapytał. – Więcej kasy, niż ty czy ja moglibyśmy zobaczyć przez pięć lat. Za to. Po prostu za to. Jakiś pinché wewnętrzniak mógłby sobie latać po Pasie, nosząc to tylko po to, żeby pokazać, że on może, a my nie, co nie? Ale teraz jesteśmy Wolną Flotą. Nie ma nikogo lepszego. Nikogo.

Filip poczuł uśmiech na ustach, ostrożny jak podmuch wiatru. Wyobraził sobie siebie w barze teraz, w tej skórzanej kamizelce jak najbogatszy z bogatych z minionych czasów. Skrzydlaty miał rację, było to coś, czego nie mógł mieć żaden Pasiarz. Symbol wszystkiego, co Ziemia stosowała, by przypomnieć im, że byli kimś gorszym. Małym. Niewiele wartym. Tylko kto to teraz miał?

– Aituma – powiedział Filip.

– Proszę. Proszę bardzo – odpowiedział Skrzydlaty, gestem zbywając wdzięczność Filipa. – Rzecz dla ciebie, przyjemność dla mnie. Dobra wymiana à alles.

– Ile to kosztowało w reál? – zapytał Filip, częściowo, by dać Skrzydlatemu okazję do pochwalenia się, częściowo, by móc to samemu zrobić później. Tylko że Skrzydlaty położył się na pokładzie, osłaniając oczy rękami.

Wzruszył ramionami.

– Nic. Wszystko. For for? Sklep zamknięty. Przecież nie przyjdzie następna dostawa, nie? Esá es ostatnia skórzana kamizelka z Ziemi. *Koniec.*

***

Wolna Flota opuściła stację Ceres jak zarodniki wyrzucane przez grzyba. Smugi z silników rozjarzyły się, rozbłysły i zgasły ponownie jak widziane przez Filipa nagrania świetlików na Ziemi. Jeśli na Ziemi wciąż były jeszcze jakieś świetliki.

I choć każdy okręt Wolnej Floty zabierał ku bezpieczeństwu trochę cywilów, zdecydowanie nie byli jedynymi odlatującymi. Gdy tylko Marco ogłosił swoje plany, do ucieczki zaczęła się szykować fala cywilnych uchodźców. Skoczki skalne, jednostki poszukiwawcze i gówniane, a wpół legalne statki transportowe zostały zapełnione po sufity ludźmi desperacko pragnącymi wydostać się z wielkiego miasta Pasa, zanim wpadnie z powrotem w ręce Ziemi i Marsa. A pośród tego wszystkiego wielka wirująca smuga wody i lodu z opróżnianych zbiorników. Zapasy cieczy oddalały się od stacji, wirując, na krótko przypominając ramiona galaktyki, a potem rozproszyły się w bezkresną czerń i pustkę Pasa. Lód utracony pośród stałego blasku gwiazd.

Doki zostawili zrujnowane. Reaktory zostały wyłączone, a potem uszkodzone lub rozebrane na części. Rozmontowano sieć zasilania i systemy metra. Sieć obronna została wyłączona, z otwartymi i pustymi magazynkami. Z nadajników i czujników wymontowano wszystkie przydatne części, a resztę stopiono na żużel. Ośrodki medyczne ograbiono i opróżniono, zostawiając tylko tyle, by zapewnić opiekę już leczonym tam pacjentom. Zabranie *tych* środków, powiedział Marco, byłoby okrutne.

Z sześciu milionów mieszkańców Ceres może półtora miliona zdoła uciec przed przybyciem wroga. Pozostali zostaną w powłoce z kamienia i tytanu o możliwościach podtrzymywania życia niewiele większych niż pierwotna asteroida.

Jeśli Ziemia skupi się na odbudowie układów, będzie potrzebować wielu lat na doprowadzenie stacji do pierwotnego stanu, unieruchamiając przy tym swoje siły jak owady przebite szpilkami. Jeśli Ziemia zajmie się ściganiem i atakowaniem Wolnej Floty, będą strzelać do statków niosących uchodźców. Jeśli porzucą stację, miliony Pasiarzy zginą pod ich pieczą, przez co wszyscy wciąż stojący po stronie starego porządku przejdą na stronę nowego. Cokolwiek zrobią, będzie to zwycięstwem Wolnej Floty. Nie mogli wygrać. Taki był geniusz Marco.

Na *Pelli* sytuacja bardzo szybko wróciła na zwykłe tory, choć Filip dostrzegał teraz pewne różnice. Sposoby, na jakie stacja Ceres ich zmieniła. Po pierwsze, mieli lepszy alkohol. Jamil miał pełną kabinę butelek w polerowanych skrzynkach z prawdziwego drewna. Same opakowania kosztowałyby więcej, niż Filip mógłby zarobić przez trzy lata, nie mówiąc już o spoczywającej w środku whiskey. Dina wróciła z garścią ręcznie malowanych szali z jedwabiu, skonfiskowanych z posiadłości Ziemianki, i nosiła je jak ptak dumny ze swoich piórek.

Wszyscy nosili ozdoby ze złota, diamentów i perydotu, ale najlepszy był bursztyn. Wszystkie inne klejnoty i biżuterię można było potencjalnie zrobić z surowców Pasa, ale bursztyn wymagał drzew i kilku milionów lat. Ten jeden kamień świadczył o Ziemi i noszenie go dowodziło tego, kim się stali, bardziej niż wszystkie perfumy, przyprawy i skórzane kamizelki. Luksusy, dla których Ziemia i Mars skrwawiały Pas, należały teraz do Wolnej Floty. Sprawiedliwie trafiły z powrotem w ręce Pasa.

Wszystko byłoby doskonale, gdyby nie jego ojciec.

Od chwili, gdy Marco wrócił na okręt z Rosenfeldem przy boku, Filip zaczął ich unikać. Po pierwszych kilku dniach lotu z ciągiem uświadomił sobie, że czeka na wezwanie. Leżąc na pryczy i próbując spać, Filip wyobrażał sobie siebie pod ciężarem spojrzenia ojca, wezwany, by uzasadnić wszystkie swoje działania na Ceres. Mrucząc cicho pod nosem, tak by nikt przechodzący go nie usłyszał, powtarzał sobie to wszystko, co miał do powiedzenia. To była wina ochroniarza. Było to porażką Filipa, który dał się ponieść poniżeniu z powodu braku szacunku miejscowej dziewczyny. To był wypadek. To było uzasadnione. Obraz dziewczyny z klubu powoli zmieniał się w myślach Filipa, aż w końcu stała się kimś w rodzaju ucieleśnienia diabła. W powtarzanych nieustannie na nowo wersjach historii ochroniarz stawał się patałachem i durniem, prawdopodobnym sympatykiem planet wewnętrznych.

Kiedy nadeszła wreszcie konfrontacja, której tak się obawiał, w niczym nie przypominała tego, czego się spodziewał. Późnym wieczorem otworzyły się drzwi jego kabiny i Marco wszedł do środka równie swobodnie, jak do własnego pokoju. Filip usiadł, mruganiem próbując pozbyć się snu, a ojciec usiadł w nogach jego pryczy. Silnik przyciskał go w dół z łagodną jedną czwartą g. Machnął ręką, a system zapalił światło.

Marco nachylił się, splatając palce. Włosy zebrał w wysoki, ciasny kucyk, który mocno naciągał mu skórę na skroniach. Policzki pociemniały od lekkiego zarostu, a oczy wyglądały na zapadnięte o kilka milimetrów. *Melancholijny*, pomyślał Filip. Wiedział, że ojciec czasem zamykał się w sobie i tak właśnie wtedy wyglądał. Filip podciągnął nogi, przyciskając kolana do piersi, i czekał.

Marco westchnął. Kiedy się odezwał, mówił z wyraźniejszym niż zwykle akcentem.

– Pozory – powiedział. – Savvy? Wojna y polityka y pokój i wszystko między nimi? Wszystko sprowadza się do pozorów.

– Jeśli tak mówisz.

– Opuszczenie Ceres było słuszne. Sprytne. To genialny ruch. Wszyscy tak mówią. Ale wewnętrzni. Ta stara suka na Ziemi i nowa na Marsie – one mówią coś innego. Nazywają to ucieczką, nie? Wycofaniem. Zwycięstwem z Wolną Flotą i wszystkim, co ona oznacza.

– Tak nie będzie.

– Wiem. Ale będę musiał to udowodnić. Zrobić demonstrację siły. Nie mogę... – Marco znowu westchnął i odchylił się do tyłu. Jego uśmiech świadczył o zmęczeniu. – Nie mogę pozwolić im dyktować tempa.

– Nie możesz, więc tego nie rób – odezwał się Filip.

Marco się zaśmiał. Ciepły, głęboki dźwięk. Położył dłoń na kolanie Filipa, ciepłą i szorstką.

– Ach, Filipito. Mijo. Jesteś jedynym, z którym mogę jeszcze otwarcie rozmawiać.

Serce Filipa nabrzmiało w piersi, ale nie pozwolił sobie na uśmiech. Kiwnął tylko poważnie głową, jak dorosły mężczyzna i doradca wojskowy. Marco na chwilę zamknął oczy i oparł się plecami o ścianę. Wyglądał wtedy na wrażliwego. Wciąż był jego ojcem, wciąż przywódcą Wolnej Floty, ale także człowiekiem, zmęczonym i odsłoniętym. Filip nigdy nie kochał go bardziej.

– No to – odezwał się Marco – tak zrobimy. Pokaz siły. Pozwolimy im zająć stację, a potem pokażemy, że nic przeciw nam nie wygrali. To nie takie trudne.

– Wcale – potwierdził Filip, a Marco wstał i zrobił krok w stronę drzwi. Kiedy zaczął wychodzić na korytarz, Filip znowu się odezwał. – Chciałeś jeszcze o czymś rozmawiać?

Marco obejrzał się na niego z uniesionymi brwiami, zaciskając wargi. Przez chwilę się sobie przyglądali. Filip słyszał bicie swojego serca. Wszystkie powtarzane wielokrotnie teksty wyparowały pod spojrzeniem łagodnych, brązowych oczu ojca.

– Nie – powiedział Marco i wyszedł.

Drzwi zamknęły się z kliknięciem, a Filip opuścił głowę na kolana. Jego błąd na Ceres zniknął. Został zapomniany. Rozlewającą się na całe ciało ulgę skaziło lekko rozczarowanie, którego nie potrafił sobie wyjaśnić. Prawie zabił człowieka, ale to nie szkodzi. Nie wynikło z tego nic złego. Było to prawie równie dobre jak wybaczenie.

Ktoś powinien był do tego nie dopuścić, w jego wspomnieniach wyszeptała matka.

Filip odsunął od siebie tę myśl, z powrotem zgasił światło i czekał na sen.

ROZDZIAŁ PIĘTNASTY

PA

Kredka świecowa pierwotnie miała służyć do oznaczania pokładów podczas budowy, więc w pewnym sensie Michio wciąż używała jej zgodnie z przeznaczeniem. Oznaczenia nie dotyczyły śledzenia stanu magazynowego ani wykonanych kontroli, a to, co budowała, nie było statkiem, ale mimo wszystko. Na ścianie swojej kabiny wyrysowała długi prostokąt w miejscu, gdzie zwykle trzymała zawieszoną litografię. Oryginalny druk Tabithy Toeavy ze strukturami sztucznych korali. Element jej serii *Sto aspektów Europy* stał teraz na jej pryczy przeciążeniowej, jakby ją obserwował.

Po jednej stronie ściany Michio wypisała wszystkie większe osiedla planet zewnętrznych: Ceres, Pallas, Vesta, Japet, Ganimedes i tak dalej. Niektóre znajdowały się na księżycach, niektóre w tunelach wyeksploatowanych asteroid, a kilka – jak stacja Tycho, kompleks Shirazi-Ma, Coldwater i Kelso – było wirującymi stacjami swobodnie unoszącymi się w przestrzeni. Zaczęła wypisywać to, co jej zdaniem było tam potrzebne: woda tam, gdzie nie było lokalnego lodu, złożone materiały biologiczne wszędzie poza Ganimedesem, materiały konstrukcyjne, żywność, zaopatrzenie medyczne. Gdy tekst zrobił się zbyt gęsty, by go odczytać, starła ścianę kantem dłoni. W miejscu tekstu zostały smugi.

W środkowej kolumnie statki kolonizacyjne przejęte przez nią i jej flotę: *Bedyadat Jadida* z Luny. *John Galt* i *Mark Watney* z Marsa. *Helen R.* i *Jacob H. Kanter*, sponsorowane przez Kongregację Ner Shalom. *San Pietro*, sponsorowany przez DeVargas Corporation. Działające niezależnie *Caspian, Hornblower* i *Zimorodek.* Wszystkie załadowane wyposażeniem potrzebnym do założenia osiedli na wrogich planetach. Niektóre miały go zaledwie tyle, by wystarczyło na mały ludzki przyczółek, inne mogły utrzymać setkę ludzi przez trzy lata. Wystarczająco, by utrzymać

Pas przy życiu dostatecznie długo, by uniezależnił się od Ziemi i Marsa. Być może.

Z przeciwnej strony jej flota. *Serrio Mal* pod dowództwem Susanny Foyle, *Panshin* dowodzony przez Ezio Rodrigueza, *Wiedźma z Endoru* Carla al-Dujaili i tak dalej. Każdy z własnym oddziałem abordażowym. Wszystkie pod jej rozkazami, i pozostanie tak do chwili, gdy stanie się jasne, że znowu zrobiła się niezależna. A wtedy... cóż. Wtedy będzie wtedy.

Ścisnęła kredkę i puściła ją. Usłyszała ciche stuknięcie, gdy oderwała się od jej palców, a potem drugie, jakby ktoś zapukał w drzwi. Z każdą rysowaną kreską przemieszczał się strach w jej piersi. Nie opuszczał jej – nie było to nic aż tak prostego – ale zamiast ostrego, jaskrawego i bolesnego strachu jej serce złożyło się w sobie i pozwoliło, by opadły z niego pokłady porażek i cierpień całego życia. Przynajmniej na trochę. Uczucie było podobne do wejścia na bieżnię i znalezienia idealnego rytmu. Takiego, który zbierał w jedno jej oddech, ciało i myśli, stopując czas.

Kiedy zaczynała, prawie miała nadzieję znaleźć powód, który uniemożliwiłby jej przeprowadzenie swojego buntu. Teraz, gdy się zaangażowała, zapomniała o wątpliwościach. Gdzieś po drodze przeszła od zastanawiania się, czy powinna, do rozważań nad sposobem wykonania. Do chwili, gdy Nadia się odezwała, Michio nawet nie zdawała sobie sprawy z jej obecności.

– Bertold wciąż nie pozwala ci korzystać z systemu?

Michio westchnęła i pokręciła głową.

– Chce, żeby do czasu oderwania się w komputerach nie było żadnego śladu. Ma gotowe do aktualizacji lokalne systemy obronne, ale wiesz, jak to jest. Lepiej nie odsłaniać naszych kart.

– Myślisz, że Marco tak ściśle monitoruje statek?

– Nie – odparła Michio. – Nie wiem – poprawiła się po chwili. – Może. Nic nie szkodzi. Jakaś część mnie lubi pracować w ten sposób. Tak jest bardziej... sama nie wiem. Namacalnie?

– Widzę – skomentowała Nadia. – Zbliżamy się.

– Nie chcę opóźnienia większego niż sekunda świetlna – stwierdziła Michio. – Nie mogę tego zrobić, opierając się na wymianie wiadomości. Muszę móc *rozmawiać*.

– Zbliżamy się – powtórzyła Nadia głosem niższym o pół tonu. Zrozumiała.

Michio znowu ścisnęła kredkę i rozluźniła palce. Tyk.

– Ile jeszcze?

– Do wieczora – odparła Nadia.

Podeszła bliżej, przyglądając się ścianie i napisom. Była o pół głowy niższa od Michio, a na jej skroniach pojawiły się już pierwsze smużki bieli. Westchnęła i kiwnęła głową.

– Sprawdzasz mnie? – zapytała Michio, lekko się przekomarzając.

– Tak – potwierdziła Nadia poważnie. – Sytuacja już wcześniej była złożona, a teraz skomplikujemy ją jeszcze bardziej. W takich czasach sprawdzamy już sprawdzone uszczelki.

Michio usiadła na pryczy przeciążeniowej i pozwoliła żonie skontrolować listę statków i stacji. Nadia oparła zaciśnięte w pięści dłonie na biodrach i wydawała ciche dźwięki z głębi gardła. Michio miała wrażenie, że to odgłosy aprobaty. Byłoby łatwiej, gdyby mogła skorzystać z systemów statku do wykreślenia tego wszystkiego, umieścić każdą jednostkę z wektorem na jednej powierzchni. Nawet z zapisaną ostrożnie całą ścianą istniały inne listy – dużo dłuższe – krytycznie istotnych informacji. Okręty pod bezpośrednią kontrolą Marco. Elitarna gwardia trzymana w rezerwie przez Rosenfelda. Tysiące kontenerów z zaopatrzeniem z Pallas, Vesty i Callisto, które zostały już rozesłane pod opiekę olbrzymiej pustki. Michio rozciągnęła plecy w jednej trzeciej g hamowania, czując ból między żebrami.

– Ukradniemy to wszystko? – zapytała Nadia.

– Kiedy porozmawiam z Carmondym – odparła Michio. – Jeśli ruszymy coś wcześniej, sam Najwyższy może zauważyć. Jeśli później, może zostać ostrzeżony.

– Ach, Carmondy. – Nadia westchnęła. – To mnie niepokoi.

– Mnie też – przyznała Michio.

Nadia odwróciła się do niej od ściany. Wrażenie sprawdzania błędów nie zniknęło.

– Co cię niepokoi? – zapytała Nadia.

Michio kiwnęła w stronę ściany.

– To wszystko. Zrobienie tego, co zamierzam.

– Nie uważasz, że to słuszne?

– Nie wiem, czy to ma znaczenie. To znaczy, Marco robi to, co uważa za słuszne. Tak samo Dawes i Ziemia. Wszyscy robią to, co uważają za słuszne, i powtarzają sobie, że kierują się moralnością i mają dość siły, żeby zrobić to, co konieczne, choć może się to wtedy wydawać straszne. Za każdą wyrządzoną nam potwornością stał ktoś, kto uważał, że jego działania są usprawiedliwione. A teraz ja. Kierująca się moralnością osoba z siłą, by zrealizować swoje plany. Ponieważ to usprawiedliwione.

– Ach – rzuciła Nadia. – Nie spodziewasz się, żeby Carmondy do nas dołączył.

– Owszem. A potem myślę, że będę musiała zrobić z niego przykład, żeby inni potraktowali mnie poważnie.

– Kiepska to królowa piratów, która zostawia po sobie ocalałych – skomentowała Nadia. – Choć mylisz się w jednej sprawie. Nie wszystkie złe czyny zostały popełnione przez prawych. Niektórzy ludzie robią złe rzeczy z czystej przyjemności. Ale nie to mnie niepokoi.

Michio uniosła dłonie w pytaniu.

– Praca z Carmondym – wyjaśniła Nadia. – Nie wiem, o co dokładnie chodzi, ale ten człowiek mnie irytuje.

Ich terminale zadźwięczały równocześnie w reakcji na nadchodzące połączenie od Laury na kanale tylko dla rodziny. Nadia kiwnęła głową do Michio, żeby odebrała, i usiadła tak, by obie widziały ekran. Laura była na mostku, blask z ekranu oświetlał jej policzki i tańczył w oczach. Z boku pojawiły się ikony wszystkich oprócz Nadii.

– O co chodzi? – zapytała Nadia.

– Właśnie dotarły wieści – oznajmiła Laura. – Wewnętrzni mają Ceres. Wygłaszają oświadczenie.

Przez chwilę wszyscy milczeli. Świadomość tego, co nadciągało, osłabiło uderzenie, ale Michio i tak poczuła je w trzewiach.

– Puść nagranie – powiedziała.

Laura przytaknęła, nachyliła się do pulpitu i zniknęła z ekranu. Zamiast niej pojawiło się nagranie. Okręty wojenne Ziemi i Marsa zadokowane w porcie Ceres. Ten widok był dezorientujący przez nałożenie dwóch obrazów, które kompletnie do siebie nie pasowały. Choć wiedziała, że to zobaczy, uczucie i tak było silne.

– ...szacunkowo cztery i pół miliona, z zapasami wystarczającymi na utrzymanie życia na stacji przez najwyżej dwa tygodnie. Połączona flota opracowuje obecnie strategie obejmujące racjonowanie żywności i wezwanie o dostawy żywności i wody z innych stacji Pasa oraz systemu Jowisza.

Obraz zamigotał i zniknął, wyraźnie niewprawnie edytowany przez amatora. Na ekranie pojawiła się jego twarz. Fred pieprzony Johnson. Michio poczuła ściśnięcie żołądka. Czyli tak chcieli to rozegrać. Wyciągnąć Ziemianina, żeby przemawiał w imieniu Pasa. Znowu. Miał łagodne, głębokie i pełne smutku spojrzenie. Krótko przycięte siwe włosy. Na ciemnym tle skóry policzków odcinał się jasny zarost. Tekst u dołu ekranu przedstawił go jako Freda Johnsona – przedstawiciela SPZ / Tycho Manufacturing.

Nie pułkownika Freda Johnsona. Nie Rzeźnika Stacji Anderson. Oportunistę. Twarz Pasa, gdy to Ziemia trzyma kamerę.

– Michi?

– Nic mi nie jest.

– Kultura planet zewnętrznych – rozpoczął Johnson – zawsze opierała się na wzajemnym wsparciu. Warunki na pokładach statków i stacji zawsze zmuszały ludzi do maksymalnej pomysłowości i kompetencji. Podczas wielu, wielu lat, przez które pracowałem z Sojuszem Planet Zewnętrznych, nigdy nie widziałem większej zdrady tego etosu niż teraz.

– Masz rację – rzuciła Michio. – Nie czuję się dobrze. Wyłącz to.

Nadia machnęła ręką w stronę ekranu i nagranie zgasło. Przez długą chwilę Michio stała bez ruchu. Nie pamiętała, kiedy zmiażdżyłą świecową kredkę, która teraz była tylko lepką masą w jej dłoni. Wzięła ręcznik z szafki i spróbowała wytrzeć sobie palce do czysta. Prycza przeciążeniowa za jej plecami poruszyła się pod ciężarem siadającej na niej Nadii. Gdy Michio odzyskała panowanie nad sobą, odwróciła się. Wiele lat bliskości pozwoliło jej odczytać z wyrazu twarzy żony całe mnóstwo spraw.

– Nie jest naszym naturalnym sojusznikiem – odezwała się Michio. – Wróg mojego wroga jest moim przyjacielem? To bzdura. Zawsze są więcej niż tylko dwie strony. Udawanie, że istnieje tylko jedna albo druga jest właśnie tym, co pozwoliło temu sukinsynowi dorobić się takiego znaczenia w SPZ przez tak długi czas.

– Wciąż je ma – zauważyła Nadia. – Niektórzy ludzie będą go słuchać. Ma statki.

– Zdobędę nam statki, nie potrzebujemy jego ochrony.

– Jeśli tak mówisz – rzuciła Nadia. – Ale może on potrzebuje naszych – zauważyła łagodniej.

– To duży chłopiec, może się sam o siebie zatroszczyć.

– Ale cztery i pół miliona. To mnóstwo ludzi.

– Ziemia chciała stacji. Mają ją. Niech się cieszą – rzuciła Michio, ale nawet dla niej samej w jej głosie brakowało przekonania. – Mogą się nią zająć.

– Będą potrzebować jedzenia. Wody.

Michio wskazała na wypisaną na ścianie listę. Palce miała ciemne od kredki.

– Każda baza na tej liście także będzie potrzebowała żywności i wody. Środków medycznych. Masy odrzutowej. Materiałów konstrukcyjnych. Wszystkiego. Wszyscy będą potrzebować wszystkiego. Nie zamierzam umieszczać Ceres na pierwszym miejscu listy. Mają pomoc.

– Zostali obrabowani – przypomniała Nadia. – Przez nas.

– Przez Marco.

Nadia uśmiechnęła się i spojrzała w lewo, jak robiła to, gdy była gotowa skończyć kłótnię, choć nie zgadzała się z rozmówcą. Michio nie potrafiła odpuścić. Słowa napierały na nią, jakby Nadia sama je powiedziała. Zapraszała ją do reakcji.

– Nie chodzi tylko o to, że to Fred Johnson – powiedziała.

– Jeśli Ceres zacznie głodować – podsumowała Nadia, kończąc pytanie tak, jakby było oświadczeniem.

– Dobrze – ustąpiła Michio. – Jeśli stacja Ceres zacznie głodować. Jeśli skończy im się woda. Pomogę mieszkańcom Ceres. Nie dla Johnsona, nie dla SPZ. Ale pomogę żyjącym tam ludziom.

Nadia kiwnęła głową, ale wciąż patrzyła w lewo, na pusty ekran, jakby był na nim jakiś obraz. Michio nawet się obejrzała, ale wyświetlacz był czarny.

– A Ziemia? – zapytała Nadia.

– Co z nią?

– Tam ludzie też głodują.

– Nie – zaprotestowała Michio. – Nie wyślę naszych zapasów na Ziemię. Mieli całe wieki, żeby nam pomóc, ale tego nie zrobili.

Uśmiech Nadii zrobił się odrobinę szerszy. Wstała, pocałowała Michio w policzek i wyszła. Chwilę później jej głos zabrzmiał na korytarzu, odpowiedział jej Evans. Życie na statku toczyło się dalej, nawet gdy wszystko wokół niego się zmieniało. Michio wróciła do swoich list, ale nie była już pewna, na co patrzy. Myślami wciąż wracała do łagodnych, zmęczonych oczu Freda Johnsona. *Nigdy nie widziałem większej zdrady tego etosu niż teraz.* Nachyliła się do przodu i paznokciem kciuka wydrapała prostą kreskę przez słowo *Ceres*. Pośrodku liter pokazała się szarość ściany. Ale go nie starła.

Kiedy osiem godzin później *Connaught* w końcu znalazł się w odległości sekundy świetlnej od *Hornblowera*, kanały informacyjne uzgodniły już swoje wersje historii o odbiciu Ceres. Zwrot *połączona flota* stał się czymś w rodzaju worka na różnorodne jednostki ziemskie i marsjańskie, zebrane tam w towarzystwie garstki różnych statków Pasiarzy. Przypominało to powrót do dni przed Erosem, gdy sojusz planet wewnętrznych wydawał się nie do rozbicia. Z pewnością wśród komentujących ze strony planet wewnętrznych była widoczna pewna nostalgia, ale raporty z Ziemi i Marsa wciąż lamentowały za złotym wiekiem ustawiania Pasiarzy na właściwym miejscu. W Londres Nova wybuchły zamieszki, uniemożliwiając rozpoczęcie sesji marsjańskiego parlamentu, a najlepsze wiadomości z Ziemi głosiły, że wskaźnik zgonów rośnie liniowo, a nie wykładniczo, z pewnymi nadziejami na wyhamowanie wzrostu, gdy najbardziej zniszczone i wrażliwe części globu zakończą umieranie.

Marco ucichł, choć zakładała, że pracowicie planuje następne kroki z udziałem jakieś części swojej kliki, do której ona nie należała. Co jej odpowiadało. Ostatnio miała dość spraw do przemyślenia.

Nagrała już wiadomość do podlegających jej kapitanów. Była gotowa do wysłania wiązkami kierunkowymi na jej rozkaz, a gdy zostanie wyemitowana, nie będzie już powrotu. Nic innego, nawet rozmowa z Carmondym, nie było aż tak nieodwracalne. Dlaczego więc wysłanie prośby o połączenie do *Hornblowera* tak bardzo przypominało wyjście ze śluzy?

Carmondy przyjął połączenie i na ekranie pojawiła się jego twarz wraz z ikoną oznaczającą szyfrowanie rozmowy. Twarz miał szeroką i spokojną. U innego człowieka mogła sprawiać wrażenia nieszkodliwości, ale Carmondy zabijał już ludzi na jej rozkaz. Nie dała się oszukać.

– Kapitanie – powiedział na przywitanie. – Zastanawiałem się, kiedy dostanę od pani jakieś wieści. Alles gut, tak?

– Przynajmniej alles ciekawe – odpowiedziała z uśmiechem Michio, który, ku jej zaskoczeniu, był w zasadzie szczery. – Choć pojawiły się pewne zmiany w planie. – Wiadomość dotarła do *Hornblowera* i wróciła. Sekunda w każdą stronę, przez co odpowiedź Carmondy'ego wydała się wyważona i przemyślana. Złudzenie wynikłe z odległości i ograniczenia prędkości światła.

– Słyszałem. Ceres. Cholerna sprawa.

– Tak – zgodziła się. – Ceres. I nie tylko ona. Wiem, że – technicznie rzecz biorąc – jest pan w strukturze dowodzenia Rosenfelda, ale zamierzam właśnie wydać panu i pańskim ludziom pewne rozkazy. Doceniłabym, gdyby je pan wykonał.

Jedna sekunda. Dwie. Brwi Carmondy'ego powędrowały do góry. Kolejna sekunda.

– Ciekawe, sa sa? Słucham.

Możesz się wycofać. Jeszcze tego nie powiedziałaś. Nie wie nikt, poza rodziną, a oni cię poprą, jeśli teraz się wycofasz. Z powrotem uwierzysz w Inarosa. Albo znajdziesz sobie innego Najwyższego, którego będzie można słuchać, bo to zawsze tak świetnie się sprawdzało.

– Przekierowuję *Hornblowera* na Reę. Zwolnić więźniów, rozprowadzić ładunek.

Jedna sekunda. Dwie. Czy tym razem to było trochę szybciej? Jak blisko były teraz ich statki?

– Rea nie jest jedną z naszych.

– Owszem, nie opowiedziała się po stronie Wolnej Floty – przyznała Michio. – Dlatego właśnie ją wybrałam.

Jedna sekunda. Tak, wiadomości zdecydowanie docierały teraz szybciej. Carmondy kiwnął głową i wciągnął powietrze przez zęby. Wysoki, syczący dźwięk i zmrużenie oczu. Patrzyła, jak zaczyna rozumieć, i czekała, by zobaczyć jego reakcję.

– Czyli bunt?

– To nie będzie mój pierwszy – stwierdziła z lekkością, której nie czuła. – Zabieram ze sobą tyle podlegających mi jednostek, ile zdecyduje się na ten ruch. Misja pozostaje bez zmian: przejmowanie statków kolonizacyjnych i wspieranie Pasa. Bez dryfu.

Przerwa zdawała się trwać w nieskończoność.

– Bez dryfu – powtórzył Carmondy i wzruszył ramionami. – Bien. Chce pani, żebyśmy go tam doprowadzili czy mamy wrócić na pokład?

W głębi mózgu Michio włączyły się alarmy. Coś tu nie pasowało. Pokręciła głową.

– Ach, Carmondy. Moglibyśmy być taką piękną parą. Wrócicie na pokład, wszyscy pańscy ludzie. Ale najpierw przyślecie broń i pancerze, a potem wrócicie dwójkami.

Przerwa.

– Och, pani kapitan, nie sądzę, żebym mógł się na to zgodzić.

– Mam dwie opcje – stwierdziła Michio. – Sprowadzenie na statek pana i pańskich ludzi, uzbrojonych i opancerzonych, bo jestem tak głęboko przekonana, że jest pan lojalny względem mnie, a nie Marco – nie jest jedną z tych opcji.

Przerwa. Uśmiech, który nie do końca potrafiła zinterpretować. Carmondy nachylił się w stronę kamery. Jego dłonie nie znajdowały się w prostokącie ekranu, ale wyobraziła sobie, że trzyma je złożone na stole. Kiedy się odezwał, jego głos był nadal przyjazny, ale trochę bardziej płaski.

– To que?

– Albo pan i pańscy ludzie przyjdziecie do mnie i wyślę zaopatrzenie do Pasa tak, jak obiecywaliśmy, albo zniszczę *Hornblowera* jako ostrzeżenie dla al-Dujaili i Foyle'a, że mówię poważnie.

Tym razem trwało to więcej niż dwie sekundy. Więcej niż trzy. Michio utrzymywała spokojny wyraz twarzy, choć jej serce waliło o żebra, jakby chciało się z nich wyrwać.

– Odpowiem tak – stwierdził Carmondy. – Skieruję ten pinché statek na Pallas. Pani poleci swoją drogą, ja swoją. Que zaszło między panią a Inarosem, zaszło między panią a Inarosem. Ale my się rozejdziemy, z honorem po obu stronach.

Tak samo pchało się na usta, gotowe do wypowiedzenia. Chciała to mieć za sobą, nie znosiła konfliktów. Jak, u diabła, wylądowała w samym jego środku?

– Nie – odparła. – Wasza broń i pancerze w paczce przez śluzę w ciągu godziny albo znowu zniszczymy *Hornblowera.* I tym razem na poważnie. – Wzruszyła ramionami. Czekała. Tym razem mniej więcej sekundę. Bliżej.

– Zabije nas pani, żeby dowieść swych racji?

– Zabiję, żeby później nie musiała zabijać nikogo więcej. Wolę być kochana niż wzbudzać strach, ale hej. Upadły świat.

Przerwa.

– Nie powstrzyma mnie pani przed przekazaniem wiadomości – zauważył Carmondy.

Michio westchnęła, przełączyła kanał i wysłała swoje nagranie. To, które zaczynało się od słów *Przyjęliście moje dowodzenie, kierując się lojalnością względem Pasa, i oczekuję, że w imię tej lojalności pozostaniecie.*

Postawiła kropkę. Jej czas z Marco Inarosem dobiegł końca. Michio Pa, kiedyś SPZ, kiedyś Wolna Flota, a teraz po prostu ona i jej okręt we wszechświecie aż nazbyt chętnym, by ją zniszczyć. Pomimo wszystkich czekających ją konsekwencji, pomimo całego bólu i straty, które właśnie zaprosiła do swojego życia, poczuła ulgę. Jakby znalazła się tam, gdzie powinna.

– Już wiedzą – stwierdziła. – A teraz, czy możemy przejść do tej części, w której się pan poddaje, czy będzie pan nalegał, żebym go zabiła?

ROZDZIAŁ SZESNASTY

ALEKS

– Ale poważnie – powiedział Arnold Mfume, jeden z zapasowych pilotów Freda Johnsona. – Użyłeś działa szynowego jako *napędu*? Żeby wyciągnąć statek z niestabilnej orbity?

Aleks wzruszył ramionami, ale i tak poczuł w piersi ciepły wykwit dumy.

– Naomi dokonała wszystkich obliczeń do tego – stwierdził. – Ja głównie pilnowałem *Rosa*, gdy wykonywał jej rozkazy. Ale... cóż, tak.

– To kurewsko szalone – Arnold skomentował ze śmiechem.

– Tak naprawdę nie mieliśmy żadnej innej opcji – powiedział Aleks. – W naszej sytuacji musieliśmy się posunąć do improwizowania, w taki czy inny sposób.

Siedząca po drugiej stronie stołu Sandra Ip uśmiechnęła się. Nie wiedział, czy to, że intensywnie patrzy mu w oczy, jest oznaką upojenia alkoholowego, początkiem zaproszenia erotycznego czy połączeniem tych rzeczy. Cokolwiek to oznaczało, on też się do niej uśmiechnął.

– Chciałbym tam być – rzucił Mfume.

– Szczerze mówiąc, ja wolałbym nie być – odparł Aleks. – Teraz, gdy jest po wszystkim, brzmi to wszystko o wiele lepiej. Wtedy było to bardziej coś z kategorii „o cholera, wszyscy zginiemy".

– Tym właśnie są przygody – skomentowała Bobbie, a leniwy uśmiech Ip przeniósł się na nią bez zmiany wyrazu. Czyli może po prostu się upiła. – Gówniane sytuacje, które później świetnie się opowiada.

– Słyszałem, że *ty* walczyłaś wręcz z żołnierzem protomolekuły – rzucił Mfume.

– To nawet nie jest dobra historia – zapewniła Bobbie.

Jej uśmiech sprawił, że słowa nie zabrzmiały zbyt niezręcznie, ale też jednoznacznie dała do zrozumienia, że nie będzie o tym rozmawiać. Mfume się poruszył i Aleks wyraźnie zobaczył w nim chęć drążenia tematu. Może rozwinięcia wypowiedzi, choćby odrobinę.

– Ale wiesz, jeśli chcesz rozmawiać o lataniu – odezwał się Aleks – powinieneś posłuchać, jak razem z Bobbie próbowaliśmy uciec przed Wolną Flotą.

– Jestem prawie pewna, że już to opowiadaliśmy – rzuciła Bobbie.

Aleks zamrugał i zajrzał do swojej szklaneczki. Miała rację. Opowiedział tę historię, a skoro o tym zapomniał, to może Ip nie była jedyną, która sporo wypiła.

– Racja – przyznał. – W takim razie jeśli chcesz rozmawiać o lataniu, powinieneś jeszcze się napić.

Podniósł rękę i odchylił się do tyłu, próbując zwrócić uwagę kelnera.

Niebieska Żaba była barem portowym i gdyby Aleks miał zgadywać, zapewne miewała już lepsze dni. Okrągłe stoły skupiły się grupami z większymi, wysokimi i świecącymi strukturami wyznaczającymi boksy, o które opierał się wraz z pozostałymi. Tyle że światła wyglądały na przybrudzone, a stół był wyszczerbiony. Ofertę baru wyróżniało nietypowe menu: jedzenie, napoje, farmaceutyki i seks. Pusta scena obiecywała muzykę na żywo, burleskę lub karaoke, tyle że później, nie teraz. Ale przede wszystkim miejsce miało specyficzną woń. Nawet nie można było o niej powiedzieć, że jest nieprzyjemna czy stęchła, po prostu zmęczona. Jak zużyty olej albo stara uszczelka.

Rozszerzona załoga *Rosynanta* rozproszyła się między stołami. Po prawej stronie Aleksa siedział Amos, szczerząc się jak nieco groźny Budda, obok Clarissa Mao, Sun-yi Steinberg i młody mężczyzna bez koszuli, który prawdopodobnie został zamówiony z menu. Po lewej Naomi i Chava Lombaugh pogrążyły się w ognistej rozmowie, podczas gdy Gor Droga i Zach Kazantzakis siedzieli wyluzowani, nie wtrącając się do niej. Przy pozostałych stołach dominowała mieszanina załóg ziemskiej i marsjańskiej floty. Świeżość ich mundurów i fryzur zdawała się nie na miejscu, jakby udzielali nagany wystrojowi tego miejsca, że nie stara się dostatecznie. Tu i ówdzie przysiedli miejscowi, wyglądali, jakby bronili pozycji przed oblężeniem. Ukradkowe spojrzenia rzucane przez mieszkańców Ceres nie zdawały się nieść gróźb, a raczej zdumienie. Muzyka dobiegająca z ukrytych głośników utrzymywała się na poziomie nieutrudniającym rozmów, tworząc umiarkowane tło dźwiękowe, ani smutne, ani radosne.

Kierownik – ciemnoskóry mężczyzna z chłodnymi błękitnymi oczami i trwałym pogardliwym uśmieszkiem – zauważył spojrzenie Aleksa, kiwnął głową i wysłał w jego stronę kelnerkę. Jej uśmiech wydawał się prawie szczery. Aleks zamówił jeszcze jedną kolejkę dla stołu, a gdy znowu skupił uwagę na rozmowie, jej temat się zmienił.

– W służbie mieliśmy zasady dotyczące takich spraw – mówiła Bobbie.

– Ale zawsze dało się je jakoś obejść, nie? – zapytała Ip. – No wiesz, nie chcesz mi powiedzieć, że wszyscy w marsjańskiej flocie praktykowali celibat.

Bobbie wzruszyła ramionami.

– Jeśli zaangażujesz się w związek z kimś powyżej albo poniżej ciebie w swojej strukturze dowodzenia, to nie żarty. Zwolnienie dyscyplinarne, utrata benefitów, może nawet więzienie. To wymaga sporej odwagi. Ale ja nie byłam we flocie. Jestem... byłam marine. Jeśli dochodziło do ćwiczeń między służbami, to nie było problemu, jak długo nie wpływało to na sprawność operacyjną.

– Słyszałem, że dodają chemikalia do żarcia, żeby zmniejszyć ludziom libido – wtrącił się Arnold.

Bobbie wzruszyła ramionami.

– Jeśli to robili, to wyraźnie dawali ich za mało.

– A co z *Rosynantem*? – zapytała Ip, zwracając pełną uwagę na Aleksa. Za tym pytaniem zdecydowanie stało coś więcej niż tylko alkohol. – Macie zasady przeciwko taniej, wszetecznej fraternizacji?

Aleks zachichotał niepewny, czy odczuwa podniecenie, czy dyskomfort.

– Kapitan i pierwsza są ze sobą, praktycznie od kiedy tylko jesteśmy na statku, więc trudno byłoby wprowadzić takie ograniczenia dla reszty załogi.

Uśmiech Ip trochę się zmienił.

– Kiedyś służyłeś we flocie, prawda? Czy ty i Gunny kiedyś...

Aleks pożałował zamówienia następnej kolejki. Wyglądało na to, że będzie potrzebował całej przytomności umysłu.

– Ja i Bobbie? Nie. Nic takiego się nie zdarzyło.

– Właściwie nie lataliśmy razem tak wiele – wtrąciła się Bobbie. – Zresztą... bez urazy, Aleks.

– Nie ma sprawy.

– Serio? – zapytała Ip, pochylając się do przodu. Jej kolano oparło się o kolano Aleksa w absolutnie niewinny sposób. Chyba że tak nie było, a w takim wypadku *zdecydowanie* nie było to niewinne. – Nigdy nawet nie chciałaś?

– Cóż – rzuciła Bobbie. – Była taka noc na Marsie. Chyba oboje czuliśmy się wtedy trochę samotni. Pewnie poszłabym z nim, gdyby mnie zaprosił.

– Nie mogę tego wiedzieć – odezwał się Aleks, nagle zaczerwieniony i niezdolny spojrzeć Bobbie w oczy. – Nie możesz mi tego mówić.

Ip dalej przyciskała do niego nogę i przekrzywiła głowę. Pytanie było oczywiste. *Czy to coś, co dalej próbujecie rozpracować?* Aleks uśmiechnął się do niej w odpowiedzi. *Nie, tak naprawdę nigdy niczego nie było.*

Naomi podniosła głos, przebijając się zarówno przez pomruk rozmów, jak i muzykę w tle. Nachylała się nad stołem, unosząc palec, by podkreślić Chavie jakiś punkt alkoholowego wywodu. Nie rozumiał jej słów, ale znał ton jej głosu na tyle dobrze, by wiedzieć, że się nie złości. W każdym razie nie była to prawdziwa złość. Wtedy Naomi robiła się cicha.

Kelnerka wróciła z tacą napojów, a Ip wychyliła się, by odebrać swojego drinka i nie wyprostowała się potem do końca. Aleks poczuł, jak coś w głębi jego mózgu się rozluźnia. Minęło bardzo dużo czasu, od kiedy ostatnio popełnił ten typ błędu. Chyba przyszła już pora na kolejny.

– Wybaczcie na chwilę – powiedział. – Muszę znaleźć kibel.
– Wracaj szybko – rzuciła Ip.
– Zrobi się.
Idąc przez salę, obok baru i do korytarza na tyłach, Aleks poczuł się jak postać ze sprośnego dowcipu. Dobieranie się żołnierzy w pary po bitwie było scenariuszem tak starym i zużytym, jak tylko się dało. Jednak działo się tak nie bez powodu. Napięcie ruszania do bitwy nie przypominało żadnego innego uczucia, jakiego Aleksowi zdarzyło się zaznać, a ulga po jej zakończeniu była bardzo głęboka i oszałamiająca. Nie chodziło tylko o niego lub Ip. Nawet nie tylko o seks. Znał marynarzy tak opanowanych i wymuskanych, jak zdjęcie z podręcznika szkoleniowego, którzy po ostrej akcji spędzali godziny, płacząc lub wymiotując. Była taka pilotka – nazywała się Genet – która cierpiała na przewlekłą bezsenność, którą nawet leki potrafiły tylko złagodzić. Każdej nocy nie mogła spać przez godzinę między drugą a trzecią. Ale noc po akcji przesypiała jak dziecko. Takie były skutki bycia naczelnym z ciałem stworzonym do plejstoceńskiej sawanny. Strach, ulgę, pożądanie i radość upakowano w tę samą małą sieć neuronową gdzieś głęboko w jądrze migdałowatym i czasem się nakładały.
Lot z Ziemi był krótki, trudny i zdawał się trwać w nieskończoność. Czujniki dalekiego zasięgu nie wykryły żadnych zagrożeń między portami na Lunie a Pasem, ale przez całą drogę w powietrzu jak dym unosiła się myśl: czy w stronę Ziemi lecą jakieś niewykryte kamienie? W stronę Marsa? Czy Marco Inaros jest trzy kroki przed nimi, tak jak zawsze dotąd zdawał się być? Nawet Fred Johnson wydawał się pochłonięty myślami, gdy wędrował przez korytarze z rękami zaciśniętymi za plecami. Zbliżała się bitwa o Ceres. Pierwsze starcie w wojnie od czasu tamtej pułapki. Połączone floty przekonają się, jak naprawdę twarda jest banda Pasiarzy pilotujących skradzione marsjańskie okręty, choć istniały powody, aby podejrzewać, że będą całkiem twardzi.
Kiedy na skanach Ceres pojawiły się smugi wylotowe z silników, Aleks poczuł to w gardle. Starcie na długie dystanse. Torpedy wystrzelone na maksymalny zasięg z nieprzewidywalnymi wektorami przygotowanymi tak, by nadlatywały szybko i ostro,

w nadziei przemknięcia się przez obronę punktową. Zastanawiał się, czy Marsowi udało się kiedyś zbudować dobrą, niewykrywalną torpedę i czy zdrajcy, którzy wyposażyli Wolną Flotę, oddaliby je, gdyby istniały. Spędzał niezliczone godziny w swojej pryczy przeciążeniowej, śledząc każdą anomalię na czujnikach *Rosa*, niezależnie od tego, czy była powyżej progu zagrożenia, czy nie. Kiedy spał, śnił tylko o tym.

Gdy nadeszły dane, że okręty Wolnej Floty uciekają, rozpraszają się jak nasiona na wietrze, wraz z każdym pilotem w połączonej flocie szukał kryjącej się za tym strategii. Pętli ciążenia i ciągu, które pokazałyby, gdzie dojdzie do zgrupowania i starcia, co planuje wróg. Za żadną próbą nie znalazł niczego, co wyglądałoby na zagrożenie. Pewność faktu, że coś się za tym kryje, a on jest po prostu za głupi, żeby to zobaczyć, spiętrzała się gdzieś u podstawy czaszki i kończyła się bólem oczu. Jedyne, co go pocieszało, to fakt, że załogi flot Ziemi i Marsa, dla których taktyka starć w przestrzeni była chlebem codziennym, były równie sfrustrowane jak on. Gdy pułapka Wolnej Floty w końcu się zamknie, zginą w niej wszyscy równie zaskoczeni.

Tylko że wciąż nic takiego się nie działo.

Kiedy pierwsze okręty dotarły do doków – dwa transportowce z żołnierzami z Ziemi i jeden z Marsa – Aleks wstrzymał oddech. Ceres była portowym miastem Pasa, a jednak siedziała tam niestrzeżona i zapraszała jak przynęta w pułapce. Kontrola ruchu udzieliła pozwolenia na podejście. Połączona flota zadokowała, żołnierze wysypali się do doków, chwila na walkę nadeszła i minęła. Zaczęły docierać raporty ze środka, sporo skierowanych do Freda Johnsona. Wolna Flota odleciała, nie było żadnego zbrojnego oporu. Żadnych żołnierzy, tylko garść pułapek, puste magazyny i zbiorniki oraz jedynie szkieletowa ochrona, chętna do poddania się każdemu, kto będzie gotów przejąć odpowiedzialność.

Bitwa o Ceres nie nastąpiła. Zamiast tego połączona flota i miejscowe związki techniczne stworzyły zespół reagowania kryzysowego, który nawet teraz modyfikował systemy podtrzymywania życia i przetwórnie recyklingu, żeby nie dopuścić do zapaści stacji. Fred Johnson spędził cały czas przed zadokowaniem *Rosynanta*, wymieniając wiadomości kierunkowe z Avasaralą na Lunie i kimkolwiek, kto odpowiadał na Marsie, gdzie wotum nieufności dla Smitha rozwinęło się w pełnowymiarowy kryzys konstytucyjny. Po zadokowaniu Fred z oddziałem ochrony został pochłonięty przez nieustanne spotkania z miejscowymi grupami SPZ, związkami i minimalnymi, zestresowanymi resztkami personelu administracyjnego.

Reszta załogi skierowała się do baru.

Z początku było to dziwne – właściwie nadal takie było, gdy się zastanowił – obserwowanie, jak mieszkańcy Ceres reagują na nowych najeźdźców. Wszyscy spotykani przez Aleksa ludzie zdawali się emanować połączeniem zmieszania, ulgi, złości i czegoś w rodzaju bezpostaciowego żalu wypełniającego stację jak para. Ceres była olbrzymim portem, od lat uniezależnionym od planet wewnętrznych, a teraz być może została przez nie podbita. Albo uratowana. Wydawało się, że nikt nie wie, czy połączona flota jest mściwym młotem Ziemi, czy też ostatecznym dowodem na to, że SPZ Freda Johnsona jest legalną siłą polityczną. A może, że stało się coś jeszcze większego i dziwniejszego.

Uśmiechy obywateli Ceres były ostrożne, a w ich oczach kryły się iskry wściekłości i straty. Nawet tutaj, w Niebieskiej Żabie, gdzie załogi zostały życzliwie powitane i serwowano im najlepsze z tego, co zostało, miejscowi i flota trzymali się osobno, niepewni siebie. Rozdzieleni wyborem i historią. Aleks stwierdził, że myśli o tym jak o Pasiarzach przy barze i wewnętrznych przy stołach, choć nie było to prawdą. Ip, Mfumc i wszyscy ludzie Freda byli z SPZ. Nawet podziały między ludźmi zdawały się teraz zupełnie nowe i nikt nie był jeszcze pewny, które zasady obowiązują.

Aleks wyszedł z łazienki w ścianę dźwięku. W ciągu kilku minut jego nieobecności ktoś zwiększył głośność karaoke i wyśpiewywał pijacką wersję „No Volveré" w interpretacji Noko Dada, ale bez żadnych kawałków harmonicznych. Zatrzymał się przy końcu baru i rozejrzał po stołach, mając nadzieję znaleźć jakiś spokojny kąt, gdzie mógłby porozmawiać z Sandrą Ip z dala od sceny.

Holden siedział przy stole sam, przygarbiony nad białym kubkiem i z gniewnym grymasem na twarzy. Aleks poczuł dźgnięcie niepokoju. Przy jego stole Bobbie przekrzykiwała się z Ip, a Mfume śmiał się radośnie. Ip obejrzała się w jego stronę, uśmiechnęła się i poklepała miejsce obok. Uniósł palec – jedną chwilę – i podszedł do Holdena.

– Cześć, partnerze – rzucił Aleks. – Wszystko w porządku?

Holden rozejrzał się wokół, jakby zaskoczyło go miejsce, w którym się znajduje.

– Tak. Nie. Wszystko w porządku – rzucił po chwili.

Aleks przekrzywił głowę.

– Wydaje mi się, że powiedziałeś kolejno trzy różne rzeczy.

– Ja... ach. No tak, właśnie to zrobiłem, prawda? Nic mi nie jest. – Kiwnął głową w stronę małej, złotej paczuszki w dłoni Aleksa. – Co to?

Aleks wysunął dłoń z przedmiotem. Kupił go w automacie w męskiej ubikacji. Na folii odciśnięto głowę smoka i jakieś nonsensowne kanji, które nic nie znaczyły.

Holden zmarszczył brwi.

– Środki na wytrzeźwienie?

Aleks poczuł, że się czerwieni i spróbował to ukryć uśmiechem.

– No cóż, myślę, że niedługo mogę się znaleźć w sytuacji, w której wszyscy muszą być w stanie świadomie zgodzić się na to, na co się zgadzają.

– Zawsze dżentelmen – skomentował Holden.

– Mama dobrze mnie wychowała. Ale poważnie, wszystko w porządku? Bo wpatrywałeś się w kawę, jakby ci naubliżała.

Holden zerknął na swój kubek. Piosenka szczęśliwie dobiegła końca. Oklaski były nieliczne i bez entuzjazmu. Holden pchnął rączkę kubka, wprawiając go w obroty na czarnym blacie. Porcelana szurała o powierzchnię do chwili, aż zabrzmiały dźwięki nowej piosenki i kobiecy głos zaczął śpiewać cover Cheb Khaled w pasiarskiej gwarze. Kiedy Holden się odezwał, jego głos ledwie przebijał się przez muzykę.

– Nie mogę przestać myśleć o moim ojcu nazywającym Pasiarzy *chuderlakami* w obecności Naomi. I o tym, jak to odebrała.

– Z rodziną może być ciężko – rzucił Aleks. – Zwłaszcza, gdy dochodzi do spiętrzenia emocji.

– To prawda, ale nie o to... – Holden rozłożył dłonie. Gest frustracji. – Wiesz, zawsze myślałem, że jeśli dasz ludziom wszystkie informacje, postąpią właściwie. Może nie zawsze, ale zwykle. A przynajmniej częściej, niż gdyby mieli wybrać złe postępowanie.

– Każdy jest czasem trochę naiwny – stwierdził Aleks, choć wypowiadając te słowa, miał wrażenie, że może nie do końca zrozumiał, o co chodzi Holdenowi. Może powinien był połknąć pierwszą tabletkę na otrzeźwienie przed wyjściem z ubikacji.

– Chodziło mi o fakty. – Holden mówił dalej, jakby w ogóle nie słyszał Aleksa. – Sądziłem, że jeśli podasz ludziom *fakty*, wyciągną z nich wnioski, a ponieważ fakty będą prawdziwe, to wnioski przeważnie też. Ale nie działamy na faktach, tylko na historiach o różnych rzeczach. O ludziach. Naomi powiedziała mi, że kiedy spadły kamienie, ludzie na statku Inarosa krzyczeli z radości. Cieszyli się z tego.

– No cóż. – Aleks urwał, pocierając kostkami dłoni o górną wargę. – Weź pod uwagę, że to może być banda dupków.

– Oni nie zabijali ludzi. W swoich głowach wyprowadzali cios mający im zapewnić wolność lub niezależność. Albo sprawiający, że zrobi się lepiej dla wszystkich pasiarskich dzieci, które dostają kijowe hormony wzrostu. Dla wszystkich statków, które zostały skonfiskowane, ponieważ nie pokryto na czas opłat rejestracyjnych. A w domu wygląda to dokładnie tak samo. Ojciec Cesar to dobry człowiek, jest łagodny, uprzejmy i zabawny, ale dla niego wszyscy Pasiarze są Wolną Flotą i radykalnym SPZ. Gdyby ktoś zniszczył Pallas, martwiłby się, jak spadek zdolności produkcyjnej hut wpłynie na ceny metali, zanim pomyślałby o tym, ile przedszkolaków znajdowało się na stacji. Albo że syn kierownika stacji lubił pisać poezję czy też że zniszczenie stacji będzie oznaczać, że Annie w księgowości Pallas nie będzie jednak miała swojej wielkiej imprezy urodzinowej.

– Annie? – zapytał Aleks.

– Wymyśliłem ją. Wszystko jedno. Chodzi o to, że nie *myliłem się*. W sprawie mówienia ludziom prawdy. Miałem co do tego rację, tylko myliłem się w kwestii tego, co muszą wiedzieć. I... może mogę coś z tym zrobić. To znaczy, mam wrażenie, że powinienem przynajmniej spróbować.

– Dobra – zgodził się Aleks. Był prawie pewien, że gdzieś po drodze zgubił wątek tego, o czym tak naprawdę rozmawiają, ale przynajmniej Holden nie wyglądał już tak ponuro. – Czy to znaczy, że chcesz coś zrobić?

Holden powoli kiwnął głową, potem jednym haustem dopił resztę swojej kawy, odstawił kubek na stół i klepnął Aleksa w ramię.

– Tak. Zamierzam. Dziękuję.

– Cieszę się, że mogłem pomóc – odpowiedział. A potem dodał do oddalających się pleców kapitana. – Przynajmniej tak myślę.

Przy ich stole Sandra Ip przerzuciła się na oranżadę. Bobbie i Arnold wymieniali się historiami o wspinaczce bez asekuracji przy różnych ciążeniach, a Naomi i Clarissa Mao czekały na skraju sceny, szykując się na swoją kolej w karaoke. Ip zauważyła foliowy pakunek w dłoni Aleksa i jej uśmiech był obietnicą, że sytuacja potoczy się dla niego bardzo, bardzo dobrze. Mimo wszystko musiała coś zauważyć na jego twarzy lub w sposobie, w jaki się trzymał, gdy usiadł.

– Wszystko w porządku? – zapytała.

Aleks wzruszył ramionami.

– Powiem ci, gdy sam się dowiem.

ROZDZIAŁ SIEDEMNASTY

HOLDEN

Dziewczyna miała przynajmniej sto dziewięćdziesiąt dwa centymetry wzrostu i gdyby nie siedziała, byłaby od niego dużo wyższa. Włosy ścięte blisko skóry w sposób, który Holden uznał za modny dla nastoletnich Pasiarek. Pewnie były setki mikrokanałów na ten temat, o których istnieniu nie miał pojęcia. A może była buntowniczką i sama sobie wybrała fryzurę. Niezależnie od powodów, jej nieco powiększona głowa nie wydawała się przez to aż tak duża. Siedziała na brzegu ławki, rozglądając się po kambuzie *Rosynanta*, jakby żałowała, że zgodziła się tu przyjść. Starsza kobieta, nazywana przez nią Tía, stała pod ścianą i krzywiła się. Przyzwoitka, której nie podobało się to, co widzi.

– To potrwa tylko chwilę – rzucił Holden. Wysłany mu przez Monikę Stuart pakiet oprogramowania zakładał, że obsługująca go osoba wykaże się pewnym poziomem sprawności, którego on nie posiadał, ale w jakiś sposób zdołał wyłączyć część z jego inteligentnych wartości domyślnych. Dziewczyna kiwnęła głową i poprawiła swoje sari. Holden miał nadzieję, że jego uśmiech wygląda profesjonalnie. Albo chociaż zabawnie. – Poważnie. Już prawie... chwila, chwila... Dobrze. Mam.

Na jego ręcznym terminalu pojawił się jej obraz z małymi nakładkami korekty koloru, dźwięku i czegoś, co nazywało się DS/3, choć nie miał pojęcia, do czego służy. Mimo wszystko wyglądała dobrze.

– No dobrze – powiedział Holden. – Zakładam, że każdy, kto będzie to oglądał, wie, kim jestem. Czy mogłabyś się przedstawić?

– Alis Caspár – podała swoje nazwisko bezbarwnym tonem.

Sądząc po wypowiedzi, mogłaby być więźniem politycznym. To nie wyglądało zbyt dobrze.

– Świetnie – skłamał. – A gdzie mieszkasz?

– Na stacji Ceres – odpowiedziała, a potem zapadła niezręczna cisza. – Dzielnica Salutorg.

– I czym, uch, czym się zajmujesz?

Kiwnęła głową, dochodząc do siebie.

– Od czasów, gdy Ceres wyrwała się spod kontroli Ziemi, moja rodzina zajmowała się usługami finansowymi. Prowadzili kantor wymiany różnych walut korporacyjnych na rządowe i odwrotnie. Mi rodzina bist pokojowi ludzie. Presja wywierana przez planety wewnętrzne na Pasiarzy nie jest winą...

– Pozwól, że na chwilę przerwę – wtrącił się Holden.

Alis zamilkła i spuściła wzrok. Obserwując Monikę, miał wrażenie, że jest to dużo łatwiejsze. Holden zaczynał wreszcie powoli rozumieć, że mógł to być efekt wieloletniego doświadczenia i praktyki, a nie coś, w co mógł wskoczyć bez jakiegoś wprowadzenia. Tylko że nie miał na nie czasu, więc parł dalej.

– Kiedy się spotkaliśmy... a było to raptem kilka godzin temu... byłaś z grupką koleżanek. Na korytarzu.

Alis zamrugała zmieszana i obejrzała się na Tíę. Rzucając to niepewne spojrzenie, dziewczyna po raz pierwszy od wejścia na pokład wyglądała naturalnie.

– To było naprawdę niezwykłe – powiedział Holden. – To znaczy, po prostu przechodziłem i zobaczyłem was tam. I byłem naprawdę pod wrażeniem. Mogłabyś mi opowiedzieć o tym, co robiłaś?

– Shin-sin? – zapytała Alis.

– Tak się to nazywa? To coś ze szklanymi kulami?

– To nie szkło – skorygowała Alis. – Żywica.

– Dobrze, żywica – zgodził się Holden, pompując w nią entuzjazm, jakby lał wodę na gąbkę. Zdawała się tylko wsiąkać i znikać. A jednak Alis się roześmiała i nie miało znaczenia, że śmieje się bardziej z *niego* niż z *nim*. – Mogłabyś to zrobić jeszcze raz? Tutaj?

Roześmiała się wyraźniej, zasłaniając usta dłonią. Przez trwającą bardzo długo sekundę sądził, że dziewczyna zrezygnuje, ale potem odpięła trzymaną na biodrze małą torebkę i wyciągnęła z niej jaskrawo zabarwione, przejrzyste kule, trochę większe i bardziej miękkie od tych, którymi Holden bawił się jako dziecko. Ostrożnie umieściła je sobie między kostkami palców. Zaczęła śpiewać, wysoki, nierówny zaśpiew, a potem urwała, roześmiała się i pokręciła głową.

– Nie mogę – powiedziała. – Po prostu nie mogę.

– Spróbuj, proszę. To naprawdę świetne.

– To jest głupie. Coś dla dzieci.

– Ja... jestem naprawdę niedojrzały.

Kiedy znowu obejrzała się na Tíę, Holden też na nią zerknął. Starsza kobieta patrzyła równie gniewnie, jak wcześniej, ale w jej oczach pojawiła się iskierka rozbawienia. Alis poprawiła się na ławce, zaśmiała się, znowu się poprawiła i zaczęła podśpiewywać. Kiedy weszła w rytm, zaczęła łagodnie klaskać, przekazując przy tym kule z dłoni do dłoni tak, że sprawiały wrażenie, jakby tańczyły niezależnie od niej. Co jakiś czas w melodii pojawiał się synkopowany element, podczas którego jedna z kul spadała jej na dłoń i była podrzucana, a potem przechwytywana przez wysunięte palce. Kiedy dotarła do końca, znieruchomiała, spojrzała nieśmiało na Holdena, a potem pokręciła głową.

– Lepiej w dwie osoby – powiedziała.

– W parze? – zapytał.

– Dui. – Spojrzenie, które posłała za jego plecy, było ledwie drgnięciem powiek, ale Holden natychmiast zrozumiał jego znaczenie i poczuł radość w sercu. Odwrócił się do przyzwoitki o kamiennej twarzy, która uniosła brwi.

– Czy ty... Tía? – odezwał się. – Wiesz, jak robić shin-sin?

Prychnęła z szyderstwem klasy bojowej. Kiedy oderwała się od ściany, Alis zrobiła dla niej miejsce i podała jej dwie kulki. Między grubymi palcami Tíi wydawały się mniejsze. Starsza kobieta uniosła podbródek i przez chwilę Holden doskonale wiedział, jak wyglądała w wieku Alis.

Przyśpiewka była tym razem dużo bardziej złożona, śpiewana gładko z rytmami jednej części informującymi i wspierającymi to, co działo się w głosie drugiej kobiety. Przejrzyste, barwne kule tańczyły między ich dłońmi, gdy klaskały, przeskakiwały i wracały, gdy kobiety dodawały klaskanie do pieśni. Przy synkopowaniu rzucały kule w przestrzeń między nimi i łapały je kostkami palców. Pod koniec obie kobiety uśmiechały się szeroko, a na zakończenie Tía rzuciła wszystkie kule, jedna za drugą, tak szybko, że wszystkie znalazły się w powietrzu, a potem złapała je jedną ręką. Ta sztuczka nie mogła się udać w pełnym ciążeniu.

Holden zaklaskał, a starsza kobieta ukłoniła się, przyjmując jego aplauz jak królowa.

– To było fantastyczne. Cudowne – rzucił z entuzjazmem Holden. – Jak można się tego nauczyć?

Alis pokręciła głową, z niedowierzaniem obserwując dziwnego Ziemianina i jego dziwne zachwyty.

– To tylko *shin-sin* – powiedziała.

A potem szeroko otworzyła oczy i gwałtownie zbladła.

– Panie Holden – odezwał się Fred Johnson. – Będzie pan miał chwilę?

– Tak, jasne – odpowiedział Holden. – My tylko... Tak. Proszę mi dać chwilę.

– Będę na mostku. – Fred uśmiechnął się i ukłonił dwóm pasiarskim kobietom. – Drogie panie.

Holden zamknął oprogramowanie, podziękował Alis i Tíi, a potem odprowadził je do śluzy i na zewnątrz, do doków. Gdy odeszły, obejrzał nagranie – dziewczyna z kobietą oraz ich głosy i dłonie bawiące się razem, z nie do końca szklanymi kulkami przemykającymi między nimi jak trzeci gracz w grze. Było to dokładnie coś takiego, na co miał nadzieję. Skompresował nagranie i wysłał je na stację Tycho do Moniki Stuart, tak samo jak pozostałe.

Miał nadzieję, że uda mu się ich zdobyć więcej. Przeprowadził wywiad z pracującym na stacji Ceres badaczem, który zdobył wykształcenie samodzielnie, dzięki kursom dostępnym w sieci, pojąc go drożdżowym piwem tak długo, aż starszy mężczyzna rozluźnił się na tyle, by zacząć z pasją opowiadać o urodzie niesporczaków. Rozmawiał z dietetyczką z pól hydroponicznych; kobieta zgodziła się rozmawiać, tylko jeśli będzie mogła wyjaśnić sytuację z brakiem wody na Ceres, i okazała się najwyraźniejszym głosem strachu i żalu, jaki usłyszał. Rozmawiał z rzekomo najstarszym Pasiarzem na stacji. Mężczyzna opowiedział długą i prawdopodobnie apokryficzną historię pierwszego otwartego tam licencjonowanego burdelu.

I to wszystko. Na razie. Cztery wywiady, z których żaden nie był specjalnie długi. Miał nadzieję, że to wystarczy, by Monika miała z czym pracować. Powiedziała mu, że profesjonalna edycja może uratować wiele materiałów.

Doki nie były tak pełne zgiełku, jak się przyzwyczaił. Zwłaszcza po ścisku i ledwie kontrolowanym chaosie na Lunie, Ceres wydawała się ranna. Wciąż zbierająca się po otrzymanych ciosach. Wózki i mechy załadunkowe stały bezczynnie, czekając na przybicie statków z zaopatrzeniem lub odkrycie jakiegoś magazynu na stacji wciąż zawierającego coś wartego wysłania.

Słyszał kiedyś o obrażeniach na skutek reperfuzji. Gdy kończyna została ściśnięta tak, że nastąpiła utrata całej krwi, jej powrót mógł niszczyć naczynia i prowadzić do krwotoków do przestrzeni międzykomórkowej. Pamiętał, że zaskoczyło go wtedy, jak coś tak normalnego, koniecznego i życiodajnego może spowodować zniszczenia przez sam fakt powrotu. Ceres była teraz w podobnym stanie, choć nie potrafił stwierdzić, czy połączona flota jest powracającą krwią, czy też konieczne jest nadejście czegoś innego, zanim Ceres będzie mogła dokonać inwentaryzacji własnych ran.

Po drodze na mostek minął Gora Drogę i Amosa grzebiących w silniku, który powodował za wolne obroty jednego z wentylatorów. Clarissa Mao rozmawiała z nimi z maszynowni. Był to rodzaj problemu, którego rozwiązanie było dość proste na statku z pełną załogą. Przy windzie przed wejściem do niej musiał czekać, aż przeciśnie się koło niego Chava Lombaugh.

Tak naprawdę ze wszystkimi ludźmi Freda i Holdena *Rosynant* wciąż obsadzony był słabiej niż przewidywana dla niego pełna załoga. Fakt, że czuł się stłoczony, nie wynikał ze sposobu zaprojektowania jednostki, a wyłącznie z jego przyzwyczajeń i oczekiwań. Z pełną załogą byłoby tu ciaśniej, gęściej, bardziej jak na zwykłym okręcie Floty. Zdawał sobie z tego sprawę. Wiedział, że na pewne sposoby posiadanie dodatkowych ludzi uczyniłoby ich bezpieczniejszymi. *Rosynant* został zbudowany z uwzględnieniem mnóstwa redundancji i systemów zapasowych, z załogą miało być podobnie. Choć nie tak to wyszło. Kolejny mechanik nie byłby Amosem, kolejny pilot – Aleksem. Ludzie byli kimś więcej niż role odgrywane przez nich w funkcjonowaniu statku i nie byli wymienni. A to, co było prawdą dla *Rosynanta*, dotyczyło też większej rodziny ludzkości.

Winda się zatrzymała. Fred Johnson podniósł wzrok znad pulpitu okrętu, kiwając głową Holdenowi. Światła były przyciemnione w sposób preferowany przez Aleksa, a w blasku ekranów skóra Freda zdawała się ciemniejsza niż w rzeczywistości. Na drugim końcu pokładu siedziała Maura Patel ze słuchawkami na uszach i danymi diagnostycznymi przewijającymi się przez konsolę łączności. Holden opadł na pryczę obok Freda i obrócił się w jego stronę.

– Chciałeś ze mną rozmawiać?

– Mam kilka spraw. Na razie urządzam się na Ceres. Avasarala uzna we mnie pełniącego obowiązki gubernatora – wyjaśnił Fred. – Zbieram wszystkie należne mi przysługi, ściągam tu wszystkich znanych mi ludzi, którzy mają jakieś wpływy w SPZ.

– To wygląda jak zaproszenie do zabójstwa.

– To konieczne ryzyko. Nie wiem, czy moja załoga zostanie tutaj, czy poleci na Tycho beze mnie. Czekam w tej sprawie na wiadomość od Drummer. Tak czy inaczej, przestaną ci siedzieć na głowie.

– To... znaczy, w porządku. Ale trochę się do nich przyzwyczaiłem. To o czym tak naprawdę chciałeś rozmawiać?

Fred kiwnął głową, krótkim, ostrym ruchem.

– Myślisz, że Draper będzie mogła przemawiać w imieniu Marsa?

Holden się roześmiał.

– Masz na myśli *przemawiać* na poziomie ambasadora? Negocjować z SPZ? Bo mam głębokie wrażenie, że to leży w gestii Marsa.

– Możemy nie mieć luksusu czekania, aż zrobią u siebie porządek. Smith wyleciał, a zamiast niego przyszła Richards, ale powstała koalicja opozycji, która chce ustawić na pierwszym miejscu zbadanie pozostałych wojskowych.

– Nawet przed prowadzeniem wojny?

– Na przykład. Richards i Avasarala pracują nad tym, ale potrzebuję przy sobie twarzy Marsa, jeśli mam utrzymać w kupie tę połączoną flotę. Z moją historią mogę reprezentować to, co najlepsze z Ziemi i Pasa. Robię to od lat i zapracowałem sobie na spore zaufanie, ale o ile nie będę miał też przedstawiciela Marsa, nie zdołam przynieść do stołu niczego nowego. Zwłaszcza w świetle tego, że Wolna Flota lata marsjańskimi okrętami. Akcje Inarosa stoją w tej chwili bardzo wysoko.

– Poważnie? Bo dla mnie wygląda to tak, jakby właśnie uciekł z największego portu Pasa.

Fred wymownie wzruszył ramionami.

– Ludzie, którzy go usprawiedliwiają, są w tym naprawdę dobrzy. A wszystko i tak kryje się w cieniu tego, co zrobił Ziemi. Sorrento-Gillis, Gao, cała reszta. Nie docenili gniewu w Pasie. I desperacji. Ludzie chcą, żeby Inaros był bohaterem, więc cokolwiek robi, interpretują jako heroizm.

– Nawet ucieczkę?

– On nie będzie tylko uciekał. Nie wiem, co mu chodzi po głowie, ale nie zamierza jeszcze przejść na emeryturę. A stacja Ceres... to teraz kosztowne przedsięwzięcie. Samo zapewnienie działania systemów podtrzymywania życia będzie wyzwaniem. Może będziemy musieli przeprowadzić konsolidację. Fizycznie skoncentrować ludzi i porzucić część stacji. Co Inaros i jego klika przedstawią jako wyrzucanie Pasiarzy z domów przez Ziemię i Marsa.

Holden przeczesał włosy dłonią.

– Tak, to pokręcone.

– To polityka. To, czego nam potrzeba, to SPZ. *Mamy* pewne poparcie w Pasie, ale wymaga kultywacji. Jest też kilka rzeczy, które działają na naszą korzyść. Mogą się nazywać flotą, ale to amatorzy, ludzie uważający, że dyscyplina to to samo, co karanie. Krążą plotki, że w przywództwie Marco już pojawiły się spory. Prawdopodobnie w związku z jego taktyką dotyczącą Ceres.

Wciąż nie rozumiem, dlaczego Dawes pozwolił mu zostawić stację w ten sposób, ale... no cóż, wyraźnie to zrobił. A Avasarala ciągle trzyma Ziemię w garści. Gdyby ONZ zapadło się tak jak Mars, to nie wiem, co byśmy zrobili.

– To – wtrącił się Holden. – Próbowali zebrać sojuszników. W zasadzie to samo, co i tak zamierzasz zrobić. Tylko wtedy miałbyś mniej nadziei, że to się uda.

Fred przeciągnął się, strzelając stawami, a potem westchnął i opadł na żel pryczy. Diagnostyka na panelu łączności zamigotała, a Patel stuknęła wyniki analizy. Sądząc po jej zachowaniu, ich dwóch mogłoby tu w ogóle nie być.

– Pewnie masz rację – stwierdził Fred. – Mimo wszystko cieszę się, że nie jest gorzej. Przynajmniej na razie.

– Może się nam poszczęści i Inaros da się zabić bez naszego udziału.

– To by nie wystarczyło – odpowiedział Fred. – Ziemia jest zniszczona i pozostanie tak jeszcze przez całe pokolenia. Mars może się załamać lub nie, ale ciągle są wrota. Ciągle istnieją kolonie. Wszystkie presje, które utrzymują Pas na skraju śmierci głodowej, a równocześnie mniej tego, co czyni go cennym. Nie ma powrotu do wcześniejszego stanu rzeczy, musimy iść do przodu. Co prowadzi nas z powrotem do Draper. Pracowałeś z nią. Czy da radę to zrobić?

– Szczerze mówiąc, uważam, że najlepiej zrobisz, pytając ją. Wszyscy ją znamy, wszyscy ją lubimy. Zaufałbym jej z moim statkiem, a tobie bym go nie oddał. Jeśli uzna, że da radę, to pewnie tak będzie.

– A jeśli uzna, że nie?

– Wtedy zapytaj Avasaralę – zasugerował Holden.

– Już znam jej opinię. No dobrze, dziękuję. I... chyba pożałuję, że pytałem. Czy chcę wiedzieć, co robiłeś z tymi dwoma kobietami w kambuzie?

Maura Patel przesunęła się na krześle, co było pierwszą oznaką, że jednak ich słuchała.

– Filmowałem je. To coś z klaskaniem i kulkami – to było bardzo interesujące wizualnie, a Monika kazała mi szukać czegoś takiego. Prowadzę wywiady, a ona pomaga mi je edytować i rozprowadzać.

– Dlaczego to robisz?

– To coś, czego w tym wszystkim brakuje – odpowiedział Holden. – Co pozwoliło sprawom tak bardzo się zepsuć. Nie widzimy w sobie wzajemnie ludzi. Nawet kanały zawsze mówią o dziwnych rzeczach, aberracjach. Te wszystkie okazje, gdy na stacjach Pasiarzy nie ma buntów? W wiadomościach nie relacjonuje się normalnego życia. Musi być jakiś bunt, protest albo awaria systemu. Ludzie na Ziemi i Marsie nigdy nie słyszą o tym, jak się tu żyje na co dzień.

– Czyli ty... – Fred zamknął oczy i ścisnął podstawę nosa. – Sięgasz po bardziej niezatwierdzone komunikaty prasowe? Pamiętasz, że kiedyś tak właśnie wywołałeś wojnę?

– Dokładnie. Też mówiłem o aberracjach, bo sądziłem, że ludzie powinni o nich wiedzieć. Tylko że potrzeba im także kontekstu. Jak to jest być nastolatkiem na Ceres, takim, który właśnie pierwszy raz się zakochał. Albo martwi się tym, że jego czy jej ojciec zestarzeje się na stacji Pallas. Rzeczy, które sprawią, że ludzie tutaj wydadzą się tacy sami, jak w każdym innym miejscu.

– Pasiarze zrzucili piekło na Ziemię – powiedział powoli Fred – a ty reagujesz, próbując ukazać w nich ludzi? Wiesz, że pojawi się całe mnóstwo takich, którzy nazwą cię za to zdrajcą.

– Na Ziemi robiłbym to samo, ale teraz mnie tam nie ma. Jeśli będą mnie obrzucać błotem, to trudno, po prostu próbuję sprawić, żeby ludziom było trochę trudniej moralnie się wzajemnie zabijać.

Na ekranie przed Fredem pojawiło się ostrzeżenie. Fred zerknął na nie i skasował je.

– Wiesz, gdyby ktokolwiek inny wpadł na pomysł, że powinien się postawić na samym środku wojny, żeby śpiewać piosenki, trzymać się za ręce i nawoływać do pokoju dla ludzkości, nazwałbym to narcystycznym oportunizmem. Może megalomanią.

– Ale to nie jest nikt inny, więc może być?

Fred uniósł ręce w geście w równym stopniu wyrażającym rozbawienie, co rozpacz.

– Chcę porozmawiać na osobności z Draper.

– Powiem jej – odpowiedział Holden, wstając.

– Sam mogę się z nią skontaktować. I Holden...

Odwrócił się. W ciemności oczy Freda były tak ciemne, że tęczówki i źrenice nabrały tego samego odcienia czerni. Wyglądał na starego. Zmęczonego. Skupionego.

– Tak? – odpowiedział Holden.

– Ta śpiewana przez nie piosenka... Zanim to nadasz, poproś o przetłumaczenie słów. Tak na wszelki wypadek.

ROZDZIAŁ OSIEMNASTY

FILIP

Pella sunęła przez czerń jako jeden węzeł w sieci lecących na czarno statków, które wymieniały wiązki kierunkowe, porównywały strategie i planowały następny krok. Ścisła niewykrywalność nie była możliwa. Wróg będzie skanował sklepienie niebios w poszukiwaniu okrętów Wolnej Floty, tak jak oni śledzili smugi z dysz silników jednostek Ziemi, Marsa i wszystkich innych w Układzie. Wszechświat składał się z miliardów punktów nieruchomych świateł – gwiazd i galaktyk rozciągających się przez czas i przestrzeń, ze strumieniami fotonów odginanymi przez soczewkowanie grawitacyjne i rozszerzanie się wszechświata. Błysk silnika mógł zostać przeoczony lub pomylony z innym źródłem światła albo ukryty przez jedną z rozproszonych asteroid zapełniających Układ Słoneczny jak pyłki kurzu katedrę.

Nie dało się stwierdzić, ile ich jednostek udało się wewnętrznym zidentyfikować i namierzyć. Nie było też pewności, że ich własne czujniki wykryły wszystkie okręty tak zwanej połączonej floty. Niepewność ta zaszyta była w samej skali próżni.

Okręty wewnętrznych były łatwiejsze, ponieważ tak wiele z nich leciało w stronę Ceres, ale nie dało się wykluczyć, że wyruszyło też paru rozproszonych, samotnych myśliwych, którzy lecieli ukryci przez pustkę. Marco miał garść lecących w ten sposób jednostek Wolnej Floty, a przynajmniej tak twierdził Karal. Okrętów, które nie zostały nawet użyte w pierwszych atakach, krążących po własnych orbitach jak ciepłe asteroidy. Śpiochów czekających na swoją chwilę. I może nawet było to prawdą, choć Filip nie usłyszał tego jeszcze bezpośrednio od ojca. A sądził, że ojciec mówił mu wszystko.

Dni były długie i puste, splecione ciasno wokół jednego, przemożnego pytania: kiedy nadejdzie przeciwuderzenie? Atak, który dowiedzie, że wycofanie się z Ceres było decyzją taktyczną, a nie oznaką słabości. Bardziej niż wszystko, co nastąpiło wcześniej, będzie to zdarzenie – powiedział tak Marco, a Filip w to wierzył – które jasno dowiedzie, że Wolna Flota jest nie do pokonania. Załoga spekulowała na siłowni i w kambuzie. Stacja Tycho była sercem skrzydła kolaboracyjnego SPZ. Mars najmniej ucierpiał w początkowym ataku i zasługiwał na karę taką samą jak Ziemia. Luna stała się nowym centrum władzy ONZ. Stacje Kelso i Rea odrzuciły Wolną Flotę i pokazały swe prawdziwe barwy.

Były też różne rozproszone w Pasie stacje górnicze, posłuszne korporacjom z Ziemi. Stanowiły łatwy cel, którego nie dało się obronić. Pewnie można było też zająć Ganimedesa, przejmując i chroniąc źródło żywności dla Pasa. Mówiło się nawet o wysłaniu pewnych sił przez pierścienie, żeby odebrać koloniom to, co nigdy nie powinno do nich trafić. Albo o zainstalowaniu platform orbitalnych nad nowymi planetami i pobieraniu od nich daniny. Odwróceniu porządku politycznego i skuciu kajdanami wszystkich drani na dnie studni grawitacyjnych.

Filip uśmiechał się tylko i wzruszał ramionami, starając się sprawiać wrażenie, że wie więcej, niż było naprawdę. Marco nawet jemu nie powiedział, jak wygląda jego plan. Jeszcze nie.

A potem nadeszła wiadomość.

Zawsze pana szanowałam. Tak właśnie zaczęła. Michio Pa, odpowiedzialna za rekwizycję zasobów. Filip ją pamiętał, choć do tej pory nie miał na jej temat żadnego zdania. Była kompetentną przywódczynią, znaną z przejęcia władzy na *Behemocie*, gdy jego kapitanowi odbiło w powolnej strefie. Ojciec ją lubił, bo nienawidziła Freda Johnsona, uciekła od niego i ponieważ była ładną Pasiarką, twarzą, którą Pas zobaczy, gdy statki kolonizacyjne zostaną przechwycone i ogołocone z niesionych na ich pokładach skarbów. Tylko że teraz patrzyła do kamery na swoim statku z włosami ściągniętymi do tyłu i poważnym spojrzeniem ciemnych oczu. Wcale nie wyglądała ładnie.

– Zawsze pana szanowałam, sir. Pańska praca włożona w niepodległość Pasa była kluczowa i jestem dumna, że mogłam brać w niej udział. Zanim przejdę dalej, chcę, żeby nie było wątpliwości, że moja lojalność dla sprawy jest niezachwiana i całkowita.

Po poważnym namyśle i długich rozważaniach stwierdziłam, że nie mogę się zgodzić ze zmianą planu rekwizycji. Choć rozumiem strategiczne znaczenie pozbawienia wroga zasobów, nie mogę z czystym sumieniem odebrać ich obywatelom Pasa, dla których są one niezbędne. Z tego względu postanowiłam kontynuować działania rekwizycyjne zgodnie z pierwotnym planem. Technicznie rzecz biorąc, jest to niewykonanie rozkazu, ale głęboko wierzę, że gdy zastanowi się pan nad potrzebami naszego ludu, które doprowadziły do powołania Wolnej Floty, zgodzi się pan, że to najlepszy sposób postępowania.

Zakończyła salutem Wolnej Floty. Tym wymyślonym przez jego ojca, gdy tworzył wszystko inne. Filip ponownie wywołał nagranie, ponownie obejrzał je od początku do końca, w równym stopniu świadom spoczywającego na nim spojrzenia ojca, co wzroku kobiety na ekranie. Kambuz był pusty. Nie, nie tylko pusty. *Opróżniony*. Czy dostali taki rozkaz, czy nie, załoga *Pelli* opuściła przestrzeń, zostawiając ją dla Marco i Filipa. Gdyby nie wciąż unoszący się w powietrzu zapach curry i ślady po kawie na stole, mogłaby to być ich pierwsza wizyta na statku.

Nie wiedział, ile razy ojciec oglądał tę wiadomość, jak zareagował, widząc ją pierwszy raz ani co znaczył łagodny wyraz jego twarzy. Niepewność Filipa splotła mu węzeł w podbrzuszu. Pokazanie wiadomości było testem, choć nie bardzo wiedział, co miał z nią zrobić.

Po drugim salucie Michio Pa Marco rozciągnął plecy, jednoznacznie dając do zrozumienia, że przechodzą do drugiej części tego, czym była ich rozmowa.

– To bunt – stwierdził Filip.

– Owszem – zgodził się Marco spokojnym i rozsądnym głosem. – Myślisz, że ma rację?

Nie, nasunęło mu się na usta, ale zatrzymał to słowo. Odpowiedź była nazbyt oczywista. W duchu spróbował *tak*, czując na sobie presję uwagi ojca jak żar bijący z promiennika. To słowo też odrzucił.

– To nie ma znaczenia – odpowiedział powoli. – Nie chodzi o to, czy ma rację, czy się myli. Zanegowała twój autorytet.

Marco wyciągnął rękę i palcami stuknął w nos Filipa, jak robił to, gdy byli tylko ojcem i synem, a nie dowódcą wojskowym i jego porucznikiem. Spojrzenie jego oczu złagodniało i przeniósł uwagę gdzieś indziej. Filip poczuł na chwilę irracjonalne ukłucie samotności.

– To prawda – zgodził się Marco. – Nawet gdyby miała rację – oczywiście nie ma, ale nawet gdyby – jak mógłbym to zignorować? Byłoby to zaproszeniem do chaosu. Chaosu. – Zaśmiał się i pokręcił głową. Gniew wyglądałby mniej przerażająco.

W trzewiach Filipa poruszyła się jego niepewność. Czy zostali zniszczeni? Czy to wszystko się rozpadało? Zachwiała się wizja układu wyśniona przez jego ojca – miasta w próżni, Pas kwitnący w nowy rodzaj ludzkości wolny od ucisku Ziemi i Marsa, z Wolną Flotą pilnującą porządku światów. Zobaczył przebłysk tego, jak mogła wyglądać ta druga przyszłość. Śmierć, zmagania i wojna. Trup Ziemi i opuszczony Mars oraz resztki Wolnej Floty walczącej ze sobą, aż nic nie zostanie. To właśnie miał na myśli Marco, mówiąc *chaos*, Filip był tego pewien. Poczuł falę mdłości. *Ktoś powinien był do tego nie dopuścić.* Pokręcił głową.

– Któregoś dnia – powiedział Marco, a potem powtórzył, nie kończąc myśli – któregoś dnia.

– Co zrobimy? – zapytał Filip.

Marco wzruszył rękami.

– Przestaniemy ufać kobietom – rzucił, a potem wysunął nogę do ściany i odepchnął się w stronę drzwi.

Filip przyglądał się, jak Marco łapie uchwyt i, skręcając, szybuje korytarzem do swojej kabiny, ciągnąc za sobą unoszące się niewidoczne w powietrzu pytania bez odpowiedzi.

Pozostawiony samemu sobie Filip wyłączył dźwięk i jeszcze raz odtworzył wiadomość. Spotkał tę kobietę. Był z nią w jednym pokoju, słyszał jej głos i nie zobaczył w niej zdrajczyni, którą była. Agentki chaosu. Zasalutowała, a on spróbował zobaczyć w niej strach. Albo złą wolę. Cokolwiek poza profesjonalistką przekazującą wiadomość, która nie mogła zostać dobrze przyjęta. Odtworzył ją ponownie. Oczy miała czarne i pełne nienawiści lub twarde jak stal z obawy. Gesty wysycała pogarda lub były opanowane jak u boksera szykującego się do przegranego starcia.

Stwierdził, że przy odrobinie praktyki i dzięki właściwemu podejściu mógł w niej zobaczyć wszystko, co tylko zechciał.

Zza jego pleców dobiegł cichy dźwięk. Do kambuza stopami do przodu wleciała powoli Sárta. Zatrzymała się przy uchwycie na ścianie, blokując kostką na miejscu i pochłaniając inercję kolanami. Jej uśmiech miał w sobie taką samą ponurość, jaką odczuwał Filip, i przez chwilę czuł złość, że mogła czuć się tak jak on. Od strony windy dobiegł głos Karala mówiącego powoli, w wyważony sposób. Odpowiedział mu Rosenfeld, zbyt cicho, by usłyszeć słowa. Czyli wiedzieli, że Marco stąd poszedł. Prywatna audiencja dobiegła końca.

Sárta ruchem podbródka wskazała ekran.

– Esá es niezłe gówno, que? – Wyraźnie próbowała wydobyć z niego jakieś informacje, szukając czegoś, co Marco nie uznał za stosowne jej powiedzieć. Ani nikomu innemu.

– Spodziewał się tego – rzucił Filip. Nawet nie kłamał. Marco mógł tego nie powiedzieć, ale i tak było to prawdą. Filip postukał palcem w skroń. – Wiedział, że może tego oczekiwać. Wszystko będzie dobrze.

***

Po trzech dniach w nieważkości Filip zrozumiał, że nie tylko on w załodze czuje nerwowość. Wydawało się, że co godzina przychodzi kolejna seria próśb o połączenie. Zaszyfrowane wiadomości kierunkowe zbierały się w buforach *Pelli*, czekając na odpowiedź Marco. Tam, gdzie mógł, włączał się Rosenfeld, będący członkiem wewnętrznego kręgu. Posunął się nawet do tego, że zajął pokład dowodzenia na coś w rodzaju prywatnego biura. Centrum kierowania wojną pod nieobecność Marco do czasu, aż „wróci z namiotu", cokolwiek miało to znaczyć.

Dla Filipa było to ćwiczenie w emanowaniu pewnością siebie. Jego ojciec miał plan. Doprowadził ich wszystkich tak daleko, więc nie było powodu wątpić, że nie doprowadzi ich do końca drogi. Pozostali się z nim zgadzali, a przynajmniej takie sprawiali wrażenie, gdy był w pokoju. Zastanawiał się, co mówiono pod jego nieobecność. Wszyscy razem przeszli przez bitwę. Dzielili zwycięstwa i długie godziny cierpliwego czekania na zamknięcie się pułapek. Teraz było inaczej. Też czekali, ale niepewność tego, na co czekali – sprawiała, że czuli, jakby może czekali bez sensu. Nawet on miał takie wrażenie.

Pod koniec trzeciego dnia Rosenfeld zaprosił Filipa, by dołączył do niego w centrum dowodzenia. Starszy mężczyzna wyglądał na zmęczonego, ale nierówna skóra sprawiała, że trudno było odczytać coś z jego twarzy. Rosenfeld wyłączył wszystkie ekrany. Bez obrazów na wyświetlaczach, dających złudzenie głębokości i światła, centrum dowodzenia wydawało się mniejsze. Rosenfeld unosił się obok jednej z prycz przeciążeniowych z ciałem przekrzywionym o kilka stopni od osi statku w sposób, dzięki któremu zdawał się równocześnie wyższy i nieco groźny.

– No dobrze, młody panie Inaros – odezwał się. – Wygląda na to, że mamy problem.

– Nie sądzę – odpowiedział Filip, ale rozbawienie w oczach starszego mężczyzny wystarczyło, by zrozumiał, jak słabo to zabrzmiało. Rosenfeld udał, że Filip się nie odezwał.

– Im dłużej nie reagujemy na... nazwijmy to, zmiany w sytuacji? Im dłużej nie reagujemy, tym większe pojawiają się wątpliwości, nie? Ojciec Inaros jest twarzą i głosem Wolnej Floty. Był nimi od samego początku. To jego umiejętność, nie? Szczególny dar. Ale... – Rosenfeld rozłożył ręce. *Ale go tu nie ma.*

– On ma plan – stwierdził Filip.

– A my mamy problem. Nie możemy czekać na niego dużo dłużej. Nikomu nie powiedziałem. Nie pojawiły się żadne plotki. Ale problem jest teraz, nie jutro. Nawet opóźnienie światła może sprawić, że będziemy za późno.

– O co chodzi? – zapytał Filip.

– *Wiedźma z Endoru.* Jest na Pallas. Te wszystkie kontenery z dobrami, które wysłaliśmy w przestrzeń? Kaptan al-Dujaili zaczął je zbierać z powrotem. Twierdzi, że takie dostał rozkazy od swojego dowódcy i nie chodzi mu o nas. To już piąty okręt, który przeszedł na stronę Pa. A w międzyczasie Rzeźnik siedzi na Ceres i grzeje krzesło Dawesa. Wzywa do spotkania klanów SPZ. Czarne niebo. Carlos Walker. Administracja z Rei zamierza przysłać delegację. Zrywając ziemskie łańcuchy, Wolna Flota złożyła deklarację. Brzmiała ona *rewolucja już się skończyła*. Wygraliśmy. To było nieuniknione. Już się zdarzyło, my. Tylko że teraz może jednak nie.

Znowu kamień w żołądku Filipa. Złość rozgrzała mu gardło i wypchnęła szczękę do przodu niczym jakiś guz u podstawy żuchwy. Nie wiedział, na kogo się złości, ale jego gniew był głęboki i potężny. Może Rosenfeld to zobaczył, bo jego głos się zmienił, złagodniał.

– Twój ojciec jest wielkim człowiekiem. Wielcy ludzie nie są tacy jak ty czy ja. Mają inne potrzeby, inne rytmy. To właśnie ich wyróżnia. Ale czasami odchodzą tak daleko w pustkę, że tracimy ich z oczu. Przestają nas dostrzegać. I tu właśnie przychodzi czas na ludzi takich jak ja, nie? Pilnujących, by silniki działały, filtry były czyste. Robiących to, co potrzebne do czasu, aż wielki człowiek do nas wróci.

– Owszem – zgodził się Filip.

Furia pchała się do góry, wypełniając głowę.

– Czekanie to najgorsze, co możemy teraz zrobić – stwierdził Rosenfeld. – Lepiej skierować wszystkie nasze statki w złą stronę, niż pozwolić im za długo dryfować. Jeśli potem zmienimy kurs, nawet zawrócimy, to pomyślą, że sytuacja się zmieniła. Ale jeśli włączymy ciąg, będą wiedzieć, że gdzieś lecimy.

– Tak – rzucił Filip. – Rozumiem.

– Nadchodzi czas na wydanie rozkazu i jeśli on tego nie zrobi, to wydam go ja. W *jego* imieniu, ale ja. Nie byłoby źle, gdybyś mnie poparł. Powiedział wszystkim, że robię to w jego imieniu, nie jestem kolejną Pa.

– Chcesz wydawać rozkazy dla floty?

– Chcę, żeby zostały wydane – sprecyzował Rosenfeld. – Nie obchodzi mnie, kto je wyda. I prawie jest mi wszystko jedno, jakie będą. Po prostu jakieś muszą być.

– Nikt oprócz niego – oświadczył Filip. W jego głosie brzmiało przejęcie. Bolały go ręce i nie wiedział dlaczego, dopóki nie spuścił wzroku i zobaczył, że zacisnął je w pięści. – Mój ojciec stworzył Wolną Flotę, on podejmuje decyzje.

– W takim razie teraz musi jakąś podjąć. A mnie nie słucha.

– Porozmawiam z nim – powiedział Filip. Rosenfeld uniósł rękę w podziękowaniu i mrugnął ciężkimi, nierównymi powiekami.

– Jest szczęściarzem, że ma ciebie – rzucił.

Filip nie odpowiedział, po prostu złapał jeden z uchwytów, odwrócił się i poszybował w głąb szybu, którym wznosiłaby się i opadała winda, gdyby była jakaś góra i dół. W jego głowie kłębiły się emocje. Złość na Michio Pa. Nieufność względem Rosenfelda. Poczucie winy w związku z czymś, czego nie potrafił sprecyzować. Strach. Nawet coś w rodzaju desperackiej euforii, jak przyjemność bez odczuwania przyjemności. Ściany szybu windy sunęły obok niego, w miarę jak powoli dryfował w stronę bakburty. *Jeśli dotrę do pokładu załogowego bez dotykania ściany, wszystko będzie dobrze.* Irracjonalna myśl.

Ale mimo wszystko poczuł ulgę, gdy dotarł do uchwytu przy wyjściu na korytarz prowadzący do kabiny Marco bez konieczności korygowania swojego kursu. Była nawet uzasadniona, gdy doleciał do drzwi ojca. Jego obawy o wyniszczenie ojca przez zdradę – szklany wzrok, nieogolony, może łkający – nie miały żadnego pokrycia w rzeczywistym wyglądzie człowieka, który otworzył drzwi do kabiny. Owszem, oczodoły miał trochę ciemniejsze niż zwykle, tak, w jego pokoju wyczuł woń potu i metalu, ale uśmiechał się promiennie i był skupiony.

Filip zaczął się zastanawiać, dlaczego tak długo siedział w zamknięciu. I jeśli nawet odczuł ukłucie irytacji, przegrała ona z ciepłem wynikającym z ponownego zobaczenia ojca. Za plecami Marco, upchnięty w kącie jednej z szafek, zobaczył pasek materiału sugerujący coś lekkiego i kobiecego. Zaciekawiło go, kto z załogi odwiedzał ojca, by go pocieszyć, i na jak długo.

Marco wysłuchał raportu Filipa z łagodną uwagą, przytakując dłońmi w każdym istotnym punkcie, pozwalając chłopcu omówić wszystko – Freda Johnsona, *Wiedźmę z Endoru*, zawoalowaną groźbę Rosenfeld dotyczącą przejęcia sterów – nie przerywając mu. W miarę zdawania relacji Filip czuł, jak ustępuje jego złość i rozluźniają się trzewia, aż na koniec wytarł z kącika oka łzę, która nie miała nic wspólnego z żalem, a tylko z ulgą. Marco położył dłoń na ramieniu Filipa i ścisnął łagodnie w łączących ich geście.

– Zatrzymujemy się, gdy czas się zatrzymać, i uderzamy, gdy przychodzi na to pora – powiedział.

– Wiem – odpowiedział Filip. – Tylko... – Nie wiedział, jak zakończyć tę myśl, ale ojciec i tak się uśmiechnął, jakby zrozumiał.

Marco machnął w stronę systemu łączności kabiny, otwierając wywołanie połączenia z Rosenfeldem. Na ekranie niemal natychmiast pojawiła się upstrzona nierównościami twarz mężczyzny.

– Marco – odezwał się. – Dobrze widzieć cię znowu pośród żywych.

– Zstąpiłem do świata umarłych i powróciłem z mądrością – odpowiedział Marco ostrym tonem. – Chyba nie wystraszyłem cię swoją nieobecnością, co?

– Nie, skoro wróciłeś – odpowiedział Rosenfeld z chrapliwym śmiechem. – Mamy mnóstwo na talerzu, przyjacielu. Za dużo rzeczy do zrobienia.

Filip miał wrażenie, że rozmowa między nimi toczy się na dwóch poziomach i nie do końca potrafił zrozumieć ten drugi, ale nie odzywał się i obserwował.

– Niedługo będzie ich mniej – stwierdził Marco. – Przyślij mi dane śledzenia wszystkich statków, które słuchają rozkazów Pa. I powiedz swoim okrętom pilnującym Pallas, że *Wiedźma z Endoru* się zbuntowała. Niech ją zagłuszą, zniszczą i przyślą nam dane ze starcia. Żadnej litości dla zdrajców.

Rosenfeld kiwnął głową.

– A Fred Johnson?

– Rzeźnik wykrwawi się, gdy przyjdzie jego kolej – odpowiedział Marco. – Bez obaw, wojna dopiero się zaczyna.

ROZDZIAŁ DZIEWIĘTNASTY

PA

Stacja Japet nie znajdowała się na powierzchni księżyca, a na orbicie wokół niego. Zbudowano ją dawno temu, według starego projektu: dwa obracające się w przeciwne strony ramiona wspierające pierścienie mieszkalne i centralną stację dokową na osi. Na powierzchni księżyca błyszczały światła, oznaczając automatycznie stacje wydobycia i fragmentacji lodu. Podczas zbliżania się nastąpiła chwila, gdy stacja, księżyc i otoczona pierścieniami masa Saturna w głębi miały na ekranie tę samą wielkość. Złudzenie perspektywy.

Doki były prawie pełne starych lodowcowców, które zostały w domu z powodu zbyt wysokich ceł na wodę. Teraz już nikt nie wymuszał opłat i kto tylko mógł, korzystał z okazji. Statki latające czajniczkiem nieustannie wznosiły się z powierzchni księżyca i opadały ku niej. Kontenery transportowe pełne lodu oblepiały kadłuby transportowców jak powłoka soli. Administracja Japeta nie opowiedziała się po stronie Marco i Wolnej Floty ani też przeciw nim, ale nie tracili też okazji na pozbycie się ograniczeń narzuconych przez Ziemię i Marsa. Michio przyglądała się danym kontroli ruchu i próbowała w nich zobaczyć swobodę i wolność, a nie próbę przejęcia wszystkiego, co tylko się da, i wymknięcia się, gdy jeszcze było to bezkarne.

Otworzył się kanał łączności. Wezwanie ze strony kontroli ruchu Japeta. Powinna pozwolić się tym zająć Oksanie, ale wygrała niecierpliwość.

– Tu *Connaught* – powiedziała.

– Bien, *Connaught.* Japet bei hier. Kierujemy *Hornblowera* na stanowisko szesnaste. Będzie musiał odlecieć za pół godziny, nie?

– To wystarczy.

– Słyszałem, że tús macie więźniów, nie?

– Tak. I uchodźców. Oryginalną załogę *Hornblowera.*

– Bardzo wkurzeni?

– Szczęśliwi nie są – przyznała Michio. – Choć chyba ucieszą się z pokojów, które nie są zaspawane. Wasz oficer zaopatrzeniowy powiedział, że będziecie mogli ich przyjąć.

– Mogą wziąć kontrakty tutaj albo wykupić przelot na Ziemię lub Marsa. Etwas mogą uchodźcy. Więźniowie to inna rozmowa.

– Nie pozwolę ich skrzywdzić – oświadczyła Michio. – Ale też nie chcę ich uwolniać.

– Goście stacji – odpowiedziała kontrola Japeta. – Wszyscy oznaczeni. Zgoda na oba. I... nieoficjalnie, dobra? 'Gato za ładunek. Hydroponika jest cholernie przeciążona po zatrzymaniu dostaw z Ziemi.

– Cieszę się, że mogliśmy pomóc – odpowiedziała Michio i zamknęła połączenie.

I było to też prawdą. Czuła coś w piersi – łagodne, złote uczucie – budzące się ze świadomości, że ludzie, którzy bez niej by cierpieli, ucierpią przynajmniej trochę mniej. Spędziła więcej czasu na Rei niż na Japecie, ale miała wystarczające doświadczenie, by wiedzieć, co dla tego typu stacji znaczyły braki w sprzęcie hydroponicznym. Jej dostawa oznaczała przynajmniej różnicę między niepewnością a stabilizacją, w najgorszym razie między śmiercią a życiem.

Nie wyglądałoby to w ten sposób, gdyby Pasowi pozwolono rosnąć i uniezależnić się, ale Ziemia i Mars utrzymywały miejscową siłę roboczą na krótkiej smyczy z analogów gleby i złożonych związków organicznych. Teraz, dzięki Marco, Pas będzie miał szansę wypchnąć się do samowystarczalnej przyszłości. Chyba że, także dzięki Marco, zagłodzi się i zapadnie podczas próby.

Nie dostała od niego żadnej odpowiedzi od czasu, gdy nakazała swoim statkom ignorować jego rozkazy. Deklarację posłuszeństwa dostała od ośmiu z szesnastu jednostek, potwierdzenie rozkazów z jeszcze czterech. Tylko *Ando* i *Dagny Taggart* jawnie ją odrzuciły, a nawet one jeszcze nie podjęły żadnych działań. Wszyscy czekali na oświadczenie Marco. Nawet ona. I każda godzina, gdy tego nie robił, sprawiała, że coraz bardziej prawdopodobne wydawało się zignorowanie jej.

Z drugiej strony, były też inne głosy. Och, były inne. Spółdzielnia niezależnych statków zwiadowczych z Tytanii potrzebowała części zamiennych do silników. Transportowiec będący równocześnie domem dwudziestoosobowej rodziny doznał krytycznej usterki systemów zasilania napędu Epsteina i dryfował bezwładnie w przestrzeni. Westa przestawiła mieszkańców na racjonowane batony proteinowe do czasu przybycia obiecanej przez Michio żywności. Stacja Kelso w irracjonalnym akcie altruizmu wysłała pomoc na Ziemię i teraz stanęła przed brakiem wody i helu dla trzech reaktorów.

Stulecia postępu i rozwoju techniki pozwoliły ludzkości stworzyć sobie miejsca w próżni i promieniowaniu kosmicznym, ale nic nie mogło przezwyciężyć entropii, ideologii albo złych decyzji. Miliony ograniczonych skórą zlepków słonej wody, minerałów i związków organicznych składających się na ludzkie ciała rozproszone w Pasie wciąż potrzebowały żywności, powietrza, czystej wody, energii i schronienia. Sposobów na niedopuszczenie do utonięciu we własnych odchodach albo ugotowania się w emitowanym cieple. A przez połączenie charyzmy Marco i jej własnego idealizmu stała się za to wszystko odpowiedzialna.

Ale przynajmniej tutaj mogła zacząć. Zasoby *Hornblowera*, zamiast odlecieć przez wrota na zawsze, nakarmią Japeta i zapewnią stacji rezerwy potrzebne, by pomóc innym. *Connaught* i podobne mu statki nie musiały rozwiązywać wszystkich problemów dystrybucji, jedynie dostarczyć zasoby, udostępnić je i pozwolić, by siły rynku i społeczna natura Pasa zajęły się resztą.

Miała nadzieję, że to wystarczy.

Siedząca przy swojej konsoli Oksana roześmiała się. Nie była to oznaka radości, a raczej zdumionego niedowierzania.

– Que? – zapytał Evans.

Oksana pokręciła głową. Michio znała ją na tyle długo, by odczytać ten gest i kryjący się za nim ślad zawstydzenia. *Nie na służbie*. Utrzymanie rozdziału między byciem rodziną w czasie rodzinnym a załogą podczas służby było dla Oksany zawsze bardzo ważne. Zwykle było to ważne również dla Michio, ale podczas czekania na stanowisko do dokowania i z powodu obawy przed wiadomością od Marco każde odwrócenie uwagi było mile widziane.

– O co chodzi, Oksana? – zapytała Michio.

– Po prostu coś dziwnego w wiadomościach z Ceres, sir – wyjaśniła.

– No cóż, nie sądzę, żeby miało nam to zaszkodzić. Rzuć to na ekran.

– Sir – potwierdziła Oksana i zniknęły wskaźniki Michio, zastąpione przez profesjonalnie wyglądające nagranie wiadomości z pełznącym u dołu paskiem opcji i filtrowania.

Z ekranu patrzyła szczera, otwarta twarz Jamesa Holdena. Przez chwilę Michio znowu znalazła się na *Behemocie*, a potem wróciła. Niczym dawno zapomniany zapach lub smak potrawy jedzonej tylko w dzieciństwie, James Holden niósł ze sobą echo poczucia winy i strachu, przypomnienie przemocy.

W miarę jak Holden mówił, przez ekran przesuwały się obrazy: wyjątkowo stary Pasiarz o radosnych oczach, dwie kobiety – młoda i dość stara – klaszczące razem w jakiejś grze w rodzaju batbat, pattycake albo shin-sin, profesjonalnie ubrana kobieta o ciemnej skórze i poważnym wyrazie twarzy, stojąca przy zbiorniku hydroponicznym tak długim, że zakrzywiał się w oddali wraz z całą stacją. *Nazywam się James Holden i chciałbym przedstawić wam kilkoro ludzi, których poznałem tu na Ceres. Chcę, żebyście wysłuchali ich historii, poznali ich tak, jak swoich towarzyszy ze statków i sąsiadów. Mam nadzieję, że zabierzecie jakąś ich cząstkę ze sobą, tak jak ja.*

– Co to, kurwa, jest? – zapytał Evans ze śmiechem w głosie. – Patrzycie, jak wyćwiczony Pasiarz tańczy dla rozrywki?

– Nie, to Holden – zaprotestowała Oksana. – On jest z SPZ.

– En serio?

– Johnson jest z SPZ – przypomniała Michio. – On pracuje też dla Ziemi. I Marsa.

Na ekranie Holden podawał bańkę piwa bardzo staro wyglądającemu mężczyźnie. Policzki Pasiarza były już trochę zaczerwienione, ale jego głos brzmiał pewnie. *W tamtych czasach na stacji było pięciu mężczyzn na każdą kobietę. Pięć do jednego.*

– Latałaś z nim, sí? – zapytała Oksana. – W powolnej strefie?

– Przez chwilę – potwierdziła Michio. – Ten człowiek budzi się obok matki Filipa Inarosa. Tej, której Marco nie zdołał zabić. To właśnie on.

– A teraz ogłasza samemu Najwyższemu y alles gdzie nocuje? – rzuciła Oksana. – No dobrze. To on taki odważny czy szalony?

– Nie jestem pewna, czy mnie wypada go krytykować – stwierdziła Michio na chwilę przed tym, zanim uderzył w nią strach.

Przez ułamek sekundy nie wiedziała dlaczego, a potem dotarło do niej, co widzi w tekście przewijającym się u dołu ekranu. *Wiedźma z Endoru*. Chwyciła tekst, przeciągnęła go z powrotem. *Statek zniszczony przez Wolną Flotę został zidentyfikowany jako Wiedźma z Endoru.*

Wywołała kanał. Jej ekran zamigotał. Holden i stary Pasiarz śmiali się z opowieści o stacji Ceres sprzed jej rozkręcenia, ale ich nie słyszała. Na ekranie przed nią niemal przesadnie realistyczny obraz z teleskopu wywiadu pokazywał statek lecący z dużym ciągiem, ze strumieniami pocisków z działek obrony punktowej zdającymi się wyginać w miarę, jak statek się od nich oddalał. Na podstawie zakrzywienia lotu oceniła, że wyciągnęli prawie dziesięć g. Obraz nie pokazywał, przed czym ucieka, a torpeda, która przedarła się przez obronę, poruszała się zbyt szybko, by ją zobaczyć. Statek przesunął się, obracając się przez ułamek sekundy, a potem zmienił się w kulę światła. *Nie jest jasne*, zabrzmiał głos komentatora, *dlaczego siły Wolnej Floty zaatakowały jeden z własnych okrętów, ale raporty potwierdzają wykrycie smug z silników, pochodzących z kilku innych znanych lokalizacji przeciwnika na wektorach nieodpowiadających atakowi na pozycje połączonej floty...*

– Sir? – odezwała się Oksana, a Michio zrozumiała, że musiała powiedzieć coś na głos.

Popatrzyła w pełne szacunku, twarde oczy Oksany. Łagodne i przejęte spojrzenie Evansa. Jej załoga i rodzina.

– Mamy odpowiedź Marco – oznajmiła.

***

– Zmiana języka *stanowi* zmianę świadomości, tak – powiedział Josep.

Miał na sobie kombinezon, tak jak ona, ale on przypiął się też do pryczy przeciążeniowej. Złożony schemat prezentował stan układu zgodnie z ich najlepszą wiedzą. Jednostki lojalne w stosunku do wewnętrznych skupiały się wokół Ziemi, Marsa i Ceres i oznaczono je na czerwono. Lojalną wobec Marco Wolną Flotę – na niebiesko, garstkę jej piratów i idealistów – na zielono. Niezależne stacje i statki – Ganimedes, Japet – na biało. A pośród tego wszystkiego złoty pył pokazywał, gdzie Marco zakopał w próżni swoje skrzynie ze skarbami.

– Umysł tworzą analogie – stwierdził Josep, nie potrzebując jej udziału w rozmowie. – Zmiana wieku zmienia zakres. Wcześniej było *wewnątrz* kontra *zewnątrz*, teraz zmienia się w *połączonych* przeciw *niepołączonym*. *Wolna* Flota. *Połączona* flota. Ci, którzy zrzucili łańcuchy, przeciw tym, którzy się ze sobą wiążą.

Bezpośrednia bitwa jeden na jednego przeciwko Marco była niemożliwa. Miał zbyt wiele okrętów, a apele wysyłane przez Michio do Rosenfelda, Dawesa i Sanjraniego pozostawały bez odpowiedzi. Choć nie zostały też odrzucone. Jak dotąd Marco był jedynym, który nazywał ją zdrajczynią sprawy. Zakładała, że pozostali idą ślepo za jego przywództwem.

Co na krótką metę w niczym jej nie pomagało.

Prześledziła trasy i kursy jej zielonych statków, łuki, które utrzymają je poza zasięgiem gniewu Wolnej Floty, pozwalając im przy tym wysyłać zasoby tam, gdzie były najbardziej potrzebne. Przypominało to rozwiązywanie kompleksowego zadania matematycznego bez żadnej obietnicy, że istnieje optymalne rozwiązanie. Poszukiwanie najmniej złej odpowiedzi.

– My jesteśmy najwolniejsi z wolnych. Odłączeni od odłączonych – kontynuował Josep. – A dzięki temu nawiązujemy połączenia. Wyalienowani z powodu poświęcenia dla społeczności, nie? Yang wewnątrz yin, narastające światło w mroku. Musiało tak być, to zasady wszechświata. Jesteśmy termodynamiką znaczenia. Shikata ga nai. Tak wolni, że mamy tylko jedną opcję. Bo tak właśnie ukształtowany jest umysł Boga. Minima i maksima zbiegające się razem jak krzywa. Jak skóra z interpretacji.

Michio przeciągnęła wyświetlacz taktyczny do swoich osobistych danych i wyciągnęła rękę, obracając się za uchwyt, aż zwróciła się do pryczy przeciążeniowej. Josep patrzył na nią z wyrazem dziecięcej radości. Źrenice miał rozszerzone tak bardzo, że jego oczy wyglądały na czarne.

– Muszę iść coś zrobić – stwierdziła. – Przeżyjesz bez niańki?

Josep zachichotał.

– Jestem obywatelem umysłu dłużej, niż ty żyjesz, dziecko-żono. Mogę pływać w próżni i nigdy nie zginąć.

– No dobrze – rzuciła i przestawiła pasy bezpieczeństwa pryczy w tryb unieruchomienia z jej hasłem wymaganym do zwolnienia. – Ustawię system do monitorowania twoich parametrów życiowych. I może przyślę Laurę, żeby z tobą posiedziała.

– Powiedz jej, żeby zabrała swój zestaw do go. Na haju gram dużo lepiej.

– Przekażę – obiecała Michio.

Josep ujął jej dłoń w swoje ręce i łagodnie ścisnął palce. Chciał coś przez to wyrazić – coś głębokiego, subtelnego i prawdopodobnie nie do pojęcia przez trzeźwy umysł. Ona zobaczyła w tym tylko miłość. Zmniejszyła jasność oświetlenia, ustawiła system na łagodną muzykę – harfa z kobiecym głosem tak idealnym, że prawdopodobnie sztucznym – i zostawiła go samego. W drodze na mostek wysłała wiadomość do Laury i dostała odpowiedź. Josep prawdopodobnie nie potrzebował opiekunki, ale lepiej być ostrożnym. Roześmiała się pod nosem, zaczepiając się stopą o uchwyt. Ostrożność w drobiazgach, brawura w wielkich sprawach.

W zajmowanej zwykle przez Pa pryczy przeciążeniowej spoczywał Bertold, z muzyką dobywającą się ze słuchawek na uszach i monitorami stanu statku wskazującymi radosną zieleń. Wszystko było dobrze, o ile tylko nie grzebała za głęboko.

Uniósł głowę na powitanie, gdy przeciągnęła się do stanowiska zajmowanego zwykle przez Oksanę. Wciąż czuła się dziwnie na statku zaprojektowanym przez Marsjan. Wszystko zostało zaprojektowane z rozsądkiem, którego nie potrafiła dokładnie sprecyzować: wojskowym, rygorystycznym i prostym. Nie umiała pozbyć się myśli, że mogło to wynikać z faktu dorastania przez projektantów w stałym, ciągnącym ich w dół ciążeniu, ale może nie o to chodziło. Może był po prostu marsjański, bo Mars taki był. Nie wewnętrzni przeciw zewnętrznym, ale sztywność i kruchość przeciwko elastyczności i swobodzie.

– Co jest? Geht gut? – zapytał Bertold, gdy przeglądała schematy taktycznie.

– Tak. Ale Josep postanowił się naćpać, a nie robię teraz rzeczy, które dobrze komponują się z napompowanym chemicznie mistycyzmem.

Poczuła ukłucie żalu, gdy tylko to powiedziała, choć zdawała sobie sprawę, że Bertold nie będzie się doszukiwał w jej słowach niczego głębszego. Mimo wszystko, gdyby rodzina rozpadła się pośrodku ogólnej katastrofy, nie byłaby w stanie sobie z tym poradzić. Potrzebowała swojej kotwicy.

I bardzo dobrze, że ją miała.

– Mogę...? – zapytał Bertold, a ona rzuciła mu na ekran kopię swojego.

Wszystkie statki, wszystkie wektory. Ostateczne obalenie jednego statku. Oto ludzkość ze wszystkimi podziałami i sporami. Wróciła do swojej analizy. W taki sposób mogła odzyskać jedną czwartą utraconych zasobów kosztem jedynie dwóch okrętów. Tak mogła dostarczyć jedną dziesiątą, ale nie ludziom, którzy najbardziej ich potrzebowali. Tak mogła zapewnić bezpieczeństwo wszystkim jednostkom i nie osiągnąć niczego innego.

– Wygląda to jak ameba rodząca bliźniaki – skomentował Bertold. – Sehr feo.

– Faktycznie brzydkie – zgodziła się Michio, prowadząc kolejną symulację. – Głupie, marnotrawne i okrutne.

Bertold westchnął. Zaraz na początku związku Michio była głęboko zadurzona w nim i Nadii. Wspólne pasje przerodziły się od tamtej pory w intymność, którą ceniła dużo bardziej od seksu. To właśnie zaufanie pozwalało jej bez obaw powiedzieć, co widzi, o czym myśli. Pozwolalo je na usłyszenie prawdy wypowiadanej własnym głosem.

– Jeśli mamy to zrobić, będę musiała zrobić kilka rzeczy, które mi się nie podobają.

– Wiedzieliśmy o tym, podejmując decyzję, prawda?

– Nie znałam szczegółów.

– Źle?

W odpowiedzi zmieniła wartość zmiennej na wyświetlaczu taktycznym. Pojawiły się niedostępne tam wcześniej opcje: odzyskać sześćdziesiąt procent, nie tracąc niczego. Zapewnić zaopatrzenie pięciu stacjom najbardziej narażonym na zapaść i utrzymać Marco z dala od Japeta. Otworzyć i być może zdobyć kontrolę nad trasą do Ganimedesa na przynajmniej kilka tygodni. Bertold zmarszczył brwi, dochodząc do tego, co zrobiła i w jaki sposób. Sapnął, gdy to zobaczył.

– To marzenie – rzucił.

– Wcale nie – odparła Michio. – To porozumienie dwóch przeciwników gotowych go przestrzegać tak długo, jak długo będą mieć zbieżne interesy.

– To oznacza odwrócenie się plecami do Rzeźnika stacji Anderson.

– No cóż, owszem. To prawda. Ale wiem, czym jest, nie powtórzę błędu zaufania mu. Wykorzysta nas, jeśli będzie mógł, a ja byłabym głupia, gdybym nie zrobiła tego samego. Gdyby Marco nie uczynił z nas priorytetowego celu, byłoby inaczej, ale leci ostro na nasze statki.

– Zraniłaś jego dumę, sa sa?

– Wszystko, czego nam potrzeba, to uzyskanie obietnicy, że połączona flota nie będzie do nas strzelać, a my do niej, co otworzy nam strefy, do których Marco nie wleci. Bezpieczne przystanie.

– „Bezpieczne" znaczy przycupnięcie pod działami Freda Johnsona. Czekanie, aż zwróci się przeciw nam.

– Wiem – przyznała Michio. – A z Johnsonem ten moment nadejdzie. Tylko że kiedy nastąpi, nas już tam nie będzie.

– To zły plan, kapitanie – oświadczył Bertold.

Choć zrobił to łagodnym głosem. Już rozumiał.

– Owszem, ale to najlepszy plan, jaki mam.

– No tak. – Westchnął.

– No cóż – powiedziała. – Mogliśmy to zrobić na sposób Marco.

– Nie sądzę, żebyśmy mogli – zaprzeczył Bertold.

– Ja też nie.

– A co ze stacjami i statkami, którym pomożemy? Niektóre będą miały działa. Strażników.

– Wstrzymamy pomoc, chyba że zgodzą się za nas walczyć i ginąć? – zasugerowała Michio. – I pozwolimy im zginąć z głodu, jeśli tego nie zrobią? Nie, poczekaj. Nie protestuję, po prostu pytam. Co jest gorsze? Wymuszanie na ludziach, by byli żołnierzami dla nas, czy negocjacje z Fredem pieprzonym Johnsonem?

Bertold przycisnął dłoń do czoła.

– Nie ma trzeciej opcji?

– Szlachetna śmierć? – zasugerowała Michio.

Bertold się roześmiał, ale zaraz spoważniał.

– To będzie zależało od tego, czego zechce Rzeźnik.

– To prawda – zgodziła się Michio. – Więc powinniśmy go zapytać.

– Tak, kurwa – rzucił Bertold. Zobaczyła w jego oczach odbicie własnego niepokoju, złości i upokorzenia. Wiedział, ile musiało ją kosztować branie tego pod uwagę. I bezwzględność, z jaką się traktowała, która uczyniła to wszystko koniecznym. – Kocham cię. Wiesz o tym. Zawsze.

– Ja ciebie też – odpowiedziała.

– Nie trzeba wiele, żebyśmy musieli sprzedawać nasze zasady, prawda?

– Wystarczy się urodzić – rzuciła Michio, wywołując sterowanie łącznością i ustawiając wiązkę kierunkową na Ceres.

ROZDZIAŁ DWUDZIESTY

NAOMI

– Niebezpieczeństwo polega na nadmiernym rozciągnięciu sił – skomentowała skulona nad stołem Bobbie, przy której mebel wydawał się mniejszy. – Walnęli nas z zaskoczenia, w drodze powrotnej udało nam się zaliczyć kilka łatwych wygranych. Kuszące jest pognanie najdalej jak się da i próba złamania ich. Wygląda to tak, jakbyśmy zmusili ich do ucieczki. Ale tak naprawdę wciąż jeszcze oceniamy jego siły, a on wciąż patrzy, co zrobimy.

– A co robimy? – zapytała Naomi, podając jej miskę jajecznicy z tofu i ostrym sosem.

Bobbie zgarnęła porcję do ust i zaczęła przeżuwać w zamyśleniu. Naomi usiadła naprzeciw niej i spróbowała dania z własnej miski. Od kiedy Maura Patel dokonała aktualizacji ich systemów żywności, ostry sos *Rosa* smakował trochę inaczej, ale Naomi ten smak zaczynał się podobać. Odmiana też niosła w sobie coś przyjemnego. A także poczucie nostalgii za tym, co się zmieniło. I nie dotyczyło to tylko jedzenia, ale wszystkiego.

– Nie sądzę, żeby ktoś to wiedział – stwierdziła Bobbie. – Mój nauczyciel taktyki podczas kursów szkoleniowych, sierżant Kapoor, był entomologiem...

– Twój sierżant na kursach wojskowych był entomologiem?

– To Mars – rzuciła Bobbie, wzruszając ramionami. – Tam to nic dziwnego. W każdym razie mówił o zmiennych strategiach, jakby były środkową częścią metamorfozy. Podobno gdy gąsienica uplecie kokon, następne, co robi, to się rozpuszcza. Całkowicie zmienia się w płyn. A potem małe kawałki tego, co było gąsienicą, składają się razem w ćmę, motyla czy co tam jeszcze. Znajdują inny sposób na złożenie tych samych części, tworząc z nich coś innego.

– Wygląda to trochę jak protomolekuła.

– Hm. Owszem. Chyba trochę tak to wygląda. – Bobbie zjadła kolejną porcję jajek, wbijając spojrzenie w ścianę po drugiej stronie. Milczała na tyle długo, że Naomi nie była pewna, czy jeszcze wróci do tematu.

– Ale chodziło mu o coś związanego z taktyką? – zapytała Naomi.

– Tak. Że zmiana strategii też działa w ten sposób. Wchodzisz w sytuację, myśląc o niej w określony sposób, a potem coś się zmienia. I wtedy albo trzymasz się starych pomysłów, albo przyjrzysz się wszystkiemu, co masz do dyspozycji, i znajdziesz nowy kształt. Jesteśmy na etapie znajdowania nowego kształtu. Avasarala jest zajęta, próbując nie dopuścić do całkowitej zapaści resztek środowiska Ziemi, ale gdy uda się jej to ustabilizować, będzie próbowała złapać Inarosa i wszystkich, którzy oddychali tym samym powietrzem co on, a potem postawić ich przed sądem. Chce, żeby to była zbrodnia.

Od strony windy nadeszła Sandra Ip, kiwnęła im głową i wyciągnęła z dozownika bańkę z herbatą.

– Jak myślisz, dlaczego? – zapytała Naomi. – To znaczy, dlaczego traktować to jak przestępstwo, a nie wojnę?

– Uważam, że to oznaka pogardy. Ale w tym czasie Mars jest... sama nie wiem. Chyba odkrywa, że pomimo całej naszej siły jesteśmy bardzo wrażliwi. Nie jestem pewna, jak się z tego otrząśniemy, ale nigdy już nie będziemy tym samym. Nie bardziej niż Ziemia. A Fred? Próbuje budować porozumienia i koalicje, ponieważ to właśnie robił przez całe dziesięciolecia.

– Ale nie sądzisz, żeby potrafił. – To nie było pytanie.

Ip wyszła z kambuza, a Bobbie zastanawiała się, gdy jej kroki cichły.

– Uważam, że łączenie ludzi jest dobre. Generalnie przydatne. Ale... chyba nie powinnam o tym rozmawiać. Powinnam być przedstawicielką Marsa. Młodszą ambasadorką czy czymś takim.

– Ale on próbuje odbudować gąsienicę, gdy potrzebujemy motyla – zasugerowała Naomi.

Bobbie westchnęła, zjadła ostatnią porcję jajek i wrzuciła miskę do recyklera.

– Mogę się mylić – zastrzegła. – Może to zadziała.

– Można mieć nadzieję.

Odezwał się terminal ręczny Bobbie. Zmarszczyła brwi, czytając otrzymaną wiadomość. Sposób, w jaki się ruszała, nawet w tak drobnych sprawach jak teraz, miał w sobie siłę i ekonomię szkolenia. I coś więcej. Frustrację.

– O rety – rzuciła cierpko Bobbie. – Kolejne ważne spotkanie.

– Cena bycia kluczową.

– Pewnie tak – odparła Bobbie, wstając od stołu. – Wrócę, gdy będę mogła. Jeszcze raz dziękuję, że mogę tu nocować.

Gdy Bobbie wychodziła, Naomi położyła jej dłoń na ramieniu. Zatrzymała ją. Nie wiedziała, co właściwie chce powiedzieć, dopóki tego nie powiedziała. Tylko tyle, że miało to związek z wizjami załogi, rodziny i próbą niezdradzenia tego, kim się jest.

– Czy ty *chcesz* pełnić rolę tego młodszego ambasadora?

– Sama nie wiem. Chyba ktoś musi – odpowiedziała Bobbie. – Próbowałam znaleźć swoje miejsce od czasu Io. A może nawet od czasu Ganimedesa. Naprawdę lubiłam pracę w ośrodku pomocy dla weteranów, ale teraz, gdy tego nie robię, wcale nie tęsknię. Przypuszczam, że z tym będzie tak samo. To coś do zrobienia. Dlaczego pytasz?

– Nie musisz nikomu dziękować za miejsce na tym statku. Jeśli odpowiada ci taka kabina, jest twoja.

Bobbie zamrugała. Na jej ustach pojawił się lekki, smutny uśmieszek. Cofnęła się o krok, ale nie odwróciła. Fizyczna oznaka wahania. Naomi pozwoliła, by cisza między nimi się przeciągnęła.

– Doceniam to – powiedziała w końcu Bobbie. – Ale dodanie kogoś do załogi? To poważna sprawa. Nie wiem, co sądzi o tym Holden.

– Rozmawialiśmy o tym. On już uważa cię za członka załogi.

– Ale teraz robię tę rzecz z ambasadorowaniem.

– Owszem. Uważa, że nasza działonowa jest dla Freda ambasadorką z Marsa. – Naomi zdawała sobie sprawę, że odrobinę naciąga fakty, ale warto było. Bobbie na uderzenie serca znieruchomiała. Potem na kolejne.

– Nie wiedziałam – powiedziała, a potem już bez słowa wyszła w stronę windy, śluzy i stacji Ceres. Naomi przyglądała się, jak wychodzi.

Pożary na pokładach statków były niebezpieczne. Na statku nieustannie zachodziło całe mnóstwo procesów, które mogły przekroczyć temperaturę samorzutnego zapłonu. Sztuka polegała na tym, by wiedzieć, kiedy wpuszczenie powietrza rozpocznie spalanie, a kiedy nie. Czasami rozmowa z Bobbie przypominała dotykanie dłonią ceramicznego panelu w celu sprawdzenia, jak jest gorący. Próbę zgadnięcia, czy odrobina powietrza ostudzi dużą kobietę, czy wywoła pożar.

Samotna w kambuzie Naomi zajęła się zwykłymi czynnościami serwisowymi: wytarła stoły i ławy, sprawdziła status filtrów powietrza, wyczyściła podajnik recyklera. Ponieważ na pokładzie znajdowało się tak wiele osób, zapasy zużywały się dużo szybciej, niż była do tego przyzwyczajona. Gor Droga bardzo lubił herbatę, co znacząco obniżyło ich zapasy. Sun-yi Steinberg wolała napój cytrusowy, którego produkcja zmniejszała zapas kwasów i białek teksturujących. Clarissa Mao jadła kibble z wodą. Więzienne menu.

Przyglądając się poziomom zaopatrzenia, Naomi musiała sobie przypominać, że *Ros* ma na pokładzie załogę trzykrotnie liczniejszą niż zwykle. Mimo wszystko wciąż mieścili się w specyfikacji i możliwościach statku. *Tachi* zaprojektowano z myślą o dwóch pełnych załogach obsługi i kabinach pełnych marsjańskich marines. Zmiana nazwy nic tu nie zmieniła, może poza jej oczekiwaniami. Jednak i tak niedługo będą musieli uzupełnić zapasy.

Trudno będzie zdobyć aromaty i przyprawy, dzięki którym wszyscy pozostali jedli inaczej niż Clarissa. Na Ceres nie było zapasów. Właściwie będzie problem z zapasami w całym Pasie, a teraz także i na planetach wewnętrznych. Wszelkie złożone związki organiczne dostarczane dotąd przez Ziemię mogły być syntetyzowane w laboratoriach lub hodowane w uprawach hydroponicznych na Ganimedesie, Ceres i Pallas, a nawet w ośrodkach turystycznych na Tytanie. Prawdziwym problemem, pomyślała, wymieniając dyszę ekspresu do kawy, były zdolności produkcyjne. Mogli zrobić wszystko, ale nie na raz. Ludzkość będzie musiała sobie radzić z minimalnymi zasobami do czasu zwiększenia produkcji i dużo ludzi żyjących na granicy tego nie wytrzyma. Owszem, będą umierać na Ziemi, ale nakarmienie Pasa także nie będzie proste.

Wyrzucając starą dyszę do recyklera, zastanawiała się, czy Marco o tym pomyślał, czy też jego wizje chwały odrzuciły wszelkie realistyczne plany zaopiekowania się życiem wszystkich ludzi, które zaburzył. Miała swoje podejrzenia. Marco był istotą wielkich gestów. Opowiadane przez niego historie dotyczyły kluczowych chwil, które wszystko zmieniły, nie tych wszystkich zdarzeń, które następowały później. W tej chwili gdzieś w Układzie Karal, Skrzydlaty lub – wywołanie tego imienia było niczym dotknięcie bolącego miejsca – Filip mógł przeprowadzać na *Pelli* dokładnie ten sam rodzaj konserwacji, którym zajmowała się teraz. Zastanawiała się, ile będą potrzebować czasu na zrozumienie, że wojenne łupy nie zapewnią wyposażenia statków na zawsze.

Zapewne stanie się to jasne, dopiero gdy wszystko zużyją. Królowie zawsze ostatni ulegali głodowi. Nie tylko w Pasie, ale przez całą historię. Ludzie, którzy po prostu zajmowali się swoim życiem, byli tymi, którzy mieli najwięcej do powiedzenia na temat kosztu wojny. Oni płacili jako pierwsi. Ludzie pokroju Marco mogli planować olbrzymie bitwy, nakazywać plądrowanie i zniszczenie światów, a przy tym nigdy nie brakło im kawy.

Po zakończeniu przeglądu kambuza weszła do windy i przeniosła się na mostek. Pojawiła się nowa analiza statków, które zniknęły w pierścieniach wrót. Żadnych nowych danych, po prostu kolejna próba przeżucia istniejących. Jej fascynacja miała swe źródła w swoistym lęku. Przeleciała przez wrota, podróżowała w dziwnej nie-przestrzeni łączącej układy gwiezdne i ze wszystkich niebezpieczeństw, z którymi miała do czynienia, ciche zniknięcie nawet nie przyszło jej do głowy. A jednak kilkuset ludziom – może nawet większej liczbie – coś takiego się przydarzyło.

Sprawie przyglądały się najlepsze umysły Ziemi i Marsa, które nie zajmowały się próbami poradzenia sobie z katastrofą ekologiczną i upadkiem organów rządowych. Naomi nie miała do dyspozycji takich zasobów jak oni ani też głębi ich wiedzy, jednak miała doświadczenie. Może zobaczy coś, co im umknie.

Dlatego też patrzyła. Jak detektyw-amator podążała za poszlakami i przeczuciami i podobnie jak większość tego typu detektywów, nic nie znajdywała. W sieci tematem rozmów była teraz nowa teoria dotycząca sygnatury silnika *Casa Azul*, wskazująca, że reaktor prawdopodobnie był źle skonfigurowany, ale poza faktem, że był to błąd nowicjusza prowadzący do utraty mnóstwa energii w formie zbędnego ciepła, Naomi nie widziała w tym niczego więcej. Z pewnością nie było to powodem, dla którego ten statek lub inne statki miałyby przepaść.

Analiza przeniosła się właśnie na spekulacje dotyczące wiarygodności teorii, według której wadliwe czujniki doprowadziły do zwiększenia ciśnienia w reaktorze *Casa Azul* – co dla niej było oczywiste od samego początku – gdy odezwał się jej terminal. Bobbie. Odebrała połączenie i na ekranie pojawiła się twarz marine. Naomi poczuła niepokój.

– O co chodzi? – zapytała.

Bobbie pokręciła głową. Prawdopodobnie miało to rozładować napięcie, ale Naomi skojarzyło się z oglądanym kiedyś nagraniem byka szykującego się do szarży.

– Wiesz, gdzie jest Holden? Nie odbiera połączeń.

– Może spać. Siedział do późna nad nagraniami do swojego projektu z Moniką.

– Czy mogłabyś go dla mnie obudzić? – poprosiła Bobbie.

Za plecami miała ścianę z rzeźbionego kamienia z oświetleniem w niszach. Naomi pomyślała, że wygląda to na pałac gubernatora. Potwierdzeniem był odległy głos Freda Johnsona, niski i chrapliwy z irytacji.

Naomi wstała, biorąc ze sobą terminal.

– Już idę – powiedziała. – Co się dzieje?

***

– Nie rozumiem, dlaczego jesteś tego częścią – burknął Fred Johnson.

Siedzący po drugiej stronie biurka Jim wciąż wyglądał na rozespanego: szklane oczy i włosy przygniecione od leżenia na pryczy przeciążeniowej. Bobbie siedziała z boku ze skrzyżowanymi rękami. Odezwała się, zanim Jim oprzytomniał na tyle, by udzielić odpowiedzi.

– On zna tę kapitan Pa – przypomniała. – Pracował z nią na Medynie, zanim stała się Medyną.

– Gdy jeszcze znajdowała się w mojej strukturze dowodzenia – przypomniał. – Nie jest kimś nieznanym. Była jedną z moich, to ja przydzieliłem ją na tamten statek. Nie potrzebuję, żeby ktoś mi mówił, kim jest ani co o niej myśli.

Twarz Bobbie pociemniała.

– W porządku. Ściągnęłam tu Holdena, bo może jego posłuchasz.

Jim uniósł palec.

– Tak naprawdę to nie mam pojęcia, co się tu dzieje – wyznał. – No więc. Wiecie. Co się tu dzieje?

– Michio Pa należy do wewnętrznego kręgu Inarosa – wyjaśniła Bobbie. – Tylko wygląda to tak, jakby dotarło do niej, że jest wielkim dupkiem, bo z nim zerwała. Zaczęła wysyłać dostawy pomocy do miejsc, na które nie zgodziła się Wolna Flota. A teraz Inaros do niej strzela, więc chce naszej pomocy.

– Dostawy pomocy? – Fred zapytał głosem twardym jak kamień. – Tak to nazywasz?

– Ona to tak nazywa – odgryzła się Bobbie.

Jim zerknął na Naomi. Wyraz jego twarzy mówił *to nie wygląda dobrze.*

Naomi odpowiedziała uśmiechem. *Wiem, co nie?*

– Michio Pa porywa statki kolonizacyjne w imieniu Wolnej Floty – warknął Fred. – Nawet jeśli nie brała udziału w zniszczeniu Ziemi, to ma na rękach krew wszystkich kolonistów, którzy zginęli na skutek jej piractwa. To nie są dostawy pomocy, to łupy *wojenne.* W wojnie prowadzonej przeciw *nam.*

– Marco do niej strzela? – odezwał się Jim, próbując przejąć wodze rozmowy.

Ale Fred wpatrywał się w Bobbie i nie chciał odpuścić.

– To mój najlepszy możliwy scenariusz, Draper. Koalicja Inarosa zaczyna się rozpadać. Strzelają do siebie, nie do nas. Jeśli Pa osłabi flotę Inarosa, to nam łatwiej będzie z nim walczyć. Każdy statek Pa, który Inaros zmieni w żużel, to jeden mniej krzywdzący niewinnych ludzi i kradnący ich własność. Nie widzę żadnych korzyści dla mnie, Ziemi ani Marsa z mieszania się w to i osobiście mam ci za złe, że ściągasz tu przyjaciół w próbie wymuszenia na mnie innego myślenia.

– Nie jesteś tu jedyną osobą ze szkoleniem wojskowym – przypomniała Bobbie. – Nie jesteś jedynym, który musiał rozważać zawieranie problematycznych sojuszy. Nie jesteś jedynym z doświadczeniem w dowodzeniu. Ale tylko ty w tym pokoju się *kurewsko mylisz.*

Fred zerwał się z miejsca, a Naomi głębiej wsunęła się w poduszki na swoim krześle. Bobbie zrobiła krok w jego stronę, zaciskając dłonie w pięści i wysuwając szczękę. Fred zmrużył oczy.

– Nie jestem zainteresowany... – zaczął.

– Jeśli chcesz, żebym tu przychodziła w marsjańskim mundurze i zgadzała się na wszystko, co powiesz, to wybrałeś złą osobę – na wpół powiedziała, na wpół wykrzyczała Bobbie. – Myślisz, że zorganizuje się imprezę piżamową magicznej koalicji SPZ i to wszystko załatwi? Nic z tego. Już do ciebie nie przychodzą. Masz Ceres, masz flotę i mnie jako cholerny kwiatek do kożucha, ale to nie wystarczy. Przestań się tak zachowywać!

Jej słowa uderzyły Freda jak cios. Zachwiał się i mocno zacisnął wargi. *Czy tak właśnie to wyglądało, gdy rozpadła się koalicja Marco?* zaciekawiła się Naomi.

Kiedy Fred się odezwał, jego głos był cichszy, ale zimny.

– Teraz rozumiem, dlaczego Avasarala tak bardzo cię lubi.

– Czy to prawda? – zapytał Holden. Tym razem go usłyszeli. – SPZ nie przyleci?

– Zorganizowanie ich przybycia zajmuje dłużej, niż na to liczyłem. Może będę musiał zmienić miejsce spotkania, znaleźć jakiś neutralny teren.

– Neutralny teren – powtórzył Jim z wyraźnym sceptycyzmem.

– Niektórzy z tych ludzi to zażarci wrogowie planet wewnętrznych – przypomniał Fred. – Połączona flota wzbudza w nich nerwowość. Potrzebują zapewnienia, że interesuje nas wyłącznie Wolna Flota, nie oni. To wszystko.

Fred i Bobbie stali niezręcznie naprzeciw siebie, zużywszy energię gniewu, ale żadne z nich nie chciało się cofnąć jako pierwsze. Naomi odkaszlnęła, choć wcale tego nie potrzebowała, a potem wstała i podeszła do stolika pod ścianą, żeby nalać sobie szklankę wody. To wystarczyło. Bobbie usiadła, a chwilę później zrobił to i Fred. Jim zgarbił się na krześle. Nalała szklankę także dla niego i przyniosła mu, a potem z powrotem zajęła swoje miejsce.

– Ta kapitan Pa – odezwała się Bobbie, teraz zwracając się wprost do Jima – to nasze wejście. Jeśli zdołamy doprowadzić do sytuacji, w której będzie skłonna dostarczyć nam informacje w zamian za ochronę, może zdoła nam dać coś, co pomoże nam złamać Inarosa.

Fred pokręcił głową. W jego głosie nie było już złości, ale wciąż był nieugięty.

– Pa to tykająca bomba. Niejeden raz się buntowała i zmieniała strony.

– Kiedy zbuntowała się poprzednio, ocaliła mi życie – przypomniał Holden. – I może przy okazji całej ludzkości. Odrobina kontekstu jest ważna.

– Nie przychodzi do nas jako sojusznik, nie oferuje zaprzestania piractwa ani nawet ograniczenia go. Współpraca z nią oznacza, że każdy porwany przez nią od tej pory statek będzie też naszą winą! – Fred podkreślił swą tyradę przez uderzenie dłonią w blat stołu.

– Oferuje przekazanie zasobów Ceres – zauważyła Bobbie.

– Dla których zdobycia kradła, a może nawet zabijała.

Fred rozłożył ręce, ale Jim nie patrzył na niego. Naomi popijała wodę. Była zimna, z wyczuwalnym posmakiem minerałów, i nie pomagała rozluźnić jej ściśniętego gardła. Musiała walczyć z chęcią zasłonięcia oczu włosami. Bobbie sprowadziła go tutaj jako sojusznika do walki po jej stronie. Kogoś, kogo Fred Johnson znał i szanował. Ale Marsjanka nie znała Jima tak jak ona. Nawet poczucie lojalności – nawet miłość – nie pozwoliłyby mu naruszyć jego poczucia tego, co słuszne, prawe. Zaczęła się zastanawiać, czy po tym wszystkim Bobbie będzie chciała zostać na *Rosynancie*. Miała taką nadzieję.

Każdy, kto nie znał go lepiej, powiedziałby, że wygląda na zamyślonego, ale Naomi widziała żal w kącikach jego ust i ustawieniu brwi. Poczucie straty. Odstawiła szklankę. Ujęła jego dłoń. Zerknął na nią, jakby dopiero teraz przypomniał sobie o jej obecności. Spojrzała mu w oczy i wyobraziła sobie, że widzi, jak gaśnie w nich światło. A może nie gaśnie, dalej płonie, tylko jest czymś przesłaniane. Pancerzem. Albo żalem.

– No dobrze – odezwał się. – Jak możemy się skontaktować z Pa?

Naomi zamrugała. Fred również wyglądał na zaskoczonego i zmieszanego.

– Chcesz mnie zmusić do działania? – zapytał Fred. – Nie zamierzam tego robić.

– Możemy ściągnąć twoich ludzi z *Rosa*, jeśli są ci potrzebni – powiedział Jim, kiwając głową, jakby się z czymś zgadzał. Fred zmarszczył się w sposób sugerujący, że rozmowa z Pa może być zaledwie drugą najgorszą opcją na stole. – Jeśli będziemy musieli zrobić to sami, nie będziemy tak skuteczni, ale zrobimy, co się da.

– Zrobimy? – zapytała Naomi.

Ścisnął jej palce.

– Będziemy potrzebować kogoś takiego jak ona – powiedział tak łagodnie, jakby szeptał słowa miłosnej pieśni.

Nie była pewna, co to znaczy, i wcale nie poczuła się od tego lepiej.

ROZDZIAŁ DWUDZIESTY PIERWSZY

JAKULSKI

– Favór – powiedział Shului. – Nie będę cię prosił nada alles, ale zrób to dla mnie, sa sa?

Jakulski potrząsnął otwartymi dłońmi, zbywając młodszego mężczyznę. Kelsey poszła do ubikacji, więc byli sami w technicznym ośrodku sterowania stacji Medyna. Ponieważ mieścił się poza cylindrem, było to jedno z nielicznych miejsc w Medynie, które zawsze znajdowało się w nieważkości. Prycze przynitowano do tego, co byłoby podłogą, gdyby stacja kiedyś znowu zaczęła się poruszać z ciągiem. Anioły w złocie i błękicie pchały łuki drzwi w stronę Boga, który w nieważkości sprawiał wrażenie, jakby patrzył na nich z ukosa. Jedynym, co dla Jakulskiego miało jakiś sens, były gwiazdy.

Shului stanowił ucieleśnienie rozpaczy: usta wykrzywione w cierpieniu, ręce wyciągnięte do przodu, wzrok wbity w Jakulskiego. Duży, nabrzmiały jęczmień na górnej powiece jego lewego oka wyglądał jak coś z księgi Hioba.

– Nie mogę – odpowiedział Jakulski. – Obiecałem moim ludziom, że im dzisiaj postawię.

– Zrobię to za ciebie. Clear sus rachunek, y alles la – zapewnił Shului. – *Favór.*

Zmiana ciągnęła się już bardzo długo i prawdę mówiąc, Jakulski bardzo już chciał usiąść gdzieś z odrobiną ciążenia i przyzwoitą szkocką. Oraz przypominającym mu o dzieciństwie białym kibble w tej kawiarni odwiedzanej zwykle przez Salisa i Vandercausta. Perspektywa pozostania jeszcze pół zmiany – co gorsza, pół zmiany w formalnym mundurze pinché Wolnej Floty – żeby wziąć udział w ceremonii powitalnej zamiast Shului ani trochę do niego nie przemawiała.

Ale trudno mu też było znieść cierpienie na twarzy młodzieńca. Gdyby był mądry, po prostu odmawiałby dalej i wytrzymał do powrotu Kelsey. Byłoby łatwiej, gdyby był tu ktoś jeszcze. Shului miałby większe opory przed proszeniem. Nie mogę. Przykro mi. Koniec.

– For for? – zapytał Jakulski. – Tylko ceremonia powitalna, nie?

Shului przybrał zawstydzony wyraz twarzy i wskazał zakażone oko.

– Będzie tam Rindai. Jak to zobaczy... Favór, bracie.

– Che! Wciąż się do niej przystawiasz? Ona nigdy z tobą nie pójdzie. Porozmawiaj z nią.

– Porozmawiam, na pewno – rzucił Shului. – Tylko już *po tym*, jak esá drań się zagoi, nie?

– Bist bien – powiedział Jakulski, kręcąc głową. – Favór – dodał po chwili z westchnieniem.

Przez chwilę miał wrażenie, że Shului go obejmie, ale na szczęście młodszy mężczyzna tylko chwycił go za ramiona i kiwnął głową w uprzejmy sposób, który pewnie uważał za męski. Bycie młodym oznaczało brak godności, ale dużo gorsze było bycie młodym i zakochanym. Sam był kiedyś szczeniakiem pełnym tych samych żądz i obaw, przez które cierpiało każde pokolenie. Fakt, że już z nich wyrósł, nie znaczył, że całkiem zapomniał, jak to jest. I, cholera, naprawdę trudno było patrzeć na to zaropiałe oko.

Wysłał wiadomość do swojego zespołu technicznego – Vandercausta, Salisa i Roberts – że dostał dodatkową służbę i spotka się z nimi po wszystkim, jeśli będzie mógł. Vandercaust odesłał standardowe potwierdzenie. Pewnie nic więcej od nich nie dostanie. Ale może zdoła się wymknąć z ceremonii na tyle szybko, by spotkać się z ludźmi. Zastąpić Shului i nie sprawić przy tym, żeby jego ludzie mieli wrażenie, że się od nich dystansuje. Zjeść ciasteczko i mieć ciasteczko. Jeśli uda mu się zrobić to wszystko, noc będzie bardzo długa, ale niektóre noce takie były.

Ludzie. Niezależnie od tego, gdzie był, niezależnie od tego, co robił, zawsze byli ludzie.

Kelsey wróciła z łazienki i zajęła miejsce na pryczy przeciążeniowej ustawionej tak, że mogła wygodnie patrzeć wzdłuż rąk. Kiedy Jakulski powiedział, że musi zejść ze zmiany kilka minut wcześniej, żeby wstąpić do kabiny i się przebrać, Shului natychmiast stwierdził, że nie ma sprawy i zajmie się wszystkim, co wymaga zrobienia.

Przejście z ośrodka sterowania u góry statku do cylindra robiło się długą, zakrzywioną rampą, którą Jakulski zjechał wózkiem o kołach trzymających się pokładu w każdym ciążeniu, całą drogę do wewnętrznej powierzchni cylindra, a potem dalej, po sztucznej glebie. Czuł się niczym jaskiniowiec jadący w głąb podziemnego świata. Jego kabina znajdowała się z tyłu, bliżej rufy. Gdyby wiedział, że będzie musiał wyjść na spotkanie *Proteusza* i osobistości z Lakonii, mógłby zabrać mundur galowy ze sobą na początku zmiany i pojechać windą jadącą wzdłuż całej stacji na zewnątrz cylindra, ale wcześniejsze wyjście z pracy było prawie równie dobre.

Wnętrze cylindra było bardzo przestronne, od samego początku zbudowane bardziej jak stacja niż statek. Jakby wiedział, czym w końcu się stanie. Długie korytarze z wysokimi sufitami i pełnozakresowym światłem, jakie kiedyś padało na Ziemię, zanim Marco posłał im w niebo równowartość kilku wielkich gór. Skręcił w jeden ze skośnych korytarzy prowadzących w stronę jego kabiny na przeciwprostokątnej siatki dróg cylindra i pozwolił sobie na filozoficzne rozważania dotyczące świateł Medyny, będących czymś w rodzaju pamięci gatunku – wyobrażenie jasności istniejące dłużej, niż światło, które je wzbudziło. Tak jak Pasiarze. Światło Pasa. Pomysł był ciekawy i wzbudzał lekką melancholię, która dla niego uczyniła go jeszcze atrakcyjniejszym. Wszystko, co piękne, powinno mieć w sobie odrobinę smutku. Dzięki temu stawało się bardziej rzeczywiste.

Jego kabinę zaprojektowano dla pojedynczego młodego mormona żyjącego samotnie przed ślubem, ale miał tam mnóstwo miejsca. Zdjął z siebie kombinezon, wrzucił go do recyklera, przeczesał włosy i wyjął z szafki mundur Wolnej Floty. Wyświetlił na ekranie ściennym swój obraz, żeby sprawdzić, jak wygląda. Cholerny ciuch był strasznie niewygodny, ale musiał przyznać, że wyglądał w nim całkiem nieźle. Dystyngowany mężczyzna, starszy swego ludu.

Ku własnemu zaskoczeniu odkrył, że prawie cieszy się na ceremonię.

Medyna była na krawędzi, od kiedy tylko dotarły do nich wieści o buncie Pa i jej statków. Choć tylko trochę. Wszyscy tutaj przed wstąpieniem do Wolnej Floty byli w SPZ. A oprócz SPZ byli w Kolektywie Voltaire. Albo Czarnym niebie, Złotej Gałęzi czy Związku. Frakcje wewnątrz frakcji wewnątrz frakcji, czasami z bardzo różnymi grupami używającymi takiej samej nazwy – było to równie charakterystyczne dla Pasa jak czerwone kibble i whisky z grzybów.

Na pewien sposób nawet podział w Wolnej Flocie był czymś pocieszającym. Nie dlatego, że oznaczał właściwy rozwój sytuacji, a dlatego, że pogrążali się w znajomym gównie. Pa spróbowała zagrania o status, Marco jej za to dokopie. Ludzkość wciąż działała tak, jak zawsze. Zresztą całe strzelanie i tak działo się wewnątrz orbity Jowisza, nikt nie chciał, żeby to wszystko przeniosło się do wolnej strefy. Jeśli Duarte zrobił się w związku z tym nerwowy, to tylko dlatego, że nie był stąd. Cokolwiek robił ze swoimi ludźmi po drugiej stronie pierścienia Lakonii, wlatując tam, byli Marsjanami i wciąż nimi pozostawali.

Czyli Duarte chciał wysłać więcej zasobów do Medyny? Świetnie. Chciał umieścić na stacji doradców, dopilnować, żeby miejscowi zostali przeszkoleni w używaniu wysyłanego przez niego sprzętu? Dobrze. Więcej dla Medyny i wszyscy będą zadowoleni. A dodatkowym plusem tego wszystkiego był fakt, że przywoził to *Proteusz*. Wszyscy chcieli zobaczyć *Proteusza*, pierwszy przelatujący przez wrota statek, który nie przyleciał tam z Układu Słonecznego. Pokaz tego, co Duarte budował ze swoimi ludźmi. Gdyby miał wybór, Jakulski i tak wolałby posiedzieć w kawiarni pośród swoich, pijąc odrobinę za dużo i flirtując, ale ponieważ nie było już na to szansy, możliwość obejrzenia grupy doradczej też była niezłym zastępstwem.

Proteusz przeleciał przez wrota wcześniej tego dnia, na tyle szybko, by dolecieć do Medyny bez używania Epsteina, a równocześnie dość wolno, by silniki manewrowe zdołały wyhamować go do pozycji dokowania przy pokładzie technicznym. Jakulski słyszał plotki, że Marsjanie utrzymują Epsteina na minimum, żeby nikt nie mógł się dobrze przyjrzeć sygnaturze silnika, ale nie bardzo widział w tym jakiś sens. To tylko paranoja, plotki i przesądy. *Proteusz* mógł być jednym z pierwszych okrętów zbudowanych w stoczniach po drugiej stronie pierścieni, ale w końcu był tylko statkiem. Przecież nie przylatywali tu na grzbiecie smoka.

Kapitan Samuels – dowodząca Medyną, która była kuzynką Rosenfelda Guolianga, ale i dobrą administratorką – czekała w śluzie w pełnym mundurze wojskowym Wolnej Floty. Ochronę reprezentował Jon Amash. Oczywiście, była tam też Shoshana Rindai z układów. Miała brązowe oczy w odcieniu skóry i rude włosy splecione w warkocze. Shului miał trochę racji. Gdyby Jakulski był trzydzieści lat młodszy, też mógłby spróbować się do niej zbliżyć.

Samuels skrzywiła się na niego, ale nie w sposób, który miałby coś znaczyć.

– Reprezentujesz dział techniczny?

Jakulski uniósł pięść w potwierdzeniu i zajął miejsce w szeregu unoszących się dygnitarzy, gotowy pokazać Marteños, że Wolna Flota jest równie zdyscyplinowanym wojskiem, jak każdy coyo. Medyna została kiedyś zaprojektowana jako statek pokoleniowy i wciąż było to widać w jej konstrukcji. Nie było wielkich szans na witanie gości przy śluzie pośrodku wielkiej pustki między gwiazdami, więc śluza na pokładzie technicznym wychodziła na nagi, funkcjonalny pokład z białymi światłami roboczymi i rzędem żółto-pomarańczowych mechów konstrukcyjnych pod jedną ze ścian. Powietrze pachniało zużytym paliwem do spawania i niskopieniącym smarem silikonowym.

Rindai zerknęła na niego i uniosła podbródek na powitanie.

– For for Shului nie przyszedł? – zapytała, ale zanim zdołał złożyć jakąś odpowiedź, otworzył się właz śluzy i wyszli z niej Marsjanie. Pierwszą myślą Jakulskiego, szybką jak odruch, było, że jak na wielkich zbawców nie wyglądają imponująco.

Kapitanem *Proteusza* był ciemnoskóry mężczyzna o szeroko rozstawionych oczach i dużych, wyrazistych wargach. Miał na sobie marsjański mundur z innymi insygniami. Chyba nie był wyższy od Jakulskiego i swobodnie poruszał się w nieważkości. Szóstka za nim miała na sobie cywilne kombinezony, ale szerokość ramion i fryzury jasno zdradzały, że niezależnie od strojów, są wojskowymi w równym stopniu, co ich kapitan. Samuels kiwnęła głową, ale nie zasalutowała. Coyo z *Proteusza* zaczepił się stopą o uchwyt na podłodze i zatrzymał się wdzięcznie jak Pasiarz.

– Proszę o pozwolenie na wejście na pokład, kapitanie – odezwał się.

– Cieszymy się z pańskiej obecności, kapitanie Montemayor – odpowiedziała Samuels. – Esá es moi szefowie działów. Amash. Rindai. Jakulski. Pomogą w urządzeniu i uzbrojeniu bazy ochrony.

Baza ochrony? Jakulski wciągnął powietrze przez zęby. Shului o niczym takim nie wspominał. Zaczął się zastanawiać, czy niechęć pokazywania twarzy Rindai nie była pretekstem i po prostu chciał, żeby ktoś inny zajął się tym projektem. Choć równie możliwe, że Shului po prostu nie wiedział...

– Ależ skąd, sir – odpowiedział mężczyzna z *Proteusza*, Montemayor. – To my jesteśmy tu, żeby pomóc *wam*. Admirał Duarte poprosił mnie o zapewnienie, że pokłada głęboką wiarę w pani zdolności do poradzenia sobie z wszelkimi zaburzeniami stabilności, które mogłyby tu dotrzeć z Układu Słonecznego. Chcemy tylko pomóc i wesprzeć naszych sojuszników na stacji Medyna najlepiej, jak możemy.

– Doceniam to – odpowiedziała Samuels i może Jakulski sobie to tylko wyobraził, ale chyba trochę się rozluźniła.

Może spodziewała się, że będzie to znacznie mniej przyjemne, i poczuła ulgę, że marsjański coyo zaczął od wystawienia brzucha. Jakulski przyjrzał się pozostałej szóstce, zastanawiając się, z kim będzie pracował i nad czym właściwie.

– Chodźcie, napijmy się – zaproponowała Samuels, klepiąc Montemayora w ramię, jakby byli przyjaciółmi. – Zaprowadzimy was do waszych kwater.

***

– To znowu powtórka z Kalisto – stwierdziła Roberts.

– Jeszcze nawet się nie urodziłaś, kiedy doszło do problemów z Kalisto – odpowiedział Salis. – Que *znowu powtórka z Kališto*?

Jakulski odchylił się na oparcie, przyciskany do podłoża przez ruch wirowy cylindra. Jakieś pięć poziomów niżej, ćwierć kilometra w stronę rufy i może dziesięć stopni w stronę kierunku obrotu czekała jego kabina i wygodne ubranie. Po powitaniu Marsjan i wypiciu z nimi, żeby poczuli się mile widziani, pośpieszył do kawiarni, myśląc, że może zdoła jeszcze złapać swoich ludzi, zanim wrócą do domów. Nie tracił czasu na wstąpienie do siebie i przebranie się, więc teraz mundur, nawet rozpięty pod szyją, drapał go po karku.

Wszyscy jego ludzie wciąż tam byli i nadal siedzieli. Przyrośnięci do krzeseł, jakby zamierzali zapuścić tam korzenie.

– Nie musiało mnie tam być, żebym wiedziała, czym jest wojna zastępcza – rzuciła Roberts. – Moja rodzina pochodzi z Kalisto, trzy pokolenia. Wiem, jak to wyglądało, choć mnie przy tym nie było. Ziemia wysyła prywatną ochronę, Mars przysyła doradców. Wszyscy są tam tylko po to, żeby pomóc temu związkowi czy tamtej grupie handlowej, ale tak naprawdę sprowadza się to do Ziemi i Marsa zużywających życia Pasiarzy, żeby nie musieli ryzykować własnych.

Spodziewał się, że miejsce będzie już puste. Było dawno po jego zmianie, zdecydowanie pora, gdy powinien już spać. A jednak światło prostego słońca było jasne i wysokie, więc nawet po całych pokoleniach w czerni jakaś atawistyczna część mózgu wciąż przekonywała go, że to oznacza środek dnia. W cylindrze stale panowało południe, od początku do końca, a przy nakładających się zmianach utrzymujących Medynę przy życiu i funkcjonowaniu niezależnie od pory wyświetlanej na zegarze, ciągle przychodzili tu ludzie na wczesne śniadanie, późny lunch albo szybkiego drinka przed powrotem na noc do kabiny. Albo jak on i jego zespół techniczny – żeby trochę posiedzieć. Wszystko równocześnie. Dryf ludzkości mogącej żyć zgodnie z wybranym przez siebie harmonogramem zamiast uwiązania do dwudziestu czterech godzin Ziemi i Marsa. Czas Pasiarzy.

– Może gdyby tu przyszli z własnej inicjatywy – odezwał się Salis. – Wtedy może by tak było. Ale słyszałem, że nie tak to wyglądało.

– Nie tak to wyglądało? – Roberts się roześmiała. – Nie wiedziałam, że masz kamery w gabinetach władzy. Jakieś dojścia?

Salis wykonał obelżywy gest, ale uśmiechnął się przy tym. Jakulski napił się piwa i zdziwił się, że bańka jest już prawie pusta.

– Znajomi w łączności, ja – wyjaśnił Salis. – Z tego, co słyszałem, to Marco poprosił Duartego o przylot, a nie Lakonia przyleciała, żeby pociągać za nasze sznurki. To oni tańczą, jak im zagra Wolna Flota.

– Dlaczego, do cholery, mieliby to robić? – zapytał Jakulski. Brzmiał trochę jak Roberts, jakby nie wierzył Salisowi, ale w zasadzie chciał mu się dać przekonać. W obecnym stanie zmęczenia Jakulski nie potrafił się pozbyć wizji sześciu doradców w cywilnych ubraniach na zdecydowanie wojskowych sylwetkach.

– Z tego samego powodu, dla którego chowasz żetony z kasyna, gdy wyprowadza się twój chłopak – stwierdził Salis. – Zastanów się, nie? Michio Pa była jedną z jego piątki. Wysoko. Może Marco nie wprowadzał jej w sprawy na Medynie, tylko puszczał to przez Rosenfelda, może wszyscy trochę wiedzieli o wszystkim. Ale teraz, gdy Pa wybrała niezależność, rozsądnie jest to zmienić. Myśli, że wie, jak chronione są działa szynowe? No to zmieniamy sposób ich ochrony. Proste.

– Albo teraz Marco, Rosenfeld i Dawes zajęli się czymś innym, a Duarte wprowadza na miejsce swoich „doradców", żeby – jeśli tylko zechce – mógł skierować na Medynę działa szynowe i powiedzieć nam, co mamy mu zrobić na śniadanie – odcięła się Roberts.

Jakulski uniósł rękę, złapał wzrok kelnerki i wskazał na pustą bańkę. Jeszcze jedno nie zaszkodzi mu dużo bardziej niż to, co już wypił. I tak wszystko szło na rachunek cholernego Shului, więc po co się ograniczać. Siedzący naprzeciw niego Vandercaust zauważył gest i podniósł także własną bańkę. Kelnerka potwierdziła ruchem dłoni i wróciła do tego, czym się zajmowała. Obok nich przeleciał ptak ze skrzydłami o rozpiętości rozłożonych palców Jakulskiego, błyskając błękitem piór. Sunął na wietrze, jakby wciąż znajdował się na planecie zakrzywiającej się w dół, zamiast do góry. Było coś cudownego w powietrzu rozległym na tyle, by można w nim latać.

– Co ty powiesz? – zapytał, patrząc na Vandercausta.

– Nie powiem nic, sa sa? – odpowiedział najstarszy technik, drapiąc się niedbale po wytatuowanym na nadgarstku rozerwanym kręgu. – Tylko piję.

Jakulski zmrużył oczy. W jego mózgu ospale obudziła się ciekawość. Był zbyt zmęczony, chciał wrócić do siebie i iść spać, ale kelnerka już szła w ich stronę z dwoma świeżymi bańkami, a przyszedł tu, żeby być z zespołem.

– To podziel się domysłami. Duarte posyła pionki, żeby przejąć kontrolę nad Medyną? Marco używa Lakonii przeciwko Pa? Z czym tu mamy do czynienia?

– Moje domysły są takie, że w cholerę nie wiem – Vandercaust odpowiedział spokojnym głosem i wykonał kontrolowany gest jednoznacznie sugerujący, że jest mocno pijany. – To wojna. Wojny takie nie są.

– Jakie nie są? – zapytała Roberts.

– Nie są takie, jak historie o wojnach – poważnie wyjaśnił Vandercaust. – Historie o wojnach powstają później. Jak zjednoczenie Chin przez Quin Shi Huanga albo kiedy popatrzysz na coś i powiesz, że to doprowadziło do tamtego, a potem było po wszystkim. Jak cokolwiek się zaczęło? Wojna zaczęła się, gdy Marco uderzył w Ziemię? Kiedy Ziemia zaatakowała Stację Anderson? A skończy się, gdy Ziemia i Mars będą martwe? Gdy Pasiarze zdobędą dom? Gdy wszyscy zgodzą się, że się skończyła?

Roberts przewrócił oczami, ale Salis nachylił się do przodu, splatając palce na kolanie. Jakulski odebrał nową bańkę od kelnerki i napił się z niej. Piwo było zimne i bogate w smaku, ale coś sprawiło, że pożałował zostania tu i picia go. Marsjanie na Medynie, Pa kierująca własną załogą i Fred Johnson z powrotem przejmujący Ceres. Wszystko to sprawiało wrażenie, jakby ktoś budował największą w Układzie Słonecznym pułapkę na myszy. A Jakulski odniósł nieprzyjemne wrażenie, że może mieszka w serze.

ROZDZIAŁ DWUDZIESTY DRUGI

HOLDEN

Tak naprawdę wcale nie minęło tak wiele czasu, od kiedy Fred wprowadził na *Rosynanta* swoją załogę do lotu na Lunę, ale było to w innym życiu. Teraz, bez załogi z Tycho, statek wydawał się większy. Bardziej pusty. Przypominało to koniec bardzo długiej imprezy, gdy wszyscy goście wreszcie poszli do domu, i Holden nie potrafił zdecydować, czy czuje się opuszczony, czy odczuwa ulgę. Kiedy wylecieli tym razem, mieli tylko jednego pilota. Jedną inżynier. I dwoje mechaników – zakładając, że takie było oficjalne stanowisko Clarissy. Po lataniu na *Rosie* przez tak wiele lat tylko z małą rodziną dziwnie było czuć tę utratę redundancji, ale w głębi jego myśli wciąż budziło się jakieś głęboko wdrukowane szkolenie twierdzące, że wszyscy muszą być zastępowalni. Jakby zatrzymanie na statku Chavy Lombaugh naprawdę czyniło znośną utratę Aleksa na skutek pechowego trafienia pociskiem z działek obrony punktowej albo udaru podczas lotu z dużym ciągiem czy dowolnej z tysięcy rzeczy, które mogły się przydarzyć w kosmosie. Jakby Sandra Ip kiedykolwiek mogła zająć miejsce Naomi.

Z jednej strony było to nie do pomyślenia, z drugiej – było rozsądne. Aleks był Aleksem i nikt inny nigdy nim nie będzie. A jednak gdyby mu się coś stało, będą potrzebowali pilota. Ryzyko, że coś może się stać, wydawało się dość duże.

Minsky rozpoczął swój żywot, wylatując z Luny z kolonistami na koszt Royal Charter Energy, tej samej firmy, która wylądowała na Ilusie, Longdune i Nowym Egipcie. Gdyby wszystko potoczyło się zgodnie z planem, przelecieliby przez pierścienie wrót w drodze do lądowania na planecie w układzie nazwanym San Esteban. Zamiast tego zostali przechwyceni przez *Serrio Mal*, splądrowani i lecieli teraz, hamując, ku Ceres z resztkami załogi i zapasów pozostawionych im przez Michio Pa i jej ludzi. Żywność i woda, sprzęt hydroponiczny i środki medyczne, mechy konstrukcyjne i sprzęt naukowy oraz ludzie do ich obsługi. A przy jego boku w charakterze eskorty leciał jeden z okrętów Wolnej Floty. Prawdopodobnie jeden z należących do Pa. Prawdopodobnie nie była to pułapka.

Prawdopodobnie nie zostaną zmienieni w radioaktywny gaz przez Freda. Ale tylko prawdopodobnie.

Samotny Holden na mostku wywołał na ekran schemat zasobów *Rosa*, a na jego ręcznym terminalu odtwarzał się najnowszy program przygotowany przez Monikę. Lista inwentaryzacji zaświergotała i zaktualizowała się. Potrzebował sekundy na znalezienie nowych danych.

– Aleks?

– Jestem, szefie – odpowiedział pilot głosem dochodzącym równocześnie z interkomu i włazu kokpitu.

– Potwierdź, że widzisz pełny zbiornik koktajlu w swojej pryczy.

Minęła chwila.

– Mam na stanie pełny zbiornik gównianego syntetycznego koktajlu, który gwarantuje migrenę i biegunkę w przypadku, gdyby używało się go dłużej niż osiem godzin.

– Poważnie?

– Lepsze chemikalia mieliśmy nawet na *Canterbury* – zapewnił Aleks.

Holden poczuł ukłucie niepokoju.

– Dlaczego dostaliśmy koktajl trzeciej kategorii?

Odpowiedziała mu Naomi, jakby siedziała obok niego, a była wpięta do mecha załadunkowego w doku.

– Ponieważ alternatywą było napełnienie strzykawek morfiną, żebyś nie przejmował się tak bardzo zgnieceniem. Wiesz, toczy się wojna.

– To prawda – przyznał, a program inwentaryzacyjny ogłosił kolejną aktualizację.

– Powinniśmy mieć teraz osiemdziesiąt procent pocisków do działek – zgłosił Amos.

– Pokazuje mi osiemdziesiąt jeden koma siedem – powiedział Holden.

– Serio? Jestem prawie pewien, że to błędna wartość.

– Odszukaj problem – polecił Holden. – A ja dam ci znać, jeśli statek zmieni zdanie.

– Już się za to bierzemy – zgodził się Amos.

My. Czyli z Clarissą. Naprawdę będzie musiał się z tym pogodzić. Miał poczucie winy, że ciągle był to dla niego problem, ale też nie wiedział, jak pozbyć się dyskomfortu wynikającego z jej obecności. Ponownie przesunął ten problem niżej na liście priorytetów, jak zwykle. I kto wie? Może wszyscy zginą w ogniu pocisków, zanim problem pojawi się na nowo, i nie będzie musiał się tym przejmować.

Na jego terminalu zamigotała najnowsza edycja ostatniego nagrania. Kiedy zostanie opublikowane, będzie już dziesiątym z kolei. Większość obejmowała wywiad z kilkoma muzykami, których spotkał w niezbyt przyjemnej części stacji. Dwóch Pasiarzy mówiących gwarą tak silnie akcentowaną, że przepuścił ich przez program tłumaczący, ale w ich głosie brzmiała muzyka i emocje wykraczające poza język. Monika przerobiła podpisy, umieszczając je u góry obrazu, tak że słowa wyświetlane były obok ich głów na tyle blisko, by czytając, można było widzieć wyrazy ich twarzy. Wyglądali jak dziadek i syn, choć zwracali się do siebie „kuzynie".

Opowiadali o scenie muzycznej na Ceres, różnicach między muzyką na żywo a nagraniami, między tym, co nazywali występami tényleges, a z użyciem mikrofonów. Nie padło ani jedno słowo o Ziemi, Marsie, SPZ czy Wolnej Flocie. Holden nie pytał, a kilka razy, gdy zaczęli skręcać w stronę polityki, po prostu sprowadzał rozmowę z powrotem na muzykę. Kolejne dwa przypomnienia, że nie wszyscy żyjący poza studnią grawitacyjną rzucali kamienie na Ziemię. Ten program bardzo mu się podobał i chciał go zatwierdzić do publikacji przed wylotem z doku. *Na wypadek*, choć nie pozwalał sobie myśleć o tym, na wypadek czego. Po prostu *na wypadek*.

Dziewięć pierwszych wypuszczonych przez niego programów zostało częściowo zauważonych. Wiedział, że w pewnym stopniu wynikało to z faktu, że on je firmował. Bycie pomniejszym politycznym celebrytą miało swoje zalety, a jedną z nich była mała, ale wierna widownia tego projektu. Choć dużo lepszy był fakt, że pojawili się jego naśladowcy. Ludzie z własnymi kanałami na Tytanie, Lunie i Ziemi prowadzący wywiady i kawałki z życia takie, jak przygotowywane przez niego.

A może zawsze to robili i to on kopiował ich, tylko do tej pory nic z tego nie zauważał.

– Kapitanie? – odezwał się Amos, a do Holdena dotarło, że to już nie pierwszy raz. – Wszystko tam w porządku?

– Jestem. W porządku, po prostu się rozproszyłem. Co tam masz?

Odpowiedziała Clarissa.

– Jeden z podajników się wcześniej nie wyzerował. Naprawiliśmy to, odczyt potwierdzony.

– Świetnie – odpowiedział Holden.

Na jego ręcznym terminalu starszy mężczyzna zagrał akord na gitarze, a młodszy się roześmiał. Zamknął plik. Nie potrafił stwierdzić, czy to działa, czy nie. Jego mózg nie potrafił sobie wyobrazić, jak wyglądałoby obejrzenie tego po raz pierwszy. Czy ludzkość, którą widział w nagraniu, będzie tam dla kogoś na Ziemi, Marsie lub statkach kolonizacyjnych. Albo po drugiej stronie wrót.

Usłyszał Naomi wchodzącą do góry, zanim ją zobaczył. Obejrzał się przez ramię, gdy wychodziła z windy. Na jej kombinezonie widać było ślady potu w miejscach, w których ściskały ją taśmy mecha, a kiedy nachyliła się, by pocałować go w czoło, ujął ją za rękę. Oczy miała trochę przekrwione, jak zwykle, gdy była zmęczona. Spojrzała na niego z góry i roześmiała się lekko.

– Co?

– Jesteś bardzo piękna – oznajmił Holden. – Mam nadzieję, że mówię ci to dostatecznie często.

– Owszem.

– W takim razie mam też nadzieję, że nie aż tak, by zrobiło się to nudne.

– Nie – zapewniła i usiadła na pryczy przeciążeniowej obok niego, rozciągając przy tym rękę tak, by dalej trzymać palce splecione z jego palcami. – Dobrze się czujesz?

– Jestem trochę zmęczony.

– Tylko trochę?

– Jeszcze nie mam omamów.

Naomi pokręciła głową. Nieznacznie, tylko kilka milimetrów w jedną i w drugą stronę.

– Nie jesteś odpowiedzialny za naprawienie wszystkiego.

– Owszem, uratowanie ludzkości przed nią samą to wysiłek grupowy – przyznał. – Tak poważnie, to jedyne, co próbuję zrobić, to pokazać wszystkim na Ziemi, Marsie, w Pasie i na Medynie oraz w koloniach, że naprawdę wciąż jesteśmy jednym plemieniem.

– Czyli wyjdźmy poza wszystkie przeżyte doświadczenia sięgające jeszcze przed czasy spisanej historii?

– I zachowajmy tylko tę część, w której ograniczamy do minimum wzajemne zabijanie się – potwierdził. – To nie powinno być trudne.

– Przynajmniej wiesz, dlaczego jesteś zmęczony.

Ścisnął jej palce i puścił, wywołując ekran taktyczny z Ceres i pobliską przestrzenią. Stacja i flota statków otaczających ją niczym chmura niebieskich świetlików została oznaczona jako przyjazna. Statek kolonizacyjny i jego eskorta zwalniające w ich stronę były żółte – status nieznany, ale śledzony. Czas do spotkania spadł do dwóch godzin.

– Jakaś część mnie ma nadzieję, że Fred nas nie wypuści – wyznał. – Poprosimy o zwolnienie zacisków, a oni odmówią i zostaniemy tu.

– Podczas gdy statek kolonizacyjny w ostatniej chwili przyśpieszy, wlatując do portu, i wybuchnie nuklearną kulą ognia – dorzuciła Naomi.

Wyciągnął swój terminal i przesłał zatwierdzenie do Moniki na Tycho. Przy prędkości światła upłyną minuty, zanim je otrzyma.

– Przedstawione w ten sposób nie wygląda to zbyt atrakcyjnie.

Za nimi obudziła się winda, zjeżdżając z szumem. Aleks – z głosem wciąż zdublowanym przez głośniki i powietrze – zakończył przechodzenie przez listę kontrolną z Amosem i Clarissą. Holden schował terminal w schowku przeciążeniowym swojej pryczy. Jeśli sytuacja zrobi się nieprzyjemna, nie chciał, żeby urzędzenie zaczęło latać po całym mostku.

Głos Naomi nie był głośny, ale zdradzał niepewność.

– Mogę cię o coś zapytać?

– Oczywiście.

– Dlaczego to robimy?

Holden wolałby, żeby jego umysł pracował trochę sprawniej. Od pewnego poziomu obciążenia miał wrażenie, że jego ośrodki mowy łączą się bezpośrednio z ustami, nie przechodząc przez resztę mózgu.

– Ponieważ nie możemy po prostu zniszczyć dostatecznej liczby statków, żeby sytuacja zrobiła się dobra. Będziemy potrzebować czegoś więcej niż to, co już mamy w skrzynce z narzędziami.

Z windy wyszła Bobbie. Było w niej coś dziwnego, ale nie potrafił tego sprecyzować. Ubrana była w proste, czarne rzeczy, ale sposób w jaki je nosiła, sprawiał, że wyglądały jak mundur. Dłonie zacisnęła w pięści przy bokach, ale nie wyglądała na rozzłoszczoną, raczej nerwową. Co nie wróżyło dobrze.

– Hej – przywitał ją Holden.

– Sir.

– Proszę, nie zwracaj się do mnie per *sir*. Nie robi tego nikt na statku. Wszystko w porządku? Fred czegoś chce?

– Nie zostałam przysłana przez Johnsona – oświadczyła Bobbie. – Wylatujecie, więc zgłaszam się na służbę.

– Dobrze – odpowiedział Holden. – Możesz przekierować ekran taktyczny i kierowanie ogniem tutaj albo zająć miejsce działonowego obok Aleksa. Gdzie ci będzie wygodniej.

Bobbie głęboko wciągnęła powietrze i na jej szerokiej twarzy pojawiło się coś, czego Holden nie zrozumiał.

– Zajmę stanowisko działonowego – powiedziała w końcu i wspięła się do kokpitu.

Holden przyglądał się, jak jej kostki znikają w górze, ale jego czoło zmarszczyło się przy tym tak, że prawie go rozbolało.

– To było... hm – powiedział. – Czy to była chwila?

– To była chwila – potwierdziła Naomi.

– Dobra czy zła?

– Bardzo dobra.

– Cóż. Cholera – rzucił. – Szkoda, że ją przegapiłem.

– W porządku, wszyscy przypięci? – zawołał Aleks.

Załoga odpowiedziała kolejno. Byli gotowi. A przynajmniej na tyle gotowi, na ile mogli. Holden pozwolił głowie opaść na żelową wyściółkę pryczy, przełączając ekran na to, co oglądała Naomi. W tej chwili w okolicy Ceres unosiło się cholernie dużo jednostek. Słuchał, jak Aleks prosi o zwolnienie zacisków dokowych. Zarząd portu Ceres nie odpowiadał przez długie, bolesne sekundy.

– Potwierdzam, *Rosynant* – zabrzmiało w końcu. – Macie pozwolenie na wylot.

Statek zadygotał i wirowe ciążenie Ceres zniknęło, a Aleks pozwolił, by ich pęd wyrzucił statek w próżnię. Na jego ekranie stali się białą kropką odlatującą po stycznej do potężnej krzywizny stacji. Przełączył ekran na widok z kamer zewnętrznych i patrzył, jak oddala się powierzchnia karłowatej planety.

– No cóż – odezwała się Naomi. – Wygląda na to, że Fred nie sprzeciwił się na tyle, żeby nie pozwolić nam na wylot.

– Owszem – potwierdził Holden. – Mam nadzieję, że wie, co robi, oddając tak delikatną robotę w ręce agentów chaosu.

Amos roześmiał się, a do Holdena dotarło, że powiedział to na kanale całej załogi.

– Mam głębokie wrażenie, że wymyśla to wszystko na bieżąco – skomentował Amos. – W każdym razie najgorszy ze scenariuszy wygląda tak, że wszyscy zginiemy, a on będzie miał satysfakcję, że nie zostawił do tego swoich ludzi na pokładzie. Dla niego to same plusy.

Kiedy Bobbie się odezwała, pomimo słów Holden usłyszał w jej głosie uśmiech.

– Nikt na wachcie nie ginie bez pozwolenia oficera dowodzącego.

– Jeśli tak mówisz, Babs – odpowiedział Amos.

– Nie odpinajcie się – rzucił Aleks. – Ustawię nas na właściwym kursie.

Zwykle przesunięcia statku pod wpływem silników manewrowych były dla Holdena prawie niedostrzegalne. Delikatny taniec wektorów i ciągu był częścią jego życia, od kiedy tylko opuścił Ziemię. Teraz jednak był tak zmęczony, zmartwiony i przepełniony kawą, że manewry były dla niego trudne. Z każdą modyfikacją przesuwały się trochę góra i dół, a potem znowu wracała nieważkość. Kiedy Aleks na kilka sekund odpalił Epsteina, *Ros* zaśpiewał, ze sprzężeniami harmonicznymi wędrującymi przez nuty w górę i dół kadłuba jak w kościelnym dzwonie.

– Nie przesadzaj, Aleks – rzucił Holden. – Nie chcemy, żeby nasze hamowanie kogoś spaliło. Przynajmniej na razie tak sądzę.

– Żaden problem – odpowiedział Aleks. – Nabierzemy tylko umiarkowanej prędkości do czasu, aż znajdziemy się tuż obok nich. Końcowe hamowanie nie złapie nikogo w smugę.

– I trzymaj w gotowości torpedy oraz działka – dorzucił Holden. – Tak na wszelki wypadek.

– Robi się – potwierdziła Bobbie. – Namierzają nas lasery celownicze.

– Czyje? – zapytał Holden, przełączając się z kamery zewnętrznej na obraz taktyczny.

Flota rozproszonych okrętów. Obrona powierzchniowa Ceres. Powoli zbliżający się przechwycony statek i jego eskorta Wolnej Floty.

– Och – odezwała się Naomi, przewijając listę raportów połączeń dłuższą od ekranu. – Praktycznie wszystkich.

– Okręt eskortowy?

– Oni też nas namierzają.

Na jego ekranie nadlatujące jednostki zadrżały od aktualizacji dotyczących ich danych, gdy wyłączyły silniki hamujące i wyłoniły się zza chmur gorących gazów. Czujniki *Rosa* sprawdziły kontury i sygnatury cieplne, niemal natychmiast wyświetlając potwierdzenie. Większa jednostka pasowała do danych *Minsky'ego* – była duża, kanciasta i niezgrabna z pokrywającymi wszystkie boki satelitami łącznościowymi, które miały zapewnić sieć łączności wokół obcej planety. Mniejsza była marsjańską korwetą, o generację nowszą od *Rosa*, trochę lżejszą, dostosowaną do lotów w atmosferze i zapewne podobnie uzbrojoną. Jej transponder nie nadawał.

– Nie znoszę takiego widoku – rzucił Aleks. – Naprzeciw siebie dwie jednostki marsjańskiej produkcji? Tak nie powinno być.

– Cóż – odpowiedział Holden. – Kto wie? Może jesteśmy po tej samej stronie.

– Jeśli dojdzie do walki – wtrąciła się Bobbie – wygrajmy ją. Proszę o pozwolenie namierzenia celu.

– Czy oni nas namierzyli? – zapytał Holden.

– Jeszcze nie – odparła Naomi.

– W takim razie się wstrzymaj – zdecydował Holden. – Nie chcę być tym pierwszym.

Na jego ekranie pojawiła się prośba o połączenie od Freda Johnsona i przez pełną dezorientacji sekundę zastanawiał się, co Fred robi na tamtym okręcie, a potem dotarło do niego, że wiązka jest nadawana z Ceres. Kiedy będzie po wszystkim, musi się solidnie przespać. Przyjął połączenie i Fred pojawił się w osobnym oknie z boku jego ekranu.

– Żałujesz już? – zapytał.

– Tylko trochę – odparł Holden. – A ty?

– Chcę, żeby jedno było jasne. Jeśli – *jeśli* – przejmiesz kontrolę nad tym statkiem kolonizacyjnym, pod żadnym pozorem nie wolno mu się zbliżyć na mniej niż trzy tysiące kilometrów do mojego doku. Jeśli na pokładzie są ludzie wymagający pomocy medycznej, zostaną tam, a my wyślemy pomoc do nich. Z tego statku nie zejdzie nic, co nie zostanie zbadane, przeskanowane, zbadane ponownie, zdezynfekowane i pokropione wodą święconą przez dowolnego kapłana, jakiego uda mi się znaleźć. Nie dam tu sobie wykręcić Troi.

– Zrozumiano.

– Jedynym powodem, dla którego ci na to pozwalam, jest szansa odzyskania żywych więźniów Wolnej Floty.

– To jedyny powód? – zapytał Holden. – Czyli oddasz zaopatrzenie ze statku z powrotem jego pierwotnym właścicielom, zamiast użyć go do utrzymania Ceres przy życiu?

Uśmiech Freda był ciepły i łagodny.

– Nie bądź dupkiem.

– No dobrze – wtrąciła się Bobbie. – Teraz nas namierzają. Mogę im odpłacić tym samym?

– Pozwalam – odpowiedział Holden.

Bobbie powiedziała coś pod nosem, czego nie dosłyszał, ale brzmiało to dość radośnie.

– Uważaj, Holden – jeszcze raz powiedział Fred. – Nic mi się w tym nie podoba.

– No cóż, jeśli to pułapka, to będziesz mógł powiedzieć „a nie mówiłem" do strzępów, które po nas zostaną.

– Mam trzydzieści okrętów, które dopilnują, żebyś miał nuklearny stos pogrzebowy tak duży, że za cztery lata zobaczą go na Proksimie Centauri. No wiesz, jeśli ktoś tam jest.

– Wcale mnie to nie pociesza – obruszył się Holden.

– Powinniśmy nawiązać łączność – zasugerowała Naomi.

– Fred? Muszę się tym zająć. Jak będzie po wszystkim, powiem ci, jak poszło.

Fred kiwnął głową. Połączenie zgasło. Holden przełknął ślinę, próbując rozluźnić napięte gardło.

– Jak wygląda zasięg?

– Jesteśmy w skutecznym zasięgu torped – poinformowała Bobbie. – A za osiem minut i dziesięć sekund wejdziemy w zasięg obrony punktowej.

– Działo szynowe rozgrzane?

– O cholera, tak.

– No dobrze – rzucił Holden. – Naomi, daj mi kanał.

Chwilę później na ekranie pojawiło się nowe okno. Ciemne, ale z żółtym obramowaniem otwartego połączenia. Byli tak blisko, że praktycznie nie zachodziło żadne opóźnienie łączności. Przez co robił się jeszcze bardziej nerwowy.

– Uwaga, niezidentyfikowany okręt. Mówi James Holden z niezależnej korwety *Rosynant.* Jesteśmy tu w celu przejęcia kontroli nad *Minskim.* Mamy nadzieję, że was też to tutaj sprowadziło. Doceniłbym, gdybyście się przedstawili.

Ekran pozostał czarny. Narastał w nim niepokój. Sekundy rozciągały się bez odpowiedzi. Coś było nie tak. Nie ruszając się, zaczął sobie powtarzać, co powie Aleksowi. *Zabierz nas stąd. Coś tu zaraz wybuchnie.* Co powie Bobbie. *Przede wszystkim chroń* Rosa. *Wyłącz tamten okręt z walki, jeśli zdołasz, zniszcz go, jeśli będziesz musiała.*

Ramka na ekranie zamigotała. Na ułamek sekundy pojawiła się nieznana mu blondynka o ostrych rysach twarzy, a zaraz potem obraz przełączył się na kobietę o ciemnych, związanych z tyłu włosach. Z lekkim, cynicznym uśmieszkiem na ustach. Holden uświadomił sobie, że wstrzymywał oddech i wypuścił powietrze.

– *Rosynant* – powiedziała – tu Michio Pa z *Connaughta*. Dziwnie znowu pana widzieć, kapitanie Holden.

ROZDZIAŁ DWUDZIESTY TRZECI

PA

Munroe zginął jako drugi. Siły Marco dopadły go w pobliżu chmury maszyn produkcyjnych i środków medycznych ukrytych w pustce. Na ile Michio zdołała odtworzyć starcie, prośba o pomoc została nadana z jednostki górniczej o nazwie *Corvid*. Mieli na pokładzie pięć rodzin i doszło do zakażenia kompleksowym zapaleniem opon mózgowych, przez co dzieci zapadły w śpiączkę medyczną. Lecący im na ratunek *Munroe* został przechwycony przez dwie korwety Wolnej Floty i uciekł przed nimi wprost na dwie kolejne. Marco nagrał kapitana – mężczyznę w średnim wieku, Leviego Wattsa, którego Michio prawie nie znała, dopóki nie znalazł się pod jej rozkazami – błagającego o życie załogi, zanim jego statek został zniszczony.

To było upokarzające, a skończyło się w ogniu. Kopie nagrania trafiły do dziesiątków anonimowych strumieni z załączoną listą wszystkich jednostek, które opowiedziały się po jej stronie.

Transponder *Corvida* zniknął. Dyskusje, czy także został zniszczony, czy też wymyślony jako przynęta w pułapce – nie doprowadziły do żadnych wniosków. Tak czy inaczej, wiadomość była jednoznaczna: nikt nie mógł zdradzić Wolnej Floty, a Wolna Flota to Marco Inaros. Evans i Nadia przyjęli na siebie ciężar przeprogramowania protokołów łączności dla pozostałej floty Michio. Widziała troskę w ich oczach i słyszała ją w tonie ich głosów. Kochała ich za to, że się przejmowali, ale w tej miłości pojawił się też pewien dystans. Chłód. Nie potrafiła powiedzieć, jak długo jej furia i żal zostaną zimne, ale na razie jedynym sposobem na żałobę była dla niej bezwzględna analiza.

Może to właśnie ich martwiło.

Minsky leciał na czarno poza ekliptyką po orbicie, która po kilku miesiącach zaprowadziłaby go na tyle blisko wrót, że mógłby próbować się przez nie przemknąć i wykręcić w powolnej strefie, zanim zostałby przechwycony przez jednostki Wolnej Floty. Kiedy więc Foyle i *Serrio Mal* go przechwycili, uratowali też tym samym życie wszystkich na pokładzie. Gdyby faktycznie zdołał przemknąć się do pierścienia i przelecieć przez wrota, zaraz potem zostałby zniszczony przez działa szynowe obrony. Choć oczywiście koloniści nie mieli o tym pojęcia. Michio też im tego nie powiedziała.

Nawet gdy Foyle dowiedziała się, że jej zdobycz jest kierowana na Ceres, w ręce wroga, była skłonna go eskortować. Michio czuła pokusę, by jej na to pozwolić, ale to nie byłby dobry ruch. Skontaktowanie się z Fredem Johnsonem było jej decyzją, jeśli wszystko miało się spieprzyć, to ona powinna sobie z tym radzić.

Transfer został przeprowadzony potajemnie i szybko – krótkie pchnięcia z wysokim przyśpieszeniem, które doprowadziły *Minsky'ego* i *Connaughta* na kurs przechwytujący z Ceres tak, by trzymać się z dala od sił Marco.

Gdy w innym życiu Marco wybrał ją do kierowania ramieniem rekwizycyjnym Wolnej Floty, przekazał jej mniejsze, lżejsze okręty. Uzbrojone, ale nie zbudowane z myślą o ostrych walkach. Miała prześcignąć wielkie, niezgrabne lodowcowce przerobione na statki kolonizacyjne: ciężkie i łatwe do pokonania. Marco i Rosenfeld, przywódcy wojny przeciw planetom wewnętrznym, potrzebowali większych i cięższych okrętów. Oni byli młotem, ona skalpelem.

Teraz zaś miała się przekonać, czy jej plan wycięcia sobie ścieżki tam, gdzie wielki Marco Inaros nie będzie mógł jej sięgnąć, się uda, czy też jej rebelia będzie krótkotrwała i skończy się tragicznie.

Wszechświat ma plany względem ciebie, w jej wyobraźni powiedział Josep. *Nie mogłabyś zawędrować tak daleko przez tyle niebezpieczeństw, gdyby nie było powodów, żebyś tu trafiła.*

Takie same urocze bzdury, jakie wszyscy sobie powtarzali. Że każdy jest wyjątkowy, że się liczy. Że jakaś potężna inteligencja tuż za zasłoną rzeczywistości przejmuje się tym, co się z nimi stanie. I przez całą historię gatunku i tak ginęli.

– Uwaga, niezidentyfikowany okręt. Mówi James Holden z niezależnej korwety *Rosynant*. Jesteśmy tu w celu przejęcia kontroli nad *Minskim*. Mamy nadzieję, że was też to tutaj sprowadziło. Doceniłbym, gdybyście się przedstawili.

– O żesz kurwa – rzuciła Michio.

– Kapitanie? – zapytała Oksana.

James Holden. Prawdopodobnie najbardziej niejednoznaczny człowiek w Układzie. Ziemianin, który pracował dla SPZ Freda Johnsona. Przywódca buntu przeciw Ashfordowi w powolnej strefie. Człowiek, którego Marco Inaros nienawidził bardziej niż kogokolwiek. Wybrany emisariusz Republiki Marsjańskiej i Organizacji Narodów Zjednoczonych na Ilus i ulubiony pionek wszystkich. Gdyby miała sen, w którym przywitałby ją jego głos, Josep nazwałby to znakiem. Choć nie miała pojęcia, czego.

Na ekranie przed sobą miała stację Ceres i wrogie okręty rozstawione wokół niej jak chmura gotowych do ataku owadów. Była pewna, że rozmieszczone w całym Układzie teleskopy i zestawy czujników skupiają się na niej, na *Minskim* i zbliżającym się do nich statku.

Marco gdzieś tam widział jej okazję do otwarcia ognia do Jamesa Holdena. Gdyby Bóg chciał dać jej szansę na wycofanie się ze swojego buntu, nie mógłby podsunąć jej nic lepszego. Mierzyła w niego laserem celowniczym. Nawet gdyby zginęła, nawet gdyby wszyscy zginęli, inne podlegające jej okręty miałyby szansę wrócić w objęcia Wolnej Floty. Żadnych więcej *Wiedźm z Endoru*. Żadnych *Munroe*.

Nie iśtnieją przypadki, powiedział w jej myślach Josep. Tylko że oczywiście istniały.

– Jakie rozkazy, kapitanie? – zapytała Oksana.

– Otwórz połączenie.

Oksana otworzyła kanał, sapnęła na jakiś drobny błąd i przekazała strumień do stacji Michio. Holden poważnie wpatrywał się w kamerę. Lata były dla niego łaskawe. Jego twarz wyglądała trochę spokojniej, nosiła ślad żalu i humoru, które bardzo mu pasowały. Zaczęła się zastanawiać, czy pozostali członkowie jego załogi wciąż znajdowali się na *Rosynancie* wraz z nim, czy też zostawił Naomi Nagatę bezpieczną gdzieś poza zasięgiem Marco.

– *Rosynant*, tu Michio Pa z *Connaughta*. Dziwnie znowu pana widzieć, kapitanie Holden.

Na jego wargach pojawił się chłopięcy uśmiech i ku własnemu zaskoczeniu stwierdziła, że też się uśmiecha. Nie była to oznaka przyjemności, a nerwowości i strachu. Serce stukało jej w żebra, jakby było niecierpliwe. Próbując zwrócić jej uwagę. *Mogłabym go zabić. On mógłby zabić mnie. Każda z tych decyzji byłaby uzasadniona. Rosynant* miał działo szynowe. Zginęłaby, zanim dowiedziałaby się, że wystrzelił. Ale pewnie tego nie zrobi. Ona pewnie też.

– Panią też dziwnie tu widzieć, kapitan Pa. Dziwne czasy.

Roześmiała się i zabrzmiało to, jakby śmiał się ktoś inny. Evans popatrzył na nią z troską. Zignorowała go.

– Trudno mi nie zauważyć, że ma pan statki, które we mnie celują – powiedziała lekkim tonem.

– Ludzie są nerwowi – odpowiedział Holden.

– Czy wysłanie pana miało być symbolem czegoś?

– Nie, po prostu wyciągnęliśmy najkrótszą słomkę.

Dziwne było rozmawiać z kimś z drugiej strony frontu bez żadnego opóźnienia w łączności. Miała ochotę zawrócić i wdusić pełny ciąg, uciec. Każda sekunda w nieważkości sprowadzała ją bliżej Ceres i połączonej floty oraz Freda pieprzonego Johnsona. Każda kropka na wyświetlaczu taktycznym wzbudzała niepokój. Byli wrogiem w równym stopniu, co Marco, ale wróg jej wroga przynajmniej na razie zachowywał się grzecznie.

Żadnych gwałtownych ruchów, nic bez ostrzeżenia. Mogli to zrobić.

– Jesteśmy gotowi do przekazania panu kontroli nad *Minskim* – powiedziała. – Wszyscy pasażerowie są na pokładzie, zamknięci w swoich kabinach. Wyślę manifest całych znajdujących się na pokładzie zapasów.

Holden kiwnął głową.

– To co, nic nie wybuchnie, kiedy to zrobimy, prawda? Żadnych pułapek? Bo tam z tyłu jest całe mnóstwo mądrych ludzi, którzy uważają, że jestem durniem, ufając pani.

– Po mojej stronie jest sporo mówiących to samo o mnie. W tej chwili nie zmienią tego żadne nasze słowa, po prostu będziemy musieli spróbować. Zobaczymy, co się stanie.

Głos Oksany rozciął powietrze jak nóż.

– Mam szybkie obiekty lecące z Ceres! Sześć torped, pięćdziesiąt sekund do uderzenia.

Michio zatkało, zabrakło jej powietrza wyciśniętego przez strach tak silny, że przypominał spokój. *Otwórz ogień ze wszystkich dział. Zabierz nas stąd.* Cokolwiek mieli zrobić, musiała to rozkazać natychmiast.

Tylko że patrzyła na Holdena, który też był zaskoczony. Nawet wstrząśnięty.

Zły.

Musiała wydać rozkaz, musiała strzelać. Jej rodzina zginie. Jeśli wystrzeli, wszyscy odpowiedzą ogniem. Musiała uciekać, pełny ciąg. Stopić wszystko za sobą na żużel.

Przestań, pomyślała. *Jeśli zginiemy, to zginiemy, ale na razie* przestań.

Dlaczego Holden się złościł?

– Holden? – odezwała się drżącym głosem. – Czy mamy problem?

– Cholera, tak, masz moje pozwolenie – warknął Holden i potrzebowała ułamka sekundy na zrozumienie, że nie mówił do niej.

– *Rosynant* otworzył ogień obrony punktowej – poinformowała Oksana wysokim i ostrym głosem. Jednoznaczny strach w głosie, rezonujący w pokładzie.

– Włączam wszystkie działka – rzucił Evans.

– Nie! – Michio krzyknęła, zanim dotarło do niej, że to powie. A potem, w pełnej niedowierzania ciszy – jeśli dotkniesz sterowania ogniem, zabijesz nas wszystkich. Rozumie pan, panie Evans? Zginą wszyscy, których pan kocha, i będzie to pańska wina. – Mąż popatrzył na nią zmieszanym wzrokiem. Jego palce unosiły się nad przyciskami, drżały z pragnienia naciśnięcia ich. Nie wyglądałby na bardziej zdradzonego, gdyby go postrzeliła. – Oksana, do czego strzela *Rosynant*?

– Nie, nie, nie – odezwał się Holden. – Strzelamy do *nich*, nie do *was*. Nie myślisz chyba, że...

– Celują w rakiety z Ceres. Uderzenie za... zostały zniszczone, sir. *Rosynant* zestrzelił wszystkie pociski.

Michio kiwnęła głową. Krew głośno szumiała w żyłach. Trzęsły się jej ręce. Była świadoma paniki w głowie, jakby słuchała głosów w sąsiednim pokoju, ale jej nie czuła. Niczego nie czuła.

– Evans – odezwała się. – Opuść ręce.

Evans spojrzał na własne palce, jakby zdziwił się, że tam są, a potem powoli opuścił dłonie do boków. Patrzyła, jak w jego spojrzeniu pojawia się zrozumienie: gdyby zaczął strzelać, zrobiłaby to także wroga flota. Może nie *Rosynant*, ale wszyscy inni. Jego odruchy niosły ze sobą pułapkę zabicia ich wszystkich. Jęknął tak, jak robił to, gdy był chory lub pijany, odpiął się od fotela i odepchnął. Jego prycza przeciążeniowa obróciła się powoli na zawieszeniu, gdy opuszczał swoje stanowisko. Nie zatrzymała go.

Na jej ekranie Holden nachylał się do kamery. Nie mocno, po prostu lekkie, odruchowe skulenie kogoś chroniącego brzuch. Zmusiła się do rozluźnienia kręgosłupa. Minęły długie sekundy czekania na kolejny atak. Uderzenie serca za uderzeniem, nic się nie działo.

– No cóż – powiedziała.

– Owszem – potwierdził Holden.

Minęła kolejna chwila. Michio usłyszała kolejny głos zza pleców Holdena. Naomi Nagata. Nie zrozumiała słów, ale ton głosu kobiety mógłby zdzierać farbę ze ścian. Czyli nie zostawił jej w jakimś bezpiecznym miejscu. Dobrze. W sumie nic takiego mogło już nie istnieć. Na skraju świadomości Michio zaczęły się pojawiać pierwsze oznaki zapaści po adrenalinie: lekkie mdłości, narastające zmęczenie, smutek. To też zignorowała.

– Jak już mówiłam – powiedziała głosem spokojniejszym, niż się spodziewała – mamy *Minsky'ego* i jego pełny manifest. Jestem gotowa przekazać panu kontrolę. Potem wycofamy się, zanim ktoś jeszcze zacznie do nas strzelać.

– To nie był Fred – odpowiedział Holden. – Nie wiem, kto wystrzelił te torpedy, ale dowiemy się tego.

Wargi Michio wydawały się ciężkie, lite, jakby wyrzeźbione z kamienia. Nie miało znaczenia, kto nacisnął spust ataku na Ceres. Jeśli poszukać dostatecznie głęboko, okaże się, że stoi za nim Marco Inaros.

– Doceniam to – rzuciła. – Dajcie nam znać, gdy będziecie gotowi na procedury zdalnego sterowania.

***

Odpowiedź Marco pojawiła się po niecałej godzinie. Smutno pokręcił głową i popatrzył w kamerę ciemnymi, smutnymi oczami. Czysta charyzma jego obecności została przytłumiona przez ekran, ale nie zniknęła całkowicie. Oto dowód, że zdradziecka Michio Pa pracowała z Ziemią, podkopując wysiłki Wolnej Floty mającej na celu ochronę i odbudowę Pasa. Bezczelnie przekazywała pomoc wrogowi. Jego głos wibrował oburzeniem w imieniu jego ludu i niesmakiem na jej kolaborację z wrogiem. Nie miało znaczenia, że „wróg" obejmował miliony Pasiarzy, których zostawił swojemu losowi. Zastanawiała się, czy będzie się to liczyło dla oglądających go ludzi.

Dołączył zdjęcia *Rosynanta* broniącego *Connaughta*. Ostateczny dowód, gdyby jeszcze ktoś go potrzebował, że sprzedała się ludziom, którzy najbardziej pragnęli upadku Wolnej Floty i Pasa.

Oglądała to na mostku, czuła kłębiące się w głowie liczne odpowiedzi walczące o pierwszeństwo. Posunęła się nawet do nagrania jednej z nich, ale słowa ją opuściły, stłumione złością, aż kobieta patrząca na nią z ekranu zdawała się prawie tak szalona, jak opisywał ją Marco.

Oddalali się od Ceres, ale nieśpiesznie. Celem ćwiczenia było umieszczenie się w zasięgu wewnętrznych i przeżycie. Pokazanie innym, wciąż lojalnym jej statkom i garści niezależnych jednostek, że widziała więcej nadziei w obranej przez nią ścieżce niż w Marco, oraz że możliwe były strefy ochrony. Do szpiku kości pragnęła uciec z tej nowej strefy bezpieczeństwa najszybciej, jak mogła, ale nie po to tu przyleciała. Nie po to ryzykowała bezpieczeństwo swojego statku i życie rodziny. Tak więc lot z jedną trzecią g, potem nieważkość, zwrot i kolejny ciąg. Im dalej znajdowała się od dział Freda Johnsona, tym bardziej starała się utrudnić Marco śledzenie *Connaughta*.

Gdy tej nocy do jej kabiny przyszła Oksana, nie była jej oficerem, a żoną. Przyniosła ze sobą butelkę whiskey z jaskrawosrebrną końcówką do wstrzykiwania i dwie bańki do picia. Michio z początku nie chciała towarzystwa, ale gdy tylko się pojawiło, zapragnęła go desperacko. Dla Michio seks był jak muzyka. Albo język. Potrafił wyrazić wszystko. Teraz była to wściekłość, żal i potrzeba.

Później przypięły się razem do pryczy przeciążeniowej i słuchała oddechu Oksany, głębokiego i równomiernego, jak zapewne brzmiały morskie fale. Michio czuła się krucha i bardziej skomplikowana, niż gdy obudziła się tego ranka. Wyciągnęła się, uważając, by nie obudzić żony, złapała czubkami palców swój terminal i wywołała nagranie, na którym Marco publicznie ją potępiał. Pokój wypełniło światło z ekranu, a głos ściszyła na tyle, że stał się tylko odległym rytmem twardych spółgłosek. Słuchając tego w ten sposób, usłyszała rytm wypowiedzi Marco. Pulsujący, jakby naśladował bicie serca. Nigdy wcześniej tego nie zauważyła.

Przełączyła się na lokalne kopie strumieni grupowych i forów. Były pełne reakcji i opinii. Osądów jej i jej rodziny. Deklaracji nienawiści, gróźb śmierci. Spodziewała się tego wszystkiego. Dla nakarmienia i wsparcia tych szykanujących ją ludzi ryzykowała wszystko. A ponieważ do tego sprzeciwiła się Marco, nienawidzili jej. Nie wszyscy, lecz wielu. I to głęboko.

Dobrze, że nie robiła tego dla popularności.

Pojawiło się ostrzeżenie. Korekta ustawienia i ciąg. Przełączyła swój terminal na systemy sterowania *Connaughta*. Natalia wykreśliła złożoną poprawkę obejmującą obrót we wszystkich trzech osiach ze zmiennym ciągiem, tak że po zakończeniu manewru tylko ktoś z bardzo precyzyjnymi czujnikami śledzący ich przez cały czas będzie w stanie z rozsądnym prawdopodobieństwem wykreślić ich dalszy kurs. Odliczanie doszło do zera i ciąg przycisnął ją łagodnie do Oksany, przesuwając pryczę przeciążeniową pod nimi, odchylając się w jedną stronę, potem inną i z powrotem. Głęboki grzmot Epsteina był niczym przepraszające odchrząknięcie Boga.

Oksana ziewnęła, przeciągnęła się i położyła dłoń na ramieniu Michio.

– Hej, kapitanie – odezwała się głosem rozleniwionym snem i seksem.

Michio westchnęła i uśmiechnęła się.

– Nawigator Busch – odpowiedziała, czyniąc formalność z żartu Oksany i splatając z nią palce. – Powinnaś spać.

– Ty też. Potrafisz?

– Nie – przyznała Michio. – Jeśli zrobi się z tego problem, odwiedzę automatycznego medyka. Wezmę coś na sen.

– Jak wygląda status?

Status czego? prawie zapytała Michio, ale zrobiłaby to tylko po to, żeby zbytnio nie myśleć. Wiedziała, że Oksanie chodzi o reakcję Wolnej Floty. Czy leciały za nimi jakieś okręty? Czy ze statków i stacji Pasa posłano w ich stronę torpedy dalekiego zasięgu w nadziei, że podlecą dostatecznie cicho i szybko, by pokonać ich obronę punktową? Michio przesunęła się, by pocałować ją w czoło na wysokości pierwszych włosów. Włosy Oksany pachniały piżmem i lubianą przez nią sztuczną wanilią. Zapach był piękny.

– Wszyscy nas nienawidzą, nikt jeszcze nie strzela – odpowiedziała.

– Choć będą.

– Będą. Ale wykroiliśmy sobie bezpieczne wyspy. Teraz, gdy przyjęli naszą daninę, możemy podlecieć do Ceres i każdej innej stacji zajętej przez Freda pieprzonego Johnsona, nie mając na karku Marco. Chyba że będzie gotowy do otwartej bitwy z wewnętrznymi.

– A w takim wypadku nie będzie miało większego znaczenia, czy tam będziemy, czy nie – stwierdziła Oksana z wargami tuż przy obojczyku Michio. – A ty? Dobrze się czujesz?

Connaught wykonał kolejny złożony manewr z ciągiem po korkociągu i pryczą przeciążeniową ruszającą się na różne strony.

Wydawało się, że wszechświat zawirował wokół ich nieruchomych ciał. Michio wzruszyła ramionami w ciemności.

– Nie wiem. Wiem, jak wygląda mój projekt. Zdobywanie rzeczy potrzebnych Pasowi i przekazywanie ich ludziom w największej potrzebie. Ale... nikt nam za to nie podziękuje.

– Niektórzy to zrobią – zapewniła Oksana. A po chwili: – Choć nikt z *władzą*.

– Czy w związku z tym nie to właśnie robimy?

– Robimy? – zapytała Oksana, pocierając rozespane oczy.

– Skoro nie lubi nas nikt z władzą, zdobądźmy ją sobie sami.

ROZDZIAŁ DWUDZIESTY CZWARTY

PRAKS

Poranek wyglądał standardowo. Praks wstał pierwszy i poczłapał do kuchni w kapciach i szlafroku. Nastawił herbatę i zaczął szykować śniadanie dla rodziny. Naleśniki i bekon dla dziewczynek, czerwony ryż z jajkami dla niego i Djuny. Włączył muzykę. Zwykle puszczał coś spokojnego i relaksującego, co Djuna nazywała muzyką do masażu. Mniej więcej wtedy, gdy ryż się ugotował, a bekon zrobił chrupki, usłyszał dźwięki prysznica Djuny oraz głosy Mei i Natalii. Tego poranka dziewczynki paplały ze sobą przyjaźnie, choć bywało, że warczały na siebie i się kłóciły.

Kiedy ucichł prysznic Djuny, nalał ciasto na pierwszy naleśnik na patelnię, wbijając obok dwa jajka. Usmażenie ich zajmowało prawie dokładnie tyle samo czasu, więc mógł je obrócić równocześnie, używając do tego obu rąk. Popisywał się, ale na ten widok Mei zawsze się śmiała. Z korytarza dobiegł głos Djuny, ponaglającej dziewczynki do ukończenia porannych czynności – umycia twarzy, uczesania się, ubrania. Kiedy wszystkie dotrą do stołu, tylko Praks nie będzie miał na sobie wyjściowego ubrania. Dziewczynki żartowały, że leni się w szlafroku, choć robił najwięcej, a on udawał, że się obraża, choć wcale tak nie było.

Po śniadaniu Djuna w drodze do pracy odwoziła dziewczynki do szkoły, zostawiając go samego, aby miał czas pozmywać, wziąć prysznic i przygotować się do wyjścia do laboratorium. Nie było to coś, co omawiali, po prostu tak ukształtowały się ich domowe zwyczaje. Praksowi się to podobało. Zaznał w swoim życiu aż nadto przygód. Pracował wydajniej, gdy wszystko było przewidywalne.

Posłodził sobie herbatę tym samym syropem, którym zalał naleśniki, postawił na miejscach pełne kubki i talerze z jedzeniem i właśnie siadał do swojego ryżu i jajek, gdy do kuchni weszła

Djuna, zaganiając przed sobą dziewczynki jak pasterz, zgodnie z uświęconą tradycją matek przez całą ludzką historię.

Mei była trochę cichsza niż zwykle, Natalia nieco bardziej promienna, ale obie w granicach błędów. Djuna przyciszyła muzykę na czas jedzenia i rozmów. Praks nawet nie zauważył, gdy rozmowa wkroczyła na niebezpieczne tereny.

– Co jest *opór*? – zapytała Natalia.

Miała poważną, skupioną twarz, co u tak młodej osoby wyglądało nieco zabawnie.

– To miara tego, jak elektrony przepływają przez coś – wyjaśnił Praks. – Widzisz, sposób, w jaki prąd przepływa przez przewody, traktujemy trochę podobnie do tego, jak myślimy o wodzie płynącej przez rury. Tak naprawdę to trochę bardziej skomplikowane, gdy zejdzie się na poziom kwantowy, ale to bardzo, bardzo dobry model.

– A modele to sposób, w jaki możemy zrozumieć różnie rzeczy – dopowiedziała Natalia. Dumna z siebie, ponieważ pamiętała zwrot, którego on i Djuna od tak dawna używali przy dziewczynkach. Nie sądził, żeby Natalia była już dość duża, żeby to zrozumieć, ale w końcu dorośnie. A Mei czasami zaskakiwała go swymi wypowiedziami.

– Tak – potwierdził Praks. – Dokładnie. Tak więc opór dotyczy tego, jak łatwo lub trudno jest elektronom przez coś przepływać.

Natalia zmarszczyła drobne brwi, Mei odwróciła wzrok, a Djuna znieruchomiała. Co było dziwne, ale najwyraźniej jego tłumaczenie nie miało sensu dla dziewczynek, więc spróbował jeszcze raz.

– Wyobraź sobie, że masz dużą słomkę – powiedział, gestykulując. – I kiedy włożysz ją do soku, naprawdę łatwo się przez nią pije. Jeśli jednak zamiast tego weźmiesz maleńką, cieniutką słomkę, będziesz musiała mocno się wysilić, żeby wyciągnąć ze szklanki tyle samo soku. Duża słomka jest jak coś o małym oporze, a mała – jak coś o dużej wartości oporu.

Natalia bardzo poważnie przytaknęła. Wyglądało to tak, jakby próbowała rozwiązać jakąś zagadkę.

– Czy to coś dobrego, czy złego? – zapytała.

Praks się roześmiał.

– Nie jest ani dobre, ani złe, to po prostu element działania wszechświata. Pomyśl, gdybyś chciała mieć obwód, w którym potrzebny byłby mały opór, ale byś go nie miała, to nie byłby on zbyt dobry, ale tylko dlatego, że nie robiłby tego, czego od niego chcesz. Gdybyś miała coś, w czym potrzebny jest wysoki opór, ten sam obwód byłby idealny. Tu nie chodzi o bycie dobrym ani złym, po prostu tak działa świat.

– Już czas iść – oznajmiła Djuna głosem, który wydawał się ostrzejszy niż zwykle.

Takiego głosu używała, gdy coś ją niepokoiło. Zresztą miały jeszcze prawie piętnaście minut, zanim naprawdę musiały wyjść z domu. Może w laboratorium biofilmów działo się coś, o czym nie wiedział.

Kiedy wyszły, z powrotem pogłośnił muzykę, posprzątał naczynia, wykąpał się i ubrał do pracy. Mieszkanie bez nich wydawało się niewłaściwe, a dodatkowy czas dla siebie pusty i w jakiś sposób ponury. Przez całą drogę do stacji metra martwił się, czy Mei pamiętała, żeby wziąć lekarstwo. Planował wykorzystać jazdę metrem do przejrzenia nowych zestawów danych dotyczących uprawowych drożdży, ale jego spojrzenie ciągle uciekało z ręcznego terminala na ekrany pod sufitem wagonu. Odtwarzano na nich wiadomości, ale przez stukot wagoników i głosy innych podróżujących nie słyszał komentatorów. Walczyły jakieś statki, ale nie wiedział gdzie. Ziemia, Japet, Pallas, Ceres, Mars. W pustce między miejscami, z dala od wszystkiego. Możliwa była każda z tych ewentualności. Jedyne, czego był pewien, to fakt, że nie działo się tutaj, a i to tylko dlatego, że nie słyszał ryku alarmów.

Na stacji centralnej połowa pasażerów przeszła do sklepionej komory transferowej, robiąc miejsce kolejnej fali ludzi. Było między nimi kilku mężczyzn w mundurach Wolnej Floty. Ostatnio zaczęli całkiem otwarcie nosić broń i poruszali się z pewnością siebie. Wyglądało na to, że są z nimi dwie cywilne dziewczyny, które śmiały się i flirtowały. Starsza z nich nie wyglądała na więcej niż dwadzieścia lat. Nie była *aż tak* dużo starsza od Mei. Nie bardzo. Praks zwrócił uwagę z powrotem na wiadomości, a potem na swój ręczny terminal. Wciąż nie umiał się na nim skupić, ale coś w wyglądzie mężczyzn z Wolnej Floty sprawiło, że lepiej się czuł ze spuszczonym wzrokiem. Serce biło mu trochę szybciej i czuł napięcie mięśni pleców. Nie zrobił niczego złego, ale poczucie zagrożenia i winy były tak mocno powiązane, że trudno było mu odczuwać jedno bez drugiego.

Kiedy był jeszcze studentem na pierwszych latach uniwersytetu, musiał zaliczyć kurs humanistyczny – literatura, teatr, krytyka sztuki. Coś, co miało mu dać szerszą perspektywę. Wybrał filozofię w nadziei, że będzie miała w sobie coś z dyscypliny. Zapomniał większość z tamtych zajęć, wspomnienia zostały stłumione przez dziesięciolecia dostosowań neuroplastycznych. Nieliczne wspomnienia były fragmentaryczne i odrealnione. Teraz jednak, siedząc tutaj i wciskając się głębiej w siedzenie w miarę jak wagonik metra sunął bliżej powierzchni, czując szum i wstrząsy wibracji, słuchając zbyt głośnego śmiechu żołnierzy, nagle żywo przypomniał sobie jeden obraz. Jego profesor – łysiejący mężczyzna z nadwagą, twarzą sugerującą problemy z alkoholem i emanujący aurą inteligencji tak silną, że zdawała się zaginać przestrzeń wokół niego – uniósł rękę i wypowiedział frazę: *terror zwyczajności*. Praks był prawie pewien, że było to coś z Heideggera, ale tu i teraz miał wrażenie, że zrozumiał to dużo lepiej niż wtedy.

Tak właśnie wyglądała obecna sytuacja. To stało się normą.

Miał nadzieję spędzić przedpołudnie nad własnymi badaniami, ale Khana i Brice nie pozwolili mu nawet dojść do gabinetu, dołączając do niego i idąc z nim krok w krok.

– Zaglądałem na otwartą partycję i mam wrażenie, że są jakieś problemy z przesyłaniem danych – powiedział Khana. – Folder z danymi zawiera dane Hy1810 tylko do dziewiątego przebiegu.

– Nie, nie – odpowiedział Praks. – Wiem. Jeszcze nie miałem czasu ich przesłać. Miałem taki zamiar, ale się rozproszyłem.

Brice wydała cichy dźwięk z głębi gardła. Praks ją zrozumiał i wcale jej nie zazdrościł. Od czasu śmierci Karvonides Brice znalazła się w nieprzyjemnej sytuacji – musiała wykonywać własną pracę i zastępować nieżyjącą kierowniczkę. Każdego dnia Praks zamierzał przenieść wszystkie kluczowe dane na otwartą partycję i nie potrafił nawet powiedzieć, dlaczego jeszcze tego nie zrobił. Po prostu zawsze coś mu wypadało.

– Szefie – odezwał się Khana – musimy dostać najnowsze dane Hy1810, chyba że chce pan, żebyśmy odsunęli nowy przebieg.

– Nie możecie odsunąć nowego przebiegu – zaprotestował Praks.

Dotarli do drzwi jego laboratorium. Khana wbił ręce do kieszeni, wysuwając szczękę i skupiając spojrzenie kilka centymetrów z lewej od Praksa.

– Wiem, ale...

– Zrobię to teraz – zapewnił Praks. – Dajcie mi pół godziny.

Uciekł do laboratorium i zamknął za sobą drzwi. Khana i Brice przez dłuższą chwilę stali jeszcze po drugiej stronie matowanego szkła, ale w końcu poszli. Praks usiadł przy biurku. Chciał sprawdzić poziomy wody i wywołać nowe próbki z hydroponiki. Kusiło go, żeby zająć się tym tylko na kilka minut, odsunąć od siebie przeglądanie partycji Karvonides, ale powiedział, że zrobi to teraz, a naprawdę musieli rozpocząć badania na zwierzętach.

Wywołał folder personelu, wstukał swój kod dostępu i pozwolił systemowi dokonać rytualnej kontroli biometrycznej. A potem z głębokim westchnieniem rosnącego niepokoju przeszedł do partycji martwej kobiety. To był jego obowiązek, nie miał powodu się stresować.

Dwa zestawy danych były zablokowane przez edycję, więc musiał je zamknąć, zanim mógł je przenieść. Nic trudnego, po prostu potrzebował na to kilku sekund. Będzie musiał też przejrzeć jej wiadomości, upewnić się, że wszystko, co wymaga uwagi, zostanie przekazane do Brice lub McConnella. Będzie mógł zignorować wszystko, co dotyczyło życia prywatnego. Nie musiał w nim grzebać, zresztą chyba raczej i tak wolał nie wiedzieć. Poza tą jedną wiadomością, w której temacie pojawił się James Holden. NOWY PROGRAM JAMESA HOLDENA Z CERES, napisano. James Holden, który ocalił Mei. I Praksa. Oraz wszystkich. Praks nie zamierzał otwierać kanału, zrobił to w zasadzie odruchowo. *To wygląda ciekawie – co to jest?*

Na nagraniu, zgodnie z obietnicą, pojawił się James Holden, patrzący prosto do kamery. Z jednej strony nagranie wyglądało na profesjonalną produkcję, nie trzęsło się ani nie drżało. Kolory miały starannie modulowany wygląd typowy dla wiadomości. Kiedy Holden się odezwał, jego głos był wyraźny i czysty, nie drażnił uszu. Z drugiej strony zachowanie Holdena miało w sobie niezręczną autentyczność – tak dobrze mu znaną i niewyreżyserowaną, że miał wrażenie, jakby znowu zobaczył go na żywo.

– Mówi James Holden ze stacji Ceres. To już trzeci program w tej otwartej serii i mam głęboką nadzieję, że zechcecie go obejrzeć. W szczególności dotyczy to wszystkich moich przyjaciół i rodziny na Ziemi i Marsie. Powtarzam to za każdym razem, ale nagrywamy te filmy i wywiady, żeby ludzie w domu zobaczyli twarze i głosy prawdziwych ludzi mieszkających w Pasie. I... tak. Pozwólcie więc, że przedstawię...

Obraz przełączył się na wysoką pasiarską dziewczynę siedzącą w kambuzie *Rosynanta*. Praks nachylił się nad ekranem. Siedziała dokładnie tam, gdzie kiedyś on, w najgorszym okresie swojego życia. Poczuł falę nostalgii, jakby zobaczył swoje mieszkanie z czasów studenckich – znajome miejsce, które kiedyś było dla niego bardzo ważne – które zblakło na tle nowości tej dziewczyny.

– Alis Caspár.

– Świetnie. A gdzie mieszkasz?

– Stacja Ceres. Dzielnica Salutorg.

Praks obejrzał cały program. Klaskanie i żonglowanie shin-sin, które zdawało się zachwycać i fascynować Ziemianina. Sposób, w jaki dziewczyna wyraźnie wstydziła się za niego, choć zdawał się tego nie zauważać. Flirtująca z nim starsza kobieta imieniem Tía. To wszystko było... urocze. Przy wszystkich tych wiadomościach o wojnie i śmierci, przy nawale obrazów statków walczących ze sobą i zmieniających się w strzępy metalu i ceramiki, worków z ciałami na Ziemi, nagranie Holdena było niczym. Przyjemne. Bez znaczenia. Nawet urocze.

Program się skończył. Praks ze zdziwieniem odkrył, że w jego oczach wezbrały łzy. Wytarł policzek rękawem i zaskoczyło go, gdy automatycznie otworzyła się następna wiadomość w kolejce. Do kamery uśmiechała się kobieta o szczupłej twarzy i skórze ciemniejszej od Djuny, choć miała bardzo podobne do niej orzechowe oczy. Obraz trochę się trząsł i kolory nie były tak profesjonalnie skorygowane, jak u Holdena.

– Mówi Fatima Crehan, w odpowiedzi do Jamesa Holdena i wszystkich dobrych ludzi z Pasa. Jesteśmy w obozie dla uchodźców zorganizowanym przez gubernator Arequipy i dzisiaj chciałam wam przedstawić kobietę, której causa wywołuje zachwyt i napełnia brzuchy, chyba już wszystkich w mieście.

Praks oglądał nagranie z fascynacją. A kiedy było po wszystkim, zaczął oglądać kolejne wideo, tym razem z Szanghaju, gdzie starszy mężczyzna w jarmułce prowadził wywiad z zespołem muzycznym chłopców pochodzenia Han na temat ich muzyki, a potem oglądał ich występ w uliczce z sunącymi w górze chmurami koloru błota. Praks nie mógł oderwać wzroku od monitora.

Usłyszał ciche pukanie do drzwi. Do środka zajrzała Brice.

– Przepraszam, że przeszkadzam, sir, ale...

– Nie, nie, w porządku. Właśnie je przesyłam. – Praks chwycił raporty z danymi Karvonides – już nie są zablokowane przez edycję – i przerzucił je na otwartą partycję. – Powinna pani mieć już do nich dostęp.

– Dziękuję panu – odpowiedziała Brice. – Dobrze się pan czuje? – zapytała po chwili.

– Tak – rzucił Praks, ponownie wycierając oczy. – Proszę wrócić do swoich spraw.

Zamknęła drzwi. W jakiś sposób umknęły mu dwie godziny i będzie musiał się pośpieszyć, żeby ściągnąć wszystkie swoje próbki przed lunchem.

Moglibyśmy uratować mnóstwo ludzi. Jedna wiadomość.

Praks zamknął partycję zabitej kobiety i znowu zablokował ją swoim hasłem. Nie miał czasu, żeby dalej o tym myśleć, miał pracę do zrobienia. Żeby nadgonić, zajął się próbkami podczas godziny na lunch, przełykając pośpiesznie kilka łyżek ryżu z grzybami przed spotkaniem kadry kierowniczej. Później przyszedł czas na odebranie Mei i Natalii ze szkoły, ale wysłał wiadomość do jednego z rodziców w jego spółdzielni edukacyjnej. Dziewczynki mogły pójść się pobawić z innymi dziećmi do czasu powrotu Djuny do domu. Sam został, kontaktując się z Brice i Khaną. Upewnił się, że wszyscy, którzy potrzebowali dostępu do danych, mogli z nich korzystać.

Wszystko sprawiało wrażenie dziwnie odrealnionego i lekkiego. Jakby oglądał, jak robi to ktoś inny. W biurze sprawdził jeszcze raz pomiary z przebiegów dzisiejszych próbek. Poziom rozpuszczonego w wodzie CO_2, azotu, wapnia i manganu. Rośliny rozwijały się całkiem dobrze, ale do czasu analizy wszystkich danych nie będzie wiedział, z czym ma do czynienia. Może być.

Oparł się chęci ponownego otwarcia partycji Karvonides, obejrzenia innych nagrań zrobionych lub zainspirowanych przez Holdena. To był zły pomysł. Zamiast tego czekał, pracował i patrzył przez szybę. Została tylko Brice, a jej stanowisko robocze znajdowało się w głębi długiego i zakrzywionego korytarza. Zamknął swój terminal, wylogował się, poszedł do męskiej ubikacji i czekał. Umył ręce. Czekał. Następnie swobodnie wyszedł na główny korytarz, przechodząc obok jednej z bramek. Otworzył terminal, korzystając z konta gościa i wywołał zestawy danych i procedur, które kierownik Praksidike Meng tak niedbale umieścił na otwartej partycji bez ustawienia uprawnień. Ekran pokazał bladobłękitne logo i flagę Ganimedesa. Wysłał kopie do Samuela Jabari i Ingrid Dineyahze na Ziemi oraz Gormana Le na Lunie. Jedyną wiadomością było PROSZĘ POTWIERDZIĆ TE WYNIKI.

Następnie zamknął terminal i z powrotem wyszedł na główny korytarz. Wszystko wydawało się jaśniejsze niż powinno. Nie potrafił stwierdzić, czy jest zmęczony, czy niespokojny. Czy jedno i drugie.

Zatrzymał się przy budce z makaronem między stacją metra a domem. No-Roof dla niego i Djuny, smażone tofu dla dziewczynek. Oraz luksus – wino ryżowe. A także okrągły ceramiczny pojemnik z lodami o smaku zielonej herbaty na deser. Kiedy wrócił do domu, Natalia narzekała na konieczność nauczenia się tabel z czasami, a Mei zamknęła się w pokoju, by wymienić wiadomości z koleżankami ze szkoły i oglądać programy chłopaków trzy albo cztery lata starszych od niej. W każdy inny dzień nalegałby, żeby wszyscy zebrali się przy stole na kolację, ale nie chciał w niczym przeszkadzać.

Przełożył makaron do ceramicznych miseczek do recyklingu ozdobionych wzorami z wróblami i gałązkami, i zaniósł jedną Natalii przy biurku, drugą Mei rozłożonej na łóżku. Była już taka duża. Niedługo sięgnie mu powyżej ramienia. Jego mała dziewczynka, która miała nie przeżyć, a proszę. Popatrzyła na niego pytająco, gdy pocałował ją w czubek głowy. Kiwnął w stronę ekranu ze smutno wyglądającymi młodzieńcami.

Sam usiadł z Djuną przy stole, prawie jakby znowu chodzili na randki. Przyjrzał się jej: krzywiźnie policzka, małej bliźnie na lewym kłykciu, łagodnemu wygięciu obojczyka. Jakby zapamiętywał je sobie na nadchodzący dzień, gdy jej nie będzie. Albo jego.

Wino ryżowe zapiekło w ustach. Może zawsze takie było – równocześnie chłodne i rozgrzewające – tylko zwykle tego nie zauważał. Djuna opowiedziała mu o swoim dniu, o biurowej polityce i pałacowych intrygach nad biofilmami, a on wchłaniał jej słowa jak muzykę. Tuż przed odłożeniem naczyń i wyciągnięciem lodów sięgnęła nad stołem i ujęła jego dłoń.

– Dobrze się czujesz? – zapytała. – Dziwnie się zachowujesz.

– Nic mi nie jest – odpowiedział.

– Zły dzień w pracy?

– Nie, raczej nie – stwierdził. – Właściwie chyba był bardzo dobry.

ROZDZIAŁ DWUDZIESTY PIĄTY

FRED

– James Holden właśnie uznał piractwo za legalne – oświadczyła Avasarala z Luny, a potem urwała. Jej brwi zawędrowały wysoko na czoło i lekko kiwnęła głową. Jakby zachęcała do zrozumienia jej słów niezbyt bystre dziecko. – Przyjął statek przejęty w akcie *piractwa*. Od *piratki*. A potem podziękował jej za udział w pieprzonym łupie i machał, gdy odlatywała. A ty, Rzeźnik stacji Anderson, wielki ktośtam z kurewskiego SPZ? Siedziałeś tam z fiutem w ręce i pozwoliłeś mu to zrobić. No wiesz, rozumiem, że Holden to Holden, ale pozwoliłam ci przejąć Ceres, bo myślałam, że przynajmniej jesteś pieprzonym dorosłym.

Odchyliła się od kamery, kręcąc głową i rozdłubała skorupkę pistacji.

– Miałam o tobie lepsze mniemanie, Johnson – oświadczyła. – Naprawdę. Moje życie stało się jednym, nieustannie trwającym objawieniem, że nie byłam dostatecznie cyniczna.

Na tym etapie stało się całkiem jasne, że po prostu pociesza się własnymi słowami. Sprawdził dane nagrania: jeszcze dziesięć minut. Po drodze mogła poruszyć coś ważnego, więc przechodząc przez sypialnię, zostawił nagranie włączone. Jej ostre spółgłoski i drapiące w uszy samogłoski tworzyły coś w rodzaju muzyki tła, gdy wyciągał wieczorną porcję leków z szafki przy łóżku. Pięć tabletek i szklanka wody. Tabletki były kredowe i gorzkie, a nawet po spłukaniu w głąb gardła dość długo czuł ich nieprzyjemny posmak.

Praca dwadzieścia cztery godziny na dobę była czymś dla młodszych ludzi. Wciąż potrafił to czasem robić, ale były takie czasy, gdy jego determinacja w starciu z wszechświatem sprawiała, że uważał to za uczciwą walkę. Potrafił go napędzać sam gniew i może zmęczenie sprawiało, że po prostu pokutuje za swoje grzechy. Teraz utrzymywał się przy życiu dzięki kawie i lekom na ciśnienie krwi, próbując zapobiec dalszemu rozpadowi Układu. Wszystko to zdawało się dużo mniej romantyczne.

– Wygląda na to, że Richards prawie zdołała doprowadzić do porządku resztki marsjańskiego parlamentu – powiedziała Avasarala – więc mam nadzieję, że coś z niej wydusimy. Wystarczy choćby zapewnienie, że nie zacznie znaczyć moczem całej naszej strategii, żeby bardziej pachniała na jej sposób. Souther prze na Reę lub Pallas, w zależności od tego, czy chcemy wzmocnić już posiadanych sojuszników, jacy by nie byli, czy odebrać Inarosowi bazę produkcyjną. Admirał Stacey opiera się tym planom z obawy przed zbytnim rozciągnięciem naszych sił.

Obie strategie były błędem. Będzie musiał to jasno wyłożyć. Przycisnęła palce do czoła. Krótkie, głośne westchnięcie. Przez chwilę wydawała się mniejsza. Wrażliwa. Dziwnie z tym wyglądała.

– Mieliśmy jeszcze dwa kamienie. Jeden z nich był pokryty powłoką maskującą, ale go złapaliśmy. Tym razem. Wszystkie teleskopy i czujniki analizują dane, szukając kolejnych, ale pchnięcie czegoś na właściwą orbitę kosztuje tak niewiele, że Inaros mógłby ich puścić całe setki. Rozłożyć na miesiące i lata. Za sto lat możemy zobaczyć coś wlatującego spoza ekliptyki z karteczką z napisem „Pierdolcie się, z pozdrowieniami od Wolnej Floty". Moje wnuki będą sprzątać te same śmieci.

– Mam nadzieję. Jeśli wygramy – odpowiedział Fred do ekranu.

Choć nagranie i tak nie mogło go usłyszeć. Wszedł do łazienki, a nagranie automatycznie przeniosło się za nim.

W apartamencie gubernatora najbardziej podobał mu się prysznic. Dysze były rozstawione tak szeroko, że czuł się jak na deszczu, a cała podłoga kryła kratkę ściekową, działającą nawet w jednej trzeciej g. Fred rozebrał się i zmył ze skóry pot i brud dnia, podczas gdy Avasarala omawiała najnowsze dane wywiadowcze na temat sytuacji na skolonizowanych planetach (żadnych potwierdzonych konkretów, ale prawdopodobnie wyglądało tam źle), raportów o statkach zaginionych podczas przelotu przez wrota (kilka teorii i nadzieja, że nagrania z Medyny pomogą, jeśli staną się dostępne) oraz sytuacji na Ziemi (oczekiwanej drugiej fali zgonów z powodu niedoboru żywności, sytuacji sanitarnej i załamania infrastruktury medycznej).

Po wytarciu się Fred założył świeżą koszulę i czyste spodnie. Grube, miękkie skarpety. Drobne przyjemności życia. Avasarala dalej składała swój raport, wchodząc w niepotrzebne szczegóły i komentarze, jakby była samotna i nie chciała mierzyć się z pustką i ciszą jej pokoi na Lunie. Ale nawet ona nie mogła mówić w nieskończoność.

– Spodziewam się wiadomości od ciebie – oświadczyła. – I mówię to kurewsko poważnie. Nie pozwól Holdenowi. Ustanawiać. Żadnych. Więcej. Praw.

Usiadł na brzegu łóżka, zamknął oczy i pozwolił sobie opuścić głowę na dłonie. Nie spał już od ponad trzydziestu godzin i czekała go kolejna zmiana bez szansy na sen. Negocjacje ze związkami i dostosowywanie podpisanych dziesiątki lat temu kontraktów do nowej sytuacji. Wyciąganie Pasiarzy z ich dziur, zamykanie olbrzymich połaci stacji, żeby oszczędzić posiadane zasoby. Część jego umysłu traktowała to jak sytuację awaryjną, ranę, którą trzeba było zatamować do czasu przybycia pomocy. Trzy, cztery razy na zmianę przypominał sobie, że pomoc nie nadejdzie. Że podjęte dzisiaj wybory mogą pozostać na lata. Na zawsze.

Pokusa położenia się, oparcia głowy na poduszce i pozwolenia piekącym oczom na zamknięcie się była tak potężna, jak głód i seks czterdzieści lat temu. Ciężar tej idei przytłaczał go w równy stopniu, co wyczerpanie. Tak ostre nadwyrężanie sił byłoby głupie dla każdego, a co dopiero dla kogoś w jego wieku, a łóżko gubernatora było miękkie i gościnne, pościel czysta i świeża. Tylko że gdyby się położył, jego oczy otworzyłyby się natychmiast po dotknięciu głową poduszki. Wykręciłby go niepokój, plącząc pościel wokół nóg, aż by się poddał, dwie albo trzy godziny później. Jeszcze jedna zmiana i będzie wyczerpany na tyle, że pozwoli działać tabletkom. Zapadnie w czerń pod powiekami, wreszcie łaskawie pozbywając się świadomości. Ale jeszcze nie.

Jego pierwsza kochanka – nazywała się Diane Redstone – miała określenie na chwile takie jak ta. *Uroczy las* mówiła, a potem wstawała z łóżka i szła do pracy. Zrozumiał, skąd wzięło się to jej powiedzenie, dopiero lata później, gdy w końcu się rozeszli. Teraz, gdy już wiedział, nie mógł się pozbyć irracjonalnej antypatii do Roberta Frosta.

Wyciągnął swój ręczny terminal, popatrzył na siebie przez jego drobny obiektyw i nacisnął przycisk nagrywania.

– Wiadomość przyjęta. Zrobię co będę mógł, żeby kontrolować naszego wspólnego znajomego, ale też muszę zwrócić uwagę, że jest zasobem, który głupio byłoby zaprzepaścić. Żadne z nas nie może sobie pozwolić na zrobienie pewnych rzeczy, które może zrobić Holden ze swoimi ludźmi. A przy okazji, dołączam manifest towarów przejętych z *Minskim*. To duży statek, dobrze zaopatrzony. I w ramach moich uprawnień, jako pełniący obowiązki gubernatora Ceres, mam prawo powołać się na nadzwyczajne okoliczności i zarekwirować towary dla wspólnego dobra. To już nie prawo Holdena, a po prostu prawo. Wyślę statek z jedną trzecią ładunku z powrotem na Ziemię, z *Augustem Marchantem* i *Bethany Thomas* jako eskortą. Jest tam dość, by utrzymać przy życiu średniej wielkości miasto. Wiem, że to tylko kropla w morzu, ale tak się je zapełnia.

Próbował pomyśleć, co jeszcze mógłby powiedzieć, i nie potrafił zdecydować, czy było tego za dużo, czy za mało. Tak czy siak, mogło to poczekać. Przesłuchał własną wiadomość, zaszyfrował ją i wrzucił do kolejki wysyłanej, a potem dźwignął się z łóżka. Później będzie czas na sen.

Ochrona czekała na niego przed drzwiami i podążyła za nim do wózków na głównym korytarzu. Na niego czekał ten z kuloodpornymi szybami. Siedząc w nim, czuł się, jakby wsadził głowę do akwarium, jednak do czasu, aż będzie pewny, że Inaros nie ma więcej ludzi pośród milionów zwykłych obywateli, musiał się go trzymać. A ponieważ nigdy nie będzie miał tej pewności, uznał, że równie dobrze może się do tego przyzwyczaić. Wyjechali na główny korytarz – jeden pojazd ochrony z przodu i jeden z tyłu, w odległości na tyle dużej, by ewentualna bomba nie mogła zniszczyć równocześnie wszystkich trzech. Logika pola bitwy. Teraz wszystko było polem bitwy.

Mieszkańcy Ceres robili im miejsce, usuwając się pod ściany korytarza i obserwując przejazd. Fred miał wrażenie, że powinien im błogosławić. Albo machać. Stacją przez lata kierował Anderson Dawes – jego stary przyjaciel i wróg. Nie potrafił sobie wyobrazić, jak sobie z tym wszystkim radził. Z drugiej strony Ceres była wtedy innym miejscem.

Pałac gubernatora mieścił się blisko doków, niedaleko zewnętrznej powłoki stacji, gdzie ciążenie wirowe było najsilniejsze, a siła Coriolisa najsłabsza. *Rosynant* miał własne stanowisko w tym samym doku co *Minsky* i kiedy wózek Freda zatrzymał się, James Holden już tam był.

– Zastanawiałem się, czy tu wstąpisz – powiedział Holden, gdy Fred wysiadał z wózka. – Bo nie mogłem nie zauważyć, że ktoś do nas strzelał.

– Serio? No proszę, a mnie się zdawało, że strzelali do piratów.

Holden zamknął usta i pociemniał na twarzy. Ale potem wzruszył ramionami.

– No dobrze, słusznie, ale to i tak był paskudny ruch.

– To nie byli moi ludzie – stwierdził Fred, ruszając w stronę śluzy *Rosynanta*.

Holden zrozumiał aluzję i ruszył za nim.

– Domyśliłem się tego po tym, że okręty floty nie zrobiły tego samego. A przy okazji, dziękuję za to.

– Proszę bardzo – rzucił Fred, przechodząc do ładowni statku.

Amos Burton – barczysty i przyjazny – zatrzymał obsługiwanego mecha i kiwając głową, pozwolił im przejść. Fred nigdy jeszcze nie spotkał osobiście niesławnej Clarissy Mao, ale dziewczyna, która wyskoczyła z windy i uciekła do warsztatu, była bardzo charakterystyczna. Nie był to najdziwniejszy sojusz, jaki w życiu widział, ale znajdował się blisko szczytu listy. Poczekał, aż Holden także wejdzie do windy, i wcisnął przycisk pokładu załogowego. Kiedy znaleźli się poza zasięgiem słuchu, zaczął mówić dalej.

– Jest coś, o czym muszę z tobą porozmawiać.

– Czy chodzi o to, że ktoś do nas strzelał? Bo tak jakby zaciąłem się na tym.

– Moi ludzie się tym zajmują. Wiemy, że byli to zwolennicy Wolnej Floty, i wiemy, który magazyn okradli, żeby zdobyć rakiety, ale nie, nie w tej sprawie przyszedłem.

– Zamierzasz mnie aresztować za udzielenie pomocy piratom?

Fred się roześmiał.

– Przyszło mi to do głowy, ale nie.

– Bobbie? Bo nie jestem pewien, czy ta sprawa ambasadorowania się sprawdza w jej przypadku.

– Także nie to. Wiesz, że pracuję nad zorganizowaniem szczytu. Spotkanie na wysokim szczeblu z odłamami SPZ, które nie opowiedziały się po stronie Wolnej Floty.

– Impreza piżamowa.

Fred się skrzywił.

– Wolałbym, żebyś tego tak nie nazywał.

– Przepraszam. Po prostu podoba mi się ta wizja. Twoje bardzo poważne spotkanie z przywódcami SPZ.

Winda zatrzymała na pokładzie załogowym. Fred wysiadł, skręcając w stronę kabiny Holdena. Ich kroki na pokładzie brzmiały głośniej, niż Fred pamiętał, ale prawdopodobnie było to po prostu związane z faktem, że nie było tam już pełnej załogi zapewniającej rozbrzmiewające w tle odgłosy ludzkiej aktywności. Żadnych rozmów, muzyki, śmiechu. A może tylko Fredowi tak się zdawało.

– Nie przylecą na Ceres. – Fred westchnął. – Nie ze stacjonującą tu flotą.

– Z drugiej strony nie mogę zalecić odesłania floty.

– Owszem, to zły pomysł. Zgodziliśmy się na stację Tycho, ale tylko pod warunkiem, że nie przylecą tam żadne okręty ONZ ani FMRK.

Holden zatrzymał się w drzwiach swojej kabiny. Zmarszczył brwi. Wyglądał z tym młodziej.

– Idziemy do mojej kabiny, bo mam whiskey, którą lubisz, prawda?

– Owszem – potwierdził Fred.

Holden zastanawiał się przez chwilę, wzruszył ramionami i wszedł pierwszy. Kabina kapitańska była większa od pozostałych na korwecie, ale zdawała się mniejsza przez obecność w niej także rzeczy Naomi Nagaty. Holden otworzył szafkę i wyciągnął butelkę i dwie bańki, napełniając je podczas rozmowy.

– Jakie są szanse doprowadzenia do tego spotkania tak, żeby Marco się o nim nie dowiedział?

– Niewielkie – przyznał Fred, przyjmując bańkę od Holdena i unosząc ją w jego stronę. – Ale to będzie prawdą niezależnie od tego, gdzie je spróbuję zorganizować. SPZ to nie wywiad, wszystko tu działa na plotkach i osobistych relacjach.

– W przeciwieństwie do służb wywiadowczych? – zapytał Holden, a Fred się roześmiał.

– No dobrze, to przypomina trochę wywiad. Chodzi mi o to, że owszem, informacja wycieknie, nawet jeśli nie w szczegółach, to w ogólnym zarysie. Próba utrzymania jej w tajemnicy byłaby ćwiczeniem z frustracji. A na dodatek dałaby efekt przeciwny do zamierzonego. Jeśli będziemy próbować chodzić na paluszkach wokół Wolnej Floty, będzie to wyglądało tak, jakbyśmy się ich bali. Jeśli ci ludzie zobaczą, że przylatuję tam bez obaw, wzmocni to moją pozycję. Nie lekkomyślnie, ale bez zastraszania.

– Na przykład na okręcie bojowym – rzucił Holden. – Tylko nie takim, który pracuje dla Ziemi lub Marsa. Może na niezależnym, któremu zdarzało się pracować dla SPZ. Takim, który Marco już kilka razy bezskutecznie próbował zniszczyć.

Whiskey naprawdę była dobra. Bogata, złożona, z aromatem starej beczki i przyjemną ostrością. Oddał bańkę Holdenowi i pokręcił głową, gdy kapitan zaoferował mu dolewkę. Holden opróżnił własną bańkę, namyślał się przez chwilę, uzupełnił ją i opróżnił ponownie.

– Wiesz – powiedział Holden odstawiając bańki i butelkę z powrotem do szafki – że Inaros będzie chciał przerwać to spotkanie.

– Dlatego nie kontaktuję się z tobą przez system łączności. Nie wiem, jak bardzo jest dziurawy, a zdecydowanie wierzę w bezpieczeństwo komunikacji. Jednak prawdę mówiąc, choć bardzo się staramy, żeby nie poznał szczegółów, mam nadzieję, że spróbuje. Nic tak nie odsłania człowieka, jak atakowanie w złości. A przy tym jeśli zwróci się przeciwko nam, zapewni Pa trochę spokoju.

– Myślałem, że jesteś przeciwny połączeniu sił z nią.

– Jestem. To był zły ruch i spodziewam się, że za niego zapłacimy, ale skoro już to zrobiliśmy, powinniśmy go jak najlepiej wykorzystać. Lepiej zachowywać się stanowczo i się pomylić, niż pozwolić im zobaczyć niepewność.

Holden złożył ręce i oparł się o ścianę. Zmarszczył czoło. Fred czekał.

– Jak to się skończy? – zapytał w końcu Holden.

– Ciągle próbujemy naciągnąć go na popełnienie błędu, on robi to samo z nami. Przegra ten, kto ostatni coś spieprzy, wygra przedostatni. Tym właśnie jest wojna.

– Nie jestem pewien, czy pytałem o wojnę – wyznał Holden.

– Nie? To o co?

– Zawsze mówiłeś, że chciałeś sobie zdobyć miejsce przy stole. Jak możemy wygrać pokój? Jak *to* się skończy?

Fred milczał bardzo długo, czując wzbierającą w piersiach żałobę, gęstą i bolesną.

– Tak szczerze? Nie wiem, jak się skończy. Nawet nie wiem, czy będzie jakiś koniec. Poświęciłem tej walce całe życie. Najpierw po jednej stronie, potem po drugiej. Ale teraz, gdy na to patrzę? To, co stało się z wrotami, co stało się z Ziemią. Już tego nie poznaję. Ciągle robię, co mogę, bo nie mam pojęcia, co jeszcze mógłbym zrobić.

Holden głęboko wciągnął powietrze i wypuścił je powoli przez zęby.

– Kiedy mamy być gotowi do lotu?

– Powiedziałem Drummer, że będę tu załatwiał sprawy jeszcze przez dwa tygodnie. Chciałbym wylecieć za cztery dni, gdy ludzie Marco, którzy się o tym dowiedzą, wciąż jeszcze będą układać plany. Chciałbym zmusić ich do działania, zanim będą gotowi.

– W porządku – odpowiedział Holden. – Zabierzemy cię.

– Moi ludzie zgłoszą się, gdy będziesz ich potrzebował. Sam trafię do wyjścia – stwierdził Fred, kiwając głową, i ruszył do windy.

Jadąc na dół, zamknął oczy i pozwolił, by wyczuwana stopami delikatna wibracja mechanizmu powędrowała w górę bolącego kręgosłupa aż do szczytu głowy. Było jeszcze tyle do zrobienia, zanim opuści Ceres. Musiał się jeszcze spotkać z załogą *Minsky'ego*, choć obiecał porozmawiać wcześniej z radcą prawnym Avasarali, żeby niechcący nie zobligował Ziemi do niczego przez wypowiedzenie niewłaściwych słów. I chciał dopilnować harmonogramu patroli na przynajmniej miesiąc, by jego niespodziewana nieobecność niczego nie zepsuła. I potrzebował snu.

Gdy wychodził przez śluzę, odezwał się jego terminal. Dotarła nowa wiadomość z Ziemi. Od Avasarali. Zatrzymał się w szerokiej przestrzeni doku. Ryk wymienników powietrza i brzęki mechów załadunkowych. Woń smaru i kurzu. Jego ochrona już szła ku niemu, gotowa zaprowadzić go z powrotem do akwarium. Odegnał ich gestem i wyświetlił wiadomość.

Avasarala szła korytarzem, szurając energicznie w niskim ciążeniu Księżyca. Wyglądała na równie zmęczoną co on, ale na jej twarzy rysował się wąski uśmiech rozbawienia. Nigdy nie spotkał nikogo innego, kto potrafił być tak radośnie rozczarowany ludzkością.

– Przekazałam twoją listę mojemu koordynatorowi pomocy – powiedziała... kiedy mogło to być? Osiem minut temu? Dziesięć? Kiedyś potrafił obliczyć opóźnienia łączności w pamięci. – Może nie dostał od tego orgazmu, ale chyba będzie chciał cię zabrać na kilka drinków, gdy się tu pojawisz. Uważaj na niego, ma lepkie ręce.

Przerwał jej ktoś poza ekranem. Avasarala spojrzała gdzieś w bok i pokręciła głową.

– Czy mam mu też podetrzeć tyłek? Jego zadanie polega na podejmowaniu decyzji, nie pytaniu mnie, jakie ma podejmować. – Jakiś pełen szacunku głos odpowiedział *tak jest, proszę pani*, czy coś podobnego, i znowu ruszyła.

Fred się uśmiechnął. Gdy była jego wrogiem, była dobra, a teraz, gdy stali się sojusznikami, sposoby, na które byli tacy sami, prawie czyniły z niej człowieka.

– O czym mówiłam? Ach. Tak, to tak zwane zaopatrzenie pomocowe. Wysyłam listę tego, co najbardziej jest potrzebne na powierzchni. Jeśli będziesz miał szansę przekazać ją Pa, proszę, zrób to. Najwyraźniej *wszyscy* jesteśmy teraz pieprzonymi piratami.

ROZDZIAŁ DWUDZIESTY SZÓSTY

FILIP

Wieczorem przed wylotem *Pelli* ze stacji Pallas Rosenfeld urządził kolację dla Marco i innych kapitanów. Odbywała się w wielkiej, otwartej przestrzeni, zaprojektowanej do robót konstrukcyjnych, zmienionej teraz w coś w rodzaju sali tronowej w nieważkości. Grała cicha, dzwoniąca muzyka, co brzmiało jak płynąca woda z melodią. Platformy z potrawami i napojami jeżyły się ceramicznymi bańkami w jaskrawych kolorach jak olej na wodzie, pełne wina i wody. W powiewach z wymienników unosiły się długie czerwone i złote wstążki. Przy uchwytach na dłonie i stopy migotały długie kawałki papieru przeplatanego złotymi włóknami.

Załoga *Pelli* i podległy Rosenfeldowi personel dowodzenia Pallas mieszali się z mundurami Wolnej Floty, odcinającymi się ostro od cywilnych strojów miejscowych. Młodzi mężczyźni i kobiety w długich szkarłatnych i niebieskich szatach unosili się w powietrzu na tyle powoli, by podawać tapas z pasztecików fasolowych, marynowanych krewetek ze zbiorników i kiełbasek czosnkowych z prawdziwym mięsem.

Żaden element wystroju nie narzucał konkretnej góry lub dołu, nie zrobiono żadnych ustępstw na rzecz architektury Ziemi i Marsa. Połączenie tradycyjnej estetyki Pasiarzy z obfitością i luksusem sprawiło, że Filip czuł się nieco oszołomiony, jeszcze zanim zaczął pić.

– Nie wiem, co innego możesz mieć na myśli, mówiąc o oczyszczeniu – powiedział jego ojciec ze śmiechem – poza „pozbyciem się nieczystych elementów”.

W odpowiedzi Rosenfeld zaśmiał się chrapliwie. Po tygodniach podróżowania z nim Filip wciąż nie był pewien, czy potrafi odczytywać jego emocje.

– Twierdzisz, że to planowałeś?

– Przewidziałem. Zmiana w systemie większego świata zawsze wiąże się z ryzykiem, że ludzie stracą perspektywę. Upiją się możliwościami. Pa wyniosło na fali, więc teraz sądzi, że może rozkazywać przypływom. Nie wiedziałem, że się złamie, ale byłem gotowy na taką możliwość.

Rosenfeld kiwnął głową. Z drugiej strony wielkiego pomieszczenia dwie kobiety zaśpiewały w duecie kilka zwrotek znanej Filipowi piosenki, a potem się roześmiały. Popatrzył na nie z nadzieją, że któraś odpowie spojrzeniem. Że dziewczyna będzie mu się przyglądać, jak unosi się w rozmowie z wielkimi umysłami Wolnej Floty. Nikt nie patrzył.

Ojciec znów się odezwał, tym razem cichszym głosem. Wciąż konwersacyjnie, wciąż przyjaźnie, ale inaczej.

– Miałem plany na wypadek załamania się każdego. Pa, Sanjraniego, Dawesa. Ciebie. Gdy wyprowadzę następne uderzenie, wszyscy zobaczą, jaka jest słaba. Jej wsparcie wypali się szybciej niż tlen.

– Jesteś pewien – stwierdził Rosenfeld w sposób, który uczynił z tego równocześnie oświadczenie i pytanie. Napił się z bańki i zakaszlał. Filip przyglądał się ojcu czekającemu, aż mężczyzna o pobrużdżonej skórze dokończy myśl. Rosenfeld westchnął i kiwnął głową. Filip miał wrażenie, że pod powierzchnią jego zrozumienia przemknęło coś głębszego, zostawiając po sobie tylko fale. – Problem tylko w tym, że ona karmi ludzi. Prostaczki uznają coś takiego za ujmujące, sí no?

– Każdy może sobie kupić głosy darmowym chlebem – wtrącił się Filip.

Rosenfeld obrócił głowę w jego stronę, jakby dopiero teraz go zobaczył.

– Prawda, prawda.

– Johnson i pozbierana przez niego flota – powiedział Marco – siedzą na Ceres z szeroko otwartymi oczami. Nie mogą się ruszyć, nie odsłaniając się, nie mogą się wycofać, znowu oddając nam stację. Są uwięzieni. Tak jak mówiłem, że będzie.

– Prawda – powiedział Rosenfeld i zostawił niedopowiedziane *prawda, ale...* Wszystkie krytyki unosiły się za jego słowami jak wstążki na wietrze. *Prawda, ale minęło już dużo czasu od opuszczenia Ceres i wyglądamy przez to na słabych... Prawda, ale jedna z twoich generałów zbuntowała się, a ty jej nie ukarałeś... Prawda, ale to Fred Johnson wydaje rozkazy z pałacu gubernatora na Ceres, a nie ty.* Filip odczuł każdą implikację jak uderzenie w brzuch, ale ponieważ nie zostały wypowiedziane, nie mógł na nie odpowiedzieć. Nie mógł tego też zrobić ojciec. Rosenfeld znowu się napił, przyjął od przelatującego kelnera szaszłyk z mięsem z kadzi i zatrzymał dryf jedną ręką, jedząc. Miał łagodny wyraz twarzy, ale spojrzenie wciąż kierował na Marco.

– Czekanie na doskonałą chwilę jest cechą wielkiego stratega – skomentował Marco. – Na razie możemy swobodnie poruszać się pośród planet zewnętrznych. Mars, Ziemia i Luna... nawet Ceres, kryją się za swoimi ścianami, podczas gdy my przemykamy swobodnie pośród szerokich bezkresów próżni, panowie pustki. Im bardziej będzie docierać do nich, że się nie liczą, tym bardziej staną się zdesperowani. Musimy tylko czekać na nadchodzącą okazję.

– Fred Johnson – powiedział Rosenfeld. – Skontaktował się już z Carlosem Walkerem i Liangiem Goodfortunem. Aimee Ostman.

– Niech z nimi rozmawia – rzucił Marco, po raz pierwszy trochę ostrzejszym tonem. – Niech zobaczą, jak mały się zrobił. Znam jego schematy i wiem, co chcesz powiedzieć.

– Niczego nie mówię, coyo – odpowiedział Rosenfeld. – Może poza tym, że za dużo pijesz.

– Mówiłem ci już, że Johnson zostanie zdjęty z planszy, i tak będzie. Nie załatwiliśmy go na Tycho, ale zrobimy to gdzieś indziej. Jest moim białym wielorybem i będę na niego polował do końca świata.

Rosenfeld popatrzył na swoją bańkę, kuląc odrobinę ciało w wyrazie ustąpienia. Filip odczuł zwycięstwo ojca jak własne.

– Nie doczytałeś tej książki do końca, prawda? – łagodnie zapytał Rosenfeld.

***

Marco nazywał okręty trzema wilkami. *Pella* oczywiście była przywódcą stada, *Koto* i *Shinsakuto* na powolnej orbicie były wsparciem. Przemieszczenie jednostek na pozycję było trudne. Umowa Marco nie obejmowała prawdziwie niewykrywalnych jednostek. Najlepsze, co mieli, to zwykłe okręty bojowe pokryte powłoką skradzionej farby pochłaniającej promieniowanie radaru, ale ponieważ nie zostały zaprojektowane do utrzymywania resztkowego ciepła, marsjańska technologia nie była aż tak skuteczna.

Jednak Pas zawsze miał przemytników, piratów i złodziei. Istniały sposoby na ukrycie się, nawet w otchłani, a lot bez transponderów był tylko jednym z nich. Opuścili Pallas z dużym ciągiem. Godziny wciskania w prycze przeciążeniowe z koktajlem piekącym w żyłach, a mimo to na skraju utraty przytomności. A potem szybowanie. Bez smugi z dyszy silnika zdradzającej ich pozycję *Pella* i pozostali łowcy byli niewiele więcej niż ciepłymi skałami lecącymi w przestrzeni między Ceres w wewnętrznym Pasie a Stacją Tycho na własnej, głębszej orbicie. *Koto* zaryzykował hamowanie, żeby ustawić się przy umieszczonej na mapach asteroidzie, używając masy skały lodu do ukrycia się i wyjaśnienia odpowiedzi lidaru. *Pella* i *Shinsakuto* szybowały dalej, z orbitami zgodnymi z rozproszonymi śmieciami pasa asteroid. Żadnych emisji radiowych, łączność jedynie przez wiązki kierunkowe. Wypuścili trochę gazów, żeby schłodzić kadłuby i sprawić, by sygnatury cieplne były mniej jednoznaczne. Po ich stronie stała sama pustka. Nawet w najbardziej zatłoczonych rejonach Pasa, gdzie asteroidy były najgęstsze, zobaczenie najbliższego sąsiada wymagało użycia teleskopu. *Pella* był ciepłym kawałkiem metalu i ceramiki w trylionach kilometrów kwadratowych – mniej niż skrawkiem paznokcia na oceanie.

Nawet gdyby Ceres ich zobaczyła – a przez długie tygodnie cichego polowania mogła – byliby nie do odróżnienia od tysiąca innych nielicencjonowanych poszukiwaczy minerałów, statków przemytniczych i rodzin Pasiarzy w trasie. Johnson i jego sojusznicy z planet wewnętrznych musieliby wiedzieć, gdzie patrzeć, żeby ich zobaczyć. A nawet gdyby znaleźli jeden okręt, czekały jeszcze dwa.

Desperackie spotkanie Freda Johnsona w celu zebrania resztek SPZ wciąż było odległe o całe tygodnie, ale Marco umieścił ich na jego trasie w ukryciu na długo, zanim Johnson miał opuścić bezpieczne mury Ceres. *Ludzie postępują w typowy sposób*, powiedział. Dla Freda Johnsona było to stosowanie dezinformacji w połączeniu z przeważającymi siłami. Ich źródła twierdziły, że flota zostanie unieruchomiona przy Ceres, więc skoro przeważające siły nie wchodziły w grę, została tylko dezinformacja. Tak więc unosili się w przestrzeni z pasywnymi czujnikami skierowanymi na Ceres i Tycho, jak zbyt bystre dziecko obserwujące drugą rękę magika. Kiedy Fred Johnson wyruszy, by błagać o pomoc nędzne resztki ludzi SPZ, wciąż gotowych go słuchać, Marco będzie o tym wiedział. A kiedy potencjalni sojusznicy Johnsona zobaczą, jak ginie...

Cóż, stracili Michio Pa, ale Marco mógł ją zastąpić setką innych. Siła przyciągała ludzi równie mocno, jak ciążenie. Czasem bardziej.

Marco czekał przez kilka godzin każdego dnia, przypięty do pryczy przeciążeniowej, jakby ostry ciąg mógł być konieczny w każdej chwili, przeglądając dane z czujników, a i tak kończył zmiany pełen energii, ze śmiechem, podniecony. Radosny. Filip nie miał czystej staminy ojca. Przez kilka pierwszych dni potrafił dorównać skupieniu Marco i jego poczuciu nadchodzącej przemocy, ale nawet wtedy, gdy szedł do siłowni, kambuza czy swojej kabiny, emocje rozpierające mu pierś zmieniały się w coś bardziej przypominającego niepokój. Albo furię. Nie wiedział tylko, z jakiego powodu się niepokoił albo na kogo się złościł.

Kiedy *Minsky* doleciał na Ceres z *Connaughtem* przy boku, Filip był pewien, że nadeszła właściwa chwila. Była tam Pa, a połączona flota obserwowała, jak sunie w ich stronę niczym kot taszczący do domu martwą mysz w prezencie. Filip czuł to we krwi – nadchodzącą przemoc. Wielki i krzykliwy dowód na to, że Wolna Flota jest silniejsza od jej wrogów. I nie był w tym jedyny. Wyglądało to tak, jakby cała załoga *Pelli* – Josie, Karal, Bastien i Jún – wszyscy równocześnie wciągnęli powietrze i spięli się w oczekiwaniu na pełny ciąg i bitwę.

Wszyscy oprócz Marco.

Pozostał taki sam, obserwując strumienie danych ze swojej pryczy przeciążeniowej na mostku. Atak z Ceres, obrona *Connaughta* przez *Rosynanta*. Wszystko to zdawało się spływać po Marco, jakby nic nie znaczyło. Zarejestrował nagranie przeniesienia statku. Kiedy nagrał swoje wyrzeczenie się Pa i ujawnił w niej sługusa wewnętrznych – wyglądał, jakby na chwilę się obudził, ale tylko na czas nagrywania. Natychmiast po wyłączeniu kamery z powrotem zapadł się w sobie. Filip pocieszał się, że nie było to takie samo odrętwienie i obojętność, jakie dręczyły *Pellę* po pierwszym wylocie z Ceres. Marco obserwował jak ukryty drapieżnik, z *Pellą* dryfującą na orbicie wokół odległego Słońca, jakby związaną z odległą stacją Ceres.

Kilka dni po odlocie *Connaughta* Filip miał sen o Ziemi – tylko że to nie była Ziemia. Był na olbrzymim statku kosmicznym z niezliczonymi poziomami rusztowań, sięgającymi w nieskończoność w dół. W samym jego środku płonął wielki ogień, a Filip się w nim zgubił, próbując coś odnaleźć. Coś cennego, co miał i stracił albo zostało przed nim ukryte. Na dodatek ktoś go ścigał. Szukało go coś, co zmuszało go do zmiany z bycia myśliwym na bycie zwierzyną i na odwrót.

We śnie szybował przez długi korytarz, sunąc bez żadnego napędu. Uchwyty na ręce i nogi przemykały ze wszystkich stron tuż poza zasięgiem. Czuł silny zapach, mineralny i gorący, odsłoniętego jądra Ziemi. Jej płonące serce. I było coś na końcu korytarza, coś, co czekało. Jego matka i armia zmarłych, zabitych przez niego ludzi. Stukanie ich kościanych palców o pokład było równocześnie groźbą i obietnicą. Filip obudził się z krzykiem, chwytając pasy pryczy przeciążeniowej, jakby próbowały go udusić.

A potem znowu usłyszał stukanie palców i otworzyły się drzwi jego kabiny. W korytarzu unosił się Karal z przejęciem na twarzy. I może podnieceniem.

– Hoy, Filipito – powiedział. – Bist bien?

– W porządku – odpowiedziała Filip. – Która godzina?

Czuł się, jakby został obudzony pośrodku cyklu, ale nie miał pewności. Ostatnio sypiał tak dużo, że łatwo mu było się pogubić.

Jak długo nie mieli do robienia nic poza czekaniem, w sumie długość snu nie miała większego znaczenia. Ale za długie spanie miało efekty podobne do zbyt krótkiego. Czuł się po nim otumaniony i zmęczony.

– Marco cię wzywa. Mostek, nie?

Filip przytaknął lewą ręką, prawą odpinając pasy.

– Con que? – zapytał. – Coś się stało?

Troska na twarzy Karala zmieniła się w drapieżny uśmiech.

– Dui – potwierdził. – Ale niech Marco ci pokaże, nie?

Przeciągając się przez szyb windy, Filip czuł, jak wali mu serce. Nie do końca opuściło go żywe wspomnienie snu, nakładając się na realny statek pod jego dłońmi. Podniecenie i niepokój bywały bardzo do siebie podobne i czasem trudno było je rozróżnić. Kiedy dotarł na mostek, oświetlenie ustawiono w tryb bojowy i wszystkie prycze przeciążeniowe były zajęte: Sárta właśnie się przypinała, Skrzydlaty już siedział na miejscu. Z kokpitu dobiegł głos Bastiena i przewidywanie ciągu sprawiło, że Filip odebrał go jak dobiegający z góry. Słowa były przycięte i pełne napięcia. Powietrze zdawało się czystsze, jakby Filip widział wszystko wyraźnie po raz pierwszy.

Marco wyciągnął rękę i obrócił pryczę na zawieszeniu w jego stronę. Światło z ekranu rzucało cienie na oczy ojca. Filip zasalutował, a Marco rozłożył ręce.

– Nadeszła wreszcie godzina, Filip – odezwał się Marco. – Nasza cierpliwość i wszystkie ofiary doprowadziły nas to tej jednej, doskonałej chwili. – W takich chwilach mówił prawie jak Ziemianin.

Filip przytaknął, czując przyśpieszone bicie serca. Nie wiedział, czy powinien patrzeć na Marco, czy może zerknąć na ekrany. Marco roześmiał się i przyciągnął Filipa bliżej. Wskazał na ekran taktyczny. Kropka światła.

Gdyby wyjrzał na zewnątrz statku w skafandrze, korzystając tylko z ludzkich oczu lub kamer rejestrujących ten sam zakres widma, pole gwiezdne ukryłoby słaby blask statku. Nawet Ceres byłaby niewiele więcej niż małą plamką ciemności w miejscu przysłoniętych gwiazd. Na ekranie to kluczowe światło było jaśniejsze, z wykreśloną ścieżką. Filip pytająco zerknął na Marco, zobaczył skinięcie i zmniejszył skalę, aż zobaczył całą krzywiznę trajektorii małego statku.

Tylko jedna jednostka, lecąca szybko z Ceres na Tycho.

– Fred Johnson – stwierdził Filip.

– Coś więcej – odpowiedział Marco i spokój jego głosu sprawił, że zabrzmiał prawie jak upojony przyjemnością. – Spójrz na sygnaturę napędu.

Filip spojrzał, zamrugał. Zaczął oddychać szybko i płytko. Pasowała do *Rosynanta*. Statku Jamesa Holdena. Jego zdradzieckiej matki. Czysty, jasny ośrodek wszystkiego, czego nienawidził, wszystkiego, co musieli pokonać. I proszę, oto on, podsunięty im jak prezent.

– Śledziłem ich. Opuścili skuteczny zasięg ochrony Ceres. Poza nami są sami w pustce.

Marco uśmiechał się błogo, ale zmienił się wyraz jego ciemnych oczu. Zamiast zagubić się w radości chwili, przyglądał się Filipowi. A nawet coś więcej, niż się przyglądał. Widział go. Patrzył *w głąb* niego.

– Karal – rzucił Marco. Na wpół wpięty do swej pryczy wielkolud znieruchomiał. Marco przesunął się odrobinę. – Będę cię potrzebował w maszynowni. Kontrola zniszczeń, nie?

Karal wzruszył rękami i odpiął się. Marco spojrzał znowu na Filipa, a potem ruchem głowy wskazał pryczę przeciążeniową. *To twoje stanowisko. Zajmij je.* Gdy Karal ruszył w głąb szybu windy, ze stopami znikającymi na końcu, Filip przeciągnął się do pryczy. Ekran zapełniło sterowanie uzbrojeniem. Torpedy, działka obrony punktowej. Miał w dłoniach miecz *Pelli*.

Klakson ostrzegawczy zdawał się dobiegać z bardzo daleka. *Pella* szykowała się po tygodniach snu w nieważkości. Igła zapiekła, wbijając mu się w żyłę, i zimny, jasny przepływ wojskowej klasy koktajlu rozjarzył go od wewnątrz jak ogień, spalając wszystko, czego dotknął.

Na wyświetlaczu pojawiły się dwie nowe kropki. Nowe gwiazdy w usianej gwiazdami czerni, obie oznaczone jako sojusznicy. *Koto* i *Shinsakuto* wychodzące z ukrycia i ogłaszające atak. *Pella* szarpnęła wokół Filipa, porywając jego pryczę przeciążeniową wraz z pozostałymi na mostku. Zawieszenia zasyczały jednogłośnie, gdy Bastien ich zawrócił, z pryczami ustawiającymi się zgodnie z nową górą i dołem, trzymając się ich niezależnie od tego, którego kierunku żądały silniki manewrowe. Przez statek przeszedł grzmot silnika, wstrząsając kośćmi Filipa. Żel pryczy przeciążeniowej popłynął w górę boków jego ciała. Wystukał namiary ognia, jakby obserwował kogoś innego. Jeden okręt przeciw trzem. *Rosynant* nie mógł nie zginąć.

– Zobaczyli nas, oni! – krzyknął Bastien. – Jesteśmy namierzani!

– Filip – rzucił Marco.

– Sa sa – odpowiedział chłopak.

Sprawnym ruchem skierował działka w stronę odległej plamki wroga, gotów zniszczyć wszystkie nadlatujące torpedy. *Pella* znowu skoczyła do przodu, jeszcze bardziej zwiększając ciąg. Filip pozwolił rękom opaść przy bokach, opierał palce na przyciskach poręczy. Walczył o nabranie powietrza. Pięć g. Sześć, a przyśpieszenie wciąż rosło. Trzy wilki na polowaniu. Biegnąca wataha.

Jego pole widzenia uległo zawężeniu, cienie spiętrzyły się po bokach jak trupy z jego snu. Miał dziwne wrażenie, że *ona* jest na mostku. Naomi Nagata. Ale to było tylko pokłosie snu i efekt przepływu krwi w wysokim ciążeniu. Prycza przeciążeniowa zadźwięczała i odzyskał trochę jasności umysłu po nowym zastrzyku. Zaczynał tracić czucie w wargach, nie potrafił już podnieść głowy z pryczy. Miał wrażenie, że staje się jednością ze statkiem. Albo statek staje się nim.

Usłyszał, że ojciec próbuje coś powiedzieć, ale przyśpieszenie wpływało także na niego. *Pella* jęknęła, ze strukturą osiadającą i uginającą się pod przyśpieszeniem. Przez powietrze przeszedł wysoki, dźwięczny ton harmoniczny, jak z uderzonego dzwonu.

Na monitorze Filipa pojawiła się wiadomość. Od ojca. Jego kapitana. Przywódcy Wolnej Floty i oswobodziciela Pasa.

STRZELAĆ BEZ ROZKAZU.

ROZDZIAŁ DWUDZIESTY SIÓDMY

BOBBIE

– Potwierdź, że mam cztery kolejne szybkie obiekty – odezwał się Aleks głosem równocześnie napiętym i spokojnym.

– Mam je – odpowiedziała Bobbie ze szczęką bolącą od przyśpieszenia.

Konsola sterowania ogniem zidentyfikowała nowe torpedy, dodając je do sześciu śledzonych już wcześniej. Trzy schodzące na nich z różnych kątów statki zostały zidentyfikowane jako *Pella*, *Shinsakuto* i *Koto*. Osobisty okręt Marco Inarosa i dwie jednostki wsparcia, *Ros* zaś nie miał nic, za czym mógłby się skryć, poza smugą z dyszy. Wrogowie wciąż znajdowali się bardzo daleko – miliony kilometrów – a ich początkowe wektory nie były dla nich korzystne. *Ros* już między nimi przeleciał. Byli jak dzieciak na boisku do piłki nożnej, biegnący z piłką przy trzech graczach drużyny przeciwnej gnających, by ich dogonić. Tylko że gracze mieli broń.

Gdy *Ros* osiągnie punkt matematycznej równowagi szybkości, masy i odległości definiujący połowę drogi, będzie ich czekać trudny wybór. Albo odwrócą się i zaczną hamować do Tycho, albo pozwolą się ścigać w nieskończoność. Jeśli dadzą się Wolnej Flocie wygonić w pustą przestrzeń między bazami i stacjami, pościg może zmienić się w paskudny rodzaj bitwy na wyczerpanie. Komu pierwszemu skończy się amunicja i masa odrzutowa. Biorąc pod uwagę obecną sytuację w układzie zewnętrznym, więcej sensu miałoby hamowanie do Tycho w nadziei, że wsparcie ze stacji dotrze do nich, zanim Wolna Flota zmieni ich w złom i krew.

Zadaniem jej i Aleksa było dopilnowanie, by przeżyli dostatecznie długo, by mieć ten problem. Prześledziła trajektorie torped. Przy odrobinie szczęścia będą standardowymi modelami. Jak na razie nie zdradzały chwiejnej ścieżki unikania działek obrony punktowej. Kiedy znajdą się w ich skutecznym zasięgu, *Ros* zacznie je niszczyć, rozrywając torpedy na strzępy strumieniami małych pocisków z wolframu. Gdyby było ich tylko sześć, nie miałaby wątpliwości, że sobie z nimi poradzą. Dziesięć na raz stanowiło większe wyzwanie, ale jak długo wszystkie nie nadlecą równocześnie, była przekonana, że nie zostaną przez nie pokonani.

Głos Holdena w słuchawkach brzmiał nerwowo.

– Ile jeszcze, zanim będziemy mogli odpowiadać ogniem?

– Torpedy znajdą się w skutecznym zasięgu działek za sześćdziesiąt osiem minut – zgłosiła.

– Mamy jakąś odpowiedź z Ceres? Bo wcale bym się nie obraził, gdyby mogli posłać kilka luźnych torped dalekiego zasięgu w tych skurwysynów.

Odpowiedział głos Freda Johnsona, spokojny i rzeczowy.

– Pracuję nad tym.

– Nasi nowi przyjaciele się zbliżają – poinformował Aleks. – Może się zrobić trochę mniej przyjemnie.

– Zrozumiano – potwierdził Holden.

Rosynant leciał już z przyśpieszeniem trzech g. Bobbie czuła to w stawach i oczach. Kiepski koktajl płynący w jej żyłach wzbudzał odległy, rozproszony ból głowy i smak formaldehydu w ustach. Poniżej reszta załogi – Holdena i Johnsona – siedziała przypięta i gotowa do bitwy. Słyszała docierający ze słuchawek Aleksa głos Sandry Ip na prywatnym kanale. Naomi też z kimś rozmawiała, jej głos docierał z pokładu niżej.

Niepokój i strach w jej trzewiach był znajomy jak ulubiona piosenka. Na ekranach rozpościerała się logika taktyki i przemocy i stwierdziła, że potrafi z nich czytać, jakby znała przyszłość. Wiedziała, że gdyby Ceres wystrzeliła salwę rakiet lub torped dalekiego zasięgu, *Shinsakuto* odstąpiłby od pościgu, by je zatrzymać. Zobaczyła, jak Aleks wykrzywiłby trajektorię *Rosa*, by zyskać kilka dodatkowych sekund między nadlatującymi torpedami Wolnej Floty. Wektory wrogich jednostek szeptały w głębi jej umysłu historie o nieostrożności i agresji. Wiedziała też, że na każdym z nadlatujących statków znajdują się ludzie dokonujący tych samych analiz, dochodzących do tych samych wniosków. Widzących coś, co ona przeoczyła lub przegapiających szczegół zauważony przez nią. Wystarczyła jedna kluczowa pomyłka, a zostaną zabici lub schwytani. Jedno przeoczenie ze strony wroga, a uciekną.

Ale oprócz tego wszystkiego – gównianego koktajlu, strachu przed bitwą, desperackiego wysiłku jasnego myślenia, podczas gdy cała krew próbowała zebrać się z tyłu czaszki – było coś jeszcze. Ciepło. Poczucie bycia tam, gdzie jej miejsce. Jej zespół na nią liczył, a jej życie zależało od wykonywania przez nich wszystkich ich zadań ze sprawnością, profesjonalizmem i bezwzględną kompetencją.

Chciała, żeby jej śmierć nastąpiła właśnie w ten sposób. Nie w szpitalu, jak jej babcia, nie w smutnej małej dziurze na Marsie z pistoletem w ustach lub żołądkiem pełnym tabletek, jak przegrani z punktu pomocy weteranom. Chciała wygrać, ochronić swoje plemię i zmienić przeciwnika w pastę z krwi i porażki. Gdyby jednak się nie udało, chciała zginąć, próbując to osiągnąć. W jej głowie pojawił się fragment czegoś, co kiedyś przeczytała: *Wbrew przeważającej sile wroga, broniąc kości ojców i świątyń jej bogów.* Owszem. Właśnie tak.

– Szlag – rzucił Aleks. – Mam kolejne sześć. Mamy już szesnaście szybkich obiektów.

– Widzę – potwierdziła Bobbie.

– Dlaczego rozstawiają je w taki sposób? – zapytał Holden.

– *Shinsakuto* szykuje się do zwrotu i hamowania – zgłosiła Bobbie. – Domyślam się, że Fred namówił Ceres do pomocy.

– Faktycznie – potwierdził Fred. – Właśnie dostałem potwierdzenie.

– Jeśli nasze działka mają mieć szansę posiekać te gnidy, muszę wdepnąć na gaz – skomentował Aleks.

– Wszyscy w pryczach? – zapytał Holden. Zabrzmiał chór potwierdzeń, nikt nie zaprzeczył. – Rób, co musisz, Aleks.

Obejrzał się na nią. W kokpicie znajdowały się tylko stanowiska pilota i działonowego. Zaprojektowano je w ten sposób, ponieważ gdyby systemy zaczęły zawodzić, mogli do siebie krzyczeć.

Musieli móc koordynować działania, ponieważ od teraz do zakończenia bitwy nikt inny się nie liczył. Wszyscy inni na pokładzie za chwilę staną się ładunkiem.

– Jesteś do tego gotowa, Gunny?

– Zabijmy tych dupków – odparła.

Rosynant skoczył do przodu, uderzając ją w plecy jak w ataku. Jej ręce zapadły się w żel, a palce na przyciskach ledwie mogły się ruszać. Obrazy na ekranie rozmyły się, bo kształt oczu zmienił się w sposób wychodzący poza zdolność ciała do zmiany ostrości. Napięła mięśnie rąk i nóg, wypychając krew z powrotem do tułowia. Prycza zadźwięczała i do jej krwiobiegu trafiła nowa porcja taniego koktajlu. Jej dyszenie brzmiało, jakby ktoś się dławił. Osiem g? Może więcej. Cholernie dawno tego nie ćwiczyła.

Minął nieskończonie długi czas, zanim dźwięk powiedział jej, że pierwsza fala torped dotarła w zasięg działek i aktywowały się programy celownicze. Aleks wygiął ścieżkę *Rosa*, zmuszając napastników do skrętu, dając jej dodatkowy ułamek sekundy. Włączyły się działka obrony punktowej, świecąc złotem na jej ekranie. Z każdą serią przez pokłady przebiegło głębokie, szybkie stukanie, jakby grała na instrumencie. Cztery torpedy rozjarzyły się równocześnie, ale pozostałe sześć usunęło się z tras strumieni metalu, a potem po spiralach zbliżyło do statku. Aleks ostro skręcił, łapiąc jedną skrajem strumienia z dyszy i zmuszając pozostałe pięć do manewrów. Trafiła cztery. Piąta przesunęła się, uskoczyła, zbliżyła się...

Aleks próbował krzyknąć, ale wydobył się z niego tylko wysoki pisk. Okręt obrócił się o dodatkowe trzy stopnie, by wprowadzić do gry jeszcze jedno stanowisko działek i wroga torpeda zginęła, pozostając za nimi w jaskrawych odłamkach i topiąc się w smudze z dyszy.

Na jej ekranie pojawiła się wiadomość od Aleksa.

ODDAMY IM?

Do *Rosa* zbliżały się dwa okręty, prąc ostro, by zmniejszyć dzielącą ich odległość. Nie wiedziała, czy to oznaka odwagi, czy lekkomyślności. Oni pewnie też nie. Statki pełne Pasiarzy nie były znane z zamiłowania do lotów z dużym ciągiem, ale to była wojna. Podejmowało się każde konieczne ryzyko. Jednak trzeci statek się oderwał, a jak mawiał jej stary sierżant, dwa punkty definiowały okazję. Ci wrogowie byli cholernie blisko siebie.

DOBBRA, odpisała i nie przejęła się poprawianiem błędu.

Skierowała pięć torped między *Pellę* i *Koto* we wzorze gwiazdy. Okręty Wolnej Floty strzelały już z działek do *Rosynanta*, ich nadlatujące pociski wyglądały na ekranie jak sznury pereł. Aleks z łatwością robił uniki. Dystans był wciąż zbyt wielki, by obowiązywała taktyka walki na małe dystanse, ale może Pasiarze tego nie wiedzieli. Albo chcieli ich obrazić.

Przyglądała się, jak zakrzywione łuki ognia działek skręcają, by odszukać jej torpedy lecące do abstrakcyjnej linii łączącej oba statki. Dwie zniszczone. Trzy. Cztery. Ale piąta wleciała po krzywej w przestrzeń między *Koto* a *Pellą*, gdzie ich oprogramowanie śledzące wiedziało, że ogień z działek niszczący torpedę podziurawiłby także sojuszniczą jednostkę po drugiej stronie. Dwa statki odskoczyły od siebie gwałtownie i *Koto* wypuścił torpedę, która zniszczyła pocisk Bobbie zaledwie kilka sekund przed uderzeniem.

Ten manewr kupił im kilka chwil, choć kosztem jednej czwartej ich zapasów torped. Nie mogła sobie pozwolić na dalsze granie w tę grę, skoro stawka była tak wysoka. Ale chwilę potem opracowała nowy namiar ogniowy i przekazała go Aleksowi.

Musiała mu przyznać, że go nie zakwestionował. W jednej chwili ciążenie zniknęło, gdy Epstein *Rosa* zmniejszył ciąg do zera. Jej pryczą szarpnęło na bok gwałtownym manewrem wykręcających ich silników manewrowych. Stępkowe działo szynowe szarpnęło statkiem w chwili strzału. Była to jedyna broń *Rosa* niebędąca na standardowym wyposażeniu marsjańskich korwet. Obrót trwał dalej, aż wrócili do starego wektora, a wtedy dziesięć g wgniotło ją w pryczę, gdy silnik Epsteina zaskoczył z powrotem, a silniki manewrowe wyhamowały ruch wirowy.

Szybko wykonany pełny obrót z precyzyjnie odmierzonym strzałem z działa szynowego w połowie nie był elementem standardowej taktyki walki marsjańskich korwet, ale sądziła, że jej instruktorzy taktyki byliby zadowoleni.

Nagła, miażdżąca waga ciągu sprowadziła falę mdłości, a jej serce zadrżało zmieszane dynamiką płynów i ciśnienia. Musiała na chwilę stracić przytomność, bo nie zobaczyła trafienia *Koto*, tylko rosnącą chmurę rozgrzanych do olbrzymich temperatur gazów tam, gdzie zrzucił rdzeń. Nawet wduszona w pryczę przeciążeniową zdołała się uśmiechnąć. Czekała, by zobaczyć, czy *Pella* odpuści, poleci na pomoc rannemu towarzyszowi.

Nie zrobiła tego.

Bobbie wprowadziła nowy namiar, przekazała go Aleksowi i spróbowali ponownie. Chwila obrotowej nieważkości, kopnięcie działa szynowego i wciśnięcie z powrotem w pryczę. *Pella* już wiedziała. Przy dzielącej ich odległości nawet ułamek sekundy potrzebny na obrócenie *Rosynanta* wystarczył, by wróg przewidział strzał i uskoczył. Posłała w stronę *Pelli* jeszcze dwie torpedy, ale zostały zestrzelone, zanim mogły jej zaszkodzić.

Pella wystrzeliła kolejną salwę torped, ale bez *Shinsakuto* i *Koto* do wsparcia Bobbie się nie martwiła. Wyglądało na to, że skończyła się skomplikowana część starcia, teraz zrobiło się dłuższe, prostsze i gorsze. W jej tchawicy poruszyło się coś, co nie powinno i zmusiła się do kaszlu, czując przy tym zawroty głowy.

Tak się to teraz skończy. Długi, desperacki wyścig, by sprawdzić, komu pierwszemu skończą się pociski do działek obrony punktowej albo torpedy. Kto miał sojuszników dostatecznie blisko, by skomplikowali sytuację. Jednak przed tym wszystkim nadejdzie próg hamowania. Punkt bez powrotu, za którym nie będą mieli dość masy odrzutowej, by zniwelować prędkość, wpompowaną już w swój wektor. Zostaną uwięzieni w desperacko długiej orbicie, zdani na łaskę tego, kto po nich przyleci. *To* była górna granica.

Walcząc o każdy ruch palców na wbudowanych przyciskach, wysłała wiadomość do Holdena: ODWRÓĆ ICH UWAGĘ.

Po chwili dostała odpowiedź: ???

ODWRÓĆ ICH UWAGĘ.

Bobbie czekała na nieuniknione żądanie wyjaśnień, ale miło zaskoczyło ją, gdy zamiast tego aktywował się zestaw łączności. Wiązka kierunkowa do *Pelli*. Zobaczyła, że połączenie zostało odebrane. Dobrze. Spróbowała odliczyć w dół od pięciu, ale zgubiła się gdzieś w okolicach trzech. Odetchnęła przez zaciśnięte, bolące zęby i jeszcze raz wysłała procedurę wystrzału. Nieważkość, obrót, wystrzał, wbicie z powrotem w pryczę, krzyk bolącego kręgosłupa, umysł trzymający się na skraju czerni. To nic nie dało. *Pella* znowu uskoczyła.

Musiał być jakiś sposób. Nie mogła pozwolić wrogowi na przegnanie się. Nie mogła zawieść swojego zespołu. Musiał być jakiś sposób. Mogli wystrzelić ułamek sekundy wcześniej... ale zamocowanie stępkowe oznaczało, że *Ros* mógł strzelać tylko prosto przed siebie. Z jej oczu popłynęła łza, uderzając w żel obok ucha z siłą kamienia. Czy wciąż lecieli z ośmioma g? Nieostrym wzrokiem przyjrzała się procedurze strzału. Musiało być jakieś rozwiązanie. Jakiś inny sposób wykreślenia prostej między dwoma punktami.

Mogłaby spróbować ponownie, ale *Pella* tylko by uskoczyła tak, jak poprzednio. Działo szynowe mogło rysować tylko idealnie proste linie, a teraz, gdy *Pella* wiedziała, co znaczy ich obrót, jej komputery potrafiły doskonale przewidzieć tor lotu pocisku i dokonać korekty.

Coś. Coś tu było. Drobny, lśniący skrawek pomysłu. *Pella* tylko by uskoczyła, tak jak poprzednio.

To jak właściwie uskakiwała poprzednio?

Jej nadgarstek zachrzęścił, gdy wywoływała rejestr starcia, cofając się sekunda po sekundzie. *Pella* dwukrotnie uskoczyła przed działem szynowym, za każdym razem aktywując wszystkie bakburtowe silniki manewrowe – odsuwając się – a potem korygując sterburtą. Dzięki temu statek wciąż skierowany był w tę samą stronę, nie skręcał. Ale jeśli powtarzali ten sam manewr...

Znowu przygotowała procedurę wystrzału. Moment mdlącego obrotu, uderzenie działa szynowego, trzask przyjmującej ją pryczy. Ale *Pella* zrobiła to znowu, uskoczyła w ten sam sposób. Był to schemat, a schematy były szczelinami w zbroi. Mogła tam wcisnąć nóż.

Smak formaldehydu w jej ustach był ciężki i bardzo chemiczny. Byli poza zasięgiem działek obrony punktowej, ale to była tylko konwencja. Ich pociski nie znikały magicznie ani nie zwalniały. Każdy wystrzelony wolframowy pocisk, który nie trafił do celu w bitwie, wciąż był gdzieś tam w czerni i pędził tak szybko, jak w chwili opuszczenia lufy. Tylko przemożny bezmiar przestrzeni sprawiał, że latające w niej statki nie były losowo dziurawione.

Tylko tu nie było żadnej cholernej losowości.

Bolały ją palce. Bolała ją głowa. Nie obchodziło ją to. Wywołała prędkości wszystkiego, co miała – pociski z działek obrony punktowej tyle metrów na sekundę. Torpedy startowały wolniej, ale miały stromą krzywą przyśpieszenia. Pociski z działa szynowego... powtórnie sprawdziła wartość. Dobrze. Pociski z działa leciały naprawdę szybko.

To układanka. Tylko układanka. Istniała odpowiedź i mogła ją znaleźć. Będzie miała jedną szansę. Wprowadziła nową procedurę strzału, wszystko powiązane ze sobą.

Jesteś mój, ty gnido. Teraz jesteś mój.

Przesłała ją.

Rosynant zadygotał wibracjami działek obrony punktowej, odczuwanymi dużo mocniej w wysokim ciągu. Na jej ekranie wyglądało to jak złota chmura. Tysiące pocisków pędzących, by zniszczyć nieistniejące torpedy. Zbyt mało precyzyjne, by trafić w *Pellę* z tej odległości, a zresztą i tak nie we właściwym miejscu. Wyglądało to na błędny strzał. Usterkę. Wyglądało to na nic istotnego. Potem poleciały torpedy. Trzy, sunące ku *Pelli* po ciasnych łukach. Oczywiste zagrożenie. Odłamki bieli wskazywały wewnętrzne obciążenia i wektor, naprowadzając się na cel i przyśpieszając ku *Pelli* od strony bakburty. Działka obrony punktowej *Pelli* otworzyły ogień, siejąc pociskami w stronę nadlatujących, robiących szaleńcze uniki torped. Kawałki jej układanki sunęły na miejsca przez długie, koszmarne minuty.

To się nie uda. Zobaczą to. Skoro było to takie jasne dla niej, oni też musieli to zobaczyć.

Torpedy przyśpieszyły, pędząc w stronę boku *Pelli* i miażdżącego ognia działek. *Pella* wypuściła trzy swoje torpedy. Złota chmura pocisków Bobbie prawie dotarła na miejsce.

Aleks wyłączył silnik, jak wcześniej. Obrócił ich. Działo szynowe wypaliło dokładnie w chwili, gdy wymierzyło w *Pellę*, od naprężeń trzeszcząc kręgosłupem statku. Zanim Bobbie zdołała zobaczyć, co się stało, *Ros* dokończył obrót i silnik włączył się, jak poprzednio. A *Pella* – flagowy okręt Wolnej Floty i prywatna jednostka Marco Inarosa – uskoczyła przed pociskiem z działa tak, jak poprzednio. *Dokładnie* tak, jak poprzednio. Przez odsunięcie się z dala od starcia torped od bakburty.

Wprost w nadlatującą chmurę pocisków z działek obrony punktowej.

Nie było sposobu na sprawdzenie, ile trafiło, ale *Pella* skręciła z kursu z głównym silnikiem pracującym wciąż na pełnej mocy nawet po tym, jak zwróciła się prawie prostopadle do kierunku lotu *Rosynanta*. Aleks zmniejszył przyśpieszenie i zaledwie trzy g sprawiło, że poczuła się lekka jak balon. Bobbie sprawdziła stany magazynków i stwierdziła, że pozbyła się już połowy torped, więc wystrzeliła połowę pozostałych, posyłając w stronę *Pelli* kolejne pięć, wszystkie po kolei w stronę dyszy silnika uszkodzonej jednostki. *Pella* straciła przynajmniej jeden silniczek manewrowy na sterburcie i miała problemy ze skierowaniem działek obrony punktowej w stronę pocisków.

A potem obserwacja wydarzeń zrobiła się bardzo trudna, bo smuga wylotowa z dyszy silnika wroga została skierowana prosto na nich, *Pella* uciekała poza ekliptykę w kierunku obojętnych gwiazd. Aleks wyłączył silnik, zostawiając ich w nieważkości. Tył głowy Bobbie był mokry. Albo tak się spociła, albo zebrały się tam łzy wyciśnięte z jej oczu. Lub pękła jej skóra i leżała we własnej krwi. Mimo wszystko czuła się świetnie.

Aleks patrzył na nią szeroko otwartymi oczami, kręcąc głową. Powoli na jego wargach pojawił się uśmiech. Zaczął się śmiać, dołączyła do niego. Bolały ją żebra. Bolało ją gardło. Gdy spróbowała poruszyć lewą ręką, łokieć zaprotestował, jakby został wybity i brutalnie wepchnięty na miejsce.

– Jasny szlag – rzucił Aleks. – No wiesz, jasny pierdolony *szlag*.

– Wiem – odpowiedziała.

– To było *świetne!* – Aleks wykrzyknął i uderzył w powietrze. – Udało się! Skopaliśmy im tyłki!

– Skopaliśmy – potwierdziła Bobbie, zamykając oczy i oddychając głęboko, powoli.

Jej mostek strzelił jak fajerwerk i znowu zaczęła się śmiać. Do jej zmysłów zaczął docierać wysoki, bardzo odległy dźwięk. Zrozumiała, że słyszy go już od dłuższego czasu, ale nie zarejestrowała go w ogniu walki. Teraz wreszcie go rozpoznała.

Alarm medyczny.

ROZDZIAŁ DWUDZIESTY ÓSMY

HOLDEN

Gdy Holden opuścił ziemską flotę, w aktach miał zwolnienie dyscyplinarne, ale jego kręgosłup usztywniała ulga i poczucie słusznego gniewu. Uważał wtedy, że największą ironią jego nowej pozycji w życiu jest fakt, że choć opcje kariery zostały znacząco zawężone i obniżył się jego status w świecie, czuł się dużo bardziej wolny. Gdy patrzył na to z obecnej perspektywy, ta wolność zajmowała zaledwie drugiej miejsce po podświadomej, ledwie rozumianej uldze, że nie będzie musiał już uczestniczyć w starciach okrętów.

Od kiedy *Rosynant* stał się jego domem, polował na piratów z ramienia *SPZ*. Walczył nad Io. W powolnej strefie. Na Ilusie. Gdyby odpuścił i został na służbie, byłby tysiąc razy bezpieczniejszy. Ta myśl nachodziła go już wcześniej. We wszystkich wcześniejszych bitwach to on dowodził. Praca przez tyle lat z załogą składającą się tylko z czterech osób sprawiała, że gorączkowa aktywność stała się normą. Teraz, mając nie tylko swoją załogę, lecz także Freda Johnsona, ktoś siedział przy każdym stanowisku, a do tego były gotowe zastępstwa. Nawet z potężnym ciągiem wgniatającym go w pryczę tak mocno, że ledwie mógł oddychać, odczuwał głęboką potrzebę robienia czegoś. Przejęcia kontroli nad częścią działań. Poczucia, że się liczy.

Tak naprawdę jednak, cokolwiek by teraz zrobił, wszedłby w drogę komuś innemu. Szczytem jego możliwości było obserwowanie mapy taktycznej i próba niestracenia przytomności. Nawet wołanie o pomoc do Ceres było zadaniem kogoś innego. Z którym Fred, leżący na pryczy na skraju mostka, poradził sobie lepiej, niż on mógłby. Gdy spalił się wymiennik mocy i przełączył na awaryjny, Amos lub Clarissa oznaczyli go do naprawy, zanim zdołał sobie przypomnieć, jak wywołać listę kontroli uszkodzeń. Mfume i Steinberg byli na stanowiskach na śródokręciu, Lombaugh i Droga w maszynowni, dwa zespoły pilota i działonowego gotowe na przejęcie kontroli na wypadek, gdyby Wolna Flota odstrzeliła kokpit statku. Oglądał więc, jak *Shinsakuto* odpada, żeby przechwycić torpedy dalekiego zasięgu z Ceres, a potem przełączył się na *Koto* i *Pellę* – okręt Marco Inarosa – pędzące ku nim z dołu jak rekiny.

Naomi siedziała w sąsiedniej pryczy, oddychając chrapliwie. Chciał z nią porozmawiać, zapytać, czy dobrze się czuje, a potem pocieszyć. Spróbował wyobrazić sobie jej odpowiedź. Coś znaczącego *doceniam, że się o mnie troszczysz, ale środek bitwy to nie czas na omawianie mojego stanu emocjonalnego*. Byłby to po prostu kolejny sposób, w jaki próbowałby nad czymś zapanować. Coś poprawić. Cokolwiek. Była niecały metr od niego, a równocześnie milion kilometrów stąd.

Gdy wyłączył się silnik i statek wykonał obrót – wiedział, że zginęli. A potem ciąg wbił go z powrotem w pryczę. Przez kilka sekund zastanawiał się, czy naprawdę się to stało, czy też zaczynał mieć halucynacje, ale potem zobaczył, że *Koto* odpada z pościgu. Nawet wtedy potrzebował kilku sekund na zrozumienie, co się stało – akurat na czas, by manewr się powtórzył. Usłyszał krzyk Naomi, gdy uderzenie ciągu znowu rzuciło nimi w prycze.

Miał ochotę wrzasnąć do Bobbie, żeby przestała, że na tym statku są ludzie, a niektórzy z nich to Pasiarze. Zresztą nikt nie dorastał w ciążeniu tak dużym, żeby cały dzień ignorować uderzenia ośmiu g, niezależnie od tego, czy z gównianym, tanim koktajlem w żyłach, czy bez. Jednak nie mógł zrobić nawet tego, ponieważ skoro to robiła, prawdopodobnie było to słuszne. Najlepsze, co mógł zrobić, to nienawidzić tych manewrów i je wytrzymywać.

Wszystko to tłumaczyło, dlaczego prawie zakręciło mu się w głowie z ulgi, gdy wreszcie dostał coś do zrobienia.

ODWRÓĆ ICH UWAGĘ.

Patrzył na te rozmyte słowa bolącymi, zniekształconymi oczami. Kogo uwagę miał odwrócić według Bobbie? Załogi? Przeciwnika? Przesunął palce nad klawiaturę i z dużym wysiłkiem zdołał wystukać jedynie „???".

Otrzymał odpowiedź identyczną jak wcześniejsza wiadomość. ODWRÓĆ ICH UWAGĘ.

Holden zapatrzył się na słowa. Choć bardzo chciał pomóc, naprawdę nie było praktycznie niczego, czego statek już nie robił. Oprogramowanie do walki elektronicznej zalewało ścigający ich okręt falami radiowymi, robiąc wszystko co możliwe, by oślepić wrogie torpedy. Laser łączności rzucał tyle impulsów świetlnych wysokiej częstotliwości, ile tylko mogli władować w niego mocy, by oślepić czujniki *Pelli*. W zakresie odwracania uwagi *Ros* robił już, co mógł. Zmusił się do wykonania kolejnego bolesnego oddechu.

Z drugiej strony, co innego robił? Zresztą myślenie o laserze łączności podsunęło mu pomysł.

Przejął sterowanie łącznością i wysłał żądanie połączenia wiązką kierunkową z *Pellą*. Może pomyślą, że domaga się od nich poddania się. Albo oferuje własne. Intelektualnie wiedział, że musi mieć w sobie jakieś obawy. To Marco Inaros, człowiek, który zniszczył Ziemię, który próbował schwytać Naomi i zabić jego samego. Tak naprawdę nie czuł go przy bólu ciążenia ciągu i biciu serca wspomaganego koktajlem.

Wiązka kierunkowa podjęła falę nośną, przez chwilę negocjowała długość fali i protokół łączności, a potem połączenie zostało przyjęte i Holden patrzył w oczy Marco Inarosa. Widział jego zdjęcia. Oglądał nagrania jego oświadczeń dla prasy. Znał tę twarz tak, jak należącą do jakiegoś celebryty trzeciej klasy. Ciąg spłaszczył włosy Marco, rozciągnął mu skórę, wcisnął policzki do środka. Wyglądał z tym młodziej. Holden miał nadzieję, że z nim jest podobnie.

Nie spodziewał się, by *Pella* przyhamowała na tyle, by umożliwić rozmowę. Cokolwiek miał zrobić, sądził, że to właśnie będzie następne, ale teraz, gdy na siebie patrzyli, pomyślał, że to właściwie może wystarczyć. Monitor znajdował się zaledwie jakieś sześćdziesiąt centymetrów od Holdena. U Marco było tak samo. Stwarzało to złudzenie, że znajdują się blisko siebie. Zobaczył nierówność linii włosów Marco w miejscu, gdzie odchylały się do tyłu nad prawą skronią. Żyłki w oczach. Ich bliskość była intymna, prawie zawstydzająca. I choć obaj leżeli bez ruchu, miał też niezbyt przyjemne uczucie patrzenia w lustro, z którego patrzy na niego ktoś inny. Oto miał przed sobą człowieka, który zajął się losem ludzkości, jakby była to jego praca na pół etatu. Dość blisko, by go dotknąć.

Nie mógł mieć pewności, jakie emocje rysują się na twarzy Marco naprawdę, a jakie sobie tylko wyobrażał. Szyderczy uśmieszek. Zmieszanie. Może faktycznie tam były, może zobaczył je tylko dlatego, że się ich spodziewał. Choć był pewien, że w końcu w jego oczach pojawił się złośliwy blask. Na twarzy Marco zobaczył wysiłek obsługi sterowania fotelem, Holden zaczął się spodziewać, że otrzyma wiadomość. Obelgi, oskarżenia. Mylił się.

Obraz Marco zniknął, zastąpiony nową twarzą. Młodszą. Ciemniejszą. Równie rozpłaszczoną przez przyśpieszenie, ale nie do pomylenia. Filip Inaros. Chłopak nie patrzył na Holdena, wydawał się nieświadomy jego wzroku. Wyglądało na to, że Holden nie jest wyświetlany na jego monitorze. Marco dał tylko Holdenowi chwilę, by mu się przyjrzeć.

Nie wiedział, co miał w nim zobaczyć. Może po prostu miała to być wulgarna męska przechwałka. *Może teraz jest z tobą, ale ja pierwszy ją pieprzyłem.* To pasowało do poziomu Inarosa. Może chciał mu pokazać, że syn nienawidził ich równie mocno jak ojciec. Jednak o ile przyglądanie się Marco było niezręczne, o tyle obserwowanie Filipa było fascynujące. Nie potrafił nie doszukiwać się w młodszej, męskiej twarzy śladów Naomi. Fałdy skóry w kącikach oczu. Kąt skosu policzków i kształt warg. Sposób, w jaki się poruszał, kojarzył się Holdenowi z Naomi zmagającą się z ciążeniem.

Najbardziej uderzyło go jednak, jak młodo wyglądał chłopak. W jego wieku Holden jeszcze nie opuścił Ziemi. Wciąż budził się na ranczo w Montanie i zjadał śniadanie z rodzicami, a potem wychodził naprawiać płoty i sprawdzać turbiny na farmie wiatrowej. I myślał o wstąpieniu do floty, bo zerwała z nim Brenda Kaufmann, więc był pewien, że nigdy sobie z tym nie poradzi.

Tego rodzaju błędy popełniało się, będąc młodym. Każdy takie popełniał.

Ciąg ustał. Prycza Holdena znowu poleciała w bok i szarpnęła w chwili wystrzału działa szynowego, a potem ponownie go uderzyła. Oczy chłopaka na ekranie rozszerzyły się, gdy jego prycza się przesunęła. Na *Pelli* stało się coś głośnego. Ktoś krzyknął. Wysoki jęk alarmu medycznego. Wiązka kierunkowa zgasła prawie równocześnie ze spadkiem ciążenia na *Rosie*. Wciąż było większe niż zwykle, ale po naporze ośmiu g jego ciało zareagowało żywo. Jęk Naomi był w połowie oznaką bólu, w połowie ulgi. W jego uszach rozbrzmiewały ludzkie krzyki: radość i uniesienie. W ustach czuł smak krwi. Bolał go łokieć, gdy sięgnął do monitora i przełączył na widok taktyczny, nie korzystając z przycisków fotela. Dotarł do niego głos Aleksa, przytłumiony, jakby byli pod wodą. *To było świetne. To nasze dzieło. Skopaliśmy im dupy.*

Pella odlatywała, wciąż z dużym ciągiem, ale oddalała się. Pognała za nią fala torped z *Rosynanta*. Rozbroił je bez chwili namysłu.

Jego palce zawahały się nad ekranem, umysł rozpadał się, zbierał i rozpadał ponownie, jak zwykle po dłuższym locie z wysokim ciążeniem. Krew wracająca do mózgu niosła ze sobą dziwne, ulotne wrażenia. Jego lewa noga wydawała się mokra, jakby stał w rzece. Woń palących się włosów. Poczucie nieokreślonego moralnego oburzenia, które zgasło równie gwałtownie, jak się pojawiło. Przycisnął dłonie do oczu i zakaszlał. Poczuł ból w kręgosłupie. Wysoki dźwięk w uszach. Szum.

Nie, to nie szum uszu.

– *Jim.*

Wykręcił się w bok, walcząc z nienaturalnym ciężarem swego ciała. Naomi z wysiłkiem próbowała się uwolnić z pryczy, bezskutecznie walcząc z wysokim ciążeniem. Miała szarą twarz. Jego na wpół działający mózg zaczął panikować. Była ranna. *Coś jest nie tak. To moja wina.*

– Co? – odezwał się chrapliwym i zaflegmionym głosem. – Co się stało?

Z kokpitu zeszła Bobbie, z wysiłku napinając mięśnie na szczeblach drabiny. Naomi przeniosła wzrok z niego na nią i z powrotem. Wskazywała na coś, z wysiłkiem próbując wypowiedzieć słowa.

– Fred – wydusiła. – Ma udar.

– Och – rzucił Holden, ale Bobbie już podeszła do pryczy i zajęła się rozpinaniem pasów, a potem częściowo uniosła Freda z pryczy.

Przy obecnym przyśpieszeniu musiał ważyć ponad dwieście kilogramów. Bobbie prawie się przewróciła, ale utrzymała się na nogach, obejmując jego tors, próbując wyciągnąć go z fotela. Holden chwiejnie podszedł do windy i krzyknął do góry.

– Aleks! Wyłącz ciąg. Daj nam jedną trzecią g.

– Wrogowie wciąż...

– Jeśli zaczną do nas strzelać, zrób coś sprytnego. Mamy tu sytuację awaryjną.

Ciążenie znowu osłabło. Holdenowi rozciągnął się kręgosłup, kolana sprawiały wrażenie, jakby się wydłużyły. Bobbie, teraz już z Fredem w ramionach, stała w windzie, zjeżdżając w stronę ambulatorium. Zwisający bezwładnie z zamkniętymi oczami Fred wyglądał na bardzo małego przy jej piersi. Holden wmawiał sobie, że ramię staruszka owinięte wokół szyi Bobbie trzyma się jej. Że Fred ma na to siłę. Nie wiedział, czy to prawda.

W jego uszach rozległa się kakofonia głosów. Wszyscy pytali, co się stało, co się dzieje.

– Steinberg! – krzyknął. – Pilnujesz broni. Patel, zajmij się łącznością. – A potem zdjął zestaw słuchawkowy.

Winda wracała na górę, z delikatnym szumem ledwie słyszalnym w odgłosach statku, choć tylko tego w tej chwili nasłuchiwał. Siłą woli próbował skłonić ją do szybszej jazdy.

Naomi położyła mu dłoń na ramieniu.

– Wszystko będzie dobrze.

– Serio?

Naomi bezradnie wzruszyła ramionami.

– Nie wiem.

Dojechała winda. Wsiedli do niej i zjechali na poziom załogowy. Jeśli *Pella* odzyska kontrolę, może zawrócić. Walka mogła w każdej chwili zacząć się na nowo, zastając ich poza pryczami przeciążeniowymi. Holden zdawał sobie sprawę, że powinni wdepnąć na gaz i lecieć ku Tycho najszybciej, jak mogli. Przeszedł ciasnym, wojskowym korytarzem do ambulatorium. Miał wrażenie, że znalazł się na innym statku. Wszystko było tam takie jak wcześniej, ale zdawało się nowe. Świeże. Obce.

Fred leżał na stole rozebrany do pasa. Na jego ramieniu przysiadł automatyczny lekarz, z igłami wbitymi w żyły. Wyglądał na dziwnie bezbronnego, jakby fizycznie skurczył się między chwilą, gdy usiadł w pryczy przeciążeniowej, a obecną. Bobbie stała nad nim z założonymi na piersi rękami, patrzyła gniewnie jak anioł ze Starego Testamentu. Jeden z tych groźnych; tych, które wyganiały z raju i jednej nocy niszczyły całe armie. Nie podniosła wzroku, gdy weszli.

– Jak źle to wygląda? – zapytał Holden.

Bobbie w jakiś sposób udało się wyrazić furię wzruszeniem ramion.

– Nie żyje.

***

Nie wiedział, jak Amos i Clarissa otrzymali zadanie przygotowania ciała, ale niezależnie od mechanizmu wyboru, okazali się dobrze do tego pasować. Amos go rozebrał, a Clarissa umyła go mokrą szmatką. Holden nie musiał przy tym być, nie musiał oglądać. A jednak musiał.

Nie rozmawiali, nie rzucali żartami. Clarissa wytarła ciało Freda ze spokojną, zawodową intymnością. Współczująco, ale nie sentymentalnie. Amos pomagał, gdy Freda trzeba było przesunąć i ubrać w świeży mundur oraz gdy musiała wsunąć pod niego worek na zwłoki. Od początku do końca wszystko zajęło niecałą godzinę. Holden nie miał pojęcia, czy to zbyt długo, czy też za krótko. Clarissa nuciła coś pod nosem. Jakąś łagodną melodię, której nie rozpoznał, choć wydawało się, że nie trzymała się tonacji molowej ani durowej. Jej szczupła, wąska twarz i szerokie oblicze Amosa zdawały się doskonale do siebie pasować. Amos zamknął worek i uniósł go. Co nie było trudne, nadal lecieli z przyśpieszeniem niewiele większym niż jedna trzecia g.

Clarissa kiwnęła głową Holdenowi, gdy wychodzili z ambulatorium. Miała pełno siniaków na karku i wzdłuż ramion, gdzie podczas lotu zebrała się krew.

– Zajmiemy się nim – powiedziała.

– Był ważny – odpowiedział Holden i nie zawstydził go fakt, że ścisnęło mu się gardło.

W oczach Clarissy rozbłysło coś w rodzaju żalu lub rozbawienia.

– Spędziłam dużo czasu z martwymi. Teraz już będzie miał spokój. Ty zajmij się ludźmi, którzy to przeżyli.

Amos uśmiechnął się łagodnie i wyniósł worek.

– Jeśli będziesz chciał się potem upić albo pobić z kimś, daj znać.

– Jasne – odpowiedział Holden. – W porządku.

Kiedy wyszli, Holden stanął przy pustym stole operacyjnym. Leżał na nim wielokrotnie. Podobnie Naomi. Aleks. Amos. Amosowi w tym pomieszczeniu odrosła większość ręki. Fakt, że śmierć przyszła losowo – głupio – wydawał się nieprzyzwoity, choć był czymś całkiem zwykłym. Ludzie umierali na udar. Fred był starszy niż kiedyś, miał problemy z nadciśnieniem tętniczym. Mało spał, nadwyrężając swoje ciało. Koktajl był kiepskiej jakości, bitwa była długa, a ciąg bardzo duży. To wszystko było prawdą, to wszystko miało sens. A równocześnie nic go nie miało.

Pozostali wciąż zajmowali swoje stanowiska, ale do tej pory musieli już wiedzieć, co się stało. Przyjdzie chwila, że będzie musiał przed nimi stanąć. Nie wiedział, co powiedzieć załodze Freda. *Przykro mi*, ale co potem?

Przesunął dłonią po materacu, słuchając szurania skóry o plastik. Był zimniejszy, niż się spodziewał. Dopiero po chwili zrozumiał, że to efekt parowania wilgoci ze szmatki używanej przez Clarissę. Naomi rozpoznał po odgłosie kroków.

– Pamiętasz, kiedy się okazało, że pracuje z SPZ? – zapytał Holden.

– Tak.

– To był jedyny temat we wszystkich wiadomościach przez... nie wiem. Pewnie z tydzień. Wszyscy mówili, że jest zdrajcą i że się zhańbił. Że należy przeprowadzić jakieś dochodzenie, czy nie powinien zostać postawiony przed sądem wojskowym, choć lata wcześniej odszedł ze służby.

– To, co ja słyszałam, było dużo bardziej dwuznaczne – wyznała Naomi. Weszła do sali i oparła się o jedną z prycz. Gestem ściągnęła sobie włosy na oczy jak welon, a potem skrzywiła się i odgarnęła je. – Moi znajomi uważali go za wtyczkę. Że to Ziemianie próbują wprowadzić konia trojańskiego do naszej organizacji.

– Czy wtedy to jeszcze była twoja organizacja?

– Owszem, była.

Odwrócił się, podciągnął i usiadł na stole. Czując jego masę, automatyczny lekarz wyświetlił ekran startowy, jarząc się z nadzieją przez kilka sekund, a potem usnął z powrotem.

– Nie pamiętam czasów, gdy Fred Johnson nie był kimś ważnym. To po prostu...

Naomi westchnęła. Popatrzył na nią. Zmarszczek na jej twarzy nie było, gdy się poznali. Zmienił się zarys jej szczęki. Była piękna. Była śmiertelna. Nie chciał o tym myśleć.

– Na Tycho czeka każda frakcja SPZ, którą Fred zdołał nastraszyć, wybłagać lub namówić do spotkania – powiedział. – A my będziemy musieli im powiedzieć, że Marco wygrał.

– Wcale nie wygrał – zaprotestowała Naomi.

– Będziemy musieli im powiedzieć, że Marco zastawił na nas pułapkę i Fred zmarł, ale Marco zdecydowanie nie wygrał.

Naomi się uśmiechnęła. Roześmiała się. Dziwne, jak mrok zrobił się od tego lepszy. Nie jaśniejszy, po prostu lepszy, choć wciąż był tym samym.

– No dobrze, jeśli tak to przedstawiasz. Słuchaj, w najgorszym razie nie staną po naszej stronie. Nie twierdzę, że nie byłoby świetnie mieć z nami więcej Pasa, ale jeśli nie zechcą z nami współpracować, to nie. I tak możemy wygrać.

– Tylko wojnę – odpowiedziała. – Nie to, co naprawdę się liczy.

ROZDZIAŁ DWUDZIESTY DZIEWIĄTY

AVASARALA

Gorman Le zamrugał, potarł zdecydowanie za zielone oczy i czekał na jej odpowiedź.

– I nie wiesz, skąd to przyszło? – zapytała Avasarala.

– No cóż, z Ganimedesa – przyznał. – Rejestry transmisji są jednoznaczne, to zdecydowanie zostało wysłane z Ganimedesa.

– Ale nie wiemy, od kogo na Ganimedesie.

– Nie – odpowiedział, kiwając przy tym głową, by przyznać jej rację.

Cholernie pokręcony sposób wyrażania myśli.

Sala konferencyjna była jedną z mniejszych w placówce Nectaris. Światła miały zimny odcień, a ściany wykończono szczotkowaną ceramiką, niemodną od ponad trzydziestu lat. Z drugiej strony obsługiwał ją fizycznie niezależny system środowiskowy, więc powietrze nie miało woni niedawnego oddychania, jak to najczęściej bywało teraz na Lunie. Jeśli powietrze wciąż niosło w sobie smród prochu, tak bardzo się już przyzwyczaiła, że go nie zauważała.

Gorman Le siedział nachylony jak uczeń, trzymając w dłoni zapomnianą szklankę wody. Miał na sobie ten sam garnitur co wczoraj i przedwczoraj. Zaczynała podejrzewać, że trzymał go w szafie i zakładał tylko, gdy miał z nią rozmawiać. Zmęczenie promieniowało z niego jak z lekarza podczas ostatniej godziny czterodniowego dyżuru, ale miał w sobie też coś jeszcze. Coś, czego ostatnio nie widywała. Może podniecenie. Nadzieję.

To było fatalne. Nadzieja ostatnio była groźną trucizną.

– Czyli przesłany plan, czy jakkolwiek to, do cholery, nazywasz, mógłby być prawdziwy – powiedziała. – Albo może to być działanie próbującej nam zaszkodzić Wolnej Floty. Albo... co jeszcze?

– Drożdże odżywcze z zaawansowanymi radioplastami. Badaliśmy sposób, w jaki protomolekuła potrafiła rosnąć, korzystając z pewnych typów promieniowania jonizującego? – Wznosząca się modulacja na końcu uczyniła z tego pytanie, jakby prosił o jej zgodę, zamiast złożyć raport. – Niejonizującego też, ale to naprawdę proste. Światło jest promieniowaniem niejonizującym i rośliny korzystają z niego od zawsze, ale...

Avasarala podniosła rękę dłonią na zewnątrz. Usta Le poruszały się jeszcze przez kilka sekund, jakby jakaś jego część dalej mówiła, choć reszta została zablokowana.

– Bardzo mnie interesują szczegóły – odezwała się – choć naprawdę to wcale nie. Podsumowanie.

– Jeśli wszystko się zgadza, moglibyśmy wykarmić od ręki dodatkowe pół miliona ludzi w tej bazie. Pierwsze hodowle testowe wyglądają naprawdę dobrze. Ale jeśli to coś, co się nie skaluje i farmy polegną, możemy stracić całe dnie na ich czyszczenie.

– A wtedy ludzie będą głodować.

Gorman znowu pokiwał głową. Może nie wkładał w to żadnej myśli.

– Wyczyszczenie farm zdecydowanie oznaczałoby nieosiągnięcie zamierzonych celów produkcji.

Nachyliła się do przodu, zabrała mu szklankę z dłoni i popatrzyła w oczy.

– Wtedy ludzie będą głodować. Jesteśmy dorośli, powinieneś móc to powiedzieć.

– Wtedy ludzie będą głodować.

Kiwnęła głową i odchyliła się z powrotem. Straszne było to, że plecy już ją tak nie bolały. Siedziała w jednej dziesiątej g tak długo, że zaczynała się przyzwyczajać. Kiedy wróci z powrotem do studni, będzie musiała przejść ponowną aklimatyzację. Kiedy. Nie jeśli. Gorman patrzył na nią z zaciśniętą szczęką i nozdrzami rozszerzonymi jak u spanikowanego konia. Musiała się powstrzymać od poklepania go po głowie. Chciała cholernych pistacji.

– Z czego masz doktorat? – zapytała.

– Z biochemii strukturalnej.

– Wiesz z czego jest mój?

Dla odmiany pokręcił głową.

– Nie z biochemii strukturalnej – powiedziała łagodnie. – Nie mam zielonego pojęcia, czy ta recepta na magiczne drożdże to bzdura, czy nie. Jeśli ty nie potrafisz tego stwierdzić, to ja jestem kurewsko bezużyteczna. W takim razie po co się tu spotkaliśmy?

– Nie wiem, co robić. – Wyglądał młodo. Jakby się zagubił.

Walczyła w niej ochota warknięcia z pragnieniem przytulenia go. Zamknęła oczy i było jej z tym tak cholernie dobrze. Tego ranka najpierw zaliczyła spotkanie ze stacjami z punktów Lagrange'a, dotyczące koordynacji obciążeń uchodźcami, potem rozmowy z ochroną, dotyczące zasad postępowania z ludźmi wciąż docierającymi ze studni. Przy lunchu wysłuchała raportów na temat zbrojnego powstania w resztkach Sewastopola – ludzie panikowali, widząc zmniejszające się zapasy żywności i wody. W jej głowie to wszystko zlewało się w jedno nieustające, wymęczone poczucie pilności.

Chciała się złościć na Le, ale albo aż nazbyt dobrze rozumiała jego panikę, albo nie miała już w sobie dość energii.

– Czy jest szansa, że to zadziała?

– Tak sądzę – odpowiedział niemal natychmiast. – Dane wyglądają...

– To zrób to. Jeśli się nie uda, zwalisz winę na mnie.

– Nie o to mi chodzi... to znaczy... jeśli cykl produkcyjny na dużą skalę się tu sprawdzi, powinniśmy poważnie pomyśleć o wysłaniu tego do studni. *W dół na Ziemię. Gdzie głód jest jeszcze większym problemem.*

Otworzyła oczy. Coś w nich sprawiło, że Gorman odwrócił wzrok.

– Tak, proszę pani. Dopilnuję, żeby zostało to zrobione.

Wstała. Spotkanie dobiegło końca. Dopiero gdy znalazła się za drzwiami i szła, szurając przez żółto-szary korytarz do swojego wózka, pomyślała, że powinna dać Le jakiegoś rodzaju zachętę. Klepnąć go w ramię, powiedzieć coś miłego. Naparła na niego z przyzwyczajenia, nie dlatego, że trzeba go było ustawić do pionu. Kiedyś była w tym lepsza.

Gdy wózek ruszył, wywołała połączenie z Saidem. Pojawił się w okienku na połowie ekranu, które pozwoliło jej przeglądać kalendarz i notatki, choć ze względu na rozmiary okienka trudno było zobaczyć coś więcej niż jego stożkowatą twarz i loki unoszące się wysoko nad niebieską koszulą bez kołnierza.

– Proszę pani?

– Na czym stoimy?

– Otrzymała pani raport od admirała Pyciora dotyczący sytuacji na Enceladusie, czeka na zapoznanie się.

– Czy jest tam coś, poza „Wolna Flota spierdoliła, zanim tam dotarliśmy, i teraz mamy jeszcze więcej ludzi do wykarmienia", czy znam już to, co najważniejsze?

– Faktycznie tak to wygląda. Doszło do pewnych strat po naszej stronie. *Edward Carr* będzie potrzebował gruntownych napraw.

Kiwnęła głową. Kolejna pieprzona bitwa podobna do chwytania wody w garść. Wózek skręcił, pogrążył się w tunelu dostępowym. Zasalutowało jej dwóch strażników. Wózek skręcił na kolejną rampę i wjechał do wagonika szybkiego ruchu w stronę kompleksów rządowych i administracyjnych w Aldrin, a potem obrócił się, dzięki czemu mogła patrzeć w tył, w głąb tunelu. Oddalające się szare ściany ze sklepionymi wspornikami. Powietrze niczym wieczny wydech. W tym kontekście architektura wydawała się mała, nieznacząca wobec olbrzymich rozmiarów Luny i Ziemi. Chwyciła się tej myśli jak liny ratunkowej.

– Dostaliśmy raport z Ceres. Na *Rosynanta* zastawiono pułapkę, ale udało mu się uciec. Leci kursem na stację Tycho.

– Drobne uprzejmości – rzuciła.

– W harmonogramie ma pani także spotkanie osobiste.

Spotkanie osobiste? Przez dłuższą chwilę nie potrafiła sobie przypomnieć, co to miało być, ale gdy wagon szarpnął, pociągając jej wózek w coraz szybszym ruchu, przypomniała sobie, że Ashanti poprosiła o spotkanie z nią. Jej córce w jakiś sposób udało się skłonić Saida do umieszczenia tego w kalendarzu.

– Odwołaj to – rzuciła.

– Jest pani tego pewna?

– Nie chcę spędzać pół godziny na słuchaniu, jak dziewczyna, której zmieniałam pieluchy, będzie mnie pouczać na temat dbania o siebie. Powiedz jej, że jestem zmęczona i śpię.

– Tak, proszę pani.

– Ma pan coś do powiedzenia, panie Said?

Said odchrząknął.

– To pani córka, proszę pani.

Avasarala się uśmiechnęła. To był pierwszy bunt Saida. Może była jeszcze nadzieja dla gnojka.

– Dobrze. Daj jej pierwszy wciąż wolny czas przy obiedzie.

– To za trzy dni.

– W takim razie za trzy dni – rzuciła Avasarala.

Kolejka przestała przyśpieszać, mknąc przez pusty tunel z prędkością iluś setek kilometrów na godzinę. Na tyle szybko, by przebyć połowę szerokości Księżyca w pół godziny. Ciało w ruchu pozostawało w ruchu. To w sumie też była metafora. Zostań w ruchu, bo gdy zaczniesz spoczywać, nie wiadomo, czy zdołasz się znowu poruszyć.

Nie pamiętała, ile czasu minęło, od kiedy ostatnio medytowała. Kiedyś, gdy sytuacja robiła się zła, spędzała na medytacjach więcej czasu, nie mniej. Słuchając, jak jej oddech przedostaje się przez złożone przestrzenie w głębi nosa, jednocząc się ze swoim ciałem na głębokim poziomie i pozwalając, żeby osiadły wszystkie trudności. Gdyby dalej to robiła, pamiętałaby na przykład, żeby dać Gormanowi jakąś zachętę. Wolała nawet nie myśleć, ile jeszcze drobnych błędów popełniła ostatnio, nawet ich nie zauważając.

Tunel szybkiego ruchu skręcił po łuku, popychając ją łagodnie w stronę drzwi wózka. Powiedziała sobie, że przy trwającej wojnie i wysiłkach opanowania zniszczeń miała po prostu za dużo do zrobienia. Co w zasadzie było prawdą, choć spędziła zbyt wiele lat, poznając własny umysł, by całkowicie zignorować fakt, że sama sobie wciska kit. Medytacja służyła temu, żeby mogła być z samą sobą, doświadczyć głębiej tego, co znaczyło być Chrisjen Avasaralą. Jednak ponieważ była mocno przekonana, że w tej chwili Chrisjen Avasarala jest workiem cierpienia i żalu, więc stwierdziłą, że pieprzyć to. Głęboka medytacja, żeby głęboko i prawdziwie doświadczyć bycia złą, samotną, skrzywdzoną i przerażoną do szpiku kości nigdy nie wydawała się tak dobra, jak mocny gin z tonikiem i kolejna godzina pracy.

Później może ześwirować, gdy wszystko będzie pod kontrolą.

Szybka kolejka zaczynała właśnie zwalniać, gdy odezwał się jej ręczny terminal. Said wyglądał przepraszająco, choć nie na tyle, by dać jej spokój.

– Priorytetowa wiadomość dla pani z *Rosynanta*.

– Czego, kurwa, Johnson chce tym razem?

– To nie od pułkownika Johnsona, wysłał ją kapitan Holden.

Zawahała się. Said czekał w okienku na ekranie.

– Prześlij mi ją – poleciła.

Kiwnął głową, a ona zamknęła okienko. Rzuciła odczyt na ekran wózka. Cokolwiek się działo, chciała móc to zobaczyć bez mrużenia oczu. Pojawiła się wiadomość oznaczona na czerwono. Pojęła, gdy tylko ją otworzyła. Śmierć rysowała się na twarzy Holdena tak wyraźnie, jakby miał ją tam wypisaną. Odezwał się ostrożnym i kontrolowanym głosem. Tonami szpitalnymi. Pogrzebowymi.

Krótko zrelacjonował, co się stało, nie wchodząc w żadne niepotrzebne szczegóły. Atak prowadziła *Pella*. Zdołali odeprzeć Wolną Flotę. Fred Johnson zmarł. A potem, jakby Holden też dostał udaru, przez dłuższą chwilę wpatrywał się w kamerę. W jej oczy, choć jej nie widział.

– Wszystkie grupy SPZ zebrane przez Freda na Tycho wciąż tam czekają. Jesteśmy na kursie i zaczynamy hamowanie, ale nie jestem pewien, czy powinniśmy tam lecieć, czy nie wolałaby pani wysłać kogoś innego. Ani tego, jak długo będą czekać. Nie wiem, co teraz zrobić.

Pokręcił głową. Wyglądał młodo. Holden zawsze wyglądał młodo, ale zwykle przy tym także impulsywnie. Wyraz zagubienia w jego oczach był czymś nowym. Jeśli faktycznie tam był, może widziała go tylko dlatego, że czuła to w sercu, we własnych trzewiach.

Wiadomość się skończyła. Terminal wyświetlił monit o odpowiedź, ale tylko siedziała, trzymając go w rękach, podczas gdy wagon szybkiej kolejki zatrzymał się, a wózek wyjechał w bardziej znajome korytarze. Popatrzyła na swoje dłonie, które wydawały się należeć do jakiejś innej kobiety. Spróbowała łkania, ale było wymuszone i nieautentyczne. Bardziej odgrywanie niż faktyczny żal. Gdyby kierowała wózkiem, mogłaby pozwolić mu zjechać pod ścianę albo skręcić w przypadkowy korytarz, nieświadoma tego, co się dzieje, jednak maszyna wiedziała, gdzie jechać, a jej nie przyszło do głowy przejąć sterowanie.

Fred Johnson. Rzeźnik stacji Anderson. Bohater floty ONZ i zdradziecki głos SPZ. Znała go z reputacji i osobiście przez dziesięciolecia. Był jej wrogiem, partnerem i czasami sojusznikiem, choć nigdy mu nie ufała. Jakaś wciąż myśląca jej część zauważyła, jakie to dziwne – jak niewiarygodne – by to właśnie jego śmierć była kroplą, która przepełniła dzban. Straciła swoją planetę. Dom. Męża. Gdyby zachowała coś z tego, może to by jej nie zniszczyło.

Czuła ból mostka. Faktyczny ból. Jakby miała tam fizycznego siniaka, a nie tylko emocje odciskające się na jej ciele. Obmacała się czubkami palców, obrysowując brzegi bólu jak dziecko zafascynowane umierającym owadem. Nie zauważyła, że wózek się zatrzymał, dopóki Said nie otworzył drzwi.

– Proszę pani? – odezwał się.

Wstała. Ciążenie Luny wydawało się nie tyle siłą natury, co lekką sugestią. Jakby mogła się wzbić ponad nie po prostu dzięki sile woli lub biciu serca. Znowu zauważyła Saida i dotarło do niej, że zapomniała o jego obecności. Wyglądał na zaniepokojonego w nadgorliwy, zbyt ładny sposób.

– Anuluj wszystko, proszę – powiedziała. – Będę u siebie.

– Potrzeba pani czegoś? Mam wezwać lekarza?

Zmarszczyła czoło, patrząc na niego, a mięśnie jej policzków zdawały się znajdować gdzieś daleko. Kierowała swoim ciałem jak mechem z psującym się sterowaniem.

– Czy to pomoże?

W swoim gabinecie usiadła na sofie z dłońmi złożonymi na podołku, wnętrzem do góry. Jakby coś tam trzymała. Wymiennik powietrza emitował nieznaczny hałas, wzbierając rezonansami i cichnąc. Jak wiatr wiejący nad szyjką butelki. Bezmyślna, idiotyczna muzyka. Zaczęła się zastanawiać, czy już to kiedyś zauważyła i o tym zapomniała. Miała pustkę w głowie. Zastanawiała się, czy coś nadchodzi. Jakaś przytłaczająca fala, która ją poniesie, czy też po prostu tym się teraz stała. Pustą kobietą.

Zignorowała pukanie do drzwi. Ktokolwiek to był, pójdzie sobie. Tylko że tego nie zrobił. Jej drzwi rozsunęły się na kilka centymetrów. A potem jeszcze trochę. Pomyślała, że to będzie Said albo jeden z admirałów. Przyszedł jakiś funkcjonariusz rządowy w rodzaju Gormana Le, prosząc, by poniosła za niego ciężar straty i niepewności. A jednak nie.

Kiki nie była już małą dziewczynką. Jej wnuczka była prawdziwą kobietą, choć wciąż jeszcze młodą. Skórę miała ciemnobrązową jak ojciec, ale zachowała oczy i nos Ashanti. Przebłysk Arjuna w kolorze oczu. Choć Avasarala próbowała to ukrywać, Kiki nie była jej ulubioną wnuczką. Dziewczynka zawsze sprawiała wrażenie obserwującej i osądzającej, przez co przebywanie w jej towarzystwie było trudne. Kiki odchrząknęła. Przez dłuższą chwilę przyglądały się sobie.

– Co ty tu robisz? – zapytała Avasarala.

Chciała tym przegnać dziewczynę, ale jej się nie udało. Kiki weszła do środka i zamknęła za sobą drzwi.

– Mamę bardzo boli, że znowu przełożyłaś spotkanie z nami – odpowiedziała Kiki.

Ręce Avasarali drgnęły, uniosła dłonie i rozsunęła palce. Złość bez energii do jej wyrażenia.

– Wysłała cię, żebyś mi nagadała?

– Nie.

– To po co?

– Martwiłam się o ciebie.

Avasarala prychnęła pogardliwie.

– Dlaczego miałabyś się o mnie martwić? W tej chwili jestem najpotężniejszą osobą w Układzie.

– I dlatego właśnie się martwię.

To nie twoje kurewskie zadanie, wylądowało jej na końcu języka, ale nie potrafiła tego powiedzieć. Ból mostka Avasarali zawędrował głębiej, napierając na kość i chrząstki. Obraz przed oczami zrobił się rozmyty od łez, które przy słabym ciążeniu nie chciały prawidłowo spływać. Kiki stała w drzwiach z twarzą bez wyrazu.

Uczennica przed dyrektorem szkoły czekająca na reprymendę. Bez słowa ruszyła przed siebie, szurając w niskim ciążeniu, usiadła przy boku Avasarali i opuściła głowę na kolana babci.

– Mama cię kocha – powiedziała Kiki. – Po prostu nie wie, jak to powiedzieć.

– Nigdy nie musiała tego robić – odpowiedziała Avasarala, wygładzając palcami włosy wnuczki tak, jak robiła to z córką, gdy obie były młodsze. W jakimś innym czasie, zanim świat został strzaskany pod ich stopami. – Miłość zawsze była zadaniem twojego dziadka. Ja kochałam – zatchnęło jej dech w piersiach – kochałam go bardzo mocno.

– Był dobrym człowiekiem – powiedziała Kiki.

– Tak – potwierdziła, przesuwając czubkami palców przez włosy dziewczyny. Śledząc jaśniejszy obrys ich brzegu.

Mijały minuty. Kiki poruszyła się trochę, ale nieznacznie. Babcia i wnuczka milczały. Łzy w oczach Avasarali nie gęstniały. Nie spływały. Gdy pozbyła się ich mruganiem, nie pojawiły się nowe. Przyglądała się krzywiźnie ucha Kiki, jak kiedyś Ashanti, gdy jej córka była małą dziewczynką. I Charnapala, gdy był dzieckiem. Zanim zginął.

– Robię wszystko, co mogę – odezwała się Avasarala.

– Wiem.

– To nie wystarcza.

– Wiem.

Spłynął na nią dziwny spokój. Do niej. Przez chwilę miała wrażenie, jakby był tam Arjun. Jakby to on wypowiedział jakiś idealny wiersz, zamiast jej najmniej lubianej wnuczki zaświadczającej o jej porażkach. Każdy miał swoją urodę i własny sposób jej wyrażania. Tak trudno było jej kochać Kiki, tylko dlatego, że tak bardzo były do siebie podobne. Jeśli miała być szczera, to dokładnie takie same. Przez to kochanie jej było czasami zbyt niebezpieczne. Wiedziała, ile kosztowało ją bycie sobą, więc widząc siebie w Kiki, bardzo się o nią obawiała. Avasarala odetchnęła ciężko i szturchnęła dziewczynę w ramię.

– Idź i powiedz mamie, że coś mi wypadło i powinnyśmy się spotkać i zjeść razem. I powiedz to też Saidowi.

– To on mnie tu wpuścił – wyznała Kiki, siadając.

– To pieprzony intrygant i powinien przestać grzebać w moim gównie – burknęła Avasarala. – Ale ten jeden raz cieszę się, że to zrobił.

– Nie ukarzesz go?

– Oczywiście, że go ukarzę – odpowiedziała. A potem, ku własnemu zaskoczeniu, pocałowała gładkie, niepobrużdżone czoło Kiki. – Po prostu tym razem niezłośliwie. Idź już. Mam coś do zrobienia.

Spodziewała się, że jej makijaż będzie wymagał konkretnych poprawek, ale potrzebowała tylko odrobiny kredki do oczu i lekkiego poprawienia fryzury, żeby znowu wyglądać jak dawna Avasarala. Znowu wywołała wiadomość Holdena i obejrzała ją jeszcze raz, ustawiając się przed kamerą terminala.

Kiedy został wyświetlony monit o odpowiedź, uniosła barki, wyobraziła sobie, że patrzy Holdenowi w oczy i zaczęła nagranie.

– Przykro mi słyszeć o Fredzie, był dobrym człowiekiem. Nieidealnym, ale kto taki jest? Będzie mi go brakować. To, co zrobimy teraz, jest dużo prostsze. Zabieraj swój smętny tyłek na stację Tycho i dopilnuj, żeby to zadziałało.

ROZDZIAŁ TRZYDZIESTY

FILIP

Pella czołgała się z jedną trzecią g. Po tak długim czasie w nieważkości Filip nawet to odczuwał boleśnie w kolanach i kręgosłupie. A może po prostu wciąż był poobijany po koszmarnych przeciążeniach w trakcie bitwy.

Tej, którą przegrali.

Stał w kambuzie z miską przygotowanego przez Marsjan makaronu ryżowego z grzybami w dłoniach i rozglądał się za miejscem, ale wszystkie były zajęte. *Koto* oberwał dużo bardziej od *Pelli* – pocisk z działa szynowego przebił reaktor, dziurawiąc po drodze cały kadłub od dzioba do rufy. Większość statków, na których żył wcześniej Filip, zostałaby tym samym zniszczona, ale marsjańska flota budowała z myślą o bitwie. W ułamku sekundy tak krótkim, że nie dało się go pochwycić, *Koto* zarejestrował trafienie i zrzucił rdzeń, zostawiając załogę uwięzioną i bezradną, utrzymywaną przy życiu tylko przez energię z zapasowych akumulatorów.

Shinsakuto został od nich odciągnięty, był ścigany i nękany przez okręty i torpedy z połączonej floty i Ceres. Gdyby *Rosynant* doprowadził do końca walkę z *Pellą*, załoga *Koto* wciąż tkwiłaby bezradnie w swojej jednostce. A może by już nie żyli, z niedziałającymi wymiennikami powietrza dusiliby się i dławili, atakując się nawzajem w przedśmiertnej panice. Zamiast tego wszyscy znaleźli się na *Pelli*, śpiąc w pryczach na zmianę ze zwykłą załogą, zajmując miejsce w kambuzie i starannie unikając kontaktu wzrokowego z Filipem szukającym miejsca między nimi.

Była tam też jego załoga. Mężczyźni i kobiety, z którymi latał, jeszcze zanim zaczęło się to wszystko. Aaman. Miral. Skrzydlaty. Karal. Josie. Odwracali wzrok w równym stopniu co pozostali. Może tylko połowa z nich miała na sobie mundury Wolnej Floty. Załogi *Koto* i *Pelli* wróciły do prostych, funkcjonalnych strojów, które mogły być noszone przez każdą załogę, a ci, którzy wciąż mieli na sobie mundury, podwinęli rękawy i zostawili bluzy rozpięte u góry. Filip poczuł swój własny mundur, czysty, wyprasowany i zapięty pod szyję, i po raz pierwszy poczuł się w nim trochę głupio. Jak dziecko przebrane w rzeczy ojca na balu kostiumowym.

Szmer rozmów był ścianą, która go wykluczała. Zawahał się. Mógł po prostu zabrać miskę z powrotem do swojej kabiny, przecież tak naprawdę wcale go nie odrzucali. Po prostu byli teraz tak bardzo stłoczeni i rozżaleni po przegranej walce. Zrobił krok w stronę korytarza, zamierzając wyjść. Planując. A potem zatrzymał się i obejrzał na wypadek, gdyby było jednak jakieś przeoczone miejsce, niezauważony kąt ławki. Jakieś miejsce dla niego.

Zauważył spojrzenie Mirala. Starszy mężczyzna kiwnął głową i – Filip miał wrażenie, że wzdychając – przesunął się, żeby zrobić mu trochę miejsca. Nie pobiegł tam jak mały chłopiec, ale podszedł szybko, bojąc się, że szczelina może się zamknąć, zanim do niej dotrze.

Karal siedział naprzeciw Mirala, obaj byli otoczeni nieznanymi ludźmi. Kobieta o ciemnej skórze z blizną na górnej wardze. Szczupły mężczyzna z tatuażem na szyi. Starsza kobieta z siwymi, krótko ściętymi włosami i krzywym, nieprzyjaznym uśmiechem. Tylko Karal potwierdził obecność Filipa, a i to tylko sapnięciem i krótkim skinięciem głowy.

Kiedy starsza kobieta odezwała się, miał wrażenie, że kontynuuje wątek rozmowy prowadzonej, zanim Filip zajął swoje miejsce, ale z wystudiowaną swobodą kogoś z określonym celem.

– Con mis coyo na *Shinsakuto*, flota Ceres zostanie tam na zawsze. Ziemia z dala od Ziemi.

– Zawsze to bardzo długo – skomentował Miral, patrząc na stół, jakby coś z niego czytał. – Nie wyobrażam sobie, że możemy przewidzieć, jak będzie wyglądać wszystko za rok, dwa, trzy lata od teraz, aber to tylko gówno i zgadywanie.

– Nie da się przewidzieć przyszłości – przyznała kobieta. – Ale widać, co jest tam teraz, que no?

Filip nabrał do ust porcję zbyt słonego makaronu. Za długo czekał z rozpoczęciem jedzenia i nitki zaczęły się już rozpadać w pastę. Starsza kobieta wyszczerzyła się, jakby zdobyła punkt, nachyliła się i oparła łokcie na stole, demonstrując znajdujący się na nadgarstku tatuaż rozerwanego kręgu SPZ. Prawie jakby się nim chwaliła.

– Mówię tylko, że może już czas, żebyśmy zaczęli coś wygrywać, nie? Ceres. Enceladus. Wygląda na to, że las sola dupy kopiemy, należą do Michio Pa, a i to nie za mocno.

– Skopaliśmy Ziemię – wtrącił się Filip.

Miało to zabrzmieć jak niedbały komentarz, coś niemal przypadkowo rzuconego w rozmowie, ale nawet dla niego zabrzmiało to piskliwie i defensywnie. Słowa pozostały na stole jak coś zepsutego w sposób, którego nie dało się już naprawić. Uśmiech starszej kobiety był krzywy i wredny. A może tylko on tak go odebrał. Tak czy inaczej, odchyliła się do tyłu i zabrała łokcie ze stołu. Kiedy wstała i odeszła, zrobiła to w aurze osoby, która dopięła swego, cokolwiek miało to być.

Karal odkaszlnął i pokręcił głową.

– No te preoccupes, Filipito – powiedział.

– Dlaczego miałbym się przejmować? – zapytał Filip znad kolejnej porcji makaronu.

Karal wykonał okrężny ruch dłonią. *To wszystko i wszyscy.*

– Po walce pojawia się opowieść o walce, nie?

– Jasne – potwierdził Filip. – Bist bien. Rozumiem.

Miral i Karal wymienili spojrzenia, a on udał, że tego nie zauważył. Reszta załogi z *Koto* siedziała w ciszy.

– Hoy, coyo – odezwał się Miral, dotykając ramienia Filipa. – Dokończ to i przyjdź pomóc mi w naprawach, dobra? Wciąż próbuję wyśledzić nieprawidłowości między kadłubami.

Filip odsunął miskę czubkami palców.

– Już skończyłem – stwierdził. – Chodźmy.

To, co okaleczyło *Pellę*, nie było jednym uderzeniem, a gęstą chmurą pocisków z działek obrony punktowej. Gdyby uderzyły wprost, byłoby lepiej. Dziób statku nad kokpitem i mostkiem był nachylony i wzmocniony przeciw dokładnie tego typu uderzeniom. Może trafienie oderwałoby kawałek powłoki i piekielnie grzmotnęło, ale wnętrze okrętu zostałoby bezpieczne. Sposób, w jaki faktycznie się to stało, z pociskami szarpiącymi strumieniami burtę jednostki, był dużo gorszy. Ucierpiały obudowy silników manewrowych i działek *Pelli*, czujniki i zewnętrzne anteny. Wyglądało to tak, jakby ktoś przejechał wielką tarką po wystawionych częściach okrętu i zdarł wszystko, co tylko się dało. Zniszczenia wyżłobiły dużą dziurę w polu ostrzału działek obrony punktowej, ale torpeda, która tamtędy przeleciała, miała awarię. Gdyby wybuchła, mogła rozerwać statek na pół i stara suka z kambuza musiałaby liczyć na łaskę wewnętrznych, którzy może pozwoliliby jej nie utonąć we własnym wydychanym powietrzu.

Choć torpeda i tak uderzyła dość mocno, by przebić kadłub. Teraz konieczna była długa, nużąca praca, polegająca na odszukaniu każdego obluzowanego kawałka metalu. Zostawienie garści odłamków ceramiki i metalu latających swobodnie między pokładami za każdym razem, gdy odpalą silniki manewrowe, było proszeniem się o śmierć. Tak więc Filip i Miral założyli kombinezony, sprawdzili sobie wzajemnie uszczelki, zbiorniki z powietrzem i maski, a potem wczołgali się w przestrzeń między kadłubami. Marsjańskie projekty były eleganckie i dobrze wykonane, a wszystkie elementy opisano wraz z datami kontroli i wymaganej wymiany. W białym blasku swojej lampy Filip przyglądał się wygiętej płycie zewnętrznego pancerza i poszarpanej przerwie, przez którą docierało światło gwiazd. Ramię galaktyki jarzyło się bielą, złotem i różem na tle czarnego tła. Trudno było nie zatrzymać się i nie podziwiać.

Patrzenie na gwiazdy bezpośrednio, nie na ekranie, było czymś zupełnie innym. Całe życie spędził na statkach i stacjach, ale miliardy niemrugających światełek widział na własne oczy, tylko gdy wychodził na zewnątrz w celu napraw lub konserwacji. Widok był zawsze piękny, czasem niepokojący. Tym razem wydawał się prawie obietnicą. Wokół nich otwierała się nieskończona otchłań, szept przypominający, że wszechświat jest większy od jego statku. Większy od wszystkich statków razem wziętych. Ludzkość mogła ustawić swoje flagi na tysiącu trzystu z tych kropek i nie zająć nawet procenta procenta. O kontrolę nad tym imperium walczyli wewnętrzni. Trochę ponad tysiąc planet, niebędących nawet błędem zaokrąglenia liczby patrzących na nich gwiazd.

– Hoy, Filipito – zabrzmiał głos Mirala na prywatnym kanale skafandra. – Chodź tu, chyba coś znalazłem.

– Commé. Chwila.

Miral przykucnął przy kablu zasilania zestawu czujników. Jego reflektor oświetlał kawałek wewnętrznego kadłuba. Krótka, jasna kreska zdradzała, gdzie coś go zarysowało. Miral przesunął po niej rękawicą, brudząc ją. Czyli ceramika.

– Dobra, gnojku – odezwał się Filip, przesuwając światłem lampy po przewodzie. – Gdzie poleciałeś?

– Chodź za mną – rzucił Miral, ruszając wzdłuż uchwytów.

Kiedy dotrą na Pallas, ekipy techniczne będą mogły przeprowadzić bardziej gruntowną kontrolę. Mieli tam narzędzia do wdmuchiwania azotu do każdej szczeliny i krzywizny statku, żeby wypchnąć wszystko, co w nich utkwiło. Choć oczywiście lepiej było zrobić jak najwięcej, zanim tam dotrą. Filip pomyślał, że między kadłubami nie ma teraz nikogo poza nimi. Była to najbardziej izolowana praca, jaką miała w tej chwili do zaoferowania *Pella*. Pełna samotność, co było dobrym powodem, by się tym zająć.

Uwagę Filipa zwrócił cichy zwycięski okrzyk Mirala, sprowadzając go blisko miejsca, gdzie pracował. Miral wyciągnął z pasa pęsetę, pogrzebał nią we fragmencie przewodu w miejscu, gdzie spaw zostawił szczelinę, a potem wyprostował się z szerokim uśmiechem, widocznym nawet przez wizjer hełmu. Fragment miał wielkość paznokcia, był poszarpany z jednej strony i gładki z drugiej.

Filip gwizdnął z uznaniem.

– Duży.

– Si no? – odpowiedział Miral. – Gdyby zostawić tu esá drania, to latałby po okolicy jak pocisk z pistoletu, nie?

– Jeden mniej – rzucił Filip. – Zobaczmy, ile jeszcze znajdziemy.

Miral zacisnął dłoń w pięść w geście potwierdzenia, a potem schował odłamek do kieszeni.

– Wiesz, gdy byłem w twoim wieku, dużo wtedy piłem, ja. Spędzałem dużo czasu z tym coyo, który zawsze opowiadał o swoich walkach. Często brał w nich udział, pewnie je lubił.

– Jasne – odpowiedział Filip, znowu przechodząc dalej i przesuwając plamą światła z reflektora po obudowie silnika manewrowego. Nie wiedział, co czego zmierza Miral.

– Ten coyo mówił, że gdy robiło się gorąco, to głównie dlatego, że ten drugi drań czuł się zawstydzony, sa sa? Może nie potrafił się bić, ale nie widział też żadnego sposobu na odgryzienie się tak, żeby jego ludzie nie uznali go za słabego.

Filip zmarszczył brwi. Czyżby Miral mówił o tym, co stało się na Ceres? Filipowi wciąż czasami nie dawało to spokoju. Nie sama przemoc, ale drobne przebłyski upokorzenia, wynikające ze świadomości, że dziewczyna, z którą był w tamtym barze, uciekła. Nie był to temat, który chciałby dalej rozpamiętywać.

– Que sa, es – rzucił w nadziei, że to wystarczy.

Ale Miral mówił dalej.

– Mówię tylko, że mężczyzna, który czuje, że stracił twarz, będzie przez to mówił rzeczy, których wcale nie myśli. Robił rzeczy, w które nie wierzy.

Chciałem zrobić wszystko*, co zrobiłem*, pomyślał Filip, ale tego nie powiedział. *I chciałbym zrobić to jeszcze raz, wszyštko powtórzyć.*

Jednak doznał ostrego, nieprzyjemnego uczucia dotknięcia świeżego otarcia, a dzisiaj raz już poczuł się w taki sposób. Lepiej zatrzymać to dla siebie. Zresztą, jak się okazało, Miralowi wcale nie o to chodziło.

– Twój ojciec to dobry człowiek. Pasiarz do szpiku kości, nie? Po prostu ten drań Holden to jego słaby punkt. Dostał od niego po łapach, alles może się zdarzyć takim czy innym razem, y alles potem gada różne rzeczy. Nic złego, nic dobrego, po prostu tacy są ludzie. Nie bierz tego za bardzo do siebie.

Filip znieruchomiał. Odwrócił się.

– Nie brać tego za bardzo do siebie? – powtórzył pytająco. Żądając, by Miral powiedział, co ma na myśli.

– Mówię – stwierdził Miral – że twój ojciec wcale nie myśli tego, co mówi.

Filip skierował światło reflektora na Mirala, świecąc przez jego przyłbicę. Miral zmrużył oczy i wysunął dłoń, by je przysłonić.

– Co mówi? – zapytał Filip.

***

Kabina Marco nie była po prostu czysta, była nieskazitelnie czysta. Świeżo wypolerowane ściany błyszczały w świetle. Zeskrobano ciemne smugi, które zawsze gromadziły się przy uchwytach najbliżej drzwi, będące dowodem na przesuwanie się tam setek rąk. Na monitorze nie było nawet jednej luźnej nitki. Sztuczna woń drewna sandałowego z wymiennika powietrza nie do końca potrafiła zamaskować zapach środków dezynfekcyjnych i płynu przeciwgrzybicznego. W łagodnym blasku błyszczały nawet zawiasy pryczy przeciążeniowej.

Jego ojciec, sprawdzający coś na monitorze, także wyglądał wręcz perfekcyjnie. Włosy miał czyste i idealnie uczesane, brodę miękką, brązową i przystrzyżoną tak dobrze, że prawie wyglądała na sztuczną. Mundur sprawiał wrażenie założonego po raz pierwszy. Ostre kanty i gładkie zgięcia. Szwy leżały idealnie, jakby dzięki jego precyzji i sile woli mógł podciągnąć resztę statku do wymaganych przez niego standardów. Jakby cała kontrola, jaką Marco miał nad Układem, skupiła się w jednym miejscu. Żaden atom powietrza nie ośmielił się wychylić.

Monitor wyświetlał Rosenfelda. Zanim Marco zatrzymał odtwarzanie, Filip usłyszał słowa *inne ewentualności*.

– Tak? – odezwał się Marco, odwracając się do syna.

Filip nie potrafił stwierdzić, co słyszy w jego głosie. Owszem, spokój, ale Marco miał tysiąc odmian spokoju i nie wszystkie oznaczały, że jest dobrze. Filip był aż nazbyt świadomy, że nie rozmawiali od czasu bitwy.

– Rozmawiałem z Miralem – odezwał się, składając ręce na piersi i opierając się o futrynę. Marco się nie poruszył. Ani skinięcia, ani spojrzenia w bok. W spojrzeniu jego ciemnych oczu Filip czuł się odsłonięty i niepewny, ale teraz już nie miał jak się wycofać. Nie bez pytania. – Powiedział, że mówisz innym, że to, co się stało, to moja wina?

– Bo tak było.

Słowa były proste. Rzeczowe. Nie było w nich emocji, żadnego szyderstwa ani oskarżenia. Filip odebrał je jak cios w pierś.

– Dobrze – powiedział. – Bien.

– Ty byłeś działonowym, oni uciekli. – Marco rozłożył ręce w szybkim, chirurgicznym wzruszeniu ramion. – Czy to było pytanie? Czy może chcesz powiedzieć, że to *moja* wina, bo myślałem, że sobie poradzisz?

Filip musiał włożyć dodatkowy wysiłek, by przepchnąć słowa przez gardło.

– Nie wleciałem statkiem w te pociski, ja – powiedział. – Ja byłem działonowym. Nie pilotem. I nie miałem działa szynowego, nie? Pinché Holden miał działo szynowe.

Ojciec przekrzywił głowę na bok.

– Powiedziałem ci właśnie, że zawiodłeś, a ty wyliczasz mi powody, dla których to jest w porządku? Tak to działa?

Filip rozpoznał wreszcie rodzaj spokoju.

– Nie – odpowiedział. – Nie, sir – poprawił się po chwili.

– To dobrze. Wystarczy, że to spieprzyłeś, nie zacznij jeszcze ryczeć z tego powodu.

– Nie – powiedział Filip, choć poczuł łzy w oczach. Wstyd płynął w jego krwi jak kiepskie prochy, wzbudzając drżenie. – Nie ryczę, ja.

– To pogódź się z tym. Powiedz, jak mężczyzna. Powiedz „spieprzyłem to".

Nie spieprzyłem, pomyślał Filip. *To nie była moja wina.*

– Spieprzyłem to.

– W porządku – odpowiedział Marco. – Jestem zajęty. Wychodząc, zamknij drzwi.

– Dobra, dobrze.

Kiedy Filip się odwracał, Marco zwrócił się z powrotem do monitora. Jego głos był cichy jak westchnienie.

– Płacz i wymówki są dla dziewczyn, Filip.

– Przepraszam – rzucił Filip i zamknął za sobą drzwi.

Ruszył w głąb wąskiego korytarza. Głosy od strony windy. Głosy z kambuza. Dwie załogi w przestrzeni przeznaczonej dla jednej, a on nie mógł znieść bycia blisko nikogo z nich. Nawet Mirala. Zwłaszcza Mirala.

Wystawił mnie, pomyślał Filip. Było dokładnie tak, jak powiedział Miral. Nie zdołali utrzymać kontroli nad Ceres, a potem Pa obraziła go, odrywając się. Teraz mieli pokazać, że Wolnej Flocie nie wolno wchodzić w drogę, ale wszystkie trzy wilki razem nie zdołały zatrzymać pieprzonego *Rosynanta*.

Marco został upokorzony. A gówno unosiło się z obrotami, to wszystko. Mimo wszystko miejsce pod żebrami Filipa bolało, jakby został uderzony. To nie była jego wina. To była jego wina. Nie ryczał, nie usprawiedliwiał się. Tylko że dokładnie to zrobił.

Włączył światło w swojej kabinie. Na jego pryczy leżał jeden z techników z maszynowni, mrugając od światła jak mała myszka.

– Que sa? – odezwał się.

– Jestem zmęczony – rzucił Filip.

– To męcz się gdzieś indziej – odburknął technik. – Należą mi się jeszcze dwie godziny.

Filip oparł się dłońmi o pryczę i zakręcił nią. Technik wyciągnął rękę, by zatrzymać obroty, a potem się odpiął.

– Dobra – warknął. – To śpij, jak jesteś taki cholernie zmęczony.

Zabrał ubranie, mamrocząc coś pod nosem, i wyszedł. Filip zamknął za nim drzwi kabiny i zwinął się na pryczy, wciąż w ubraniu śmierdzącym potem i uszczelkami skafandra próżniowego. Wtedy spróbowały nadejść łzy, ale je zdławił i zepchnął cierpienie w głąb brzucha, aż osiadło tam jako coś innego.

Marco się mylił. Jego ojciec się zbłaźnił, ponieważ Holden, Johnson i Naomi mu się wymknęli. Było dokładnie tak, jak powiedział Miral. Mężczyźni robili się tacy i mówili rzeczy, których wcale nie myśleli. Robili takie, których nie zrobiliby, gdyby myśleli jasno.

Filip wcale tego nie spieprzył, Marco się mylił, to wszystko. Tym razem po prostu nie miał racji.

Z głębi umysłu wypłynęły słowa tak wyraźne, jakby zostały wypowiedziane. Choć nigdy nie słyszał ich wypowiedzianych na głos, zabrzmiały głosem jego matki. *Ciekawe, w czym jeszcze się pomylił.*

ROZDZIAŁ TRZYDZIESTY PIERWSZY

PA

Eugenia była fatalnym miejscem na urządzenie bazy. Była nie tyle prawdziwą asteroidą, co złożoną kupą luźnych odłamków i czarnego żwiru lecących w tę samą stronę. Ani sama asteroida, ani jej maleńki księżyc nie miały dość ciążenia, by ścisnąć materiał w zbitą masę, brakowało też żaru, by je ze sobą stopić. Eugenia i inne podobne jej duniyarety nie oferowały niczego litego, na czym można by budować, żadnej struktury wewnętrznej do cumowania. Nawet operacje górnicze były trudne, bo tkanka asteroidy zbyt łatwo się przemieszczała i rozpadała. Gdyby postawić na niej kopułę, powietrze przenikałoby przez grunt, na którym została wzniesiona. Gdyby ją rozkręcić, rozpadłaby się. Stacja naukowa, wzniesiona tam przez Ziemię trzy pokolenia temu i wkrótce porzucona, była niewiele więcej niż ruinami z hermetycznego betonu i łuszczącej się ceramiki. Miastem duchów Pasa.

Jedyne, co miała do zaoferowania, to fakt, że nie była zamieszkana, a jej orbita znajdowała się niezbyt daleko od Ceres i wątpliwej ochrony zapewnianej przez połączoną flotę. Zresztą nawet ta bliskość była tylko tymczasowa. Ponieważ okres obrotu Ceres wokół Słońca był o kilka procent krótszy niż Eugenii, każdy dzień zwiększał nieco odległość między nimi, rozciągając bańkę bezpieczeństwa tak, że w końcu nieuchronnie pęknie. Choć trzeba przyznać, że jeśli w chwili, gdy Eugenia i Ceres znajdą się po przeciwnych stronach Słońca, wciąż będą uciekać przed Wolną Flotą, to będą mieć na głowie większe problemy.

Zamiast próbować budować coś na powierzchni asteroidy, mała flota Michio zaczęła wznosić port nakliye, orbitujący wokół głównego skupiska Eugenii: zespawane ze sobą kontenery towarowe tworzące korytarze, magazyny i śluzy powietrzne. Maleńki reaktor wystarczał do zapewnienia krążenia powietrza i dostatecznej ilości ciepła, by zrównoważyć straty na skutek promieniowania. Wszystko to było z założenia tymczasowe. Tanie, szybkie w montażu i wykonane z materiału tak ustandaryzowanego i powszechnego, że raz wymyślone rozwiązania można było zastosować w tysiącu innych sytuacji. Baza rozrosła się z zarodka składającego się z czterech kontenerów, sięgając na zewnątrz, łącząc się, wzmacniając, tworząc odległości tam, gdzie były potrzebne i skupiając się gdzie indziej, rozrastając się jak płatek śniegu z bielą pianki uszczelniającej.

Krążyły opowieści o najbiedniejszych Pasiarzach latami żyjących w stacjach nakliye, ale częściej stosowano je tak, jak teraz Michio: jako placówki magazynowe i uzupełniania paliwa. Unoszące się w przestworzach magazyny bez podatków i ceł wgryzających się w budżety operacyjne poszukiwaczy minerałów. Przedestylowana woda zapewniająca piratom masę odrzutową, wodę pitną i tlen. Starsze rodzeństwo rozproszonych magazynów, które Wolna Flota powierzyła pustce. Na jej monitorze stacja wyglądała niczym jakieś antyczne stworzenie morskie, wciąż eksperymentujące z wielokomórkowością. A obok znajdował się niewielki i zgrabny *Panshin*.

Okręt dopasował orbitę tak precyzyjnie, że wydawał się tkwić bez ruchu przy porcie, jakby był z nim połączony. Na powłoce stacji błyskały światła robocze i palniki spawalnicze, a pajęcze kształty mechów przenosiły zaopatrzenie z *Panshina* do kontenerów. *Connaught* wyłączył swój silnik Epsteina już kilka godzin wcześniej, by nie stopić portu i wiszącego obok *Panshina*, a potem zajął aktualną pozycję, korzystając już tylko z silników manewrowych. Hamowanie było nie tyle ciążeniem ciągu, co sugestią, by Michio zajęła miejsce w pryczy przeciążeniowej.

– Namierzają nas. Mam potwierdzić? – zapytał Evans.

Teraz pytał o wszystko. Od czasu sytuacji przy Ceres kompletnie stracił pewność siebie. Co było problemem, ale podobnie jak w przypadku wielu jej problemów, nie była pewna, jak to naprawić.

– Zrób tak – odpowiedziała. – I powiedz im, że się do nich wybieram.

– Tak jest, sir – potwierdził Evans i obrócił się z powrotem do monitora.

Michio przeciągnęła się, wymuszając przepływ krwi w kończynach. Nie wiedziała, dlaczego czuła się nerwowo przed ponownym spotkaniem z Ezio Rodriguezem. Znała go z przerwami od wielu lat, był kolejnym partnerem w nieustannych zmaganiach o niedopuszczenie do eksploatacji Pasa i odrzucenia go przez wewnętrznych oraz ich sojuszników. Tylko że teraz stanął po jej stronie przeciwko Wolnej Flocie. Teraz będzie pierwszy raz oddychała z nim tym samym powietrzem od czasu, gdy jej działania pomocowe stały się tym, czym się stały. I co powinna zabrać na spotkanie z człowiekiem, który zgadzał się z nią na tyle, by zaryzykować życiem własnym i swojej załogi? Kartkę z podziękowaniem?

Michio roześmiała się, a Oksana odwróciła się od konsoli. Michio pokręciła głową. Po ujęciu w słowa nie byłoby to już śmieszne.

– *Panshin* potwierdza, sir – rzucił Evans. – Kapitan Rodriguez jest w porcie.

– W takim razie kierujemy się do portu – rzuciła Michio, odpinając się od pryczy. – Oksana, przejmujesz statek.

– Sir – potwierdziła kobieta, ale to słowo niosło ze sobą odrobinę rozczarowania.

Ona też chciała iść, tylko że ktoś musiał mieć oko na Evansa, a ta dwójka ostatnio zrobiła się sobie bliższa. Może spędzenie czasu sam na sam z Oksaną pozwoli Evansowi ogarnąć się na tyle, że będzie można z nim porozmawiać o jego problemach. Lepiej, gdyby wyszło to od niego, bo nakazywanie komuś zdradzania swoich lęków nie było elementem dobrego dowództwa. A niezależnie od tego, jak bardzo Michio była jego żoną, była też jego kapitanem.

Connaught zatrzymał się w odległości niecałego kilometra od *Panshina* i portu Eugenii. Oksana wyraźnie chciała się trochę popisać, ale Michio nie miała nic przeciwko temu. Przynajmniej przejście będzie krótkie i łatwe. Skafander próżniowy był marsjański, opancerzony, ale bez wspomagania. Dobrze zrobiony, jak wszystko, co wyhandlował Marco. Razem z nią lecieli Bertold i Nadia, oboje z bronią przyboczną. Przeszli przez śluzę *Connaughta* i wyszli w przestrzeń, lecąc powoli, by oszczędzać paliwo. Rozmawiali o tym, czyja kolej na gotowanie przypadała tego wieczora, podczas gdy pod ich stopami przesuwały się gwiazdy. Michio poczuła niespodziewanie przypływ szczęścia. Zdumiewająca była myśl, że ludzie mogli przeżyć całe życie na powierzchni planety i nigdy nie zaznać chwili takiej jak ta, bliskości rodziny i równocześnie bezmiaru równego Bogu.

Śluza mieściła się w połowie jednego z kontenerów, którego ściany odcięły rozprzestrzeniającą się galaktykę, zanim dotarli do włazu. Cała trójka przeszła do środka razem. Gdy tylko kontrolka zmieniła kolor na zielony, Michio sprawdziła odczyt skafandra, żeby potwierdzić, a potem wyłączyła dopływ tlenu i otworzyła hełm.

Powietrze w porcie śmierdziało zużytym paliwem i przegrzanym metalem. Perkusja wygrywanej przez kogoś muzyki niosła się dalej niż reszta piosenki, przez co port nieco dudnił. Równomierne, mechaniczne bicie serca. Oświetlenie zapewniały nieosłonięte białe diody LED, rzucające ostre cienie na ceramiczne ściany w drodze przez długie korytarze stacji. Do różnych powierzchni przywarły magnetyczne palety, bez rozróżnienia na ściany, podłogę i sufit. Do każdej palety przyczepiono stary terminal ręczny, który wyświetlał informacje o zawartości i miejscu pochodzenia.

Gdy przelatywali, z drogi ustąpiła im kobieta w mechu transportowym, ściągając blisko siebie ramiona maszyny jak pająk. Zasalutowała równo Michio, Bertoldowi i Nadii w sposób sugerujący, że nie wie, kim są, i wcale jej to nie obchodzi. Jak długo byli po tej samej stronie, nie miało to dla niej znaczenia.

Kapitana Rodrigueza znaleźli w jednym ze skupisk. Z każdej z sześciu stron paszcze otwierało po dziewięć kontenerów, łącznie pięćdziesiąt cztery, i wyraźnie miały być pełne. Michio wystarczyło jedno spojrzenie, by przekonać się, że wcale takie nie są. Ezio Rodriguez był mężczyzną o szczupłej twarzy, z przystrzyżoną bródką przeplataną bielą, choć reszta jego twarzy wyglądała młodo. Włosy miał ścięte na krótko, a jego skafander, tak samo jak jej, został zaprojektowany przez Marsjan. W przeciwieństwie do niej, zmodyfikował go: na plecach między łopatkami wymalował herb gwiazdy i rozerwanego kręgu SPZ, taki jak zwykle umieszczało się na opaskach. Kilka osób przenosiło palety między kontenerami wokół, krzycząc do siebie przez powietrze, zamiast korzystać z łączności radiowej. Ich głosy odbijały się echem.

– Kapitan Pa – przywitał ją Rodriguez. – Bien avisé. Dawno się nie widzieliśmy.

– Kapitanie – odpowiedziała Michio. – *Connaught* przyleciał z pomocą. Teraz nasza kolej na budowanie i stanie na straży, sa sa?

– Proszę bardzo – odpowiedział Rodriguez, rozkładając ręce. – Nie ma wiele, ale y nie nic.

Każda jednostka małej floty Michio – pojedynczo i w parach – spędzała trochę czasu, budując port i pilnując go, podczas gdy inni polowali na kolonistów lub zbierali zapasy rozrzucone w przestrzeni, unikając przy tym kontaktu z jednostkami Marco. *Solano* przejął kolejny ze statków kolonizacyjnych – *Świetlistego irysa* z Luny – i eskortował go do Ceres, by oddać daninę Cezarowi. Port Eugenii i tak był za mały, by pomieścić tak dużą jednostkę. Z drugiej strony *Serrio Mal* zbierał lecące na czarno kontenery wystrzelone z Pallas i Ceres. Te miały trafić na Eugenię, a stamtąd w miejsca, gdzie ich zawartość będzie najbardziej potrzebna. Dostarczanie zaopatrzenia na Kelso i Japeta było najgroźniejszą służbą, którą Michio zarezerwowała dla siebie.

Gorsze byłoby tylko niedostarczanie ich w ogóle.

– Wygląda chudo, que – rzuciła.

– Tak wygląda, bo tak jest – odpowiedział Rodriguez. – Ostatni kurs zbierania był ralo. Nie zebraliśmy tyle, ile wcześniej. Ale trochę.

– Dość?

Rodriguez roześmiał się, jakby usłyszał żart.

– Udało mi się zgarnąć coś ciekawego. Coś dla ciebie.

Michio poczuła, jak jeżą się jej włosy na karku. Coś tu nie pasowało. Uśmiechnęła się.

– Nie powinieneś był.

– Nie mogłem tego odpuścić – odpowiedział Rodriguez, włączając silniczek skafandra i lecąc w stronę jednego z wyjść. – Tędy, pokażę.

Nie powiedział jej, żeby zostawiła tu Bertolda i Nadię, co było dobre. I tak by tego nie zrobiła. Nie wiedziała jednak, czy powinna poczuć się pewniej, że nie próbował jej pozbawić ochrony, czy raczej powinna być przestraszona faktem, że może ich obecność nie miała znaczenia.

– Bertold – rzuciła, gdy ruszyli za kapitanem.

– Savvy – odpowiedział z dłonią na kolbie pistoletu, jakby zupełnie przypadkiem się tam oparła.

Nadia zrobiła to samo. Przyjęli pozycje strażników w sposób tak naturalny, jak oddychanie. Gdy Rodriguez dotarł do ściany portu, wylądował na niej z brzękiem po włączeniu magnetycznych butów i zamortyzował pęd ugięciem kolan. Rozbrzmiewająca wcześniej muzyka ucichła, a Rodriguez obejrzał się za nich, jakby się upewniał, że nikt za nimi nie leci. Albo wręcz przeciwnie, że ktoś tam jest.

– Sprawiasz, że robię się nerwowa, coyo – skomentowała Michio, idąc za nim. – Masz mi coś do powiedzenia?

– Bon sí, aber nie tutaj – potwierdził Rodriguez głosem, w którym lekki ton zniknął, zastąpił go ponure napięcie. – Przeszmuglowałem to przez przemytników.

– Nie czuję się lepiej.

– Poczujesz się albo nie. Come alles la.

Kontener, do którego ich zabrał, miał urządzone z boku małe biuro, zespawane ze skrawków włącznie z własną śluzą. Rodriguez ręcznie wystukał kod do drzwi. Bertold rozciągnął ręce i sapnął, jak sztangista szykujący się do dźwignięcia większego niż zwykle ciężaru.

– Kocham cię – rzuciła Nadia spokojnym, konwersacyjnym tonem, jakby nie mówiła tego na wypadek, gdyby miały to być jej ostatnie słowa.

Otworzyły się drzwi śluzy i pojawił się w nich mężczyzna. Szczupłej budowy, z ciemnymi lokami.

– Jest tu? – zapytał, a potem – Och. Jesteś.

Szok zaskoczenia i niepewność, czy to zagrożenie, czy też coś bardziej interesującego.

– Sanjrani.

– Nico, Nico, Nico – odezwał się Rodriguez, a potem pchnął Sanjaraniego z powrotem przez śluzę. – Nie tutaj. Nie przemyciłem cię na to zadupie, żeby machać tobą jak flagą. Wracaj bezpiecznie do środka.

Kiedy Sanjrani się wycofał, Rodriguez zwrócił się do Michio, gestem zapraszając ją do środka. Zawahała się, więc uniósł ręce na boki i rozłożył je jak do ukrzyżowania.

– Nie mam broni, ja. Esá pójdzie źle, la dué la może mnie zastrzelić.

– Może – zgodził się Bertold.

Pistolet trzymał w dłoni, ale nie celował. Jeszcze.

– No dobrze – rzuciła Michio, ruszając w magnetycznych butach przez podłogę, przyciskana do niej i puszczana przy każdym kroku.

W małym biurze Sanjrani usiadł przypięty do stołka przy maleńkim biurku. Naprzeciw czekał drugi stołek. Nie zobaczyła żadnej pułapki, choć nie wiedziała, co właściwie tu widzi.

– Zamierzasz zmienić strony? – zapytała.

Sanjrani odkaszlnął głęboko, niecierpliwie.

– Przybyłem tu, żeby ci powiedzieć, dlaczego zabijasz wszystkich w pieprzonym Pasie. Zabijacie, ty i Marco. Wy dwoje powinniście być po *mojej* stronie.

– Czy on wie, że tu jesteś?

– A czy jestem już trupem? Nie wie. Do tego stopnia zrobiłem się zdesperowany. Próbowałem rozmawiać z Rosenfeldem, ale on słucha tylko Marco. Nikt nie wie, gdzie się podział Dawes. Nie chcą *słuchać*. – W jego głosie brzmiała desperacja, wysoka i napięta jak cięciwa łuku.

– No dobrze – powiedziała, podchodząc do stołka i przypinając się do niego pasem. – Wysłucham cię.

Sanjrani odprężył się i wyświetlił schemat na ekranie biurka. Przedstawiał złożoną serię krzywych w dwuwymiarowym układzie współrzędnych z osiami *x* i *y*.

– Zaczynając to wszystko – powiedział – zrobiliśmy pewne założenia. Plany. Uważam, że całkiem dobre. Ale ich nie przestrzegaliśmy.

– Dui – zgodziła się Michio.

– Pierwsze, co zrobiliśmy – mówił dalej – to zniszczenie największego źródła bogactwa i złożonych substancji organicznych w Układzie. Jedynego źródła złożonych związków organicznych, które działają z naszym metabolizmem. Światy po drugiej stronie pierścienia to inne kody genetyczne, inne biochemie. To *nie* jest coś, co możemy importować i jeść. Ale to było dopuszczalne, projekcje były jednoznaczne. Możemy zbudować nową ekonomię, stworzyć infrastrukturę, samowystarczalną sieć mikroekologii w macierzy opartej na współpracy i konkurencji. Oprzeć walutę na...

– Nico – ucięła mu.

– Racja. Racja. Konieczne było rozpoczęcie budowy natychmiast po zrzuceniu kamieni.

– Wiem – potwierdziła.

– Wcale nie – zaprotestował. W jego oczach pojawiły się łzy, które trzymały się skóry. – *Żaden proces recyklingu nie jest doskonały.* Wszystko ulega degradacji. Te statki kolonizacyjne? Ich zapasy? To wszystko zapchajdziury. Są miarą tego, ile czasu nam zostało na przeżycie w Pasie. Spójrz tutaj. Ta zielona krzywa to przewidywana produkcja nowych modeli ekonomicznych. Tych, których nie przestrzegamy, nie? A to – wskazał opadającą czerwoną krzywą – pokazuje, ile zapewnią nam zarekwirowane zapasy. Równowaga jest tutaj. Za pięć lat.

– W porządku.

– A ta linia tutaj to wartość bazowa, której potrzebowalibyśmy, żeby utrzymać przy życiu bieżącą populację Pasa.

– Utrzymujemy się nad nią.

– Tak *byłoby* – odparł Sanjrani – gdybyśmy się trzymali planu. Teraz sytuacja wygląda tak.

Przesunął zieloną krzywą. Michio poczuła ściśnięcie gardła, gdy zrozumiała, na co patrzy.

– Na razie dajemy radę – stwierdził Sanjrani. – I będzie dobrze przez trzy lata. Może trzy i pół. A potem systemy recyklingu stracą wymaganą wydolność. Nie będziemy mieli gotowej infrastruktury do uzupełnienia braków. A potem zaczniemy głodować. Nie tylko Ziemia, nie tylko Mars. Pas też. A kiedy się to zacznie, nie będzie sposobu na powstrzymanie procesu.

– No dobrze – powiedziała Michio. – Jak to naprawić?

– Nie wiem – wyznał Sanjrani.

***

Panshin odleciał następnego dnia, zabierając ze sobą Sanjraniego i resztki pogody ducha Michio. Jej załoga zabrała się do pracy, budując port i prowadząc nowe przewody. Do anten *Connaughta* docierały wiadomości, niektóre skierowane do niej. Japet potrzebował więcej magnezu klasy spożywczej. Grupa statków zwiadu geologicznego zużyła filtry i potrzebowała wymiany. Wolna Flota nadawała coś, co nazywała wiadomościami, z których część poświęcała informacjom o ilości materiałów, jakie przekazała wrogowi.

Za każdym razem, gdy próbowała spać, w jej sercu narastał strach. Kiedy nadejdą ciężkie czasy, gdy zacznie się głód, zadziała jak przekładnia z blokadą. Trudno będzie budować nowe, lśniące miasta w próżni, gdy ludzie, którzy je projektują, budują i mieszkają w nich, umierają z głodu. Umierają, ponieważ ona i Marco rzucali się sobie do gardła, zamiast przestrzegać planu.

Musiała sobie przypominać, że to nie ona zmieniła podejście, nie ona zmieniła plan. Marco odstąpił od niego przed nią. Właśnie dlatego od niego odeszła. Próbowała pomagać. Tylko że kiedy zamykała oczy, widziała czerwoną linię opadającą w stronę pustki i nie wychodziło jej na spotkanie nic zielonego. Trzy lata. Może trzy i pół. Tylko żeby to zadziałało, musieli zacząć teraz. Kilka miesięcy temu.

Albo musieli stworzyć nowy plan, ale ani ona, ani Sanjrani nie wiedzieli, na czym miał polegać.

Pozostali jej unikali, dając jej żywność, wodę i możliwość myślenia. Pracowała samotnie, odpracowywała swoje zmiany i nie czuła braku towarzystwa. Zaskoczyło ją, gdy Laura przyszła ją odszukać w siłowni.

– Odebraliśmy wiadomość dla ciebie, kapitanie – poinformowała.

Nie *Michi*, a *kapitanie*. Czyli Laura nie była teraz jej żoną, a oficerem łączności na służbie.

Michio puściła pasy oporowe, pozwalając, by wsunęły się z powrotem do obudowy maszyny, i starła ręcznikiem pot ze skóry.

– O co chodzi?

– Wiązka kierunkowa przekazana przez Ceres – powiedziała Laura. – Z *Rosynanta*, który jest w drodze na stację Tycho. Oznaczona jako od kapitana do kapitana.

Michio zastanawiała się przez chwilę nad poleceniem Laurze odtworzenia jej. Byli rodziną, nie mieli przed sobą tajemnic. To był groźny impuls, zdławiła go.

– Obejrzę to w kabinie – stwierdziła.

Kiedy otworzyła wiadomość, z ekranu popatrzył na nią James Holden. Jej pierwszą myślą było, że paskudnie wygląda. Drugą, że ona pewnie też. Wrzuciła przepocony ręcznik do recyklera. *Żaden proces recyklingu nie jest doskonały.* Zadrżała, ale Holden zaczął mówić.

– Kapitan Pa – rozpoczął. – Mam nadzieję, że ta wiadomość dotrze do pani szybko. I że wszystko jest dobrze z pani statkiem, załogą i... cóż. Wracając do tematu. Jestem w dość dziwnej sytuacji i szczerze mówiąc, mam nadzieję, że mógłbym panią poprosić o przysługę.

Spróbował uśmiechu, ale oczy nie chciały go posłuchać.

– Powiem prawdę – stwierdził. – *Jestem cholernie zdesperowany.*

ROZDZIAŁ TRZYDZIESTY DRUGI

VANDERCAUST

Gdy strażnikom znudziło się kopanie go, zaciągnęli Vandercausta do celi i zamknęli drzwi.

Leżał w ciemności przez jakiś czas – pięć minut, może godzinę. Nie dłużej. Kiedy usiadł, bolały go żebra i plecy, ale nie w głęboki sposób ani z uczuciem tarcia, typowymi dla złamanych kości. Jedyne światło zapewniała pojedyncza dioda LED na spojeniu ściany i sufitu. Mrok pozbawiał wszystko koloru, więc niewielkie smugi krwi na koszuli wyglądały na czarne.

Nie mając nic lepszego do roboty, zaczął inwentaryzować swoje ciało: obite żebra i policzek, spuchnięte oko, otarcia na nadgarstkach od kajdanek. W sumie nic wielkiego. Bywało gorzej, czasami z rąk znajomych. Przecież nie został aresztowany po raz pierwszy. Nawet nie pierwszy raz aresztowano go za coś, czego nie zrobił. Choć do tej pory zawsze aresztowali go wewnętrzni.

Im bardziej się to zmienia, tym bardziej wszystko zostaje takie samo, pomyślał. Znalazł sobie w miarę wygodne miejsce w kącie, gdzie mógł oprzeć głowę, zamknąć oczy i sprawdzić, czy niepokój wystarczy, by nie pozwolić mu spać. W zasadzie tak, choć zdołał się zdrzemnąć, zanim drzwi się znowu otworzyły. Dwóch strażników w pancerzach z pistoletami przy boku. Do tego ktoś wyższy stopniem, też w pancerzu. Wszystko w barwach Wolnej Floty.

To zapewne dobrze wróżyło. Ludzie zwykle nie stroili się do morderstw.

– Emil Jacquard Vandercaust?

– Aquí – potwierdził.

Wyższy stopniem był chłopak o szerokiej twarzy z ciemną skórą pasującą do koloru oczu. Na swój sposób przystojny, ale za młody jak na gust Vandercausta. Osiągnął już wiek, w którym seks w mniejszym stopniu sprowadzał się do tego, z kim lądowało się w łóżku, a bardziej – z kim się budziło, a grupa ludzi uważanych przez niego za dzieci obejmowała również dwudziestoparolatków. Przystojny chłopaczek skrzywił się, może na Vandercausta, może na to, jak został potraktowany. Przez ciszę panującą w celi zaczął się zastanawiać, czy wyjdą, zostawiając go tu. Zamkną drzwi i zgaszą światło. Ta myśl przypomniała mu o pragnieniu.

– Agua, tak?

– Commst – polecił chłopak.

Vandercaust dźwignął się na nogi, czując głośny protest obitych mięśni, choć chyba nie aż tak, by go to powstrzymało. Strażnicy zajęli miejsca, jeden przed nim, drugi z tyłu, a chłopak poprowadził ich jak smutną małą paradę. Pokój, do którego go zabrali, był jaśniejszy i bardziej komfortowy, choć niewiele. Do podłogi przyspawano metalowy stołek, na tyle niski, że siedzenie na nim sprawiło, że Vandercaust poczuł się, jakby trafił do szkoły i miał siedzieć przy ławce dla sześciolatków. Był w swoim życiu przesłuchiwany przez ochronę tyle razy, że bez problemu rozpoznał w tym poniżeniu zamierzoną taktykę. Strażnik przyniósł mu pół bańki letniej wody, patrzył, jak ją wypija, a potem zabrał naczynie.

Strażnicy wyszli, zamykając za sobą drzwi. Chłopak stał przy biurku i patrzył na niego przez unoszący się w powietrzu ekran. Widziany od tyłu wyświetlacz sprawiał, że chłopak wyglądał jak za jasną mgłą.

Vandercaust czekał. Chłopak wyciągnął z kieszeni płaski, żółty cukierek. Środki zwiększające koncentrację, a przynajmniej Vandercaust tak przypuszczał. Chłopak położył sobie cukierek pod język i ssał go przez chwilę w zamyśleniu. Zadygotał.

– Nie zgłosiłeś się na wczorajszy alarm bojowy – powiedział.

– Owszem.

– Możesz to wyjaśnić?

Vandercaust wzruszył ramionami.

– Mam twardy sen, kiedy się upiję. Nie słyszałem. No se savvy co się stało, zanim było po wszystkim, nie?

– Teraz tú savvy?

– Tak, coś tam słyszałem.

– W takim razie porozmawiajmy o tym, co słyszałeś.

Vandercaust kiwnął głową, w równym stopniu do siebie, co do chłopaka. Nadszedł czas na uważne dobieranie słów. O cokolwiek im chodziło, jeśli powie, nie to, co trzeba, może wylądować w kompostowniku.

– Z tego, co słyszałem, z kolonii przyleciała grupa statków. Czternaście, piętnaście jednostek, wszystkie na raz przez pierścienie. I to szybko. Próbowały się dostać do Medyny, zanim załatwią je działa szynowe, nie? Tylko że im nie wyszło. Czego nie podziurawiły działa, załatwiła obrona stacji. Trochę resztek trafiło w kadłub cylindra, aber nie stało się nic, czego nie da się naprawić.

Chłopak kiwnął głową i zapisał coś w jasnym powietrzu między nimi.

– Czternaście czy piętnaście?

– Tak.

Spojrzenie chłopaka stwardniało.

– Słyszałeś, że było ich czternaście czy piętnaście?

Vandercaust zmarszczył brwi. W reakcji chłopaka było coś, co mu nie pasowało. Gdyby grali w pokera, poczekałby, żeby się przekonać, czy ma wyjątkowo silną, czy bardzo słabą rękę, a potem spędziłby resztę nocy, oskubując go na tej podstawie. Tylko że nie mieli tutaj żadnych kart.

– Usłyszałem czternaście albo piętnaście. Taki zwrot. Osiem lub dziesięć. Sześć albo siedem. Nie słyszałem konkretnej liczby.

– Przez które pierścienie przeleciały?

– Nie wiem.

– Patrz na mnie – polecił chłopak. Vandercaust spojrzał w jasnobrązowe oczy chłopaka. – Przez które pierścienie przeleciały?

– No savvy. Nie wiem.

Chłopak poruszył oczami, odwrócił wzrok. Vandercaust podrapał się po ręce, choć go nie swędziała. Po prostu żeby coś zrobić.

– Wszystkie przeleciały w ciągu piętnastu sekund – przyznał chłopak. – I *faktycznie* leciały szybko. Jakieś uwagi na ten temat, panie Vandercaust?

– Skoordynowane – rzucił. – Wygląda na to, że rozmawiali con alles, sa sa? Planowali.

Co – ach, tak – oznaczało, że znaleźli sposób na pokonanie prędkości światła, zakrzywienie czasu i zlokalizowanie się wzajemnie w olbrzymiej galaktyce, albo te rozmowy przechodziły przez pierścienie. Przez Medynę. Oznaczało to kogoś na stacji Medyna, kogoś pracującego przeciwko Wolnej Flocie. Wiedział, że aresztowanie nie może być tylko skutkiem niezgłoszenia się na awaryjną zmianę. Teraz zrobiło się bardziej zrozumiałe, czego szukał chłopak. Widział, jak obserwujący go dostrzega jego zrozumienie.

– Kto ci powiedział o ataku?

– Usłyszałem o nim w moim zespole. Jakulski. Salis. Roberts. Po prostu pogaduszki przy kawie, nie?

Kolejna notatka.

– Czy jest coś, co twoim zdaniem powinniśmy o nich wiedzieć?

Po plecach Vandercausta przeszła fala zimna, która nie miała nic wspólnego z temperaturą, wywołując gęsią skórkę. Może nie chodziło tylko o to, że przespał alarm. Upił się. Pijani ludzie mogli wszystko przespać, ale jeśli się nie zgłosił *oraz* był blisko kogoś mającego coś do ukrycia...

Salis miał znajomych w łączności. Ciągle się nimi chwalił, jak to wiedział, co się dzieje z Duartem i Inarosem, jakiego typu narzekania i groźby docierały ciągle z drugiej strony pierścieni. Czy ktoś koordynujący atak na Medynę nie powinien pracować w łączności? Chyba musiał, nie? A Roberts mówiła o Kalisto i wojnach zastępczych. Jak to ludzie Duartego mogli ich wykorzystywać przeciwko Ziemi i Marsowi, jak bardzo nienawidziła bycia schwytaną między takimi potęgami. Vandercaust wiedział, że bardzo nie podobała się jej wieść o doradcach z Lakonii organizujących obronę na stacji obcych, gdzie znajdowały się zaczepy dział szynowych. Mogłaby współpracować z koloniami, gdyby oznaczało to pozbycie się kontroli Lakonii i utrzymanie niezależności Medyny. A czy Jakulski nie był obecny przy powitaniu doradców? Powiedział, że zrobił to w ramach przysługi dla jednego z innych kierowników, ale co, jeśli po prostu chciał skorzystać z okazji, by przyjrzeć się wrogowi?

Na Medynie były tysiące mieszkających i pracujących ludzi. Wszyscy w mniejszym lub większym stopniu Pasiarze. Większość wcześniej należała do SPZ, a teraz do Wolnej Floty, ale byli też i tacy, którzy nie wiedzieli, co nadejdzie. Może wciąż mieli rodziny na Ziemi, ginące pod rzucanymi kamieniami. Nie wiedział nic na temat matki Jakulskiego, rodzeństwa Salisa czy starych kochanków Roberts. Każde z nich mogło się zachowywać jak Wolna Flota, ponieważ bycie czymś innym oznaczało proszenie się o piekło.

Chłopak przekrzywił głowę, ssąc środek zwiększający koncentrację. Vandercaust splótł palce i zmusił się do śmiechu.

– Łatwo zrozumieć, jak coyo może popaść w paranoję.

– Może zaczniemy wszystko od początku? – powiedział chłopak.

Miał wrażenie, że trwało to całymi godzinami. Nie miał ręcznego terminala, nie było tu żadnych widocznych dla niego ekranów. Vandercaust mógł oceniać upływ czasu wyłącznie na podstawie zwierzęcych rytmów swojego ciała. Ile czasu minęło, zanim znowu zrobił się spragniony. Głodny. Kiedy zaczął czuć senność. Kiedy musiał iść do łazienki. Zrelacjonował chłopakowi cały wieczór przed atakiem. Gdzie był, kto mu towarzyszył, co pił, jak wrócił do swojej kabiny. Chłopak dopytywał wciąż o to samo, napierając na wszystko, co Vandercaust powiedział choćby odrobinę inaczej niż poprzednim razem, zmuszając go do przypominania sobie rzeczy, których tak naprawdę nie pamiętał, a potem atakując, gdy nie zgadzał się jakiś szczegół. Pytał o Roberts, Salisa i Jakulskiego. Pytał, kogo jeszcze Vandercaust znał na Medynie. Kogo znał po stronie Sol pierścienia. Co wiedział o Michio Pa, Susannie Foyle i Ezio Rodriguezie. Kiedy był na stacji Tycho. Na Ceres. Na Rei. Na Ganimedesie.

Pokazał mu nagrania z ataku. Statki wyłaniające się z wrót w całej sferze pierścieni. Vandercaust przyglądał się, jak giną na obrazach taktycznych. Oglądał teleskopowe nagrania prawdziwych ludzi ginących prawdziwą śmiercią. Potem rozmawiali jeszcze i chłopak pokazał mu to wszystko ponownie. Vandercaust miał wrażenie, że za drugim razem odczyty były trochę inne, co zapewne stanowiło kolejną próbę przyłapania go na czymś, ale nie potrafił stwierdzić, co właściwie się zmieniło.

Wszystko to było wyczerpujące. I takie miało być. Po jakimś czasie przestał próbować udzielać tylko bezpiecznych odpowiedzi. Wiedział o przesłuchaniach dość, by zdawać sobie sprawę, że to – choć było męczące, ostre i otępiające – znajdowało się na łagodniejszej skali możliwych podejść. Nie miał powodu chronić swoich przyjaciół poza luźnym poczuciem powiązania wynikającego z pracy w zespole. Jeśli byli niewinni, prawda będzie ich wystarczającą osłoną. Dla nich, a także dla niego.

Zabrali go z powrotem do celi. Tym razem bez bicia, tylko ostre pchnięcie przez drzwi, po którym wylądował twardo na podłodze i uderzył policzkiem w ścianę na tyle mocno, by go rozbić. Przez jakiś czas spał, obudził się w ciemności, znowu usnął. Gdy obudził się ponownie, przy drzwiach czekała stygnąca miska z fasolą i grzybami. Zjadł. Nie miał pojęcia, jak długo tam był, jak długo to wszystko trwało. Czy zrobi się jeszcze gorzej.

Gdy znowu otworzyły się drzwi, do środka weszło pięcioro ludzi w mundurach Wolnej Floty. Nie było z nimi brązowookiego chłopaka i przez chwilę Vandercaust poczuł się bardzo nerwowo. Jakby szukał przyjaciela i go nie znalazł. Dowodząca tą grupą kobieta śmiała się z jednym z podwładnych, sprawdziła coś na ręcznym terminalu, unosząc go na wysokość twarzy bez zwracania uwagi na niego i dotknęła czegoś na ekranie.

– Lepiej idź, pampaw – rzuciła, wychodząc. – Spóźnisz się na zmianę, ty.

Wszyscy wyszli, zostawiając otwarte drzwi i po chwili Vandercaust wyszedł z celi, a potem z komisariatu ochrony na szerokie korytarze cylindra. Jego ciało sprawiało wrażenie zbyt długo używanej szmaty. Był pewien, że śmierdział jak chory, przepocony człowiek. Strażniczka miała rację, była już prawie pora na jego zmianę, ale i tak poszedł do swojej dziury, wykąpał się, ogolił i przebrał w czyste ubranie. Spędził kilka długich minut, podziwiając siniaki na twarzy i bokach. Na młodszym człowieku mogły być świadectwem wytrzymałości, na nim wyglądały po prostu, jakby starszy człowiek został solidnie skopany. Czyli się spóźni. Miał ku temu powód. Mały buntownik z niego.

Znalazł Salisa i Roberts głęboko w korytarzach technicznych, sprawdzali przepływ na wlocie odbiorczym ścieków zapasowej oczyszczalni. Oczy Roberts rozjarzyły się na jego widok i objęła go.

– Perdíd – powiedziała mu do ucha. – Dobrze się czujesz? *Martwiliśmy* się.

***

– Es dui? – powiedział Salis, sięgając przez stół po soję o smaku wasabi. – Pobili cię à nic?

Po zakończeniu zmiany ich trójka przeniosła się do zwykłego baru. Wiatr wiejący z kierunku obrotu był dokładnie taki sam, jak zawsze, nad nimi rozciągała się cienka kreska słonecznego światła. Vandercaust przesunął miseczkę w stronę palców Salisa.

– Ochrona to policja, a policja wszędzie jest taka sama.

– Mimo wszystko – rzuciła Roberts. – Dlaczego mamy się męczyć odrzucaniem wewnętrznych, jeśli zamiast nich nasze karki ma zacząć przygniatać stopa Pasiarzy?

– Nie mówiłbym w ten sposób – rzucił Vandercaust, a potem się napił. Dzisiaj woda. Może minie trochę czasu, zanim zdecyduje się znowu porządnie się upić. – To niespokojne czasy.

– Będę mówić, co będę chciała – warknęła Roberts, ale cicho.

Zajęła się swoim ręcznym terminalem. Zobaczył na ekranie zieleń i srebro kanału stacji, barwy niezmienione jeszcze od czasów sprzed przejęcia władzy przez Wolną Flotę. Zaczął się zastanawiać, dlaczego ich nie zmienili. Może żeby zapewnić jakieś poczucie ciągłości. Oczywiście, wszystko w wiadomościach było cenzurowane. Potęga Medyny brała się z faktu, że tak bardzo nie stanowiła części żadnego z układów po drugiej stronie wrót, ale ceną tego było pochodzenie informacji wyłącznie z jednego źródła. W Układzie Słonecznym dostępnych byłoby całe mnóstwo większych i mniejszych kanałów. Niektóre emitowane szerokozakresowo, inne zapisane w pamięci masowej, do odpytania i utworzenia kopii. Trudno było kontrolować informację, może nawet było to kompletnie niemożliwe. Na Medynie jeden zestaw zagłuszaczy blokował każdy nielicencjonowany odbiornik i nadajnik.

Kelnerka przyniosła jego gyros – teksturowane grzyby i soja zamiast jagnięciny i wołowiny. Jogurt z ogórkiem, odrobina mięty. Sięgnął po danie z cichym stęknięciem i nagłym bólem. Nie było to najgorsze bicie, jakiego doświadczył, ale i tak będzie je czuł przez wiele dni.

– Dlaczego cię wypuścili? – zapytała Salis. – Sprecht el la?

– Nie, nie powiedzieli – odparł Vandercaust. – Ani nie obiecali, że nie wrócą. Może po prostu potrzebowali kogoś, kto będzie pilnował waszej pracy.

Stracił dwie pełne zmiany i przyszedł w połowie trzeciej. Prawie trzy dni stracone w mroku policyjnej celi. Bez adwokata i przedstawiciela związku. Mógł o niego poprosić – powinien był, zgodnie z obowiązującymi zasadami – ale był całkowicie pewien, że to oznaczałoby tylko więcej siniaków. Może jakieś złamanie. Vandercaust znał historię i ludzką naturę wystarczająco dobrze, by wiedzieć, kiedy przestawały obowiązywać zasady. Ugryzł kęs kanapki, a potem ją odłożył i zajął się żuciem. Po spotkaniu pójdzie do domu. Prześpi się we własnym łóżku. W tej chwili wyglądało to na obietnicę raju. Przesunął palcem po rozerwanym kręgu na swoim nadgarstku. Kiedyś była to oznaka buntu, a teraz tatuaż sprawiał, że wyglądał po prostu staro. Przypominał mu, że obiera strony w starciach poprzedniego pokolenia.

– Moi znajomi w łączności... – odezwał się Salis. – Wiecie, co mówią? Znaleźli ukrytą partycję w rdzeniu danych. Odseparowaną. Myślą teraz, że tego właśnie użyto do koordynacji ataków z koloniami. Ze wszystkich wrót dotarły potwierdzenia tuż przed atakiem. Tylko jedno jest zabawne. Dwa statki nie przeleciały.

Brwi Salisa powędrowały wysoko, prawie do linii włosów.

Vandercaust sapnął.

– Ciągle mnie pytali, ile statków przeleciało przez wrota, jakby chcieli dostać liczbę.

– Pewnie dlatego. Żeby sprawdzić, czy wiesz, ile przeleciało albo ile miało przelecieć, nie? Zdradziłbyś się, czy brałeś w tym udział.

– Ale niczego nie wiedziałem – stwierdził Vandercaust, stukając się w czoło dwoma palcami. – Bon besse dla mnie.

Salis położył mu dłoń na ramieniu. Młody mężczyzna przybrał bolesny wyraz twarzy. Jakby cierpiał, ale nie w mięśniach i stawach, nie tak jak on.

– Pozwól postawić sobie drinka, coyo. Miałeś gówniany tydzień.

Vandercaust wzruszył ramionami. Nie wiedział, jak wyjaśnić swoje uczucia Salisowi albo Roberts. Byli młodzi, nie widzieli tego, co on. Nie zrobili tego, co on. Aresztowanie przez ochronę, zamknięcie, bicie i przesłuchania nie były dla niego straszne same w sobie. Przerażały go przez to, co mówiły o przyszłości. Przerażały go, bo znaczyły, że stacja Medyna nie jest nowym początkiem w historii. Jej rynsztoki będą równie pełne krwi, jak wszystkie inne miejsca, gdzie ludzkość zatknęła swoje flagi.

Roberts wstała, szeroko otwierając oczy.

– Mają go!

Salis opuścił rękę i obrócił się do niej.

– Que?

– Wtyczkę. Koordynatora. Złapali go.

Obróciła ekran terminala w ich stronę. Zobaczyli na nim ośmiu ochroniarzy stacji w mundurach Wolnej Floty prowadzących barczystego, niskiego mężczyznę o ciemnych włosach i niechlujnej brodzie. Vandercaust pomyślał, że wygląda znajomo, ale nie potrafił go skojarzyć. Obraz przeskoczył na kapitan Samuels, ze stojącym za nią z boku Jonem Amashem. Władza polityczna i ochrona, jedno przy drugim, bez żadnych przerw między nimi.

Samuels zaczęła poruszać ustami.

– Podgłoś – rzucił Salis.

Roberts zaczęła grzebać przy terminalu, a potem obróciła go tak, żeby wszyscy troje widzieli ekran.

– ...powiązania nie tylko z koloniami, które postanowiły nas zaatakować, ale też z regresywnymi siłami w Układzie Słonecznym.

Zostanie gruntownie przesłuchany przed egzekucją. I choć musimy zachować czujność, jestem przekonana, biorąc pod uwagę wszystko, co widziałam, że bezpośrednie zagrożenie dla stacji Medyna zostało opanowane.

– Egzekucja – powiedziała Roberts.

Salis wzruszył ramionami.

– To się dzieje, jeśli narazisz statek. Ci dranie z kolonii nie lecieli tutaj, żeby pograć w kości i się przyjaźnić.

– Przynajmniej to koniec – skomentował Vandercaust.

– To dlatego cię puścili – stwierdziła Roberts, potrząsając terminalem. – Znaleźli go, zobaczyli, że nie maczałeś w tym palców.

Albo wybrali kogoś innego na kozła ofiarnego, pomyślał Vandercaust. *Po prostu miałem szczęście, że to nie ja.* Nie było to coś, co można było powiedzieć na głos. Nie w takich czasach.

ROZDZIAŁ TRZYDZIESTY TRZECI

HOLDEN

Pomieszczenie, którego używali jako poczekalni, było większe od kambuza *Rosynanta.* Szerokie stoły z wbudowanymi monitorami i wysokie metalowe stołki. Łagodne, pośrednie oświetlenie o widmie dobranym tak, że Holdenowi kojarzyło się z wczesnymi porankami z dzieciństwa. Nie miał stopnia ani munduru, ale uznał, że kombinezon statku nie będzie dobrym strojem na tę okazję. Zdecydował się na ciemną koszulę bez kołnierzyka i spodnie kojarzące się z mundurowymi, nienawiązujące do nich bezpośrednio.

Chodząca teraz pod ścianą przy podwójnych żółtych drzwiach Naomi ubrała się podobnie, ale nie umiał się oprzeć wrażeniu, że ona wyglądała w tym lepiej. Z ich trójki tylko Bobbie była w mundurze, choć bez żadnych insygniów. Jego krój i barwy jednoznacznie zdradzały marsjański korpus marines. Zresztą ludzie, z którymi mieli się spotkać – gromadzący się właśnie w sali – i tak wiedzieli, kim są.

– Cały czas ciągniesz się za ten rękaw – zauważyła Bobbie. – Przeszkadza ci?

– To? Nie, *to* jest w porządku – odpowiedział Holden. – To ja sobie przeszkadzam. Wiesz, ile razy wykonywałem tego typu misje dyplomatyczne? Brałem udział w bitwach i montowałem programy informacyjne, ale żeby tak wejść, rozejrzeć się po stole, przy którym będzie siedzieć grupa przywódców SPZ i powiedzieć im, że teraz powinni mnie słuchać? Robiłem to dokładnie zero razy. Nigdy.

– Ilus – rzuciła Naomi.

– Chodzi ci o to, jak tamten facet zabił drugiego faceta na ulicy, a potem spalili trochę ludzi żywcem?

Naomi westchnęła.

– Owszem, o to.

Bobbie rozciągnęła ręce i oparła je dłońmi na wyświetlaczu stołu. Monitor jarzył się chwilę, czekając na polecenie, a potem znowu przygasł, gdy żadnego nie dostał. Przez drzwi dobiegały stłumione głosy. Kobieta z akcentem z Pasa pytała o coś, co dotyczyło krzeseł. Odpowiedział jej męski głos, ale zbyt cichy, by go zrozumieć.

– Bywałam już w takich salach – powiedziała Bobbie. – Polityka. Mnóstwo różnych celów i nikt nie mówi na głos tego, co naprawdę myśli.

– Tak? – zapytał Holden.

– To było koszmarne.

***

Rosynant wyhamował ku Tycho ostrzej, niż planowali, wypalając prędkość zyskaną podczas bitwy i zgniatając ich bardziej niż zwykle, prawie jak w chorobie albo żalu. Holden odprawił w kambuzie ceremonię, podczas której każde z nich podzieliło się jakimś wspomnieniem o Fredzie Johnsonie, pozwalając, by ich żal stopił się w jedno. Jedynymi osobami, które nie zabrały głosu, był Amos, ze swoim łagodnym i nic niewyrażającym uśmiechem i Clarissa, marszcząca brwi w skupieniu, jakby to wszystko było zagadką, którą próbowała rozwiązać.

Kiedy się rozeszli, Holden zauważył, że Aleks i Sandra Ip wyszli razem, ale nie miał dość czasu ani w gruncie rzeczy podstaw, by martwić się o fraternizację. Każda mijająca godzina zbliżała ich o kilka tysięcy kilometrów do Tycho i czekającego ich tam spotkania. Cały wolny czas spędzał w kabinie za zamkniętymi drzwiami, wymieniając wiadomości przez pustkę Układu. Michio Pa. Drummer na Tycho. Niejaki Damian Short, który przejął kontrolę nad Ceres. Głównie jednak z Chrisjen Avasaralą.

Każdego długiego, ciężkiego dnia wymieniał wiadomości z Luną. Długie wykłady Avasarali na temat sposobu prowadzenia spotkania; tego, jak chronić siebie i swoje argumenty. A co ważniejsze, jak słuchać tego, co inni mówią i czego nie mówią. Wysłała mu kartoteki wszystkich głównych graczy SPZ, którzy wezmą udział w spotkaniu: Aimee Ostman, Micaha al-Dujailiego, Lianga Goodfortune'a, Carlosa Walkera. Wszystko, co wiedziała o nich Avasarala – członkowie rodzin, co robiły ich frakcje w ramach SPZ i to, co tylko podejrzewała, że robili. Zakres informacji był oszałamiający, lojalności grupowe przecinające się i rozchodzące, osobiste urazy wpływające na uzgodnienia polityczne i umowy polityczne kształtujące relacje osobiste. A wraz z tym wszystkim Avasarala przekazywała uwagi kogoś, kto spędził całe życie na grze politycznej, aż prawie tonął w morzu informacji i sugestii.

Siła sama w sobie to tylko wymuszanie, kapitulacja sama w sobie to zaproszenie do wyruchania się, przeżywają tylko mieszane strategie. Wszystko jest brane do siebie, ale oni to też wiedzą. Schlebianie i populizm wyczuwają jak pierdnięcie. Jeśli będziesz ich traktował jak skrzynkę ze skarbami, która odpowiednio potraktowana otworzy się i da ci dokładnie to, czego chcesz, to masz przesrane już na wejściu. Źle cię ocenią, więc bądź gotów to wykorzystać.

Do czasu wejścia do sali konferencyjnej na Tycho zamierzał wyhodować sobie w głębi głowy małą, uproszczoną wersję Avasarali. Miał wrażenie, że usiłuje wykonać pracę dziesięciolecia w ciągu kilku dni, i faktycznie tak było. Dotarł do stanu, w którym nie potrafił spać ani zostać przytomnym. Kiedy wreszcie dolecieli na stację Tycho, trudno mu było stwierdzić, czy czuje większy niepokój, czy ulgę.

Przejście korytarzami pierścienia mieszkalnego Tycho po raz pierwszy po powrocie było dziwnym uczuciem. Wszystko było doskonale znajome – jasna pianka na ścianach, nieco ostra woń powietrza, dźwięki muzyki bhangra docierające z jakiejś odległej sali – ale to wszystko znaczyło teraz coś innego. Tycho było domem Freda Johnsona, tylko że przestało nim być. Holdena wciąż dręczyło wrażenie, że kogoś tu brakuje, a potem przypominał sobie, kto to był.

Drummer żałobę przyżyła na osobności. Eskortując ich, była szefową ochrony taką samą, jak wcześniej: profesjonalną i czujną. Wyszła im na spotkanie do doku w towarzystwie konwoju wózków, z parą uzbrojonych strażników w każdym z nich. Holden nie poczuł się przez to lepiej.

– Kto tu teraz dowodzi? – zapytał, gdy zatrzymali się przy grodzi na granicy sekcji administracyjnej.

– Technicznie Bredon Tycho i rada dyrektorów – odpowiedziała. – Tylko że większość z nich jest na Ziemi albo Lunie. Nigdy tu nie byli, zawsze z przyjemnością zachowywali czyste ręce. Jesteśmy na miejscu, więc do czasu, aż ktoś przyleci i będzie potrafił nas przekonać, że jest inaczej, my tu teraz dowodzimy.

– My?

Drummer przytaknęła. Jej spojrzenie zrobiło się trochę twardsze i nie potrafił stwierdzić, czy widzi w nim żal, czy złość.

– Johnson chciał, żebym miała oko na to miejsce do jego powrotu, i dokładnie to zamierzam robić.

***

Miały na niego czekać cztery osoby.

Było ich pięć.

Rozpoznał wszystkie twarze, na które przygotowała go Avasarala. Carlos Walker, z szerokimi ramionami i szeroką twarzą, niższy nawet od Clarissy, emanował nieprzyjemną aurą bezruchu. Aimee Ostman mogłaby uchodzić za nauczycielkę fizyki ze szkoły średniej, choć naprawdę odpowiadała za więcej ataków na cele wojskowe planet wewnętrznych niż wszyscy pozostali razem wzięci. Liang Goodfortune, którego Fred zdołał ściągnąć do stołu tylko obietnicą amnestii dla jego córki, byłej zabójczyni SPZ wciąż odsiadującej wyrok na Lunie w więzieniu o zaostrzonym rygorze. Micah al-Dujaili, z tłustą, przeplataną czerwonymi żyłkami twarzą i nosem pijaka, który połowę życia spędził, zarządzając bezpłatnymi szkołami i ośrodkami medycznymi w całym Pasie. Którego brat dowodził *Wiedźmą z Endoru*, kiedy zniszczyła ją Wolna Flota.

Piąta osoba miała siwe włosy staruszka, policzki upstrzone opryszczką i pełen poważania uśmiech, który był prawie przeprosinami, ale nie do końca. Holden go rozpoznał, choć nie był pewien, skąd. Próbował utrzymać pokerową twarz, ale piąty mężczyzna przejrzał jego wysiłki, zdając się w ogóle ich nie zauważać.

– Anderson Dawes – przedstawił się. – Chyba nie spotkaliśmy się osobiście, ale Fred często o panu mówił. Oraz, oczywiście, ma pan swoją reputację.

Holden uścisnął rękę byłego gubernatora Ceres i członka wewnętrznego kręgu Marco Inarosa, czując gonitwę myśli.

– Zastanawiałem się, czy pana tu spotkam – skłamał.

– Nie zapowiedziałem się – przyznał Dawes. – Tycho to ryzykowne miejsce dla kogoś w mojej sytuacji. Liczyłem na to, że Fred za mnie poświadczy, pracowaliśmy razem przez wiele lat. Przykro mi było usłyszeć o jego losie.

– To wielka strata – stwierdził Holden. – Fred był dobrym człowiekiem. Będzie mi go brakować.

– Jak nam wszystkim – powiedział Dawes. – Mam nadzieję, że nie ma mi pan za złe przybycia tu bez zapowiedzi. Aimee skontaktowała się ze mną, gdy podjęła decyzję o przylocie, a ja poprosiłem ją, by pozwoliła mi lecieć z nią.

Dobrze, świetnie, im więcej, tym lepiej, pomyślał Holden, ale miniaturowa wersja Avasarali w jego wyobraźni zmarszczyła brwi.

– Cieszę się, że pan tu jest, ale nie może pan uczestniczyć w tym spotkaniu.

– Mogę za niego ręczyć – odezwała się Aimee Ostman.

Holden spróbował sobie wyobrazić, co powiedziałaby Avasarala, ale zamiast niej usłyszał stary, prawie zapomniany głos Millera.

– Jest sposób, w jaki robimy pewne rzeczy. Mam nadzieję, że nie będzie pan miał za złe, jeśli poproszę pana o poczekanie na zewnątrz, panie Dawes. Naomi, czy możesz dopilnować, by nasz przyjaciel trafił w jakieś wygodne miejsce?

Naomi wystąpiła do przodu. Zaskoczony Dawes przeniósł ciężar ciała na pięty. *To twój dom*, w głowie Holdena powiedziała Avasarala. *Jeśli nie będą szanować cię tutaj, nigdzie nie okażą ci szacunku.* Dawes zebrał swój terminal ręczny i biały ceramiczny kubek, kiwając Holdenowi z napiętym uśmiechem w drodze do wyjścia. Holden zajął swoje miejsce wdzięczny za masywną obecność Bobbie przy boku. Aimee Ostman mocno zaciskała wargi. *Jeśli chcesz wzajemnego szacunku, możesz zacząć od zapytania, zanim zaprosisz ludzi na moje tajne spotkanie.* Choć powiedzenie tego na głos byłoby nieuprzejme.

– Jeśli chcesz wzajemnego szacunku, możesz zacząć od zapytania, zanim zaprosisz ludzi na moje tajne spotkanie.

Aimee Ostman odchrząknęła i odwróciła wzrok.

– No dobrze – powiedział Holden. – To miała być prezentacja Freda Johnsona, ale jego już nie ma. Wiem, że wszyscy przybyliście tu, kierując się mocą jego słowa i jego reputacją. Wiem także, że wszyscy przejmujecie się Marco Inarosem i Wolną Flotą. Z drugiej strony zdaję sobie także sprawę, że to wasze pierwsze spotkanie ze mną i mogę nie cieszyć się waszym zaufaniem.

– Jesteś James Holden – Liang Goodfortune powiedział tonem jednoznacznie sugerującym *oczywiście, że ci nie ufamy.*

– Pozwoliłem sobie zaaranżować przedstawienie – stwierdził, przerzucając wiadomość ze swojego ręcznego terminala na monitory stołów.

Z każdego z nich popatrzyła Michio Pa. Za jej plecami jarzył się mostek *Connaughta.*

– Przyjaciele – odezwała się. – Jak wiecie, jeszcze niedawno byłam w wewnętrznym kręgu Wolnej Floty i to, co tam zobaczyłam, przekonało mnie i wielu podległych mi ludzi, że Marco Inaros nie jest przywódcą, jakiego potrzebuje Pas. Choć Wolna Flota porzuciła swój oryginalny cel wspierania i odbudowy Pasa oraz niedopuszczenia do przeniesienia na nowe planety przemysłu karmiącego Pas, ja zostałam mu wierna. Wszyscy o tym wiecie. Straciłam przez to przyjaciół. Ryzykowałam życiem własnym i tych, na których najbardziej mi zależy. Służę z prawdziwymi bohaterami Pasa. Moje referencje są nieskazitelne.

Bobbie szturchnęła go i wskazała nieznacznym gestem w stronę Micaha al-Dujailiego. W jego oczach błyszczały łzy. Holden kiwnął głową. On też to zobaczył.

– Od czasu rozejścia się z Wolną Flotą czyniliśmy z Fredem Johnsonem wysiłki mające na celu opracowanie planu, który zagwarantuje bezpieczeństwo i dobrobyt Pasa. – Pa urwała i głęboko wciągnęła powietrze. Holden zaczął się zastanawiać, czy robiła to za każdym razem, gdy kłamała, czy tylko, gdy kłamstwo było tak wielkie. – Spotkanie miało na celu przedstawienie tego planu, a kapitan Holden stanowi jego integralny element. Niestety, choć Fred Johnson dostrzegł drogę do przodu, nie może udać się nią wraz z nami. Jako wierna obywatelka Pasa służąca naszemu ludowi proszę was o wysłuchanie kapitana Holdena i dołączenie do nas w staraniach o żywą przyszłość. Dziękuję.

Negocjowali każde słowo jej oświadczenia. Nie potrafił zliczyć, ile razy wymieniali wiadomości. Pa o coś prosiła, Avasarala wyjaśniała, o co naprawdę jej chodziło, a on pośredniczył między nimi jak goniec, choć ucząc się odrobinę z każdym kolejnym przebiegiem. Pa zgodziła się powiedzieć, że czynili wysiłki mające na celu opracowania planu, ale nie, że pracowali nad planem. Powie, że Holden jest jego integralnym elementem, ale nie, że kluczowym. Cały proces był wszystkim, czego najbardziej nienawidził – czepianiem się szczegółów i niuansów, walką o każdy zwrot i kolejność, w jakiej przedstawiano informacje w celu przygotowania czegoś, co choć nie było kompletnym kłamstwem, zostało opracowane tak, by zostało źle zrozumiane. Polityka w najbardziej politycznej postaci.

Rozejrzał się po czterech twarzach siedzących wokół stołu i próbował ocenić, czy nagranie zadziałało. Aimee Ostman wyglądała na zamyśloną i niezadowoloną. Micah al-Dujaili wciąż próbował się opanować, poruszony przypomnieniem, że jego brat poświęcił już życie dla sprawy. Carlos Walker, nadal milczący i nieprzenikniony jak język zapisany nieznanym alfabetem. Liang Goodfortune odchrząknął.

– Wygląda na to, że Inaros ma słaby punkt, jeśli chodzi o tracenie kobiet na pańską rzecz, kapitanie – powiedział.

Walker zachichotał. *Spróbują cię trochę zawstydzić, żeby sprawdzić, jak zareagujesz. Nie próbuj ich przebijać, bo spróbują później eskalować konflikty. Trzymaj się tematu.* Naomi wróciła do środka i podeszła, by usiąść przy jego boku.

– Utrata Freda jest trudna, bo smutna – powiedział Holden. – Był przyjacielem. Ale to nie zmienia sytuacji. Stworzył plan, a ja zamierzam się go trzymać. Fred skontaktował się z każdym z was, ponieważ uważał, że macie coś do zaoferowania, ale też coś do zyskania.

Oczy Carlosa Walkera poruszyły się, jakby pierwszy raz usłyszał coś interesującego. Holden skinął do niego w celowo niejednoznacznym geście. Potem obrócił się do Bobbie. Jej kolej na zabranie głosu.

– Nasze działania będą miały również aspekt militarny – odezwała się. – Nic z tego nie da się zrobić bez pewnego ryzyka, ale jesteśmy przekonani, że nagrody zdecydowanie je przewyższają.

– Mówi to pani jako przedstawicielka Marsa? – zapytała Aimee Ostman.

– Sierżant Draper pracowała kilkakrotnie jako łącznik między Ziemią a Marsem – wtrącił się Holden. – Jest tu dzisiaj jako członek mojej załogi.

To było dziwne. Słysząc te słowa, Bobbie się spięła, zebrała w sobie i wyprostowała na siedzeniu. Gdy znowu się odezwała, mówiła tonem niemal takim samym jak wcześniej – ani głośniej, ani ostrzej – ale coś w nim nabrało ognia.

– Mam doświadczenie w walce. Prowadziłam ludzi do boju. W mojej profesjonalnej opinii propozycja przygotowana przez Freda Johnsona oferuje największą nadzieję na długotrwałą stabilizację i bezpieczeństwo Pasa.

– Trochę trudno mi w to uwierzyć – odezwała się Aimee Ostman. – Wygląda mi na to, że siedzący tu kapitan zgarnia wszystkie kobiety, podczas gdy Inaros zajmuje stacje.

Zanim Holden zdążył odpowiedzieć, gniewnie zrobił to Micah al-Dujaili.

– A mnie wygląda na to, że Inaros równie kiepsko radzi sobie z utrzymaniem terenu, co kobiet.

– Odpuśćcie sobie te bzdury z kobietami – odezwał się Carlos Walker. Miał zaskakujący głos, piskliwy i muzykalny. Głos śpiewaka. Prawie nie było w nim słychać akcentów pasiarskiej gwary. – To niedojrzałe. Stracił też Dawesa. I wszystkich w tej sali, zanim jeszcze zaczął, inaczej nikogo z nas by tu nie było. Inaros ma otwartą ranę zamiast serca i wszyscy dobrze o tym wiemy. To, co chcę usłyszeć, to w jaki sposób zamierza pan zmienić dynamikę. Za każdym razem, gdy sięgacie w jego stronę, zmusza was do nadmiernego wysiłku. Wasza połączona flota wkrótce za bardzo się rozciągnie. Czy do tego właśnie nas potrzebujecie? Jako mięsa armatniego?

– Nie jestem gotów do omawiania szczegółów – odpowiedział Holden. – Najpierw musimy poruszyć kwestie związane z bezpieczeństwem.

– Po co nas pan tu zgromadził, jeśli nie po to, żeby przedstawić nam swoje plany? – zapytała Aimee Ostman.

Liang Goodfortune zignorował ją.

– Medyna. Chce pan sięgnąć po Medynę.

Coś pójdzie nie tak. Zawsze tak jest. Zobaczą coś, czego nie chciałeś im pokazać, będą mieli zastawioną na ciebie pułapkę, której się nie spodziewasz. To inteligentni ludzie i wszyscy mają własne cele. Kiedy to się stanie – nie jeśli, kiedy – najgorsze, co możesz zrobić, to spanikować. A drugą najgorszą rzeczą jest zaangażowanie się. Holden nachylił się do przodu.

– Chciałbym dać wam wszystkim okazję skonsultowania się w tej sprawie, zanim porozmawiamy o jakichkolwiek opcjach taktycznych – powiedział. – Rozmawiałem z szefową ochrony. Wszyscy możecie zostać tutaj, na stacji, albo wrócić na swoje statki. Nie krępujcie się rozmawiać ze sobą lub z każdym, kto waszym zdaniem może okazać się przydatny. Możecie uzyskać niemonitorowany dostęp do łączności stacji albo, jeśli wolicie, korzystać z urządzeń na swoich statkach. Wasze wiadomości nie będą rejestrowane ani zagłuszane. Jeśli będziecie zainteresowani udziałem, spotkamy się tu ponownie za dwadzieścia godzin. Będę wtedy gotowy przekazać wszystkie szczegóły, ale oczekuję w zamian lojalności i poświęcenia. Jeśli wam to nie odpowiada, możecie w każdej chwili w tym oknie czasowym bezpiecznie opuścić Tycho.

– A później? – zapytał Carlos Walker.

– Później sytuacja ulegnie zmianie – przyznał Holden. – Wszystko tu będziemy robić inaczej.

Holden, Naomi i Bobbie wstali. Pozostała czwórka wstała chwilę później. Holden przyglądał się, jak każde z nich się żegna bądź też tego nie robi. Kiedy za czwórką emisariuszy zamknęły się drzwi, zostawiając go tylko z Naomi i Bobbie, opadł na krzesło.

– Niech to *szlag* – rzucił. – Jak ona potrafi to robić przez cały dzień, codziennie? Od początku do końca zajęło to może dwadzieścia minut, a ja czuję się tak, że już powinien zanurzyć mózg w wybielaczu.

– Mówiłam ci, że to jest do dupy – skomentowała Bobbie, opierając się o stół. – Jesteś pewien, że dobrym pomysłem jest oferowanie im swobody na stacji? Nie wiemy, z kim będą rozmawiać.

– I tak byśmy ich przed tym nie powstrzymali – zauważyła Naomi. – A w ten sposób wygląda to na gest z naszej strony.

– Czyli teatr i intrygi pałacowe – rzuciła Bobbie.

– Na razie – zastrzegł Holden. – Do czasu, aż to kupią. Gdy się zdecydują siąść do stołu, możemy się zająć naszym planem.

– Planem Johnsona – poprawiła Bobbie. A po chwili powiedziała: – Ale tak między nami, czy Fred Johnson naprawdę miał plan?

– Jestem przekonany, że miał – odpowiedział Holden, zapadając się w sobie. – Ale nie wiem, na czym polegał.

– Czyli ten, który im sprzedajemy?

– W zasadzie sam go wymyślam.

ROZDZIAŁ TRZYDZIESTY CZWARTY

DAWES

Nie było okazania ciała. Fred Johnson – Rzeźnik stacji Anderson – prosił, by jego ciało zostało umieszczone w systemie recyklingu stacji Tycho. Woda płynąca w jego krwi prawdopodobnie już wypływała przez krany na całej stacji. Sproszkowane kości wrócą do cyklu żywnościowego w basenach hydroponicznych. Przerobienie złożonych tłuszczy i białek na humus dla upraw grzybów zajmie trochę więcej czasu. Fred Johnson, jak wszyscy martwi przed nim, został rozłożony na części składowe i ponownie wkroczył do świata, zmieniony nie do poznania.

W kaplicy – zamiast ciała Freda Johnsona – pojawiły się jego zdjęcia. Portret pułkownika w służbie Ziemi. Zdjęcie starszego mężczyzny, wciąż z wyrazistymi rysami, choć z wkradającym się w oczy zmęczeniem. Kolejne niedorzecznie młodego chłopca – nie więcej niż dziesięcioletniego – trzymającego w jednej ręce książkę i machającego drugą ręką, z szerokim dziecięcym uśmiechem na twarzy. Miał właściwy kształt uszu i odpowiednio rozstawione oczy, ale Dawes i tak musiał się wysilić, by uwierzyć, że to szczęśliwe dziecko wyrosło na złożonego mężczyznę, którego znał, nazywał przyjacielem i którego zdradził.

Nabożeństwo odprawiano w małej kaplicy tak agresywnie pozbawionej cech jakiegoś konkretnego wyznania, że trudno było ją odróżnić od poczekalni. Zamiast symboli religijnych znalazły się w niej poważne, abstrakcyjne kształty. Złoty krąg, kwadrat w żywej zieleni. Celowo puste symbole pomyślane jako zastępcze w miejscach, gdzie mogło być umieszczone coś znaczeniu symbolicznym. Więcej treści miało w sobie umieszczone w korytarzu na zewnątrz logo Tycho Manufacturing.

Ławki wykonano z bambusa ukształtowanego tak, by wyglądał jak jakieś drewno: jesion, dąb lub sosna. Dawes widział tylko zdjęcia żywych drzew. Nie potrafiłby ich od siebie odróżnić, ale nadawało to małemu pomieszczeniu cech pewnej powagi. I tak w nich nie usiadł. Szedł obok zdjęć Johnsona, patrząc w oczy, które nie odpowiadały spojrzeniem. To coś w jego piersi, co utrudniało mu oddychanie, wydawało się gęste i złożone.

– Przygotowałem mowę – odezwał się. Jego głos odbił się lekkim echem, dzięki pustce nabierając głębi. – Dobrze wyćwiczoną. Podobałaby ci się. O naturze polityki i tym, że najlepsza w ludzkości jest nasza zdolność do zmieniania się i dostosowywania do środowiska. Jesteśmy tym, jak wszechświat świadomie się zmienia. Nieuchronnością porażki i chwałą podniesienia się po niej. – Zaśmiał się chrapliwie, choć zabrzmiało to trochę jak łkanie. – Tak naprawdę chciałem powiedzieć, że żałuję. Nie tylko dlatego, że postawiłem na złego konia. Tego bardzo żałuję. Ale też żałuję, że przy tym zaszkodziłem tobie.

Urwał, jakby Fred mógł mu odpowiedzieć, a potem pokręcił głową.

– Myślę, że mowa by się udała. Mamy tyle wspólnej historii. Co wydaje się dziwne. Kiedyś byłem twoim mentorem. Cóż. Mam swoje wady. Wiesz, jak to jest. Mimo wszystko naprawdę myślę, że dostrzegłbyś wartość posiadania mnie po swojej stronie. Ale ten fiut Holden? – Dawes pokręcił głową. – Wybrałeś sobie gówniany czas na śmierć, przyjacielu.

Z tyłu otworzyły się drzwi. Do środka weszła młoda kobieta w poplamionym olejem kombinezonie stacji Tycho i ciemnozielonym hidżabie. Kiwnęła mu głową, zajęła miejsce w ławce i spuściła głowę. Dawes odsunął się od zdjęć martwego człowieka. Chciał mu powiedzieć dużo więcej, ale najwyraźniej tak już miało zostać.

Zajął miejsce po drugiej stronie przejścia w stosunku do kobiety, złożył dłonie na podołku i opuścił głowę. We wspólnym żalu było coś bardzo głębokiego. Zestaw zasad mocnych jak każda ludzka etykieta, które nie pozwalały mu kontynuować swej jednostronnej konwersacji. Przynajmniej nie na głos.

Wolna Flota mogła być – powinna była być – wspaniałą chwilą Pasa. Inaros wyczarował dla nich pełną armię z niczego. Dawes wmawiał sobie wtedy, że niedostatki Inarosa jako polityka nie będą stanowić problemu. Ba, są okazją. Jako członek wewnętrznego kręgu Wolnej Floty Dawes będzie mógł wywierać na niego wpływ. Stać się twórcą królów. Owszem, koszt był bardzo wysoki, ale potencjalne nagrody wręcz wizjonerskie. Niezależny Pas, oderwany od planet wewnętrznych. Zagrożenie sieci wrót kontrolowane przez nich. Tak, Inaros był pawiem, który parł przez życie dzięki charyzmie i przemocy. Tak, Rosenfeld zawsze niósł ze sobą zapaszek siarki. Ale Sanjrani był inteligentny, a Pa zdolna i zaangażowana. Zresztą gdyby odmówił, to wszystko i tak potoczyłoby się dalej bez niego.

Przynajmniej tak sobie mówił. Tak to wszystko usprawiedliwiał. Najlepiej byłoby, gdyby okręty zdobył ktoś inny niż Inaros. Drugi najlepszy scenariusz polegał na tym, że krąg doradców i pomocników Inarosa obejmował jego. Jaki był ten trzeci?

Po porzuceniu Ceres przez chwilę zajął się odgrywaniem roli starszego męża stanu, nawet gdy bunt Pa uniemożliwił udawanie, że wszystko toczy się zgodnie z planem. Gdy znalazła go Aimee Ostman i powiedziała, że Fred Johnson organizuje spotkanie na Tycho, wyglądało to na okazję do przywrócenia pokoju. Jeśli nie między Ziemią i Wolną Flotą, to przynajmniej między pozostałościami SPZ. Byłby to idealny sposób na wykorzystanie jego związku z Fredem do uzyskania miejsca przy stole.

Weszła jeszcze jedna kobieta, siadła obok tej w hidżabie. Przez chwilę rozmawiały cicho. Weszło dwóch mężczyzn i usiedli z tyłu. Zbliżał się koniec zmiany. Żałobnicy będą tu wstępować po pracy albo w drodze do niej. Dawes poczuł ukłucie pretensji, że ośmielają się zakłócać jego czas samotności w kaplicy. Co było irracjonalne i zdawał sobie z tego sprawę.

Zresztą Fred Johnson jasno wyraził swoje pragnienia, nawet jeśli nie miał takiego zamiaru, a Dawes wciąż był coś winien pułkownikowi.

***

– To cholerne bzdury, nic więcej – rzuciła Aimee Ostman. – James pinché Holden może iść się pieprzyć.

Dawes napił się espresso i przytaknął. Pierwszy ruch Holdena polegał na upokorzeniu jej. Z powodów, które Dawes rozumiał. Mimo wszystko dla niej rozpoczęcie spotkania od utraty twarzy było trudne.

– Wybacz mu to – powiedział. – Ja wybaczyłem, może ty też powinnaś?

– Dlaczego?

Aimee Ostman wykrzywiła się i podrapała po brodzie. Jej apartament na stacji był obszerny i luksusowy. Jedną ścianę w całości zajmował ekran wyświetlający obraz z zewnętrznej kamery o rozdzielczości tak dużej, że nie dało się go odróżnić od okna w przestrzeń. Kremowa kanapa nie miała ani jednej plamki, a powietrze wzbogacono cząsteczkami lotnymi, które udawały drzewo sandałowe i wanilię. Dawes wskazał to wszystko gestem dłoni z filiżanką.

– Spójrz na to – powiedział. – Apartament dla ambasadora. Prezydenta.

– I?

– I dał go tobie – wyjaśnił Dawes i wypił kolejny łyczek. – Sądził, że cię honoruje. Najlepszy apartament na stacji.

– Splunął mi w twarz – rzuciła Aimee Ostman, wskazując go palcem wskazującym i środkowym, jakby celowała z pistoletu. – Wyrzucił cię.

Dawes roześmiał się i wzruszył ramionami. Zaprosił ją do śmiechu i wzruszenia ramionami wraz z nim. Bolało go to w głębi duszy, ale tak należało postąpić.

– Pojawiłem się niezapowiedziany. To było nieuprzejme i Holden miał prawo tak postąpić. Jak ty byś zareagowała, gdybym przyprowadził go do pokoju na tyłach Apex bez zapowiedzi?

Skrzywiła się, ale jej spojrzenie utkwiło gdzieś niżej, z boku.

– Powinien był to rozwiązać w bardziej uprzejmy sposób.

– Może. Ale jest w tym nowy.

Usiadła naprzeciw niego, złożyła ręce. W jej spojrzeniu nadal widział burzowe chmury i nie spodziewał się niczego innego, ale przynajmniej nie miotała już gromów.

– Może – przyznała. Niechętnie. – Ale nie zostanę. Nie po czymś takim.

– Powinnaś to rozważyć – powiedział Dawes. – Jeśli plan został przygotowany przez Freda Johnsona, będzie dobry. I lepiej, żebyś była jego częścią, niż została obok.

Sapnęła, ale w kącikach jej ust pojawił się cień uśmiechu. Ten argument trafił. Dawes nachylił się lekko do przodu, wykorzystując trafienie.

– W tamtej sali musi być ktoś dorosły – rzucił. – Holden to szczeniak, oboje o tym wiemy. Potrzebujemy cię tam, żebyś powstrzymała go przed spieprzeniem wszystkiego.

***

– Holden to najbardziej doświadczony człowiek w Układzie – stwierdził Dawes. – Był w Medynie, poleciał za nią do kolonii. Chodził po stacji Eros, zanim się obudziła, walczył dla nas z piratami. Wykonywał w naszym imieniu misje dyplomatyczne. Jego statek dokował na Tycho częściej niż gdziekolwiek indziej od dnia, gdy ukradł go Marsjanom. Holden ma za sobą *lata* pracy z SPZ.

– Jest SPZ – odpowiedział Liang Goodfortune, skręcając w lewo w korytarz w taki sposób, że Dawes musiał podbiegać, by za nim nadążyć – i SPZ.

Stacja Tycho nie miała tych samych rozmiarów i różnorodności co Ceres. Wszyscy tutaj mieli pracę lub dostęp do niej. Wszystkie burdele były licencjonowane, wszystkie narkotyki z automatów, cały hazard opodatkowany. Jednak stacja była też domem ludzi żyjących w cichym buncie przeciwko planetom wewnętrznym, a to oznaczało, że i tutaj istniał swoisty półświatek. Pracownicy ziemskiej korporacji, którzy swoją lojalność oddali Pasowi. Były tu kluby, gdzie słowa piosenek wykrzykiwano w pasiarskiej gwarze, gdzie drinki i dania nie miały nic wspólnego z uprawami pod gołym niebem, gdzie grano w shastash i golgo, a nie w pokera i bilard. Liang Goodfortune wpasował się tu, jakby mieszkał tu całe życie.

– No, to było to SPZ Johnsona – przyznał Dawes. – Był dobrym sojusznikiem.

– Był przydatny jak na Ziemianina – rzucił Goodfortune. – A to nie znaczy zbyt wiele. A Holden jest taki sam. Kolejny Ziemianin, który ma nami pokierować? Wiesz lepiej, Anderson. Holden pracował dla Johnsona i Ziemi.

– Na rzecz Pasa – podkreślił Dawes. – Flota ONZ wyrzuciła go na bruk, zanim cokolwiek z tego się zaczęło. Latał na lodowcowcu, *ponieważ* nie potrafił znieść bycia trybikiem imperialnej Ziemi. Coyo nie zmieni tego, gdzie się urodził ani gdzie dorastał, ale żył w przestrzeni. Jego kobieta jest jedną z nas.

– Savvy ty, że on jest lojalny względem Pasa, bo sypia z Naomi Nagatą? Czy może myślisz, że to ona jest *nielojalna* à Pasa, bo jest z Ziemniakiem? Ten nóż ma dwa ostrza.

– Holden prowadzi samodzielną akcję propagandową na rzecz Pasa – przypomniał Dawes, podnosząc głos, żeby przebić się przez dźwięki nocnego klubu.

– Ten jego amatorski kanał antropologiczny? Jest obraźliwy y protekcjonalny jak cholera – rzucił Liam Goodfortune.

– Ma dobre zamiary. Zresztą to więcej, niż zrobili inni z jego pozycją. Holden to człowiek czynu.

Weszli do większej sali ze światłami wirującymi wokół baru i muzyką dudniącą tak głośno, że czuł jak napiera mu na płuca. Dawes musiał się nachylić tak, że jego usta znalazły się tuż przy uszach Goodfortune'a.

– Uważam, że jeśli w Układzie jest ktoś lepiej przygotowany do zmierzenia się z Inarosem, to ani ty go nie znajdziesz, ani ja. Albo się z nim sprzymierzysz, albo pójdziesz do Wolnej Floty z czapką w rękach i powiesz, że jesteś gotowy na ochłapy z ich stołu. Ale zrób to szybko, bo postawię wszystko, co mam, że nawet jeśli będzie musiał iść na wojnę całkiem sam, James Holden *zniszczy* Marco Inarosa, zanim będzie po wszystkim.

***

– Sam tego nie zrobi – powiedział Dawes, szeroko rozkładając ręce.

Dezyderata Bhagavathi był statkiem Carlosa Walkera od trzydziestu lat i w każdym szczególe emanował jego swoistymi upodobaniami estetycznymi. Powłoki przeciwuderzeniowe ścian były szare, ale z fakturą wychwytującą światło w gładkich krzywiznach unoszących się i opadających jak wzgórza rozległej pustyni lub nie do końca dającej się rozpoznać skórze nagich ciał. Prycze przeciążeniowe na mostku nie były prostymi, użytkowymi urządzeniami w szarym kolorze, wyglądały jak rzeźbione z brązu, jakby nie miały nic wspólnego z metalem i ceramiką, z których je wykonano. Z głośników dobiegała muzyka tak cicha, że Dawes mógł ją sobie tylko wyobrażać: harfa, flet i suchy, syczący bębenek. Bardziej przypominało to świątynię niż okręt piracki. Może było tu miejsce na oba.

– To nie jest argument, który przemawia na jego korzyść – odpowiedział Carlos Walker, podając mu bańkę do picia. Whiskey, która napełniła usta Dawesa, była bogata, głęboka i złożona. Carlos Walker uśmiechnął się, widząc, że ją docenia. – Przybyłem tu z szacunku dla Johnsona i z szacunku zostaję, ale ten szacunek nie rozciąga się do śmierci na usługach u Holdena. Sam powiedziałeś, że Medyna jest zbyt dobrze broniona.

– Mówiłem, że jest dobrze broniona – poprawił Dawes.

– Działa szynowe zniszczą każdy statek, który przeleci przez pierścień.

– Być może – rzucił Dawes. – Ale pamiętaj, że to plan Freda Johnsona. A Johnson miał dostęp do Michio Pa i wszystkiego, co ona wie o systemach obrony stacji.

Carlos Walker zawahał się, choć w jego przypadku oznaką była tylko trochę dłuższa cisza. Pokręcił głową.

– Czekanie, aż Marco Inaros i jego Wolna Flota sami się ruszą, wiąże się z ryzykiem, atak na nich jest niebezpieczny. Ale tylko jedna z tych rzeczy wymaga, żebym wprowadził swój statek w ogień dział szynowych. Nie mogę się na to zgodzić.

– Nie każde starcie wygrywa się na polu bitwy – zauważył Dawes. – Szanuję twoją ostrożność, ale Holden nie poprosił cię, żebyś został jego przednią strażą. Nie poprosił nawet o przelot przez wrota pierścienia. Nie zakładaj, że będzie się domagał heroizmu i poświęceń. Znam jego reputację, ale nikt nie może przeżyć tego wszystkiego co on bez głębokiej zdolności do namysłu i przewidywania. Co więcej, strategii. Holden czasami sprawia wrażenie nieodpowiedzialnego, ale to myśliciel. To, co robi, to wszystko wynik przemyśleń.

***

– Myślisz, że on się nie złości? – zapytał Dawes. – Holden jest w tym wszystkim z powodu zemsty w równym stopniu, co ty. To człowiek, który kieruje się instynktem i sercem, zanim w drogę wchodzi mu głowa.

Byli sami w kaplicy, jeśli nie liczyć zdjęć Freda Johnsona. Sprowadzanie rozmów o przemocy i zemście do nawet tak złagodzonego uświęconego miejsca jak to wydawało się niewłaściwe, ale żal przybierał różne postacie. Ta rozmowa zaczęła się od chwili uczczenia ciszą nieżyjącego. Micah al-Dujaili pochylił się do przodu, opierając łokcie na oparciu ławki przed sobą. Miał przekrwione oczy.

– Rozmawiałem z Carlem – odezwał się. – Powiedział, że nie może stać z boku, gdy Pas głoduje. A Inaros go za to zabił.

– Próbował też zabić żonę Holdena – przypomniał Dawes. Wiedział, że nie do końca była to prawda, ale nadeszła chwila na szerokie ruchy pędzla. – Nie dlatego, że stanowiła zagrożenie, nie dlatego, że miała jakąkolwiek wartość strategiczną. Po prostu dlatego, że go zawstydziła i mógł to zrobić.

– Inaros nie jest człowiekiem, za jakiego go wzięliśmy. Wszyscy wciąż nazywają go bohaterem. Patrzą na Ziemię, patrzą na Marsa i się radują. Wciąż się radują.

– *Niektórzy* to robią – poprawił go Dawes. Co było prawdą. W całym Układzie Inaros miał tylu wyznawców, ilu ludzi, którzy się od niego odwrócili. Choć tych drugich mogło być już więcej. – Ale to nie chodzi o niego, tylko o jego wyobrażenie. Człowieka, który stanął w imieniu Pasa. Tylko że tego człowieka jeszcze nie ma. Im tylko się tak wydaje.

– Czy Holden go skrzywdzi?

– Marco Inaros cierpi za każdym razem, gdy Holden oddycha – zapewnił Dawes.

Co było zapewne najbliższe prawdy z rzeczy, które powiedział w ciągu ostatnich dwóch dni.

Micah powoli kiwnął głową, a potem wstał, zachwiał się jak pijany i objął Dawesa rękami. Uścisk trwał dłużej, niż Dawes uznał za stosowne. Zaczął się właśnie zastanawiać, czy starszy mężczyzna zaczyna tracić przytomność, gdy Micah cofnął się, energicznie wykonał salut SPZ i wyszedł z kaplicy, wycierając dłonią łzy z oczu. Dawes usiadł.

Był środek zmiany i prawie północ dla niego. Na przedniej ścianie wciąż wisiało trzech Fredów Johnsonów. Dziecko, dorosły i człowiek, który nieświadomie dotarł do końca swych wysiłków. Fred Johnson taki, jakim był. Dawes najlepiej zapamiętał go związanego i pełnego wściekłości, gdy pierwszy raz się spotkali. Błysk rozczarowania w jego oczach, gdy zrozumiał, że Dawes go nie zabije.

Zaliczyli razem cholernie dużo walk, tych przeciw sobie i tych ramię w ramię. A potem znowu przeciw sobie. Starcie imperiów, tylko że nie był już pewien, które to imperia. Wszystko, co zrobili, sprowadziło ich tutaj, jednego martwego, drugiego prowadzącego życie, które ledwie rozpoznawał i rozumiał.

Ludzkość się nie zmieniła, choć była inna. Sprzedajność i szlachetność, okrucieństwo i łaska. To wszystko wciąż istniało, po prostu zmieniały mu się szczegóły pod nogami. Wszystko, o co walczył, zdawało się należeć do innego człowieka i innych czasów. Cóż. W naturze pochodni leżało przekazywanie ich. Nie było się czym smucić. A jednak się smucił.

– No cóż, zrobione – powiedział w puste powietrze. – Ostatnie dzieło szarej eminencji. Mam cholerną nadzieję, że wiedziałeś, co robisz. I mam nadzieję, że James Holden okaże się tym, kogo w nim widziałeś.

Minęła prawie godzina, zanim otworzyły się drzwi i do środka wszedł młody mężczyzna. Gęste, ciemne loki, szeroko rozstawione, ciepłe oczy i cienki wąs nad wargą. Dawes kiwnął mu głową, a tamten odpowiedział tym samym. Przez chwilę obaj milczeli.

– Perdón – odezwał się mężczyzna. – Nie chcę poganiać, ja. Ale kazano mi zdjąć te zdjęcia. Tak wynika z planu.

Dawes przytaknął i gestem zaprosił go do wykonania pracy. Mężczyzna zajął się zdejmowaniem zdjęć, z początku nieśmiało, ale po chwili dotarł do takiego poziomu, w którym była to już tylko praca. Najpierw został zdjęty kapral, potem szef SPZ. Mały chłopiec z książką i uśmiechem został najdłużej.

Dawno temu był taki moment, gdy to dziecko pomachało do aparatu, nie wiedząc, że ten gest będzie również jego ostatnim. Chłopiec i Rzeźnik zniknęli. Mężczyzna zdjął zdjęcie, zwinął je z pozostałymi i wsunął wszystkie do rulonu z taniego zielonego plastiku.

Zatrzymał się przed wyjściem.

– Wszystko w porządku? Potrzeba panu czegoś?

– W porządku – odparł Dawes. – Po prostu jeszcze chwilę tu posiedzę. Jeśli nie będę przeszkadzać.

ROZDZIAŁ TRZYDZIESTY PIĄTY

AMOS

Seks był jedną z tych rzeczy, w których sposób, w jaki miały działać, a jak faktycznie działał na niego, nie zawsze zbytnio do siebie pasował. Wiedział o tej całej miłości i uczuciach, choć wydawało mu się, że to tylko wymysły. Doskonale rozumiał wymysły. Wiedział też, w jaki sposób ludzie o tym opowiadali i potrafił robić to tak samo, po prostu żeby się do nich dopasować.

W praktyce jednak rozumiał, że w byciu z innym żyjącym człowiekiem kryła się moc i ją szanował. Napięcie narastające w ciągu tygodni lub miesięcy lotu było podobne do głodu lub pragnienia, tylko nasilało się wolniej i nie zabijało, jeśli się je zignorowało. Nie walczył z nim. Po pierwsze, byłoby to głupie, a po drugie, w niczym nie pomagało. Po prostu je zauważał i miał na nie oko. Przyjmował do wiadomości jego istnienie tak samo, jak zwracałby uwagę na wszystko potężne i niebezpieczne znajdujące się w jego okolicy.

Kiedy dobijali do portu w jakimś miejscu dostatecznie dużym, by mieć licencjonowany burdel, odwiedzał go. Nie dlatego, że było to bezpieczne, a po prostu było to otoczenie, w którym znał wszystkie zagrożenia. Potrafił je rozpoznać i nie dawał się zaskoczyć. Wtedy załatwiał, co wymagało załatwienia, a potem przez jakiś czas miał z tym spokój.

Może u innych ludzi wyglądało to inaczej, ale u niego się sprawdzało.

Najważniejsze, że zwykle potem mógł wreszcie spać. Głębokim snem. Głębokim, bez snów i bardzo trudnym do wybudzenia, dopóki nie minie. A w tej chwili głównie po prostu patrzył na sufit. Ostatnia dziewczyna – nazywali ją Maddie – leżała zwinięta obok niego z pościelą oplątaną wokół nóg i jedną ręką pod poduszką, pochrapując cicho. Jedną z dobrych rzeczy wynikających z wykupienia pokoju na całą noc było to, że dawali wtedy taki cichy, na tyłach. Maddie była dziewczyną, której już kiedyś używał i był przez nią używany, gdy *Ros* dokował na Tycho. Lubił ją na tyle, na ile mógł lubić kogoś, kto nie należał do jego plemienia. Fakt, że czuła się przy nim na tyle bezpiecznie, by koło niego spać, rozgrzewał w jego wnętrzu coś, co zwykle zostawało zimne.

Miała niewielką szparę między przednimi zębami i skórę tak jasną, jakiej nie widział u nikogo innego. Mogła się też czerwienić na życzenie, co było niezłą sztuczką, i prowadziła takie życie od dziecka. Zanim trafiła na Tycho do legalnego interesu. Jego własne dzieciństwo w nielegalnym interesie znaczyło, że mieli wspólny kontekst, dzięki któremu łatwiej mu się z nią rozmawiało przed i po, a ona wiedziała, że nie będzie próbował na niej stosować tych ratujących duszę gadek z kategorii „stać cię na więcej". Nie zacznie też nazywać jej dziwką i dręczyć jej ze wstydu, jak robili to niektórzy klienci. Lubił pogaduszki z nią po wszystkim i zwykle to, jak pochrapywała, nie przeszkadzało mu zasnąć.

Tylko że nie to nie dawało mu spać. Wiedział, jaka jest prawdziwa przyczyna.

Cicho wstał z łóżka, żeby jej nie obudzić. Zapłacił jej i wynajął pokój na całą noc, a firma nie zwróci mu pieniędzy za wcześniejsze wyjście, więc przynajmniej mogła sama dobrze odpocząć. Zebrał ubranie i wyszedł na korytarz, żeby się ubrać. Jakiś wychodzący klient minął go na korytarzu, gdy naciągał kombinezon, na chwilę wstydliwie spojrzał mu w oczy i ukłonił się uprzejmie. Amos posłał mu swój łagodny uśmiech i odsunął się, robiąc miejsce do przejścia, a potem zapiął zamek kombinezonu i ruszył do doków.

Ros spędził na Tycho więcej czasu niż w jakimkolwiek innym porcie, zwykle dając się naprawiać po tym, co ostatnio poszło nie tak. To nie był dom – domu nie było nigdzie poza *Rosem* – ale miejsce było na tyle znajome, że wyczuwał różnice. Było je widać w sposobie, w jaki ludzie rozmawiali ze sobą na korytarzach. W obrazach wyświetlanych na ekranach. Widział, jak to jest, jak miejsce zmienia się w nieodwracalny sposób. Tak było z Ziemią. Teraz coś takiego działo się na Tycho. Miał wrażenie, jakby z miejsca uderzeń kamieni w Ziemię rozeszła się wielka, powolna fala, docierając do wszystkich zakątków zajmowanych przez ludzi.

Na Tycho byli ludzie, którzy go rozpoznawali. Nie tak, jak znali Holdena. Kapitan nie był nigdzie anonimowy, ludzie gapili się na niego, pokazywali go sobie i robili zamieszanie. Amos miał wrażenie, że kiedyś zrobi się z tego problem, ale nie było to coś, co potrafił rozwiązać. Nie był nawet pewien, co to teraz znaczyło.

Po powrocie na statek skierował się do warsztatu i swojego stanowiska. *Ros* powiedział mu, że Holden jest w kambuzie z Babs, Naomi śpi w kabinie, a Złotko pracuje przy wymianie uszczelek włazu, o których rozmawiali. Zapisał sobie w harmonogramie, żeby przeprowadzić ich kontrolę, kiedy skończy, choć wiedział, że będą założone prawidłowo. Złotko okazała się bardzo dobrym pracownikiem. Była inteligentna, skupiona, zdawała się czerpać radość z naprawiania różnych rzeczy i nigdy nie narzekała na problemy życia na statku. Podejrzewał, że to zasługa perspektywy. Najgorszy istniejący statek i tak musiał wygrywać z najlepszą celą w Dole, choćby tylko dlatego, że można było go sobie wybrać.

Opadł na swoją pryczę, wywołał raporty techniczne i zaczął je przeglądać jak wcześniej. Nie, żeby spodziewał się znaleźć w nich coś innego. Po prostu chciał sprawdzić, czy poczuje coś, gdy dotrze do tego dziwnego kawałka. Przez jakiś czas przyglądał się danym. Torpedy wystrzelone przez Bobbie. Ich trajektorie. Dzienniki błędów. A potem ta sama reakcja. Niepokój.

Wyłączył konsolę.

– Cześć – rzuciła Złotko, wychodząc z maszynowni ze zbiornikiem polimeru ARL przerzuconym przez ramię.

– Cześć – odpowiedział. – Jak leci?

Wciąż była za chuda. Najmniejszy standardowy kombinezon wciąż wyglądał, jakby w nim pływała. Musiał zmodyfikować kod, by przekonać *Rosa*, że ktoś latający na jego pokładzie mógł być tak mały. Choć praca sprawiała, że wyglądała zdrowiej.

Otworzyła drzwi szafki, wsunęła zbiornik na miejsce i padła na swoją pryczę.

– Wymieniłam uszczelki, ale nie podobają mi się wewnętrzne drzwi śluzy przy ładowni. Nie rzucają błędami, ale kiepsko wyglądają.

– Kiepsko, bo nieładnie, czy mieszczą się w granicach błędu, ale i tak cię wkurzają?

– To drugie – stwierdziła Złotko, a potem się uśmiechnęła. Choć uśmiech szybko zgasł. – Wszystko w porządku?

Uśmiechnął się.

– Dlczego pytasz?

– Bo nie wyglądasz dobrze – wyjaśniła.

Amos odchylił się na oparciu pryczy i wygiął szyję, by strzelić kręgami. Coś w nim chciało z nią porozmawiać o torpedach, bo nie potrafił sobie wyobrazić, że zrobi to Holden. Ale w końcu było to jego zadanie, więc tylko wzruszył ramionami.

– Muszę o czymś porozmawiać z kapitanem.

***

– To oznacza powrót do planu „rzucamy w nich statkami, aż skończy im się amunicja" – stwierdziła Bobbie.

Mówiła ostro i wyraźnie. Ktoś, kto jej nie znał, pomyślałby, że jest wkurzona, ale Amos był pewien, że świetnie się bawi. Zawahał się na korytarzu przed kambuzem. Tak naprawdę nawet jeśli zdecydują się uderzyć na Medynę, jakby deptali węże, to i tak zostaną w porcie jeszcze kilka dni. Później będzie czas na zadawanie pytań tak, by nie wciskać się do planowania. Ale też chciał się wreszcie wyspać, więc zdecydował się jednak wejść.

Siedzieli naprzeciw siebie przy stole, nachylając się jak para dzieciaków wspólnie krojących żabę. Ekran między nimi jarzył się błękitem i złotem. Holden wyglądał na zmęczonego, ale przy różnych okazjach Amos widywał go już w dużo gorszym stanie. Był typem faceta, który wypalał się aż do filtra, jeśli uważał, że tak właśnie należy postąpić.

– Powinniśmy znowu porozmawiać z Pa – powiedział Holden, podnosząc wzrok na Amosa i kiwając mu głową. – Jeśli zaatakujemy stację, ryzykujemy utratę mnóstwa ludzi.

Amos podszedł do automatów z jedzeniem. Zostały świeżo załadowane, więc miał spory wybór. Jakaś jego część wolała, gdy opcji było mniej.

– Nie bez powodu nazywa się to wojną, sir – odrzekła Bobbie. Choć nie zaakcentowała tego słowa, *sir* i tak miało w sobie ogień. Przypomnienie, że nie chodziło już tylko o nich. – Znamy szybkostrzelność, znamy szybkość ładowania. Możemy to przeliczyć. Jeśli zdołamy umieścić na powierzchni choćby niewielki oddział...

– Na powierzchni obcej stacji, której kompletnie nie rozumiemy, ale i tak zamocowaliśmy na niej mnóstwo armat – rzucił Holden.

Bobbie nie pozwoliła sobie przerwać.

– ...będziemy mogli przejąć nad nimi kontrolę. Brak ochrony na stacji to moja największa szansa.

Amos wystukał *rosół z makaronem*. Automat przez chwilę szumiał i chrzęścił, a Holden w tym czasie uniósł brwi.

– To *twoja* największa szansa?

– Poprowadzę oddział – wyjaśniła Bobbie.

– Nie. Słuchaj, nie wciągam cię w to wszystko tylko dlatego, że chcesz walczyć.

– Nie obrażaj mnie. Podaj choć jedną osobę, którą wolałbyś zrzucić bojowo na wrogą stację, a sama się wycofam.

Holden otworzył usta, żeby odpowiedzieć, a potem znieruchomiał z otwartymi, wyglądając jak ryba. Kiedy w końcu je zamknął, jego odpowiedzią stało się tylko wzruszenie ramion.

Amos zachichotał. Oboje obrócili się w jego stronę w chwili, gdy automat wystawił miskę, parującą i pachnącą jak sól z odtworzoną cebulą.

– Każdy, kto potrafi tak uciszyć kapitana, za każdym razem wygra konkurs kopania tyłka – skomentował, biorąc sobie łyżkę. – Nie chcę się rządzić ani nic, ale moim zdaniem jak ma się obecną tu Babs, to niepostawienie jej w pierwszym szeregu byłoby głupotą. Jak chcesz spawać, bierzesz spawarkę. Jak chcesz strzelać, bierzesz pistolet. A jak chcesz komuś na trwałe skopać tyłek, bierzesz Bobbie Draper.

– Właściwe narzędzie do roboty – odpowiedziała Bobbie i zabrzmiało to jak podziękowanie.

– Nie jesteście narzędziami – zaprotestował Holden. A potem westchnął. – Ale też macie rację. Dobrze. Tylko pozwól mi się skonsultować z Pa, Avasaralą i radą SPZ, czy jak tam ją nazywają. Na wypadek, gdyby ktoś miał lepszy pomysł.

Amos nabrał łyżkę makaronu, wciągnął go i uśmiechnął się, przeżuwając.

– No dobrze – powiedziała Bobbie. – Ale wytyczne? Każdy dobry pomysł teraz będzie lepszy od genialnego planu, kiedy będzie już za późno.

– Wiem, co mówisz – zgodził się Holden.

– No dobra – rzuciła Bobbie. – A co z tym dupkiem Duartem? Czego Avasarala spodziewa się, jeśli chodzi o jego reakcje?

– Wiecie – odezwał się Amos po połknięciu makaronu – nie lubię się w trącać, ale czy mógłbym na kilka minut pożyczyć kapitana?

– Jakiś problem? – zapytał Holden, równocześnie Bobbie powiedziała:

– Jasne.

– Muszę tylko coś wyjaśnić – stwierdził Amos z uśmiechem.

Holden obrócił się do Bobbie.

– Powinnaś trochę odpocząć. Wyślę nasze notatki. Jeśli potem uda się nam przespać i zjeść śniadanie, może nawet dostaniemy jakieś odpowiedzi.

– Słusznie – zgodziła się Bobbie. – Ty też pójdziesz spać, prawda?

– Będę spał jak kamień – zapewnił Holden. – Tylko najpierw to dokończę.

Bobbie ruszyła do wyjścia. Mijając Amosa, klepnęła go w ramię kostkami palców. Ciche *dzięki za poparcie mnie.* Lubił ją, ale nie dlatego się z nią zgodził. Kiedy masz do wbicia gwóźdź, użyj pieprzonego młotka. W końcu po to jest.

Amos usiadł na zwolnionym miejscu, ale bokiem, opierając się plecami o ścianę i kładąc jedną nogę na ławce. Zabrzęczał jego ręczny terminal. Jakaś aktualizacja uruchomiona przez Złotko w systemie przesłała wiadomość o zakończeniu pracy. Kiedy patrzył na ekran, *Ros* wyświetlił powiadomienie: Aleks wrócił na pokład. Amos wyłączył informacje.

Holden paskudnie wyglądał. Nie był *tylko* zmęczony. Jego skóra zrobiła się napięta i jakby półprzejrzysta, a oczy zapadły mu się głęboko do oczodołów. Czyli to nie było wyczerpanie. Wyglądał jak chłopak, który właśnie zrozumiał, że wskoczył do głębokiego końca basenu, i próbował wykombinować, czy powinien się zawstydzić, wołając o pomoc, czy utonąć z godnością.

– Radzisz sobie? – spytał Holden, zanim Amos zebrał myśli.

– Ja? Jasne, kapitanie. Ostatni na nogach. To ja. A co z tobą?

Holden machnął rękami w stronę ścian, pokładów, doku i stacji. Wszechświata.

– W porządku?

– No tak. Więc wiesz, robiliśmy ze Złotkiem sprzątanie i polerowanie po walce.

– Tak?

– Obejrzałem sobie dane z bitwy. Wiesz, to co zwykle, żeby się upewnić, że *Ros* robi to wszystko, czego od niego oczekujemy. Czy nie trzeba czegoś docisnąć, dokręcić czy coś. I wiesz, część z tego obejmuje analizę sprawności uzbrojenia.

Szczęka Holdena przesunęła się odrobinę. Tylko odrobinę. Pewnie nie przegrałby nawet ręki w pokera, tylko że Amos wiedział, czego wypatrywać. Musiał o tym pamiętać. Nabrał kolejną łyżkę swojej zupy.

– Te torpedy, które Bobbie wystrzeliła na koniec – powiedział. – Jedna z nich zaliczyła bezpośrednie trafienie.

– Tego nie wiedziałem.

– Dobrze.

– Nie sprawdziłem.

– Trafiła – powiedział Amos. – Ale nie wybuchła. Niewybuch to poważny problem, więc zacząłem się przyglądać, dlaczego zawiodła.

– Rozbroiłem je – wyjaśnił Holden.

Amos odstawił swoją miskę z zapomnianą łyżką w środku. Ekran oglądany przez Holdena i Bobbie zmienił zawartość, próbując się domyślić, co powinien teraz pokazywać.

– Ale to było słuszne postępowanie – powiedział Amos. Nie zrobił z tego pytania, niezupełnie. Po prostu stwierdzenie, z którym Holden mógł się zgodzić lub nie. Nie chciał, żeby zabrzmiało to tak, jakby coś zależało od odpowiedzi.

Holden przeczesał włosy palcami. Wyglądał, jakby zobaczył coś, czego nie było w kambuzie. Amos nie wiedział, co to było.

– Pokazał mi jej syna – odezwał się w końcu Holden. – Marco. Pokazał mi syna Naomi. Zobaczyłem, że jest z nim na statku. Tuż obok. I... sam nie wiem. Wygląda jak ona. Nie *dokładnie tak*, ale widać rodzinne podobieństwo. W tamtej chwili nie mogłem jej tego zabrać. Nie mogłem go zabić.

– Rozumiem. Ona jest jedną z nas. Opiekujemy się swoimi – stwierdził Amos. – Pytam tylko, bo to źli ludzie, z którymi znowu będziemy walczyć. Jeśli nie będziemy gotowi wygrać tej walki, to nie jestem pewien, co robimy na ringu.

Holden kiwnął głową i przełknął ślinę. Ekran poddał się i zgasł, zostawiając kambuz odrobinę ciemniejszym.

– To było, zanim dotarliśmy tutaj.

– Owszem – zgodził się ostrożnie Amos. – Nagle trochę nie bardzo wiadomo, kto jest twoim plemieniem. Jeśli jesteś nowym Fredem Johnsonem, to trochę zmienia znaczenie decyzji, jeśli postanowisz nie wysadzać kogoś.

– To prawda – zgodził się Holden. Cierpienie na jego twarzy było jak warkot psującego się sprzęgu zasilania. – Nie wiem, czy postąpiłbym inaczej, gdybym teraz znalazł się w dokładnie tej samej sytuacji. Nie żałuję tego, co zrobiłem, ale wiem, że następnym razem tak nie mogę.

– Naomi też pewnie powinna o tym wiedzieć.

– Zamierzałem z nią o tym porozmawiać – zapewnił Holden. – Choć możliwe, że trochę to odkładałem.

– No dobrze, to muszę zapytać – rzucił Amos.

– Strzelaj.

– Jesteś właściwym człowiekiem do tej roboty?

– Nie – odparł Holden. – Ale jestem człowiekiem, który ją dostał, więc ją wykonam.

Amos czekał przez kilka chwil, by się przekonać, jak mu pasuje ta odpowiedź.

– Dobra – powiedział i wstał. Zupa wystygła do tego stopnia, że na jej powierzchni zaczęła się tworzyć cienka warstewka tłuszczu. Wrzucił ją do recyklera razem z łyżką. – Dobrze, że to sobie wyjaśniliśmy. Czy jest coś, co powinienem ze Złotkiem umieścić w harmonogramie? Mam wrażenie, że może należałoby porządnie skontrolować rzeczy Bobbie.

– Jestem pewien, że zrobiła to już sama kilkaset razy – odpowiedział Holden z wymuszonym uśmiechem.

– Pewnie racja – zgodził się Amos. – No to dobra.

Ruszył do drzwi. Zatrzymał go głos Holdena.

– Dziękuję.

Obejrzał się. Holden wyglądał, jakby się skulił, chroniąc coś. Albo jakby ktoś kopnął go w brzuch. Zabawne, jak coraz bardziej rosnący obraz człowieka w oczach innych sprawiał, że rzeczywista osoba zdawała się kurczyć. Jakby mieli do podziału wspólną pulę jedzenia.

– Nie ma sprawy – rzucił, nie do końca wiedząc, za co Holden mu dziękuję, ale przekonany, że to dobra odpowiedź. – I wiesz co? Jeśli chcesz, mogę zmienić uprawnienia, żebyś następnym razem nie mógł rozbroić torpedy. Jeśli zabranie ci tej możliwości w czymś pomoże.

– Nie – odparł Holden. – Lepiej będzie, jeśli zostanie po staremu.

– No to w porządku.

Wyszedł. W warsztacie Złotko odkładała narzędzia i wykonywała końcowe czynności procedury diagnostycznej.

– Sprawdziłam nowe uszczelki – poinformowała.

– Dobre?

– W granicach tolerancji – odparła, co zapewne było najbliższe przyznaniu, że są dobre. – Sprawdzę je jutro jeszcze raz, gdy polimeryzacja będzie całkiem skończona.

– W porządku.

System zaświergotał. Sprawdziła odczyt, zatwierdziła go i wyłączyła wyświetlacz.

– Idziesz na stację?

– Nie – odpowiedział Amos.

Teraz, gdy zwrócił na to uwagę, jego ciało zrobiło się ciężkie i powolne. Jakby wyszedł z łaźni, w której został zbyt długo. Zaciekawiło go, czy Maddie już się obudziła. Gdyby wrócił tam dostatecznie szybko, może mógłby tam dokończyć noc. Ale nie. Będzie szła na nową zmianę mniej więcej wtedy, gdy on będzie usypiał, a wtedy nie będzie wiadomo, czy wrócił, żeby znowu ją rżnąć i sytuacja zrobi się niezręczna, chyba że... Zaczął się zastanawiać, czy ma ochotę na więcej seksu, a potem pokręcił głową.

– Nie, dopiero przyszedłem. Pójdę się teraz przespać.

Złotko przekrzywiła głowę.

– Wróciłeś wcześniej?

– Owszem. Nie mogłem spać – wyjaśnił. – Ale teraz już mogę.

ROZDZIAŁ TRZYDZIESTY SZÓSTY

FILIP

Naprawianie statku było integralną częścią tożsamości Pasiarzy. Ziemianie całe życie spędzali, przejadając rządowe zasiłki i pieprząc się wzajemnie do nieprzytomności dzięki wykorzystywaniu Pasa. Piaskarze poświęcali siebie i wszystkich, na których mogli położyć łapy, na rzecz marzenia uczynienia z Marsa nowej Ziemi, choć nie znosili tej starej. A Pasiarze? Naprawiali swoje statki. Wydobywali surowce z asteroid i księżyców Układu. Utrzymywali w działaniu każdy element dłużej, niż został do tego zaprojektowany. Wykorzystywali spryt, inteligencję i pomysłowość oraz możliwość polegania na sobie do kwitnięcia w próżni, jak garść kwiatów rozkwitających na niemożliwie olbrzymiej pustyni. Przykładanie ręki do naprawy *Pelli* było tak naturalne i właściwe, jak wdech po wydechu.

Filip nienawidził tego, że wcale nie miał ochoty tego robić.

Przez pierwsze dni była to prosta praca w nieważkości. Nawet wtedy czuł na sobie spojrzenia innych i słyszał, jak ich rozmowy cichną, gdy trafiał w zasięg słuchu. Spawający w przestrzeni między kadłubami Josie i Sárta powiedzieli coś o zagrożeniach związanych z nepotyzmem, nie wiedząc, że słuchał na ich częstotliwości, a potem udawali, że niczego nie mówili, gdy się przy nich pojawił. W kambuzie jego najlepszym towarzyszem stały się wiadomości z okaleczonej Ziemi. Ojciec go nie wzywał ani nie ograniczał jego obowiązków. A wszystko byłoby lepsze niż obecne ciche zawieszenie. Gdyby został odrzucony, mógłby przynajmniej odczuwać dumę z powodu swojej krzywdy, a tak budził się na swoją zmianę, szedł pomagać w naprawach i cały czas pragnął znaleźć się gdzieś indziej.

Do stoczni ruszyli dopiero, gdy stało się jasne, że uszkodzony silnik będzie potrzebował nowej obudowy. W innym życiu spróbowaliby polecieć na Ceres albo Tycho, ale stocznie drugiego rzutu wciąż były całkiem przyzwoite. Rea. Pallas. Vesta. Nie skierowali się do żadnej z nich. Kiedy ojciec wydał rozkaz, skierował ich na Kalisto.

Nadleciała nowa eskorta z bronią w gotowości, aby zapewnić *Pelli* ochronę przed torpedami i atakami okrętów przeciwnika. Jednak choć Ziemia, Mars i SPZ Freda Johnsona zapewne bacznie obserwowały *Pellę*, nie dali się wyciągnąć ze swoich baz i flot. Byli godnym łupem, ale niewartym ryzyka.

Leżąc w pryczy przeciążeniowej i obserwując na ekranie zespoły neo-taarab z Europy i mnóstwo kiepskich komedii erotycznych tylko dlatego, że grała w nich Sylvie Kai, Filip fantazjował o ataku. Może zaatakuje ich niewielka flotylla prowadzona przez *Rosynanta*. James pieprzony Holden i skurwiona matka Filipa u sterów, rzucający się na nich z wrzaskiem z działem szynowym i torpedami. Czasem jego fantazje kończyły się, gdy *Pella* została pobita jeszcze bardziej niż teraz i wszyscy przekonywali się, jak trudno było wygrać tamtą bitwę, czasami kończyły się zniszczeniem przez niego *Rosynanta*, rozbiciem go na świecący gaz i odłamki metalu. Czasami wyobrażał sobie, że przegrają i zginą. Ale dwa jasne punkty splatały się w tym drugim i najmroczniejszym marzeniu jak klamra i zaczep obudowy: byłby to koniec pracy na statku oraz nigdy nie dotarliby do Kalisto.

Ocalała stocznia na Kalisto wznosiła się po stronie trwale odwróconej od Jowisza. Jej reflektory rzucały długie, stałe cienie na powierzchnię księżyca i ruiny siostrzanej stoczni, marsjańskiej bazy zniszczonej lata temu. Rozbitej w trakcie jednej z pierwszych akcji Wolnej Floty. Dowodzonej przez Filipa. Pył i drobne cząstki wzbijane przez ludzką aktywność na Kalisto opadały bardzo powoli, wyglądając jak mgła w miejscu bez wolnej wody i z jedynie śladową atmosferą, która je podtrzymywała. Przyglądał się, jak reflektory porozstawiane na powierzchni księżyca rosną w miarę zbliżania się, białe, jasne i losowe jak garść gwiazd z firmamentu zgarnięta i wciśnięta w pył. Gdy *Pella* osiadła w stanowisku dokowym, szczęk zaciskających się klamer rozbrzmiał głęboko jak uderzenie. Filip odpiął się i ruszył do śluzy, gdy tylko stało się to możliwe.

Był tam Josie, z długimi, siwiejącymi włosami zebranymi znad twarzy o żółtych zębach. Josie, który uczestniczył z nim w rajdzie na Kalisto. Służący pod rozkazami Filipa. Uniósł brwi, gdy Filip włączył cykl śluzy.

– Nie masz tués munduru – powiedział Josie ze śladem szyderstwa w głosie.

– Nie na służbie.

– Hast przepustka na brzeg, tu?

– Nikt nie zabronił – rzucił Filip, nienawidząc tego, jak nadąsany był jego głos nawet dla niego.

Spojrzenie Josiego stwardniało, ale tylko się odwrócił. Ciśnienia się wyrównały, prawie dokładnie. Gdy rozsunęły się zewnętrzne drzwi *Pelli*, rozległo się ciche pyknięcie. Dostateczne, by Filip poczuł zmianę między miejscami, ale nie na tyle duże, by rozbolały go od tego uszy. W doku czekał patrol ochrony w lekkich pancerzach z jaśniejszymi plamami na ramionach i piersi, gdzie wciąż widać było niewyraźne obrysy logo Pinkwater. Machnął im dłońmi i pomaszerował dalej, trochę bojąc się tego, że każą mu się zatrzymać, trochę mając na to nadzieję.

Przed rajdem nigdy nie był na Kalisto. Nigdy nie widział tego miejsca przed wycelowaniem w nie pocisków. Nie wiedział, jak wyglądało wcześniej, ale i tak zobaczył, że ocalała połowa wciąż nosiła blizny. Przechodząc przez dok do dzielnicy handlowej, Filip nie miał problemu z zauważeniem, które ściany zostały wymienione. Miejscami widać było nieco inny kolor paneli i uszczelek, które nie zestarzały się tak, jak otoczenie. Drobne blizny. Może nawet by ich nie zauważył, gdyby nie wiedział, gdzie ich szukać.

Choć było to uzasadnione. Atak przeprowadzili, żeby zdobyć farbę od Piaskarzy, pochłaniającą fale radarowe, dzięki czemu trudno było wykryć kamienie rzucane przez nich w Ziemię. To był element wojny. Zresztą, przecież wcale nie próbował ich skrzywdzić, po prostu mieli pecha, że znajdowali się tuż obok wroga. To była ich wina, nie jego.

Ludzkie głosy splatały się w bogaty i zmienny szmer w szerokiej głównej sali. Wózek zadźwięczał klaksonem, dając znać pieszym, żeby zeszli mu z drogi. Zespoły robocze w szarych kombinezonach nosiły opaski Wolnej Floty i tatuaże z rozerwanym kręgiem SPZ na nadgarstkach. Powietrze pachniało moczem i zimnem. Filip znalazł sobie miejsce pod ścianą, oparł o nią łopatki i przyglądał się, jakby na coś czekał. Może na to, żeby ktoś go zobaczył, zatrzymał się i wskazał oskarżycielsko: *To ty próbowałeś zniszczyć Stocznie! To ty zniszczyłeś nasze uszczelki! Wiesz, ilu z nas wtedy zginęło?*

Czekał, żeby coś się stało, ale nikt go nie zauważył. Był dla nich nikim. Chłopakiem opartym plecami o ścianę.

Bar, w którym wylądował, mieścił się na dalszym końcu kompleksu stoczni, blisko tuneli prowadzących do głębszych osiedli i kolejki do obserwatorium Jowisza po drugiej stronie księżyca. Przy stołach z tłoczonego polimeru siedzieli nie tylko pracownicy stoczni. Były tam też dziewczyny w jego wieku w jaskrawych strojach, przychodziły z poziomów mieszkalnych w dole. Starsi ludzie z niechlujnymi fryzurami kojarzącymi się z uczelnią garbili się nad terminalami ręcznymi i piwem. Coś mu świtało, że gdzieś na Kalisto jest dobry uniwersytet, coś związanego z instytutami technicznymi na Marsie, ale jakoś nigdy nie kojarzył tej informacji z miejscem, na które poprowadził swój rajd.

Usiadł samotnie przy jaskraworóżowym stole, na którego środku stała donica z żywą trawą. Mógł ze swojego miejsca oglądać wielkie ekrany z wyświetlanymi wiadomościami z przyciszonym dźwiękiem, mamroczące do siebie jak gniewni pijacy, lub przyglądać się barwnym dziewczętom, które rozmawiały ze sobą i nigdy nie patrzyły w jego stronę. Zamówił z ekranu stołowego czarny makaron w sosie arachidowym i stouta, płacąc walutą Wolnej Floty. Przez dłuższą chwilę sądził, że stół odmówi przyjęcia płatności, gdyby automat uznał jego pieniądze za nieważne, dziewczyny wreszcie by na niego spojrzały, ale ten wyemitował przyjemny dźwięk potwierdzenia i wyświetlił licznik czasu do realizacji zamówienia. Dwanaście minut. Tak więc przez dwanaście minut oglądał wiadomości.

Wciąż dominowała w nich Ziemia, nawet w swoim cierpieniu. Obrazy zniszczeń przemieszane z twarzami przejętych dziennikarzy, którzy patrzyli do kamer lub prowadzili wywiady z ludźmi, czasami gładkimi jak pochlebcy, czasem krzyczącymi jakby drugi coyo pieprzył ich ukochane. Kolorowe dziewczyny ignorowały ekran, ale spojrzenie Filipa wciąż do niego wracało: ulica pokryta popiołem tak głęboko, że zgarniająca go kobieta używała szufli do śniegu, wychudzony, zdezorientowany niedźwiedź brunatny idący w jakąś stronę, jakiś urzędnik ledwie funkcjonującego ziemskiego rządu kontrolujący stadion pełen worków z ciałami. Przyszło piwo i makaron, więc zaczął jeść, nie do końca zdając sobie sprawę z tego, co je. Oglądał kolejne obrazy, przeżuwał, przełykał, popijał. Miał wrażenie, że jego ciało jest statkiem, a cała jego załoga zajmuje się swoimi obowiązkami, ale nie rozmawia ze sobą.

Wciąż odczuwał dumę z powodu zniszczeń. Ci ludzie zginęli przez niego. Zasypane popiołem miasta, czarne jeziora i oceany, wieżowce płonące jak pochodnia, bo nie istniało już dość infrastruktury, by je ugasić. Oto świątynie i szańce wrogów jego ludu, starte na gruz i pył, wszystko dzięki niemu. Umożliwił to przeprowadzony przez niego rajd, właśnie tutaj, na tę stocznię.

A teraz siedział tu na końcu i początku, widząc jedno przez drugie jak dwa arkusze położonego na sobie plastiku. Jak spłaszczony czas. To nadal było zwycięstwo, nadal jego, ale może teraz odczuwał jego posmak, coś jak skwaśniałe mleko.

Powiedz jak mężczyzna. Powiedz „spieprzyłem to". Tylko że wcale nie spieprzył. To nie był *jego* błąd.

Barwne dziewczęta podniosły się stadem, dotykając wzajemnie swoich dłoni, śmiejąc się, całując się po policzkach, a potem się rozproszyły. Filip przyglądał się, jak wychodzą, z czymś w rodzaju rozpaczliwego pożądania, i wtedy zobaczył, że do środka wszedł Karal. Stary Pasiarz mógłby być operatorem mecha, technikiem napędu albo spawaczem. Włosy miał siwe, rzednące i przycięte blisko skóry, a barki, dłonie i policzki były naznaczone licznymi bliznami. Stał przez chwilę, rozglądając się, jak człowiek nienamyślający się zbytnio nad tym, co widzi, a potem ruszył w stronę stolika Filipa i usiadł naprzeciw niego, jakby planowali się tu spotkać.

– Hoy – rzucił Karal po chwili niezręcznej ciszy.

– On cię przysłał? – zapytał Filip.

– Nikt mnie nie przysłał, aber se savvy powinienem przyjść.

Filip zamieszał makaron. Nie zjadł jeszcze nawet połowy, ale stracił już apetyt. Powolny, toczący się gniew w jego trzewiach zdawał się zajmować całe miejsce na jedzenie.

– Nie trzeba. Pewny jak kamień, ja, i dwa razy twardszy.

Brzmiało to jak przechwałka. Jak oskarżenie. Filip nie był nawet pewien, czym miały być te słowa, ale nie tym. Wbił widelec w masę makaronu z sosem i pchnął miskę na skraj stołu, do zabrania przez kelnera. Ale zachował sobie stouta.

– Nie wskazuję palcem, ja – odezwał się Karal. – Ale kiedyś byłem w twoim wieku. Dawno temu, choć jeszcze pamiętam. Me y mis papá czasami się na siebie wydzieraliśmy. On się naćpał, ja się upiłem i czasem spędzaliśmy cały dzień, wrzeszcząc na siebie i udowadniając sobie, kto jest bardziej durnym głupkiem. Czasem nawet się biliśmy. Raz nawet wyjąłem nóż, ja. – Karal się zaśmiał. – Wtedy zrobił mi na dupie dziurę w poprzek. Mówię tylko, że ojcowie i synowie, kłócą się. Ale ty i twój? Jest inaczej, nie?

– Jeśli tak mówisz – rzucił Filip.

– Twój da? To nie jest tylko twój da. Marco Inaros, dowódca Wolnej Floty. Wielki człowiek, on. Ma tyle na barkach. Tyle do myślenia, tyle do martwienia się, tyle planowania, i nie jest tak, że tu y la może zgarnąć resztę, jak wszyscy inni.

– To wcale nie tak – powiedział Filip.

– Nie? No to bist bien. To jak jest? – zapytał Karal cichym, ciepłym i życzliwym głosem.

Gniew w trzewiach Filipa poruszał się, niepewny jak strup na zakażonej ranie. Wściekłość i poczucie krzywdy zaczęły sprawiać wrażenie mniej autentycznych, jak owijka wokół czegoś nie całkiem oryginalnego. Czegoś jeszcze gorszego. Filip zacisnął dłonie w pięści tak mocno, że aż go rozbolały, ale stracił opanowanie. Gniew – nie, nawet nie gniew, dziecięce *rozdrażnienie* – odsunęło się na bok i niczym powódź zalało go przemożne poczucie winy. Było zbyt wielkie, zbyt czyste i zbyt bolesne, by miał choćby jedno zdarzenie, na którym mógłby je skupić.

Nie chodziło o to, że żałował opuszczenia statku bez pozwolenia albo nietrafienia w *Rosynanta* czy zniszczenia Ziemi albo okaleczenia Kalisto. To było coś znacznie większego. Wszechświat był żalem. Wina była większa od Słońca, gwiazd i przestrzeni między nimi. Cokolwiek to było, wszystko to była jego wina i to on zawiódł. Nie chodziło tylko o to, że *zrobił* coś złego. Kimkolwiek był wcześniej Filip – jego ciało wciąż miało ten sam kształt, ale struktura została zamieniona przez bolesne i narastające uczucie straty. Był jak skamielina starożytnego zwierzęcia, którego ciało zmieniło się w kamień.

– Czuję się... *źle*? – powiedział Filip, szukając słów, które opisałyby coś o tyle większego od pojęć języka. – Czuję się... czuję się jak...

– *Kurwa* – rzucił Karal, ostro i gwałtownie.

Spojrzenie utkwił za Filipem, wpatrywał się w coś na ekranie. Filip odwrócił się, wykręcając szyję, żeby sprawdzić, co przykuło jego uwagę. Ze ściany patrzył Fred Johnson, ciemnooki, spokojny, poważny. Na pasku poniżej wyświetlono słowa *Potwierdzony zgon po ataku Wolnej Floty.* Kiedy obrócił się z powrotem, Karal wyciągnął już swój ręczny terminal i przerzucał kanały wiadomości najszybciej, jak pozwalały na to jego powykrzywiane palce. Filip czekał chwilę, a potem wyjął własny terminal. Nietrudno było to znaleźć. Wiadomość była na wszystkich kanałach, zarówno pasiarskich, jak i kanałach planet wewnętrznych. Źródła z Tycho Manufacturing na Ziemi potwierdzały zgon Fredericka Luciusa Johnsona, byłego oficera floty ONZ i długoletniego aktywisty politycznego, organizatora społecznego i rzecznika Sojuszu Planet Zewnętrznych. Zmarł w wyniku obrażeń poniesionych podczas zasadzki przeprowadzonej przez siły Wolnej Floty...

Filip czytał to wszystko świadomy, że było w tym coś, czego nie rozumiał. Wszystko było tylko zalewem słów i obrazów niepowiązanych z jego życiem, aż do chwili, gdy odezwał się siedzący po drugiej stronie stołu Karal.

– Congratulations, Filipito. Wygląda na to, że jednak go dorwałeś.

***

Na *Pelli* z głośników interkomu dobiegała muzyka. Radosne połączenie instrumentów perkusyjnych, gitary i ludzkich głosów rozbrzmiewających w celebracji. Sárta, jedna z pierwszych osób, które zobaczyły Filipa, gdy szedł korytarzem od śluzy, chwyciła go w ramiona, przyciskając policzek do jego twarzy, co sprawiło, że stał się niezręcznie świadomy jej piersi. Kiedy go pocałowała – krótko, ale w usta – poczuł tani likier miętowy.

Kambuz był nabity jak podczas imprezy. Wyglądało na to, że przed ekranem relacjonującym śmierć Rzeźnika stacji Anderson zebrała się cała załoga. Żar ich ciał sprawiał, że w pomieszczeniu zrobiło się nieznośnie gorąco. Jego ojciec był wśród nich, uśmiechając się, przechodząc między nimi i klepiąc po ramionach jak pan młody na wyjątkowo udanym weselu. Z jego twarzy zniknął cały mrok i gniew. Kiedy zobaczył przez tłoczny pokój Filipa, złożył ręce przed sercem, wykonując gest gratulacji.

Filip uświadomił sobie, że było to ich pierwsze prawdziwe zwycięstwo od ataku na Ziemię. Marco ogłaszał sukces za sukcesem, ale tak naprawdę przez cały ten czas tylko się cofali i prowadzili działania dyscyplinarne na buntownikach, jak zniszczenie *Wiedźmy z Endoru*. Od czasu opuszczenia Ceres Wolna Flota potrzebowała solidnego, jednoznacznego zwycięstwa i to właśnie było ono. Nic dziwnego, że nawet trzeźwi wydawali się nim upojeni.

Zmienił się kanał na ekranie, wyświetlając logo Wolnej Floty, a w kambuzie zrobiło się jeszcze głośniej, gdy wszyscy zaczęli się wzajemnie uciszać. Ktoś wyłączył muzykę i przywrócił dźwięk kanału informacyjnego z ekranu. Kiedy na ekranie pojawił się Marco, bardziej dystyngowany i dostojny niż rzeczywisty człowiek stojący z uśmiechem wraz z nimi, jego głos rozbrzmiał na całym statku.

– Fred Johnson twierdził, że przemawia w imieniu ludzi, których uciskał. Swoją karierę rozpoczął od mordowania Pasiarzy, a potem udawał, że jest naszym głosem. Lata, które spędził jako przedstawiciel SPZ, były pełne błagań o spokój, cierpliwość i nieustannego odsuwania w przyszłość wolności Pasa. Jego los czeka wszystkich, którzy się nam przeciwstawią. Wolna Flota będzie bronić i chronić Pas przed wszystkimi wrogami, wewnętrznymi i zewnętrznymi, teraz i zawsze.

Przemowa trwała dalej, ale załoga zaczęła wiwatować tak głośno, że Filip niczego nie słyszał. Marco uniósł ręce, nie żeby ich uciszyć, a by napawać się chwałą. Jego rozpromienione spojrzenie odszukało oczy Filipa. Kiedy się odezwał, Filip odczytał słowa z jego ust. *To nasze dzieło.*

Nasze, pomyślał Filip, gdy wpadł na niego Aaman, wciskając mu do ręki bańkę z czymś alkoholowym. *To* nasze *dzieło. Kiedy to był błąd, tylko ja byłem za niego odpowiedzialny, kiedy to zwycięstwo, jest nasze.*

Filip poczuł, że zamiera bez ruchu pośrodku burzy radości. Obudziło się w nim jakieś wspomnienie, silne i pełne znaczenia jak obraz ze snu. Nie potrafił odszukać jego źródła. Pomyślał, że to jakiś oglądany kiedyś film. Jakiś dramat, w którym uderzająco piękna kobieta popatrzyła wprost w kamerę i głosem z dymu i mięśni powiedziała *Mnie też umazał ręce krwią. Uważał, że tak łatwiej będzie mnie kontrolować.*

ROZDZIAŁ TRZYDZIESTY SIÓDMY

ALEKS

– Dzień dobry, słonko – odezwała się Sandra Ip.

Aleks zamrugał, zamknął oczy i otworzył tylko lewe. Śniło mu się właśnie, że sok jabłkowy dostał się do obwodów chłodzenia statku będącego równocześnie *Rosynantem* i jego pierwszą jednostką w czasach, gdy służył w marsjańskiej flocie. Choć szczegóły snu już się rozmywały, zostało mu poczucie, że powinien coś naprawić. Naga Sandra uśmiechnęła się do niego i przestał próbować chwytać się snu.

– Dzień dobry i tobie, laleczko – mruknął.

Po śnie jego głos był głęboki i chrapliwy. Wyciągnął ręce, opierając je o ścianę nad głową łóżka, a potem naparł, żeby rozciągnąć plecy między łopatkami. Palce jego stóp wysunęły się spod przykrycia i szczypnęła je przyjaźnie, a potem oddaliła się pod prysznic. Podniósł głowę, patrząc, jak odchodzi, a ona obejrzała się i zobaczyła, że się jej przygląda.

– Gdzie idziesz? – zapytał częściowo dlatego, że chciał wiedzieć, częściowo, żeby zatrzymać ją w pokoju jeszcze na kilka sekund.

– Mam dzisiaj zmianę na *Fartownym rakszasie* – odpowiedziała. – Drummer chce dopilnować, żeby wszystkie szychy z SPZ czuły, że o nich dbamy.

– *Fartowny rakszasa* – powtórzył Aleks, z powrotem opuszczając głowę. – To dziwna nazwa statku.

– Mam wrażenie, że to jakiś wewnętrzny żart ludzi Goodfortune'a. Choć statek jest bardzo przyzwoity. – Jej dochodzący z łazienki głos odbijał się lekkim pogłosem. – Najdziwniejszy statek, na jakim zdarzyło mi się służyć, nazywał się *Odwrócona pętla*. Górnik żwirowy przerobiony z odzyskanego luksusowego jachtu. Kapitan miał fetysz otwartych przestrzeni, więc wycięli wszystkie ścianki i podłogi, które nie były nośne.

Aleks zmarszczył brwi w stronę sufitu.

– Poważnie?

– Kiedy to coś leciało z ciągiem, można było rzucić nakrętkę z kokpitu i słuchać, jak uderza we wszystkie pokłady aż do reaktora. To było jak latanie w balonie pełnym patyków.

– To nie jest normalne.

– Kapitanem był niejaki Yeats Pratkanis. Miał swoje problemy, ale załoga go kochała. Nic z takich naprawdę głupich rzeczy, które ludzie mogą zrobić dla kapitana, gdy naprawdę zależy im na niedostrzeganiu, jak bardzo jest popieprzony.

– Pewnie masz rację.

Z łazienki dobiegły odgłosy lejącej się wody, ale po dźwiękach Aleks zorientował się, że jeszcze nie stoi pod prysznicem. Znowu podniósł głowę i zobaczył, że stoi w wejściu z rękami uniesionymi i opartymi o framugę. Była tylko trochę młodsza od niego i jej ciało zdradzało wiek. Na brzuchu i piersiach widniały srebrne duchy rozstępów. Rozmyty tatuaż wodospadu spływającego z boku lewej nogi. Poszarpana blizna znacząca skórę prawej ręki. Jej uroda nie była dziełem młodości, a doświadczenia, podobnie jak jego. Wciąż jednak widział dziewczynę, którą była, w sposobie, w jaki uniosła brwi i przeniosła ciężar ciała na biodro.

– Nie chcesz wziąć prysznica, słonko? – zapytała fałszywie niewinnym głosem.

– O cholera, tak – rzucił Aleks, dźwigając się z łóżka. – Owszem, chcę.

Od czasu tamtej pierwszej nocy na Ceres spędzali z Sandrą sporą część wolnego czasu w swoim towarzystwie. Kiedy przebywali na *Rosie*, dzielili czas między jego i jej kabinę, tu na Tycho jej mieszkanie stało się domyślną lokalizacją. Spędziła na stacji dostatecznie dużo czasu, by stanowisko i zasady związkowe zapewniły jej dwa pokoje, prywatną łazienkę i łóżko dużo wygodniejsze dla dwojga od jednej pryczy przeciążeniowej, na której mieliby się zmieścić we dwójkę.

W romansowaniu Aleks był z początku zaskoczony i trochę ostrożny. Sandra bardzo radośnie i bez skrępowania podchodziła do własnej seksualności. Potrzebował trochę czasu, zanim otrząsnął się z rdzy i w pełni do niej dołączył. Miał kilka kochanek przed ślubem oraz jedną – co do dziś nie dawało mu spokoju – w trakcie małżeństwa, plus parę luźnych romansów później. Nie spodziewał się, że zazna jeszcze pełnej i niedzielonej uwagi kobiety. Kiedy przekonał się już wewnętrznie, że tak, to naprawdę się dzieje, rzucił się w to wszystko, jakby znowu miał szesnaście lat.

Po prysznicu wytarli się wzajemnie do sucha i pomógł jej nałożyć balsam w te miejsca na plecach, których nie sięgała, oraz trochę tam, gdzie pewnie mogła zrobić to sama. Założyła mundur, związała włosy, a potem zajęła się czyszczeniem zębów, a on wrócił do łóżka.

– Kolejny dzień lenistwa? – zapytała.

– Jestem pilotem bez żadnego celu – odpowiedział, rozkładając ręce w geście znaczącym *to nie moja wina.*

Roześmiała się.

– I dlatego właśnie nie jestem pilotem – skomentowała. – Inżynierowie zawsze mają coś do roboty.

– Musisz się nauczyć odprężać.

– No cóż – powiedziała niskim i chrapliwym głosem, będącym równocześnie pobudzeniem i śmiechem z pobudzenia – wciąż dajesz mi przykład, więc może coś z tego na mniej przejdzie.

– Moglibyśmy coś zamówić z dostawą, gdy skończysz zmianę.

– Jesteśmy umówieni – rzuciła, a potem sprawdziła godzinę na ręcznym terminalu i sapnęła. – Dobra, muszę lecieć.

– Zamknę, gdy będę wychodził – zapewnił Aleks.

– Śpij cały dzień w moim łóżku jak lew.

– Albo to.

Pocałowała go przed wyjściem. Kiedy drzwi się zamknęły, pozwolił sobie opaść na poduszkę, odpoczywał na niej dłuższą chwilę, a potem wstał i zebrał swoje rzeczy z podłogi. Mieszkanie Sandry było ciepłe i przyjazne w sposób, do jakiego nie był przyzwyczajony. Skopana i zdeptana w nogach łóżka kołdra była bladoniebieska, z koronkowym wzorem na brzegach. Sandra zawiesiła w rogach pokojów zasłony, zmiękczające światło i łagodzące kąty. Na jej biurku stała mała szklana waza z ususzonymi różami. Kiedy tu przebywał, w jego ubrania wnikał pieprzowy zapach jej perfum i już kilka razy zdarzyło się, że parę godzin później poczuł go nieoczekiwanie i zmysłowo o sobie przypomniała. Kobiety, z którymi mieszkał przez ostatnie lata – Naomi, Bobbie, a teraz nawet Clarissa Mao – nie były miłośniczkami koronek i zasłonek, pluszowych poduszek i wody różanej. Przebywanie w towarzystwie tego rodzaju kobiecości było na tyle znajome, by przynosić komfort, a przy tym dostatecznie egzotyczne, by ten czas, ta chwila, przekształciły związek w coś unikalnego. Okazało się, że jakaś jego część pragnęła czegoś takiego.

A może – pomyślał, wciągając wczorajsze skarpetki – nie chodziło nawet o to. Może po prostu wiedział, ile wojna może im wszystkim odebrać, a Sandra Ip była jego szansą na uzupełnienie jakiegoś zbiornika w sercu i ciele, na co nie będzie już czasu później. Miejsce łagodności, afektacji i przyjemności, jak w oku cyklonu. Miał nadzieję, że ona czuje coś podobnego względem niego. Że oboje z Sandrą gromadzili dobre wspomnienia, szykując się na historię, która za chwilę zacznie się rozwijać wokół nich.

Na *Rosynancie* coraz trudniej było pozbyć się narastającego uczucia niepokoju. Dni od czasu przylotu na Tycho były dla Holdena pasmem nieustannych spotkań. Kiedy nie walczył z Carlosem Walkerem w kwestii zaopatrzenia i wsparcia, które miało zapewnić SPZ, wymieniał długie nagrane wiadomości z Michio Pa, dotyczące szybkostrzelności artylerii dział szynowych Wolnej Floty w powolnej strefie. Kiedy nie przygotowywał raportów dla Avasarali lub nie słuchał tych wysyłanych przez nią, razem z Naomi i Bobbie porównywali mapy taktyczne Układu z tymi przekazanymi przez Aimee Ostman i Micaha al-Dujailiego. Holden zdawał się nigdy nie tracić nerwów i nigdy nie odpoczywać. Za każdym razem, gdy Aleks go widział, Holden uśmiechał się i zachowywał się przyjaźnie. Gdyby nie spędził z nim wielu lat, może dałby się oszukać, że wszystko idzie dobrze.

Jednak człowiek uczestniczący w spotkaniach, chodzący korytarzami *Rosynanta* lub po dokach na zewnątrz, zgarbiony nad migoczącym ręcznym terminalem, tak naprawdę wcale nie był Jamesem Holdenem. Wyglądało to tak, jakby Holden stał się aktorem odgrywającym rolę *Jamesa Holdena*. Na powierzchni był tym, kto w danej chwili był potrzebny. To nie był człowiek, którego znał. Aleks czuł wyjącą pustkę rozpaczy i desperacji kryjącą się za każdym jego słowem.

Dostrzegał to i u pozostałych. Naomi zrobiła się cichsza, bardziej skupiona. Jakby zawsze była pośrodku prób rozwiązania niemożliwego problemu. Nawet Amos zrobił się nerwowy, choć w jego przypadku było to tak subtelne, że Aleks nie potrafiłby powiedzieć z całą pewnością, czy to faktycznie prawda. Może po prostu przenosił na czystą tablicę Amosa własne lęki. A jeśli Bobbie i Clarissa wydawały się na to wszystko całkowicie odporne, to tylko dlatego, że były na statku stosunkowo nowe. Nie znały jeszcze rytmu *Rosynanta* na tyle dobrze, by usłyszeć, gdy lekko uległ zmianie.

Do tego każda wiadomość o Wolnej Flocie – kolejny przechwycony lub zniszczony statek, jeszcze jeden ziemski szpieg złapany i zabity na Pallas, Ganimedesie czy stacji Halla, kolejny kamień przechwycony, zanim mógł uderzyć w Ziemię – odrobinę zwiększała ciśnienie. Połączona flota będzie musiała coś zrobić. I to wkrótce.

Mała restauracyjka tuż obok głównego korytarza. Jasne światła o widmie trochę bardziej czerwonym niż Słońce, najwyraźniej ostatnio modna synkopowana muzyka na harfie i cymbałach. Wysokie stołki przy białym ceramicznym barze. Talerz czegoś dość podobnego do kurczaka vindaloo, dużo smaczniejszego, niż być powinno. Sandra pokazała mu to miejsce pierwszej nocy na Tycho i od tamtej pory odwiedzał je regularnie.

Jego ręczny terminal zabrzęczał informacją o połączeniu, które Aleks odebrał, naciskając kciukiem. Na ekranie pojawił się Holden. Może to było tylko słabe światło na mostku albo niebieski poblask monitora, przed którym siedział kapitan, ale jego skóra wyglądała woskowo, a oczy płasko. Jego ciało zdradzało wyczerpanie.

– Cześć – odezwał się Holden. – Mam nadzieję, że w niczym nie przeszkadzam?

– Dziękuję, że pytasz – odpowiedział Aleks, może trochę zbyt serdecznie. Ostatnio, rozmawiając z Holdenem, czuł się w obowiązku podejmować próby poprawy nastroju. Jakby mógł mu wstrzyknąć trochę zdrowia przez promieniowanie radosną energią. – Właśnie kończę śniadanie. Co się dzieje?

– Uch – wydobył z siebie Holden i zamrugał. Przez chwilę wyglądał na zaskoczonego. Jakby to, co miał właśnie powiedzieć, wydało mu się trochę niedorzeczne. – Chcemy wylecieć za około trzydzieści godzin. Clarissa i Amos są w środku zmian nocnych, ale zwołuję zebranie całej załogi za cztery godziny, żeby się upewnić, że wszystko jest w porządku.

Powiedział to w sposób sugerujący przeprosiny. Aleks odebrał jego słowa tak, jakby wypił coś zimnego na pusty żołądek.

– Zgłoszę się – zapewnił.

– Wszystko w porządku?

– Kapitanie – odpowiedział Aleks – to *Ros*. Dopilnowałem uzupełnienia wszystkich zapasów i gotowości do wylotu zaraz po tym, jak zamknęły się za nami klamry dokowe. Moglibyśmy wylecieć za pięć minut.

Uśmiech Holdena zdradzał, że zrozumiał podtekst słów Aleksa.

– Mimo wszystko dobrze będzie się zebrać i wszystko posprawdzać.

– Nie protestuję – zgodził się Aleks. – Cztery godziny?

– Z minutami – uściślił Holden. – Jeśli Amos zaśpi, nie będę go budził.

– To do zobaczenia na pokładzie – rzucił Aleks i zamknęli połączenie.

Zjadł kolejny kęs vindaloo. Teraz już nie smakowało tak dobrze. Wsunął miskę i widelec do recyklera, wstał i poczekał kilka sekund, żeby nie iść od razu szukać Sandry.

Poszedł poszukać Sandry.

Pomimo nazwy, *Fartowny rakszasa* był statkiem o całkiem zwyczajnym wyglądzie. Szeroki od dzioba, kanciasty, z rozrzuconymi po kadłubie w, zdawałoby się, losowych miejscach działkami obrony punktowej i silnikami manewrowymi sugerującymi pokolenia modyfikacji i stosowania, z projektami zmieniającymi się i pozostawiającymi po sobie ślady wcześniejszych wcieleń niczym na domu przerabianym przez kolejnych mieszkańców tak, że prawie zagubiła się pierwotna architektura. Pasiarski statek.

Gdyby nie silna obecność ochrony, zarówno w doku, jak i wokół samego statku, miałby wątpliwości, czy to właściwa jednostka.

Czekał na zewnątrz śluzy technicznej, trzymając się jedną ręką uchwytu na ścianie. Zobaczył Sandrę, zanim ona zobaczyła jego. Grupa siedmiorga inżynierów i techników w skafandrach próżniowych unosiła się razem przy ekranie ściennym, prowadząc rozmowy na cztery tematy. Włosy zebrała w kucyk, który machał jak flaga, kiedy kręciła głową, zniecierpliwiona słowami unoszącego się obok niej mężczyzny. Kiedy spojrzała w stronę Aleksa, wyraźnie zaskoczył ją jego widok. Zobaczył, jak na jej ustach pojawia się uśmiech, potem gaśnie. Zakończyła rozmowę, odepchnęła się i poszybowała ku niemu. Gdy złapała uchwyt i zatrzymała się przy nim, w jej oczach zobaczył zrozumienie.

– No cóż – powiedziała. – Przyszły rozkazy?

– Właśnie.

Jej twarz złagodniała, spojrzenie przesuwało się po krzywiznach jego twarzy. Popatrzył na nią, zapamiętując kształt oczu, ust, małą bliznę na skroni, pieprzyk prawie ukryty za uchem. Wszystkie szczegóły jej ciała. Zły odruch z tyłu głowy podsuwał mu wszystkie niewłaściwe słowa: *powinnaś polecieć z nami* i *mogę złożyć rezygnację i zostać tu z tobą* oraz *wrócę, jeśli na mnie poczekasz.* Wszystkie te rzeczy, po których poczułaby się lepiej w tej chwili i przez które później straciłaby do niego zaufanie. Rzeczy, które mówił wcześniej kochanym przez siebie kobietom i wtedy też w nie nie wierzył. Roześmiała się łagodnie, jakby usłyszała jego myśli.

– Nigdy nie szukałam męża – powiedziała. – Miałam kilku. Nigdy nie byli tym, za kogo się podawali.

– Z mojego doświadczenia wynika, że też byłbym do niczego – stwierdził Aleks.

– Cieszę się, że się przyjaźnimy – powiedziała. – Jesteś świetnym przyjacielem.

– A ty świetną kochanką.

– No tak – rzuciła Sandra. – Ty też nie jesteś najgorszy. To jak długo?

– Kapitan zwołał spotkanie na za... – sprawdził godzinę – nieco ponad trzy godziny. Powiedział, że wylatujemy za niecałe trzydzieści.

– Wiesz gdzie?

– Sądzę, że dowiem się na spotkaniu – odpowiedział Aleks.

Ujął jej dłoń w rękawicy. Lekko ścisnęła mu palce, a potem puściła.

– Za jakieś półtorej godziny będę miała przerwę na lunch – powiedziała. Słowa były lekkie, wypowiedziane bardzo ostrożnie. Jakby zbyt mocne zaciśnięcie ust mogło je uszkodzić. – Mogę wyjść trochę wcześniej. Chcesz się u mnie spotkać? Odświeżyć szczęście ostatni raz przed wylotem?

Aleks położył dłoń na jej policzku. Zaparła się stopą o ścianę, żeby mogła nacisnąć na jego dłoń. Ile milionów razy w dziejach ludzie odbywali dokładnie takie rozmowy? Ile wojen rozdzieliło ludzi na chwilę, a potem oderwało na zawsze? Musiała być w tym jakaś tradycja. Tajna historia wrażliwości i pragnienia oraz wszystkich rzeczy obiecywanych przez seks, które tylko czasem ulegały spełnieniu. Byli po prostu jeszcze jedną parą pośród niezliczonych innych. Tym razem bolało tylko dlatego, że to oni.

– Owszem – powiedział. – Bardzo bym chciał.

***

Kambuz *Rosynanta* pachniał kawą i syropem o smaku klonowym. Naomi przesunęła się, gdy Aleks wszedł do środka, robiąc mu miejsce na ławce. Amos usiadł po drugiej stronie, nie patrząc na nic i zgarniając palcami jajecznicę z miseczki. Oczy miał opuchnięte od snu, ale poza tym wydawał się czujny. Clarissa stała w drzwiach, niepewna, ale obecna. Aleks pomyślał o zamówieniu jakiegoś jedzenia, ale nie był głodny. Zrobiłby to tylko po to, żeby mieć czym zająć ręce.

Z głębi korytarza dobiegło echo rozmowy między Bobbie i Holdenem, twarde, rzeczowe i kompetentne głosy, może nawet nieco podniecone, narastały, w miarę jak się zbliżali. W powietrzu wyczuwał oczekiwanie, które nie kojarzyło się z radością, ale nie było też od niej tak całkowicie różne.

Melancholia odczuwana przez Aleksa trochę osłabła na ich widok. Bobbie zajęła miejsce na ławce naprzeciw niego, a Holden skierował się do ekspresu po kawę. Wychodząc z mieszkania Sandry, tutaj zabrał ze sobą poczucie straty. Wciąż je odczuwał. I będzie tak jeszcze przez dni, może tygodnie, może nawet zawsze. Ale nie tak mocno. A tu byli jego ludzie. Jego załoga, jego statek. Najgorszy ból już się skończył, a słodycz, jak sądził, pozostanie na długo. Dla niego. Może i dla Sandry. Fantastycznie było dzielić chwilę z autentycznie dobrą kobietą, ale było też coś przyjemnego w powrocie do domu.

Holden napił się kawy, zakaszlał i wypił kolejny łyk. Clarissa wsunęła się do środka i zajęła miejsce za Amosem, jakby chciała się za nim schować. Gdy Holden podchodził do stołu – ze spuszczoną głową i nieobecnym wyrazem twarzy – Bobbie wyciągnęła rękę przez stół i dotknęła nadgarstka Aleksa.

– Wszystko w porządku?

– Jak najlepszym – zapewnił Aleks. – Już się pożegnałem.

Bobbie kiwnęła głową. Holden usiadł twarzą do wszystkich, bokiem na ławie. Włosy miał w nieładzie, a spojrzenie skupił na czymś, co widział tylko on. Uwaga zebranych w kambuzie – Naomi, Amosa, Aleksa – skupiła się na nim. Aleks poczuł w piersi bardzo stare i ledwie znajome oczekiwanie, jak na początku roku szkolnego w dzieciństwie.

– No dobrze, kapitanie – odezwał się. – To jaki mamy plan?

ROZDZIAŁ TRZYDZIESTY ÓSMY

AVASARALA

Avasarala wrzasnęła.

Oddech wyrwał się jej z gardła, zdzierając po drodze ciało. Poczuła na podniebieniu smak żółci, a jej nogi zadygotały i zapiekły, gdy spróbowała odepchnąć stalową płytę jeszcze centymetr dalej.

– No, dalej – rzucił Pieter. – Dasz radę.

Wrzasnęła ponownie i płyta się przesunęła. Prawie całkowicie wyprostowała nogi. Musiała włożyć trochę wysiłku w to, aby oprzeć się chęci naparcia jeszcze bardziej i zablokowania kolanami. Mogłoby to jej uszkodzić stawy, ale przynajmniej miałaby z tym spokój.

– To jedenaście – skomentował Pieter. – Spróbuj dwunastu. Jeszcze raz.

– Pieprz swoją matkę.

– Hej. Tylko jeszcze jedno powtórzenie. Będę pomagać.

– Jesteś wredną gnidą i nikt cię nie kocha – wydyszała, opuszczając głowę.

Najgorsze były mdłości. Dzień nóg zawsze zdawał się wiązać z mdłościami. Pietera to nie obchodziło. Płacono mu, żeby się nie przejmował.

– Za dwanaście dni lecisz do studni – przypomniał. – Jeśli chcesz, żeby przywódczyni Ziemi, nadzieja i światło cywilizacji, została wywieziona z promu na wózku, to przestań. Jednak jeśli chcesz przejść przed kamerami jak powracająca z podziemi Walkiria gotowa do bitwy, zrobisz jeszcze jedno powtórzenie.

– Sadystyczny gnojek.

– To ty odpuściłaś sobie harmonogram ćwiczeń.

– Ratowałam pieprzoną rasę ludzką.

– Ratowanie ludzkości nie zapobiega utracie gęstości kości ani zanikowi mięśni – odpowiedział. – A ty przeciągasz. Jeszcze raz.

– Tak bardzo cię nienawidzę – rzuciła, pozwalając się zgiąć kolanom i opuszczając stalową płytę niżej.

Chciało jej się płakać. Chciała zwymiotować na ładne buty sportowe Pietera. Chciała robić cokolwiek innego.

– Wiem, skarbie. Ale dasz radę – rzucił. – No dalej.

Avasarala wrzasnęła i odepchnęła od siebie stalową płytę.

Po wszystkim usiadła w szatni na ławce ze sztucznego drewna z głową na rękach, aż myśl o ruszaniu się przestała wywoływać niesmak. Kiedy w końcu wstała, ubrana na szaro kobieta w lustrze wydała się jej nieznajoma. Niezupełnie obca, ale to z pewnością nie była ona. Po pierwsze była szczuplejsza, z plamami z potu pod pachami i piersiami. Siwe włosy nie tyle opadały na ramiona, co na nie spływały, bo niskie ciążenie Księżyca było zbyt słabe, by je porządnie ściągnąć. Kobieta w lustrze przyjrzała się Avasarali z góry na dół ciemnymi, oceniającymi oczami.

– Też mi pieprzona Walkiria – rzuciła Avasarala, a potem ruszyła pod prysznic. – Będziesz musiała wystarczyć.

Dobra wiadomość była taka, że Mars w końcu przeczołgał się przez kryzys konstytucyjny, zrobił to, co od początku było oczywiste, i postawił Emily Richards na stanowisku premier. Nie, to nie było sprawiedliwe. To nie była jedyna dobra wiadomość. Udało się opanować zamieszki w Paryżu, a rasistowska komórka w Kolumbii została zidentyfikowana i odizolowana bez żadnych dalszych zabójstw. Sankt Petersburg rozwiązał problem z recyklingiem wody, przynajmniej na razie. Tajemnicze drożdże Gormana Le działały zgodnie z opisem na etykiecie, co zwiększyło ilość żywności dostępnej dla ocalałych, a reaktory w Kairze i Seulu znowu pracowały, dzięki czemu mogli z nich korzystać. Mniej trupów. A przynajmniej mniej trupów w tej chwili. Następny tydzień był zawsze w przyszłym tygodniu i zawsze tak będzie.

Złe wieści wciąż przeważały nad dobrymi. Druga fala zgonów jeszcze nie opadła. Infrastruktura medyczna była wyeksploatowana do granic możliwości. Tysiące ludzi umierały każdego tygodnia z powodu problemów, które byłoby łatwo wyleczyć nawet rok temu. Nie udało się też zatrzymać walk o zasoby. W Bostonie i Bombaju dochodziło do zbrojnych rajdów. Miała raporty o całych wydziałach policji, które zbuntowały się i przejmowały zaopatrzenie w Denver i Phoenix. Oceany zamierały. Szlam z pyłu i sadzy nie tonął tak szybko, jak sugerowały modele, a w wyniku tego wymierały rośliny i mikroorganizmy wymagające światła. System może nawet byłby trochę bardziej odporny, gdyby nie nadwyrężyły go takie cholerne ilości pieprzonych ludzi. Ale może by nie był. Przecież nie mieli drugiej Ziemi, z którą można by prowadzić porównania. Sama historia była olbrzymim badaniem na próbie n=1, niepowtarzalnym. Co było jednym z powodów, dla których tak trudno było uczyć się z historii.

Po prysznicu przebrała się w żółto-zielone sari, uczesała i umalowała. Zaczynała się czuć trochę lepiej. Zaczęła zauważać pewien wzór. Po samych ćwiczeniach czuła się żałośnie, ale gdy już doszła do siebie, reszta dnia wydawała się przebiegać trochę lepiej. Nawet jeśli był to tylko efekt placebo, i tak wystarczyło. Przyjmie wszystko, co będzie mogła, nawet jeśli to tylko sztuczki na własnym umyśle.

Gdy była już prawie gotowa na spotkanie ze światem, otworzyła dźwiękowe połączenie z Saidem.

– Na czym stoimy? – zapytała bez przywitania.

– Grupa bezpieczeństwa z Marsa kończy śniadanie – natychmiast odpowiedział Said. – Będą w sali konferencyjnej za pół godziny. Będzie tam z panią admirał Souther, gdyby go pani potrzebowała.

– Zawsze dobrze jest mieć w sali penisa w mundurze – kwaśno rzuciła Avasarala. – Bóg wie, że inaczej mogliby mnie nie potraktować poważnie.

– Jeśli tak pani mówi.

– To był żart.

– Jeśli tak pani mówi. Przyszedł też raport ze stacji Ceres. Admirał Coen potwierdza, że *Giambattista* leci dokładnie tak, jak obiecała Aimee Ostman.

Avasarala przystawiła do ucha perłowy kolczyk, rozważając założenie go. Ładnie. Bez przesady. Choć nie pasował do sari.

– Przepraszam, proszę pani? – głos Saida zdradzał zmieszanie.

– Niczego nie mówiłam.

– Pani... uch... zawarczała.

– Doprawdy? To pewnie tylko podświadomy komentarz na temat tego, jak bardzo się cieszę, że ufamy teraz pieprzonemu SPZ. Zignoruj to i kontynuuj.

– To wszystko, co ma pani w planie na dzisiaj – powiedział prawie przepraszająco. – Prosiła mnie pani o zostawienie wolnego popołudnia na wypadek, gdyby odprawa dotycząca bezpieczeństwa się przeciągnęła.

– Owszem, prosiłam – potwierdziła, próbując parę małych, akwamarynowych sztyftów, które wyglądały dużo lepiej. – Jakieś wieści z Hagi?

– Mówią, że pani biuro zostanie przygotowane, a najważniejszy personel będzie na miejscu. Przygotowania do przeniesienia siedziby rządu z powrotem na planetę postępują zgodnie z harmonogramem.

Miała wrażenie, że przy tych słowach usłyszała w głosie Saida pewną dumę. Bardzo dobrze, powinien być dumny. Wszyscy powinni. Ziemia mogła być stertą trupów i gówna, ale to była *ich* sterta trupów i gówna, a ona miała już dość patrzenia na nią z Księżyca.

– Najwyższy, kurwa, czas – skomentowała. – No dobrze. Powiedz Southerowi, że już idę. I przynieś mi kanapkę czy coś.

– Jakiego typu by pani chciała? Mogę się z panią spotkać...

– Nie, powiedz Southerowi, żeby to zrobił – poleciła. – Uzna to za zabawne.

Sala konferencyjna była najbezpieczniejszym pomieszczeniem Układu Słonecznego, ale nie było tego po niej widać. Była na tyle mała, żeby wygodnie zmieścić sześć osób. Czerwone zasłony na ścianach ukrywały wymienniki powietrza i grzejniki. Stół był szeroki, ciemny i odrobinę za niski, żeby zapewnić kilka dodatkowych centymetrów dla wyświetlacza holograficznego. Nie, żeby ktoś chciał korzystać z takich wyświetlaczy. Wyglądały ładnie, ale nie były praktyczne. Attaché wojskowy Marsa nie przyszedł tam podziwiać architektury i Avasarala go za to polubiła.

On sam – Rhodes Chen – usiadł po jednej stronie stołu z sekretarzem i asystentem po obu stronach. Souther też już tam był, kiedy przyszła, odchylał się na oparcie krzesła i śmiał się z Rhodesem. Na jej miejscu czekał mały metalowy talerz – biały chleb i ogórki. Chen wstał na jej widok, a pozostali wraz z nim. Gestem poprosiła, żeby usiedli.

– Dziękuję za przybycie – powiedziała. – Chciałam mieć pewność, że nasi sojusznicy na Marsie są na bieżąco z sytuacją dotyczącą Wolnej Floty.

– Premier Richards przesyła przeprosiny – odpowiedział Chen, zajmując miejsce. – Sytuacja w domu wciąż nie jest spokojna i nie czuła się komfortowo na tyle, by fizycznie opuścić budynki rządowe.

– Rozumiem – zapewniła Avasarala. – Jak pańska żona? Michaela? Czuje się lepiej?

Chen zamrugał.

– Ależ... tak. Tak, czuje się dużo lepiej. Dziękuję.

Avasarala zwróciła się do Southera.

– Żona admirała Chena chodziła do szkoły z moją córką Ashanti, gdy obie były jeszcze małymi dziewczynkami – wyjaśniła.

Nie, żeby Chen o tym pamiętał, pewnie w ogóle nie wiedział. I prawdę mówiąc, dziewczynki nie były z sobą szczególnie blisko, ale rozgrywało się wszystkie karty wręczone człowiekowi przez los. Podniosła swoją kanapkę, ugryzła i odłożyła ją z powrotem, by dać Chenowi chwilę na ukrycie dyskomfortu.

– Będę musiała poprosić pański personel o wyjście – poinformowała.

– Mają moje pełne zaufanie – odpowiedział Chen, kiwając głową, jakby się zgadzał.

– Ale nie moje – odparła Avasarala. – Nie zrobimy im krzywdy, ale nie mogą zostać.

Chen westchnął. Jego sekretarz i asystent uprzejmie zebrali swoje rzeczy, ukłonili się Southerowi i Avasarali, a potem wyszli. Souther opuścił głowę, czekając na informację od systemu, czy któryś z nich zostawił coś za sobą. Przykro byłoby zajść tak daleko i mieć pluskwę w pokoju. Chwilę później pokręcił głową.

– No dobrze – odezwała się. – Możemy przejść do rzeczy?

Chen nie zaprotestował, a Souther wywołał schemat Układu Słonecznego w obecnym stanie. Słońce i wrota pierścienia jako główna oś, planety, księżyce i stacje rozproszone zgodnie z ruchem przydzielonym im przez mechanikę orbitalną. Jak w przypadku każdej mapy taktycznej w tej skali proporcje zostały poświęcone na rzecz czytelności. Tak naprawdę wszystkie dzieci ludzkości mieszkały na rozproszonych kamieniach mniejszych niż pył na powierzchni oceanu. Ukrywali ten fakt ładnymi grafikami, podświetlonymi listami nazw statków i kreskami wektorów. Gdyby mapa faktycznie pasowała do obejmowanego obszaru, nic by na niej nie widzieli. Nawet Ziemia z cierpiącymi miliardami byłaby mniejsza niż jeden piksel.

W obecnym stanie Wolna Flota była wyświetlana na żółto, połączona flota na czerwono, a zbuntowane jednostki Michio Pa oraz ich niech-będzie-że-sojusznicy z SPZ na złoto. Nie wyglądało to ładnie. Souther wyciągnął wskaźnik i zwrócił uwagę zebranych na wrota pierścienia na skraju systemu.

– Naszym celem jest stacja Medyna – powiedział swoim dziwnie wysokim, dźwięcznym głosem. – Jest ku temu kilka powodów, ale najważniejszy jest taki, że to kluczowy punkt przelotu do skolonizowanych układów, włącznie z Lakonią, gdzie urządził się były oficer marsjańskiej floty, Winston Duarte. Ktokolwiek opanuje Medynę i jej systemy obronne, będzie kontrolował pierścienie wrót i cały ruch między nimi. Pozwoli to ponownie otworzyć handel i ruch statków kolonizacyjnych dla nas, odcinając równocześnie linie zaopatrzenia Inarosa od jego sojusznika.

Chen nachylił się do przodu, opierając łokcie na stole, oczy błyszczały mu światłem odbijanym z ekranu. W ogóle nie zareagował na nazwisko Duarte. Miał dobrą pokerową twarz i pewnie spodziewał się je usłyszeć. Richards nie próbowała zaprzeczać roli, jaką marsjańska flota pełniła w tym bajzlu, co było dobre. Ugryzła kolejny kęs kanapki i pożałowała, że nie pomyślała o zabraniu pistacji. Zaraz po dźwiganiu ciężarów nie miała wielkiego apetytu, ale gdy wracał, robiła się głodna jak wilk.

– Jak dotąd sposób działania Inarosa opierał się na strategicznym wycofywaniu się – kontynuował Souther. – Oczyszczał i opuszczał teren, zamiast próbować go utrzymać, zrzucając na połączoną flotę problem utrzymania pozostawionych tam ludzi. Służyło mu to o tyle dobrze, że nie mieliśmy ochoty zbytnio rozproszyć naszych sił obronnych, a Wolna Flota mogła prowadzić rajdy i ataki, korzystając z nadarzających się okazji na siły Ziemi i Marsa oraz zbuntowane frakcje po swojej stronie.

– Piratów – rzucił Chen.

– Piratów – zgodziła się Avasarala. Nie miało sensu akurat tutaj spierać się o semantykę.

– Wierzymy, że ta strategia zawiedzie w przypadku Medyny – oświadczył Souther. – Jest ona zbyt ważna, by ją porzucać. A jeśli się mylimy i Wolna Flota jednak ją porzuci... Cóż, wtedy będziemy dysponować wszystkimi przewagami, na które mamy nadzieję, a on będzie wyglądał niedorzecznie.

– Nie porzuci jej – stwierdziła Avasarala.

– A co z działami szynowymi? – zapytał Chen.

Ciekawy ruch, zdradzenie tego, że Mars wiedział już o artylerii obronnej. Nie była do końca pewna, co chciał osiągnąć, informując ją o tym fakcie. Souther zerknął na nią. Kiwnęła głową. Udawanie ignorancji nie miało sensu.

– Nasze najlepsze informacje pochodzą od ludzi, którzy oderwali się od Wolnej Floty. Kapitan Pa z *Connaughta* była członkinią wewnętrznego kręgu Inarosa. Według naszej wiedzy działa szynowe zamontowane na stacji obcych stanowią pierwszą linię obrony Medyny. Sama stacja jest także wyposażona w działka obrony punktowej i torpedy zostawione im przez Duartego, ale to działa szynowe mają niszczyć wszelkie statki, które bez pozwolenia przelecą przez pierścienie wrót.

– Co wydaje się problemem – skomentował Duarte. – Jakieś pomysły na pokonanie tej przeszkody?

– Zamierzamy wysłać przez wrota całe mnóstwo statków – odpowiedziała Avasarala, a Souther przełączył obraz z taktycznego na zdjęcie *Giambattisty*. Statek nie był ładny: duży, kanciasty i niezgrabny.

– To przerobiony lodowcowiec, którego załogę stanowi frakcja Ostmana-Jasinzkiego z Sojuszu Planet Zewnętrznych – wyjaśnił

Souther. – Został załadowany prawie tysiącem małych pojazdów. Kapsuły abordażowe, małe transportowce, szalupy zwiadowcze. Co tylko się dało. Nazywamy go naszym Grzbietorodem, choć statek zarejestrowany jest pod nazwą *Giambattista.*

– To coś przewozi w środku cztery tysiące reaktorów? – zapytał Chen.

– Nie – odpowiedział Souther. – Większość jednostek napędzana jest rakietami chemicznymi albo sprężonym gazem. Mnóstwo z nich to niewiele więcej niż silniczki ze skafandrów, przyspawane do stalowych skrzynek. To jeden z powodów, dla których są przenoszone na skraj pierścienia, zanim zostaną wypuszczone. To nie są jednostki dalekiego zasięgu. Gdybym miała zgadywać, to sądzę, że połowa z nich nawet w najlepszych warunkach miałaby problemy z pokonaniem drogi od wrót do Medyny. Do tego wszystkiego dochodzi jeszcze kilka tysięcy torped, ale generalnie z głowicami o małej mocy.

– Czyli śmieci – skomentował Chen. – Mięso armatnie.

– Nie obsadzamy ich wszystkich ludźmi – zauważyła Avasarala. – Nawet SPZ nie jest aż tak skłonne do samobójstwa.

Souther mówił dalej.

– Niewielka liczba najlepszych statków będzie przewozić grupę uderzeniową, której zadaniem będzie przejęcie kontroli, nie nad Medyną, a stanowiskami dział szynowych. Spodziewamy się, że kiedy zostaną zdobyte przez nasze siły, Medyna skapituluje. A ponieważ działa szynowe miały bronić Medyny przed atakiem z ponad tysiąca trzystu wrót, a skupimy się tylko na wrotach Słońca i Lakonii, mamy powody wierzyć w zdobycie silnej pozycji obronnej, którą będziemy mogli wzmocnić nie tylko ze strony Układu Słonecznego, ale i dzięki statkom kolonizacyjnym, które przeleciały już przez wrota i będą skłonne i zdolne przylecieć nam z pomocą.

– No dobrze – rzucił Chen.

– Wydaje się pan sceptyczny – zauważyła Avasarala.

– Bez urazy – odpowiedział Chen – ale kiedy na to patrzę, nie składa mi się to wszystko. Jeśli Inaros próbował skłonić naszą flotę to zbytniego rozciągnięcia i rozproszenia sił, to ten atak na samym skraju Układu wydaje się dla niego wymarzonym scenariuszem. Chyba że planuje pani wysłać ten statek bez eskorty, ale w takim wypadku mógłby w ogóle nie lecieć.

– Eskortę będzie stanowić odzyskana marsjańska korweta ze stępkowym działem szynowym – wyjaśnił Souther. – *Rosynant* leci już na kursie przechwytującym. A ponieważ wyleciał ze stacji Tycho, nie ma daleko. Oczywiście, w skali Układu.

– Istnieją również inne zalety posiadania tych aktywów na Medynie, kiedy ją przejmiemy – dodała Avasarala.

Śmiech Chena był wysilony i rozpaczliwy. Avasarala rozciągnęła prawą nogę, czując w niej ból mięśni. Rano będzie gorzej. Dźwiganie ciężarów było argumentem przeciw istnieniu dobrego Boga. Jakby potrzebowała dodatkowych dowodów.

– W takim razie po co zawracać sobie głowę? – zapytał Chen. – Pojedynczy okręt eskortowy i stary lodowcowiec kierujące się do najważniejszej strategicznie pozycji w Układzie? Nie chcę nikogo obrazić, ale nie mogę się oprzeć wrażeniu, że nie lubicie zbytnio załóg tych jednostek. Cała Wolna Flota będzie ich ścigać i zmieni ich w żużel, zanim zbliżą się na milion kilometrów do pierścienia.

– To – odpowiedział Souther – się jeszcze okaże.

Gdyby Chen był psem, postawiłby uszy. Avasarala zobaczyła to w jego twarzy i ustawieniu ramion.

– Dlatego właśnie – odezwała się – musimy porozmawiać. Na osobności. W bezpiecznym miejscu. Potrzebuję zapewnienia, panie Chen, że zgnilizna w sercu pańskiej floty została dogłębnie i skutecznie wypalona. Wierzę, że Emily Richards będzie robić wszystko, co leży w najlepszym interesie ludzkości oraz w interesie Marsa. W tej kolejności. I przeprowadziłam gruntowną kontrolę pańskiej przeszłości.

– Pani... przepraszam?

Avasarala wysunęła ręce z dłońmi skierowanym naprzeciw siebie w odległości mniej więcej metra.

– Mam takiej grubości raport na pana temat. Wiem o każdym pryszczu, jaki wycisnął pan od czasu mutacji. Wszystko. Chwalebne, wstydliwe, obojętne. Wszystko. Naruszyłam pańską prywatność na sposoby, których pan sobie nawet nie wyobraża.

Chen zbladł, potem się zaczerwienił.

– No cóż – powiedział.

– W ogóle mnie to wszystko nie obchodzi – oświadczyła. – Jedyne, co mnie interesowało, to czy miał pan na palcach smród Duartego. Niczego nie znalazłam. To dlatego siedzi pan w tym pokoju. Ponieważ ufam, że zabierze pan to do Richards i do nikogo innego. A muszę wiedzieć, czy ufa pan Marsowi.

Cisza w pokoju zrobiła się bardzo znacząca. Chen przycisnął palce do warg.

– W tej sprawie? Może. Mam wrażenie, że zwraca się pani do mnie z jakiegoś rodzaju prośbą. Jeśli faktycznie tak jest, powinna ją pani wyrazić bardzo jasno i jednoznacznie.

– Chcę, żeby Richards poleciła pozostałościom marsjańskiej floty – okrętom w połączonej flocie oraz tym, które trzymacie w rezerwie – ściśle skoordynować działania z Ziemią, SPZ i flotą pieprzonych piratów.

– W jakim celu?

– Przeprowadzenia kampanii odwracania uwagi – wtrącił się Souther.

Avasarala uciszyła go gestem i pochyliła się w stronę Chena z uśmiechem na ustach.

– Inaros nie będzie ścigał *Giambattisty* ani *Rosynanta*, ponieważ jego uwagę odwróci największa i najbardziej agresywna akcja floty w historii, która wkopie mu jaja do gardła. Zanim zrozumie, czego naprawdę chcemy, będzie już za późno, żeby mógł z tym coś zrobić, poza trzymaniem się za fiuta i płakaniem. Ale muszę wiedzieć, że w to wchodzicie.

Chen zamrugał. W jego opanowaniu pojawiła się drobna szczelina.

– No cóż – powiedział – jeśli tak pani to ujmuje.

ROZDZIAŁ TRZYDZIESTY DZIEWIĄTY

NAOMI

Rosynant leciał, ale nie prosto w stronę wrót pierścienia. To byłoby zbyt oczywiste. W zamierzeniu mieli się spotkać z *Giambattistą* na niejednoznacznej orbicie, tak by potencjalni obserwatorzy nie byli pewni, czy chcą się ustawić do długiego lotu zgodnie z kierunkiem obrotu w stronę Saturna, na zewnątrz do Neptuna, czy spróbować rzucić się na wrota. Niech Marco się chwilę pozastanawia i znajdzie w sytuacji, w której jego uwagę łatwo da się odciągnąć innymi działaniami.

Oczywiście, przy założeniu, że w ogóle obserwował, gdzie leci *Ros*.

Naomi zakładała, że obserwuje każdy ruch statku. Zakładała, że robili to wszyscy. Rozumiała, jak bardzo nienawidzili ją teraz dawni przyjaciele.

Nawet w tej chwili względnego spokoju Jim spędzał dziesięcio- i dwunastogodzinne zmiany przy konsoli łączności. Kiedy nie wysyłał ani nie odbierał nagrań, oglądał wiadomości. Na Ganimedesie i Tytanie narastała obecność Wolnej Floty. Połączona flota dzieliła swe siły w celu wysłania okrętów osłony na Tycho. Z Pallas dobiegały gniewne głosy wyrzekające się zdrajców współpracujących z planetami wewnętrznymi – już nie tylko Michio Pa i jej pirackiej floty, ale też frakcji SPZ zebranych przez Freda Johnsona. W ten sposób Jim próbował mieć jakąś kontrolę nad czymś, czego tak naprawdę nie mógł kontrolować. Oglądane przez niego i wysyłane wiadomości były dla niego czymś w rodzaju modlitwy, choć sam by tego tak nie określił. Czymś, co dawało mu chwile spokoju i złudzenie, że to, w co zostali złapani, nie było aż tak potężniejsze od ich poszczególnych życzeń, zamiarów, nadziei i planów.

Więc choć bardzo ją to irytowało, pozwalała mu to robić. Przyzwyczaiła się do zasypiania przy dźwięcznych głosach wiadomości z Ziemi oraz budzenia się w towarzystwie twardych tonów Chrisjen Avasarali i Michio Pa w jej kabinie.

– Włączymy silniki, gdy zobaczymy, że połączona flota rzeczywiście wchodzi do akcji – oświadczyła Pa odległym, przytłumionym głosem wnikającym w półsen Naomi. Głos był tak zmęczony, że Naomi miała ochotę ze współczucia z powrotem pogrążyć się we śnie. – Rozumiem, że ta decyzja nie jest popularna, ale nie chcę, żeby moi ludzie stali się przyciągającą oczy błystką na haczyku Ziemi.

– Nigdy tego nie rozumiałam – odezwała się Naomi.

Jim zgasił ekran swojego ręcznego terminala i zwiesił słuchawki na szyi z wyrazem twarzy świadczącym o poczuciu winy.

Naomi się przesunęła, a prycza przeciążeniowa zachwiała się pod nimi jak jeden z hamaków, w których sypiała, dorastając.

– Co błyskotki mają wspólnego z łapaniem ryb?

– Nie błyskotki – odpowiedział Jim. – Błystki, coś świecącego i kolorowego, co przyciąga uwagę. Mogą być robaki, muchy. Umieszczasz je na metalowych haczykach z zadziorem na końcu, przywiązujesz do haczyka bardzo cienką linkę i rzucasz to wszystko do jeziora albo rzeki. Liczysz na to, że ryba skusi się na błystkę albo robaka, a potem będziesz mogła ją wyciągnąć z wody dzięki haczykowi, który utkwi rybie w paszczy.

– Wydaje się to mało skuteczne i niepotrzebnie okrutne.

– I w zasadzie faktycznie tak jest.

– Brakuje ci tego?

– Łowienia ryb? Nie. Stania na brzegu jeziora albo siedzenia w łodzi, gdy wschodzi słońce? Tego trochę tak.

To była druga rzecz, którą robił. Wspominał dorastanie na Ziemi, mówiąc o tym tak, jakby ona też doświadczyła czegoś podobnego. Jakby miała zrozumieć po prostu dlatego, że go kochała. Udawała, że rozumie, ale też zmieniała temat, gdy tylko mogła.

– Jak długo spałam?

– Wciąż mamy sześć godzin, zanim zbliżymy się na tyle, by zacząć dokowanie. – Jim odpowiedział na jej prawdziwe pytanie bez potrzeby sprawdzania. – Bobbie jest w warsztacie z Clarissą i Amosem, robi jakieś ostatnie poprawki do swojego pancerza bojowego. Mam wrażenie, że planuje go założyć i zostać w nim do czasu, aż dotrze na Medynę.

– Prowadzenie bojowników SPZ musi być dla niej dziwnym doświadczeniem.

Jim opuścił się na żel pryczy przeciążeniowej, podpierając głowę jedną ręką. Naomi położyła dłoń na jego piersi, tuż pod mostkiem. Miał ciepłą skórę. W półmroku wyglądał na wrażliwego. Zagubionego.

– Powiedziała ci coś na ten temat? – zapytał.

– Nie. Tylko tak pomyślałam. Spędziła tak dużą część życia z Pasiarzami jako wrogiem, a teraz udaje się na statek SPZ pełen żołnierzy SPZ. Nie jesteśmy jej ludem. A przynajmniej do tej pory nim nie byliśmy.

Jim kiwnął głową, ścisnął jej dłoń, a potem wysunął się spod niej. Prawie minutę w milczeniu obserwowała, jak się ubiera.

– O co chodzi? – zapytała.

– Nic.

– Jim – powiedziała. A potem łagodniej: – O co chodzi?

Kiedy wydał z siebie to ciche, charakterystyczne westchnięcie, wiedziała, że się poddał i nie będzie już próbował jej chronić przed tym, co leżało mu na sercu. Wciągnął podkoszulek i oparł się o ścianę.

– Chciałem z tobą o czymś porozmawiać. O tej zasadzce, w której zginął Fred.

– Słucham.

Opowiedział. Połączenie z *Pellą*, próba odwrócenia uwagi Marco, zobaczenie Filipa, rozbrojenie torped. Zrelacjonował to wszystko z zażenowaniem, jak dziecko przyznające się do zjedzenia ostatniego kawałka tortu. Nie popatrzył jej w oczy, nawet gdy włączyła światła kabiny i sama zaczęła się ubierać. Amos go na tym przyłapał i zaproponował odebranie mu możliwości rozbrojenia torped. Jim odmówił. Cisza była jedyną oznaką tego, że skończył.

Naomi stała przez chwilę, obserwując własne emocje, jakby były obiektami rozrzuconymi przez nieoczekiwany skręt. Przerażenie wizją śmierci Filipa. Wściekłość na Marco za narażenie ich dziecka. Poczucie winy, nie tylko z powodu Filipa, ale i Jima. Za pozycję, w jakiej go postawiła, i odruchowe kompromisy, na które decydował się ze względu na nią. Wiedziała, że powinna się tego wszystkiego spodziewać, ale czuła też niecierpliwość. Niezupełnie chodziło tu Jima, siebie czy Filipa. Czuła potrzebę ponownego opłakiwania tego, co opłakiwała już tyle razy wcześniej.

– Dziękuję – odparła z ciężkim sercem. – Że się przejmujesz. Za próbę opiekowania się mną. Ale Filipa już straciłam. Nie mogłam go uratować, gdy był niemowlęciem, nie mogłam go uratować teraz, gdy w zasadzie jest już mężczyzną. To już dwa razy, a dwa razy to zawsze. Nie mogę przestać mieć nadziei, że wyjdzie z tego wszystkiego z życiem, ale jeśli ma zostać ocalony, będzie musiał to zrobić sam.

Stłumiła zdradliwą łzę. Jim zrobił pół kroku w jej stronę.

– Będzie musiał to zrobić sam – powtórzyła odrobinę twardszym głosem, żeby jej nie dotknął ani nie powiedział niczego łagodnego i pocieszającego. – Tak samo jak wszyscy.

***

Gdy *Giambattista* znalazł się w zasięgu wzroku, nie wyglądał ładnie. Dłuższy od *Canterbury*, gdy ten jeszcze latał, szerszy na śródokręciu, z mnóstwem wielkich magazynów otwartych na próżnię, do przechowywania lodu zebranego z pierścieni Saturna lub przechwyconych komet oraz dowolnych innych źródeł w Układzie. Przy oświetlonych blatach roboczych, zewnętrznych szopach magazynowych mechów, silnikach korekcyjnych, zestawach czujników i anten było na nim tyle źródeł oporu aerodynamicznego, że statek zostałby rozerwany na części przez nawet najrzadszą atmosferę. Za to żadnych wyrzutni torped, żadnych działek obrony punktowej. Ogromny statek przewoził tysiące maleńkich jednostek, ale jedyne, czym mógł je chronić, to czarujący uśmiech i broń ręczna.

Na mostku Bobbie położyła jedną dłoń na ramieniu Naomi, drugą na ramieniu Jima.

– I jak, odlatujecie już ze strachu?

– A skąd. – Naomi odpowiedziała równocześnie z Jimem:

– Tak.

Bobbie roześmiała się ciepło. Zdawała się być najszczęśliwsza od chwili, gdy weszła na statek. Przeszła przez pokład, klikając włączającymi się i wyłączającymi magnesami. Te dźwięki wzbudzały nerwowość Naomi. Gdyby stało się coś, co wymagałoby nagłego ruchu *Rosa*, buty albo utrzymałyby ją na pokładzie, łamiąc jej piszczele, albo odpadłaby i zaczęłaby się obijać o ściany. Nie, żeby niebezpieczeństwo było poważne. Po prostu pewnie jej odbijało ze strachu, jak Jimowi. Przynajmniej odrobinę.

Przyglądała się hamowaniu *Giambattisty*. Główne silniki zostały już wyłączone, a wyrzucony z nich gaz odlatywał, szybko stygnąc. Zbliżał się powoli w ich stronę. Sześć tysięcy kilometrów. Pięć i trzy czwarte. Pięć i pół.

– No dobrze. – W interkomie rozległ się głos Aleksa. – Wszyscy się czegoś trzymajcie. Podchodzimy do dokowania.

Ku własnej uldze usłyszała, że Bobbie przypina się do pryczy za jej plecami w chwili, gdy Amos i Clarissa zgłosili z dołu, że są bezpieczni.

– Możesz zapukać? – zapytał Jim.

Otworzyła połączenie wiązką kierunkową. Czekała dłuższą chwilę i znalazła się twarzą w twarz z mężczyzną, którego biała broda i przyprószone siwizną włosy nadawały mu wygląd kogoś z bajki dla dzieci o wilkach w ludzkiej skórze.

– Que sa, *Giambattista* – odezwała się. – *Rosynant*, wir. Go es gut alles la?

Wilk się wyszczerzył.

– Bist bien, sera Nagata suer. Daj nam swoich wojowników, dziewczyno i skopmy te fiuty à l'envers a pukis.

Naomi roześmiała się, w mniejszym stopniu z powodu wulgarności obrazu, a bardziej z powodu złośliwej satysfakcji, z jaką powiedział to rozmówca.

– Bien. Przygotujcie się do dokowania. – Rozłączyła się i wywołała Aleksa. – Mamy pozwolenie na dokowanie.

Bobbie z tyłu nuciła melodię, której Naomi nie rozpoznała, ale była synkopowana, optymistyczna, nawet radosna. *Rosem* szarpnęło i wszystkie prycze przesunęły się o kilka stopni, by skompensować siłę tego szarpnięcia. Byli na prawie pasującej orbicie. Tylko kilka metrów dryfu, a silniki manewrowe pod opieką Aleksa niwelowały go właśnie do zera.

– Wiedział, kim jesteś – zauważył Jim.

– Nie tylko ciebie ludzie rozpoznają – odpowiedziała, gdy z *Rosa* zaczął się wysuwać kołnierz dokowy, zaczepiając się po chwili do śluzy *Giambattisty*.

Z tej odległości korweta wyglądała przy lodowcowcu na bardzo małą. Coś jak końska mucha i koń. Dotarła do niej skala tego, czego zamierzali spróbować, i zaparło jej dech w piersiach. Te dwa statki stanowiły ukrytą, niewielką siłę. Łatwo było je przeoczyć w Układzie pełnym przemocy. Wszyscy mieli nadzieję, że są na tyle mali, że nieznaczący. A jednak olbrzymi.

– Będziemy jeszcze się obijać? – zapytała Bobbie. – Bo jeśli nie, to pójdę się przebrać i przejdę do nich.

– Założysz swój pancerz wspomagany po prostu do przejścia przez kołnierz? – zapytał Aleks.

– Wiesz jak to jest – odparła Bobbie. – Nigdy nie masz drugiej szansy na zrobienie pierwszego wrażenia.

– Rewelacja – skomentował Aleks.

– Spotkamy się w śluzie – rzucił Amos.

Naomi obejrzała się na Jima. Marszczył brwi.

– Powtórz, Amos.

– No tak – powiedział Amos. Słyszała uśmiech w jego głosie. – Pomyślałem, że pójdę tam z Bobbie. Te gnojki z SPZ to nasi najlepsi kumple i w ogóle, ale my to wciąż my, a oni to oni. Ktoś musi pilnować pleców Bobbie, gdy będzie tam między nimi całkiem sama. Zresztą, w rozbijaniu głów jestem równie dobry jak każdy z nich.

– Możemy cię potrzebować na *Rosie*, wielkoludzie – napiętym głosem odpowiedział Jim. – Z tym całym lotem do bitwy w zasadzie wolałbym mieć mechanika pod ręką.

Bobbie wycofała się w głąb szybu windy, przesuwając się ręka za ręką głową do przodu.

– To słodkie, kapitanie, ale mnie nie potrzebujesz – zapewnił Amos. – Złotko zna statek równie dobrze jak ja. Poradzi sobie ze wszystkim, co będzie wymagało zrobienia.

Jim sapnął, a ona wyciągnęła rękę, chwytając brzeg jego pryczy i obracając ją tak, by znaleźli się twarzą w twarz. Jim odczytał wiadomość z wyrazu jej twarzy.

– W porządku, Amos – odpowiedział. – Bobbie? Dopilnuj, żeby przynieść z powrotem dostatecznie dużo, by dało się odtworzyć brakujące kawałki.

– Potwierdzam. Zrobi się – odparła Bobbie.

Jej głos brzmiał, jakby dobiegał z bliska, w czymś ciasnym. Miała już na głowie hełm. Naomi chciała poczuć uspokojenie radością, jaką Bobbie odczuwała z nadchodzącej przemocy, ale nie do końca jej to wyszło. Mogła się tylko skulić, trwać i czekać, co będzie dalej. Przynajmniej w tym miała wprawę.

W ciągu następnych godzin Bobbie i Amos przeprowadzili kontrolę nowych sojuszników – raporty i dzienniki statku, jednostki w ładowniach, żołnierze SPZ, których mieli poprowadzić do ataku – podczas gdy Naomi katalogowała to wszystko przez kamerę skafandra Bobbie. Stojaki z bronią i skrzynki amunicji. Kolorową zbieraninę statków i żołnierzy. Oceny Bobbie były spokojne, racjonalne, profesjonalne i podsycały rosnące w brzuchu Naomi obawy.

Jej myśli odpływały trochę podczas przerw. Ludzka przemoc jako coś w rodzaju fraktala – podobna do siebie we wszystkich skalach, od bójki barowej do wojny obejmującej cały Układ Słoneczny. Przybierające na sile obelgi i utrata twarzy nasilająca się w ciągu wieczora lub stulecia, popychanie i odpychanie, z początku żadna ze stron nie jest pewna, czy chce eskalować ani jak się wycofać. Wszystko to było historią planet wewnętrznych i Pasa od samego początku. Potem Marco wyprowadził swoje podstępne uderzenie i wywołał wstrząs całego Układu. Od tamtej pory zwody i oceny, gorączkowe akty przemocy, które nie miały niczego zakończyć, a raczej znaleźć pozycję i sprawdzić przeciwnika.

Wszystko od momentu zrzucenia na Ziemię kamieni było przygotowaniem do tej chwili: kontrataku wyprowadzonego z całą powagą i bez zahamowań. Każda ze stron miała nadzieję wyprowadzić cios, którego przeciwnik nie będzie się spodziewał. Zapomniana ręka. Może mieli to we krwi, w kościach. Wspólne ludzkie dziedzictwo. Sposób postępowania, który eksportowali teraz do gwiazd. Robiła się od tego zmęczona.

– Cóż, to niekoniecznie rzeczy, które sama bym wybrała, ale jest lepiej, niż się spodziewałam – powiedziała Bobbie ze swojej nowej, ciasnej kabiny na *Giambattiście*.

Naomi usłyszała dobiegający z tła głos Amosa, podniesiony i śmiejący się z innymi. Wpasowywał się w nową grupę. A właściwie nie, nie tak. Pozwalał grupie myśleć, że się do nich dopasowuje. Dopadło ją straszne przeczucie, że nie wróci już na *Rosynanta*, jedno z pustych przeczuć wynikających z niepokoju i niecierpliwości.

– Chcesz dokładniej sprawdzić statki? – zapytała Naomi.

– Nie – odpowiedziała Bobbie. – Mogę to zrobić już po drodze. Naciśnij spust, niech ta apokalipsa ruszy.

– No dobrze – stwierdziła Naomi. – Trzymaj się bezpiecznie.

– Dobrych łowów. Mówimy „dobrych łowów".

– W takim razie dobrych łowów.

Te słowa były zdecydowanie niewystarczające. Zamknęła połączenie, odpięła się, złapała uchwyty na ścianie i rozciągnęła ręce, potem nogi i cały kręgosłup. Kiedy skończyła, uświadomiła sobie, że była to ta sama procedura, którą stosowała przed ćwiczeniami na siłowni. Przygotowanie do większego wysiłku.

Zeszła do kambuza, gdzie jedli Aleks, Jim i Clarissa. Wszyscy na nią popatrzyli, gdy wciągnęła się do środka.

– Bobbie mówi, że możemy lecieć.

– No cóż, niech to szlag i hurra – odpowiedział Aleks.

Jim wyciągnął z kieszeni ręczny terminal i wystukał zestaw poleceń, włącznie z takim, które wymagało podwójnego hasła, a potem wcisnął przycisk.

– Dobra – powiedział. – Sygnał wysłany. Gdy tylko rozpocznie się atak, ruszymy w stronę pierścienia z nadzieją, że nikt nas nie zauważy.

Przez chwilę wszyscy milczeli. Naomi miała wrażenie, że powinny się rozlec jakieś fanfary. Gongi i trąby oznajmiające nadchodzącą śmierć i zniszczenie. Zamiast tego był tylko kambuz, ich czwórka, odgłosy wymienników powietrza i zapach kurczaka.

– Wygląda na to, że to kiepska noc na spanie – rzuciła. – Będę oglądać wiadomości na górze.

Jim się nie odezwał. Oczy miał głęboko zapadnięte w oczodołach z wyczerpania i czegoś jeszcze. Nie strachu. Czegoś gorszego. Rezygnacji. Naomi odepchnęła się, zaparła obok niego i położyła dłoń na jego dłoni. Zdołał się uśmiechnąć.

– Przyniosę coś do picia i przekąski, możemy oglądać początek fajerwerków.

– Nie wiem – odparł Jim.

– Nie będzie porządnych dąsów, jeśli nie zrobimy ich razem, szefie – rzucił Aleks. – Uwzględnij i mnie – dodał, zwracając się do Naomi.

– I mnie – powiedziała Clarissa, a potem nie dodała *jeśli jestem zaproszona.*

Na tle wojny było to coś bardzo małego, ale Naomi i tak ucieszyła się z tego powodu.

– No dobra – rzucił Jim. – Niech będzie.

Trwało to wiele godzin. W całym Układzie rozjarzyły się smugi z silników. Połączona flota bazująca wokół Ceres, Marsa i Tycho odskoczyła od swoich pozycji obronnych, ruszając w Pas. Dołączyły do tego rozproszone jednostki floty Michio Pa, a potem SPZ. Do czasu, gdy ostatnie z nich zgłosiły lot, zaczęły reagować okręty Wolnej Floty. *Rosynant* śledził wektory i zgrupowania, nitki światła splatające pustkę między stacjami i planetami. Szyki bitewne. Ożyły kanały wiadomości – cywilne, rządowe, korporacyjne i związkowe, wszystkie zdawały sobie sprawę, że coś się dzieje i próbowały się zorientować w pełnym zakresie działań.

Krótko po północy czasu statku *Ros* podniósł alarm.

– Co mamy, Aleks? – zapytał Jim.

– Złe wieści. Widzę parę ścigaczy bojowych kierujących się w naszą stronę z Ganimedesa.

– No cóż, to tyle, jeśli chodzi o pozostanie niezauważonymi. Ile potrwa, zanim do nas dotrą? – zapytał Jim, ale Naomi już wprowadziła pytanie do systemu.

– Pięć dni, jeśli tylko przelecą obok i zawrócą – zgłosiła. – Dwanaście, jeśli spróbują dopasować orbitę, gdy ruszymy.

– Możemy je pokonać? – zapytała Clarissa.

– Gdybyśmy byli sami, może by się dało – stwierdził Aleks. – Problem w tym, że pilnujemy tej krowy. Ale jeśli polecimy dostatecznie szybko, może dolecimy do pierścienia, zanim nas dopadną.

– Będziemy się nad tym zastanawiać po drodze – rzucił Jim. – W tej chwili musimy kopnąć *Giambattistę*, żeby ruszył najszybciej, jak może, ale tak, żeby Bobbie wciąż mogła prowadzić swoje inspekcje.

– Żaden plan nie wytrzymuje kontaktu z przeciwnikiem – skomentował Aleks, odpinając się i ruszając w stronę kokpitu. – Rozgrzeję silnik.

– Ja powiem naszym znajomym po drugiej stronie, żeby zrobili to samo – powiedział Holden, przejmując kontrolę nad łącznością.

Na monitorze Naomi tysiące kresek cienkich jak włos znaczyło miejsca bitew oraz ich spodziewane lokalizacje. Kierując się impulsem, wyłączyła ekran taktyczny, zostawiając tylko rozproszone ślady smug silnikowych w systemie, a potem dodała gwiazdy w tle.

Był to największy skoordynowany atak w dziejach Układu. Setki statków działających dla przynajmniej czterech stron. Dziesiątki stacji, miliony ludzi.

Nie dało się ich zobaczyć na tle gwiazd.

ROZDZIAŁ CZTERDZIESTY

PRAKS

Im więcej mijało czasu, tym bardziej stawało się jasne, ile w praktyce znaczyła oficjalna neutralność Ganimedesa. W dokach stacji i na orbicie wokół księżyca znajdowało się z każdym dniem coraz więcej statków Wolnej Floty i coraz mniej innych jednostek. Przybywało żołnierzy w mundurach Wolnej Floty na stacjach metra, na targach, w publicznych salach i korytarzach, z początku zachowywali pozorną swobodę mieszkańców, później pojawiali się w większych grupach i byli coraz bardzie agresywni. Potem pojawiły się opancerzone stanowiska pozwalające bezkarnie strzelać do wszystkich przechodzących.

Djuna zabroniła mu oglądać lokalne wiadomości przy śniadaniu w weekendy. Było w nich zbyt wiele historii o ciałach znajdowanych w nieprzyjemnych okolicznościach. Za dużo zaginionych osób, za dużo oskarżeń o szpiegostwo, zbyt liczne przypomnienia wciąż oficjalnej policji, że Pinkwater było korporacją bez formalnych powiązań ani agend politycznych, której celem było wyłącznie zapewnienie bezpieczeństwa i dobrobytu obywateli Ganimedesa. Rzeczy w rodzaju tych, które mówiło się, bo nie są prawdą.

Dla Praksa to nie oficjalne wiadomości i żołnierze z bronią byli najbardziej niepokojący. Zauważał drobniejsze rzeczy. To, że dziewczynki przestały walczyć z koniecznością powrotu do domu przed godziną policyjną. Rozpoczynane przez Djunę tęskne rozmowy o przyjęciu pracy gdzieś indziej, o wyemigrowaniu z Ganimedesa, co nigdy nie kończyło się jednak wyciągnięciem jakichś wniosków. Te drobne rzeczy miały większą wagę. Owszem, rozbito krąg dysydentów. Tak, ludzie ginęli. Ale – poza Karvonides – nie był to nikt, kogo znał osobiście. A zmiany zachodzące na stacji zmieniały także jego rodzinę. Zmieniały i jego.

Praks zajmował się swoją pracą, bo nie miał nic innego. Przecież niczego nie poprawi, chowając się pod łóżkiem. Zresztą pozory normalności były czasem równie dobre, jak prawdziwa normalność. Chodził więc rano na narady, a popołudniami zajmował się swoimi roślinami. Trzeba było ograniczyć skalę niektórych upraw testowych. Badania i rozwój nie były tak ważne, jak wyprodukowanie dostatecznej ilości żywności, by uzupełnić zapasy okrętów bojowych. Praks uważał to za krótkowzroczne. Jeśli już, to tego typu zaburzenia stanowiły argument za nasileniem badań, w szczególności w zakresie radioplastów proponowanych przez Khanę i Brice. Co jakiś czas próbował podnosić tę kwestię. Posunął się nawet do tego, by zapytać, czy w Wolnej Flocie była jakaś osoba, z którą laboratoria mogły o tym porozmawiać. Choć nikt nie podchodził do tego z entuzjazmem. Czyli była to kolejna rzecz odebrana przez okupację.

A pod tym wszystkim dręczyła go obawa o to, co zrobił, wysyłając dane na Ziemię. Kiedy w końcu przyszła do niego ochrona, prawie poczuł ulgę.

Było popołudnie i pracował w laboratorium hydroponicznym. W stronę świateł wznosiły się ze zbiorników liczne rzędy roślin o czarnych liściach. Korzenie przeciskające się przez nawodniony żel na dole były białe jak śnieg. Praks przechodził od rośliny do rośliny z rękami w jasnoniebieskich rękawiczkach. Ostrożnie sprawdzał każdy liść, szukając na nich plam żółci i pomarańczu świadczących o umieraniu radioplastów. I do chwili, gdy męski głos wypowiedział jego nazwisko, popołudnie mijało całkiem dobrze.

– Doktorze Meng?

Przyszło ich czterech, sami mężczyźni. Dwóch miało na sobie proste mundury z logo Pinkwater na ramieniu i piersi, pozostali dwaj byli z Wolnej Floty. Praks poczuł gwałtowne bicie serca pod wpływem adrenaliny, ale spróbował nie wyglądać na przesadnie przejętego. Każdy zrobiłby się zaniepokojony, gdyby przyszła o niego pytać Wolna Flota. Nawet niewinni. Pomyślał, że to słuszna myśl.

– Mogę w czymś pomóc?

– Musi pan z nami pójść – odezwał się wyższy z dwójki z Wolnej Floty.

– Nie mogę – odpowiedział Praks, wskazując na niesprawdzone jeszcze rośliny. Jakby to było dostatecznym wyjaśnieniem.

Podeszli bliżej, otaczając go. Wszyscy mieli pistolety w kaburach. Kajdanki. Puszki ze sprayem obezwładniającym.

– Musi pan z nami pójść – powtórzył ten wyższy.

– Czy ja... czy potrzebuję przedstawiciela mojego związku? – zapytał, ale nie zdziwił się, gdy niższy z ludzi Wolnej Floty pchnął go w plecy. *Mógłbym uciekać*, pomyślał. *To w niczym by nie pomogło, ale mógłbym spróbować.*

Wyprowadzili go przez frontowe drzwi. Gdy na korytarzu mijali Brice, odwróciła wzrok, udając, że niczego nie widzi. Biurko na recepcji było puste, wszyscy nagle musieli wyjść do ubikacji albo w tej samej chwili zrobić sobie przerwę na kawę. Nikt z ludzi, z którymi pracował, nie zobaczy, jak go wyprowadzają. Właśnie tak odpowiedni rodzaj władzy potrafił sprawić, że ktoś mógł szybko zniknąć. Wyjście przez frontowe drzwi, zapewne po raz ostatni, było prawie jak objawienie. Oglądając wcześniej wiadomości, wielokrotnie zastanawiał się, w jaki sposób tak wielu ludzi mogło zaginąć na stacji pełnej kamer. Teraz rozumiał.

Wystarczyło sprawić, by przyglądanie się było niebezpieczne.

Zapakowali go do wózka i pojechali szerokim bocznym korytarzem, w dół południowej rampy, a potem dobrze oświetlonym betonowym korytarzem. Gwałtownie dopadło go wspomnienie, jak czekał tu po spadnięciu luster, gdy przetrwanie stacji na Ganimedesie było wciąż jeszcze otwartą kwestią. Czekał w kolejce właśnie tu, próbując znaleźć Mei. Tym razem to ona będzie się zastanawiać, co się z nim stało. Symetria.

W biurze Pinkwater zabrali go do małego, zimnego pokoju. Zielone ściany, zielona podłoga. Wszystko śmierdziało przemysłowym detergentem. Takim, jakiego używali do czyszczenia krwi i plwociny. Usuwania zagrożeń biologicznych. Krzesło przynitowane do podłogi przed tanim, plastikowym biurkiem. Czarne kropki na ścianie obróciły się w jego stronę jak oczy pająka. Nie kamery, a takie same zestawy do obrazowania wielozakresowego, jakich używał w laboratorium. Były dostatecznie czułe, by zarejestrować jego tętno na podstawie zmian skóry i śledzić temperaturę każdej części ciała. Używał ich wielkokrotnie podczas zeszłorocznych eksperymentów nad soją, a zobaczenie ich tutaj odebrał prawie jak zdradę.

Do środka wszedł wyższy z ludzi z Wolnej Floty. Za nim ciemnoskóra kobieta w mundurze Pinkwater. Praks podniósł wzrok. Wyobrażał sobie tę chwilę tyle razy pośrodku nieprzespanych nocy, że teraz, gdy faktycznie nastąpiła, był prawie ciekaw, na ile będzie zgodna z jego oczekiwaniami. Będą go bić? Grozić mu przemocą? Czy zagrożą skrzywdzeniem Mei, Djuny i Natalii? Słyszał, że czasami więźniowie bywali uzależniani od narkotyków, a potem grożono im zabraniem zapasu, pozwalając, by głód załatwił sprawę.

– Doktorze Meng – odezwał się wysoki mężczyzna, siadając naprzeciw niego. Czy brał środki zwiększające koncentrację? Praks słyszał o nich, ale nie wiedział, jak działają. – Czy był pan kierownikiem Quiany Karvonides? Według dokumentacji to pan zidentyfikował jej ciało.

– Byłem – potwierdził Praks. Czy był jakiś sposób na wykręcenie się z tej sytuacji? Czy uwierzą mu, jeśli zaprzeczy wszystkiemu, czemu tylko mógł? Czy sam się czymś zdradzi? Skupiało się na nim spojrzenie wszystkich czarnych, mechanicznych oczu oraz jasnobrązowych oczu mężczyzny. Tylko kobieta z Pinkwater patrzyła na swój ręczny terminal. – I zidentyfikowałem. Karvonides chyba nie miała na stacji żadnej rodziny, choć nie jestem tego pewien. Czy coś jest nie tak?

– Pracowała nad firmowymi drożdżami? Zgadza się?

– To jeden z naszych projektów – potwierdził Praks, kiwając głową.

Zaczynał się denerwować. Wiedzieli o tym.

– Czy pracowała dokładnie nad tym?

Praksowi zaschło w ustach, a zimno w pomieszczeniu zdawało się rozpełzać po jego nogach do podstawy kręgosłupa. Co on zrobił? Czym się wychylił? Ale nie, to nie było tak. Wszystkie jego działania miały swoje uzasadnienia. I wiedział, że wiążą się z ryzykiem. Trafienie do tego pokoju było jednym z nich, nawet jeśli nie wiedział wtedy, który to dokładnie będzie pokój. Zastanawiał się, czy przyglądają mu się jeszcze inni ludzie, czy też pajęcze oczy przesyłają dane do jakiegoś oprogramowania, które go analizuje i podsuwa im odpowiedzi.

– Doktorze Meng?

– Tak, przepraszam. Tak, pracowała nad drożdżami uprawowymi. To mikroorganizm, który, hm, pochłania bardzo szeroki zakres promieniowana elektromagnetycznego tak, jak rośliny wykorzystują światło. Został zaprojektowany dzięki inżynierii wstecznej na podstawie danych z protomolekuły. Pozwala to drożdżom produkować własne cukry z radioplastów, a potem, yyy, jego wewnętrzne układy mogą zmieniać te cukry w bardziej złożone substancje odżywcze.

Przesłuchująca go dwójka wymieniła spojrzenie. Nie potrafił stwierdzić, jakie było jego znaczenie. Jak Mei poradzi sobie bez niego? Była już starsza, prawie nastoletnia. I tak wkrótce zacznie się odsuwać od rodziny. Może nie był to taki zły czas na stracenie go. Czy włożą jego ciało do recyklera? Nie mógł myśleć w ten sposób. Nie teraz.

– Co może nam pan powiedzieć o Hy1810? – zapytała kobieta, a Praks miał wrażenie, że patrzy przez niego na wylot. Widzi kości i kształt naczyń krwionośnych.

Nigdy jeszcze nie czuł się bardziej nagi. Spróbował usiąść wygodniej na krześle, pochylić je odrobinę do tyłu, ale wywołał tylko ciche skrzypnięcie nitów. Na ścianie znajdowały się wgłębienia i zadrapania, których do tej pory nie zauważył. Zostały zamalowane, ale wyraźnie tam były. Wolał nie myśleć o tym, co jak powstały.

– To dziesiąta odmiana przygotowana na podstawie osiemnastego protokołu – wyjaśnił. – Własność firmy. Nie powinienem o niej rozmawiać. Przykro mi.

– Dlaczego przeniósł pan dane Hy1810 z partycji Karvonides?

No proszę. Wiedzieli. Odetchnął głęboko i usłyszał, jak oddech drży mu w gardle. Nie potrzebowali środków zwiększających koncentrację ani komputerów. Mogli go czytać jak otwartą książkę. To był ten sen, którego najbardziej starał się unikać, a teraz mógł tylko przyglądać się, jak się rozgrywa. Poczuł szczątkową, bezzasadną nadzieję. Musiał być jakiś sposób. Musiał wrócić do domu, bo inaczej kto będzie robił naleśniki dla dziewczynek?

– Przeniosłem je na prośbę niektórych z pozostałych inżynierów pracujących w projekcie. Po śmierci Karvonides potrzebowali dostępu do danych hodowli, inaczej nie byłoby możliwe kontynuowanie prac. Więc tak, przeniosłem je na partycję, z której mogli skorzystać.

– Czy dokonał pan przeglądu uprawnień na tej partycji?

– Informacje były firmowe – odpowiedział Praks, trzymając się tej myśli jakby była ostatnią, rozmokniętą częścią statku, który zatonął mu pod stopami. Nawet dla niego brzmiało to słabo.

Mężczyzna nachylił się ku niemu.

– Te dane zostały wysłane na Ziemię. Wyizolowaliśmy z nich identyfikatory śledzenia i odkryliśmy, że pochodziły z partycji, na której to *pan* je umieścił.

W jego głowie zakotłowały się kłamstwa i zaprzeczenia. *Każdy mógł uzyskać dostęp do tamtych danych. Postąpiłem nierozważnie. Może nie byłem dość ostrożny w zakresie zabezpieczeń, to wszystko.* Nie zrobiłem niczego złego.

Oczyma duszy znowu zobaczył Karvonides. Rany na jej szyi i głowie. Tak, mógł znowu się jej wyprzeć, ale to nie zrobi żadnej różnicy. I tak już wiedzieli, albo byli dostatecznie blisko. Będą go cisnąć, torturować, aż w końcu się złamie. Nie miało znaczenia, co teraz powie. I tak już nie żył. Koniec z naleśnikami. Koniec z wieczorami namawiania dziewczynek do odrobienia lekcji i niedzielnych poranków spędzanych do późna w łóżku z Djuną. Ktoś inny przejmie jego badania. Przepadło wszystko, co kochał, wszystko, dla czego żył.

Z zaskoczeniem odkrył, że był to nie tyle strach, co jakiś rodzaj strasznej wolności. Teraz mógł powiedzieć, co tylko chciał. Włącznie z prawdą.

– Musicie coś zrozumieć – powiedział, czując wykwitającą w piersi, oszałamiającą, irracjonalną odwagę. – Równowagi biologiczne? One nie są proste. Nigdy.

– Równowagi – powtórzył mężczyzna.

– Tak. Dokładnie. Wszyscy myślą, że to proste. Pojawia się nowy gatunek inwazyjny, dysponujący przewagą, i wygrywa z dotychczasowymi, prawda? Tak wygląda historia, ale nie cała. Miejscowe środowisko zawsze się opiera, *zawsze*. Tak, tak, może nieskutecznie. Może bez wyraźnego pomysłu na poradzenie sobie z nowym konkurentem. Nie twierdzę, że robi to doskonale, ale mechanizm występuje. Nawet gdy inwazyjny gatunek zwycięży, nawet gdy przejmie kontrolę, musi pokonać proces przeciwwagowy. A... – Wysoki mężczyzna marszczył czoło, a jego dyskomfort sprawiał, że Praks chciał mówić szybciej. Powiedzieć wszystko, co miał w głowie, zanim uderzy młot. – A ten przeciwny proces jest tak *głęboko* zakorzeniony w tkaninie żywych układów, że będzie istniał zawsze. Niezależnie od tego, jak dobrze zaprojektowany jest nowy gatunek, niezależnie od stopnia jego przewagi, zawsze pojawi się opór. Jeśli zostanie pokonany jeden natywny impuls, pojawi się następny. Rozumiecie? Osobniki tego gatunku przegrały w rywalizacji? Dobrze, teraz będą się opierać mikroekologie bakteryjne i wirusowe. Dostosuj się do nich, a problemem okaże się poziom mikroelementów, zasolenie i światło. I chodzi o to, chodzi o to, że nawet, kiedy nowy gatunek *naprawdę* wygra, nawet gdy przejmie każdą możliwą niszę, te zmagania zmienią jego naturę. Nawet gdy całkowicie zniszczysz lub dostosujesz miejscowe środowisko, zostaniesz zmieniony przez jego opór. Nawet gdy wcześniejsze organizmy zostaną doprowadzone do wyginięcia, zostawią po sobie ślady. One nigdy, *nigdy* nie zostaną całkowicie wymazane.

Praks wyprostował się na krześle, wysoko unosząc podbródek. Oddychał głęboko i szybko, szeroko otwierając nozdrza. *Możecie mnie zabić. Możecie mnie wymazać z zapisów i historii, ale nigdy nie zdołacie zmienić śladu, który po sobie zostawiłem. Sprzeciwiłem się wam i nawet gdy mnie zabiliście, nie cofnąłem zrobionych przez siebie rzeczy.*

Zmarszczki na czole mężczyzny jeszcze się pogłębiły.

– Czy wciąż mówimy o drożdżach?

– Tak – potwierdził Praks. – Oczywiście, że mówimy o drożdżach.

– No dobrze – rzucił mężczyzna. – To świetnie, ale tak naprawdę musimy wiedzieć, kto jeszcze miał dostęp do tej partycji?

– Co?

– Partycji, na którą przeniósł pan dane – wtrąciła się kobieta z Pinkwater. – Kto mógł się połączyć z tymi danymi?

– Każdy z dostępem do stacji roboczych grupy badawczej *mógłby* to zrobić – stwierdził Praks. – Jaki to ma związek z tym wszystkim?

Zadzwonił ręczny terminal mężczyzny, więc wyciągnął go z kieszeni. Czerwony blask obramowania alarmu spowodował, że wyglądał jakby się zaczerwienił, ale kiedy odłożył urządzenie, jego twarz zrobiła się całkiem biała.

– Muszę wyjść – powiedział członek Wolnej Floty. – Dokończysz to, nie? – Miał bardzo napięty głos.

Praks odniósł wrażenie, że się trzęsie. Kobieta kiwnęła głową i spojrzała na swój terminal. Praks ze zmieszaniem patrzył, jak wychodzi. Prawie miał ochotę za nim zawołać i nalegać, żeby skończyli. To było ważne. To było męczeństwo w imię wolności i nauki. Śledczy nie mógł tak po prostu wyjść w samym środku przesłuchania. Kiedy zamknęły się za nim drzwi, obrócił się do kobiety, ale ta wciąż patrzyła na ekran swojego terminala. Wiadomości z jakimiś informacjami na temat wojny.

Zagwizdała cicho i szeroko otwarła oczy. Kiedy podniosła na niego wzrok, miał wrażenie, że zdziwił ją jego widok.

– Dane dotyczące drożdży – przypomniał jej.

– Doktorze Meng, musi pan bardziej uważać. Nie może pan tego więcej robić.

– Czego robić?

Zniecierpliwiony uśmiech kobiety nie dotarł do jej oczu.

– Nie może pan umieszczać danych, które mogą pomóc przeciwnikowi, na ogólnodostępnej partycji. Wiem, że dane należą do firmy, ale ktoś je upublicznił i prowadzimy teraz śledztwo w sprawie tego, kto mógł to zrobić.

– Ale... Nie, nie rozumie pani.

– Doktorze Meng – warknęła. – Wiem, że nie podoba się panu, że przychodzimy i mówimy panu, jak ma pan prowadzić swoje laboratorium, ale to bardzo delikatne czasy. Proszę, żeby poświęcił pan czas na uważną analizę procedur bezpieczeństwa swojego laboratorium, żebyśmy następnym razem nie musieli odbywać znacznie mniej przyjemnej rozmowy. Rozumie pan?

– Tak. Oczywiście.

– No dobrze – powiedział kobieta tak, jakby wygrała kłótnię. – Może pan już iść.

Praks nie wiedział, co ma zrobić. Przez chwilę siedział cicho, czekając na wyjaśnienia, ale nie wiedział, jak o nie poprosić. Kobieta spojrzała na swój terminal, a potem znowu na niego z wyraźną irytacją na twarzy.

– Doktorze Meng? Skończyliśmy. Znajdziemy pana, jeśli będziemy mieć jeszcze jakieś pytania.

– Powinienem wyjść?

– Tak – potwierdziła.

Tak więc wyszedł. Idąc przez korytarze do publicznych wózków, czuł się jak we śnie. Żołądek sprawiał wrażenie pustego. Nie był głodny, po prostu czuł potężną bańkę w trzewiach tam, gdzie coś powinno być: ból, rozpacz, nadzieja lub strach. Wynajął wózek i pojechał nim do stacji metra. Całe zdarzenie trwało tak krótko, że nawet nie skończyła się jeszcze jego zmiana. Choć będzie po niej, gdy dotrze do laboratorium, więc zamiast tego wrócił do domu.

Kanały informacyjne w metrze były pełne wiadomości o działaniach wojskowych, które pojawiły się na terminalu policjantki. Próbował coś z tego zrozumieć, ale słowa zdawały się gubić znaczenie gdzieś między ekranem a jego zmysłami. Przyłapał się na pustym wpatrywaniu się w młodego człowieka siedzącego naprzeciw niego i musiał włożyć pewien wysiłek w odwrócenie wzroku. Wszystko, o czym mógł teraz myśleć, to ciemnoskóra kobieta mówiąca *Może pan już iść*.

Djuna była w domu, kiedy tam dotarł. Siedziała na kanapie z głową w dłoniach, zaczerwienionymi oczami i policzkami poplamionymi od płaczu. Kiedy stanął w przejściu z kuchni i uniósł rękę na powitanie, patrzyła na niego przez chwilę oszołomiona, a potem zerwała się, podbiegła i objęła go mocno. Po dłuższej chwili też ją objął i stali tak razem w sposób, jakiego już się nie spodziewał.

– Leslie przysłała mi wiadomość – powiedziała Djuna głosem wciąż gęstym od łez. – Mówiła, że przyszli po ciebie do biura. Że zabrała cię ochrona. Próbowałam znaleźć jakiegoś prawnika, który chciałby ze mną rozmawiać. Wysłałam dziewczynki do Dorian. Nie wiedziałam, co im powiedzieć.

– Wszystko dobrze – powiedział Praks. – Wszystko jest dobrze.

Djuna odsunęła się trochę, patrząc mu w oczy tak, jakby miał tam coś napisane.

– Co się stało?

– Przyznałem się – odpowiedział Praks. – Powiedziałem im... powiedziałem im wszystko. A potem mnie puścili.

– Co zrobili?

– Powiedzieli, że nie powinienem tego więcej robić i że mam sobie iść – stwierdził. – Nie takiej reakcji się spodziewałem.

ROZDZIAŁ CZTERDZIESTY PIERWSZY

PA

– Mam szybkie obiekty – poinformował Evans. – Pięć, czekaj... siedem.

– Skąd lecą? – zapytała Michio, choć była już pewna odpowiedzi.

Ataki w całym Pasie odciągnęły już siły Wolnej Floty do innych konfliktów, osłabiając obronę Pallas. Musiała oddać Holdenowi sprawiedliwość, nie próbował wykorzystać jej ani jej statków do zbierania pocisków.

– Stacja Pallas – potwierdził Evans. – Nikt nie strzela z pustki.

– Działka obrony punktowej mają namiary – zgłosiła Laura. – Proszę o pozwolenie na otwarcie ognia.

– Udzielam pozwolenia – odpowiedziała Michio. – Oksana, uniki bez rozkazu. Pokażmy gnidom, że potrafimy tańczyć.

– Tak jest, kapitanie – rzuciła Oksana, szczerząc zęby w skupieniu i radości.

Chwilę później *Connaught* szarpnął i skręcił. Z głośników dobiegł nieartykułowany bojowy krzyk Josepa.

Foyle nazwał ich Czterema Jeźdźcami. *Connaught*, *Serrio Mal*, *Panshin* i *Solano* – najbardziej doświadczone załogi zbuntowanej floty Pa. Zaatakowali Pallas z czterech stron, rozciągając miejscową obronę na tyle, na ile się dało. Gdyby był na to czas, może Marco ogołociłby i Pallas z zapasów, zniszczył infrastrukturę przemysłową i zostawił każdego, kto nie zdołałby uciec o własnych siłach, na łaskę Pa lub śmierć głodową.

Jednak to mogło się odbyć tylko przy założeniu, że Wolna Flota miała jakieś miejsce, do którego mogła uciekać.

– Dwa zestrzelone – oznajmiła Laura. – Jeszcze pięć.

– Lepiej wcześniej niż później – rzuciła Michio.

Z metalem i ceramiką trzaskającą i śpiewającą od obciążeń *Connaught* skręcił i przyśpieszył, potem wyłączył ciąg i poszybował inercją, wykręcając się, by zapewnić działkom szersze pole ostrzału. Działka Laury zabrzęczały, wprawiając statek w wibracje i niszcząc kolejne trzy pociski stacji, choć *Connaught* leciał ku nim bokiem. Powierzchnia asteroidy jarzyła się przed nimi, jej cel, wróg i mieszkanie tysięcy ludzi, dla których pomocy i ochrony odrzuciła własne bezpieczeństwo i karierę.

– Jeśli możesz, uważaj, żeby pociski nie trafiały w stację.

– Robię, co mogę, kapitanie – odpowiedziała Laura, ale podtekst był jasny. Jeśli miała wybierać: oni albo my, to raczej oni.

Michio nie mogła protestować.

– *Panshin* jest ostrzeliwany – poinformował Evans. – *Serrio Mal* też.

– *Solano*? – zapytała Michio.

Solano doznał największych uszkodzeń podczas rajdów i utarczek od czasu pożegnania się z Marco. Dostatecznie dużych, by został wybrany na ofiarę, oczywiście po opróżnieniu z załogi i wszystkich przydatnych materiałów. Stanowił kluczowy element jej planu bitwy. Trzy jej okręty miały odwrócić uwagę i rozbroić Pallas do tego stopnia, by nawet jeśli powybijają w *Solano* mnóstwo dziur, nie zdołali go rozbić na kawałki tak małe, by doki nie odniosły ciężkich zniszczeń.

– Wciąż na tyle daleko, że nie jest celem – odparła Oksana.

– Zestrzelone kolejne cztery – rzuciła Laura. – Ten ostatni robi problem... mam go!

– Kapitanie – odezwała się Oksana. – Będziemy musieli wrócić do hamowania, jeśli nie chcemy zaznajomić się ze stacją z bardzo bliska.

– Wykonać – rzuciła Michio. – Przejmuję łączność.

– Zrozumiano – potwierdził Evans. – Mam kolejną falę torped. I zbliżamy się do skutecznego zasięgu obrony punktowej.

Michio przygotowała się do transmisji. Przy tej odległości od stacji nie będzie żadnych opóźnień łączności. Wszyscy z włączonymi odbiornikami usłyszą ją niemal natychmiast. Dziwnie się z tym czuła po tak długim czasie łączności z opóźnieniami. Popatrzyła na siebie na ekranie, a Oksana wykręciła statek i wcisnęła hamowanie. Zaczęła transmisję.

– Mówi kapitan Michio Pa z *Connaughta* do wszystkich mieszkańców stacji Pallas. Informuję, że przybyliśmy tu usunąć fałszywe rządy Wolnej Floty i przywrócić kontrolę nad stacją jej mieszkańcom. Natychmiast ewakuować doki. Powtarzam, dla własnego bezpieczeństwa natychmiast opuścić poziomy doków. Wzywamy administrację Wolnej Floty do natychmiastowego i bezwarunkowego poddania się. Jeśli nie uzyskamy potwierdzenia w ciągu najbliższych piętnastu minut, będzie za późno, by uratować doki i stocznię. Dla własnego bezpieczeństwa ewakuujcie się natychmiast.

Na ekranie pojawiło się ostrzeżenie o błędzie. Jej sygnał był zagłuszany. Zwiększyła moc sygnału, na ile tylko pozwalał nadajnik *Connaughta*, i ustawiła nagranie w pętli. Nie miała wielkiej nadziei na pokojowe rozwiązanie, ale musiała spróbować.

Statkiem znowu szarpnęło i przyśpieszenie mocno wgniotło ją w pryczę. Laura krzyknęła coś obraźliwego, ale statek nie wybuchł. Uskoczyli przed tym, co im groziło.

– *Panshin* został trafiony – zgłosił Evans. – Obrona punktowa. Wyglądają w porządku. *Solano* wciąż nie znajduje się na szczycie listy zagrożeń Pallas. – Urwał, znowu spojrzał na monitor. – To działa.

– Dziękuję – odpowiedziała Michio. – Zacznijmy niszczyć ich obronę punktową.

– Już się tym zajmuję – rzuciła Laura. – O ile tylko zdołam powstrzymać te torpedy przed wleceniem nam do... – Urwała, skupiona na strzelaniu.

Michio jej nie przeszkadzała.

Nie tego chciała. Nigdy nie chciała niczego takiego. Rozpoczęła cały ten upadły, popieprzony proces dlatego, że marzenie o Pasie dla Pasiarzy – o życiu niezależnym od potęg Układu – coś znaczyło. A teraz proszę, walczyła ramię w ramię z Ziemią i Marsem. Przeciw Pasiarzom.

Sanjrani dał im trzy lata. Może trzy i pół. A potem śmierć głodowa. Właśnie zamierzała zniszczyć dok dużego portu, żeby James Holden mógł ponownie otworzyć drogę do skolonizowanych planet i zostawić ich wszystkich za sobą. Nie na to się zgadzała. Takie było jej zadanie w próbie powstrzymania Marco i uratowania Pasa, nawet jeśli był to Pas za trzy lata od dziś.

Każdy krok po drodze miał sens, tylko że w sumie skończyli właśnie tutaj. Wszyscy, z którymi wiązała się przez całe swoje życie, z początku wydawali się dobrzy, kompetentni i lojalni. I wszyscy ją rozczarowali. A teraz ona zrobi to samo. Zmieniała strony tyle razy, że nie wiedziała już, kim jest.

Jeśli teraz zmieni plany, jeśli się wycofa...

Walczyłaś już z ciemiężycielami. Teraz wciąż z nimi walczysz. Wtedy podążałaś za głosem serca i teraz wciąż to robisz. Sytuacja się zmienia, ale to nie znaczy, że ty też.

Kurwa.

– Evans – odezwała się. – Jak wygląda status *Solano*?

– Na kursie, kapitanie.

– Mamy nad nim kontrolę?

Evans się na nią obejrzał. Miał szeroko otwarte oczy, niepewne spojrzenie. Bliskie paniki.

– Tak, mam telemetrię.

– Zwolnij go – poleciła, wywołując wiązki kierunkowe do *Panshina* i *Serrio Mal*. – Daj nam więcej czasu na zniszczenie obrony.

Pierwsza odebrała jej połączenie kapitan Foyle, chwilę później Rodriguez. W osobnych okienkach na jej ekranie wyglądali jak swoje własne negatywy. On miał jasną skórę, ona ciemną, choć oboje byli podobnie chudzi i krótko ścięli włosy. Obrazy ruszały się w niezgodnym rytmie w wyniku różnych manewrów unikowych wykonywanych przez *Panshina* i *Serrio Mal*.

– Zmiana planu – zakomunikowała Michio. – *Solano* nie będzie taranował stacji. Zaparkujemy go rufą do przodu przy porcie, wewnątrz strefy bezpieczeństwa, rozgrzejemy Epsteina i stopimy na żużel wszystko, co spróbuje wylecieć. Blokada.

Oczy Foyle mogłyby być wykute z żelaza. Cholernie trudno byłoby z nią wygrać przy stole do pokera.

– Con que? – zapytał Rodriguez i zacisnął wargi. – Trochę późno na à diffe planu.

– Lepiej późno niż za późno – odpowiedziała Michio. – Pasiarze z Pallas nie są naszymi wrogami i nie zamierzam z nich zrobić naszych wrogów. Potrzebuję od was powolnych przelotów. Zniszczyć każde ognisko obrony punktowej. Rozwalamy każde działko i wyrzutnię torped. Potem zestawy czujników. Stacja musi zostać oślepiona i pozbawiona pazurów.

Przez chwilę nikt nie odpowiadał. We własnym głosie słyszała wszystkie ich obiekcje. Zwiększała ryzykowność zadania trzykrotnie. Zużyją o rząd wielkości więcej amunicji – zarówno torped, jak i pocisków do działek – niż wymagała prosta eskorta jednostki przeznaczonej na zniszczenie. Wystawiała ich – swoich dowódców i ich załogi oraz rodziny – na ryzyko, by zachować od zniszczenia stację, która aktywnie próbowała ich wszystkich pozabijać.

– Musicie mi zaufać – powiedziała.

Głośny stuk oznajmił, że pojedynczy pocisk z działek przebił kadłub *Connaughta*. Oksana krzyknęła coś o uszczelnianiu pokładu. Michio nie oderwała wzroku od ekranu. Niech widzą, że ona też ryzykuje.

– Dui – rzuciła Foyle swoim niskim, chrapliwym głosem. – Mówisz, bossmang, my zrobimy.

Rodriguez wymamrotał coś obelżywego, kręcąc głową i popatrzył w kamerę.

– Dobrze.

Rozłączyła się. Kiedy sprawdziła sterowanie ogniem, Laura zmieniła już profil. Na ekranie całe uzbrojenie na powierzchni stacji zostało oznaczone na czerwono do zniszczenia. Ale nie doki. Evans opuścił pryczę i natryskiwał uszczelniacz w miejscu, gdzie pocisk z obrony przeciwnika przebił kadłuby. Przemknął przez mostek, mijając jej głowę nie dalej niż o metr. Mogła zginąć. Mógł zginąć ktokolwiek z jej załogi. Ta świadomość była niczym bycie równocześnie dwoma różnymi osobami. Jedna była przerażona ideą, że pocisk mógł trafić Laurę, Evansa albo Oksanę. Druga zbywała to, co się nie wydarzyło. To praca. Takiego dokonała wyboru i był właściwy.

Przez dwie długie godziny *Connaught* dokonywał uników, przelotów i zasypywał powierzchnię Pallas pociskami. To, co pierwotnie miało być szybkim, gwałtownym atakiem, zmieniło się w długą, krwawą szarpaninę, sprowadzającą się bardziej do wytrzymałości i zapasów niż sprytnej taktyki. *Panshin* i *Serrio Mal* robili to, co ona, uderzając młotami w kowadło. Zagłuszacze znajdowały się zbyt głęboko pod skałami, by zniszczyły je nawet jej torpedy, a za każdym razem, gdy krzywizna asteroidy odcinała jej widok na pozostałe jednostki, Michio bała się, że coś się stanie. Że więcej ich już nie zobaczy. Raz *Panshin* wyłonił się z długiego przelotu z jasną blizną oderwanej części pancerza.

Wokół doków powoli zaczęły się pojawiać ślepe plamki. Zaprzestano obrony części przestrzeni prowadzących do podejścia do Pallas. Evans podprowadzał *Solano* do stacji kilometr za kilometrem, potem metr za metrem, aż zablokował go na orbicie równoległej do Pallas, stosując tylko okazjonalne pchnięcia silniczkami manewrowymi, by utrzymać pozycję.

– Znajdą jakiś sposób na zniszczenie go, sir – odezwała się Oksana. – Może zajmie im to dni, może godziny, ale takiej blokady nie da się utrzymać zbyt długo.

– Daj mi zasięg wzroku do *Panshina*, Oksana.

– Sir.

Kiedy pojawił się na ekranie, Rodriguez uśmiechał się szeroko. Czyli to przynamniej było dobrym znakiem.

– Jak pański statek, kapitanie Rodriguez? – zapytała Michio, odruchowo odpowiadając uśmiechem.

– Esá powygniatany, połamany, spieprzony, wkurzony i daleko od domu – odpowiedział Ezio ze śmiechem. – Mam parę osób w ambulatorium i jednego w kostnicy, ale zrobiliśmy to, que sí? Wyrwaliśmy zęby stacji i połowę oczu, uważam son los *champions*.

– Też tak sądzę – zgodziła się Michio. – Będziesz musiał stanąć teraz na straży. Cofnij się na tyle, żebyś był poza zasięgiem tego, co zdoła zebrać Pallas, i przejmij kontrolę nad *Solano*.

– Mam go niańczyć? – zapytał Rodriguez.

– Kadłub ci odwinęło jak folię z kondomu, Ezio. Nie polecisz tak na Tytana.

Boże błogosław tego człowieka, bo wyglądał na zawiedzionego.

– Bist bien – zgodził się. – Utrzymamy straż. Ale ty z Foylem weźmiecie torpedy, które nam jeszcze zostały, dobra? Uzupełnicie zapasy. Tutaj wystarczą nam działka i mój zniewalający uśmiech.

– Temu nie odmówię – rzuciła Michio.

– Que tu trigger? – zapytał. – Kiedy mam odpalić i stopić te gnidy?

– Gdy będziesz wiedział, że spalasz Wolną Flotę. Nie, jeśli to tylko ludzie. Lepiej stracić statek, niż skrzywdzić cywilów. Zabijanie ludzi, ponieważ weszli w drogę, to coś dla planet wewnętrznych albo Wolnej Floty. My jesteśmy lepsi.

– Cholerna racja – rzucił Rodriguez i się rozłączył.

Gdy salutował, zobaczyła krew na jego palcach.

Skierowała wiązkę kierunkową z żądaniem połączenia na jeden z mniej uszkodzonych zestawów łączności, nie mając pewności, że coś tak uzyska. Nawet jeśli sprzęt jeszcze działał, nie było powodu, żeby przyjęli jej żądanie rozmowy. A jednak to zrobili.

Na jej monitorze pojawiła się znajoma, pobrużdżona twarz. Sądząc po tym, co zobaczyła za jego plecami, znajdował się w bogato urządzonym biurze, jasno oświetlonym i pewnie gdzieś na tyle głęboko wewnątrz stacji, że nie dopadłaby go bez atomówek lub reaktora ustawionego na krytyczny i wbitego w stację.

– Kapitan Pa – rozpoczął. – Wydaje się pani przechodzić od jednej gównianej decyzji do drugiej.

– Rosenfeld – odpowiedziała.

– Rozumiałem, gdy zerwałaś z Inarosem. Nawet szanowałem tę decyzję. Poczułem zawód, gdy zwróciłaś się do Freda Johnsona. Ale to? Odgrywanie marionetki Chrisjen Avasarali i Emily Richards? Oraz Holdena? – Pokręcił głową. – Coś się z tobą stało, Michio. Zmieniłaś się.

– Zmienił się kontekst – odpowiedziała. – Ja wciąż jestem taka sama. A teraz będzie tak. Mam aktywny, rozgrzany silnik Epsteina skierowany w stronę doków. Jeśli zobaczę tam jakąś aktywność, spalę je na żużel. Jeśli zobaczę jakieś promy lub statki startujące z powierzchni, zestrzelę je i stopię doki. Jeśli zobaczę cokolwiek, co będzie wyglądało na próbę sabotażu *Solano*, stopię doki. Jeśli jakiś statek Wolnej Floty zbliży się do Pallas na mniej niż sto tysięcy kilometrów, stopię doki. Zrobisz się gubernatorem starej, zniszczonej stacji, która nie będzie mogła niczego wysyłać ani odbierać.

– Przyjąłem do wiadomości – odpowiedział cierpko Rosenfeld.

Wydawało się, że nie ma już nic więcej do powiedzenia, ale nie rozłączyła się. Jeszcze nie.

– Użyj tego – powiedziała po chwili.

– Przepraszam?

– Jesteś politykiem. Użyj tej okazji. Daję ci wymówkę na wycofanie się z walk. Możesz powiedzieć Marco, że się przyszpiliłam, i to nawet nie będzie kłamstwo. Nawet jeśli pokona nas wszystkich, wiesz, że nie poradzi sobie z rządzeniem Układem. A twój plan?

– Mój plan? Jaki plan?

– Ten, w którym byłeś człowiekiem stojącym za tronem. Prawdziwą władzą, podczas gdy Marco byłby tylko twarzą i marionetką. To też się nie uda. Jego nie da się kontrolować. Ledwie da się przewidzieć jego ruchy. Nie mam do ciebie pretensji, popełniłam ten sam błąd. Zobaczyłam w nim to, co chciałam zobaczyć. Ale myliłam się, i ty też. – Twarz Rosenfelda była nieprzenikniona i bez ruchu. Michio kiwnęła głową. – Znasz magiczne słowo?

– Nie – powiedział głosem pełnym lekceważenia. – Jak brzmi magiczne słowo?

– *Ups*. Naprawdę powinieneś powiedzieć „ups", Rosenfeld. Przyznać się do tego, że popełniłeś błąd. Ten statek, którego tyłek jest teraz skierowany w twoją stronę? To twoja szansa na zrobienie czegoś z faktem, że wybrałeś złą stronę.

– Mam ci za to podziękować?

– Chcę, żebyś dopilnował, żeby wszyscy znajdujący się na nim ludzie dostali jedzenie i wodę i chcę, żebyś zapewnił im bezpieczeństwo, aż będzie po wszystkim.

– Czyli kiedy właściwie?

– Nie wiem – przyznała i zamknęła połączenie.

Przez dłuższą chwilę odpoczywała na pryczy, utrzymywana na miejscu przez pasy, znajome głosy i dźwięki wokół. Szczęka bolała ją od zaciskania. Miała siniak na mostku, choć nie pamiętała, który manewr był jego przyczyną. Zamknęła oczy, pozwalając, by to wszystko po niej spłynęło. Laura rozmawiała przez zestaw słuchawkowy z Bertoldem na temat pozostałej im amunicji do działek obrony punktowej. Oksana i Evans śmiali się z jakiegoś drobiazgu, rozładowując napięcie, po cichu celebrując fakt, że – na jakimś poziomie – wygrali. Zapach przenośnego zestawu spawalniczego, wypalającego awaryjne uszczelnienie i zamykającego przebicia kadłuba. Jej dom. Jej ludzie. Napełniła płuca nimi wszystkimi.

Odezwał się ekran łączności. Połączenie z *Serrio Mal*. Odebrała. Na ekranie pojawiła się Susanna Foyle.

– Kapitan Pa – przywitała się.

– Kapitan Foyle.

– Rodriguez powiedział, że jednak nie weźmie pani na Tytana wszystkich trzech okrętów.

– Zgadza się.

– Zużyłam podczas tej misji sporo amunicji, której nie przewidywały założenia.

– To też prawda – zgodziła się Pa.

– Przez to przeciwnik będzie miał przewagę liczebną i w sile ognia. – To nie było oskarżenie, po prostu obserwacja.

– Nie będziemy tam jedynymi statkami – powiedziała Pa. – Będziemy mieć wsparcie.

Twarz Foyle po raz pierwszy przybrała jakiś wyraz.

– Kurduple i piaskarze. To nie ktoś, na kogo moglibyśmy liczyć.

– Jesteśmy w tym wszystkim razem – powiedziała Pa, a Foyle zaśmiała się krótko.

– Jak daleko polecisz, pierwsza, polecimy za tobą. Nie dotarliśmy tak daleko, wybierając łatwe drogi. Pozakładaliśmy łaty i zabandażowaliśmy rany. Będziemy gotowi do lotu razem z tobą.

– Dziękuję.

Foyle kiwnęła głową i się rozłączyła. Pa wywołała mapę taktyczną obejmującą cały Układ, ze wszystkimi prowadzonymi w nim walkami. Zestaw aktualizacji z Westy. Pościg między grupą okrętów Wolnej Floty i kilkunastoma jednostkami marsjańskimi próbującymi zablokować pętlę wokół Marsa. Grupa strażnicza zostawiona przy Ceres śledząca cztery jednostki Wolnej Floty. Postawione w stan najwyższej gotowości orbitalne systemy obrony Ziemi, z większością okrętów patrolowych z dala od portów. Cała ludzkość w Układzie Słonecznym skupiona na przemocy i spektaklu. A na skraju ekranu, prawie za jego brzegiem, *prawie* zapomniane, *Giambattista* i *Rosynant*, hamujące już w drodze do wrót pierścienia oraz lecące kursem przechwytującym dwa szybkie ścigacze.

Powodzenia, ty draniu, pomyślała, dotykając palcem maleńkiej złotej kropki *Rosynanta. Niech nie żałuję, że ci zaufałam.*

– Raporty ze wszystkich stacji – powiedziała na kanale okrętu. – Musimy się przenieść na pole kolejnej walki. Nie chcę się spóźnić.

ROZDZIAŁ CZTERDZIESTY DRUGI

MARCO

– Son coyo, son *tod!* – wrzeszczał z ekranu Micah al-Dujaili. – Ty i wszyscy twoi ti-ti soldat! Jestem tu dla ciebie, Inaros. Za to, co *ty* zrobiłeś mojej rodzinie.

Marco wyciszył transmisję. Gdzieś blisko oglądał ją ktoś inny. Wrzaski Al-Dujailiego wciąż docierały do niego z oddali, gdy *Pella* wyłoniła się zza Kalisto na czele formacji kolejnych sześciu statków.

– Mamy namiar na cel?

Josie uniósł rękę na potwierdzenie, nie odrywając wzroku od monitora. Lecieli tylko z jednym g, ale Marco i tak czuł ból głowy zaczynający narastać u podstawy czaszki. To nie było istotne. W końcu to tylko odrobinę bólu. Przyjdzie czas na łyknięcie czegoś na ból, gdy jego wrogowie przestaną marnować dobre powietrze. Mostek *Pelli* wokół niego był zatłoczony, wyczuwało się napięcie. Josie przy uzbrojeniu, Karal przy łączności. Miral mówił coś cicho przez zestaw słuchawkowy do kogoś w maszynowni. Byli wilkami, grupą drapieżników gotowych do uderzenia. Al-Dujaili krzyczał coś na temat zemsty. O zdradzie Pasa w imię chwały.

– Uciszymy tego sukinsyna – rzucił Marco niedbale. – Wystrzelić wszystko.

Ostrzeżenie dla niego dotarło do układu Jowisza na czas. Ziemia, Mars, zdrajczyni Michio Pa, Holden. Naomi. Wszyscy jego wrogowie zapalili pochodnie i chwycili widły, żeby zepchnąć go z drogi. Marco nie był zaskoczony. Wiedział, że może się ich spodziewać, więc był gotowy, gdy przyszli. Prawda, nie spodziewał się, że ruszą na niego wszędzie na raz, tak jak to zrobili. Połączona flota wyruszyła równocześnie z Ceres, z Ziemi i Marsa. Lecieli ostro i wzięli z zaskoczenia najbliższe siły Wolnej Floty. Ale przestrzeń i odległości były naturalnymi sojusznikami Marco. Trzeba było czasu, by przebyć półtora miliarda kilometrów z Marsa, a układ Jowisza był terenem Pasiarzy. Pasiarze zaś oznaczali Wolną Flotę, niezależnie od tego, co chciały udawać małe szczeniaczki w rodzaju Micaha al-Dujailiego i Aimee Ostman. Zanim ziemscy sojusznicy dotrą do boku Al-Dujailiego, będzie już trupem, a wszystkie lecące z nim statki polegną u jego boku.

– Odpalam – poinformował Josie.

Pella zagrzmiała mechanizmami wyrzutni torped i działek obrony punktowej z wibracjami wędrującymi przez kadłub, co sprawiło, że cały statek zabrzęczał jak wojenny dzwon. Marco poczuł dźwięk w ustach – lód i miedź. Był piękny.

– Hoy, kapitanie – odezwał się Karal. – Odbieram wiadomości. Inne statki que savvy czy też powinny strzelać?

– Tak – odpowiedział Marco. – Powiedz im, żeby otworzyli ogień.

– Te kommt de Ganimedes też? Oni jeszcze nie są w zasięgu skutecznego strzału.

Marco obrócił się, by popatrzeć na Karala. Ból w głowie odrobinę się nasilił. Znał Karala od dziesięcioleci i ufał mu, choć teraz w jego głosie Marco usłyszał wątpliwości. Coś więcej niż wątpliwość. Bezczelność.

– Wszyscy. Ognia. Niech al-Dujaili wystrzela amunicję, wybierając torpedy z pustki. To stuli jego szczekający pysk.

– Dui – odpowiedział Karal, zwracając się z powrotem do konsoli łączności i mówiąc głosem zbyt cichym i rozkazującym, by Marco zawracał sobie głowę słuchaniem.

To działo się wszędzie. Vesta. Pallas. Tytan. Stacja Hygeia. Stocznie Thisbe. Europa. Cele duże i małe, wróg rzucał się na niego, sądząc, że zmyje Wolną Flotę jak fala. I owszem, odnosili straty. Pallas została zablokowana. Vesta upadła. Same siły lecące w stronę Tytana mogły być jednymi z największych w historii i nie potrafił stwierdzić, na ile istotne będzie jego zwycięstwo. To prawie nie miało znaczenia. Ważne było to, że sprowokował ich do działania. To uderzenia w złości i strachu. To była recepta na przeliczenie się z własnymi siłami. Po wykazywanych do tej pory ostrożnych niczym u żółwia reakcjach Ziemi i Marsa była to ulga.

Niech przylecą. Niech odniosą swoje drobne zwycięstwa. Wolna Flota utrzyma się tam, gdzie będzie mogła, i rozproszy w mrok, jeśli tak będzie mądrzej, a potem zawróci i zmiażdży niepilnowane cele zostawione na tyłach. Wiedział, że wróg popełni ten błąd. Planety wewnętrzne z ich stuleciami dominacji wciąż myślały, że mogą prowadzić wojnę i wygrać. Marco wiedział lepiej. Wojny nigdy się nie wygrywało i nigdy nie przegrywało. Do tej pory – do *jego czasów* – Ziemia i Mars sądziły, że między nimi panuje pokój, ponieważ cała przemoc wylewała się na Pas, nie w ich stronę. To była ich wina, ich krótkowzroczność. Mieli swoją erę zwycięstw, ale teraz dobiegła końca. Ten paroksyzm, ten wielki rzut bitewnego planu obiecywał tysiące kolejnych, jemu podobnych.

Pas przyjmie ciosy, ale już nigdy więcej nie będzie ich znosił biernie. To było jego zwycięstwo.

– Pierwsza fala zestrzelona – zgłosił Josie. – Dostali wszystkie nasze torpedy. Żadnych trafień. Próbować ponownie?

– Nie – polecił Marco. – Czekamy. Niech myślą, że mogą sobie z nami poradzić. Potem ich zmiażdżymy.

– Bien – potwierdził Josie.

Karal mamrotał do mikrofonu, przekazując dalej rozkazy. Bez wystrzałów broni statek i tak nie był cichy. Sprawiał tylko takie wrażenie. Marco rozciągnął szyję na boki, by rozluźnić napięte mięśnie, ale wszystko w nim rzucało się w stronę al-Dujailiego. Zabił już własnymi rękami Freda Johnsona, a teraz wszystkie frakcje SPZ na tyle głupie, by stanąć po stronie Ziemianina, przekonają się, jaki zasiały plon.

Wywołał ekran taktyczny. Osiem jednostek przeciwnika prowadzonych przez *Torngarsuk* al-Dujailiego leciało w szyku na tyle luźnym, by uniemożliwić zestrzelenie dwóch jedną torpedą, ale dość blisko siebie, by wspomagać się wzajemnie ogniem obrony punktowej. Pomimo wszystkich wrzasków i jadu al-Dujaili nie stracił nerwów na tyle, by wyrzec się rozsądku.

Pella i sześć pozostałych okrętów Wolnej Floty ze stoczni Kalisto utrzymywało luźniejszą formację na większej powierzchni. Choć przeciwnik chwilowo miał przewagę liczebną, przy lecących z Ganimedesa jednostkach Wolnej Floty nie potrwa to długo. Marco wyszczerzył się w uśmiechu.

– Zmniejszyć ciąg do jednej czwartej g – polecił. – Każ okrętom z Ganimedesa skoordynować ciągi hamowania i uważać. Jeśli wróg będzie czekał, uzyskamy przewagę liczebną, jeśli teraz zaatakują, bądźcie gotowi do zwrotu. Wyciągniemy ich z formacji.

– Bien – potwierdził Josie. – Aber... strzelają.

– Leć! – krzyknął Marco, nakazując *Pelli* ruch, jakby był częścią jego ciała. Jakby mógł zmienić tor jego lotu samą siłą woli.

– Z jedną czwartą? – krzyknął Karal, a Marco wrzasnął bez słów i przechwycił sterowanie statkiem.

Pod jego palcami *Pella* skoczyła do przodu, wpychając go w fotel. Kadłub trzeszczał i jęczał, ale zobaczył namiary celów od Josiego, usłyszał cudowny i potężny grzmot broni, patrzył na łuki ognia działek strzelających do przeciwników wciąż zbyt odległych, by stanowić realne zagrożenie, ale dostatecznie bliskich, by zmusić ich do zmiany szyku, a potem rozproszenia torped. A potem pociski od innych w jego formacji. I bardzo odległa, ale zbliżająca się, spleciona grupa gruba jak lina – ślady torped jednostek z Ganimedesa. Wszystkie zbierające się, schodzące na przeciwnika. Ogień, metal i krew. To było jak radość. Jak muzyka.

Zakrzywił kurs *Pelli*, odpalając silniki manewrowe na sto procent albo wcale, czując cudowny moment obrotowy skrętu we krwi i bolesny nacisk próbującej go utrzymać pryczy przeciążeniowej. Ktoś krzyknął, ale Marco już nie słuchał. Trwała bitwa. To była chwała, zwycięstwo i moc.

Alarm zbliżeniowy i działka *Pelli* obróciły się automatycznie, strzelając w torpedę przeciwnika, która zagubiła się w chmurze splątanego ognia. Marco wybuchnął śmiechem. Pozostałe statki poszły za jego przykładem, zwracając się w stronę *Torngarsuka*. Jeden z okrętów al-Dujailiego popełnił błąd, przyjął w burtę torpedę ze statków lecących od Ganimedesa, zwinął się i zaczął wypuszczać powietrze. Jedna z jednostek Marco straciła silnik manewrowy od wybuchu torpedy i trzy pozostałe okręty przeciwnika skoordynowały ogień działek, by go posiekać, jak stado lwów spadające na okaleczoną gazelę. Nawet w chwili straty i furii Marco czuł radość z walki.

Była brzydka, brutalna i bezpośrednia. Minął czas na sprytne pomysły i eleganckie pułapki. Teraz stali nos w nos, wymieniając ciosy, aż ktoś padnie na ziemię. Kierował nimi popęd, który pchał ludzkość na pola bitew z kamieniami i kawałkami drewna, by walili się i tryskali krwią, aż została tylko jedna strona. Tym razem będzie to strona Marco. Wolna Flota, pieprzyć resztę.

Torngarsuk poległ ostatni, tańcząc wokół łuków ognia obrony punktowej, podczas gdy al-Dujaili wykrzykiwał przez radio obelgi i lekceważenie. A potem przestał. *Torngarsuk* stracił zasilanie, przez chwilę dryfował i wybuchł. Jego własne małe, krótkotrwałe słońce. Marco zapadł się z powrotem na swoją pryczę przeciążeniową, pierwszy raz od nieokreślonego czasu świadom napierającego na niego ciążenia ciągu. Wyświetlacz taktyczny pokazywał dwie uciekające jednostki przeciwnika. Nie zauważył, kiedy się oddaliły, ale musiało to być jakiś czas temu – znalazły się już daleko poza ich skutecznym zasięgiem. Dalej i szybciej z każdym oddechem. Uśmiechnął się i poczuł smak krwi na ustach. Zagryzł własny policzek. Tego też nie pamiętał.

Powoli jego świadomość zdawała się rozszerzać. Obejmowała nie tylko monitor, pryczę i własne ciało. Gdzieś rozbrzmiewał dźwięk alarmu. Woń dymu i ostry zapach środków gaśniczych. Ból głowy wykwitł niezauważalnie, zmieniając się w pulsujące łupanie, a jego dłonie sprawiały wrażenie, jakby palce odgięły się w przeciwną stronę i dopiero teraz zaczynały wracać do zwykłego kształtu. Rozejrzał się po pokładzie. Josie, Miral i Karal, wszyscy patrzyli na niego. Uniósł pięść.

– Zwycięstwo – powiedział i zakaszlał.

***

Jednak wygrana miała swoją cenę. Dwie jednostki lecące z odsieczą z Ganimedesa zostały zniszczone, a ich załogi zginęły. Trzy okręty ze stoczni Kalisto wymagały napraw. *Pella* doznała awarii wymienników powietrza, która była trywialna, ale irytująca. Na tyle, że musieli wylądować ponownie w stoczni na kilka dni, na czas naprawy i testowania. Wazeliniarska SPZ Johnsona oberwała bardziej i straciła więcej, ale i tak nie był to rodzaj zwycięstwa, na jakie Marco mógł sobie często pozwolić.

A do tego wszystkiego jeszcze musiał znosić wykłady Nico Sanjraniego.

– To musi się skończyć – powiedział z ekranu mały ekonomista. – Zniszczenia infrastruktury są coraz większe, a im bardziej odchyla się krzywa, tym trudniej – coraz bardziej *niemożliwe* – staje się podciągnięcie jej z powrotem do góry.

Siedzący w zarekwirowanym na potrzeby Wolnej Floty biurze na Kalisto Marco rozparł się na krześle i zamknął oczy. Wiadomość została wysłana z silnym szyfrowaniem, a jej źródło i trasa dotarcia oraz powrotu kryły się pod warstwami operacji matematycznych. Wiedział z pewnością tylko tyle, że Sanjrani był na tyle daleko, że opóźnienia światła oraz ograniczenia sprzętu uniemożliwiały mu prowadzenie rozmowy w czasie rzeczywistym. Za co Marco był niezwykle wdzięczny.

– Mogę ponownie wysłać analizę – zajęczał Sanjrani. – Ale ta sytuacja sprawia, że wszystko robi się jeszcze gorsze, niż sugerują liczby. *Gorsze.* Cokolwiek będzie potrzebne, żeby to zatrzymać, musisz to zrobić. Jeśli szybko nie zaczniemy budować osobnej ekonomii wymiany – a przez *szybko* mam na myśli tygodnie albo miesiące temu – może będzie konieczne ponowne przemyślenie całego projektu. Może w ogóle nie uda się nam oderwać od waluty wspieranej przez planety wewnętrzne, a wtedy możemy sobie być na tyle niezależni politycznie, na ile tylko chcemy, ale i tak zapadniemy się w ograniczenia finansowe narzucone przez planety wewnętrzne, a tego właśnie chcieliśmy się pozbyć, organizując to wszystko.

Sanjrani wyglądał na zmęczonego. Zestresowanego. Jego skóra miała szary odcień, a oczy zdawały się zapadać w głąb oczodołów. Biorąc pod uwagę, że siedział zadołowany gdzieś z dala od starć, wydawało się to przesadnie teatralne. Marco zatrzymał wiadomość – nagranie miało jeszcze dwadzieścia minut – i przygotował odpowiedź. Nie była długa.

– Nico – powiedział łagodnie. – Przypisujesz mi za dużo zasług. Nikt z nas nie ma mocy kontrolowania zbrodni, do których posuną się Ziemia, Mars oraz zwodzeni przez nich sojusznicy w Pasie, by nas powstrzymać. Możemy jedynie trzymać się naszych zasad i marzeń. Z czasem wygramy, bez dwóch zdań. Gdy wewnętrzni odłożą broń i zostawią Pas w spokoju, będziemy mieć możliwość skończenia tego. A do tego czasu nasze jedyne opcje to bronić się albo pozwalać ginąć naszym ludziom. Nie pójdę w tej sprawie na kompromis i wiem, że ty też nie.

Proszę. Trzydzieści sekund w odpowiedzi na trzydzieści minut alarmistycznego marudzenia. Tak właśnie wyglądała skuteczność. Wysłał wiadomość z powrotem w skomplikowaną drogę. Sprawdził wiadomości – bitwa przy Tytanie trwała już drugi dzień z ciężkimi stratami po obu stronach, choć wciąż było jeszcze za wcześnie na stwierdzenie, kto ją wygra – oraz raporty postępów napraw jednostek – *Pella* była gotowa do startu, ale bez żadnej eskorty przez przynajmniej kolejne trzy dni. A potem dźwignął się i wyszedł do sali zebrań.

Czymkolwiek było wcześniej – otwartym biurem dla inżynierów, budynkiem ochrony, magazynem – pomieszczenie stało się teraz siedzibą rady wojennej Wolnej Floty. Karal, Skrzydlaty, Filip, Sárta z *Pelli*. Kapitan Lister ze *Srebrnej monety*, kapitan Chou z *Lína*. Siedzieli na białych tapicerowanych fotelach w mundurach nadających im formalny wygląd. Wstali i zasalutowali, gdy wszedł do pokoju. Poza Filipem, który kiwnął mu głową jak syn ojcu.

– Dziękuję za przybycie – powiedział Marco. – Musimy przygotować plany. Ten atak nie może pozostać bez odpowiedzi. Musimy przygotować przeciwuderzenie i pokazać wewnętrznym, że się nie przestraszyliśmy. Pokazać naszą siłę.

W pomieszczeniu rozległy się ciche potakiwania, choć nikt nie odezwał się dość głośno, by zostać usłyszanym. Tylko tyle, by się nie wychylać.

Poza – ku jego zaskoczeniu – Filipem.

– Znowu? – zapytał jego syn. – Bo ostatni wielki gest skończył się tak dobrze, que?

Marco znieruchomiał. Gniew w głosie Filipa – więcej niż gniew, *pogarda* – był jak policzek. Pozostali zamilkli i znieruchomieli.

– Masz coś do powiedzenia, Filipito? – zapytał Marco głosem cichym, spokojnym i pełnym groźby.

Ale Filip nie chciał jej usłyszeć.

– Tak, coś. Raz już odbyliśmy tę rozmowę, nie? Odeszliśmy z Ceres i powiedzieliśmy, że musimy zaplanować pokaz siły. Kontratak. Żeby się nas dalej bali. Zrobiliśmy to *wcześniej* i teraz proszę, *znowu*. – Filip się zaczerwienił, oddychał szybko i głęboko, jakby musiał biec, żeby tu dotrzeć. – Tylko że ostatnim razem to nie byli esá coyos la, prawda? Tylko Dawes, Rosenfeld i Sanjrani. Oraz Pa, nie? Wewnętrzny krąg. Serce Wolnej Floty. Część planu.

– Jesteś zmęczony, Filipie – powiedział Marco. – Powinieneś odpocząć.

– W czym ta sytuacja jest inna niż poprzednia, gdy to mówiłeś? – zapytał Filip. – Powiedz, proszę.

W piersi Marco wzbudziła się furia, wypełniając jego głowę żarem i dymem. Czuł je jak chemiczny ogień.

– Chcę wiedzieć, ja – powiedział Filip drżącym głosem. – Ten nasz plan. I poprzedni, wcześniejszy. I ten jeszcze przed nim. Który z nich jest prawdziwym planem? Czy w ogóle jakiś jest? Czy po prostu spadamy i udajemy, że tak miało być?

Marco się uśmiechnął. Kiedy ruszył w stronę syna, Filip zaparł się w oczekiwaniu na cios. Zacisnął szczękę. Dłonie w pięści. Ojciec przeczesał mu włosy.

– Chłopcy, co? – zwrócił się do pozostałych. – Chłopcy i ich napady złości. Kapitanie Chou. Możemy wysłuchać raportu?

Chou odchrząknął.

– Mamy kilka celów, które mogą się nadawać – powiedział, wyciągając swój ręczny terminal i przerzucając plik danych na ekran ścienny. – W zależności od tego, jak będą pasować do szerszej strategii.

Filip zbladł i wysunął szczękę. Chou mówił dalej, wskazując na ekran i wymieniając sugerowane obiekty i plany. Marco wpatrywał się w syna i pozwolił pozostałym udawać, że nie dzieje się nic poza spotkaniem. *Jeśli zachowujesz się jak dziecko, będziesz traktowany jak dziecko. Zawstydź mnie, a zawstydzę ciebie.*

Filip przełknął ślinę, odwrócił się i wyszedł z sali z wyprostowanymi ramionami i wysoko uniesioną głową. Marco roześmiał się, gdy drzwi się zamykały, na tyle głośno, by Filip musiał go usłyszeć.

Obrócił się do ekranu.

– Nie wymieniłeś Tycho – zauważył. – Dlaczego?

Chou spojrzał na swoją listę, potem znowu na Marco.

– Chcesz zaatakować Tycho?

– A dlaczego nie? – zapytał Marco. – Te bitwy, które teraz toczymy? To wewnętrzni zwracają nas przeciw sobie. Przebiegle skłaniają do zabijania naszych ludzi. Pasiarze przeciw Pasiarzom, i po co? Nigdy nie przekonamy Ziemi ani Marsa, nigdy nie zobaczą w nas ludzi. Ale Aimee Ostman? Carlos Walker? Oni powinni być po naszej stronie. I byliby, gdyby nie utknęli w dawno minionej przeszłości, która odeszła, odeszła, odeszła. Nie?

– Jeśli tak mówisz – odpowiedział Chou, kiwając głową, choć ponuro.

– Tycho zawsze było klejnotem Pasa. Powodem do dumy i symbolem naszego sukcesu. To dlatego Fred Johnson siedział tam przez te wszystkie lata. Teraz kolejny Ziemianin uważający się za zbawcę biednego, zacofanego Pasa. Dlaczego mielibyśmy pozwolić Jamesowi Holdenowi zatrzymać coś, co nigdy nie było jego? – Marco wyszczerzył się w uśmiechu i powoli wypowiedział sylaby. – *Stacja Tycho*. Zbierzemy wszystkie statki, które się da, i polecimy tam dużymi siłami, zanim wewnętrzni zdołają się przegrupować. Jesteśmy od nich szybsi. Mądrzejsi. A kiedy dotrzemy do Tycho, zobaczymy, jak powstają na nasze powitanie i wyrzucają Holdena przez śluzę, gwarantuję wam to.

Lister odchrząknął.

– Ale *Rosynanta* nie ma na Tycho.

Marco zmarszczył brwi. Poczuł w sercu ukłucie zmieszania i niezadowolenia.

– Co takiego?

– Los dué statki, które posłaliśmy za lodowcowcem Ostmana? *Giambattištą*? Nie mają transponderów, ale zbliżyły się na tyle, że odczytały sygnaturę napędu ze statku eskorty. Esá es la *Rosynant*.

W sali zapadła cisza. Marco poczuł, że coś wędruje mu po kręgosłupie. Przez wszystkie te lata pilnował miejsca pobytu Naomi, wszystkiego, co robiła, a teraz wraz z kochankiem wyślizgnęła się bez jego wiedzy. Odebrał to jak zagrożenie. Jak pułapkę.

– *Rosynant* – powiedział, ostrożnie wypowiadając słowa – leci jako eskorta starego, zniszczonego lodowcowca Ostmana?

– Na to wygląda – potwierdził Lister.

Coś było nie tak z mieszanką powietrza. Marco miał za mało tlenu w powietrzu. Jego serce biło jak oszalałe, oddech przyśpieszał.

– Gdzie lecą?

ROZDZIAŁ CZTERDZIESTY TRZECI

HOLDEN

Inercja była jednym problemem, lokalizacja drugim.

Giambattista był wielkim statkiem, który ciężko było rozpędzić i równie trudno wyhamować. Dowodem na niewygodę masy i pierwszego prawa Newtona. Statek hamował już przed pierścieniem wrót, wydatkując energię i masę odrzutową w celu osiągnięcia orbity zgodnej z orbitą pierścienia. Na podstawie tych dwóch punktów danych – gdzie leciał i jak szybko wyzbywał się pędu, aby tam trafić – ścigacze przeciwnika wiedziały z bardzo wąskim zakresem zmienności, gdzie się znajdzie i kiedy tam dotrze.

Równania Holdena obejmowały same niewiadome. Jakie przeciążenie *Giambattista* mógł wytrzymać przy hamowaniu? Ile statków niesionych przez niego w ładowniach zawiedzie w takim obciążeniu? Zimne równania szybkości, przeniesienia energii i ruchu względnego mogły wykreślić wyidealizowane krzywe, opisujące dowolną liczbę scenariuszy, ale doświadczenie dodawało trwałe i nieusuwalne *chyba że stanie się coś nieoczekiwanego, a wtedy, cholera, kto wie.*

– Zgaduj, Aleks – rzucił Holden. – Na co patrzymy?

Aleks przeczesał dłonią rzednące włosy i wydał zaniepokojony, nieartykułowany dźwięk. Kambuz pachniał herbatą rumiankową i cynamonem, ale Naomi i Clarissa siedziały z pustymi dłońmi. *Ros* hamował z mniej więcej półtorej g, dopasowując się do *Giambattisty*. Holden miał przez to nieustannie wrażenie, że jest zmęczony, choć wcale nie był.

– Na ich miejscu – odpowiedział Aleks – próbowałbym przestrzelić. Wyliczyć hamowanie tak, żeby przelecieć obok, tuż zanim ten wielki drań obok dotrze do pierścienia. Oba statki razem, bo podczas przelotu jest okazja do ataku. Wypuścić całą masę torped wykorzystujących dodatkową prędkość i mieć nadzieję, że kilka trafi. Kiedy już przelecę obok, moje torpedy musiałyby walczyć z moją prędkością, zamiast z niej korzystać, i pewnie oszczędzałbym moc do czasu wygaszenia reszty prędkości. A potem wrócił dokończyć to, co przetrwało pierwszy przelot.

– Brzmi rozsądnie – skomentowała Naomi. – A co byś zrobił na naszym miejscu?

– Dotarł do pierścienia najszybciej, jak potrafię. – Tym razem Aleks odpowiedział dużo szybciej. – Zmusił ich do śpieszenia się z dogonieniem nas, żeby zawracanie trwało jak najdłużej. A potem użył uzyskanego w ten sposób okna do wprowadzenia Bobbie i jej ludzi przez wrota, pozwolił jej przejąć działa szynowe i zabrał nasze tyłki do powolnej strefy, żebyśmy mogli rozstrzelać tych drani, kiedy wrócą.

– Próba utrzymania *Giambattisty* przy życiu po ich powrocie będzie nieprzyjemna – odezwała się Clarissa. – Ich jest dwóch, my jesteśmy sami. Ta łajba jest dużym celem.

– No dobra – powiedział Holden. – A co ze smugami wylotowymi z ich silników? Skoro hamują w naszą stronę, jak duże stanowią zagrożenie?

Aleks pokręcił głową.

– Przy tych prędkościach, z którymi mamy tu do czynienia, jeśli trafimy w odrzut z dyszy, to będziemy im siedzieć na kolanach.

Głos Clarissy był cichy i spokojny.

– Czy to misja samobójcza?

Aleks spoważniał.

– Cóż, ach, no... Tak, to by było wredne.

– Jeśli uszkodzimy *Giambattistę* zbyt ostrym hamowaniem – skomentowała Naomi – możemy wciąż wyprowadzić ataki stąd. I tak wyładujemy pierwszą falę na zewnątrz bramy, więc nie ma powodu, żebyśmy nie mogli wypuścić stąd i drugiej. Załoga mostka nie może być wiele liczniejsza niż na *Canterbury*. Jeśli będzie trzeba, ewakuujemy ich na *Rosa*.

– Chyba że to, co się zepsuje, uniemożliwi wyprowadzenie łodzi – zauważyła Clarissa. – Wtedy będziemy tam siedzieć z Naomi ze spawarkami, próbując uwolnić sprzęt Bobbie, kiedy wrócą te okręty i wszyscy będą mieli kiepski dzień.

Dziwnie było usłyszeć zwroty Amosa wymawiane jej głosem. Choć w sumie spędzali ze sobą mnóstwo czasu, więc nie powinno go to dziwić.

Holden potarł dłonią chłodną powierzchnię stołu. Czuł na barkach wagę tej chwili.

– Porozmawiam z Bobbie i Amosem. Są na miejscu, mogą przedstawić nasze propozycje. Na razie zmniejszyć hamowanie, przejść do nieważkości w ostatniej chwili, a potem wcisnąć hamulec na maks. Zmusić ich do ścigania.

– Nie będzie łatwo sprzedać to Pasiarzom – zauważyła Naomi. – Moi ludzie nie są miłośnikami dużych przeciążeń.

– Ale alternatywa w postaci uderzeń torpedami powinna być znaczącym argumentem.

– To prawda – przyznała Naomi, wzruszając ramionami.

Później godziny się rozciągały. Dobrym pomysłem byłoby spanie, choć było to niemożliwe. Poszedł do siłowni, ciągnąc za taśmy oporowe, aż ból odwrócił jego uwagę od zbliżających się do nich ścigaczy. Jednak gdy tylko skończył, wszystko do niego wróciło. Zastanawianie się, czy wróg będzie celował w *Giambattistę*, bo jest większym celem, czy w *Rosynanta* jako większe zagrożenie. Czy plan ataku na Medynę zadziała. Czy zadziała na czas. Co Wolna Flota zrobi, jeśli plan się uda, co jeśli zawiedzie.

Jeśli uda im się ponownie otworzyć przejście do nowych planet, co będzie to oznaczało dla Pasiarzy, Ziemi i Marsa. Jak będzie wyglądać przyszłość rasy ludzkiej, jeśli Wolna Flota ich pokona. Niecierpliwość rozwijała się w niepokój i strach, a potem wracała do niepokoju i znowu do niecierpliwości. Zwykle *Ros* był wygodny jak stara koszula, teraz, przy zbliżających się ścigaczach, wydawał się ciasny. Klaustrofobiczny. Nie potrafił do końca zapomnieć, jak robił to zwykle, że znajdowali się w bańce powietrza i metalu pośrodku niewyobrażalnie wielkiej pustki.

Naomi znalazła go w ich kabinie, kiedy skończył ćwiczyć. Włosy miała związane z tyłu, co odsłaniło twarz, a oczy spokojne i poważne.

– Szukałam cię – powiedziała.

Zamachał ręką.

– Obecny.

– Radzisz sobie?

– Nie wiem. Tak? – Wyciągnął ręce w geście bezradności. – Nie wiem, dlaczego tak ciężko to przeżywam. Przecież to nie pierwsza rozpoczęta przeze mnie wojna.

Zaśmiała się smutno i ciepło. Pchnęła się przez pokój i złapała uchwyty, przy których mogła mu zajrzeć przez ramię na monitor. Zbliżające się dwa wrogie okręty. *Giambattista* i *Ros.* Czerwone pole oznaczające początek hamowania. Biała kreska oznaczająca przewidywany atak. Pierwszy. Przemoc zredukowana do oszczędnej, dobrze przygotowanej prezentacji.

– Tej nie rozpocząłeś – powiedziała. – Zrobił to Marco.

– Może – odpowiedział Holden. – A może zrobił to Duarte. Albo protomolekuła. Lub Ziemia i Mars z powodu kompletnego nieprzejmowania się Pasem przez ostatnie kilkaset lat. Sam już nie wiem. Mam wrażenie, jakbym rozumiał, co muszę zrobić w ciągu następnych... bo ja wiem, pięciu minut? Może dziesięciu. A potem wszystko zaczyna się rozmywać.

– Następne pięć minut wystarczy – stwierdziła Naomi. – Jak długo zawsze widzisz następny krok, możesz przejść całą drogę.

Położyła mu na ramieniu ciepłą dłoń. Splótł własne palce z jej palcami i zaparł się, gdy pociągnęła się w dół, obok niego. Prosty manewr, który wykonywali już milion razy. Długa praktyka codziennej intymności.

– Ciągle się zastanawiam, czy było to nieuniknione – powiedział. – Jest tyle rzeczy, które mogliśmy zrobić inaczej. Może dało się nie dopuścić do tego wszystkiego.

– My jako ty i ja, czy my jako ludzkość?

– Myślałem raczej o ludzkości. Ale ty i ja też. Gdybyś zabiła Marco, gdy oboje byliście jeszcze młodzi. Gdybym się zdołał opanować i nie został wyrzucony z floty. Gdyby... sam nie wiem. Gdyby nie zdarzyła się dowolna z tych rzeczy, które nas tu doprowadziły, czy nic z tego by się nie działo?

– Nie bardzo widzę, jakby mogło.

Na ekranie dwa wrogie ścigacze zbliżyły się odrobinę, podczas gdy oni – nie tak szybko – przesunęli się w stronę czerwonego ostrzeżenia przed ostrym hamowaniem.

– Choć ciągle myślę, że i tak by się to stało – wyznał Holden. – Gdybyśmy to nie byli ty albo ja, Amos czy Aleks, gdyby to nie był *Ros*, byłby ktoś inny lub coś innego. Pas nie został wyruchany przez ciebie albo mnie. Cokolwiek stworzyło protomolekułę, nie rzuciło nią w nas z powodu czegoś, co zrobiło któreś z nas.

– Biorąc pod uwagę, że byliśmy wtedy jeszcze jednokomórkowcami.

– Prawda? Szczegóły byłyby inne, ale... całokształt tego wszystkiego by się nie zmienił.

– Na tym polega problem z rzeczami, których nie da się zrobić dwa razy – skomentowała Naomi. – Nigdy się nie dowiesz, jak wszystko by się potoczyło, gdyby coś stało się inaczej.

– Owszem. Ale *możesz* powiedzieć, że jeśli nie zrobimy czegoś inaczej, to zdarzy się ponownie. I znowu. I ponownie, ciągle na nowo, aż coś zmieni zasady gry.

– Coś jak protomolekuła?

– Ona niczego nie zmieniła – zaprotestował Holden. – Proszę, wciąż zajmujemy się tym samym, co robiliśmy wcześniej. Mamy większe pole bitwy, niektóre strony się zmieniły, ale to wciąż to samo gówno, które robimy od czasu, gdy pierwszy gość naostrzył kamień.

Naomi przysunęła się bliżej i oparła głowę o jego ramię. To zapewne ludzie robili także od zarania dziejów, choć nie w nieważkości.

– Zmieniłeś się – powiedziała. – Mężczyzna, którego poznałam na *Canterbury*, nie powiedziałby, że to sprawa wszystkich. Że liczy się wszystko, co robi każdy.

– Cóż. Od tamtej pory naprawdę mnóstwo ludzi do mnie strzelało.

– I trochę dojrzałeś. I bardzo dobrze, ja też. Wciąż to robimy, to nie jest coś, co można przestać. A przynajmniej do czasu, aż zginiesz.

– Mmm – wydobył z siebie Holden. – Zgaduję więc, że takie rzeczy ci nie przeszkadzają spać?

– Natura historii? Owszem, nie.

– Dlaczego nie?

Poczuł, jak Naomi wzrusza ramionami przy jego ciele gestem tak znajomym, jakby zrobił to sam.

– Wiem, co muszę zrobić, żeby poradzić sobie z tym, co będzie następne. Dwa ścigacze zbliżają mi się do tyłka, gotowe zabić mnie i wszystkich, których najbardziej kocham w tym życiu. A jeśli im się to uda, mój zły były chłopak może ściągnąć ludzką cywilizację w Układzie w nowe średniowiecze.

– Owszem. Ten gość to straszny dupek.

– Prawda.

***

Przyglądali się, jak to nadciąga, wiedząc, że nadejdzie. I kiedy w końcu przyszło, nie stało się przez to ani odrobinę mniej przerażające.

Aleks ustawił *Rosa* tuż przed dziobem *Giambattisty* na tyle z boku, żeby nie stopić go gazami wylotowymi, ale dość blisko, by mieć szansę zatrzymania wrogich torped przed uderzeniem. Dwie dysze przeciwników były jak gwiazdy, stałe i niezmienne. Holden przypomniał sobie czasy dzieciństwa w Montanie, gdy uczył się łapać piłkę do baseballu. To, jak piłka zdawała się unosić prawie bez ruchu, gdy leciała prosto na niego. Teraz było tak samo.

– Status? – zapytał Holden.

– Sześćdziesiąt trzy sekundy do skutecznego zasięgu – zgłosiła Naomi. – *Ros* ich pilnuje.

Holden odetchnął. Kapitan *Giambattisty* upierał się, że ich statek nie wytrzyma więcej niż trzy i pół g, więc z takim ciągiem hamowali. Wróg hamował z przeciążeniem nieco ponad osiem, ale i tak leciał tak szybko, że w zasięgu będą tylko przez ułamek sekundy.

– Czterdzieści – rzuciła Naomi i zakaszlała.

Był to bolesny dźwięk uświadamiający Holdenowi wagę problemu, który odczuwał jako ucisk w gardle. Może jednak powinni byli użyć koktajlu. Znajdujący się przed rufą pierścień wrót powinien już być widoczny dla nieuzbrojonego oka. Nawet niskiej mocy luneta powinna pokazać dziwny, prawie organiczny, zmienny, choć nieruchomy materiał jego ramy. Przez zaledwie tysiące kilometrów jego średnicy przenikały sygnały, zniekształcone jak morskie fale widziane od spodu – radio, światło, całe widmo elektromagnetyczne, tylko zmodyfikowane i dziwne. A za nim działa szynowe, czekające, by zabić ich wszystkich.

– Zaczynam myśleć, że może wcale nie był to taki dobry plan – rzucił.

– Pięć sekund. Cztery...

Holden się spiął. Nie, żeby to miało pomóc, po prostu nie potrafił się przed tym powstrzymać. Na obrazie z zewnętrznych kamer gazy wylotowe silników wrogów zrobiły się większe, grubsze, jaśniejsze, a potem w mgnieniu oka, szybciej niż odświeżanie monitora, zniknęły, a *Rosynant* szarpnął nim, wbijając go w pryczę przeciążeniową, jakby spadł z drabiny. Statek zadźwięczał ogłuszająco jak uderzony gong. Przez niezwykle długą sekundę myślał, że zostali podrzuceni falą z przelotu wroga. Że wywrócą się na bok.

Ros wyrównał. Rozlegał się alarm, ostry i wymagający.

– Co mamy? – krzyknął Holden.

– Nie wiem – odkrzyknęła Clarissa. – Nie patrzyłam na to ani chwili dłużej niż ty. Po prostu... dobra. Wygląda na to, że oberwaliśmy kilkoma pociskami z działek, albo... nie, czekaj. To nie ma sensu.

Alarm ucichł. Cisza wydawała się bardziej złowieszcza. Może wstrząsy nie były wynikiem działania silników manewrowych *Rosa* odpychających ich z drogi. Zostali trafieni. Mogą teraz wyrzucać w próżnię zapasowe powietrze.

– „To nie ma sensu" nie brzmi dobrze, Clarissa – powiedział, starając się, by jego panika zabrzmiała radośnie. – Naprawdę dobrze byłoby usłyszeć coś, od czego przestanę panikować, że umieramy.

– No cóż, zostaliśmy trochę obtłuczeni – stwierdziła Clarissa. – Myślałam, że to pociski z działek obrony punktowej, ale... nie. Torpeda wybuchła na tyle blisko, że dostaliśmy odłamkami.

– Wystrzelili cztery torpedy w nas i dwie w *Giambattistę* – powiedziała Naomi zza jego pleców. – Dostaliśmy wszystkie, ale oba statki odniosły trochę obrażeń. Czekam na pełniejszy raport od Amosa.

W tym mgnieniu oka, pomyślał Holden. Ten moment wstrząsów był całą bitwą, zbyt krótką, by ludzki umysł zdołał ją prześledzić. Nie był pewien, czy uznać to za fantastyczne, czy przerażające. Może było tu miejsce na oba.

– W każdym razie nie umieramy – rzucił Holden.

– A przynajmniej nie szybciej niż zwykle – zgodziła się Clarissa. – Będę musiała wymienić trochę zestawów czujników i zatkać kilka dziur w kadłubie, gdy tylko będzie ku temu okazja.

– Aleks? – zapytał Holden. – Jak to wygląda u ciebie?

– Leci mi krew z nosa – odpowiedział Aleks.

Wydawał się urażony. Jakby krwawiący nos był czymś, co przytrafia się w dzieciństwie, a teraz było poniżej godności.

– Przykro mi z tego powodu, ale myślałem bardziej o tych statkach, które próbowały nas zabić?

– Och. Racja – przyznał Aleks, wciągając krew przez nos. – Jak już mówiłem, to pierwsze okno się zamknęło. Będziemy mogli łatwo zestrzelić wszystko, co teraz w nas wyślą. A na razie nie wygląda na to, żeby zmieniali coś w trajektorii.

– Ile daje nam to czasu?

Aleks znowu pociągnął nosem.

– Dotrzemy do punktu hamowania przy wrotach w niecałą godzinę. Jeśli nasi przyjaciele będą lecieć dalej po prostej i wrócą do nas, nie zmieniając przyśpieszenia, będziemy mieć sześć i pół godziny. Jeśli wykręcą, żeby podlecieć z różnych stron, to trochę więcej.

– Ile maksymalnie?

– Osiem – stwierdził Aleks. – W najlepszym przypadku będziemy musieli przeprowadzić wszystkich naszych przez te wrota i dostać się pod ochronę zdobytej artylerii szynowej w ciągu ośmiu godzin. Siedem jest bardziej realistyczne. Sześć oznacza, że nie musielibyśmy się martwić.

– Amos mówi, że zostali nieco obici, ale stracili tylko trochę pancerza na pokładach magazynowych i może pół tuzina łodzi – odezwała się Naomi. – Bobbie nazywa to zwycięstwem i zbiera pierwszą falę.

Połączenie trzech i pół g przeciążenia oraz gwałtowności obrony *Rosa* sprawiło, że Holdena bolały plecy i szczęka. Nie potrafił sobie nawet wyobrazić, jak nieprzyjemne musiało to być dla Naomi i Pasiarzy na pokładzie *Giambattisty*. Włącznie z oddziałem pierwszej fali, który Bobbie miała za chwilę poprowadzić w gardło przeciwnika. Pierwsza fala miała zabezpieczyć działa szynowe, druga Medynę. Do tego czasu może będzie wiedział, co należy zrobić dalej.

Jeśli to nie zadziała, spróbują utrzymać *Giambattistę* i żołnierzy SPZ przy życiu dość długo, by wymyślić jakiś inny plan.

Pierścień wrót coraz bardziej rósł na ekranie, potężniał, aż znaleźli się tak blisko, że statki prawie przy nim nikły. Tysiąc kilometrów średnicy, a po drugiej stronie dziwne nie-miejsce powolnej strefy, inne wrota i ruiny tysiąca trzystu planet imperium galaktycznego, które ludzkość chciała zagospodarować dla siebie. Naomi miała rację. Nie miało znaczenia, czy byli sługami jakichś większych sił historii, czy indywidualnymi, żyjącymi osobno bytami ponoszącymi konsekwencje własnych wyborów. W żaden sposób nie zmieniało to tego, co musieli zrobić.

Giambattista osiągnął minimum krzywej wektora i wyłączył silniki. Kilka sekund później *Ros* zrobił to samo, ale do tego czasu zaczęły się już rozsuwać boki wielkiego statku. W świetle gwiazd tysiące tanich stateczków wyglądały jak zarodniki rzucane na wiatr przez ciemny grzyb, widoczne bardziej dzięki blokowanemu przez nie blaskowi gwiazd niż własnym kształtom i kolorom. Z tej odległości pierścień wrót był olbrzymi. Nie potrafił się powstrzymać przed widzeniem w nim olbrzymiego oka patrzącego ślepo na Słońce, które było zaledwie najjaśniejszą spośród miliardów gwiazd.

Na jego monitorze pojawiła się prośba o połączenie. Bobbie Draper. Odebrał i zobaczył jej twarz. Pancerz wspomagany sprawiał, że jej głowa bez hełmu wydawała się mała. Za jej plecami ktoś rozmawiał pasiarską gwarą tak szybko, że nie potrafił wyłapać słów.

– Pierwsza fala gotowa do lotu – zgłosiła. – Proszę o pozwolenie na rozlokowanie.

– Udzielam – odpowiedział Holden. – Ale Bobbie? Bardzo, bardzo cię proszę, nie zgiń tam.

– Nikt nie żyje wiecznie, sir – powiedziała Bobbie – ale jak długo nie narazi to misji, spróbuję przeżyć tę akcję.

– Dzięki.

Najpierw pojedynczo, potem grupami, zaczęły się budzić do życia słabe, chemiczne rakiety. Wszystkie razem nie równały się mocą z reaktorem *Rosa*, ale wcale nie musiały. Całe ich istnienie obejmowało przestrzeń od pierścienia wrót do stacji w centrum powolnej strefy. Dla większości z nich nawet mniej. I tylko jeden przewoził Bobbie, Amosa i ich siły lądowe. Na oczach Holdena statki zafalowały jak ławica ryb, stały się jednym, ruchomym kształtem na wyobrażonym, taktycznym wietrze i ruszyły w stronę wrót.

A potem przez nie.

ROZDZIAŁ CZTERDZIESTY CZWARTY

ROBERTS

Wiedziała, że to nastąpi. Jeszcze zanim wydusiła z Jakulskiego szczegółowe informacje, wiedziała, że *coś* nadchodzi. Było to uczucie wzbierające jak zły sen, z którego nie mogła się otrząsnąć. Przeczucie lub coś w rodzaju strachu przenikającego ją za każdym razem, gdy miała coś ważnego i zbyt dobre wyobrażenie na temat tego, jak byłoby to stracić. Wiadomość, że wojna zbliża się do Medyny, była prawie ulgą. Przynajmniej z grubsza wiedziała, czego ma się bać.

Strach sprawiał, że nawet drobne zmiany wydawały się poważne. Kiedy Jakulski przyniósł im wiadomość, że zmienia się ich harmonogram, Roberts nie potrafiła traktować każdej modyfikacji jak kart tarota. Wyśledzenie źródła wygaszania sygnału wewnątrz cylindra zostało odsunięte o miesiąc, więc może kapitan Samuels nie uważała, żeby miało to znaczenie dla obrony stacji przed inwazją. Modyfikacja systemu nawadniania do niższego ciążenia była kontynuowana, więc może chcieli dysponować dodatkowymi możliwościami na wypadek uszkodzenia systemów środowiskowych. Spędzili cały dzień, instalując zapasowe lasery łączności, dzięki czemu zawsze mieliby wiązki kierunkowe do Montemayor i pozostałych doradców Duartego oraz ochrony na stacji obcych. Wszystko, co pasowało do obrazu wzmacniania obrony przeciwko nadchodzącej przemocy, stawało się kolejnymi dowodami na to, że jej strach był uzasadniony. Im więcej miała dowodów, tym łatwiej było zobaczyć we wszystkim kolejne.

I wcale nie była w tym jedyna. Inni w jej grupie odczuwali ten sam rodzaj niepokoju. Jakulskiego częściej nie było, niż był, nie nadzorował ich poza mówieniem na początku zmiany, co mają zrobić, i sprawdzaniem na końcu, czy to zrobili. A kiedy przychodził po zmianie, znikał wcześniej bez żadnych usprawiedliwień, co najwyżej rzucał hasło *sprawy wymagające załatwienia*. Salis pił więcej, przychodząc do pracy z kacem i złością, a potem nie chciał wracać do swojej kabiny, kiedy tylko skończyła się dniówka. Vandercaust... cóż, od czasu fałszywego alarmu z kretem Vandercaust zrobił się mniejszym człowiekiem. Nie fizycznie, a w sposobie, w jaki przechodził przez życie. Ostrożnie, ustępliwie, chowając się w siebie jak ślimak. Raz, zaraz po tym, gdy usłyszeli o lodowcowcu lecącym w stronę wrót Sol, siedzieli w barze, gdy jakaś kompletnie pijana młoda coya zaczęła wykrzykiwać, że skolonizowane planety nie zasługują na pomoc ani uwagę. *Jak nie chcą być tak traktowani, to nie powinni byli nam tego zrobić* i *są tak samo źli jak Mars, tylko nie mają kamieni* oraz *wróćcie za pięć pokoleń, to może będziemy mieli bardziej wyrównane szanse.* Vandercaust szybko dopił swojego drinka i wyszedł, nawet się nie żegnając. Uciekał teraz przed wszystkim, co choć odrobinę ocierało się o politykę, nawet jeśli wszyscy się z tym zgadzali.

A jednak Roberts odkryła, że mimo wszystko potrzebuje towarzystwa. Gdy przecieki i plotki nasiliły się do tego stopnia, że kapitan Samuels musiała wygłosić oświadczenie – *Wrogie jednostki powiązane z frakcjami SPZ poza Wolną Flotą wysyłają w naszą stronę duży statek towarowy z eskortą. Nie znamy ich intencji. Wolna Flota wysłała okręty bojowe do wsparcia Medyny, ale przy trwających w Układzie walkach są to tylko minimalne siły* – Roberts prawie poczuła ulgę. Przynajmniej mogli o tym wszystkim otwarcie rozmawiać, nie wsadzając Jakulskiemu jaj w imadło.

Kiedy wróg był już blisko po drugiej stronie pierścienia, cała praca na Medynie praktycznie ustała. Były plany, harmonogramy, listy i raporty z postępów, ale był też wróg u bram. Jakulski nie pojawił się, żeby wydać polecenia na ten dzień, i nawet ich wolność zdawała się złowieszcza. Przenieśli się do baru, w którym ekrany ścienne ustawiono na lokalny kanał bezpieczeństwa z najnowszymi wiadomościami o oblężeniu Medyny na bieżąco.

Schematy pozycji jednostek wroga i obrońców z Wolnej Floty. Analizy tego, kim są Aimee Ostman i Carlos Walker oraz dlaczego nie dołączyli do Wolnej Floty. Potwierdzenie, że okręt eskortowy to należący do Jamesa Holdena *Rosynant.* Piwo. Suszone tofu ze sproszkowanym wasabi. Poczucie koleżeństwa tłumu.

Przypominało to trochę atmosferę wspólnego oglądania meczu, tylko że celem był ich dom, a przegrana oznaczała śmierć nie tylko ludzi. Na szali leżała obiecana im przez Wolną Flotę autonomia i wolność

– Dostali ich? – zapytał Salis zduszonym głosem. – Zabiliśmy ich?

Roberts sięgnęła przez stół, chwyciła jego dłoń i ścisnęła ją, czekając na aktualizację danych. Na dotarcie nowych informacji. W jej geście nie było nic romantycznego, żadnego śladu zaproszenia do seksu. Po prostu nie istniał żaden lepszy sposób wyrażenia nadziei, strachu i „o cholera" w tej samej chwili. Kilkadziesiąt osób siedzących w barze wpatrywało się w niewyraźne, złożone obrazy, które docierały przez wrota. Gdyby obraz nie był transmitowany na żywo, dałoby się go wyfiltrować do takiego poziomu, że prawie nie byłoby widać dziwacznych efektów wrót, ale poszarpany i zniekształcony teraz był lepszy od wyraźnego później.

Błysk rozkwitającego ogniem *Rosynanta*. Cała sala wstrzymała oddech. Czekali. Ale gdy blask przygasł, wróg wciąż tam był. Salis rzucił przekleństwem i puścił jej dłoń. Z ekranu zniknęły już ścigacze Wolnej Floty, poniesione w czerń własną chęcią dorwania *Giambattisty* i *Rosynanta*, zanim dotrą do wrót. Nie żeby wiele z tego, do cholery, wynikło.

– Es bien, es bien, nie? – odezwał się Vandercaust. – Strzelili, obili ich. Zmusili do szybszego działania. Nie pozwolili lecieć powoli i ostrożnie.

– Nie wiesz, co mają na tamtym statku – odpowiedziała Roberts. – To może być cokolwiek.

Vandercaust przytaknął, wziął kawałek tofu między palec wskazujący i kciuk, a potem ścisnął tak, że pękł.

– Cokolwiek to jest, będziemy posyłać w to pociski z dział szynowych, aż zmieni się w pył. – Uniósł poplamiony zielonym proszkiem pył, jakby demonstrował koncepcję pyłu.

Przytaknęła tak krótko i szybko, że ruch bardziej przypominał pochylenie się do przodu i do tyłu.

– Dui – powiedziała, pragnąc w to wierzyć. Potrzebowała tej wiary.

Na ekranie potężna masa lodowcowca zatrzymała się po drugiej stronie wrót, tuż z boku, gdzie nie mogła oberwać pociskami z działa szynowego. A więc wiedzieli o istnieniu obrony i nie wychylali głów. To nie wróżyło dobrze.

– Co oni robią? – zapytał Salis, nie oczekując odpowiedzi.

Na ekranie wokół lodowcowca wykwitła setka słabiutkich nowych gwiazd, chwiejnych i niestałych. Potem tysiąc. Dwa tysiące. Roberts miała wrażenie, jakby jakaś jej część zrobiła krok w tył, odsuwając się od siebie w szoku.

– Mé scopar – sapnęła. – Czy to ognie z *dysz silników*?

Kropki światła poruszyły się równocześnie. Rój jasnych szerszeni, wirujących, skręcających i przelatujących przez pierścień wrót do ich przestrzeni. Jej przestrzeni. Tu i tam światło migotało i gasło, jedno z tysięcy roztrzaskanych i zniszczonych, ale większość płynęła wokół siebie, z systemami lotu analizującymi sytuację – pozycję, stację obcych, Medynę, pierścienie.

Istniały bezpieczne strefy, w które nie mógł sięgać ogień dział szynowych. Nie za osłonami, bo poza samą Medyną w powolnej strefie nie było niczego, za czym można by się schować, ale pociski z dział nie mogły się zatrzymać po przeleceniu przez maleńkie atakujące jednostki. A każdy wróg, który mógł się ustawić na linii między lufą działa szynowego a pierścieniem wrót lub samą Medyną, będzie bezpieczny. Przynajmniej do czasu, aż dosięgną go pociski z obrony punktowej i torpedy Medyny. Jak opiłki metalu obrazujące pole magnetyczne rój skierował się do linii definiowanych przez geometrię i taktykę. A przynajmniej większość z nich. Kilka uszkodzonych kręciło się bezradnie w pustce, nie stanowiąc dla zagrożenia dla nikogo. Pozostałe zaś...

– Te szybkie obiekty to nie statki – rzucił Salis. – To torpedy.

Terminal ręczny Roberts wyświetlił alarm w tej samej chwili, co terminale Vandercausta i Salisa. Pierwsza wyciągnęła swój z kieszeni. Ekran otaczała czerwona ramka. Alarm bojowy. Potwierdziła, zgłaszając swoją pozycję. Otrzymała przydział do mobilnej grupy kontroli zniszczeń. Jakulski i reszta wierchuszki działu technicznego czekali, by zobaczyć, gdzie będą potrzebni. Gdzie pojawią się zniszczenia. Było to gorsze od konkretnego przydziału, ponieważ jej krew gotowała się potrzebą ucieczki lub walki, ale nie miała gdzie uciekać ani z kim walczyć. Gdyby mogła pobiec na stanowisko, mogłaby przynajmniej udawać, że coś robi. Że wpływa na zbliżającą się do niej falę zniszczeń.

– Ach! – odezwał się Vandercaust. – No to jedziemy!

Na monitorze zobaczyli, jak działa szynowe otwierają ogień. Z początku był to tylko ruch, drżenie osadzonych luf – jej luf, tych, które sama mocowała w obsadach. Potem na ekranie pojawiły się wygenerowane przez komputer tory pocisków, jasne linie niknące równie szybko, jak się pojawiały, a z każdym rozbłyskiem ginął jeden przeciwnik. Roberts poczuła, że szczęka zaczyna ją boleć od zaciskania, ale nie potrafiła się rozluźnić. Salis parsknął z irytacją na twarzy.

– Que? – zapytała Roberts.

– Wolałbym po prostu, żebyśmy tego nie robili – powiedział.

– Czego?

Ruchem głowy wskazał w stronę ściennego ekranu.

– Nie wysyłali rzeczy za wrota. Tam, gdzie to wszystko przepada.

Wiedziała, o czym mówi. Bezgwiezdna nicość – nawet nie przestrzeń – po drugiej stronie wrót była upiorna, gdy za dużo się o niej myślało. Masę i energię można było w siebie zamieniać, ale nie niszczyć, kiedy więc coś, co znalazło się poza sferą powolnej strefy, zdawało się znikać, musiało gdzieś trafiać albo być w coś zmieniane. Tylko że nikt nie wiedział – w co.

– Nie ma takiej opcji – odpowiedziała. – Esá coyos nas zmuszają.

– Jasne, po prostu...

Długie, koszmarne minuty, które się jeszcze rozciągały. Roberts zapadła w coś w rodzaju na wpół panicznego transu. Linie błyskały na ekranie. Kolejny zniszczony wróg. Kolejny wolframowy pocisk przyśpieszony z rzeczywistości w czerń dziwniejszą od przestrzeni. Teraz, gdy zobaczyła to oczami Salisa, też robiła się od tego nerwowa. Łatwo było zapomnieć o niezwykłej dziwności wokół nich. Mieszkali tu, tutaj znajdował się ich dom, więc oczywiście musieli go bronić. Ale też mieszkali wewnątrz zagadki.

Bezczasowość jej uwagi i skupienia rozpadła się, gdy przez nadlatujący rój przebiegł dreszcz, a jej serce przyśpieszyło. Wirujący ruch przechodzący przez ognie stale gasnących dysz. Pomruki w pomieszczeniu zrobiły się głośniejsze.

– Jak szybko one lecą? – zapytał Vandercaust z przejęciem w głosie. Przełączył swój ręczny terminal z ekranu alarmu na program śledzący, przesyłając mu dane. – Esá nie mogą mieć na pokładzie załogi. Zgniotło by ich na miazgę, gdyby ktoś tam był, z koktajlem czy bez.

Medyna zadrżała. Wibracje nie były mocne, ale nie do zignorowania. Pierwsi przeciwnicy znaleźli się w zasięgu skutecznego ognia. Na ekranie do błysków dział szynowych dołączyły wolniejsze, szerokie łuki ognia działek obrony punktowej i jasne plamki torped wystrzeliwanych z Medyny. Roberts zauważyła, że mamrocze przekleństwa, jakby były modlitwą, i sama nie wiedziała, od jak dawna to robi. Błyski ogni z dysz silników wroga zaczęły się zbierać i gęstnieć w pojedynczy jasny trzon, wykreślający linię między stacją obcych a Medyną.

– Wlatują między nas – skomentowała. – Muszą ich zatrzymać, bo wlatują między nas. Przylecą tu, wejdą nam na pokład.

– Na tych statkach nie ma nikogo, kto by miał tu wejść – ponownie powiedział Vandercaust. – To właściwie nie są statki. Tylko pięści z silnikami, to wszystko. Tarany.

– Wciąż je eliminujemy – zauważył Salis. – Patrz, działa szynowe ciągle strzelają.

Co było prawdą. Strzały były ostrożne, niebezpieczne. Przemykały tak blisko cylindra Medyny, że Roberts miała wrażenie, że słyszy syk ich przelotu. Ale wróg ciągle ginął, wybuchając i zamieniając się w odłamki i parę. Fala torped wroga została już zniszczona, zmieniona w odłamki i opary. Tak samo jak statki, które z każdą minutą były coraz bliżej, ale też było ich coraz mniej.

– Obrywamy – powiedział Vandercaust ze wzrokiem wbitym w swój ręczny terminal.

Roberts przełączyła własny. Utrata ciśnienia w najbardziej zewnętrznych warstwach cylindra. Nie wszędzie, rozproszona. Korytarz tu, magazyn tam. Przebicie zbiornika z wodą, prowadzące do wyrzucania mgły i lodu w spiralę w miarę obrotu cylindra. Mormoni zaprojektowali grube ściany zewnętrzne cylindra jako osłonę przed twardym promieniowaniem kosmosu. Ale nikt nie umierał. Jeszcze nie.

– Czym w nas uderzają?

– Odłamkami – wyjaśnił Salis. – Resztki torped. Nic wielkiego.

Może faktycznie były to tylko odłamki, ale nie można było ich zignorować. Na jej ekranie pojawił się kolejny alert, został oznaczony i przydzielony komuś. Jej grupa nie została jeszcze wezwana. Pomyślała, że nie dojdzie do tego, aż bombardowanie się skończy lub oberwie coś na tyle ważnego, że warto będzie zaryzykować życie ich trójki. Otaczający ich w barze ludzie wykrzyknęli radośnie i podniosła wzrok, by zobaczyć rosnącą kulę pośród rzednącego roju. Trafili coś dużego i wybuch miał siłę na tyle dużą, że zniszczył kilku najbliższych sąsiadów.

Z tysięcy szerszeni zostało już niewiele, dwie, może trzy setki i ubywało ich z każdą chwilą. Leciały szybko w stronę Medyny, usuwając się przed łukami ognia z działek, umykając przed uderzeniami torped, wysuwając się poza korytarz bezpieczeństwa, gdzie ulegały rozerwaniu przez działa szynowe. Gdy ich migotliwe światła gasły, Roberts poczuła coś w brzuchu i gardle. Śmiech zaczął się jako chichot, ciepły i pełny jak łzy, a potem rozrósł się w coś głębokiego.

Przylecieli zdobyć Medynę i przegrywali. Owszem, stacja obrywała. Tak, zostaną skrwawieni. Ale nie przegrają. Medyna należała teraz do Wolnej Floty i zostanie tak już na zawsze. Salis też szczerzył zęby w uśmiechu. Wszędzie wokół nich okrzyki radości towarzyszyły każdemu uderzeniu działa szynowego, niszczącemu kolejnego napastnika. Z nich wszystkich tylko Vandercaust zdawał się niepewny.

– Que sa? – zapytała go Roberts. – Visé jakbyś próbował wytrzeć sobie tyłek łokciem.

Vandercaust pokręcił głową. Kolejny błysk z dział szynowych, kolejne zgaszone światełko.

– Oni ciągle dryfują – powiedział Vandercaust. – Visé. Są w cieniu, nie? Stacja jest na tyle daleko, że działa szynowe mogą zasłonić nas i ich tym samym paznokciem. Ale one i tak... dryfują. Dostają się tam, gdzie działa mogą je trafić. Po co *dryfują?*

– Kogo to obchodzi, jeśli przy tym giną? – odpowiedział Salis z szerokim uśmiechem.

– Może chcą zginąć – zasugerowała Roberts. Żartując. Ona tylko żartowała.

Jej słowa zawisły w powietrzu, unosząc się nad stołem jak dym zbierający się, gdy szczęście miało się odwrócić. Przeniosła uwagę z powrotem na ekran, nagle bez radości i ulgi, jakby nigdy ich nie czuła. Zimno zalało jej płuca i serce, poczuła kompletnie inny rodzaj strachu niż napięcie i niepewność wcześniejszego oczekiwania. Kolejny statek, który powinien zostać zniszczony przez pociski z działek albo torpedy Medyny, rozpadł się od strzału z działa szynowego.

– Na co ja tu patrzę, Vandercaust? – zapytała Roberts głosem ostrym, choć drżącym.

Vandercaust nie odpowiedział, ale skulił się nad swoim terminalem, pracując gorączkowo grubymi palcami robotnika.

Kolejny statek. Następny. Zostało mniej niż setka wrogich jednostek, które odpadały jak płatki z przekwitniętego kwiatu. Nawet nie próbowały utrzymać kursu na Medynę. Wszędzie wokół sala wybuchała krzykami i świętowaniem. Przez tę kakofonię ledwie usłyszała, jak Vandercaust mówi *szlag*.

Gestem dłoni zadała pytanie, a on podał jej swój ręczny terminal. Początek bitwy już wyglądał jak coś z podręczników historii. Tysiące ogników przelatujących przez pierścień wrót. Większość – prawie wszystkie – gnała z dużą prędkością w stronę Medyny.

Prawie wszystkie. Ale niektóre zawiodły. Ich silniki przerywały. Migotały silniki manewrowe, rzucając je w ostre, gwiaździste obroty. Pamiętała, że zwróciła na nie uwagę i natychmiast zignorowała. Przeciwników było tak wielu, lecieli tak gęstą grupą, że pośród tysięcy mogły się zdarzyć nieliczne awarie. To znaczyło tylko, że o tę garść nie musieli się martwić.

Tylko że Vandercaust oznaczył jeden z nich. Jarzył się zielenią na jego ekranie podczas postępów bitwy. Działa szynowe zwróciły się przeciw torpedom zagrażającym Medynie. Mknące pociski, ginący przeciwnicy. Ale nie ta mała zielona awaria. Dryfowała dalej, wirując bezładnie.

Do chwili, aż przestała.

Kiedy jej silnik znowu ożył, nie skierowała się w stronę Medyny ani z powrotem do wrót Sol. Rzuciła się do kuli obcych. Niebieskiego, lekko jarzącego się artefaktu w samym środku powolnej strefy, gdzie znajdowały się wszystkie ich działa. Roberts trzęsła się teraz tak mocno, że zielona kropka zdawała się tańczyć w jej rękach, zostawiając za sobą jaskrawe ślady. Drżący powidok tego, jak zostali oszukani. Tysiące łodzi i torped sunących przez próżnię jak gest magika mający tylko odwrócić uwagę. I, cholera, udało im się.

Oddała terminal, wyciągnęła własny i wysłała awaryjne żądanie połączenia do Jakulskiego. Każdą sekundę bez odpowiedzi odbierała jak kolejną grudę ziemi rzucaną na jej trumnę. Kiedy wreszcie się pojawił, był w biurze administracyjnym na zewnątrz cylindra, w nieważkości. Jego zadowolony uśmiech powiedział jej, że kapitan Samuels jeszcze tego nie odkryła.

– Que hast, Roberts? – zapytał Jakulski, a ona przez chwilę nie potrafiła mówić.

Gardło ścisnęło jej pragnienie znalezienia się w świecie, w którym przebywał Jakulski i otaczający go ludzie – świecie, w którym wygrali. Słowa nie chciały się przez nie przecisnąć.

Aż wreszcie przeszły.

– Wyślij wiązkę kierunkową do Mondragona – powiedziała.

– Kogo?

– Nie. Szlag. Montemayora. Jak tam się la coyo la's nazywa. Ludzi Duartego. Ostrzeż go. Ostrzeż ich wszystkich.

Jakulski zmarszczył brwi. Nachylił się bliżej do kamery, choć nie musiał walczyć z żadnym ciążeniem.

– No savvy me – powiedział.

– Jodidas z połączonej floty właśnie wylądowali na *drugiej* stacji. Nigdy nie chodziło im o Medynę. Zaatakowali działa szynowe.

ROZDZIAŁ CZTERDZIESTY PIĄTY

BOBBIE

– Żałujesz, że się zabrałeś? – spytała Bobbie, przekrzykując hałas.

Siedzący naprzeciw niej Amos wzruszył ramionami i odkrzyknął.

– Nie. Przyda się, żeby kapitan spędził trochę czasu ze Złotkiem. Pomoże im się do siebie przyzwyczaić. Zresztą to też jest zabawa.

– Tylko jeśli wygramy.

– To zdecydowanie fajniejsze od przegrania – zgodził się, a ona się zaśmiała.

Statek był gówniany.

Kiedyś był kontenerem towarowym. I to wcale nie takim porządnym, zbudowanym według norm do obsługi przez mechy lub zautomatyzowany dok wraz z tysiącami innych o takich samych wymiarach, uchwytach i drzwiach. Ten został zbudowany niestandardowo, sklepany razem w Pasie w równych częściach z odpadów i pomysłowości. Drugi kadłub dodano później, jego spawy wciąż jasno świeciły w rogach. Prycze przeciążeniowe tak naprawdę wcale nie były pryczami, tylko grubymi płatami żelu, przyklejonymi do ścian za pomocą taśm przypominających uprząż do wspinaczki, żeby utrzymać ich ciała na miejscach. Należało dodać to tego fakt, że nie mieli żadnych aktywnych czujników, wirowali. Lecący z nim tuzin kobiet i mężczyzn nie był odpowiednio przeszkolony, nie był świadomy, że pewnie więcej niż połowa z nich w nie tak odległej przeszłości aktywnie uczestniczyła w spiskach przeciwko Marsowi i Ziemi, mieli starą broń, a pancerze pochodziły z kilku bardzo różnych źródeł. Oraz, oczywiście, że jeśli zostaną zauważeni przez działa szynowe przeciwnika, ich pierwszym ostrzeżeniem będzie natychmiastowa śmierć. Bobie powinna czuć panikę, a zamiast tego czuła się tak, jakby właśnie zanurzyła się w ciepłej kąpieli. Niespokojne trajkotanie żołnierzy było prowadzone w przemieszanym wielojęzycznym żargonie Pasa. Mogła śledzić tylko połowę ich słów, ale i tak wiedziała, co mówią. Leki przeciw mdłościom powstrzymywały złożone obroty i wirowanie łajby przed zmienieniem się w coś jeszcze mniej przyjemnego, a ich gorzki posmak był niczym powrót do domu z młodości. Takiego pełnego dobrych wspomnień i znajomych miejsc. Lubiła *Rosynanta* jak każde miejsce odwiedzone od czasu Ganimedesa. To byli dobrzy ludzie, a teraz nawet w dziwny sposób stali się jej przyjaciółmi. Nie byli nimi otaczający ją żołnierze i nigdy nimi nie zostaną. Służyli pod jej dowództwem i choćby tylko na chwilę czuła się tak, jakby znalazła się dokładnie tam, gdzie być powinna.

Odezwały się głośniczki jej skafandra. Łączność była jedynym aktywnym systemem, co do którego uznała, że wart jest ryzyka. Nadszedł czas na przekonanie się, czy była to słuszna decyzja. Odebrała połączenie ruchem szczęki.

Chwila trzasków, po niej dziwny wznoszący się ton, jak wiatr wiejący na otwór butelki, znowu trzaski i wreszcie nerwowy głos Holdena.

– Bobbie? Jak to tam wygląda?

– Pięć na pięć – odpowiedziała, sprawdzając obraz z zewnętrznych kamer, by się upewnić, że to prawda. Błękitny blask stacji obcych wznosił się z dołu jej pola widzenia i zakrzywiał w lewo. Migotliwe pole jak gwiazdy pole rakiet. Stacja Medyna mniejsza od puszki z piwem. Odczyty zbliżeniowe wyświetlały podwójne odliczanie: jedno do chwili wejścia w zasięg łuku działa szynowego, drugie do chwili uderzenia w samą stację. Oba dość szybko schodziły w dół. – Będziemy na powierzchni za... trzy minuty.

– Oddział gotowy?

Bobbie roześmiała się i dodała kanał grupowy.

– Hej. Jesteście na to gotowi, dupki?

Okrzyk, który rozległ się w odpowiedzi, wysycił głośnik. Przełączyła się z powrotem na połączenie z *Rosynantem*.

– Dobra odpowiedź – rzucił Holden, ale z napięciem.

Znowu piskliwy dźwięk. Zniekształcenia z pierścienia. Przelatując przez niego, nic nie czuła. Żadnej nieciągłości ani zawrotów głowy. Choć za każdym razem wariowały czujniki i cierpiała łączność.

– Misja przebiega zgodnie z planem – powiedziała. – Przejmiemy kontrolę nad działami i wpuścimy was tutaj.

– Aleks mówi, że okręty wroga osiągnęły punkt hamowania, lecą już w naszą stronę.

– Zrobimy to szybko – zapewniła Bobbie.

– Wiem – rzucił Holden. – Przepraszam. Dobrych łowów.

– Dziękuję – odpowiedziała Bobbie i połączenie zgasło, a wskaźnik połączenia zmienił kolor na czerwony.

Przełączyła się z powrotem na zewnętrzne kamery, aktywowała skorygowany widok. Dzięki temu obraz był stabilny, a wirowanie ich krypy widać było tylko w trzech nierównych czarnych plamach przemykających przez niego jak komiksowe nietoperze. Jednostek osłony było coraz mniej, choć wciąż jakieś jeszcze były. I dotarli na tyle blisko, że stacja blokowała wszystkie poza dwoma działami szynowymi. O ile tylko te dwa nie uznają, że byli równie interesujący jak torpedy i puste statki desantowe pędzące w stronę Medyny, wszystko będzie w porządku. Tylko że...

Zatrzymała obraz i powiększyła go. Tam, u podstawy obsady najbliższego działa szynowego, kilkanaście metrów od potężnego działa skierowanego w niebo, zobaczyła niską, szarą strukturę. Okrągłą jak moneta i wypukłą, dzięki czemu niezależnie od tego, pod jakim kątem uderzą w nią odłamki lub gazy wylotowe, zostanie tylko mocniej przyciśnięta do miejsca. Znała ten projekt na wylot. Czekała, żeby pojawił się strach, ale jedyne, co poczuła, to coś w rodzaju ponurej determinacji.

– Amos – krzyknęła, przesyłając mu kopię obrazu. – Przyjrzyj się temu.

Wielkolud spojrzał na swój terminal.

– Hm – rzucił. – Cóż, to trochę komplikuje sprawy.

Włączyła kanał grupowy.

– Nowe informacje. Dane, według których działa szynowe nie były pilnowane, mogą być błędne. Właśnie patrzę na bunkier zaprojektowany przez FMRK. A jeśli jest jeden, mogą być też inne.

Chór odgłosów poruszenia i żalu. Bobbie przełączyła ustawienia kanału, wyłączając wszystkie mikrofony poza własnym.

– Żadnych jęków, wiedzieliśmy, że to jest możliwe. Jeśli nie chcecie brać w tym udziału, możecie od razu wyjść, w innym wypadku sprawdźcie uszczelki i broń i szykujcie się na walkę po wylądowaniu na powierzchni. Naszym zadaniem jest przejęcie kontroli nad tymi działami.

Włączyła ich mikrofony na czas, by usłyszeć nierówny chór *tak jest, sir* i jedną z kobiet nazywającą ją suką. Bobbie mogłaby tego nie zignorować, gdyby mieli czas na lekcję dyscypliny, ale hej. W końcu sytuacja była silnie stresująca, a żołnierze SPZ to nie marines. Będzie pracować z tym, co ma.

Zgodnie z własnym zaleceniem skontrolowała swoją broń. Zamontowany na przedramieniu gatling wskazywał pełny magazynek – dwa tysiące pocisków przeciwpancernych i wybuchowych. Jednorazowego użytku wyrzutnia rakiet tkwiła zamocowana na zaczepie na plecach, połączona z laserem celowniczym pancerza. Pancerz wspomagany naładowany do pełna. Nie wątpiła, że stanowi najbardziej niebezpieczny obiekt na małym stateczku. A to znaczyło, że będzie na czele.

Łajba poinformowała ją, że przelecieli poniżej zasięgu dział szynowych. Komputer uruchomił silniki manewrowe, by zatrzymać ich wirowanie, a potem włączył główny silnik. Hamowanie wcisnęło ją mocno w żel. Pole widzenia zaczęło się zwężać i musiała sobie przypomnieć, żeby napiąć ręce i nogi, wyciskając krew z kończyn i przepychając ją do mózgu. Nadal nazywali to powolną strefą, choć teraz jedyne rzeczywiste ograniczenie prędkości brało się z chęci, aby nie dać się zmiażdżyć przez energię zatrzymania.

Statek uderzył mocno, odbił się i uderzył ponownie. Zanim skończył się przesuwać, Bobbie zerwała z siebie taśmy i wcisnęła przycisk wysadzający drzwi, całkowicie wyrzucając je ze statku. I tak nie użyją go do powrotu, niezależnie od wyniku starcia. Krajobraz na zewnątrz był surrealistyczny, jak coś ze snu. Gładki błękit czystszy niż niebo na Ziemi, bez żadnych nierówności, świecący. Rzucał cienie w górę na statek, na jej żołnierzy. Wszyscy mieli jasne nogi i krocza, a głowy i ramiona w ciemności.

Gruby pas metalu i ceramiki wysoki prawie na metr rozciągał się przed nią jak niska ściana, znikając za zbyt bliskim horyzontem. Działo szynowe wznosiło się ku upiornemu, bezgwiezdnemu niebu z podstawą ukrytą przez krzywiznę stacji. Słyszała pulsowanie jego strzałów jako szum w radiu, czuła, jak zmianę ciśnienia powietrza lub nadchodzące fale mdłości.

Bobbie widziała nagrania wideo z powolnej strefy, ale nie była gotowa na własny, zwierzęcy bunt z powodu jej niezwykłości. Nawet w najbardziej wymyślnych przestrzeniach architektonicznych, jakie zdarzało jej się widzieć – w katedrze Eppinga na Marsie czy budynku ONZ na Ziemi – było coś z natury. Stacja i pierścienie wrót wokół niej w niczym ich nie przypominały. Były jak statek, tylko niewyobrażalnie wielki. To połączenie rozmiarów i sztuczności jeżyło jej włosy na karku.

Nie miała teraz na to czasu.

– Nie mamy osłony – warknęła. – Rozproszyć się, niech draniom nie będzie łatwo dostać nas wszystkich. Już! Biegiem!

Ruszyli do przodu nierówną linią, z silniczkami skafandrów w zupełności wystarczającymi, by oprzeć się ledwie odczuwanemu ciążeniu upiornej błękitnej kuli. Poruszanie się tak trudną do przewidzenia, nierówną linią było dobrym ruchem taktycznym, nawet jeśli wynikało to bardziej z braku dyscypliny niż planowania. Przed nimi na horyzoncie pojawiła się ciemna linia. Druga ściana identyczna jak pierwsza, zbiegająca się z nią u podstawy działa. Tuż za nim czekała wypukłość bunkra. Mogła mieć nadzieję, że nie zauważyli ich lądowania, że zdoła doprowadzić swoich inżynierów do podstawy działa i dostać się do systemów sterowania, zanim wróg zorientuje się, że tu są...

– Uwaga – zawołał Amos.

Pierwsze pociski wroga pomknęły, gdy znajdowali się jeszcze dwadzieścia metrów od miejsca zbiegu ścian. Przeciwnicy w czymś, co wyglądało na lekkie pancerze marsjańskie, przykucnęli nisko, używając ściany jako osłony i strzelali do nich. Bobbie poczuła kamień w sercu. Wróg wiedział o ich obecności i zajął pozycję. Będą musieli szturmować ściany, żeby dotrzeć do podstawy działa szynowego. Zostaną wystrzelani, zanim im się to uda.

– Wycofać się – rzuciła, a potem posłała kilkaset pocisków wzdłuż górnej krawędzi ściany.

Wyglądające znad niej głowy zniknęły. Niektóre martwe, inne się schowały. Nie było sposobu na sprawdzenie, ile jest których. Przynajmniej żołnierze SPZ wykonali rozkaz. Nikt nie próbował zostać z tyłu i bawić się w bohatera. Jedyną osłoną, której mogła być pewna, była krzywizna stacji. Przemknęły obok niej pociski. Tam, gdzie uderzały w stację, na błękicie pojawiały się smugi żółci, jasne jak iskry, powoli gasnąc z powrotem do błękitu. Działo szynowe dalej pluło pociskami.

Gdy tylko krzywizna stacji ukryła dalszą ścianę, zatrzymała się przy krypie, którą wylądowali, i uniosła się na tyle, żeby nad krzywizną stacji zobaczyć górę ściany. Powiększyła obraz i ustawiła optykę na sztuczne kolory o wysokim kontraście, dzięki którym każdy ruch będzie się wyróżniał jak neon. I faktycznie po chwili poruszył się jakiś kształt. Ktoś odważny na tyle, żeby wystawić głowę na szybkie spojrzenie. Wycelowała w nią i wystrzeliła. Głowa zniknęła. Martwa czy schowana? Z tą cholerną ścianą metalu między nimi – nie wiadomo. Krzywizna stacji ich chroniła, ale chroniła też tamtych. Tych drugich Marsjan. Była pewna, że należeli do tych, którzy zdradzili ich świat i uzbroili Wolną Flotę. Czy prosiła o tak wiele, pragnąc, by ktoś z nich zrobił się nieostrożny i podszedł bliżej?

Amos bez słowa poszedł za jej przykładem, a pozostali ruszyli za nim, podnosząc się do góry za nią, gdzie nie sięgały pociski przeciwnika, a potem powoli sunąc do przodu. Stalowe taśmy, którymi przeciwnik oplótł stację, były szersze niż grubsze – osiem metrów szerokości, jeden metr grubości. Mnóstwo miejsca do rozłożenia się. Mogli ruszyć do przodu i odpychać przeciwnika centymetr za centymetrem. Chyba że sami zostaną odepchnięci. Chyba że zdradzieccy Marsjanie mają własny statek, który może nadlecieć z góry i roznieść ich na strzępy.

Machnęła ręką, żeby dalej patrzyli w stronę przeciwnika, a potem spróbowała otworzyć połączenie z *Rosynantem*. Szum zdawał się teraz intensywniejszy, trzeszczał w rytmie wystrzałów z dział, ale po chwili zabrzmiał dziwny świszczący ton i z drugiej strony pojawił się Holden, który wyglądał tak, jakby widziała go przez zasłonę.

– Jak tam idzie, Bobbie? – zapytał.

– Paskudnie – odpowiedziała. – Natknęliśmy się na dobrze uzbrojonego przeciwnika na ufortyfikowanych pozycjach.

– Dobra. Ile czasu potrzebujesz na przebicie się przez nich? Pytam tylko dlatego, że obserwujemy te dwa ścigacze, które dotrą tu za niecałe dwie godziny i byłoby naprawdę świetnie, gdyby nie było nas tu, kiedy przylecą.

– Będzie trudno, sir – odpowiedziała Bobbie. Błyski z lufy powiedziały jej, że ktoś po stronie przeciwnika próbował strzelać, ale zgasły już, gdy się przyjrzała. – Właściwie przydałoby się nam wsparcie powietrzne.

– Nie wiem, jak to zrobić – przyznał Holden.

Na linii zabrzmiał głos Naomi.

– Straciliśmy już praktycznie całą flotę osłonową. Wszystko, co jeszcze lata, zostanie rozerwane na strzępy, zanim do ciebie dotrze.

– No dobrze – rzuciła Bobbie. – Na tym etapie jestem otwarta na propozycje.

Amos pomachał do niej i wskazał przed siebie, w stronę przesuwającej się podstawy działa szynowego. Przełączyła się na prywatne połączenie z nim.

– Co ze źródłem zasilania? – zapytał. – Te działa szynowe potrzebują mnóstwo energii do pracy i jeszcze więcej do chłodzenia. A do tego działają bez przerwy od czasu, gdy przelecieliśmy przez bramę. Muszą gdzieś mieć reaktor fuzyjny, który to wszystko zasila. Może coś wyciągniętego ze statku, może kilka małych jednostek w sieci.

– Gdzie ich szukać? – zapytała Bobbie.

– Ja bym to postawił pod jednym z tych zastępczych fiutów, który ich zdaniem ma najmniejsze szanse na ostrzelanie. Albo wszystkie mogą mieć własne.

Przełączyła się z powrotem do *Rosynanta*.

– Co się dzieje? – zapytał Holden. – Z Amosem w porządku?

– Mamy coś. Zgłoszę się później – odparła Bobbie i zamknęła połączenie. Machnięciem ręki wezwała żołnierzy i przełączyła się na kanał grupowy. – Trzymajcie pozycję, pilnujcie, żeby skupiali tutaj całą uwagę.

– Sa sa – odpowiedział ktoś z nich. Nie wiedziała, kto. – Jak długo mamy ją trzymać?

– Aż wrócę – wyjaśniła. *Albo do końca życia nas wszystkich*, dodała cicho, lecąc z powrotem w stronę ich statku.

Drzwi zostały całkowicie odstrzelone, a kadłub uległ silnemu odkształceniu od uderzenia w stację. Ale nie musiał ładnie wyglądać, wystarczyło, że będzie latał, a to wciąż potrafił, przynajmniej przez chwilę. Kiedy uniosła się nad powierzchnię stacji, kilku przeciwników strzeliło w jej stronę, co było bez sensu w przypadku zwykłej broni. Kadłuby mogły być tanim badziewiem, ale jednak tanim badziewiem, które miało wytrzymać uderzenia mikrometeorytów. W jej skafandrze ryk silników był tylko wibracją. Zostawiała swoich ludzi z tyłu, co było dla niej głęboko bolesne, ale to była właściwa decyzja. Nie czas na wahanie.

Krzywizna stacji była tak ciasna, że musiała pilnować, by trzymać się blisko powierzchni. Działa szynowe wiedziały już o niej, więc jeśli wystawi głowę, zestrzelą ją. Lecąc, włączyła pełny zestaw czujników, oblatując stację najszybciej, jak mogła. Otoczyli stację trzema pasami, jak na piłce do koszykówki, umieszczając działa szynowe na wszystkich przecięciach stalowych taśm. Nietrudno było je znaleźć. Każde emitowało ciepło najszybciej jak mogło, wysycając czujniki podczerwieni w sposób, którego jeszcze nie widziała. Ale jedno – to naprzeciw wrót Sol – wyglądało na trochę gorętsze. Jeśli zamontowali jeden główny reaktor, to było najlepsze miejsce do szukania go. Ustawiła kurs małej łodzi, dezaktywowała awaryjne wyłączenie zbliżeniowe i gdy tylko poczuła, że maszyna ruszyła do ostatniego samobójczego lotu, odpięła pasy i wyskoczyła przez śluzę.

Gdyby to był prawdziwy silnik, gazy wylotowe by ją zabiły, ale tylko włączyły się na raz wszystkie alarmy temperatury jej pancerza. Osłona twarzy zrobiła się nieprzezroczysta. Pękła uszczelka na ręce, boleśnie wciągając skórę wokół łokcia do chwili, aż została nadmuchana zapasowa uszczelka, która zamknęła szczelinę. Przez przerażająco długą sekundę unosiła się nad stacją ślepa i bezbronna. Kiedy wrócił jej wzrok, zobaczyła białą bańkę bunkra wroga i błyski ich wystrzałów. Skierowała na bunkier swój laser celowniczy i wystrzeliła rakietę z wyrzutni na plecach, równocześnie odpalając silniczki skafandra, by jak najszybciej pchnęły ją w stronę powierzchni. Uderzyła w stację z większą siłą, niż planowała, i wstrząs zacisnął jej zęby tak mocno, że poczuła smak krwi. Pojawił się jaskrawy błysk wybuchu rakiety, ale szybko zniknął w drugim błysku statku szturmowego uderzającego w reaktor działa szynowego.

Jej przyłbica znowu pociemniała, ale zamiast całkowitej czerni, której zaznała w ogniu gazów z dyszy, zrobiła się tylko ciemnobrązowa. Czujnik promieniowania błysnął jej czerwonym ostrzeżeniem. Jednak tym, co wzbudziło w niej czystą, zwierzęcą panikę, był wiatr. Wąski, szybki strumień gazu mknący obok niej, odpychający ją od powierzchni.

Kiedy po kilku sekundach jej wizjer się oczyścił, z miejsca tuż za horyzontem rozchodziła świetlista, powoli ciemniejąca chmura. Powierzchnia stacji przestała być błękitna, przybrała gniewną barwę jadowitej zieleni.

Och, pomyślała Bobbie, gdy stacja zaczęła szybko zmieniać kolor z zielonej na białą i czarną, a potem z powrotem zieloną. *To mógł być naprawdę bardzo, bardzo zły pomysł.*

Otaczające stację stalowe pasy po lewej i prawej stronie wyglądały nie tak. W pierwszej chwili nie wiedziała, co się nie zgadza, ale w końcu zauważyła przerwę między stalą a powierzchnią, jakby założono na nią pierścionek za duży na palec. Przełączyła na podczerwień i pola magnetyczne, ale oba obrazy były wysycone skutkami awarii reaktora. Stacja powoli zaczęła z powrotem przybierać błękitną barwę. Odniosła irracjonalne wrażenie, że jest świadoma jej obecności. Że ją zirytowała i ściągnęła na siebie jej uwagę. Użyła silniczków skafandra i minimalnego dryfu ciążenia do opadnięcia z powrotem na powierzchnię, spodziewając się, że zostanie schwytana i karnie wciągnięta do środka, ale nic takiego się nie stało.

Radio było na tyle odporne, że zadziałało.

– Mówi sierżant Draper – powiedziała. – Czy działa szynowe dalej strzelają?

– COŚ TY, KURWA, ZROBIŁA? – wrzasnął męski głos, wysoki i przestraszony.

Wyłączyła wszystkie ich mikrofony.

– Właśnie o to pytam, żołnierzu – rzuciła i przełączyła się na prywatny kanał. – Amos?

– Nie wiem, co zrobiłaś, Babs, ale spieprzyło to sytuację w doskonały sposób. Działa szynowe wyglądają na wyłączone, kilku pozostałych przy życiu dupków wycofuje się do bazy, a te metalowe taśmy, do których to wszystko jest zamocowane, wyglądają, jakby się trochę ruszały.

– No tak, chyba mogłam je trochę poluzować.

– Imponujące – rzucił Amos. – Słuchaj, muszę iść kogoś zastrzelić.

– Nie ma problemu – odpowiedziała, a potem otworzyła kanał do *Rosynanta*. – Dobra. Jesteście tam jeszcze, chłopaki?

– Bandyci są już bardzo, bardzo blisko – odpowiedział Holden. – Powiedz, że masz dobre wieści.

– Mam dobre wieści – potwierdziła Bobbie. – Możecie przelecieć przez pierścień. Właściwie bardzo doceniłabym, gdybyście tu przylecieli i zapewnili nam trochę wsparcia z powietrza.

Zabrzmiały krzyki radości, brzmiące dziwnie i niepokojąco po zniekształceniu przez interferencje pierścienia. Czy tylko jej się zdawało, czy faktycznie zrobiły się głośniejsze?

– Dorwałaś ich? – zapytał Holden i wręcz zobaczyła uśmiech na jego twarzy. – Zdobyłaś działa szynowe? Kontrolujemy je?

Czujniki jej skafandra pokazały, że najbliższa ściana stali zaczyna się przesuwać. Tylko kilka centymetrów, ale zdecydowanie był to ruch. Została zepsuta. To wszystko było zepsute. Działa szynowe nieprędko będą w stanie kogokolwiek obronić.

– Nie kontrolujemy ich – przyznała. – Ale przynajmniej nikt inny też nie.

ROZDZIAŁ CZTERDZIESTY SZÓSTY

HOLDEN

– Wiesz, czego bym chciał? – krzyknął Aleks z góry, z kokpitu.

– Żebyśmy się stąd zabrali? – odkrzyknął Holden.

– Żebyśmy się stąd zabrali. W tym tempie będziemy tu siedzieć ze skafandrami przy kostkach, kiedy tamte gnidy po nas wrócą – potwierdził Aleks. – Nie przypadkiem nazywają te łajby *ścigaczami*. Nie latają powoli.

Choć Naomi była przypięta do pryczy obok Holdena, odpowiedziała przez zestaw słuchawkowy, więc przynajmniej nie musiała krzyczeć.

– *Giambattista* to duży statek, Aleks. Odzwyczaiłeś się, bo od lat nie musiałeś kierować taką wielką krową.

– Szlag – rzucił Aleks. – Mógłbym obrócić *Canterbury* w połowę tego czasu, który oni zużywają na manewr.

Westchnięcie Naomi było zapewne najbliższym przyznania, że się z nim zgadza.

– Cóż, byłeś dobry w swoim fachu.

Na ekranie *Giambattista* powoli przesuwał się bokiem w stronę pierścienia wrót. Zniszczenia spowodowane pierwszym atakiem wrogich okrętów spowodowały jakiś brak równowagi silników manewrowych, więc sporo manewrów wymagało obracania statku wokół osi, a potem czekania, aż działające silniki znajdą się na właściwych pozycjach do pracy. Zaczęli już widzieć smugi z dysz wracających wrogów. Nie minie wiele czasu, zanim znowu w ich stronę poleci salwa torped, chyba że Wolna Flota zdecyduje się na odczekanie z atakiem do ostatniej chwili. Wrogowie rozdzielili się, lecąc w ich stronę po łuku rozbieżnie z kątem prawie stu stopni. Nie było aż tak źle, jak mogłoby być. Gdyby poświęcili trochę czasu, by zaatakować z przeciwnych stron, *Ros* nie dałby rady obronić *Giambattisty*. Z drugiej strony, gdyby chcieli odpowiednio zgrać wektory i ustawić się na pozycjach, *Giambattista* miałby dość czasu na przejście przez pierścień przed ich przylotem. Wyglądało to tak, jakby zostali zmuszeni do wyszukania punktów minimum i maksimum złożonej krzywej inercji, przyśpieszenia i mnóstwa martwych ludzi.

Odpalił główny silnik *Giambattisty*, ze smugą dużo dłuższą od samego statku, a Aleks wykrzyknął radośnie.

– Najwyższy czas – skomentowała Naomi. – Dopasowuję nasz kurs.

Holden otworzył połączenie do Bobbie. Sekundy rozciągały się na tyle mocno, że zaczął czuć ciężar w żołądku. Połączenie zostało nawiązane, zgasło i pojawiło się ponownie w chwili, gdy Naomi zgłosiła:

– Jeden z nich leci tak, żeby przejść przez wrota razem z nami. Będzie musiał się temu przyjrzeć.

– Będziemy potrzebować dwudziestu minut na przejście przez wrota. Na czym stoicie?

Dziwna interferencja wrót nadała jej odpowiedzi grube, upiorne brzmienie. Ciężko dyszała i zanim zabrzmiały jej słowa, zaczął sobie wyobrażać, że unosi się ranna w nieważkości. Albo opada ku powierzchni stacji obcych. Już chciał przełączyć się do Amosa, gdy w końcu się odezwała.

– Amos utrzymuje pozycję w walce z wrogiem – powiedziała. – Prawie do nich wróciłam. W skafandrze skończyła się masa odrzutowa, więc zasuwam w butach magnetycznych.

– Biegniesz z powrotem do walki?

– Nazywamy to szybkim szuraniem – odpowiedziała Bobbie między oddechami – ale wszystko w porządku. Ułożyli tu. Dużą metalową drogę. Prowadzi prosto do nich.

– Dobra. Przylecimy ze wsparciem najszybciej, jak się da. Tylko nie daj się zabić, zanim tam dotrzemy.

– Niczego nie obiecuję, sir – wydyszała Bobbie, a on przysiągłby, że się przy tym uśmiechnęła.

Usłyszał trzask statyki i połączenie zgasło.

– Dobra – rzucił Holden. – Jak to wygląda?

– Obaj do nas strzelają – zgłosiła Naomi.

– Dziwnie spokojnie o tym mówisz.

Obejrzała się na niego. Jej uśmiech był nagły i sprawił, że ścisnęło go coś w sercu.

– To same pobożne życzenia. Nawet nie tyle atak, co okazja, żeby pozwolić nam coś zepsuć.

– W porządku. Czyli tym się nie martwimy. Czym powinniśmy się przejmować?

Naomi przerzuciła na jego monitor analizę torów ścigających ich jednostek. Bliższy okręt zmienił trasę tak, że przewidywana trajektoria prowadziła ich przez pierścień i do powolnej strefy pięć minut po przejściu *Rosa* i *Giambattisty*. Nie hamowali, a to nie wyglądało dobrze.

– Mamy jakiś plan na poradzenie sobie z tym?

Przez interkom statku odpowiedział Aleks.

– Głosuję za zestrzeleniem ich.

– Popieram – dorzuciła zaraz potem Clarissa.

Holden kiwnął głową. Ciągle czuł się dziwnie, słysząc jej głos. Może już zawsze tak będzie.

– Dobra, przygotujmy namiar na cel.

– Zrobiłam to, gdy rozmawiałeś z Bobbie – odpowiedziała Naomi.

Na chwilę odezwały się działka obrony punktowej, ale szybko umilkły. Holden potarł dłońmi o uda. Postukał o siebie palcami. Wywołał ekran taktyczny, żeby zobaczyć pierścień, stację obcych, Medynę i ścigacze.

– Będziemy mieć dość, by bronić wszystkiego, nawet jeśli polecą za nami obie jednostki, prawda?

– Cicho – rzuciła Naomi.

Na obrazie z zewnętrznych kamer pierścień, do którego się zbliżali, zdawał się wymazywać gwiazdy. Aleks wykonał krótkie, ostre hamowanie, skręcając dziób w stronę bramy i zwężającego się kręgu gwiazd za nim. *Giambattista* wykręcił, włączył silnik i wykręcił ponownie, otwierając pozostałe włazy. Wyleciały z nich iskierki silników, mniejsze od świetlików w porównaniu z szeroką, jarzącą się strugą silnika Epsteina transportowca. Holden patrzył, jak najpierw garstka, potem kilkanaście, wreszcie setka sunie w stronę Medyny. SPZ ruszało dokończyć zadanie.

Lądowniki rozproszyły się, tworząc jak najmniej zbity cel. Z tej odległości działka obrony punktowej Medyny były bezużyteczne, a *Ros* zapewne mógł zniszczyć wszystkie torpedy. Jednak nawet, gdyby jakiś statek został zniszczony, zabrałby ze sobą tylko garść żołnierzy, zostawiając armię.

Spróbował otworzyć wiązkę kierunkową do nadlatującego napastnika, ale interferencja pierścienia była tak silna, że przełączył się na transmisję szerokozakresową.

– Uwaga zbliżający się ścigacz – rozpoczął.

Naomi obejrzała się na niego z pytaniem w oczach. Ale nie z troską czy niepokojem. Ufała mu.

– Mówi James Holden z *Rosynanta*. Proszę, zmieńcie kurs. Nie musimy tego robić w ten sposób.

Czekał. Wyświetlacz taktyczny zawierał mniej informacji niż wcześniej. Wiedział o działaniach w Układzie Słonecznym tylko tyle, ile przedostało się przez wrota. Jednostka Wolnej Floty nie odpowiedziała, tylko zanurkowała w ich stronę.

– Nie przemyślał tego, szefie – krzyknął w dół Amos. – Co mam zrobić?

– Daj im szansę – odpowiedział Holden.

– A jeśli z niej nie skorzystają?

– To nie – podsumował kapitan.

Pierścień robił się coraz mniejszy, w miarę jak się od niego oddalali, i miał wrażenie, jakby patrzył w otwór studni z poziomu wody. Atakujący okręt ostro hamował na kursie do pierścienia. Gdy pierwsze jednostki z drugiej fali wypuszczonej z *Giambattisty* miały właśnie dotrzeć do Medyny i stacji obcych, okręt przeleciał przez pierścień, wypuścił sześć torped i eksplodował w jasnej jak gwiazda awarii reaktora po tym, jak Aleks wystrzelił w niego pocisk z działa szynowego *Rosa*. Holden patrzył w milczeniu na rozszerzającą się chmurę gazu, który jeszcze przed chwilą był statkiem pełnym mężczyzn i kobiet.

Próbował odnaleźć w tym poczucie zwycięstwa, ale czuł głównie absurd sytuacji. Powolna strefa, wrota, nawet zwykłe ludzkie statki, które zaniosły ich tak daleko. To wszystko były cuda. Wszechświat pełen był tajemnic, urody i zachwytów, a jednak wszystko, co potrafili z nim robić, to coś takiego. Gonić się wzajemnie i sprawdzać, kto pierwszy zdoła strzelić.

Zdawało się, że wszystko w powolnej strefie – *Giambattista*, jego chmura łodzi szturmowych, stacja Medyna, *Rosynant* – na chwilę wstrzymało oddech, zamarło na tę krótką chwilę. Przerwał mu sygnał połączenia od Bobbie. Odebrał je.

– Jestesmy tu bezpieczni – powiedziała. Wciąż ciężko dyszała. – Wróg się poddał.

– Wzięliście ich żywcem?

– Część – odpowiedział Amos.

– Cholernie ostro walczyli, nawet gdy nie mieli już szans – dodała Bobbie. – My też ponieśliśmy straty.

– Przykro mi – rzucił Holden i zaskoczyło go nieco odkrycie, jak bardzo była to prawda. Nie były to tylko puste słowa, które zwykle mówiło się w takich sytuacjach. – Żałuję, że nie było innego sposobu.

– Tak jest, sir – potwierdziła Bobbie. – Dopilnuję, aby umieszczono więźniów w transportowcu, ale jest coś, o czym powinieneś wiedzieć.

– Tak?

– Ci tutaj, to nie Wolna Flota. Ludzie broniący sieci dział szynowych to Marsjanie.

Holden zastanawiał się nad tym przez chwilę.

– Ci zbuntowani? Ludzie Duartego?

– Niczego nie mówią, ale tak zakładam. To może być ważne.

– Dopilnuj, żeby byli bezpieczni i dobrze traktowani – polecił Holden.

– Już się tym zajmuję – odpowiedziała Bobbie i zamknęła połączenie.

Holden przełączył monitor na widok z kamer zewnętrznych i przesunął je tak, by zobaczyć *Giambattistę*, stację obcych oraz – na tyle daleko, że wyglądała bardziej jak skrawek metalu, niewidoczny bez teleskopów *Rosa* – stację Medyna. Zasłonił usta dłonią, włączył znaczniki identyfikacyjne dla wszystkich szalup abordażowych i prowizorycznie zmontowanych łodzi, popatrzył na ekran zalany zielonym tekstem, z powrotem wyłączył opisy i zapatrzył się w czerń. Jego oczy zaczęły sprawiać wrażenie zapiaszczonych. Prawdopodobnie był to wynik niepewności i napięcia, narastających przez cały czas lotu do pierścienia. Uczucia zmieniły się teraz w coś innego.

– Dobrze się czujesz? – zapytała Naomi.

– Myślałem o Fredzie – wyjaśnił. – To tutaj? Tym właśnie się zajmował. Prowadził armie, zdobywał stacje. Tak wyglądało jego życie.

– Z czegoś takiego się wycofał – przypomniała Naomi. – Kiedy zdecydował się przekonać ludzi do rozmawiania, zamiast strzelania do siebie, to właśnie zostawił za sobą.

– No cóż, zobaczmy, co z tego wyjdzie – stwierdził.

Włączył kamerę, przyjrzał się sobie na ekranie i przeczesał palcami włosy, poprawiając nieco swój wygląd. Wciąż wymizerowany, wciąż zmęczony, ale wyglądał trochę lepiej. Ustawił system na transmisję radiową.

– Stacja Medyna. Mówi James Holden z *Rosynanta*. Przylecieliśmy tu, by przejąć kontrolę nad stacją i powolną strefą oraz wrotami z powrotem z rąk Wolnej Floty. Jeśli naprawdę chcecie, możemy spędzić trochę czasu na niszczeniu waszych działek obrony punktowej i wyrzutni torped, aż nic wam nie zostanie, a potem posadzić tam te łodzie. Mamy mnóstwo ludzi z bronią, podejrzewam, że wy też. Moglibyśmy dalej się zabijać, ale naprawdę wolałbym, żebyśmy nie tracili już nikogo więcej. Poddajcie się, złóżcie broń, a ja obiecuję humanitarne traktowanie dla struktur dowodzenia Wolnej Floty oraz wszelkich innych więźniów.

Próbował pomyśleć o czymś jeszcze. O czymś więcej. Jakaś porywająca mowa o tym, jak w końcu wszyscy należeli do jednego gatunku i że mogli odrzucić ciężar historii, jeśli tylko tego zechcą. Że mogli połączyć siły i stworzyć coś nowego, a wszystko, czego potrzeba, to decyzja. Jednak wszystkie słowa, które przychodziły mu do głowy, brzmiały dla niego fałszywie i nieprzekonująco, więc zamiast tego wyłączył transmisję i czekał, by sprawdzić, co się stanie.

Naomi wysunęła się ze swojej pryczy przeciążeniowej, podleciała do windy i skierowała się w dół. Wróciła po kilku minutach z bańką herbaty. Zajęła z powrotem miejsce na pryczy. Czekali. Holden wiedział, że jeśli potrwa to dużo dłużej, w końcu będą musieli zaatakować. Statków abordażowych nie zbudowano z myślą o czymś więcej niż przelot między dwoma jednostkami, niedługo zacznie im się kończyć powietrze. Ale może jeszcze kilka minut...

Nadeszła odpowiedź. Otwarty, nieszyfrowany sygnał radiowy, równie jednoznaczny, jak jego żądanie poddania. Kobieta w mundurze Wolnej Floty unosiła się w nieważkości w bardzo dobrze znanym mu pomieszczeniu. Obrazy religijne na ścianie za jej plecami były niczym symbole z powracającego snu o przemocy, krwi i stracie.

Tylko może tym razem będzie inaczej.

– Kapitanie Holden. Jestem kapitan Christina Huang Samuels z Wolnej Floty. Przyjmę pańskie warunki poddania się pod warunkiem, że zagwarantuje pan bezpieczeństwo i humanitarne traktowanie moich ludzi. Zastrzegamy sobie prawo do nagrania i transmisji waszej akcji abordażowej w celu dopilnowania, by cała ludzkość była świadkiem waszego zachowania. Robię to, kierując się koniecznością i lojalnością względem moich ludzi. Wolna Flota jest zbrojnym ramieniem ludu Pasa i nie będę poświęcać życia moich ludzi ani cywili na stacji Medyna w sytuacji, gdy nie przyniesie to żadnych korzyści. Jednak osobiście teraz i na zawsze będę opierać się tyranii planet wewnętrznych oraz wyzyskiwaniu przez nie i powolnemu mordowaniu mojego ludu.

Zasalutowała do kamery i wiadomość się skończyła. Holden westchnął i ponownie włączył nadawanie.

– Brzmi dobrze – powiedział. – Zaraz tam będziemy.

Wyłączył radio.

– Poważnie? – Z góry zawołał Aleks. – „Brzmi dobrze, zaraz tam będziemy?".

– Nie jestem dobry w tej robocie – odkrzyknął Holden.

Z okrętowego interkomu zabrzmiał głos Clarissy.

– Dla mnie to było słodkie.

***

Upadek stacji Medyna zajął dwadzieścia godzin, od zadokowania pierwszych statków SPZ do zamknięcia w celi ostatniego żołnierza Wolnej Floty. Areszt Medyny nie był na tyle duży, by pomieścić wszystkich, więc zarezerwowano go dla wyższych szarż – personelu dowódczego, szefów działów, oficerów i agentów ochrony. Pozostali – głównie technicy i personel utrzymania – zostali zatrzymani w swoich kabinach z drzwiami zablokowanymi przez system stacji. Co w ostateczności oznaczało Holdena. Nie potrafił oprzeć się wrażeniu, że właśnie wysłał tysiąc osób do swoich pokojów, żeby naprawdę *zastanowili się* nad tym, co zrobili.

Ustanowił swoje stanowisko dowodzenia w centralnym biurze ochrony w cylindrze. Ciążenie wirowe nie było na tyle duże, by przeszkadzało Naomi, a było coś uspokajającego w możliwości opadnięcia na fotel przy oglądaniu wiadomości z Ziemi. Bobbie Draper, teraz pełniąca obowiązki szefowej ochrony Medyny, rozsiadła się przy swoim biurku z rękami za głową i wyglądała na tak odprężoną, jak Holden nie widział jej od czasu, gdy razem z Amosem ponownie weszła na pokład *Rosa*. Podwinęła jeden rękaw, odsłaniając obejmujące łokieć jasne oparzenie w kształcie uszczelki skafandra próżniowego. Pomasowała je ostrożnie. Pogłaskała. W jej reakcji na przemoc było coś niepokojąco kojarzącego się z zachowaniem ludzi po seksie. Aleks i Amos siedzieli w sąsiednim pokoju, gdzie Naomi przeczesywała rejestry stacji z inżynierem SPZ, imieniem Costas, kłócąc się przy tym o coś, co miało związek z jogurtem i ciemną fasolą. Tylko Clarissa nie zeszła na stację, a Holden nie pytał jej o powody. Wystarczyło mu, że jego wspomnienia z *Behemota* są nieprzyjemne. Wolał sobie nie wyobrażać jej wspomnień.

W wiadomościach Haga wyglądała jak zniszczona, poszarzała wersja siebie samej. Niebo nad budynkiem ONZ było białoszare, ale nie ciemne. A Avasarala stała bez podium. Jaskrawopomarańczowe sari wyglądało jak flaga zwycięstwa.

– Uwolnienie Medyny oznacza coś więcej niż tylko uwolnienie jednej stacji z przemocy tyranii – oświadczyła, docierając do kulminacji trwającej od pół godziny przemowy. – Oznacza to ponowne otwarcie drogi do wszystkich kolonii i wszystkich światów, które próbowała zamknąć Wolna Flota. Oznacza ponowne połączenie z siłą przewodnią historii i stanowi *dowód* tego, że duch ludzkości nigdy nie ugnie się przed strachem i okrucieństwem. I tak, ponieważ byliście tacy mili, odpowiem na kilka pytań. Takeshi?

Spośród rzeszy dziennikarzy siedzących na widowni wstał szczupły reporter w szarym garniturze.

– Cholera – rzucił Aleks od drzwi. – Czy jacyś dziennikarze są gdzieś indziej, czy zebrała tam wszystkich?

– Cii – zganiła go Bobbie.

– Pani sekretarz generalna, powiedziała pani, że atak na Ziemię nie był aktem wojny, a działaniem kryminalnego spisku. Teraz, gdy schwytała pani więźniów, jak będą traktowani?

– Spiskowcy zostaną sprowadzeni na Lunę, gdzie spotkają się ze swoimi adwokatami – odpowiedziała Avasarala. – Następne pyta...

– Tylko ci z Medyny? Czy z Pallas i Europy także? Czy to nie obciąży przesadnie systemu sądownictwa? – Ubrany na szaro mężczyzna napierał dalej.

Avasarala uśmiechnęła się słodko.

– Och, gość ma przesrane – skomentowała Bobbie.

– O tak – zgodził się Holden.

– Zajęcie się wszystkimi zajmie trochę czasu – przyznała Avasarala. – Ale winą za opóźnienia będę musiała obarczyć samą Wolną Flotę. Gdyby chcieli szybszego procesu, nie powinni byli niszczyć tylu sądów. Następne pytanie. Lindsey?

– Nie powinna tak bardzo doić tego tematu – rzuciła Bobbie, gdy zamiast mężczyzny na szaro wstała blondynka, zadając pytanie dotyczące odbudowy i roli SPZ. – To się odbije czkawką.

– To jej największe jednoznaczne zwycięstwo, jakie odnieśliśmy w walce z Inarosem – zauważył Holden. – Z każdego innego miejsca po prostu uciekł, oczyszczając stacje do gołych ścian. Albo zmusił nas do ostrożnego czołgania się i rozbrajania pułapek. Nawet ta sprawa na Tytanie wygląda, jakby miała nas kosztować za wiele. Ziemia potrzebuje zwycięstwa. Cholera, Mars potrzebuje zwycięstwa. Ze swej strony cieszę się, że to zwycięstwo, w którym po naszej stronie walczyli też Pasiarze.

– Ale jeśli za bardzo je naciągnie, będzie dużo gorzej, gdy znowu stracimy Medynę.

Holden się obejrzał.

– Dlaczego uważasz, że ją stracimy?

– Bo musiałam uszkodzić działa szynowe – wyjaśniła Bobbie. – Zakładaliśmy utrzymanie tego miejsca, licząc na to, że zdołamy *przejąć* obronę. A to się nie udało. Zniszczyliśmy ją. Jeśli zdołamy tu sprowadzić kilkanaście statków z działami jak *Ros*, albo może ze dwa pancerniki klasy *Donnagera*, zdołamy się obronić, ale to oznacza ściągnięcie ich tutaj, a musimy założyć, że Inaros przerzuca każdy zapasowy pocisk i kulę na okręty, które przylecą tu skopać nam tyłki. I to tylko przy założeniu, że jego patron za bramą Lakonii nie wysyła już okrętów FMRK, które *on* ukradł, żeby nas stąd wymieść.

Holden poczuł, że z powrotem ściska mu się żołądek rozluźniony odrobinę od czasu wejścia na Medynę.

– Och – odpowiedział. – To co, mamy jakiś plan, żeby coś z tym zrobić?

– Walczyć jak cholera i mieć nadzieję, że bandyci stracą tyle czasu na zabijanie nas, że nie zdołają uzupełnić strat, gdy dotrze tu to, co Avasarala i Richards nam przyślą.

– Ach.

– Mamy przesrane od chwili, gdy wysadziłam tamten reaktor. Co w sumie nie zmienia zasadniczej godności tej sytuacji. A to w sumie fajne wzgórze.

– Co takiego?

Bobbie obejrzała się zaskoczona, że nie rozpoznał odwołania.

– Fajne wzgórze na śmierć.

ROZDZIAŁ CZTERDZIESTY SIÓDMY

FILIP

– Jak było? – zapytał Filip, starając się, by jego słowa brzmiały swobodnie.

Miała na imię Marta i szeroką twarz z pieprzykami wzdłuż linii szczęki, jakby została przez coś opryskana. Włosy miała jaśniejsze od skóry. Ze wszystkich ludzi w klubie wydawała się mieć najwięcej cierpliwości dla nowego. Kiedy działało karaoke, zaoferowała mu mikrofon, choć nie zgodził się go przyjąć. Kiedy w klubie zrobiło się tłoczno, pozwoliła mu usiąść przy swoim stole. Nie z nią, ale też nie *nie* z nią. Dorastała na Kalisto, tu się urodziła. Pracowała w jednym z magazynów, prowadząc kontrole zgodności. Była jakiś rok starsza od niego, a kiedy to się stało, miała szesnaście lat.

Zmrużyła oczy i przechyliła głowę.

– Jak było tu podczas ataku? Dlaczego pytasz?

– Zastanawiam się – odparł, wzruszając rękami. W klubie było na tyle ciemno, że nie powinna dostrzec, że się czerwieni. – Słyszę o nim, od kiedy tu przyleciałem.

Marta pokręciła głową i odwróciła wzrok. Ktoś szturchnął Filipa w plecy, przeciskając się do baru. Chciał już przeprosić – szukał na to właściwych słów – gdy odpowiedziała.

– To był eine dzień, nie? Obudziłam się rano, jak zwykle. Przygotowałam do szkoły. Mama zrobiła na śniadanie placki i kawę. Po prostu eine dzień, taki sam jak otra. Rozmawiałam z koleżankami na sali, gdy wszystko się zatrzęsło, nie? Tylko raz. Trochę, ale wszyscy to poczuli. Pytaliśmy się wzajemnie, wszyscy poczuli. Potem przyszedł nauczyciel, cały rapiutamine i powiedział, że musimy iść do schronów. Coś dzieje się w à los marsjańskich stoczniach. Pomyślałam, że wybuchł reaktor. Wiedziałam, że źle to wygląda. Ledwie weszliśmy do środka i zrobiło się gorzej. Dużo gorzej.

– Ale te wszystkie uderzenia były w marsjańskiej stoczni – zauważył Filip.

– Ta sama skała – odpowiedziała Marta, wzruszając ramionami, a potem się roześmiała. – Nie da się kopnąć połowy piłki. W każdym razie włączają się alarmy y wszyscy krzyczą. A potem, kiedy pozwolili nam wyjść, po prostu ich nie było. Marsjańska stocznia delenda i połowa naszej też. Ona po prostu... no sé. Było po prostu wszystko przedtem, a później wszystko potem.

– Ale tobie nic się nie stało? – zapytał Filip.

Marta lekko pokręciła głową.

– Moja mama zginęła – wyznała z udawaną obojętnością. – Jej schron pękł.

Filip poczuł jej słowa w mostku.

– Przykro mi.

– Powiedzieli, że zginęła szybko, że nawet nie wiedziała.

– Jasne – potwierdził Filip.

Jego ręczny terminal zadzwonił po raz czwarty w ciągu godziny.

– Jesteś pewien, że nie chcesz tego odbierać? – zapytała Marta. – Twoja dziewczyna bardzo za tobą tęskni.

– Nie, nic nie szkodzi – zapewnił. – Ja też nie mam matki – dodał po chwili.

– Co się stało z twoją?

– Rozeszła się z ojcem, gdy byłem mały. Tata zawsze mówił, że ukrywał mnie przed nią, bo ześwirowała, ale sam nie wiem. Spotkałem ją pierwszy raz kilka miesięcy temu, ale znowu przepadła.

– Wydawała ci się świrnięta?

– Tak – potwierdził Filip. – Nie – zaprzeczył po chwili. – Wyglądało tak, jakby nie chciała tam być.

– Ostro.

– Powiedziała mi, że jedyne prawo, jakie masz do życia kogoś innego, to prawo do odejścia.

Marta zaśmiała się z niedowierzaniem.

– Trochę gówniana rzecz do powiedzenia swojemu dziecku.

Drzwi do klubu zbudowano jak śluzę, z wewnętrznymi i zewnętrznymi drzwiami po obu stronach krótkiego korytarza, odcinając jasny blask wspólnego korytarza. Jasna smuga i kilka sylwetek pojawiły się, gdy obie pary drzwi otworzyły się równocześnie. Filip zaczął się zastanawiać, czy powinien powiedzieć dziewczynie więcej. *Myślałem, że patrzę jak popełnia samobójstwo, tylko okazało się, że nie zginęła. Po prostu znowu uciekła.* Co było prawdą, ale wcale się tak nie wydawało. O pewnych rzeczach nie można było mówić z nikim, kto przy nich nie był. Jego terminal znowu się odezwał.

Ktoś go pchnął, mocno. Stołek Filipa przechylił się i musiał złapać się stołu, żeby nie upaść. Marta sapnęła potem wstała, krzycząc przy tym.

– Berman! Que sa?

Filip odwrócił się powoli. Mężczyzna, który go pchnął, był mniej więcej w jego wieku, może rok albo dwa starszy. Miał na sobie ciemnozielony kombinezon z logo firmy przewozowej na ramieniu. Wysunął podbródek, wydął klatkę piersiową i cofnął ręce. Wszystko w jego pozie mówiło, że szuka okazji do przemocy, ale jeszcze nie uderzył Filipa.

– Que nammen? – zażądał nowo przybyły.

– Filip – odpowiedział.

Czuł w kieszeni masę pistoletu, jakby ten go wzywał. Spokojnie, powoli, położył dłoń na jego rękojeści. Marta przepchała się między nich z szeroko otwartymi oczami. Krzyczała coś o tym, jak to Berman – to musiał być gość z wysuniętą szczęką – oszalał. Że jest głupi. Że tylko rozmawiała z coyo, a Berman był idiotycznie zazdrosny i kompletnie mu odwaliło. Berman ciągle przesuwał głowę, żeby zza niej dalej wbijać wzrok w Filipa. Sam Filip czuł, jak gotuje się w nim furia, narasta, grożąc wybuchem. Wyciągnąć broń, mierzyć na tyle długo, by coyo zobaczył, co go czeka, a potem huk i uderzenie w nadgarstek. Jest Filipem Inarosem i zabił miliardy. Zabił matkę Marty.

– Wszystko w porządku – powiedział, stojąc. – Nieporozumienie. Nic się nie stało, sa sa?

– Pinché dupek, *lepiej* uciekaj – krzyknął Berman do pleców Filipa, a potem Marta krzyczała coś jeszcze, Berman jej odkrzykiwał, a Filip znalazł się w sztucznej śluzie i przepychał na wspólny korytarz na zewnątrz.

Tam było jasno. Zapach alkoholu i starego dymu został z nim jeszcze na kilka sekund, zanim porwał go łagodny powiew z wymienników powietrza. Trząsł się. Dygotał. Jego ręce bolały od potrzeby uderzenia czegoś lub kogoś. Szedł, nie mając pojęcia, dokąd idzie, po prostu potrzebował czegoś, co pozwoli mu na ruch. Niech bestia szalejąca w jego krwi trochę się zmęczy.

Szedł przez Kalisto. Jasne korytarze szersze niż na większości znanych mu stacji i statków, z sześciokątnym wzorem na zakrzywionych ścianach, co kojarzyło mu się z piłką nożną. Rzędy grzejników wydawały nieregularne odgłosy stukania, jarząc się spod sufitów, promieniując ciepłem na czubek głowy przeciwnie do zimna księżyca docierającego z podłóg. Ludzie maszerowali lub jeździli rowerami albo wózkami. Zastanawiał się, ilu z nich straciło członków rodzin podczas ataku na Kalisto. W historii, jaką opowiadał sobie na temat ataku, zginęli tylko piaskarze. Żołnierze, których zadaniem było trzymanie głowy Pasa pod wodą, aż utonie. A w jego historii ojciec był przywódcą jednoczącym Pas, który miał poprowadzić go przeciwko wszystkiemu, co zmówiło się, by zniszczyć ich przyszłość i wymazać przeszłość.

Wciąż tak uważał. Wierzył, nawet wątpiąc. Wyglądało to tak, jakby wątpiło wszystko w jego prywatnym świecie. Jedno Kalisto, które nie było celem jego rajdu. Jego kluczowego zwycięstwa, które doprowadziło do zbombardowania Ziemi i uwolnienia Pasa. Drugie Kalisto, przez które właśnie szedł, gdzie zwykli ludzie stracili w katastrofie swoje matki i dzieci, mężów i przyjaciół. Te dwa miejsca były tak różne, że nie dało się ich powiązać. Jak dwa statki o takiej samej nazwie, ale z różnymi układami i przeznaczeniem.

Miał też teraz dwóch ojców. Tego, który prowadził walkę przeciwko wewnętrznym, którego Filip kochał jak rośliny kochają światło, i tego, który wykręcał wszystko, co się nie udało, i obwiniał każdego poza sobą. Wolną Flotę będącą pierwszą realną nadzieją Pasa i Wolną Flotę, która się rozpadała. Wymieniając generałów i dowódców szybciej niż filtry. Te rzeczywistości nie mogły współistnieć, a on nie potrafił odrzucić żadnej wersji.

Znowu odezwał się jego terminal. Wyciągnął go z kieszeni. Żądanie połączenia pochodziło od Karala z *Pelli*. To było już dwunaste. Tym razem odebrał.

– Filipito! – rzucił Karal. – Gdzieś ty, u diabła, był, coyo? – Karal znajdował się na mostku, ubrany w mundur. Zapiął nawet kołnierz, czego zwykle nie robił. Choć wcale nie wyglądał dzięki temu jak żołnierz, raczej jak on sam, tylko w kostiumie.

– W okolicy.

– W okolicy – powtórzył Karal, kręcąc głową. – Musisz wracać na statek. I to *już*.

– Co się stało?

Karal nachylił się blisko ekranu, jakby zamierzał szeptem zdradzić sekret.

– Wyciekła analiza bitwy z Medyny, nie? Działa szynowe nie działają. Medyna jest broniona tylko przez jeden statek. *Jeden*, i to...

– *Rosynant* – uzupełnił Filip.

– Sí no? Marco zbiera wszystkie okręty, które mają więcej niż pół kadłuba. Odbijamy Medynę, jakbyśmy gasili pożar, my.

– Jasne – odpowiedział Filip.

– Ładujemy świeży koktajl, uzupełniamy masę odrzutową. A potem wylatujemy. Spotkamy się z resztą floty po drodze, ale twój ojciec? Nigdy nie widziałem go takiego...

Z terminala ręcznego rozległ się głos, odrywając od niego uwagę Karala.

– *Znalazłeś go?*

– Que no? – odpowiedział Karal, ale nie do niego.

Obraz przeskoczył, przełączając się na inną kamerę. Pusta prycza przeciążeniowa, z niewyraźnym cieniem wzdłuż jednego boku. Cień się cofnął, zyskał rozdzielczość, stał się jego ojcem. Filip spiął się w oczekiwaniu na obelgi i pogardę. Na całą jego protekcjonalność. *Powiedz, jak mężczyzna. Powiedz „spieprzyłem to”*. Ścisnęło mu żołądek.

Marco rozpromienił się do niego radośnie.

– Słyszałeś? Karal ci powiedział?

– O Medynie i statku. – Z jakiegoś powodu, którego nie potrafiłby wyjaśnić, nie chciał wypowiedzieć na głos nazwy *Rosynant*. Miał wrażenie, że przyniosłoby to pecha.

– To nasza chwila, Filipito. Wszystko idealnie się zbiegło. Podgryzaliśmy ich nieustannie i podgryzaliśmy, a potem znikaliśmy w czerni, aż od tego oszaleli. Sięgnęli poza zasięg swojej obrony i teraz możemy spaść na nich jak *młot*.

Oni. Nie chodziło mu o Ziemię i Marsa. Nie miał na myśli rządów planet wewnętrznych. Czy sobie z tego zdawał sprawę, czy nie, Filip był pewny – tak, jak niczego dotąd – że *oni* oznaczało Jamesa Holdena i Naomi Nagatę.

– To bardzo dobrze – odpowiedział.

– Dobrze? – wykrzyknął ojciec. – To jest to. To okazja, na którą czekaliśmy. Tak właśnie ich złamiemy. Wszystkie te na wpół lojalne pizdy w SPZ, które biegły wszędzie tam, gdzie prowadził je Fred Johnson? Pa, Ostman i Walker... wszyscy. Wszyscy dali się przekonać Holdenowi, a my im go zabierzemy, tak jak zabiliśmy Johnsona. Ukarzemy ich za brak lojalności.

Filip poczuł lekkie podniecenie. Wizja zwycięstwa – głośnego, triumfalnego i ostatecznego – była oszałamiająca. Poniosła go radość ojca, bo obiecywała zmyć całą jego złość i wszystkie wątpliwości. Ale był też inny Filip, mniejszy i nie tak emocjonalny, który przyglądał się z niesmakiem wzbierającemu entuzjazmowi.

Wywabienie Naomi i jej kochanka do Medyny, żeby ich tam zabić, było teraz planem. Co więcej, zawsze nim było. Zabili Freda Johnsona jako jeden z jego elementów. Dlatego też porzucili Ceres. Potężne i skoordynowane ataki połączonej floty były tylko wpadnięciem wroga w pułapkę genialnej strategii ojca, która miała ich wywabić.

A gdyby coś zawiodło, gdyby się nie udało, to też zawsze byłoby elementem planu. Nowi generałowie ojca by się zmienili, po każdej czystce stając się coraz lepszymi. A kiedy sytuacja zrobiłaby się tak paskudna, że nie dałoby się już udawać, że jest zwycięstwem, winny byłby ktoś inny. Może Filip.

– Największy ciąg, z jakim dotąd lecieliśmy, ale będzie warto – mówił Marco. – Przyniesie nam nagrody większe niż cokolwiek wcześniej. Tylko że nie ma czasu do stracenia. Startujemy w ciągu godziny. Cała załoga, wszystkie statki, *wszyscy*. Stopimy pieprzony pierścień naszym hamowaniem i zetrzemy Holdena na popiół.

Marco klasnął w dłonie, zachwycony własną wizją. Filip się uśmiechnął i przytaknął.

– Gdy tylko załadujemy zapasy – powiedział Marco, przytomniejąc odrobinę – odlecimy. Bądź na statku za pół godziny, dobrze?

– Dobrze – odpowiedział Filip.

Marco popatrzył w kamerę, prosto w jego oczy. Jego twarz złagodniała, pojawiła się na niej jakiegoś rodzaju zmysłowa przyjemność, prawie nie do odróżnienia od miłości.

– To będzie fantastyczne – powiedział. – Zapamiętają to na zawsze.

A potem, jak aktor po wypowiedzeniu ostatniej kwestii, Marco zamknął połączenie.

Oderwanie wzroku od ręcznego terminala było jak wybudzenie ze snu. Przed chwilą był gdzieś indziej, w czyimś towarzystwie, a teraz znowu znalazł się tutaj, w tym korytarzu. Jeśli zawróci, może wejść z powrotem do klubu, w którym siedział. W jakiś sposób, którego nie potrafiłby wyjaśnić, miał wrażenie, że błyskotliwy plan bitwy jego ojca i zwykły korytarz na Kalisto nie powinny istnieć w tym samym wszechświecie. Może dlatego, że na swój sposób nie istniały.

Do doków nie było daleko. W pobliżu była stacja metra, którym mógł dotrzeć na miejsce w pięć minut, ale pół godziny w zupełności wystarczyło na przejście dystansu pieszo. Schował terminal ręczny z powrotem do kieszeni, gdzie stuknął o pistolet i uderzał o niego ledwie słyszalnie przy każdym kroku.

Przejście z korytarzy mieszkalnych do doków sygnalizowane było tysiącem drobnych znaków. Nie było tam nastoletnich dziewcząt, a znacznie większy odsetek ludzi idących korytarzami i przez skrzyżowania miał na sobie kombinezony i pasy z narzędziami.

Inaczej pachniało powietrze. Nawet jeśli używali tych samych filtrów, doki zawsze pachniały spawaniem, olejem syntetycznym i zimnem. Wciąż miał dwadzieścia minut.

Hala między stoczniami wojskowymi i cywilnymi miała kształt wielkiej litery Y. Ktoś na stacji zdecydował, że dobrym pomysłem będzie umieszczenie na zbiegu dróg pomnika czegoś, co wyglądało jak duży, abstrakcyjny Minotaur ze szczotkowanej stali. Bezpośrednio nad dziwnym okazem sztuki ekran wyświetlał stanowiska i zajmujące je statki. Po stronie wojskowej na ekranie wymieniono siedem okrętów Wolnej Floty i transportowiec z Ziemi schwytany po zajęciu stacji oraz trzy puste stanowiska. Przez kilka oddechów szukał wśród nich nazwy PELLA, jakby było dziełem sztuki w równym stopniu, co nieprzyjemne skrzyżowanie człowieka i byka pod ekranem. Ponad dziesięć jednostek po stronie cywilnej. Poszukiwacze minerałów, górnicy, transportowiec. Statek z pomocą medyczną. Przypuszczał, że gdyby nie trwająca wojna, byłoby ich więcej.

Kolejny ekran na ścianie wyświetlał kursy wymiany dla pięćdziesięciu czy sześćdziesięciu walut – rządowych, korporacyjnych, spółdzielczych i opartych na towarach. Mały szary szczur przebiegł po podłodze pod ekranem i wcisnął się w dziurę, której Filip wcześniej nawet nie zauważył, jakby chował się w cień. Jego ręczny terminal zadzwonił, ale zignorował sygnał. Doki były tuż obok.

Kawałek dalej w stronę cywilnych doków mieściła się poczekalnia z sześcioma rzędami niewygodnych ceramicznych krzeseł, ustawionych naprzeciw siebie, i jaskrawopomarańczowym recyklerem na końcu każdego rzędu. Stary mężczyzna w płaszczu ze sztucznej skóry i w brudnych spodniach patrzył pustym wzrokiem w stronę Filipa, widząc go i nie widząc jednocześnie. Rząd brudnych budek wkopanych w jedną ze ścian. Sprzedawca makaronu. Publiczny terminal. Biura dwóch związków. Pośrednicy pracy i mieszkań. Filip patrzył na to wszystko z tym samym oderwaniem, które czuł, patrząc na ekrany z jednostkami.

Znowu zabrzęczał jego terminal. Wyciągnął go, nie patrząc na ekran, przełożył do drugiej ręki i wyciągnął pistolet. Spojrzenie staruszka zyskało trochę ostrości. Przyglądał się, jak Filip idzie w stronę krzeseł, a potem wrzuca do recyklera najpierw pistolet, potem swój ręczny terminal. Filip kiwnął głową staruszkowi, a ten po dłuższej chwili odpowiedział skinieniem.

W budce pośrednictwa pracy zobaczył jasne ślady na brzegu blatu, wytartego do metalu przez miliony zmęczonych łokci. W kuloodpornej szybie były zagłębienia, maleńkie jak gwiazdy. Kobieta za szybą miała krótko ścięte siwe włosy. W powietrzu unosiła się niewyraźna woń szczyn. Filip podszedł do blatu i oparł łokcie o brzeg.

– Szukam pracy – powiedział, jakby mówił to ktoś inny.

Siwowłosa kobieta zerknęła na niego, potem z powrotem spuściła wzrok.

– Co potrafisz?

– Konserwacja systemów środowiskowych. Obsługa maszyn.

– Oba, czy jedno z nich?

– Cokolwiek. Po prostu potrzebuję pracy.

Blat się rozjarzył, wyświetlając wirtualną klawiaturę i formularz. Popatrzył na nie z rozpaczą.

– Wpisz swój identyfikator zatrudnienia – powiedziała siwowłosa.

– Nie mam identyfikatora zatrudnienia.

Tym razem spojrzenie zostało na nim trochę dłużej.

– Zgoda związku?

– Nie jestem w związku.

– Nie masz identyfikatora, nie masz zgody. Masz przesrane, chłopcze.

Wciąż miał czas. Mógł pobiec. Mógł złapać *Pellę*, zanim odleci. Ojciec na niego poczeka. Polecą na Medynę, odbiją Pas z powrotem dla Pasiarzy i będzie wspaniale, zaznają chwały. Jego puls przyśpieszył, ale położył dłonie na brzegu blatu. Ścisnął go, jakby próbował się przy nim utrzymać.

– Proszę. Po prostu potrzebuję pracy.

– Pracuję na czysto, chłopcze.

– Proszę.

Nie podniosła wzroku. Nie ruszył się. Prawy kącik jej ust poruszył się w górę, jakby w jakiś sposób robił to niezależnie od reszty jej twarzy. Blat mignął i pojawił się krótszy formularz. PRÉNOM. NOM DE FAMILIE. RÉSIDENCE. ÂGE. COORDONNÉES.

– Zobaczę, co da się zrobić – powiedziała, nie podnosząc wzroku.

Dotknął palcem pola COORDONNÉES.

– Nie mam ręcznego terminala.

– Możesz wrócić jutro – odpowiedziała, jakby był to częsty problem.

PRÉNOM: FILIP.

NOM DE FAMILIE:

– Wszystko w porządku, chłopcze? – Poczuł na sobie twarde spojrzenie. Przytaknął.

NOM DE FAMILIE: NAGATA.

ROZDZIAŁ CZTERDZIESTY ÓSMY

PA

Światło Słońca było na tyle silne, by zmienić pomarańczową mgiełkę w zmierzch w środku dnia. Jego miejsce zdradzała jasna plama. Saturn wisiał gdzieś po drugiej stronie atmosfery Tytana, wraz ze szczątkami pozostałymi z ponad setki statków. Michio pamiętała chwilę w chaosie bitwy, gdy na ekranie pojawił się Saturn. Wydawał się być tak blisko, tak wyraźnie widziała złożoność jego pierścieni. Pamiętała to, choć mogło się to wcale nie zdarzyć. Jej wspomnienia z przemocy były dziurawe.

Ośrodek był fantastyczny. Kopuła wzbijała się pięćdziesiąt metrów nad ziemię, widać było zawijasy z tytanu i wzmocnionego szkła, bluszcz opadał w dół jak z wiszących ogrodów. Tarasy wznosiły się łukami, zaprojektowano je tak, by można z nich było podziwiać oszałamiające widoki na mgliste, pozbawione chmur niebo. Przez powietrze przemykały zięby, błyskając kolorami, równie sztuczne i obce środowisku księżyca jak ona. Jak oni wszyscy. Z miejsca, w którym siedziała, Michio miała widok na baseny i dziedzińce z udawanych cegieł i żywopłotów. Obok luksusowych barów rozstawiono namioty ratunkowe z jasnej folii. Ranni spali na fotelach plażowych i kanapach, bo łóżka szpitalne były zajęte.

Ośrodki wypoczynkowe pod kopułami zbudowano przed dziesięcioleciami dla bogaczy z Ziemi i Marsa. Było to miejsce, gdzie rekiny przemysłu i finansjery mogły odpoczywać od pracy nad budowaniem osiedli na księżycach Saturna i zbierania lodu z jego pierścieni. Egzotyczne miejsce dla turystów, którzy mogli tu udawać, że doświadczyli życia na planetach zewnętrznych, nie musząc go faktycznie zaznawać.

Od tamtej pory dobrze im się wiodło, mieli klientów nie tylko wśród wewnętrzniaków. Dla Pasiarzy te ośrodki były najbliższe możliwości doświadczenia życia na Ziemi, jakie mogli osiągnąć.

Otwarte powietrze. Prawdziwa, swobodnie unosząca się atmosfera, której można się przyglądać, nawet jeśli nie oddychać nią. Jedzenie i alkohole importowane z Ziemi i Marsa. Tytan stał się więc czymś w rodzaju punktu pośredniego, połowy drogi – przystanią dla Ziemian pośród planet zewnętrznych i wersją Ziemi, którą mogli cieszyć się Pasiarze. Zastanawiała się, czy Ziemianin uznałby to miejsce za tak niepodobne do Ziemi, jak ona uznawała je za niepodobne do Pasa. Może tak naprawdę wspólnym elementem był brak autentyczności.

Nigdy wcześniej tu nie była, a jeśli spełnią się jej życzenia, więcej tu też nie wróci.

Na tarasie za jej plecami zabrzmiały kroki. Obróciła się, skrzywiła i kontynuowała obrót pomimo bólu. Jeśli się nie ruszała, oparzenia na plecach tylko swędziały. Bała się, że pomimo tego, co mówili lekarze, dorobi się blizn i straci możliwość ruszania się, jeśli nie będzie rozciągać ran.

Uśmiech Nadii świadczył o zmęczeniu, ale był prawdziwy. Niosła świeże bandaże i białą tubkę kremu w jednej ręce, a terminal ręczny w drugiej. Michio skrzywiła się, a potem roześmiała się smutno.

– Już przyszła pora? – zapytała.

– Takie – odpowiedziała Nadia – takie masz radości. Ale przyniosłam ci coś, żebyś nie musiała o tym myśleć.

– Coś dobrego?

– Nie – odparła Nadia, siadając obok niej. – Kobieta z Ziemi znowu chce z tobą rozmawiać.

Michio zsunęła z ramion papierowy szlafrok szpitalny i nachyliła się do przodu. Nadia podała jej ręczny terminal i zaczęła oglądać brzegi sztucznej skóry pokrywającej jej rany. Nerwy, które pozwalały jej czuć dotyk, zostały stłumione żywym bandażem. Te zgłaszające ból były niezwykle czułe. Przypominało to bycie równocześnie odrętwiałym i obdzieranym ze skóry na żywca. Michio zacisnęła zęby. Czekała. Kiedy skończyła pełny obwód – wokół pleców Michio i wzdłuż jej lewego boku i ręki – Nadia westchnęła.

– Dobrze wygląda? – zapytała Michio.

– Okropnie, ale dobrze się goi. Wszędzie dochodzi do wzrostu.

– Cóż – rzuciła Michio. – Bogu dzięki za drobne błogosławieństwa.

Nadia wydała cichy dźwięk z głębi gardła, niebędący ani zgodą, ani protestem. Michio usłyszała trzask otwierania tuby z maścią. Sięgnęła po ręczny terminal i sprawdziła kolejkę oczekujących wiadomości. Czekała na nią nowa wiadomość z Ziemi, oznaczona jako krytyczna. Chrisjen Avasarala. Przywódczyni Ziemi i największy wróg, jakiego Michio Pa kiedykolwiek miała. A jednak ze sobą rozmawiały.

– Źle to zrobiliśmy – powiedziała.

– Co? – zapytała Nadia.

Michio uniosła swój terminal tak, żeby Nadia zobaczyła ekran.

– Pracujemy z ludźmi, przeciwko którym kiedyś walczyliśmy.

– Później będziemy znowu z nimi walczyć – rzuciła Nadia, jakby obiecywała dziecku słodycze, ale dopiero po zjedzeniu prawdziwego posiłku. – Jesteś gotowa?

Michio przytaknęła, a Nadia rozsmarowała pierwszą porcję maści. Ból był ostry, jakby znowu płonęła. Włączyła wiadomość, próbując się na niej skupić.

Na ekranie pojawiła się starsza kobieta, siedząca za biurkiem. Michio nie pierwszy raz dostawała wiadomość bezpośrednio od niej albo od premier Marsa, ale częściej były to nagrania od generałów lub urzędników. Zwracali się do Michio bezpośrednio tylko wtedy, gdy prosili o coś dużego. Zdecydowanie dawało jej to wrażenie bycia ważnym graczem przy stole.

– Kapitan Pa – odezwała się Avasarala, a jeśli faktycznie w jej głosie pojawił się cień pogardy, mogła się tego spodziewać. Nadia przesunęła się niżej na plecach i Michio poczuła wykwit nowego bólu mniej więcej wtedy, gdy pierwszy zaczął słabnąć. – Sytuacja na Medynie jest kompletnie spieprzona. Holden i siły SPZ zdołali zdobyć stację, ale uznali przy tym za stosowne zniszczyć stanowisko obronne dział szynowych. Przez co sami stali się bezbronni. Wolna Flota wyprowadziła z garażu każdy pozostały im sprawny okręt – w sumie piętnaście – i wszystkie lecą w stronę wrót. Dobra wiadomość jest taka, że Inaros praktycznie wycofał się z każdej innej bazy i portu w Układzie. Zła jest oczywiście taka, że odbije Medynę, odzyska linie zaopatrzenia z Lakonii i będzie miał bardzo dobrą pozycję obronną. Oczywiście, chyba że znajdziemy sposób na powstrzymanie go.

Avasarala odetchnęła głęboko, spuściła wzrok, a kiedy znowu spojrzała do kamery, na jej twarzy coś się zmieniło. Wyglądała na bardziej zmęczoną? Starszą? Bardziej zdeterminowaną?

– Bardzo, bardzo mi przykro z powodu odniesionych przez panią strat. Ten los jest mi bardzo dobrze znany, ja także w tej wojnie straciłam męża. Nie potrafię sobie wyobrazić, jak bolesna musi być utrata dwójki. Nie prosiłabym o to, gdyby nie było to krytyczne, ale jeśli ma pani jakieś statki lub wpływy we frakcjach, które mogłyby nam pomóc zatrzymać lub spowolnić Inarosa, zanim dotrze do wrót, proszę nam pomóc. Nie mogę zaoferować niczego, co wynagrodzi pani dotychczasowe poświęcenie, ale mam nadzieję, że przejdzie pani ze mną ten ostatni kilometr. I że zdołamy to zakończyć razem. Proszę mi odpowiedzieć najszybciej, jak tylko pani będzie mogła. Wolna Flota już wyruszyła.

Wiadomość skończyła się i terminal wrócił do listy wiadomości. Nadia przeszła do jej boku i Michio się wzdrygnęła.

– Prawie skończyłam – zapewniła Nadia.

– Już drugi raz jeden z naszych wrogów prosi mnie o wyciągnięcie go z ognia.

– Czy *możemy* zrobić to ponownie?

– Ostatnim razem osiągnęliśmy tylko tyle, że przypiekliśmy się, próbując.

***

Lecąc do walki, zdawała sobie sprawę, że zostawienie *Panshina* może być kosztowne. Tytan był największym księżycem Saturna. Wolna Flota miała tu najsilniejszą bazę poza układem Jowisza, potencjalnie grożąc Enceladusowi, Rei, Japetowi i Tetydzie. Zbieraczom lodu w pierścieniach. Kontrolowała przestrzeń bez jej zajmowania.

Connaught i *Serrio Mal* poleciały w kierunku obrotu, wychodząc poza ekliptykę, by zaatakować okręty Wolnej Floty z nieoczekiwanej strony. Ciąg nie był tak duży, na jaki Michio liczyła. Nie mieli okazji uzupełnić zapasów masy odrzutowej i dręczył ją strach, że jeśli przegrają walkę przy Tytanie, nie będą w stanie się wycofać. Stacjonowało tam piętnaście jednostek Wolnej Floty. Przez większość jej życia nie byłaby to bardzo duża liczba, ale po tak licznych wojnach i wyprowadzeniu tak wielu jednostek przez pierścienie do nowych układów, nie było to mało. W każdym razie było ich więcej niż dziewięć, posłanych przeciw nim przez połączoną flotę. Z drugiej strony celem ataku wcale nie było zwycięstwo, chodziło o odwrócenie uwagi Marco od okrętów lecących w stronę Medyny.

Flota Marsjańskiej Republiki Kongresowej przyjęła na siebie ciężar głównego uderzenia, atakując wcześnie i próbując wyciągnąć okręty Wolnej Floty z pozycji w nadziei, że ich atak z flanki będzie niespodziewany. Pamiętała Oksanę obsługującą wyświetlacz taktyczny. Piętnaście jednostek wroga, dziewięć sprzymierzonych. Oksana zażartowała na temat tego, że wszystkie uczestniczące w walce jednostki zapewne zostały zbudowane w tej samej stoczni. Evans się roześmiał, a potem spoważniał i poinformował, że są namierzani.

Później wspomnienia Michio stały się fragmentaryczne. Przestudiowała dzienniki. Sytuacja nie zrobiła się paskudna aż tak szybko, ale kiedy w końcu przyszło uderzenie, było niczym strzał chmurą śrutu w jej życie. Trafienie wybiło wielką dziurę, ale pojedyncze śruty powędrowały w przyszłość i przeszłość, robiąc mniejsze otwory w jej doświadczeniu. Pamiętała wydanie rozkazu wycofania się i Josepa mówiącego, że stracili rdzeń, ale nie pamiętała uderzenia, po którym zdecydowała się uciekać. Pamiętała woń płonącego ubrania i swoich włosów. Jednak zniknęły długie, straszne chwile między identyfikacją torpedy, która rozbiła grzbiet *Connaughta*, a faktycznym uderzeniem.

Z dzienników dowiedziała się, że *Serrio Mal* i *Connaught* strzelały w samo serce formacji Wolnej Floty, ściągając na siebie ogień wroga i zmuszając go do rozproszenia się w taki sposób, że powstały korytarze, w których działka obrony punktowej wroga nie wspomagały się wzajemnie ogniem. Znajdujące się bliżej okręty marsjańskie wystrzeliły potężną salwę torped, które zdołały zniszczyć dwie jednostki Wolnej Floty. Nie wiedziała, czy pocisk, który zniszczył ich silnik, został wystrzelony przez Wolną Flotę, czy też był zbłąkanym strzałem FMRK, ale wroga torpeda zdołała przebić się przez ich obronę i pozbawić Michio kilku godzin świadomości.

Miała wyraźną wizję mężczyzny o szerokich ramionach z ogoloną głową i ciemną skórą, mówiącego jej, że ukoi ból, ale będą musieli ją operować. Nie potrafiła umieścić tego w czasie. Dokładnie pamiętała obudzenie się w sali szpitalnej, a potem ponowne obudzenie się bez żadnego wrażenia zasypiania pomiędzy tymi dwoma zdarzeniami.

Początek tego, o czym myślała jako „później", gdy znowu oprzytomniała i zastała Bertolda siedzącego na brzegu jej łóżka, masującego jej stopy i śpiewającego cicho pod nosem elegię. Najpierw zapytała o Laurę, co z perspektywy czasu mogło stanowić dowód na to, że wiedziała, że coś z nią było nie tak.

Bertold powiedział, że została ranna. Że leży w indukowanej śpiączce. Musieli zregenerować część jej wątroby i jedną nerkę, ale Laura była żoną królowej piratów, więc lekarze obiecywali, że z czasem wyzdrowieje.

Potem powiedział jej o Evansie i Oksanie i płakali razem, aż zasnęła.

Tej nowej, mniejszej wersji jej rodziny przydzielono piękne kwatery. Trzy sypialnie z szerokimi, miękkimi łóżkami, dostatecznie przypominającymi prycze przeciążeniowe, by były wygodne, i na tyle inne, by wydawały się luksusem. Automat z żywnością o zakresie opcji mniejszymi niż mieli na *Connaughcie*, za to o bardziej eleganckim wyglądzie. To, co ośrodek nazywał „niecką rozmów", było długą, zakrzywioną kanapą w zagłębieniu w podłodze. Świetliki w suficie wychodziły na kopułę, oferując naturalne światło. Wanna dość duża, by pomieścić dwie osoby.

Mogła to wszystko dzielić tylko z Bertoldem, Nadią i Josepem. Wszystko tutaj wydawało się równocześnie za duże i za małe.

Odczekała, aż maść wchłonie się właściwie w jej nową, sztuczną skórę, a potem założyła to, co nazywała swoim „mundurem kapitańskim". Tak naprawdę nie było to nic więcej poza bluzką i żakietem o nieco wojskowym kroju. Założyła spodnie i buty, choć nie będzie ich widać w wiadomości, którą wyśle w odpowiedzi. Wciąż nie myślała jasno z powodu dużej dawki środków przeciwbólowych i nie do końca rozumiała, dlaczego formalny wygląd przy nagrywaniu wiadomości był tak ważny, aż usiadła, ustawiła się odpowiednio w kamerze i zaczęła nagrywanie.

Był ważny, ponieważ stanowił wyznanie porażki.

– Pani sekretarz generalna, przykro mi to powiedzieć, ale nie mogę udzielić żadnej pomocy. Statki, którymi dowodziłam, zostały zniszczone, uszkodzone lub znajdują się tak daleko od pierścienia wrót, że nie zdołałyby dogonić *Pelli* bez zabijania w drodze wszystkich na pokładzie.

Jej wersja na ekranie wyglądała na zmęczoną. Bertold przyciął jej włosy tak, żeby nie wyróżniały się zbytnio miejsca, w których się spaliły. Nie podobał jej się ten wygląd. Ogarnęła ją fala żalu, jak często się to teraz zdarzało. Jak będzie już przez resztę jej życia.

– Dziękuję za ciepłe słowa dotyczące naszych strat. Godząc się na to zadanie, znali ryzyko, byli gotowi umrzeć dla Pasa. Choć wolałabym, żeby żyli, chciałabym ich mieć tu ze sobą. Żałuję, że nie mogę zrobić nic więcej.

Nie miała nic więcej do powiedzenia, więc wysłała wiadomość. A potem, jakby obmacywała zakażoną ranę, wywołała raport taktyczny. Wyświetlił się przed nią cały Układ. *Panshin* wciąż żył, podobnie jak garstka pozostałych. Stacja nakliye przy Eugenii. I tam, z wektorem z układu Jowisza w stronę pierścienia, *Pella*. Pozostałości Wolnej Floty. Na zbieżnym trasach zobaczyła inne, mniejsze kropki, ale gdy sprawdziła szacowane kursy, stało się jasne, że lecą z tą samą misją. Marco i lojalni mu ludzie przedrą się przez wrota razem. Będą niepowstrzymaną siłą. Gdyby obrona w postaci dział szynowych wciąż była na miejscu, i tak byłaby to cholernie ciężka walka, bez nich będzie to rzeź.

A potem stacja po stacji, statek za statkiem, przejrzała cały Układ. Robiła odpowiednik tego, co w innym życiu i na statku, który był teraz kupą złomu i złych wspomnień, wykonywała na ścianie za pomocą pisaka. Wszystkie potrzebne ludziom rzeczy. Filtry. Zaopatrzenie do upraw hydroponicznych. Szczęki recyklerów. Wirówki do oczyszczania rudy. Wirówki do testowania wody. Do pracy z krwią.

Zastanawiała się, czy w pustce wciąż kryją się jakieś statki kolonizacyjne, ciemne i obserwujące z przerażeniem, jak ludzkość rozdziera się na strzępy. Przypomniała sobie doktrynę Jednego statku. Przypomniała sobie myślenie o wszystkich jednostkach w Pasie jak o komórkach jednej istoty. Teraz nie potrafiła tego zobaczyć w ten sposób. W najlepszym razie wszyscy byli niezależnymi, zdesperowanymi bakteriami, unoszącymi się w morzu próżni, którego nie obchodziło ich życie i które nie przejmowało się ich ewentualną śmiercią.

A jeśli Sanjrani miał rację, dużo gorszy upadek oznaczał tylko oczyszczenie jego gardła.

Otworzyły się drzwi na korytarz i do środka powoli wszedł Josep. Nadia pocałowała go w drodze do łóżka. Podzielili się zmianami. Jedno do siedzenia z Laurą, jedno z nią i jedno z czasem na sen. Cykl dzielonego cierpienia. Josep podszedł do automatu z jedzeniem, wysunął panel, którego nie zauważyła, i nalał sobie szklaneczkę whisky, a potem podszedł i usiadł w zagłębieniu naprzeciw niej.

– Skol – rzucił, podnosząc szklaneczkę.

Słyszalnie stuknął zębami o jej brzeg podczas picia. Przez chwilę siedzieli razem w ciszy.

– Ups – powiedziała.

Josep uniósł brwi.

– La magiczne słowo la.

– To ja – powiedziała, przecierając oczy rękawem bluzki. – Zrobiłam to, co zawsze, i zaprowadziłam nas tym prosto do piekła.

Oczy Josepa zapadły się głęboko do czaszki. Wyczerpanie widać było też po skórze i kącie ustawienia ramion.

– Nie nadążam za twoim myśleniem, ja.

– Znajduję kogoś, pokładam w nim wiarę i idę tam, gdzie prowadzi. A potem całe złoto zmienia się w gówno. Johnson, Ashford i Inaros. A teraz Holden. Nie wiem, dlaczego się tego nie spodziewałam, ale z nim znowu dałam się na to nabrać. A teraz...

– Teraz – zgodził się Josep.

– A najgłupsze jest to – powiedziała, podnosząc trochę głos, który zrobił się cienki i ostry jak nuta skrzypiec – że jak patrzę na to wszystko? Patrzę na wszystko, co próbowałam osiągnąć i nic z tego się nie udało. Chciałam sprawić, żeby Pas był dla Pasiarzy, ale nie będzie. Chciałam zbudować miejsce, gdzie moglibyśmy wszyscy mieszkać i nazwać je własnym, ale nie będzie takiego. Nawet nie ma sposobu, żeby je stworzyć. Nie pamiętam już teraz nawet, dlaczego uznałam, że powinnam stanąć po stronie Holdena. Żeby znowu otworzyć wrota? Pozwolić na przepływ statków kolonizacyjnych? Dopilnować, żeby nie przeżył nikt z ludzi, na których mi zależało?

Josep kiwnął głową z zamyślonym i nieobecnym wyrazem twarzy.

– Co by to znaczyło, gdybyś to wyśniła? – zapytał Josep.

– Co wyśniła? – zapytała Michio, przesuwając się tak, by zabolały ją plecy, a potem przesuwając się jeszcze trochę.

– To – powiedział. – Że będziesz walczyć dla Inarosa, a potem dla Holdena. Że stracisz bezcennych dla siebie ludzi, a potem wylądujesz w miejscu pełnym luksusów na leczenie?

– Gówno by to znaczyło.

Josep parsknął.

– To mogłaby być przepowiednia.

– Mogłoby być tak, że wszechświat gówno obchodzi to, co robimy, a twoje mistyczne bzdury są po prostu sposobem na udawanie, że jest inaczej.

– To też możliwe – zgodziła się ze spokojem, który wzbudził jej wstyd z powodu tych słów. Wypił kolejny łyk whiskey, a potem odstawił szklaneczkę na podłogę i rozciągnął się na zakrzywionej kanapie, opierając głowę na jej kolanach. Uśmiechał się ciepło i pięknie, w sposób pełen humoru i łagodności, od którego ścisnęło się jej serce.

– Nie słuchaliśmy Holdena, my. Owszem, stanięcie przeciwko Marco sprawiło, że Holden stanął u twego boku. Ale nigdy nie należałaś do niego. Nie walczyliśmy z Marco z powodu Holdena. Walczyliśmy, bo Marco powiedział, że jest czempionem, którego potrzebował Pas, tylko okazało się, że to nieprawda.

– Owszem – potwierdziła, głaszcząc jego włosy.

Zamknął oczy ze zmęczenia.

– Aber, niech to *szlag*, wciąż potrzebujemy czempiona.

ROZDZIAŁ CZTERDZIESTY DZIEWIĄTY

NAOMI

Rejestry Medyny były olbrzymie, dużo obszerniejsze, niż Naomi się spodziewała. Ale co gorsza, niezbyt dobrze zorganizowane. Na swój sposób był to efekt historii, jaką mogła się pochwalić stacja. Pierwotnie zaprojektowano ją jako statek pokoleniowy, który miał mknąć przez wciąż nieznany ocean przestrzeni międzygwiezdnej. Natomiast systemy logiczne pochodziły z zarządzonego przez Freda Johnsona okrętu wojennego, na który przerobiono statek. Pancernik Johnsona został z kolei przekształcony w stałe miasto w przestrzeni kosmicznej. Nie wszystkie stare systemy zabezpieczeń zostały złamane po przejęciu stacji przez Wolną Flotę, więc miejscami istniały częściowe zapisy, rozproszone przez różnych inżynierów, którzy próbowali wymusić własną wolę na i tak już złożonym systemie.

Podobnie jak miasta na Ziemi, gdzie każda kolejna era budowała na tym, co zostało z poprzedniej, systemy Medyny zostały ukształtowane przez dawno zapomniane siły. Uzasadnienie każdej decyzji przepadło w skomplikowanej hierarchii baz danych i złożonych strukturach indeksów. Znalezienie czegoś ciekawego było łatwe. Na pewnym poziomie to *wszystko* było ciekawe. Znalezienie jakiejś określonej informacji – oraz stwierdzenie, czy to najbardziej aktualna i pełna wersja danych – było bardzo, bardzo trudne.

Używała swojego biura w komisariacie stacji, jakby była celą średniowiecznego mnicha, opuszczała to miejsce tylko, by wrócić na *Rosynanta* na sen, a potem wracała tu po przebudzeniu. Zamiast kopiowania starożytnych tekstów piórem i atramentem, grzebała w zestawach danych, dłubała w systemach plików, prosiła Medynę o znalezienie różnych rzeczy, a potem przyglądała się, by zobaczyć, gdzie ich nie szuka. Kopiowała lub ściągała i wysyłała z powrotem wszystko, co wyglądało na choć trochę przydatne. Rejestry raportów z pracy z czasów panowania Wolnej Floty wysyłała na Ziemię i Marsa. Dokumenty zawierające zestawienia przepływu towarów z i z powrotem do Lakonii. Raporty wypadków z systemów medycznych. Dzienniki łączności kontroli lotów z przylatującymi i odlatującymi statkami. Wszystko mogło być przydatne, więc brała wszystko i przesyłała dalej z prędkością światła na Ziemię, Lunę, Marsa i Ceres.

Pozwalało jej to utrzymać strach na wodzy. Nie idealnie, ale nic poza śmiercią nie zdoła idealnie stłumić strachu. Niezależnie od tego, jak bardzo odwracała własną uwagę, w głębi jej umysłu tykał zegar. Dni i godziny do przybycia okrętów Marco. Były inne problemy, inne zagrożenia – wciąż obecni na stacji ludzie lojalni względem Wolnej Floty, pulsujący sygnał zakazu zbliżania się, dochodzący z wrót Lakonii – ale nic z tego nie będzie miało znaczenia po przybyciu Marco. I wszystko to zmuszało ją do szybkiej i wydajnej pracy. Kiedy przyjdzie następna sprawa – a bardzo nie chciała spojrzeć jej prosto w oczy – chciała mieć pewność, że zrobiła wszystko, co miała do zrobienia.

A jednak mimo wszystko czasem się zatrzymywała. Znalazła osobisty pamiętnik ukryty wśród raportów środowiskowych, jak drukowaną pornografię upchniętą pod materacem. Wpis za wpisem relacjonujące zmagania młodego mężczyzny z samotnością, ambicją i poczuciem zdrady. Kiedy indziej próbowała odzyskać, co mogła, z częściowo skasowanej partycji i trafiła na krótkie nagranie dziewczynki – najwyżej czteroletniej – która skakała gdzieś na stacji z łóżka, lądowała na stosie poduszek i wybuchała śmiechem. Przeglądając rejestry kontroli ruchu, słuchała głosów zdesperowanych mężczyzn i kobiet z układów po drugiej stronie pierścieni wrót, żądających, proszących i błagających o zaopatrzenie, które im się należało, którego pragnęli i które było im niezbędne do przetrwania.

Dopiero wtedy naprawdę zrozumiała skalę zniszczenia spowodowanego przez Marco. Liczbę ludzi, których życie utrudnił i zakończył, wszystkie zmiecione przez niego plany. Przez większość czasu było tego zbyt wiele, by ogarnąć, ale takie przebłyski sprawiały, że potrafiła to zrozumieć. Robiło się to straszne, smutne i oburzające, ale zrozumiałe.

I stanowiło podstawę do niektórych z podejmowanych przez nią decyzji.

– Uch – odezwał się Jim, wchodząc przez drzwi do jej biura. – Skarbie? Czy naprawdę chciałaś, żeby strumienie danych poszły przez wszystkie pierścienie? Bo zauważyłem, że zaczęłaś wysyłać wszystko do wszystkich.

– Dokładnie tego chciałam – zapewniła Naomi, odsuwając włosy z oczu. To już prawie koniec jej drugiej zmiany. Plecy bolały ją trochę od zbyt długiego siedzenia w tej samej pozycji, a oczy miała suche i czuła, że swędzą. – Nie wiem, co z tego będzie przydatne ani komu się to przyda, a ponieważ nie wygląda na to, żebyśmy zostali na Medynie dość długo, żeby przebić się przez wszystko, uznałam, że wyślę kopie do wszystkich. Dam innym ludziom szansę znalezienia tego, co przeoczyłam.

– To... ach.

– Wiem – przyznała. – Możliwe, że za dużo czasu spędziłam z tobą i zaczynam myśleć jak ty. Tylko że, cóż... Przynajmniej jak kiedyś myślałeś.

– Wciąż myślę w ten sposób – zapewnił Jim, przesuwając krzesło obok niej i siadając. Oparł głowę na jej ramieniu. Kiedy się odezwał, czuła na skórze wibracje jego gardła. – Trochę bardziej martwię się, że doprowadzi to do czegoś nieoczekiwanego, strasznego i wielkiego, i będę za to odpowiedzialny, ale nadal tak myślę.

– Niezachwiana wiara w ludzkość.

– To prawda – powiedział, kiwając głową. A może trochę się o nią ocierając. – Wbrew wszelkim dowodom uważam, że dupki to mniejszość.

Przechyliła głowę ku niemu, czerpiąc przyjemność z jego obecności. Dziwnie pachniał, w złożony i przyjemny sposób, jak ziemia doniczkowa. Nie sądziła, żeby ten zapach miał się jej kiedyś znudzić. I ostatnio się nie golił. Szczecina nierównych włosków przeszorowała jej ucho jak koci język. Na monitorze transmisja danych przeskoczyła o kolejną jedną dziesiątą procenta. Gdzieś z biura dobiegał głos Bobbie, znajomy i silny. Wymienniki powietrza klikały i szumiały do siebie, wypuszczając łagodny powiew, pachnący plastikiem i kurzem.

Nie chciała zadawać tego pytania, ale jednocześnie nie mogła się powstrzymać.

– Jakieś wieści z domu?

Poczuła, jak się spina. Wyprostował się i część jej skóry, na której się opierał, zrobiła się bez niego chłodniejsza. Obróciła się na krześle w jego stronę. Na jego twarzy rysowała się sztuczna łagodność, która znaczyła, że próbował coś zbagatelizować, jakby swobodne traktowanie problemu mogło go pomniejszyć. Widziała ten wyraz jego twarzy tyle razy, że wiedziała, co oznacza, niezależnie od tego, co powie.

– Nadlatują. Wolna Flota. Wciąż nie ma żadnych oznak aktywności ze strony wrót Lakonii, ale Avasarala naliczyła piętnaście okrętów zbiegających się przy wrotach. Większość z księżyców Jowisza.

– Jakaś szansa, że przelecą przez wrota pojedynczo, żeby Aleks i Bobbie mogli ich zestrzelić? – zapytała, udając ignorancję.

Uzyskała pytaniem efekt, na który liczyła. Jim się roześmiał.

– Jestem dość pewien, że przelecą wszyscy na raz, jak drużyna rugby. Gdybyśmy zdołali uruchomić kilka dział szynowych ze stacji, wtedy moglibyśmy mieć szansę. I gdybyśmy mieli więcej pocisków do nich. Okazuje się, że zestrzelenie kilku tysięcy celów może dość mocno zmniejszyć zapasy.

– Mamy jakiś plan?

– Kilka – opowiedział Jim.

– Któryś z nich jest dobry?

– Och, nie. Absolutnie. Po prostu różne odmiany strasznych.

Odezwał się strumień danych. Partia została wysłana i system czekał, by Naomi wybrała coś innego. Kolejne wiadomości, kolejne butelki.

– No dobrze. To na czym polegają?

– Klasyka. Walka lub ucieczka. Mamy *Rosa* i łajby, które wciąż działają jako jednostki abordażowe. Jedna z opcji polega na tym, że ładujemy na nie oddziały, parkujemy je tuż za krawędzią pierścienia i próbujemy wprowadzić ludzi na okręty Wolnej Floty. Nie będzie miało znaczenia, że mają dziesięć razy tyle torped co my, jeśli cała walka będzie się odbywać w ich korytarzach. *Ros* i obrona Medyny zajmą się okrętami, których nie zdołamy opanować. Potężna wymiana ognia z nadzieją, że to my wygramy.

– A jak wyglądają szanse, że to zadziała?

– Bardzo, bardzo kiepkso. Minimalne. Plan jest bez sensu na każdym poziomie. Dużo bardziej prawdopodobne jest, że łodzie zostaną rozwalone na strzępy przez obronę punktową Marco, zanim choćby zbliżą się do abordażu. A nawet jeśli im się uda, te statki będą miały pełne załogi do odparcia naszych ludzi.

– A ucieczka?

– Załadować *Rosa*, wybrać wrota i wynosić się z Dodge w cholerę, zanim bandyci tu dotrą.

– I zostawić Medynę?

– Medynę, *Giambattistę*, wszystko. Po prostu podkulić ogon i uciekać z całych sił. Pozwolić Wolnej Flocie zabunkrować się w powolnej strefie i mieć nadzieję, że następna fala wysłana przez połączoną flotę zdoła ją odbić i tym razem utrzymać.

– Gdzie jest *Pella*?

Jim westchnął.

– Och, prowadzi to stado.

Naomi obróciła się z powrotem do ekranu.

– W takim razie zostaniemy tutaj.

– Nie podjąłem decyzji – zauważył Holden.

– Nie, po prostu jeszcze się do tego nie przekonałeś – odparła. – Wiesz, że jeśli uciekniemy, Marco będzie nas ścigał. Może gdybyśmy byli innym statkiem lub Marco był innym człowiekiem, sprawy nie potoczyłyby się w ten sposób. Mamy do wyboru walczyć tutaj, z kilkoma sojusznikami i niewystarczającym zaopatrzeniem albo walczyć po drugiej stronie pierścienia wrót, mając jeszcze mniej. To jedyna różnica.

– Ja... cóż... – Jim głęboko wciągnął powietrze, potem je wypuścił. – Szlag.

– Ile możemy zebrać odłamków z fali przynęt?

– Wszystko, co nie oddryfowało poza pierścienie – odpowiedział Holden. – Myślisz o umieszczeniu tego tuż za brzegiem pierścienia Sol w nadziei, że Wolna Flota na nie wpadnie?

– Wrota nie są takie wielkie – stwierdziła Naomi.

– Trzy czwarte miliona kilometrów kwadratowych – sprecyzował Holden. – I przelatuje przez to piętnaście statków. Nawet gdybyśmy zmienili wszystkie nasze odłamki w piasek, Wolna Flota najprawdopodobniej w niego nie trafi i nie będzie nawet wiedziała, że coś tam było.

– Wiem – przyznała Naomi. – Ale może przydarzy się nam szczęśliwe trafienie. A wtedy będzie chociaż o jednego mniej. Jeśli nie próbujemy wykorzystać każdej szansy, to znaczy, że się poddajemy. Takie szanse to wszystko, co nam zostało. A nawet jeśli przegramy...

– Nie będę rozważał...

– *Nawet jeśli przegramy* – powtórzyła Naomi – to sposób przegranej też ma znaczenie. Nie chciałeś zrobić z siebie symbolu, wiem o tym. To po prostu samo się stało. Ale gdy już do tego doszło, korzystałeś z tego statusu. Te wszystkie przygotowane przez ciebie nagrania, w których próbowałeś pokazać wszystkim, że ludzie na Ceres to po prostu ludzie?

– Tam nie chodziło o mnie – wtrącił się Jim, ale poczucie winy słyszalne w jego głosie zdradziło, że nie do końca w to wierzył.

– Używałeś w nich sławnego kapitana Jamesa Holdena, żeby skłonić ludzi do zobaczenia w nich tego, czego chciałeś. Nie wstydź się tego, to było słuszne postępowanie. Ale ci wszyscy, którzy je obejrzeli? Którzy zrobili swoje własne wersje tych nagrań i dodali je do projektu polegającego na próbie przypomnienia sobie wzajemnie, że wojna to nie tylko okręty, torpedy i pola bitew? Jeśli mamy... – Ścisnęło ją w gardle. Słowa w nim utknęły. – Jeśli mamy zginąć, powinniśmy dopilnować, żeby nasza śmierć znaczyła przynajmniej tyle, ile twoje nagrania.

– Nie wiem, czy one mają jakieś znaczenie – stwierdził Jim. – Osiągnąłem coś dzięki nim?

– Nie dowiesz się tego – odparła Naomi. – Albo coś zrobiły, albo nie. Nie opublikowałeś ich po to, żeby ktoś wysłał ci wiadomość, opisując, jak bardzo jesteś ważny i wpływowy. Próbowałeś zmienić ludzkie myśli, zainspirować działania. Nawet jeśli ci się nie udało, sama próba była bardzo dobra. I może zadziałało.

Może te filmy kogoś uratowały, a jeśli tak, to ważniejsze od dopilnowania, żebyś ty się o tym dowiedział.

Jim zapadł się w sobie. Odrobinę opadła maska samego siebie, którą nosił na twarzy od czasu Tycho. Zobaczyła kryjącą się pod nią rozpacz.

– Nie powinienem był tu przylatywać – powiedział.

– Podjąłeś się tego, ponieważ było to ryzykowne zadanie – przypomniała. – Zrobiłeś to, bo trzeba było to zrobić, a ty nie prosisz innych o zrobienie czegoś, czego sam się nie podejmiesz. Tak samo, jak wtedy, gdy poleciałeś na *Agathę King*. Nie zmieniasz się, Jim. A ja wiedziałam o tym, zgadzając się. Wszyscy wiedzieliśmy. Sądziliśmy, że damy radę, ale wiedzieliśmy, że możemy się mylić. I myliliśmy się. I teraz musimy dobrze odegrać drugą część.

– Dać się zabić. Następna część polega na tym, żeby dać się zabić.

– Wiem – potwierdziła.

Oboje zamilkli. Głos Bobbie, odległy jak gwiazdy, na chwilę zmienił się w śmiech.

– Te nagrania wideo były tylko małym głupim projektem artystycznym – odezwał się Jim. – Śmierć to nie sztuka.

– A może powinna nią być.

Zwiesił głowę. Położyła na niej dłoń, czując pod palcami poszczególne kosmyki włosów. Łzy w oczach nie piekły. Spływały łagodnie, jak strumyk. Nie potrafiła mu powiedzieć tego wszystkiego. O winie odczuwanej z powodu ściągnięcia na nich furii Marco. Odczuwanej w sercu pewności, że gdyby tylko na czas zobaczyła, kim jest Marco Inaros, żadne z nich nie znalazłoby się w tym położeniu. Gdyby to powiedziała, Jim uznałby, że musi ją pocieszać, być dla niej silny. Z powrotem zamknąłby się w sobie. Albo nie, nie w sobie. W Jamesie Holdenie. Zdecydowanie wolała Jima. Długi powolny oddech. Następny. Następny. Cicha intymność doskonałej chwili.

– Hej – odezwała się Bobbie, wchodząc do pokoju. – Czy któreś z was... uch. Przepraszam.

– Nie – powiedział Jim, wycierając oczy wierzchem dłoni. – Co jest?

Bobbie uniosła swój ręczny terminal.

– Czy któreś z was wie, czy wysłaliśmy na Lunę raporty dotyczące zaginięć statków? Avasarala powiedziała, że jej naukowe małpy nie dają jej przez nie spokoju.

Naomi głęboko wciągnęła powietrze, a potem się uśmiechnęła. Koniec idealnej chwili. Z powrotem do pracy.

– Zaraz się tym zajmę.

– Dobra – powiedziała Bobbie i zaczęła wychodzić. – Przepraszam, jeśli... no wiecie.

– Jadłaś już? – zapytał Jim, wstając. – Mam wrażenie, że nie jadłem niczego od śniadania.

– Planowałam coś zjeść po skończeniu tutaj.

– Moglibyście mi przynieść miskę czegoś? – poprosiła Naomi, zwracając się z powrotem do monitora.

Komunikat PARTIA UKOŃCZONA wreszcie zgasł i monitor powrócił do wyświetlania monitu systemu plików. Zaczęła przewijać dzienniki kontroli ruchu, a Jim i Bobbie skontaktowali się z *Rosem*. Zabrzmiały zmieszane głosy Jima, Amosa, Aleksa i Bobbie. Zwykła rozmowa na temat jedzenia i piwa, kto chciał jeść razem, a kto wolał na osobności. Musiała się zmusić, aby się skupić. Struktura dzienników była bardzo chaotyczna, każdy kierownik rejestrował wszystko po swojemu.

Potrzebowała prawie godziny, żeby upewnić się, że zebrała dane ze wszystkich okazji, kiedy doszło do zaginięć statków. Niektóre z nich widziała już na Lunie, ale było więcej, o których nie wiedziała. Zniknęło ponad dwadzieścia statków, i wyglądało na to, że jednym z nich był skradziony okręt marsjański lecący do Lakonii. Statki z kolonii. Także jeden z transportowców z zaopatrzeniem dla Wolnej Floty. Wszystkie strony coś straciły, co było interesujące.

Przygotowała pakiet danych dla Luny. I ten zaszyfrowała. Jednak wysyłając go jeszcze raz, przejrzała swoją kopię. Zaginione statki zwykle należały do kategorii większych jednostek, ale nie zawsze. Wydawało się, że najczęściej znikają podczas dużego natężenia ruchu...

Aleks przyniósł jej brązowy makaron z grzybami i butelkę piwa warzonego w Medynie. Jedząc, była prawie pewna, że pamiętała, aby mu podziękować. Choć nie na sto procent. Istniała korelacja, jeśli wykreśliła pory dużego natężenia ruchu względem zdarzeń... Nie, to nie tak. Patrzyła na to w niewłaściwy sposób. Nie mogli patrzeć tylko na to, kiedy dochodziło do zdarzeń. Musieli przyjrzeć się wszystkim razom, gdy Medyna obserwowała podobne warunki – duże natężenie ruchu, statki o dużej masie, źle dostrojone reaktory – i *nic* nie poszło nie tak. Spakowała całą partycję danych lotów i i ją też zaczęła wysyłać w stronę Luny, ale nie potrafiła tego zostawić.

Bolały ją plecy, piekły ją oczy. Prawie tego nie zauważała. Zebrała zestaw danych okresów wzmożonego ruchu z tajemniczymi zniknięciami i bez nich. Wygenerowała wykresy energii i masy zaginionych jednostek i spróbowała dopasować te krzywe do statków, które przeleciały bezpiecznie. Pełny zaszyfrowany zestaw danych wysyłanych na Lunę zgłosił, że wysyłka jest zakończona, co zdawało się jej zdumiewająco szybkie do chwili, gdy sprawdziła, jak długo tam siedzi.

Pięć zmiennych – wcześniejsza masa, wcześniejsza energia, masa statku, jego energia i czas. Nie jednopunktowe rozwiązanie, a zakres. Ruchomy system krzywych, rosnących z poprzedzającą masą i energią, spadających z czasem i – gdy krzywa masy i energii wcześniejszych jednostek przetnie się z krzywą dla danego statku – zniknięcia. Wyglądało to tak, jakby ruch przechodzący przez wrota tworzył falę, a gdy trafiało w nią coś dostatecznie dużego i o dostatecznej energii, znikało.

Trzęsły się jej ręce, gdy wyciągała z kieszeni swój terminal. Nie wiedziała, czy to efekt emocji, wyczerpania czy też tego, że makaron z grzybami zjadała tak dawno temu, że musiała coś zjeść. Jim odebrał połączenie niemal natychmiast.

– Cześć – odpowiedział. – Wszystko w porządku? Nie wróciłaś na noc na statek.

– Nie – odpowiedziała, chcąc potwierdzić, że nie wróciła na statek, a nie powiedzieć, że coś jest nie tak. Machnęła ręką na nieprecyzyjną wypowiedź. – Chyba mam tu coś ciekawego. Ktoś musi przyjrzeć się moim krzywym na wypadek, gdybym miała zwidy z wyczerpania.

– Zaraz tam będę. Mam zgarnąć kogoś jeszcze? I jakiego rodzaju „ciekawe” masz na myśli?

– Chodzi o zaginione statki.

Brwi Jima na małym ekranie powędrowały do góry, a oczy zrobiły się trochę większe.

– Wiesz, co je zjada?

Zamrugała. Na jej monitorze widniały dwa równania z pięcioma zmiennymi. Stworzone na podstawie rejestrów z kilku lat. Dopasowanie było idealne. Luna z pewnością będzie mogła to potwierdzić.

Ale *czy wiesz, co je zjada?*

– Nie wiem – przyznała. – Ale wiem coś lepszego.

ROZDZIAŁ PIĘĆDZIESIĄTY

HOLDEN

– Danych nie ma za wiele – powiedziała Naomi, docierając do ściany i odwracając się, by ruszyć z powrotem w jego stronę. – To znaczy, jest to największy istniejący zbiór. Więcej nie dałoby się zdobyć.

– Czy to problem? – zapytał Holden.

Zatrzymała się, popatrzyła na niego i szeroko rozłożyła ręce w uniwersalnym geście *oczywiście, że to problem.*

– Rozwiązanie może się nie skalować. Mogą tu działać także inne zmienne, które po prostu nie wyszły na jaw w tych przypadkach. Gdybyś chciał, żebym na podstawie takich danych zbudowała silnik, nie zrobiłabym tego. Cholera, silnik. Nie zaufałabym *drabinie* opartej na takich danych. Tylko że...

Znowu zaczęła chodzić po pokoju i obgryzać paznokieć kciuka. Na czymkolwiek polegał wyjątek, już przeszła dalej w rozważaniach. Holden złożył ręce na piersi i czekał. Znał ją dość dobrze, by rozpoznać, gdy potrzebowała odrobiny spokoju dla własnych myśli. Przyjrzał się wykresom wyświetlonym na jej ekranie. Skojarzyły mu się z monitorem rytmu serca, choć kształty krzywych były bardzo odmienne. Był prawie pewien, że w EKG po pierwszym piku sygnał opadał poniżej linii bazowej, a tutaj zachodził szybki wzrost, a potem powolne opadanie po łagodnej krzywej.

Nikt inny nie przyszedł jeszcze do komisariatu. Prawdopodobnie byli jeszcze na *Rosynancie*, jedząc śniadanie w kambuzie. A może zatrzymali się przy jednej z budek w dokach, gdzie miejscowi wciąż przyjmowali ich pieniądze.

Naomi zatrzymała się przy nim, kierując wzrok na ekran. Jej wargi poruszyły się, jakby mówiła coś do siebie, prowadząc gwałtowną dyskusję bez udziału innych osób. Nawet bez niego. Pokręciła głową, nie zgadzając się ze sobą. Wydawała się spokojniejsza, niż kiedy do niego zadzwoniła, ale im dłużej o tym rozmawiali, tym bardziej robiła się poruszona. A nawet bardziej wystraszona. Wyglądało na to, że zaczyna mieć nadzieję.

– To coś. Czy możemy to w jakiś sposób wykorzystać?

– Nie wiem, co to jest. Mechanizm? Nie mam pojęcia. Mamy tylko ten wzór, ale wygląda tak *spójnie*.

Spróbował ponownie.

– Czy to spójny wzór, który możemy wykorzystać? Albo inaczej, czy jest tu coś, co może dać nam trzecią opcję w bieżącej sytuacji, w której możemy zostać tutaj i zginąć albo uciec przez jedne z wrót i zginąć?

Głęboko wciągnęła powietrze i powoli wypuściła je przez zęby. Miał nadzieję, że się roześmieje, ale tego nie zrobiła. Znowu usiadła przy konsoli i wywołała złożone równanie, którego Holden nie potrafił zrozumieć.

– Myślę – odezwała się – że możemy zasymulować wysokie natężenie ruchu. Załadować *Giambattistę* taką ilością śmiecia, jaką tylko zdołamy do niego przyspawać. Przeciążyć trochę reaktor, żeby generował więcej energii. Potem, kiedy puścimy go przez wrota – stuknęła palcem w krzywą wzrostu i spadku – powinniśmy dostać jedno z tych. Choć nie za wielkie. Nawet duży statek to tylko jeden statek...

– A jedno z tych – to co?

– To przeszkoda. Coś, na co mogą się natknąć okręty Wolnej Floty. Jeśli ich statki będą miały dość masy i energii, by ta linia przecięła się z ich krzywymi, zanim wygaśnie... chyba po prostu znikną.

– To znaczy trafią tam, gdzie lądują wszystkie zjedzone statki?

Naomi przytaknęła.

– Moglibyśmy dołożyć *Giambattiście* dodatkową masę. Wciąż mamy te łodzie szturmowe, niektórym zostało jeszcze paliwo. Jeśli puścimy je równocześnie, moglibyśmy trochę podciągnąć krzywą. A Marco prawie na pewno przeprowadzi wszystkie swoje statki równocześnie, co może nam pomóc. Ale nie znam *mechanizmu*...

– Hej – wtrącił się Holden. – Wiesz, ile wynosi stała Plancka?

– Sześć przecinek sześćdziesiąt dwa z groszami razy dziesięć do minus trzydziestej czwartej dżuli na sekundę?

– Jasne, czemu nie – zgodził się Holden, unosząc palec. – Ale czy wiesz, dlaczego wynosi tyle, a nie na przykład sześć przecinek siedem, cokolwiek tam jest dalej?

Naomi pokręciła głową.

– Nikt inny też nie, a jednak mimo wszystko nazywają to nauką. Większość naszej wiedzy nie obejmuje tego, *dlaczego* rzeczy są takie, a nie inne. Po prostu wykombinowaliśmy dość na temat tego, jak działają, by przewidzieć, co zdarzy się dalej. To właśnie tu masz. Dość, żeby przewidywać. A jeśli ty uważasz, że masz rację, to ja się zgadzam. Więc zróbmy to.

Pokręciła głową, ale nie zaprzeczyła jego słowom.

– Wielkie badanie z *n* równe jeden, gdzie nasza hipoteza zerowa zakłada, że wszyscy zginiemy.

– Niekoniecznie – odpowiedział Holden. – Mają piętnaście okrętów przeciwko naszemu jednemu. Wciąż możemy ich pokonać, w końcu mamy Bobbie i Amosa.

Tym razem się roześmiała. Objął ją, a ona oparła się o niego.

– Jeśli to nie zadziała, nie będziemy w gorszej sytuacji niż teraz – przyznała.

– Zapewne nie – zgodził się Holden. – No wiesz, dziwna technologia nieżywych obcych o działaniu, którego nie rozumiemy, pochłania całe statki, nie zostawiając żadnego śladu ani wyjaśnienia. Pewnie możemy się nią bezpiecznie bawić, prawda?

***

Pella i jej czternaście okrętów – wszystko, co zostało z Wolnej Floty – zbliżała się do pierścienia, hamując po przekroczeniu punktu zwrotnego w połowie drogi. Avasarala wysłała listę taktyk, których używała wcześniej w próbach zwolnienia lub zatrzymania ataków z ciężkością zdradzającą, że zdaje sobie sprawę z ich bezwartościowości, choć nie zdobyła się na to, by powiedzieć to wprost. Wiadomość kończyła się słowami *zrobię, co będę mogła, ale może będzie musiało wam wystarczyć pomszczenie.*

Przepraszam. Zastanawiał się, co pomyślałaby o odkryciu Naomi i ich planie.

Holden odczuwał każdą mijającą godzinę, wiedząc, że Inaros i jego żołnierze są coraz bliżej. Jakby ktoś pchał go w plecy, zmuszając do przyśpieszenia. Byłoby łatwiej, gdyby zostały im tylko godziny i dni. Przynajmniej szybciej byłoby po wszystkim.

Kapitan *Giambattisty* z początku nie zrozumiał, sądząc, że jego statek przepadnie na rzecz tego, co robiły wrota. Naomi musiała mu cztery razy tłumaczyć, że jeśli wszystko pójdzie dobrze, *Giambattista* przeleci po prostu do innego Układu Słonecznego, pokręci się tam przez kilka dni i wróci bez żadnych uszkodzeń. Gdy wreszcie udało się jej go przekonać, że nawet jeśli się nie uda, on i jego załoga nie wezmą udziału w bitwie, zaprzestał protestów.

Naomi wszystko koordynowała – ładowanie łodzi z powrotem do stanowisk w ładowni, przestrajanie reaktora tak, by butelka magnetyczna i reakcja działały prawie na skraju swoich możliwości. Zabrała ze sobą Amosa i Clarissę do modyfikacji wewnętrznej sieci energetycznej *Giambattisty* tak, by wszystko znalazło się na granicy przeładowania, a równocześnie, by do niego nie dopuścić. Przypominała mu ojca Toma, który opowiadał o niedźwiedziach, gdy Holden jeszcze był dzieckiem. Jeśli na ranczo pojawił się niedźwiedź brunatny, należało rozłożyć płaszcz i unieść ręce nad głową, krzycząc i robiąc jak najwięcej hałasu. Z drugiej strony, w przypadku grizzly należało po cichu uciekać jak najdalej. Tylko że tym razem wszystko to sprawiało wrażenie hałasowania na grizzly w nadziei, że zje tego drugiego.

Podczas gdy Naomi zajmowała się przygotowaniami, Holden próbował robić coś pożytecznego.

W systemie było mnóstwo zaległych wiadomości ze skolonizowanych planet. Raporty o stanie rzeczy, groźby i błagania. Przypomnienie sobie liczby planet, na które rozprzestrzeniła się już ludzkość, zadziałało na niego otrzeźwiająco. Ile nasion posadzono w obcych glebach. Po wysłaniu przez Naomi morza informacji wiele kolonii dopiero teraz zaczynało rozumieć, dlaczego zostały odcięte. Dopiero teraz dowiadywały się, co stało się z Ziemią i Układem Słonecznym. Bufory systemów łączności były zapychane wiadomościami pełnymi furii, żalu, gróźb przemocy i ofert pomocy.

Te ostatnie były najtrudniejsze. Nowe kolonie wciąż próbujące wymusić swoje drogi na lokalnych ekosystemach tak egzotycznych, że ich ciała prawie nie rozpoznawały w nich życia, izolowane, wyczerpane, czasem na skraju wyczerpania własnych zapasów. A jednak chciały wysyłać pomoc do domu. Słuchał ich głosów, widział niepokój w oczach. Nie potrafił ich za to nie kochać.

W najlepszych warunkach tak właśnie działały katastrofy i zarazy. Nie było to uniwersalną prawdą. Zawsze zdarzało się gromadzenie zasobów i zawyżanie cen, zawsze byli ludzie zamykający drzwi przed uchodźcami i pozwalający, by tamci zamarzali i umierali z głodu. Ale pojawiały się też impulsy niesienia pomocy. Wspólnego dźwigania ciężaru, nawet jeśli oznaczało to uszczuplenie własnych zapasów. Ludzkość dotarła bardzo daleko, uwikłana w częste wojny, dotknięta przez choroby, przemoc i ludobójstwo. Historia była pełna krwi, ale także pełna przykładów współpracy, dobroci, hojności i mieszanych małżeństw. Jedno nie występowało bez drugiego i Holden musiał się tym pocieszać. Poczuciem, że niezależnie od tego, jak ciężkie były grzechy ludzkości, wciąż było w ludziach coś wartego podziwiania.

Robił, co mógł, by odpowiadać na najpilniejsze wiadomości i oferować wszelką możliwą nadzieję. Na krótko stał się głosem stacji Medyna. Koordynowanie zasobów dla wszystkich kolonii było zadaniem wykraczającym poza jego możliwości. Byłaby to praca na pełny etat dla przynajmniej kilkudziesięciu osób, a on był tylko jednym człowiekiem z radiem. Mimo wszystko samo obserwowanie potrzeby, zanurzenie palców w bezkresnym zadaniu bycia fizycznym pośrednikiem między tysiącem Układów Słonecznych dało mu poczucie nadziei dla przyszłości.

Miał rację. Była tu jakaś nisza.

Pod warunkiem, że plan zadziała, pod warunkiem, że wszyscy nie zginą. Pod warunkiem, że żadna z miliona spraw, o których jeszcze nie pomyślał, nie zniweczy szansy i nie zniszczy wszystkiego, na co mieli nadzieję i co planowali. Zawsze była zapomniana ręka. To coś, czego się nie spodziewali. Miał tylko nadzieję, że Marco Inaros też tego nie dostrzeże.

***

– To jak długie jest to okno, fala czy cokolwiek to jest, co planujemy? – zapytał Amos.

Czas prawie dobiegł końca. Pozostało jedynie pytanie, jak szybko Inaros będzie chciał lecieć, przechodząc przez wrota. Jeśli wyłączy hamowanie i przeleci szybko, to wpłynie na planowany czas. Jeśli *Giambattista* za późno przeleci przez wrota Arkadii, to on właśnie zniknie cicho w otchłani. Jeśli przeleci za szybko, krzywa Naomi opadnie już prawie do zera i Wolna Flota bezpiecznie wleci do powolnej strefy.

Wrócili na *Rosynanta*. Aleks i Bobbie zajęli miejsca w kokpicie, gotowi na walkę, jeśli do niej dojdzie. Holden i Naomi przypięli się do prycz na mostku. Amos, unosząc się w nieważkości, przyszedł dla towarzystwa, jeśli nie z jakiegoś lepszego powodu. Jeszcze nie zajęli stanowisk bitewnych. Jeśli do tego dojdzie, zapewne ostatni raz zobaczy Amosa na żywo. Holden próbował o tym nie myśleć.

– Potrwa to może z pięć minut – odpowiedziała Naomi. – Po części będzie to zależeć od masy i energii statków, które tu wprowadzą. Jeśli będziemy mieli szczęście, może nawet... dziesięć?

– To nie za wiele – z łagodnym uśmiechem skomentował Amos. Chwycił się dłonią drabiny prowadzącej do kokpitu, żeby nie dryfować. – Co tam u was na górze?

– Doskonale – zapewnił Aleks.

– Myślicie, że jeśli nie zadziała sztuczka Naomi, zdołamy ich pokonać? – zapytał Amos.

– Wszystkich pewnie nie – odkrzyknęła Bobbie. – Ale część na pewno.

Z szybu windy wyłoniła się Clarissa z lekkim uśmiechem na wargach. Spędziła w nieważkości już tyle czasu, że czuła się w niej swobodnie. Przemieszczała się między uchwytami na ścianach jak rodowita Pasiarka. Kiedy dotarła do Holdena, podała mu bańkę z kambuza.

– Powiedziałeś, że nie mogłeś spać – zwróciła się w jego kierunku. – Więc pomyślałam, że będziesz chciał kawę.

Holden ją przyjął, co nieco ośmieliło jej uśmiech. Bańka przyjemnie grzała mu dłoń. Prawdopodobnie nie była zatruta. Tak naprawdę nie miała już powodu tego robić. Zebrał się trochę w sobie, zanim zdecydował się na łyk.

Stacja Medyna znajdowała się pod kontrolą bojowników SPZ z *Giambattisty*, choć wiele im to nie pomoże. Jej torpedy i amunicja do działek obrony punktowej zostały w większości zużyte podczas obrony przed Holdenem. To, co zostało, było ledwie błędem zaokrąglenia wobec zapasów potrzebnych do powstrzymania Inarosa. *Ros* czekał prawie za błękitną stacją unoszącą się pośrodku powolnej strefy. Gdyby wymierzył w nią kamery statku, zobaczyłby pozostałości dział szynowych tak wyraźnie, jakby stał pośród nich.

– Odbieramy coś z Lakonii? – zapytał.

– Nie mamy wzmacniacza po drugiej stronie tamtej bramy, ale tak patrząc przez dziurkę od klucza? Nic – odpowiedziała Naomi. – Żadnego sygnału, żadnych śladów silników nadlatujących statków.

Ros wyemitował ostrzeżenie. Holden wywołał je na ekran.

– Masz coś, kapitanie? – zapytał Amos.

– Nadlatujące okręty zmieniły nieco ciąg. Przelecą szybko.

– I wcześnie – rzuciła Naomi.

Jej głos brzmiał jak głos kogoś, kto cierpi. Zegar odliczający czas na *Rosie* dostosował wartości, szacując, że wróg przekroczy pierścień wrót za dwadzieścia minut. Holden spłukał ściśnięte gardło łykiem kawy od Clarissy.

Kobieta przepchnęła się do pryczy Naomi ze zmarszczonym czołem. Naomi podniosła wzrok i wytarła oczy. Kropla jej łez oderwała się w powietrze i podryfowała w stronę wlotu wymiennika.

– Wszystko będzie dobrze – powiedziała Naomi. – Po prostu na jednym z tych statków jest mój syn.

W oczach Clarissy też pojawiła się warstwa łez, dziewczyna położyła dłoń na ramieniu Naomi.

– Wiem – powiedziała. – Jeśli będziesz mnie potrzebować, wiesz, gdzie mnie szukać.

– Wszystko w porządku, Złotko – rzucił Amos. – Rozmawialiśmy o tym z kapitanem. Sprawa załatwiona.

Posłał Holdenowi radosny gest kciuka do góry.

Zegar odliczał w dół. Holden głęboko wciągnął powietrze i otworzył połączenie z *Giambattistą*.

– Dobra – powiedział. – Mówi kapitan Holden z *Rosynanta*. Proszę o rozpoczęcie lotu do przejścia. Chcemy, żebyście przeszli przez wrota za – sprawdził zegar – osiemnaście minut.

– Tchuss, røvul! – odpowiedział kapitan *Giambattisty*. – To był zaszczyt, sí no?

Połączenie zgasło. Na ekranie *Giambattista* zgłosił włączenie ciągu. Holden przesunął ekran, by go obejrzeć. Pojedyncza jasna gwiazda w czerni. Smuga z dyszy szersza niż wypuszczający ją lodowcowiec. Chciał wierzyć, że było coś nieprawidłowego w barwie światła, jakby wysokoenergetyczne przestrojenie wprowadzone przez Naomi było dla niego widoczne, ale to tylko umysł płatał mu figle. Ekran wyświetlił nowy zegar odliczania. Oczekiwany czas przejścia *Giambattisty* przez pierścień Arkadii zmienił się z siedemnastu na szesnaście minut. Przybycie Wolnej Floty – o ile nie zmienią kursu – przez wrota Sol za dziewiętnaście. Osiemnaście.

Czuł kamień w brzuchu. Oddychał nierówno i musiał wziąć kolejny łyk kawy. Otworzył drugie okno z obrazem czujników wymierzonych we wrota Sol. Z ich bieżącego miejsca Wolna Flota nie była widoczna. Jeszcze nie. Kąt był na tyle duży, by ich ukryć.

– Mamy działo szynowe w gotowości na wypadek, gdyby się przedostali?

– Tak jest, sir – energicznie potwierdziła Bobbie.

– No cóż – odezwał się Amos. – Lepiej się przypniemy ze Złotkiem. Wiecie, na wszelki wypadek.

Clarissa ostatni raz dotknęła ramienia Naomi, a potem odwróciła się i pchnęła, podążając za Amosem w dół szybu, ku maszynowni. Holden wypił ostatni łyk kawy i schował bańkę. Chciał, żeby było już po wszystkim. Chciał, żeby ta chwila trwała w nieskończoność na wypadek, gdyby była jego ostatnią z Naomi. Oraz Aleksem i Amosem. Bobbie. Cholera, nawet z Clarissą. Z *Rosynantem*. Nie można było mieszkać w miejscu takim jak *Ros* przez tak długi czas i nie zostać przez nie zmienionym. Ani pozwolić, by to miejsce stało się domem.

Kiedy Naomi odchrząknęła, sądził, że będzie chciała rozmawiać z nim.

– *Giambattista* – odezwała się. – Tu *Rosynant*. Nie widzę, żeby wasza sieć energetyczna była naładowana powyżej normy.

– Perdona – odpowiedział kobiecy głos. – Już to naprawiam.

– Dziękuję, *Giambattista* – rzuciła Naomi i się rozłączyła. Uśmiechnęła się do Holdena. Koszmar sytuacji był tylko linią w kąciku jej ust, ale i tak zabolało go serce na ten widok. – Amatorzy. Można by pomyśleć, że jeszcze nigdy tego nie robili.

Roześmiał się, a ona się do niego przyłączyła. Zegary odliczały. Zegar *Giambattisty* dotarł do zera. Światło smugi z silnika statku zgasło, ukryte przez krzywiznę pierścienia Arkadii oraz niezwykłość tutejszych odległości i przestrzeni. W miejscu licznika czasu Naomi umieściła na ekranie stworzony przez siebie model matematyczny. Pik przejścia *Giambattisty* zaczął już opadać.

Linia schodziła w dół w miarę jak zegar do przybycia Marco przełączył się na sekundy. W kokpicie Bobbie coś powiedziała, a Aleks jej odpowiedział. Nie potrafił zrozumieć słów. Naomi oddychała szybko i płytko. Chciał do niej sięgnąć, ująć jej dłoń. To jednak wymagałoby oderwania wzroku od monitora, więc nie mógł.

Wrota Sol zamigotały. Holden powiększył obraz tak, że pierścień wypełnił cały ekran. Dziwne, prawie biologiczne struktury pierścienia zdawały się przesuwać i wić. Złudzenie światła. Smugi wylotowe okrętów Wolnej Floty były tak blisko siebie, że wyglądały jak jeden wielki płomień z palnika, wyłaniający się z brzegu pierścienia i sunący w stronę jego środka.

– Mam w nich strzelić? – zapytała Bobbie. – Działo szynowe pewnie by ich już dosięgnęło.

– Nie – odpowiedziała Naomi, zanim zdążył to zrobić Holden. – Nie wiem, co zrobiłoby teraz przesłanie masy przez wrota.

Na modelu pojawiła się kreska, nisko na skali, zmierzając w stronę opadającej krzywej. Pierścień wrót robił się coraz jaśniejszy od ciągu hamowania wroga, aż wreszcie wyglądał jak negatywowy obraz oka – czarna, upstrzona gwiazdami twardówka i intensywnie biała, płonąca tęczówka. Zegar dotarł do zera. Światła zrobiły się jaśniejsze.

ROZDZIAŁ PIĘĆDZIESIĄTY PIERWSZY

MARCO

Marco bolała szczęka. Ściskała klatka piersiowa. Dyski w kręgosłupie utrzymywały się na granicy dyslokacji bez jej przekraczania. Lot z bardzo dużym ciągiem był dla niego męką, ale witał ból z otwartymi ramionami. Napór i dyskomfort były ceną, jaką płaciło jego ciało. Zwalniali. Rdzeń Wolnej Floty dotrze do Medyny bez walki i nie było dosłownie nikogo, kto mógłby ich powstrzymać.

Przy cywilizowanym ciągu – jednej ósmej, jednej dziesiątej g – i przy pewnym czasie lotu bezwładnego w celu oszczędzania masy podróż do pierścienia wrót zajęłaby miesiące. Nie miał tyle czasu. Wszystko zależało od dotarcia do Medyny, zanim sięgną ku niemu rozproszone siły połączonej floty. Owszem, oznaczało to przyśpieszenie posiadanych przez niego okrętów do granic możliwości. Owszem, oznaczało to zarekwirowanie części zapasów Medyny, żeby mieć dość paliwa na powrót do Układu, a mieszkańcy stacji będą musieli sobie poradzić z nieco mniejszymi zasobami, zanim zdoła ustabilizować sytuację na tyle, by umożliwić uzupełnienie zapasów.

Trwała wojna. Skończyły się czasy zaciskania pasa, oszczędzania i bezpieczeństwa. Pokój był czasem wydajności, wojna czasem mocy. Jeśli oznaczało to doprowadzenie jego wojowników do skraju wyczerpania, to tak właśnie osiągało się zwycięstwo. Ci, którzy odkładali największe zapasy na jutro, mieli też najmniejsze szanse z nich skorzystać. Jeśli ceną były długie dni nieustannego dyskomfortu i bólu, zapłaci tę cenę i będzie się nią chlubił. Ponieważ w końcu nadejdzie odrodzenie. Rozmyją się wszystkie jego drobne błędy, nastąpi oczyszczenie i Marco osiągnie końcowe, ostateczne zwycięstwo. Które nadejdzie już wkrótce.

Jego błędem – teraz to rozumiał – był zbyt mały rozmach.

Wyobrażał sobie rewolucję reprezentowaną przez Wolną Flotę jako zrównoważenie szal. Wewnętrzni zabierali i zabierali, i zabierali z Pasa, a gdy już go nie potrzebowali, porzucili go i uciekli do nowych, ładniejszych zabawek. Marco zamierzał to naprawić. Niech wewnętrzni będą w potrzebie, a Pas znajdzie swoją niezależność i siłę. Przez gniew patrzył na to wszystko w zbyt małej skali. Prawy gniew, słuszny. Ale i tak zaślepiający.

Medyna była kluczem, zawsze nim była, ale dopiero teraz zrozumiał, do czego właściwie. Zamierzał zamknąć wrota i zmusić planety wewnętrzne do uporania się z konsekwencjami wielopokoleniowej niesprawiedliwości. Gdy patrzył na to teraz, pomysł wydawał się prawie gestem nostalgii. Wsłuchiwaniem się w głosy poprzednich pokoleń. Popełnił klasyczny błąd – nie był zbyt dumny, by się do tego nie przyznać – próby prowadzenia starej wojny na nowym polu bitwy. Potęga Medyny nie polegała na tym, że mogła zatrzymać przepływ pieniędzy i materiałów do nowych światów. Chodziło o to, że mogła go *kontrolować*.

Los Pasa nie był związany z Jowiszem i Saturnem, a przynajmniej nie tylko z nimi. W każdym z tysiąca trzystu układów, do których prowadziły wrota, znajdowały się planety równie podatne na ataki, jak Ziemia. Pas mógł się rozprzestrzenić do wszystkich układów, unosić niczym królowie nad wszystkimi podległymi im planetami. Gdyby miał to zrobić jeszcze raz, rzuciłby na Ziemię trzy razy więcej kamieni, przy okazji zniszczył Marsa i zabrał swoje statki i swój lud do skolonizowanych światów, gdzie nie było żadnych szczątkowych flot do połączenia. Mając do dyspozycji tylko Medynę i piętnaście okrętów, mógł rządzić wszystkimi istniejącymi planetami. Wszystko sprowadzało się do lokalizacji, śmiałości i woli.

Musiał znaleźć sposób na przekonanie Duartego do przekazania mu jeszcze kilku okrętów. Z drugiej strony obietnica zostawienia Lakonii w spokoju dała mu wszystko, czego potrzebował aż do teraz, nie sądził, żeby kolejna mała prośba była przesadą, zwłaszcza biorąc pod uwagę, ile już poświęcił. A jeśli Duarte się sprzeciwi…

Pella zadygotała, gdy silnik natrafił na jakąś częstotliwość rezonansową. Zwykle zdarzało się to, gdy nie lecieli z dużym ciągiem. Dziwne, jak coś będącego ledwie zauważalnym brzęczeniem przy jednej trzeciej g mogło brzmieć jak nadchodząca apokalipsa przy dwóch i jednej trzeciej. Wystukał wiadomość do Josiego w maszynowni: UTRZYMAJ NAS W JEDNYM KAWAŁKU.

Kilka sekund później Josie odpisał coś obelżywego, a Marco zaśmiał się pomimo naporu na gardło.

Ostatnią przerwę przed bitwą zrobili cztery godziny temu, zmniejszając hamowanie do zaledwie trzech czwartych g na piętnaście minut, by umożliwić załodze odwiedzenie ubikacji. Dłuższa przerwa oznaczałaby większe przeciążenie teraz, a i tak lecieli już na granicy tolerancji. Jednak zalety niespodziewanego szybkiego marszu były wychwalane przez wielkich strategów wojskowych przez całe dzieje. Ziemia i Mars mogły tylko patrzeć, przyciskając oczy do teleskopów, i czekać. Ziemia, Mars i Medyna.

A na Medynie Naomi i jej nieudolny ruchaś z Ziemi. James Holden, podążający śladami Freda Johnsona jako pełnego wyższości, protekcjonalnego bohatera biednego, bezradnego Pasa. Kiedy zginie, historia o Pasie, który musiał zostać uratowany przez pełnych samozadowolenia, pseudooświeconych Ziemian, umrze razem z nim i bardzo dobrze. A Naomi...

Jeszcze nie wiedział, co ma z nią zrobić. Była zagadką. Silna tam, gdzie powinna być słaba, i słaba tam, gdzie powinna być silna. Wyglądało to tak, jakby urodziła się odwrócona. Ale miała coś w sobie. Nawet po tych wszystkich latach miała w sobie coś, co błagało o oswojenie. Już dwa razy mu się wymknęła. Cokolwiek się stanie, trzeciego razu nie będzie. Gdy tylko będzie miał ją w dłoni, Filip sam do niego wróci, o to nie musiał się martwić.

Wcale nie był zaskoczony, gdy Filip nie zgłosił się na czas do startu z Kalisto. Chłopak narowił się od tygodni. Co było normalne, właściwie nawet robił to za późno. Marco badał granice władzy Rokku, gdy był znacznie młodszy niż Filip teraz. Rokku powiedział mu, kiedy ma się zgłosić do startu, a Marco celowo przyszedł później i zastał pusty dok. Musiał sobie radzić samodzielnie na Pallas przez siedem miesięcy, zanim statek Rokku wrócił. Kapitan spotkał go w doku i pobił tak, że krwawił z kilkunastu miejsc, ale Marco został przyjęty z powrotem do załogi. Jeśli Filip potrzebował podobnego doświadczenia, dostanie je.

Nie, żeby Marco miał go bić, lepiej będzie trochę się pośmiać i zmierzwić mu włosy. Upokorzenie było dużo lepsze od przemocy. Pobicie kogoś – nawet pobicie go na śmierć – było przynajmniej dowodem na to, że traktowało się go poważnie jako mężczyznę. Choć, jeśli się nad tym zastanowić, Filip naprawdę zaczął się buntować już wtedy, gdy strzelił do tego coyo z ochrony na Ceres. Na Boga, ależ bolała go szczęka.

Poruszył palcami i wyświetlił zegar odliczania. Od pierścienia wrót dzieliły ich już tylko minuty. Z każdą sekundą *Pella* pozbywała się pędu, pilnując, by po przeleceniu przez wrota nie wpadli w żadną pułapkę. Holden będzie czekał, obserwował ogień ze smug ich silników. Nie byli jeszcze dość blisko, żeby stanowiło to zagrożenie. Nawet gdyby Holden wystrzelił teraz ze swojego działa szynowego, *Pella* mogłaby zareagować na czas, by zejść z linii strzału. Choć już niedługo przestanie to być prawdą. Jego przygniatane serce uderzało trochę szybciej, na bolących ustach pojawił się lekki uśmiech.

Ale dyskomfort był domem wojownika, teraz i zawsze. Powiedział sobie, że go przyjmuje, wita go, jednak będzie się cieszył, gdy ta część dobiegnie końca.

Wystukał rozkazy dla całej eskadry, zbierając ich na tyle blisko, by smugi wylotowe z silników się nakładały, używając wielkiej, wysokoenergetycznej chmury jako kryjącej ich osłony. Dzięki niej i zakłóceniom czujników przez pierścień Holden będzie mógł strzelać tylko na ślepo. A przynajmniej taką miał nadzieję. W najgorszym razie Holden może zdoła zniszczyć dwa lub trzy jego okręty, zanim przelecą przez pierścień. Kiedy jednak znajdą się dostatecznie blisko, by namierzyć *Rosynanta*, okaleczenie statku będzie trywialne. Nie zamierzał go niszczyć, chyba że będą mieli pecha. Włączenie sławnego okrętu Jamesa Holdena do Wolnej Floty było zbyt wielką okazją, by z niej nie skorzystać. Tego właśnie nie rozumieli Sanjrani i Dawes, tak jak wszyscy pozostali. Przywództwo wymagało jasnego poczucia wyglądu. *Stylu*.

Piętnaście minut. Obserwowały go miliardy ludzi. Z szybkością potrzebną fotonom na drogę powrotną *Pella* i jej czternaście okrętów trafią do wszystkich kanałów wiadomości, na każdy terminal i monitor w Układzie. Był piętnaście minut od przełomowego punktu historii. Czternaście.

Sprawdził wspólny wektor. Podczas wkraczania na terytorium przeciwnika było niezwykle ważne, żeby nie znaleźli się na tyle blisko, by szczęśliwy pocisk Holdena mógł uszkodzić więcej niż jeden okręt, oraz żeby nie byli na tyle rozproszeni, by dać mu czas na kolejne strzały. Formacja wyglądała dobrze, wszystko będzie w porządku.

Pożałował, że nie pomyślał o przygotowaniu nagrania do transmisji. To była idealna chwila, nawet lepsza niż jego pierwsze wezwanie do broni. Pomyślał o wszystkich Pasiarzach w Układzie – tych, którzy stanęli po stronie Wolnej Floty, i tych zbyt przestraszonych lub błądzących, a nawet o zdradzieckich frakcjach SPZ, które opowiedziały się wraz z Pa przeciwko własnym interesom. Musiał wierzyć, że wszyscy mieli poczucie dumy. Przed nim byli niewolnikami we wszystkim oprócz nazwy, a teraz stali się siłą równą, a nawet większą od najpotężniejszych państw stworzonych przez ludzkość. Jak mogli nie czuć zachwytu? Jak mogli nie czerpać z tego radości?

Pierścień był już na tyle blisko, że widział go nawet bez powiększenia. Szeroki jak stacja Ceres, a jednak wciąż maleńki w bezkresnej czerni tu, gdzie nawet Słońce było zaledwie dziwnie jasną gwiazdą. Zbliżając się, jego okręty zaczną wykonywać uniki. Przesuwać się w ramach formacji jak w grze w kubki na stole portowego kanciarza. Ponownie sprawdził wektory i wystukał gniewne polecenie do jednego z okrętów, który nie trzymał pozycji. Pierścień powoli robił się coraz większy. Powiększył obraz i dodał sztuczne światło. Materiał tworzący pierścień wciąż nie dawał się pojąć najlepszym umysłom ludzkości. I tak naprawdę wcale go nie widział. Obraz na jego monitorze był filtrowany przez jasność ich smug z silników. Prawdę mówiąc, miał wrażenie, że spada w stronę pierścienia rufą do przodu, twarzą skierowany ku słabemu i nieważnemu Słońcu. Prycza przeciążeniowa trzymała go, jakby spoczywał w dłoni Boga.

Na jego ekranie pojawiła się wiadomość od Karala: WSZYSTKIE SYSTEMY ZIELONE. BOA CAÇADA.

Marco wystukał odpowiedź nie tylko do Karala, ale też do całej załogi *Pelli*. DOBRYCH ŁOWÓW.

Pięć minut do przejścia przez wrota i rozpoczęcia bitwy o Medynę. Krótkiego, decydującego i paskudnego starcia, które przedefiniuje to, czym jest Wolna Flota. Siłą woli pchał ich do przodu, własnym umysłem napierając na ograniczenia fizyki. Czuł woń zwycięstwa. Śpiewało mu we krwi. Minuty pełzły jak godziny, równocześnie przemykając zbyt szybko. Dwie minuty. Jedna.

Kolejna wiadomość od Karala. WIR HAT MOŻLIWE.

Obok wiadomości pojawił się mocno powiększony pierścień przefiltrowany przez systemy statku. Maleńka, błękitna kropka, która musiała być stacją dział szynowych, a przy niej, prawie zbyt mała, by ją zobaczyć, iskierka jaśniejszej ciemności, która mogła być wiszącym tam statkiem. *Rosynant*.

Marco poczuł, jak cała jego świadomość zawęża się do tej jednej maleńkiej plamki szarości. Naomi. Ta kropka to Naomi. Uciekając przed nim, wyleciała poza Układ Słoneczny, a jednak proszę, znalazł ją. Oczyma duszy widział jej twarz. Pusty wyraz przybierany, gdy próbowała niczego nie czuć. Jego uśmiech bolał, bolało go całe ciało, ale mała kropka wszystko wybaczała. Tylko że...

Coś było nie tak z jego monitorem. W pierwszej chwili pomyślał, że obraz zrobił się ziarnisty, że spadła rozdzielczość, ale to nie była prawda. Obraz wciąż był taki sam, tylko że widział składające się na niego części. Nie patrzył już na *Rosynanta*, patrzył na fotony emitowane z arkusza wzbudzonego prądem plastiku. Łańcuchy polimerów jarzyły się ciemno, jasno i ciemno. Wrażenie było takie, jakby oglądał kobiece ciało na obrazie z drugiej strony pokoju, a potem bez ostrzeżenia widział tylko składające się na nie ślady pędzla. Nigdzie w tym nie było Naomi.

Krzyknął i poczuł fale ciśnienia wydostające się z jego gardła. Chmury cząsteczek tworzących jego palce uderzyły o chmury składające się na panel kontrolny. Chciał napisać, że powinni strzelać, że powinni zabić, póki przewaga była po ich stronie, ale w powodzi fotonów wylewających się z ekranu nie potrafił rozróżnić liter. Widział za dużo szczegółów.

Zgubił granicę między pryczą przeciążeniową a powietrzem. Rozmywała się granica między jego ciałem a otoczeniem. Od kiedy był jeszcze zbyt mały, by pamiętać, skąd się tego dowiedział, miał świadomość, że atomy zawierały dużo więcej przestrzeni niż materii i że na najbardziej podstawowych poziomach to, co składało się na atomy, mogło znikać i powracać do istnienia. Nigdy wcześniej tego nie widział. Nigdy nie był tak bardzo świadom, że jest chmurą energii. Wibracją nieistniejącej gitarowej struny.

Przez chmurę w jego stronę poruszyło się coś ciemnego i nagłego.

***

Na *Rosynancie* pierścień wrót robił się coraz jaśniejszy od ciągu hamowania wroga, aż wyglądał jak negatywowy obraz oka – czarna, upstrzona gwiazdami twardówka i intensywnie biała, płonąca tęczówka. Zegar dotarł do zera. Światła zrobiły się jaśniejsze. A potem zamigotały i zgasły.

Holden sprawdził czujniki. Tam, gdzie jeszcze kilka sekund wcześniej znajdowało się piętnaście okrętów, nie było *nic*.

– Hm – rzucił Amos w interkomie. – Super dziwne.

ROZDZIAŁ PIĘĆDZIESIĄTY DRUGI

PA

– No proszę. Wróciliśmy – powiedziała Michio, schodząc do doków Ceres.

– Ano – zgodził się idący obok niej Josep.

Wylatując stąd, była buntowniczką sprzeciwiającą się powstaniu. Teraz przybyła tu, czy ktokolwiek chciał to przyznać, czy nie, by błagać potęgi Marsa i Ziemi o wolność. Miała wrażenie, że same doki też powinny się zmienić. Zestarzeć się i bardziej zużyć, jak jej dusza. Jednak odbijająca się echem muzyka, na którą składały się uderzające metalicznie mechy i ich narzędzia oraz mieszanina głosów, brzmiała dokładnie tak jak wcześniej. Woń ozonu i smarów na bazie węgla była wciąż równie silna.

Nowa warstwa farby sprawiła nawet, że stara stacja wyglądała jaśniej, młodziej i na pełniejszą nadziei, niż kiedy stąd odlatywała. Znaki zostały zamienione. Te same korytarze i windy, ale teraz oznaczone jasnymi, wyraźnymi czcionkami w kilku alfabetach. Wiedziała, że zaprojektowano je dla kolonistów i uchodźców uciekających z Ziemi, ale znaczący zdawał się fakt, że pośród użytych języków nie było gwary Pasiarzy. Znowu rządziła tu Ziemia, tak jak wcześniej było z Erosem, zmieniając stację Ceres w skansenową wersję siebie samej. Eskorta była głównie ceremonialna, ale Michio była gotowa się założyć, że ich pistolety w kaburach są naładowane. Witanie kogoś, kto był w równym stopniu sojusznikiem, co wrogiem, było niezręcznym zadaniem. Nie zazdrościła im.

Minęło sześć miesięcy od zdumiewającej śmierci Marco Inarosa i wielkich pozostałości Wolnej Floty. Pół roku, żeby choćby zebrać pozostałych graczy do wspólnych rozmów. Zastanawiała się, ile potrwa, zanim faktycznie zrobią coś, co będzie miało znaczenie. I co będzie, jeśli skończy im się czas. Miała wrażenie, jakby gdzieś w głębi głowy siedział jej maleńki Nico Sanjrani, odliczając godziny do chwili, gdy Pas – nie, cała ludzkość – będzie potrzebować farm, ośrodków medycznych, kopalni i rafinerii, których nie zbudowano, bo byli zbyt zajęci walką. Były noce, kiedy takie myśli nie dawały jej zasnąć. Czasami nie dawały jej zasnąć inne sprawy.

W zasadzie prawie spodziewała się, że zabiorą ją do tych samych kwater, które Marco Inaros przydzielił jej ostatnim razem, gdy tu była, aby tworzyć plan dla Pasa, ale choć była to ta sama część stacji, same pokoje były inne. Ich eskorta zakończyła powitanie i zapewniła, że jeśli będą czegoś potrzebować, ktoś z obsługi będzie do dyspozycji, by udzielić im pomocy. Wyszli, kłaniając się, i zamknęli za sobą drzwi. Michio opadła na kanapę w głównym salonie apartamentu, podczas gdy Josep przeszedł przez wszystkie pomieszczenia, oglądając je i szukając sprzętu podsłuchowego, który niewątpliwie tam był i został zainstalowany zbyt profesjonalnie, by go znaleźć.

Nadia, Bertold i Laura zostali na ich nowym statku – przerobionym transportowcu, pożyczonym od jednego z kuzynów Bertolda pod warunkiem, że znajdą sposób na pokrycie płatności. W przeciwieństwie do eleganckiego i mocnego *Connaughta* ten statek sprawiał wrażenie taniego i byle jakiego. Z drugiej strony była na nim jej rodzina, więc stał się domem – tak samo jak prycza, na której spoczywał jej policzek, była tapicerką z surowego jedwabiu nawet w więziennej celi.

Josep roześmiał się głośno. Wrócił do salonu z prostokątem czegoś koloru śmietany i wysunął do niej rękę z tym czymś. Nie był to papier, ale ciężka plastikowa karta gładka jak kanapa. Pismo było eleganckie i precyzyjne.

Kapitan Pa,

Dziękuję za przylot na konferencję i Pani odwagę w zmaganiach, przez które wszyscy przebrnęliśmy. W dobrej wierze i duchu współpracy wyznaczymy drogę do przodu.

Podpisała ją Chrisjen Avasarala. Michio podniosła wzrok na Josepa, unosząc brwi.

– En serio? To wcale nie wygląda na nią.

– Wiem – zgodził się. – Ale chodź, zobacz. Mamy kosz z owocami.

***

Jeśli wojny zaczynały się furią, to kończyły się wyczerpaniem. Po ogarniającej cały Układ walce i jej niepokojącym zwieńczeniu przy pierścieniu wrót bojownicy Wolnej Floty odczuwali przemożne poczucie niesprawiedliwości. Wyglądało to tak, jakby zniknięcie *Pelli* i jej grupy bojowej było złą decyzją podczas meczu piłki nożnej i wszyscy szukali sędziego, aby go zakrzyczeć. Potem, powoli, wśród wszystkich stacji – Pallas, Ganimedesa, Ceres, Tycho i dziesiątków innych – zaczęło się rozprzestrzeniać zrozumienie, że wojna dobiegła końca. Że przegrali. Grupa na Pallas wydała oświadczenie, że są Wolną Flotą, i odpaliła kilka bomb, gdy połączona flota przybyła, by przejąć kontrolę nad stacją. Układ Jowisza – Kalisto, Europa, Ganimedes i wszystkie pomniejsze bazy w okolicy – był najsilniejszym zapleczem Wolnej Floty i najmniej ucierpiał podczas walk. Kilka tamtejszych punktów oporu oznaczało, że przemoc będzie się ciągnąć jeszcze przez kilka tygodni lub miesięcy, ale nie było wątpliwości co do wyniku.

Nad Marsem i wszystkimi innymi zawisło widmo wrót Lakonii i Winstona Duartego. Marsjańska tożsamość – dumne trybiki wielkiej maszyny terraformacji – nie umiała sobie poradzić z wojskowymi przewrotami i masową ucieczką. Mars domagał się odpowiedzi, a Lakonia ignorowała ich wszystkich. Jedyną wiadomością, jaka docierała stamtąd od czasu zniszczenia Wolnej Floty, było odtwarzane w pętli oświadczenie. Głos mężczyzny o brzmieniu zawodowego prezentera wiadomości mówił: *Lakonia podlega wyłącznie własnemu rządowi. Ta wiadomość jest ostrzeżeniem, że wszelkie statki, które przelecą przez wrota Lakonii, naruszą wydany przez nią zakaz i nie zostaną przepuszczone. Lakonia podlega wyłącznie własnemu rządowi...*

Komunikat wywołał niekończące się debaty w marsjańskim parlamencie, podczas gdy Ziemia wysłała dwa z trzech pozostałych jej pancerników do powolnej strefy i zaparkowała je tam przy skraju wrót Lakonii, gotowa za pomocą ich starych, lecz wciąż skutecznych torped i dział szynowych zniszczyć wszystko, co się stamtąd wyłoni. Avasarala nazywała to polityką zamknięcia, a Michio uważała, że to najrozsądniejsze, co mogli zrobić. Ziemia nie miała warunków do wszczynania kolejnej wojny.

Do czasu, gdy Rosenfeld Guoliang stanął przed sądem w Hadze w pierwszej głośnej sprawie o ludobójstwo miliardów na Ziemi, wielki i złożony duch czasów ludzkości był gotów, by wszystko dobiegło końca. Będą kolejne procesy. Schwytano Andersona Dawesa. Nico Sanjrani oddał się w ręce władz na Tycho. Z pierwotnego wewnętrznego kręgu Inarosa tyko Michio Pa żyła i nie siedziała w celi. Uczestniczyła w przyjęciu.

Centrum spotkań w pałacu gubernatora zbudowano na trzech poziomach ze schodami między nimi i mnóstwem roślin. Ludzie w mundurach i formalnych strojach stali w parach, małych grupach lub pojedynczo z ręcznymi terminalami, podczas gdy obsługa roznosiła tace z przekąskami i napojami. Jeśli ktoś chciał coś szczególnego – jakiś określony drink, danie, a może nawet nową parę butów – wystarczyło tylko poprosić. Przywileje luksusu. Najwyższe kręgi władzy i wpływów.

To było rzeczywiste, coś, co Marco Inaros mógł jedynie udawać. Kamienne chodniki wypolerowano, a kolumny wykonano z rzeźbionych skał osadowych, sprowadzonych z Ziemi jako świadectwo bogactwa. *Jesteśmy tak bogaci, że nie używamy nawet własnego kamienia.* Nigdy wcześniej tego nie zauważyła i nie wiedziała, czy ją to rozbawiło, rozzłościło czy zasmuciło.

– Michio – zabrzmiał kobiecy głos. – Tu jesteś. Jak Laura?

Starsza kobieta w pomarańczowym sari ujęła Michio za łokieć i poprowadziła ją prawie trzy pełne kroki, zanim dotarło do niej, że to Avasarala. Stara Ziemianka na żywo wyglądała inaczej. Była mniejsza, skórę miała ciemniejszą, a jasne włosy zajmowały większą część twarzy.

– Znacznie lepiej – odpowiedziała Michio. – Z powrotem na statku.

– Z Nadią i Bertoldem? A Josep został w waszym apartamencie? Chcę tylko, żeby wiedzieli, że są tu mile widziani. Szlag, ależ to brzydkie wnętrza, nie sądzisz? – skomentowała Avasarala. – Widziałam, że przyglądasz się kolumnom.

– Owszem – potwierdziła Michio.

Avasarala nachyliła się bliżej z błyszczącymi oczami.

– To podróbki. Tę skałę zrobiono za pomocą wirówki i barwionego piasku. Znałam budowniczego. On też był podróbką, choć przystojny. Niech Bóg nas chroni przed przystojnymi mężczyznami.

Michio zaskoczył jej własny śmiech. Staruszka była czarująca. Zdawała sobie sprawę, że ten pokaz gościnności był tylko tym. Pokazem. A jednak zadziałał, poczuła się swobodniej. Już wkrótce przyjdzie czas, gdy Michio będzie musiała udać się do tej kobiety i poprosić ją o amnestię. Poprosić Ziemiankę, by oczyściła ją i jej rodzinę ze zbrodni Marco. Dzięki tej chwili nabrała nadziei, że może uzyska twierdzącą odpowiedź. Nadzieja była czymś strasznym. Nie chciała jej czuć, a jednak się pojawiła.

Nie wiedziała, że chce się odezwać do chwili, gdy to zrobiła.

– Przepraszam. – Tak naprawdę chciała powiedzieć *Przepraszam, że nie powstrzymałam ataku, w którym zginął pani mąż* oraz *przepraszam, że wcześniej nie zobaczyłam, kim naprawdę jest Inaros* oraz *wszystko zrobiłabym inaczej, gdybym mogą cofnąć się w czasie i spróbować ponownie.*

Avasarala zatrzymała się i spojrzała głęboko w oczy Michio, która miała wrażenie, że zobaczyła ją bez maski. Poruszyła ją ukryta tam głębia. Gdy się odezwała, jej głos sugerował, że usłyszała wszystkie niewypowiedziane niuanse.

– Polityka to sztuka możliwości, kapitan Pa. Gdy gra się na tym poziomie, za urazy płaci się ludzkim życiem.

Stojący po drugiej stronie niezbyt szerokiego dziedzińca James Holden odwrócił się i ruszył w ich stronę. Przynajmniej on był tego wzrostu, jaki zapamiętała. Wyglądał starzej, niż kiedy razem walczyli przeciw Ashfordowi na *Behemocie*. Kiedyś w „o Boże, kto by pomyślał, że to stare, dobre czasy". Dostrzegła jego zaskoczenie i przyjemność, gdy ją rozpoznał.

– Kapitanie Holden – odezwała się. – Wciąż dziwnie pana widzieć.

– No nie? – odpowiedział z chłopięcym uśmiechem, który zdawał się nie zmieniać z czasem. Zwrócił się do Avasarali. – Czy mógłbym panią na chwilę porwać? Mam sprawę.

Avasarala ścisnęła ramię Michio, a potem ją puściła.

– Proszę wybaczyć – powiedziała. – Holden nie potrafi znaleźć własnego fiuta obiema rękami, jeśli nie ma kogoś, kto mu go pokaże.

Odeszli razem, przechylając ku sobie głowy. Za kurtyną bluszczu Michio zobaczyła wysoką, ciemnowłosą kobietę, która pochylała się nieco do przodu i śmiała się, wtórując marsjańskiej premier. Naomi Nagata. Wyglądała... zwyczajnie? Nie wyróżniała się. Michio znała ją z dawnych czasów, a mimo wszystko mogłaby jej nie rozpoznać, gdyby minęła ją na wspólnym korytarzu lub spotkała w wagoniku metra. A jednak była to kobieta, którą Marco porwał przed atakiem na Ziemi tylko po to, żeby mogła podziwiać jego potęgę. Kobieta, która odwróciła się od niego w czasach, gdy oboje byli jeszcze prawie dziećmi. Michio nigdy się nie dowie, na ile decyzja zabrania resztek Wolnej Floty do Medyny podyktowana była powodami taktycznymi, a na ile faktem, że właśnie tam znajdowała się Naomi Nagata. Byłoby to tak małostkowe i niskie, a jednak nie miała problemu z uwierzeniem w taki powód. *Gdy gra się na tym poziomie, za urazy płaci się ludzkim życiem.*

W wejściu pojawił się Carlos Walker, zobaczył ją i uśmiechnął się do niej. Znała go głównie z reputacji w czasach, gdy był częścią SPZ Freda pieprzonego Johnsona. Carlos Walker z manierami palyboya i dziwnym zboczeniem religijnym, którego szczerości nikt nie potrafił do końca ocenić. Porwał z tacy przechodzącego kelnera dwa kieliszki z szampanem i ruszył w jej stronę.

– Wygląda pani na zamyśloną, kapitan Pa.

– Doprawdy? – zapytała, przyjmując kieliszek. – Więc zapewne tak jest. A pan? Jak czuje się pan jako niewybrany przedstawiciel Pasa?

Walker posłał jej uśmiech.

– Mógłbym zapytać o to samo.

Roześmiała się.

– Nie reprezentuję nikogo poza sobą.

– Doprawdy? W takim razie co pani tu robi?

Michio zamrugała, ale nie wiedziała, jak odpowiedzieć.

Niecałą godzinę później cichy gong i dyskretne przybycie fali asystentów i sekretarzy oznajmiły rozpoczęcie faktycznego spotkania. Czując narastające poczucie oderwania, Pa pozwoliła się ponieść z innymi. Sala konferencyjna była mniejsza, niż się spodziewała, i urządzono ją z grubsza na planie trójkąta. W jednym z rogów usiadła Avasarala, szczupły mężczyzna w garniturze i dwóch innych w mundurach wojskowych. Premier Marsa – Emily Richards – usiadła w towarzystwie sześciu osób w garniturach, uwijających się wokół niej, jakby byli ćmami, a ona otwartym płomieniem. A w trzecim rogu siedzieli Carlos Walker, Naomi Nagata, James Holden i sama Michio.

Drugi rząd krzeseł mieścił dziesiątki osób o nieznanych Michio stanowiskach. Senatorzy. Biznesmeni. Bankierzy. Żołnierze. Przyszła jej do głowy myśl, że gdyby miała bombę, prawdopodobnie mogła okaleczyć pozostałości głównych rządów ludzkości przez aktywowanie jej w tej sali.

– No cóż – Avasarala odezwała się głosem ostrym jak klakson – chciałabym rozpocząć od podziękowania wszystkim za przybycie. Nie lubię takich bzdur, ale perspektywa wygląda dobrze, a mamy pewne sprawy do omówienia. Mam propozycję... – Urwała, by wystukać polecenie na ręcznym terminalu i po chwili zabrzęczało urządzenie Michio i wszystkich pozostałych w sali. – Propozycję, dzięki której możemy spróbować wyciągnąć się z bieżącego szamba. Jest wstępna, ale od czegoś musimy zacząć.

Michio otworzyła dokument. Miał ponad tysiąc stron, z których pierwsze dziesięć obejmowało ciasno sformatowany spis treści z przypisami i podpunktami w każdym rozdziale. Zakręciło się jej w głowie.

– Ogólny zarys wygląda następująco – powiedziała Avasarala. – Mamy listę problemów jak stąd do Ziemi, ale obecny tu kapitan Holden uważa, że wymyślił sposób na wykorzystanie części z nich do rozwiązania innych. Kapitanie?

Siedzący obok niej Holden wstał, zdał sobie sprawę, że nikt inny nie zamierza wstawać, żeby przemawiać, ale wzruszył ramionami i został na nogach.

– Rzecz w tym, że Wolna Flota miała trochę racji. Dzięki otwarciu wszystkich nowych układów zajmowana dotąd przez Pasiarzy nisza ekonomiczna *faktycznie* zniknie. Na tych planetach istnieją tak olbrzymie rezerwy, które nie wymagają sprowadzenia własnego powietrza czy generowania swojego ciążenia, że Pas przegra ekonomicznie. I bez urazy, ale jak dotąd wszystkie związane z tym plany były wersjami tematu przewodniego „macie pecha". W Pasie żyje znacząca populacja, która nie będzie w stanie przenieść się na dół studni grawitacyjnych. Zostaną po prostu zapomniani. Pozostawieni do wymarcia. A ponieważ nie różni się to zbytnio od tego, jak Pas był traktowany wcześniej, Inarosowi bardzo łatwo było zdobyć poparcie polityczne.

– Moim zdaniem to nie jedyne, co mu je dało – odezwała się premier Richards. – Zdecydowanie pomogły skradzione nam okręty.

W sali rozległy się śmiechy.

– Problem jednak w tym – Holden kontynuował – że źle do tego wszystkiego podchodziliśmy. Istnieje związany z ruchem problem, o którym nie mieliśmy pojęcia. W nieodpowiednich warunkach przelot przez wrota jest niebezpieczny. O czym dowiedzieliśmy się, ponieważ zaginęło trochę statków. A jeśli plan ma wyglądać tak, by każdy, kto chce przelecieć przez wrota, robił to, kiedy tylko będzie miał ochotę, zaginie ich więcej. Ktoś musi nad tym panować. A dzięki Naomi Nagacie znamy granice przepustowości sieci dróg.

Urwał i rozejrzał się wokół, prawie jakby oczekiwał aplauzu.

– Mamy więc dwa problemy: brak niszy dla Pasa i potrzebę kierowania ruchem przez wrota. Dodajmy do tego fakt, że Ziemia, Mars – tak naprawdę wszyscy – odnieśli w ciągu ostatnich kilku lat straty tak ciężkie, że infrastruktura nas nie utrzyma. Mamy rok, może dwa na znalezienie sposobów na wygenerowanie żywności, czystej wody i czystego powietrza, których *wszyscy* będziemy potrzebować. I prawdopodobnie nie zdołamy tego zrobić w naszym Układzie Słonecznym, chyba że zginie jeszcze całe mnóstwo ludzi. Potrzebujemy szybkiego, skutecznego sposobu na handel ze skolonizowanymi planetami w celu zdobycia surowców. Dlatego właśnie proponuję niezależny związek, którego jedynym i konkretnym celem będzie koordynowanie transportu przez wrota. Większość ludzi, którzy chcą mieszkać na planetach, właśnie to zrobi, ale w Pasie przebywa olbrzymia populacja osób, które są szczególnie dostosowane do życia poza studniami grawitacyjnymi. Bezpieczny transport ludzi i towarów między układami to nowa nisza, która musi zostać zapełniona szybko i sprawnie. W przekazanej państwu propozycji nazywam to kosmiczną gildią, ale nie jestem szczególnie przywiązany do tej nazwy.

Siedzący dwa rzędy za Emily Richards siwowłosy mężczyzna odchrząknął i zabrał głos.

– Proponuje pan zmienić całą populację Pasa w jedną firmę transportową?

– Tak, w sieć statków, stacji pomocniczych oraz innych usług koniecznych do przewożenia ludzi i towarów między wrotami – potwierdził Holden. – Proszę pamiętać, że mamy do obsłużenia tysiąc trzysta siedemdziesiąt trzy Układy Słoneczne. Pracy raczej nie zabraknie. A właściwie to tak naprawdę tysiąc trzysta siedemdziesiąt dwa. Z powodu Lakonii.

– A co proponuje pan zrobić z Lakonią? – zapytała kobieta siedząca za Avasaralą.

– Nie wiem – przyznał Holden. – Dopiero z tym wszystkim zaczynam.

Avasarala gestem poleciła mu usiąść, co niechętnie zrobił. Naomi nachyliła się, powiedziała mu coś do ucha, a Holden kiwnął głową.

– Proponowana struktura związku – odezwała się Avasarala – jest dość standardowa. Ograniczona samorządność w zamian za wpływ na przepisy organów głównych rządów, co oznacza Emily i tego, kto zostanie wybrany, kiedy już się z tego wypiszę.

– *Ograniczona* samorządność? – zapytał Carlos Walker.

– Ograniczona – potwierdziła Avasarala. – Nie proś mnie do łóżka na pierwszej randce, Walker, nie jestem z tych. Związek oczywiście będzie wymagał wsparcia ze strony Pasa. Pierwszy prezes związku przyjmie na swoje barki olbrzymią odpowiedzialność, choć chyba wszyscy możemy się zgodzić, że mamy doskonałą propozycję na obsadzenie tego stanowiska. Kogoś doskonale znanego zarówno w Pasie, jak i wśród planet wewnętrznych.

Holden przytaknął. Michio spojrzała na niego. Jego rozpromienione oczy i zdecydowany podbródek.

– Kogoś – kontynuowała Avasarala – ponad frakcją i polityką, a przynajmniej obok nich. Kogoś godnego zaufania, o sprawdzonym kompasie moralnym i z długim życiorysem pełnym robienia tego, co słuszne, nawet, gdy nie było to popularne.

Holden uśmiechnął się pod nosem i kiwnął głową. Wyglądał na cholernie zadowolonego z siebie. Michio nie przyszła na spotkanie, to było namaszczenie. Nagle poczuła głębokie zniechęcenie. Prawdopodobnie poprawiło to jej szanse na uzyskanie amnestii, ale...

– Dlatego właśnie – dokończyła Avasarala – musimy zatrudnić Jamesa Holdena.

Holden podskoczył, jakby coś go ugryzło.

– Co? Chwila. Nie, to nie tak. To koszmarny pomysł.

Avasarala zmarszczyła brwi.

– W takim razie...

– Słuchajcie – powiedział Holden, ponownie wstając. – Dokładnie na tym polega problem, dokładnie to ciągle robimy. Wciskamy Pasiarzom zasady i kierownictwo, zamiast pozwolić im samym je sobie wybrać.

Przez salę przetoczył się pomruk, ale Holden nie przestawał mówić.

– Jeśli już, to chciałbym skorzystać z tej chwili, by zaproponować na to miejsce kogoś innego. Kogoś, kto z nawiązką spełnia wszystkie warunki wymienione przez panią sekretarz. Kogoś pełnego honoru, prawości i zdolności przywódczych, z dodatkowym bonusem faktycznego udziału w społeczności, którą miałaby przewodzić.

I nagle – Michio nie była pewna, jak do tego doszło – Holden wskazał na nią.

– Chciałbym zaproponować Michio Pa.

ROZDZIAŁ PIĘĆDZIESIĄTY TRZECI

NAOMI

Niebieską Żabę zamknięto na czas remontu, więc po skończeniu spotkania pojechali wózkiem do pubu dwa poziomy wyżej i trochę zgodnie z kierunkiem obrotu. Przy drzwiach osadzono na ścianie płytę z taniej stali z ręcznie przyspawanymi do niej słowami KOOPERATYWA CZTERNAŚCIE. Naomi nie wiedziała, czy za tą nazwą kryje się jakaś historia, czy była to po prostu nowa moda w nazewnictwie klubów. Po drugiej stronie wystrój wyglądał dużo bardziej przemysłowo. Stoły jarzyły się jaskrawymi barwami, a ściany pokryto pasami z plecionych przewodów, zawiniętymi w pętle i powiązanymi tak, by wyglądały jak stare zdjęcia wodospadów. Z niskiej sceny samodzielnie nucił zestaw do karaoke, czekając na kogoś, kto przełamie lody. W sali mogła się zmieścić jakaś setka osób, a licząc ją i Jima, było ich tam w sumie nie więcej niż dwadzieścioro. Z drugiej strony nie była to jeszcze pora na zabawę, więc trudno było ocenić popularność miejsca.

Załoga już tam była i sądząc po pustych butelkach i zbierającym je właśnie kelnerze, siedzieli tam już od jakiegoś czasu. Podchodząc do nich, Jim wreszcie się rozluźnił. Cała czwórka wykrzyknęła radośnie na powitanie i zrobiła miejsca na dwa nowe krzesła przy stole.

– Co się stało? – zapytała Bobbie. – Mieliście tu być dwie godziny temu.

– Avasarala mnie obskoczyła – odpowiedział Jim, a pusty, przyjazny uśmiech Amosa zrobił się odrobinę szerszy. Jim roześmiał się i pokręcił głową. – Nie, chciałem powiedzieć, że próbowała zrobić ze mnie szefa gildii kosmicznej.

– Wiesz, że ta nazwa się nie utrzyma, prawda? – odezwał się Aleks.

– Czekaj, *co* zrobiła? – przejęła się Bobbie.

Jim bezładnie rozłożył ręce.

– Przedstawiła propozycję, ja zrobiłem małe przemówienie na jej temat, a potem bum. Prosto z mostu powiedziała, że to ja powinienem pomóc zebrać to wszystko do kupy. Zostać pierwszym prezesem związku. Potrzebowałem chyba pierwszych dwóch godzin na przekonanie jej, że się do tego nie nadaję.

– Dlaczego nie przyjąłeś stanowiska? – zapytała Clarissa. Wydawała się szczerze zdumiona.

– Ponieważ wtedy musiałbym to robić – odpowiedział, gestem przyzywając kelnera.

– Choć wcale się nie dziwię, że chciałaby na tym stanowisku kogoś, kogo mogłaby kontrolować – rzucił Aleks.

– Avasarala wcale nie uważa, że potrafiłaby kontrolować Holdena – zaprotestowała Bobbie. – Ale też nie sądzi, by potrafił to ktokolwiek inny. Może po prostu preferować tam kogoś z Ziemi, przynajmniej jako figuranta. Dzięki temu związek *wydawałby się* podlegać jej wpływom. Fred Johnson był SPZ do szpiku kości, ale pochodził z Ziemi. Nigdy tak do końca się od tego nie uwolnił.

Kelner podszedł i przyjął zamówienie Holdena. Naomi wychyliła się zza niego, by widzieć Bobbie.

– Właśnie o to nam chodziło – powiedziała. – Jeśli to ma się udać, Pas musi wiedzieć, że to coś stworzonego przez nich, a nie kolejny ochłap rzucony im przez wewnętrznych.

Kelner wyciągnął rękę, zatrzymując palce tuż przed dotknięciem jej ramienia.

– Poproszę waszego najlepszego stouta – rzuciła, a on kiwnął głową i odszedł. Odwróciła się z powrotem. – W każdym razie rzuciliśmy Michio Pa pod autobus.

– Jest idealna – zapalił się Holden. – Zna wszystkich graczy w Pasie. Nie boi się pracować z Ziemią i Marsem. Nawet dowodziła już stacją Medyna. Owszem, jeszcze w czasach, zanim stała się stacją, ale naprawdę dobrze zna ten statek. I spójrzcie na to, czym zajmowała się od czasu zerwania z Inarosem. Koordynacją i dystrybucją. To *dokładnie* ten rodzaj pracy, który będzie potrzebny.

– No tak – rzucił Aleks – tylko tym razem, jak zakładam, bez piractwa.

– Zgodziła się przyjąć posadę? – zapytała Bobbie.

– Daje się przekonać – odpowiedziała Naomi. – To było bardzo długie spotkanie.

– A co z nami? – rzuciła Clarissa. W jej głosie było słychać niepokój. Pustkę. – Co teraz będziemy robić?

– Przystąpimy do związku – wyjaśnił Jim. – To znaczy, będziemy musieli to przegłosować w rodzinie, ale dziwnie by to wyglądało, gdybyśmy zaproponowali nową architekturę dla kolonii, a potem nie stali się jej częścią. I będzie mnóstwo pracy dla dobrego statku, a przecież taki właśnie mamy.

Clarissa zerknęła na Naomi, a potem odwróciła wzrok z ledwie widocznym uśmiechem. Jim nie zrozumiał, o co tak naprawdę pytała. *Czy teraz, gdy skończyła się wojna, nadal będę miała tu swoje miejsce?* Nie wiedział też, że odpowiedź będzie twierdząca. Miał talent do zakładania rzeczy, które pozwalały Clarissie mu zaufać. Naomi podała jej serwetkę, żeby nie musiała wycierać kącików oczu rękawem.

– Mam wrażenie – odezwał się Aleks – że powinniśmy się przyjrzeć eskortowaniu statków kolonizacyjnych. I dopilnowaniu, żeby to, co kolonie mają do zaoferowania na wymianę, dotarło tam, gdzie powinno.

– Będzie też dużo handlu w obrębie Układu – zauważył Amos. – Nie *musimy* wylatywać poza wrota.

– Owszem – zgodził się Aleks. – Ale jest tam więcej planet, niż zdołam zobaczyć przez resztę życia. Chciałbym zaliczyć chociaż kilka.

Kelner wrócił z ginem z tonikiem dla Jima i stoutem dla Naomi. Gdy spróbowała zapłacić, transakcja była już wyzerowana. Kelner uśmiechnął się do niej i pokręcił głową.

– Na koszt firmy. – Naomi kiwnęła głową w podziękowaniu. Jim zaczął już pić.

Tylko Bobbie zdawała się cicha, siedząc z dłońmi wokół szklanki. Aleks i Amos opowiadali Clarissie historie o Nowej Ziemi i przelatywaniu do nowych światów. Jim popijał i czasami coś dorzucał, stopniowo uwalniając się z napięcia spotkania politycznego i opuszczając sztywne wcześniej ramiona. Jednak Bobbie siedziała na uboczu aż do chwili, gdy Naomi po dokończeniu drugiego piwa ujęła jej dłoń i odciągnęła od stołu.

– Wszystko w porządku? – zapytała.

– Tak – odpowiedziała Bobbie głosem znaczącym *nie*. – Po prostu... to naprawdę już koniec projektu terraformacji, prawda? To znaczy, wiedziałam o tym ale... sama nie wiem. Do tej pory o tym nie myślałam, bo byłam zbyt zajęta próbami doprowadzenia nas tutaj. Ale to porozumienie to gwóźdź do trumny. Tak teraz się to wszystko będzie toczyć.

– Owszem – potwierdziła Naomi. – I dużo się zmieni.

– Całe moje życie miało związek ze zmienianiem Marsa. Czynieniem z niego ekosystemu zdolnego do podtrzymywania życia... tak było od zawsze. Teraz, gdy słyszę o zasadach, prawach i układach cementujących fakt, że to już nigdy nie wróci... sama nie wiem. Tak jakby dociera do mnie, że to naprawdę przepadło.

– Prawdopodobnie tak – zgodziła się Naomi, ale Bobbie mówiła dalej, jakby jej nie usłyszała. Jakby po raz pierwszy wypowiadała coś na głos. Odkrywała własne myśli, słuchając, jak brzmią wypowiedziane przez nią samą.

– Bo Inaros i wszyscy ludzie z Wolnej Floty tak naprawdę nie walczyli o prawa Pasiarzy albo uznanie polityczne. Walczyli o odzyskanie przeszłości. O utrzymanie rzeczy, które były zawsze. Jasne, może tym razem z nimi na szczycie, ale... Ziemia nie będzie już domem ludzkości. Mars nie będzie Marsem takim, jaki znałam. Nawet Pasiarze nie będą już Pasiarzami. Staną się... kim? Magnatami transportowymi? Nawet nie wiem.

– Nikt tego nie wie – stwierdziła Naomi, prowadząc Bobbie do przodu. Wielka Marsjanka zdawała się nie zdawać sobie sprawy, że gdzieś idą. – Ale się przekonamy.

– Nie wiem, kim jestem w tym świecie.

– Ja też nie. Nikt z nas nie wie. Ale wiem, że mam swój statek, a na nim moją małą rodzinę.

– Tak. To brzmi jak plan.

– To dobrze – stwierdziła Naomi i wcisnęła w dłoń Bobbie mikrofon. – Wybierzmy piosenkę.

Po zakończeniu zmiany w pubie zrobiło się trochę tłoczniej, ale choć raz ludzie zdawali się nie zwracać uwagi na Jima i pozostałych. Nawet gdy Naomi zebrała oklaski na stojąco za coś, co z perspektywy musiało być bardzo ułomną wersją „Razem osobno" Devi Anderson, nikt nie rozpoznał załogi *Rosynanta* i nie traktował ich inaczej niż ludzi siedzących przy stole numer sześć. Dobrze było wiedzieć, że takie rzeczy wciąż mogły się czasem zdarzyć. Przed końcem wieczora nawet Clarissa wyszła na scenę. Okazało się, że ma bardzo dobry głos, i kiedy skończyła śpiewać, miejscowy chłopak z tatuażami Loca Griega próbował się do niej przystawiać do czasu, aż Bobbie łagodnie dała mu do zrozumienia, że nic z tego nie będzie.

Pojechali z powrotem do doku metrem, zajmując prawie połowę wagonika. Wciąż byli trochę wstawieni, zbyt głośno rozmawiali i śmiali się z niczego. Akcent z doliny Marinera w ustach Aleksa wyraźnie się nasilił, a Bobbie go naśladowała, przedrzeźniając go, aż brzmieli jak parodie siebie samych. Jim, w najmniejszym stopniu uczestniczący w zabawie, choć równocześnie będący głównym obiektem żartów, siedział pod ścianą wagonika z rękami za głową i z półprzymikniętymi oczami. Tak naprawdę nie rozumiała, na co reaguje ona, Jim i wszyscy pozostali do czasu, aż wrócili na statek. Widok *Rosynanta* zablokowanego uchwytami dokowymi był jak zapadnięcie się w parę znajomych ramion. Byli radośni, bo radosny był Jim, który czuł się tak, ponieważ choć raz udało mu się uniknąć przyjęcia na siebie odpowiedzialności za całą rasę ludzką.

Wydawało się to słusznie zasługiwać na świętowanie.

Po powrocie na pokład wszyscy przeszli do kambuza, niegotowi jeszcze na zakończenie wieczoru. Clarissa zrobiła sobie herbatę, ale nie mieli już żadnego alkoholu. Kambuz, w którym zgromadziła się ich szóstka, zaprojektowano do obsłużenia znacznie większej liczby osób. Siedzący pod ścianą Aleks opowiadał historię z czasów, gdy szkolił się jeszcze w Olympus Mons i matka jednego z rekrutów przybyła złożyć skargę, że sierżant prowadzący musztrę był niemiły dla jej syna. To wywołało opowieść Bobbie o tym, jak cała jej drużyna doznała zatrucia pokarmowego podczas wspólnego posiłku, ale następnego dnia przekonali się wzajemnie do udziału w ćwiczeniach, a potem spędzili cały dzień, rzygając do hełmów. Wszyscy śmiali się razem, dzieląc się skrawkami życia prowadzonego przed trafieniem tutaj. Zanim *Rosynant* stał się ich domem.

W trakcie tych niekończących się rozmów Aleks zrobił kurczaka z sosem arachidowym dla wszystkich i rozdał miski, podczas gdy Clarissa opowiadała zaskakująco zabawną historię o uczestnictwie w warsztatach pisarskich w więzieniu. Naomi jadła kurczaka widelcem, opierając się przy tym o Jima. Sos nie smakował tak, jak robiony przez Pasiarzy, ale był dość dobry.

Wyczuła, że Jim dociera do granic wytrzymałości fizycznej. Niczego nie powiedział, ale wiedziała to po odgłosach jego oddechu i tym, jak podświadomie stuka nogą niczym dziecko próbujące nie usnąć. Sama też była wyczerpana. To był bardzo długi dzień i grali o bardzo wysoką stawkę. Zaczęło przygasać przyjemne podniecenie z pubu i w jej stawy wkradało się głębokie, otępiające zmęczenie. Wcale nie chciała, by ta chwila dobiegła końca, jak każda chwila z tymi ludźmi w tym miejscu, ale w końcu wszystkie musiały. Właściwie nie *ale*. *Ponieważ*.

Ponieważ w końcu wszystkie musiały. Nic nie trwało wiecznie. Ani pokój, ani wojna, nic.

Wstała pierwsza, biorąc swoją miseczkę, Jima i Bobbie, ponieważ ta wyraźnie już zjadła, i wrzuciła je do recyklera. Przeciągnęła się, ziewnęła i wyciągnęła rękę do Jima. Zrozumiał sugestię. Aleks, który akurat opowiadał o koncercie muzycznym na Tytanie w czasach, gdy jeszcze służył we flocie, kiwnął im głową na dobranoc. Naomi poprowadziła Jima do windy, a potem do ich kabiny przy akompaniamencie okazjonalnych wybuchów śmiechu dobiegających z kambuza, coraz słabszych w miarę jak się oddalali, ale wciąż słyszalnych. Jeszcze.

Jim padł na pryczę jak marionetka, której odcięto sznurki, osłonił oczy przedramieniem i jęknął. W jasnym świetle kabiny znowu wyglądał młodo. Początki zarostu na jego szyi i z boku policzka były rzadkie i nierówne, jakby rosły tam po raz pierwszy. Pamiętała czasy, gdy perspektywa spotkania z Jimem, perspektywa dotknięcia jego ciała działały na nią z siłą narkotyku. Na tyle mocno, że zgodziła się na ryzyko bycia z nim. Nie zdawała sobie wtedy sprawy, jak dużym aktem wiary było to z jej strony. On prawdopodobnie nadal tego nie wiedział. Niektóre rzeczy zostawały tajemnicą, nawet jeśli się je powiedziało. Znowu jęknął, przesunął rękę i popatrzył na nią. Jego uśmiech składał się w równym stopniu z wyczerpania, co zachwytu. Wyczerpania tym, przez co przeszli. Zachwytu tym, co udało się osiągnąć. Oraz faktem, że byli tu oboje.

– Myślisz, że Pa przyjmie tę pracę? – zapytał.

Brzmiał prawie tęsknie.

– W końcu tak – odpowiedziała. – Od jak dawna to planowałeś? – zapytała po chwili.

– Pytasz o pomysł związku czy postawienie Pa na jego czele?

– Pa.

Jim wzruszył ramionami.

– Dość wcześnie stało się dla mnie jasne, że postawienie na szczycie Ziemianina się nie sprawdzi. Myślałem, że Fred zdoła kogoś znaleźć, więc chyba mniej więcej wtedy zacząłem się za kimś rozglądać. Przynajmniej świadomie. Choć ona była w zasadzie idealna. Zerwała z Wolną Flotą, żeby pomóc Pasowi. Nikt inny tego nie zrobił, a w każdym razie nie tak otwarcie. I wygrała każdą walkę, do której poprowadziła swoich ludzi. Myślę, że ludzie, którzy muszą traktować ją poważnie, tak właśnie zrobią.

Naomi usiadła na skraju pryczy przeciążeniowej. Przesunęła się, dostosowując do zmiany środka ciężkości, przysuwając tym samym Jima kilka centymetrów bliżej niej. Wyciągnął rękę w zaproszeniu, a ona oparła się o niego.

– Myślisz, że będzie z tego zadowolona?

– Nie wiem. Ja bym tego nie znosił, ale ona na tyle się ode mnie różni, że znajdzie sobie coś, czym wynagrodzi sobie problemy. Najważniejsze jest to, że będzie w tym dobra. Wykorzysta swoje mocne strony. A przynajmniej ja nie znam nikogo, kto zrobiłby to lepiej.

– Mam nadzieję, że się nie mylisz – skomentowała. – Naprawdę myślisz, że ty byś sobie z tym nie poradził?

– Nigdy nie byłem brany pod uwagę. Za dużo historii. Może Ziemianin będzie mógł zająć to stanowisko za pokolenie lub trzy, gdy sytuacja przez jakiś czas będzie wyglądać inaczej.

Naomi roześmiała się i przesunęła głowę tak, by spoczywała obok jego.

– Do tego czasu zdarzy się coś innego.

– Owszem – zgodził się Holden. – To prawda. Jednak uważam, że na krótką metę naprawdę będzie najlepsza do tej pracy. I bardzo się cieszę, że jest tu na miejscu. Moją drugą kandydatką byłabyś ty.

Usiadła i spojrzała mu w oczy, by sprawdzić, czy żartuje. Gdzieś bardzo daleko stąd Amos roześmiał się na tyle głośno, że dotarły do niej echa tego śmiechu. Wyraz twarzy Jima mieścił się między rozczarowaniem a rozbawieniem.

Boże, mówił poważnie.

– Poradziłabyś sobie – powiedział. – Jesteś inteligentna, jesteś Pasiarką, twoja walka z Wolną Flotą jest równie dobra, albo lepsza niż Pa. Masz za sobą historię, z którą dobrze czułaby się zarówno Ziemia, jak i Mars, oraz dość powiązań w Pasie, by być dla nich akceptowalną kandydatką.

– Ale wiesz, że bym się na to nie zgodziła, prawda?

– Nie – odpowiedział Jim i w jego głosie zabrzmiało coś przypominającego smutek. – Wiem, że byś nie chciała. Wiem, że byś tego nie znosiła. Ale dałabyś radę, gdybyś musiała. Gdyby nie było nikogo innego. Potrzebowałoby cię zbyt wielu ludzi, żebyś odwróciła się od nich wszystkich.

Położyła się z powrotem, rozważyła tę myśl i zadrżała.

– Mam rację, prawda? – powiedział Jim. – I jak sobie radzisz?

Ujęła dłońmi jego rękę, na której się opierała, i ostrożnie zaciągnęła ją na siebie, jakby była kocem. Pytał ją o to co kilka dni od czasu zakończenia wojny. Jak sobie radziła? Pytanie brzmiało niewinnie, ale niosło w sobie duży ciężar. Zabiła swojego byłego kochanka i dawnych przyjaciół. Żałowała z siłą potężną jak pragnienie, by istniał sposób na uratowanie jej syna. Jim pytał nie tyle, na ile dobrze się czuła, ile jak źle wyglądała jej sytuacja. Nie było na to dobrej odpowiedzi. *Będę nosić w sobie to poczucie winy i smutek do końca życia* było równie prawdziwe, jak *Straciłam syna wiele lat temu*. Pocieszała się faktem, że sama wciąż żyła. Tak jak Jim, Amos i Aleks, Bobbie i Clarissa.

Była potworem w równym stopniu, co Clarissa i Amos. Była osobą, która znalazła sposób na uratowanie wybranej przez siebie rodziny, gdy wszystko zdawało się stracone. Te dwie rzeczy się nie równoważyły, ale istniały równolegle. Ból i ulga. Żal i satysfakcja. Zło i odkupienie mogły współistnieć w jej sercu, żyć razem, ale żadne nie pozbawiało tego drugiego ostrości.

A Jim to wiedział. Nie pytał, żeby poznać odpowiedź, pytał, bo chciał jej przekazać, że odpowiedź jest dla niego istotna. To wszystko.

– W porządku – powiedziała.

Tak samo, jak zawsze Jim wyciągnął drugą rękę i przygasił światła. Naomi zamknęła oczy. Było im tak bardzo dobrze. Słyszała w oddechu Jima, że nie usypiał, że o czymś myślał.

Powstrzymała się przed zapadnięciem w sen. Czekała na niego. Na skraju jej myśli zaczęły tańczyć skrawki snu i co jakiś czas traciła kontakt z rzeczywistością.

– Myślisz, że powinniśmy polecieć do kolonii? – zapytał. – Mam wrażenie, że może powinniśmy. No wiesz, byliśmy na Ilusie. Może moglibyśmy tak jakby przetrzeć szlak? Sprawić, by stał się czymś normalnym? Może w ten sposób łatwiej będzie Pa przekonać więcej statków Pasiarzy, by podjęli ryzyko.

– Może – rzuciła.

– Bo alternatywnie moglibyśmy zostać tutaj. Będzie się tu działo mnóstwo rzeczy i pracy nie zabraknie. Odbudowa. Wzmacnianie Medyny na powrót Duartego. Bo wiesz, że cokolwiek tam robi, w końcu stanie się to problemem. Nie wiem nawet, gdzie teraz powinniśmy polecieć.

Naomi przytaknęła. Jim obrócił się w jej stronę. Ciepło jego ciała i zapach skóry były ukojeniem.

– Na razie zostańmy trochę tutaj – powiedziała.

EPILOG

ANNA

Jak dla astronomii trudność uznania ruchu Ziemi polegała na tym, żeby wyrzec się bezpośredniego odczucia bezruchu Ziemi i takiego samego odczucia ruchu planet, tak i w historii trudność, która nie pozwala uznać podporządkowania jednostki prawom przestrzeni, czasu i przyczynowości, polega na tym, że trzeba się wyrzec swego poczucia niezależnej osobowości. Ale jak w astronomii nowy pogląd mówił: „Prawda, nie odczuwamy ruchu Ziemi, ale zakładając jej bezruch, dochodzimy do nonsensu; uznając zaś ruch, którego nie czujemy, dochodzimy do praw" – tak w historii nowy pogląd mówi: „Prawda, nie odczuwamy naszej zależności, ale zakładając naszą wolność, dochodzimy do nonsensu; uznając zaś swą zależność od świata zewnętrznego, czasu i przyczynowości, dochodzimy do praw".

W pierwszym wypadku trzeba było się wyrzec odczucia bezruchu w przestrzeni i uznać istnienie ruchu nieodczuwanego przez nas; w mniejszym wypadku tak samo niezbędne jest zrzeczenie się uświadamianej sobie wolności i uznanie istnienia nieodczuwanej przez nas zależności.*

Anna syciła się chwilą, a potem zamknęła okno z tekstem i wydała taki sam cichy dźwięk, jak zawsze po skończeniu czytania książki. Kochała Biblię, znajdowane w niej słowa zawsze zapewniały jej pocieszenie i podniesienie na duchu, ale Tołstoj zajmował niekwestionowane drugie miejsce.

Powszechnie przyjmowana etymologia słowa *religia* zakładała, że pochodziło od *religere*, co znaczyło „łączyć", ale Cicero twierdził, że to nieprawda, że źródłem było *relegere*, czyli „czytać

* Tłumaczenie Andrzej Stawar.

ponownie". Prawdę mówiąc, lubiła obie te odpowiedzi. To, co łączyło ludzi w poczuciu miłości, społeczności oraz impuls powracania do ukochanych książek w jej przypadku wcale tak bardzo się od siebie nie różniło. Oba te znaczenia czyniły ją spokojniejszą i odnowioną. Według Nono znaczyło to, że jest równocześnie introwertyczką i ekstrawertyczką. Anna w zasadzie nie mogła przeciwko temu protestować.

Oficjalnie statek nazywał się *Abdel Rahman Badawi*, obsługiwany przez Trachtman Corporation z Luny, ale wszyscy na pokładzie nazywali go *Abbey*. Złożona historia statku została zapisana w jego kościach. Korytarze miały różne kształty w zależności od stylu obowiązującego, kiedy były dodawane lub z jakiego odzyskanego wraku zostały przeniesione. Powietrze zawsze pachniało jak nowy plastik z recyklerów. Ciążenie ciągu utrzymywano na poziomie jednej dziesiątej g, żeby oszczędzać masę odrzutową. Pokłady towarowe daleko w dole pod Anną były wysokie jak katedry i mieściły wszystkie rzeczy, których będzie potrzebować nowa kolonia na Eudoksji – schronienia, recyklery żywności, dwa małe reaktory fuzyjne i całe mnóstwo materiałów biologicznych i rolniczych. Na Eudoksji znajdowały się już dwa inne osiedla. Był to jeden z najbardziej zaludnionych światów kolonii, z populacją prawie tysiąca ludzi.

Kiedy *Abbey* dotrze na miejsce, liczba ludności ulegnie potrojeniu, a Anna, Nono i Nami będą wśród nich. I spędzą tam resztę życia, być może znajdując sposoby na uprawę żywności nadającej się do jedzenia i ucząc się wszystkiego o nowym, rozległym i trudnym Edenie. A do tego być może – miała nadzieję – tworząc instytucje i przestrzenie, które na zawsze ukształtują obecność ludzkości na tej planecie. Pierwszy uniwersytet, pierwszy szpital, pierwsza katedra. Wszystko to przycupnięte tuż poza rzeczywistością, czekające na Annę i pozostałych kolonistów, by sprowadzili je na świat.

Nie był to rodzaj emerytury, jakiej Anna się spodziewała i na jaką liczyła. Były takie noce, że się tego bała. Nie z powodu siebie, a ich córki. Zawsze wyobrażała sobie, że Nami będzie dorastać w Abuji z kuzynami, a potem wyjedzie studiować w Sankt

Petersburgu albo Moskwie. Teraz było jej smutno i tęsknie ze świadomością, że Nami zapewne nigdy nie doświadczy życia w olbrzymim mieście. Że ona i Nono nie zestarzeją się razem w małym domku blisko Zuma Rock. Że ich prochy, gdy umrze, zostaną rozsypane w nieznanym świecie. Z drugiej strony bez nich Abuja miała kilka tysięcy mniej gąb do wykarmienia. Przy miliardach pozostałych na Ziemi było to tyle co nic, a jednak takie nic nieznaczące liczby z czasem mogły się sumować w coś zauważalnego.

Ich kabina była mniejsza niż dom, z dwoma maleńkimi sypialniami, małym salonikiem z obdrapanym ekranem ściennym i szafkami ledwie mieszczącymi ich dobytek. W korytarzu znajdowało się dwadzieścia identycznych kabin ze wspólną łazienką na jednym końcu i kafeterią na drugim. Cztery takie same korytarze na pokładzie, dziesięć pokładów na statku. Nono była właśnie w kambuzie na trzecim pokładzie, śpiewając z kwartetem bluegrassowym. Najmłodszy z muzyków – cienki jak szprycha, rudowłosy Jacques Harbinger – zużył prawie cały przydział miejsca na rzeczy na zabranie prawdziwych cymbałów. Nami będzie wracać ze szkoły na pokładzie ósmym, gdzie Kerr Ackerman prowadziła kursy szkoleniowe, ucząc około dwustu dzieci biologii i technik przeżycia dostosowanych do Eudoksji. Gdy obie wrócą do domu i razem zjedzą kolację w ich kambuzie, Anna pójdzie na spotkanie Towarzystwa Humanistycznego na drugim pokładzie, gdzie zdobyła już sobie pozycję wiernej opozycjonistki George'a i Tanji Li, kierującej organizacją pary młodych ateistów. Nie próbowała się oszukiwać wiarą, że ktoś zdoła zmienić czyjeś zdanie, ale podróż była długa, a dobra dyskusja filozoficzna pozwalała miło spędzać czas. A potem do domu, szykować się do nabożeństwa na przyszły tydzień.

Przypomniało jej się coś, co przeczytała kiedyś, choć nie pamiętała źródła, na temat życia w starożytnej Grecji. Tamtejsza przestrzeń prywatna też była bardzo ograniczona i większość życia ludzie spędzali na ulicach i dziedzińcach Aten, Koryntu i Teb. Był to świat, w którym domy nie były zamkami, a pokojami w sypialni. Było to męczące, ale też ożywcze. Widziała już kształtujące się zarysy społeczności, którą w końcu utworzą. A wszelkie wysiłki, które teraz włoży w jej formowanie, wpłyną na to, co będzie się działo po dotarciu na nową planetę. Decyzje podjęte teraz, na tak wczesnym etapie, staną się zarodkiem kryształów dla miasta, które kiedyś z niego wyrośnie. Za kilkaset lat dzisiejsza praca Anny, mająca na celu uczynienie z tej grupy społeczność ludzi uprzejmych, myślących i opanowanych, może ukształtować przyszłość całej planety.

Czy nie było to warte odrobiny dodatkowego wysiłku?

Usłyszała głos Nami, jeszcze zanim otworzyły się drzwi, poważny i donośny jak zawsze, gdy na czymś się skupiała. Nierzadko zdarzało jej się mówić samej do siebie, więc Anna przyjęła, że jest z nią ktoś ze szkoły. Co okazało się prawdą po otworzeniu drzwi.

Nami weszła do małego salonu, praktycznie ciągnąc za sobą ponurego arabskiego chłopca. Obruszył się na widok Anny. Uśmiechnęła się, nie odsłaniając zębów, nie popatrzyła mu prosto w oczy i nie poruszyła się. W ciągu ostatniego roku nauczyła się więcej o przebywaniu z ludźmi po traumatycznych przeżyciach, niż chciała wiedzieć przez całe życie, a całkiem sporo tej wiedzy wynikało ze zrozumienia, w jak dużym stopniu ludzie byli udomowionymi zwierzętami, jak psy i koty. Źle reagowali na groźby i całkiem dobrze na ostrożne budowanie zaufania. Nic skomplikowanego, ale łatwo było o tym zapomnieć.

– To Saladyn – przedstawiła chłopaka Nami. – Mamy projekt grupowy.

– Miło cię poznać, Saladynie – odezwała się Anna. – Cieszę się, że przyszedłeś.

Chłopak kiwnął głową i odwrócił wzrok. Anna musiała się oprzeć chęci spróbowania wyciągnięcia go ze skorupy, zapytania, gdzie mieszka, kim są jego rodzice i jak podoba mu się szkoła. Zawsze niecierpliwie podchodziła do pomagania ludziom, nawet gdy nie byli gotowi na taką pomoc. A właściwie zwłaszcza w takich sytuacjach.

Paplając coś o teorii wielkich ludzi, ograniczeniach technologicznych i czasach budowy kolei, jakby próbowała prowadzić rozmowę za obie strony równocześnie, Nami poszła do swojej sypialni i wróciła ze szkolnym tabletem. Anna uniosła brew.

– Leżał tam cały dzień?

– Zapomniałam go – odpowiedziała Nami niedbale. – Do zobaczenia, mamo – rzuciła po chwili i wymaszerowała przez drzwi.

Saladyn zawahał się, jakby zaskoczony faktem pozostawienia sam na sam z kimś dorosłym. Anna popatrzyła na niego uważnie, ale unikała jego wzroku. Kiwnął jej głową i wymknął się przez drzwi za jej córką. Odczekała jeden oddech, potem następny, a potem – ze świadomością, że to zły pomysł – podeszła, by zamknąć drzwi, i wyjrzała na zewnątrz. Nami i Saladyn szli wąskim korytarzem, przyciśnięci blisko siebie. Jego prawa dłoń tkwiła w jej lewej i na ile Anna widziała, Nami wciąż mówiła z ożywieniem o tym, o czym wcześniej, a Saladyn wciąż słuchał.

***

– To na czym polega wasz projekt grupowy? – zapytała Anna.

Tego wieczoru jadły na kolację fasolę i ryż z przyprawami, którym prawie udało się naśladować prawdziwe warzywa. Nono była zmęczona po próbie, a Anna spodziewała się, że spotkanie humanistów będzie pełne emocji i trochę męczące, więc zamiast zostać w kambuzie, zabrały jedzenie do swojej kabiny. Nami siedziała po turecku oparta plecami o drzwi, natomiast Anna i Nono zajęły dwa składane krzesła chowane do ściany. Pomieszczenie było na tyle małe, że choć krzesła ukryto w ścianach po przeciwnych stronach pokoju, i tak prawie dotykały się kolanami. Na *Abbey* spędzą prawie rok. Do czasu dotarcia na Eudoksję mogą już nie pamiętać, jak wygląda otwarta przestrzeń.

– Historia – odpowiedziała Nami.

– Bardzo szeroki temat – skomentowała Anna. – Jakiś szczególny wycinek historii?

Nono spojrzała na nią spod brwi, więc może Anna nie podeszła do pytania tak swobodnie i nonszalancko, jak sądziła. Choć wyglądało na to, że Nami niczego nie zauważyła.

– Nie. Całość. Nie rozmawiamy o tym, co wydarzyło się w historii, a o tym, czym właściwie jest historia. No wiesz – powoli zatoczyła krąg łyżką – czy w historii ważni są ludzie, którzy robili różne rzeczy, czy gdyby ich nie było, zaszłyby te same zasadnicze wydarzenia, po prostu zrobiliby je inni ludzie? Jak z matematyką.

– Matematyką? – zainteresowała się Anna.

– Jasne – rzuciła Nami. – Rachunek różniczkowy został równocześnie wymyślony przez dwóch różnych ludzi, więc może ze wszystkim tak jest. Może nie ma znaczenia, kto prowadzi wojnę, ponieważ tak naprawdę do jej wybuchu nie doprowadzili przywódcy. Wojny wynikały z tego, ile ludzie mieli pieniędzy albo na ile ich ziemia nadawała się do produkcji żywności czy coś. Piszę właśnie tę część. Saladyn pisze o teorii wielkich ludzi, ale to staroć, bo mówią w niej tylko o mężczyznach.

– Ach – rzuciła Anna, krzywiąc się wewnętrznie na to, jak oczywista wydawała się sobie sama. – Saladyn tym się zajmuje?

– Chodzi o ideę, że bez Cezara nie powstałoby Imperium Rzymskie. Albo bez Jezusa nie powstałoby chrześcijaństwo.

– Z tym akurat trudno się spierać.

– To zajęcia z historii, nie rozmawiamy o części religijnej. Z kolei Liliana pracuje nad zębatką postępu technologicznego, gdzie zmienną jest to, jak dobrze potrafimy zrobić rzeczy takie jak lekarstwa, bomby jądrowe i silniki Epsteina, a wszystko inne w historii jest cykliczne. Ciągle na nowo dzieją się te same rzeczy, ale wydają się inne tylko dlatego, że mamy do dyspozycji różne narzędzia. – Nami zmarszczyła brwi. – Choć tego jeszcze nie rozumiem. Ale to nie mój kawałek.

– A co ty o tym myślisz? – zapytała Anna.

Nami pokręciła głową i zgarnęła z miski ostatnią łyżkę prawie-fasoli.

– Że to głupie rozbijać wszystko w taki sposób – powiedziała z pełnymi ustami. – Jakby to było tylko jedno albo drugie. To nigdy tak nie działa, zawsze jest ktoś, kto robi, cokolwiek było do zrobienia. Wiesz, podbija Europę lub uznaje, że świetnym pomysłem jest wyłożenie akweduktów ołowiem, albo wymyśla sposób na wykorzystanie częstotliwości radiowych. Jedno nigdy nie powstałoby bez drugiego. To jak dyskusja o dziedziczeniu i wychowaniu. Czy zdarzyło ci się kiedyś widzieć jedno bez drugiego?

– Słuszna uwaga – przyznała Anna. – To jak działa wasz projekt?

Nami wywróciła oczami. O Boże, dotarli do wieku wywracania oczami. Miała wrażenie, że jeszcze tak niedawno jej mała córeczka nie wiedziała nic o pogardzie.

– To nie tak.

– Co nie jest jak co?

– Mamo. Saladyn nie jest moim chłopakiem. Jego rodzice zginęli w Kairze i jest tu z ciotką i wujkiem. Naprawdę potrzebuje przyjaciół, a zresztą Liliana go lubi, więc nawet gdybym ja też, to bym tego nie zrobiła. Musimy bardzo uważać. Spędzimy razem całe życie, więc musimy się bardzo dobrze traktować. Bo przecież jeśli coś zepsujemy, to nie będziemy mogli po prostu zmienić szkół.

– Och – zareagowała Anna. – Czy to coś, o czym rozmawiacie w szkole?

Znowu wywrócenie oczami. Dwie takie reakcje jednego wieczora.

– To ty, mamo. Ty ciągle mówisz takie rzeczy.

– Pewnie tak – zgodziła się Anna.

Kiedy zjadły, Nami zabrała do kambuza ich miski z łyżkami oraz bańki po napojach, co było echem jej dawnego zachowania w domu, gdy zwykle sprzątała po kolacji. Kiedy wciąż jeszcze miały dom. Potem poszła uczyć się z Lilianą oraz – na ile Anna mogła się domyślać – również z Saladynem. Tym razem to Nono została sama w kabinie. Anna korytarzem doszła do windy, a potem przejechała na pokład drugi, na spotkanie Towarzystwa Humanistycznego, dotykając po drodze dłońmi ścian korytarza, jakby potrzebowała podparcia. *Niezbędne jest zrzeczenie się uświadamianej sobie wolności i uznanie istnienia nieodczuwanej przez nas zależności.* Co to pewnego stopnia było nawet prawdą.

Z drugiej strony błędem było ignorowanie wszystkich poszczególnych ludzi, ich wyborów i przebłysków czystego szczęścia, które doprowadziły ludzkość tak daleko. Pomyślała, że najlepszym ujęciem historii byłoby myślenie o niej jak o wielkiej improwizacji. Przemyśliwaniu jakiejś potężnej, rozciągniętej na pokolenia myśli. Albo marzenia.

Oczywisty problem z wyborem między dziedziczeniem a wychowaniem wynikał z faktu, że ograniczał się do wyboru między dwoma determinizmami. Było to coś, co Nami zdawała się pojmować niemal instynktownie, choć Anna musiała sobie o tym przypominać. Może z historią było tak samo. Teorie dotyczące tego, jak sprawy musiały potoczyć się tak, jak się potoczyły, bo z perspektywy czasu tak właśnie było.

Drzwi do windy przytrzymał jej Tomás Myers, niski, barczysty mężczyzna w formalnej białej koszuli, więc podbiegła, żeby nie wyglądać na niewdzięczną. Kabiną szarpnęło lekko przy wznoszeniu.

– Idzie pani na spotkanie humanistów? – zapytał.

– Jeszcze raz do wyłomu. – Uśmiechnęła się do niego.

Jadąc do góry, poczuła, jak zaczynają się formować pierwsze założenia kazania na przyszłotygodniowe nabożeństwo. Miała wrażenie, że obracają się wokół Tołstojowskiej idei niewidocznej zależności i wyborów, których wszyscy dokonali, aby znaleźć się na pokładzie *Abbey*, oraz słów Nami *spędzamy razem całe życie, więc musimy się bardzo dobrze traktować*.

Ponieważ to zawsze było prawdą. *Abbey* i Eudoksja były na tyle małe, że nie dało się ignorować tego faktu, jednak nawet pośród miliardów ludzi na Ziemi całe życie spędzali razem. Musieli się dobrze traktować. Okazywać zrozumienie. I zachować ostrożność. Było to prawdą przez całe dzieje i nawet w szczycie potęgi Ziemi. Będzie też prawdą teraz, gdy rozproszyli się do ponad tysiąca nowych słońc.

Może, jeśli znajdą sposób, by traktować się łagodnie, gwiazdom będzie z nimi lepiej.

PODZIĘKOWANIA

Choć napisanie każdej książki jest aktywnością znacznie mniej samotną niż mogłoby się zdawać, w ciągu ostatnich kilku lat znacząco wzrosła liczba osób zaangażowanych w *The Expanse* we wszystkich ucieleśnieniach cyklu, włącznie z tym. Ta książka nie powstałyby bez ciężkiej pracy i poświęcenia Danny'ego i Heather Barora, Willa Hintona, Tima Holmana, Anne Clarke, Ellen Wright, Aleksa Lencickiego i całej genialnej ekipy wydawnictwa Orbit. Szczególne podziękowania także dla Carrie Vaughn za czytanie wstępnej wersji tekstu i grupie z Sakeriver: Tomowi, Sake Mike'owi, Non-Sake Mike'owi, Jim-me, Porterowi, Scottowi, Raji, Jeffowi, Markowi, Danowi, Joemu i Erikowi Slaine'owi, którzy wprawili wszystko w ruch.

Grupa wsparcia dla *The Expanse* powiększyła się również o pracowników Alcon Entertainment i Syfy, obsadę i załogę serialu *The Expanse*. Składamy podziękowania i wyrazy wdzięczności zwłaszcza Hallie Lambert, Mattowi Rasmussenowi i Kennowi Fisherowi.

Dodatkowo dziękujemy Lwowi Tołstojowi, tłumaczkom Louise i Aylmer Maude oraz projektowi Gutenberg za lekturę pastor Anny.

Oraz, jak zwykle, nic z tego nie powstałoby bez wsparcia i towarzystwa Jayné, Kat i Scarlet.

O AUTORZE

James S. A. Corey to pseudonim piszących fantastykę autorów Daniela Abrahama i Ty'a Francka, asystenta George R. R. Martina. Obaj mieszkają w Albuquerque, stan Nowy Meksyk, USA.

Więcej informacji na temat tej serii znajdziesz na: www.the-expanse.com.